戴流苏耳环的少女（上）

校花阮清恬 著

浙江工商大学出版社
ZHEJIANG GONGSHANG UNIVERSITY PRESS

图书在版编目(CIP)数据

戴流苏耳环的少女 / 校花阮清恬著. —杭州 : 浙江工商大学出版社，2016.8(2018.4 重印)
ISBN 978-7-5178-1517-4

Ⅰ. ①戴… Ⅱ. ①校… Ⅲ. ①长篇小说—中国—当代 Ⅳ. ①I247.5

中国版本图书馆 CIP 数据核字(2016)第 015435 号

戴流苏耳环的少女

校花阮清恬 著

出 品 人 鲍观明 汪海英 胭 脂
责任编辑 沈 娴
封面设计 林朦朦
责任印制 包建辉
出版发行 浙江工商大学出版社
(杭州市教工路 198 号 邮政编码 310012)
(E-mail:zjgsupress@163.com)
(网址:http://www.zjgsupress.com)
电话:0571-88904980,88831806(传真)
排 版 杭州朝曦图文设计有限公司
印 刷 浙江广育爱多印务有限公司
开 本 710mm×1000mm 1/16
印 张 50.75
字 数 829 千
版 印 次 2016 年 8 月第 1 版 2018 年 4 月第 2 次印刷
书 号 ISBN 978-7-5178-1517-4
定 价 86.00 元(全二册)

浙江工商大学出版社营销部邮购电话 0571-88904970

目录

第一章

居然是阮清恬

“1914年，浙江人顾型从英国留学归国，在上海中华书局顶楼、龙门师范顶楼、无锡图书馆顶楼自制仪器，开始进行无线电报通讯，成为我国无线电报首创者之一。”

“1920年7月，中华邮政开办了民用邮传电报业务。随后，一批电台蜂拥而起，比较有名的有新新电台、大中华电台、东方电台、华美电台、元昌电台、鹤鸣电台、富星电台等。当然，其中也不乏一些商业大亨，大量购买私人电台，进行商业业务沟通。而数家公立和私立学校也开设了无线电课程，使得无线电风靡一时。”

阮清恬努力回想着老师在课上讲的内容，马上就要考试了，她只有一次机会，可千万不能马虎。不过现在还是先完成自己的工作要紧。想到这儿，她伸了一个懒腰，戴上耳麦，准备把剩下的电报发完。

阮清恬习惯性地摸了一下自己的耳朵，白玉般的耳垂上挂着一个十分漂亮的流苏耳环。从小，阮清恬就经常听到有人说自己的耳朵有着非常漂亮的轮廓，听父亲说，这一点是随了自己的母亲。

“要下班了，你怎么还不走啊?”邮报局里的王阿姨出来打水，看到阮清恬，忙热络地问。

阮清恬抬起头，摘下耳麦，微笑着回道：“这就走了。”

王阿姨点点头，似想到了什么，又嘱咐道："你回去的时候可得小心一点儿，我听说这几天街上不太平。"

"好的，我知道了。谢谢王阿姨。"阮清恬笑得灿烂，心中因这细小而真实的关怀而备感温暖。

阮清恬大步从邮报局走出来，闭着眼睛，大口呼吸着街上人群的气息。对她来说，这就是最熟悉，最真实的存在。阮清恬抬起头，望着天上大大的太阳，不觉微笑起来。

一架飞机缓缓穿过云霄，留下长长的白色印迹。飞机滑过天际，然后缓缓地降落在机场跑道上。一个穿着黑色风衣的男人阴着脸从飞机上走下来。候在两侧的人立即上前，恭敬地鞠躬道："会长！"

任浩铭面无表情，显然已经习惯了这种前呼后拥的优待。他将身上的风衣随手扯下来，连手都没松，就立刻有人上去接。

"人找到了吗？"任浩铭冷冷地问。

手下毕恭毕敬："还没有。"

任浩铭一个眼神扫过来，手下吓得浑身哆嗦。其中一个瘦高的手下连忙过来打圆场："会长，已经派人去找了，所有的警察也都在排查，一旦见到有戴蓝格子围巾的人，一律抓回来，等您审问。"

手下为任浩铭打开车门，任浩铭大步跨进去之前，冷冷地抛下一句："动作快点，我已经快没有耐心了。"

"是是是。属下这就去办。"手下直冒冷汗，不过好在算是交代过去了。

任浩铭的贴身随从一共有四人，分别叫阿春、阿夏、阿秋、阿冬，简称春、夏、秋、冬。这四个人自小便跟着任浩铭，如同任浩铭的影子一般。

阮清恬刚进沙逊大厦，就听到不远处传来的嘈杂声。大厅的上方横挂着一条大大的横幅，横幅上面写着"中德无线电专业测试比赛"。

"哗哗哗"，摇动骰子的声音不绝于耳。

话筒中，主持人的声音很好听，阮清恬连忙快步走过去。围着观战的同学，有认识阮清恬的，大声跟她打招呼："你怎么才来啊？"

阮清恬笑笑："路上耽搁了。"

语毕，阮清恬便认真地观看起来。在阮清恬的正前方，一个眉清目秀的年轻女孩儿正在和老外路易斯比试听力。那是阮清恬的同学，叫真真。

阮清恬认真地看着眼前的比赛。两人的眼睛上分别蒙着一块黑布。不远处有一个屏风，屏风后面坐着五个穿制服的人。五个人拿起骰盅，开始夸张地摇晃，摇骰子的声音不绝于耳。

在屏风的这边则是观看比赛的观众。不一会儿，摇动骰子的手齐刷刷地停下。路易斯侧耳倾听，开始报数："324，436，345，666，434。"

随着路易斯的声音，五个摇骰子的人一一亮出骰子。神奇的是，每一个开出的数字，都跟路易斯报出的数字一模一样。人群中爆发出一阵热烈的掌声。阮清恬也不禁赞赏地鼓掌，这个外国人的实力不容小觑。

学生甲："这个路易斯也太厉害了吧！一次失误都没有！咱商学院蝉联三年的听力冠军真真同学，这次恐怕要彻底输给他了……"

学生乙："是啊，真是不可思议！希望后面的楚安安同学能替咱商学院争口气，打败这个路易斯！"

裁判通过话筒宣布："第二场比赛，路易斯赢！"

一个侍者高高举起一个纸牌，向众人展示，纸牌上面写着路易斯的名字。

路易斯嘴角上扬，露出自信的微笑。真真一脸愧疚地朝阮清恬走过来。

真真的脸上写满了失落，但是她看到阮清恬之后，似乎又恢复了一点信心，拍着阮清恬的肩膀说："安安同学，全靠你啦！打败他！可不能给咱商学院丢人！"

阮清恬笑笑，没有说话。

但是阮清恬心里早就下定决心，要给这个路易斯点颜色瞧瞧。不管怎么样，不能丢中国人的脸！阮清恬带着这样的信念，自信地走到比赛区，她把脖子上系的蓝格子围巾拿下来，蒙在眼睛上。

裁判举起话筒："比赛现在开始！"

沙逊大厦外的小巷里，一个中年人正神色慌张，捂着自己脖子上和阮清恬戴的那条一模一样的蓝格子围巾，拼命地向前跑。他的身后，噼里啪啦的枪声不绝于耳。

四个警察在后方紧紧地追赶着。警察队长手中拿着枪，见此人没有半点要停下的意思，又冲着天开了一枪。

警察队长威严地喊道："站住，站住！"

中年男人顿时吓得瘫软在地。四个警察立刻上前去，将中年男子铐起来，警察队长伸手拽下男子的蓝格子围巾，拿起来拍了拍，露出得意的笑容。

同样的情况还发生在街角不远处的一个咖啡馆前。一个穿着中山装、围着蓝格子围巾的中年男人，刚刚走到咖啡厅门口，就被一队警察拦下。

带头警察瞥了眼男子脖子上的围巾，下令道："蓝格子围巾！带走！"

中年男人惊慌道："你们干什么？我又没犯法，你们为什么要抓我？"

但是警察没有理会中年男子的控诉，二话不说，就将人带走了。

与此同时，在沙逊大厦内，阮清恬和路易斯的决战还在继续。

阮清恬和路易斯相对而坐，路易斯不屑地看了眼阮清恬，用黑布蒙住眼睛。两个穿制服的男人分别向上扔出骰子，当很多骰子落下时，居然不是落到地上，而是落到了两个巨大的水缸当中。评委们仔细看着，骰子纷纷落到水缸中，激起了水花。

阮清恬和路易斯异口同声地说出骰子的数字："4，2，6，5，……"

而两人说的数字，居然跟落到水面上的骰子那一面的数字一模一样。评委们面面相觑，全都傻眼了。

街道上人来人往，两名穿酒店制服的经理从沙逊大厦里匆忙跑出，跑到门口，看起来是去迎接重要的人物。

经理甲一面紧张兮兮地整理着自己的制服，一面飞快地说道："青年商会会长任浩铭马上要到了。"

"怎么这么突然？"经理乙也是一副如临大敌的模样。

"好像听说是正在全城抓捕一个戴蓝格子围巾的老男人！已经报了警！现在所有的警察都跟疯了似的全城搜捕呢。"

"为什么啊？"

"听说好像是那老男人搞了他的妹妹！亲妹妹！"

经理乙大惊："啊？谁那么大胆！任会长的妹妹也敢搞？"

"谁知道啊！我看八成是活腻了！"

"不过话说回来，这有钱人家的口味也是真够重的！那个任浩铭不过未到三十岁的年纪，他妹妹应该也不过二十多岁吧，年纪轻轻的，怎么偏偏喜欢老男人呢！”

“别说了，警察来了。”经理甲推了一下经理乙，说道。

就在两人说话的时候，两队警察雄赳赳气昂昂走了过来。两辆轿车飞速驶过来，停在沙逊大厦门口。任浩铭的四个随从春、夏、秋、冬匆匆下车，为任浩铭开车门。

任浩铭脸色铁青地从车上下来，迈步向沙逊大厦里面走去。

警察队长立即迎了上来：“任会长。”

两个经理也赶紧卑躬屈膝地迎上来，讨好任浩铭：“任会长您大驾光临，我们……”

任浩铭脸拉得比海带还长，根本不搭腔，直接走进沙逊大厦。警察队长亦步亦趋地跟在后面。春、夏、秋、冬四个随从也快步跟了进去。

两个经理面面相觑，也连忙跟着进去。

此时，在沙逊大厦的大厅里，比赛还在进行。

几轮比试下来，阮清恬与路易斯旗鼓相当，不分上下，这给围观的学生们平添了信心，大大鼓舞了士气。

学生甲兴奋地赞叹：“哇……这个楚安安竟然能和路易斯同时报数！真是太厉害了！”

刚才比赛的真真一脸兴奋地说：“当然了！楚安安同学可是出了名的顺风耳！”

主持人：“第二局，上海商学院楚安安小姐，德国无线电专家路易斯，平……第三局开始！”

新的比赛开始了，阮清恬和路易斯聚精会神，开始侧耳倾听，谁都不想认输。

评委又开始扔骰子。这一次，骰子落下的地方，居然是两笸箩松软的棉花。“哗”一下，无数骰子被掷到空中，像天女散花一样，从空中开始纷纷落入松软的棉花中，一点声音都没有。

路易斯有些犹豫：“4，2，6，5，1，3，1，不对，5，6。”

阮清恬自信地报数：“4，2，6，5，1，3，1，5，6。”

任浩铭和警察队长走进沙逊大厦的大厅，任浩铭心情郁闷地向前走去，根本没在意地碰了棉花包一下。而上面的骰子也因为他这无意的动作，从原本的

1点变成5点，最终停住。

阮清恬报数："1！"

路易斯犹豫了下报数："……5！"

任浩铭继续向前，没有在意阮清恬他们的比赛，向里面走去。

警察队长冲后面的警员命令道："你们几个去这边，剩下的人去那边，给我仔细地找，一个角落也不能放过。"

阮清恬之所以这么在乎这个比赛，除了想要为学校争光外，另外一个原因，便是因为自己的父亲阮斌。

阮斌只有阮清恬这么一个女儿，平日里对女儿是百般疼爱，但是阮斌有一个毛病，那就是嗜赌成性，欠了很多赌债。阮清恬因为这个跟阮斌吵了不止一次，阮斌也每次发毒誓再也不赌了，可是最终还是一次又一次违背自己的誓言。

阮斌倒也不是没有良心，他知道阮清恬一边上学，一边打工，已经很辛苦了，不想再给阮清恬平添烦恼，所以他打算自己想办法。

花柳巷是全城最鱼龙混杂的场所，但是房租也是全城最便宜的，所以阮斌便在此处置办了一座廉价的二层小楼。至于用处，他自有打算。

阮斌捧着一束玫瑰，穿过小楼一侧狭窄的楼梯，径直上了顶楼。他警惕地四下查探一番，才轻手轻脚地打开房门，先从门缝中把花伸进房间。阮斌探头探脑，像做贼地一样进门。见到屋内没有人，这才松了一口气。

阮斌不由感慨："唉，这几天被追债的追得太紧了，弄得老子都有点四面楚歌草木皆兵了！不过话说回来，幸好我用假名租的这间房！怎么可能有人找到这里呢？不过是自己吓自己罢了。"

阮斌将手中的花藏在一个不起眼的地方，然后跷起二郎腿，大爷似地坐到沙发上。

楼下，一个妙龄少女一身洋装，戴着帽子和大口罩，遮挡着她的真面目。她急匆匆地上楼，推门跑进房间，一见到阮斌，就上气不接下气地问："你的蓝格子围巾呢？你的蓝格子围巾呢？以后你再也别戴蓝格子围巾了！知道了吗？"

阮斌站起来，一把将她抱进怀里："我的好晓晓，你先别说话，让我抱一会儿，好久没见你了，都快把我想死了，来，让我抱抱。"

任晓晓一把推开他："都什么时候了，你还没个正形儿。"

"怎么了？"

“我哥……我哥在找你……他的手下拍到了我和你的照片，照片看不到你的脸，可是能看到蓝格子围巾！我哥说一定要找到你，找到你就……”

阮斌再次将任晓晓拉进怀里：“好啦，你别太担心了，你看我现在不是还好好地站在你面前吗？你听我说，“Love can transpose to form and dignity：Love looks not with the eyes，but with the mind”. 爱用的不是眼睛，是用心。晓晓，我是用心在爱你，我相信，你哥他最终一定会成全我们的！”

任晓晓娇俏地在阮斌的嘴唇上点了一下，嗔怪道：“你呀，就是这张嘴会说。”

“你不就喜欢我的这张嘴吗？”阮斌笑呵呵地抱着任晓晓，像变戏法一样，拿出花，送到任晓晓面前。任晓晓十分感动，靠进阮斌的怀里。

任晓晓动情地说道：“真希望哥哥他能看到你对我的爱，相信我们是彼此相爱的。”

阮斌搂紧任晓晓：“会的，你哥他一定会相信的。晓晓，虽然我没钱也没权，但你就是我的整个世界……”

任晓晓十分感动：“我在想……如果你去家里提亲时，我哥他坚决反对，怎么办？”

“应该不会吧……”阮斌心里其实也没底。

“不如，我们私奔吧！”任晓晓灵机一动，冲动之下开口说道，“我可以把我的首饰全都当掉，然后我们去一个谁都不认识我们的地方，过我们想要的生活……”

阮斌感动地搂紧任晓晓：“好，我在苏州有朋友，他们手里有房子。你看看有没有什么常用的东西，明天走之前，我先寄过去。”

任晓晓点头，然后一脸甜蜜地埋在阮斌的怀抱中。

在沙逊大厦内。

任浩铭快速地扫了一下站在面前的那些人，里面有五个戴蓝格子围巾的，不是老头就是年轻的男人，显然不是他要找的。他忽然看到一条蓝格子围巾，那是蒙在阮清恬眼睛上的那条围巾。

任浩铭脸色铁青，盯着那条蓝格子围巾走了过去，二话不说，一把扯下阮清恬的围巾。阮清恬眼睛上的围巾被任浩铭摘下，她震惊地看向突然出现在自己面前的这张脸。

任浩铭也显然没料到蒙蓝格子围巾的居然是个女人，一时也愣住了。他刚才只是看到一个背影，这围巾又几乎将她的头全部遮住了，根本没看出来是男是女。

阮清恬瞪着表情呆滞的任浩铭，有些生气："先生，我正在参加比赛！这场比赛对我很重要！你为什么要把我的围巾摘了？"

任浩铭原本就心情不佳，他垂下眉眼，并未搭腔，转身就走。可是任浩铭没有注意到，围巾刚刚不小心掉到地上，所以他转身走的时候，一脚踩在了围巾上。

第二章

我要你给我作证

这下，阮清恬再也忍不住，她呼一下站起身，怒声道："你敢踩这条围巾？"

阮清恬冲过去，用力推了任浩铭一把。任浩铭始料不及，一个踉跄，差点摔倒。阮清恬心疼地捡起地上的蓝格子围巾。

任浩铭顿时暴怒，转过身来，一把将阮清恬按在大厅的柱子上，怒瞪着阮清恬，那目光，像是要将她吃了一般。阮清恬毫不示弱，回瞪着任浩铭，大声道："你放开我！"

任浩铭冷冷地哼了一声，怒不可遏地盯着眼前的女人："你知道你在跟谁说话吗？"

"我管你是谁啊！踩了我围巾，连声道歉都没有！真是没素质！"阮清恬不甘示弱地回瞪着他，目光毫不畏惧。

任浩铭缓慢地眯起眼睛："你最好收回你刚才说的话。"

"就不！我又没有说错话！而且，请你放开我，先生，我还有比赛呢。"阮清恬说道。

任浩铭依然按着她，一动不动，像是没有听到她的话一般。

"你再不放开，我要动手了！"阮清恬急了。

众目睽睽之下，阮清恬就被他这样按着，像什么样子。她已经尽力忽略周围同学的窃窃私语了，但是那些声音依然如同蚊吟般，不断地窜进她的耳朵里。

任浩铭不屑地冷哼一声，嘴角嘲讽地上扬。动手？这个女人未免也太高看自己了吧。

阮清恬见任浩铭仍然没有要放开自己的意思，心里一急，抬起脚，狠狠地踩向任浩铭的脚。令阮清恬意想不到的事发生了，任浩铭动作麻利地抬起腿，居然将阮清恬抬起的腿给死死顶住。

任浩铭恶狠狠地："还从来没人敢碰过我！"

任浩铭瞪了阮清恬一会儿，然后突然放开阮清恬，潇洒地转身走了。

任浩铭已经越走越远。裁判的声音在阮清恬身后响起："平局！"

阮清恬脸色骤变。

"裁裁裁裁判！怎么会是平局呢？应该是我赢！你给我说说，我哪个数听错了？我怎么可能听错呢？不可能呀！我的听力从来没出过错！"阮清恬心急地与裁判辩解着。

而此时，任浩铭已经脸色铁青地走出沙逊大厦的门。

警察队长跟在任浩铭身边："任会长，这里没有您说的那个戴蓝格围巾的中年男人啊！是谁给您的消息，准确吗？"

任浩铭冷厉的眼神扫向春、夏、秋、冬四人一眼，四人浑身一震，吓得连大气都不敢出，目光直直地看着任浩铭冷着脸离开。

比赛现场，阮清恬还在跟裁判理论，参加比赛的路易斯则一脸不耐烦："愿赌服输，你要服从裁判的决定。"

阮清恬指着路易斯，冷声道："你技不如人，没有资格说话。"

路易斯无所谓地耸耸肩，不再说话。阮清恬又转向裁判："裁判您给我说说，我哪个数报错了？"

裁判也不耐烦起来："就是一开始你报数4，2，6，5，1，3，1，5，6，后面应该是5，可你报的是1！"

这不可能啊！她的听力肯定不会错的，是1，没错啊！

阮清恬闭上眼睛，努力回想听数比赛一开始时的场景。不对，当时，她好像听到了人的脚步声，虽然很轻，但是她确实听到了，然后……

阮清恬猛地睁开眼睛，她知道是怎么回事了！比赛的时候，她听到任浩铭的脚步声走过来，然后任浩铭碰了棉花包。骰子原本是1，结果变成了5。

阮清恬恍然大悟："我知道了，是刚才那个男人碰了一下棉花包，骰子数才变了，不行，我得找他回来……”

话音未落，阮清恬已经拿着蓝格子围巾疯了似的向外面跑去。任浩铭即将走到他的车旁，阮清恬拿着蓝格子围巾从沙逊大厦里面疯了似的跑出来。

“你给我站住！”阮清恬怒不可遏地大吼道。

阿春给任浩铭拉开车门，任浩铭正要上车，阮清恬猛地一下冲过来，差点把任浩铭扑倒，任浩铭反应迅速，一把将阮清恬按到车上。

阮清恬大声道：“我刚才在里面就跟你讲了，我在比赛！你把我的比赛搞砸了！本来我会赢的，可是你不小心碰到了棉花包，改变了骰子的数字，所以……所以我输了！你能理解我的心情吗？你踩了我父亲今天早上刚刚给我戴上的围巾，你还搞砸了我的比赛……我现在只想请你回去，给我做个证，我不能输！”

任浩铭放开阮清恬，不屑地问：“你为什么要赢这么无聊的比赛？比赛能赢多少？”

“啊？”他这么一问，倒将阮清恬问懵了。阮清恬想了想：“一百大洋！”

任浩铭冲阿春伸手，阿春立刻意会，拿出一沓钱递过来。

任浩铭拉过阮清恬的手，将钱用力拍到阮清恬手上：“这是两百块，现在请你马上从我眼前消失！”

阮清恬不可置信地望着手上的钱，又不敢相信地望着那个不可一世的男人，怒气冲冲地将手里的二百块大洋塞回给任浩铭。

“我不要你的钱，我只要你进去给我作证！”

任浩铭不悦地皱眉，疑惑地望着阮清恬。这个女孩到底怎么回事儿？从来没见过这么死缠烂打的人！

“对不起，这位小姐，我没这个时间！”任浩铭说着，又从阿春手里拿过一百块，“三百！这总该够了吧！”

阮清恬一把推开任浩铭的手，怒道：“我不要！”

钱一下掉在地上。

任浩铭低头望了一下被阮清恬打在地上的钱，再抬起头来的时候，阴鸷的眼神中，怒意乍现。

“要不要，随你！”任浩铭整理了一下西装衣领，快步转身上车。

阮清恬不敢相信地大叫：“喂，喂！你怎么走了啊？我要你去给我作证！”

这个男人怎么这样啊，真是太不可理喻了！

阮清恬怒气冲冲地想要追上去，但是却被任浩铭的随从阿春拦住。任浩铭乘坐的车子就这样在阮清恬绝望的眼神中呼啸而去。不过阿春却没有上车离开。

“这个臭男人！别让我再见到你！不然我绝对不会饶了你的！”阮清恬冲着渐行渐远的车子，大声喊道。

车上的任浩铭冷着脸，对司机下令：“回任公馆！”

“是，会长。”司机毕恭毕敬地应道。

而阮清恬手中紧紧攥着蓝格子围巾，愤怒而无助地看着渐行渐远的汽车，再看看地上的钱，暗自嘀咕：“钱是那个人的垃圾吗！扔下就走了！”

忽然，阮清恬听到熟悉的喘息声，不禁嘀咕：“爹来了？”

阮清恬回过头，果然看到阮斌狼狈地跑过来。而阮斌慌乱的心跳就清晰地回荡在她的耳边，如同打鼓一般。阮清恬立即关切地上前：“爹，你怎么跑这么急，怎么了？是不是出什么事了？”

阮斌没先跟女儿打招呼，倒是先看到了地上的钱，兴冲冲地捡起来：“这是谁的？”

阮清恬扭扭捏捏地道：“这是人家刚赔我的！”

“赔你的？”阮斌大喜，“那你怎么不收起来啊，怎么就扔地上了，这不是糟践东西吗？不对，人家怎么赔给你这么多钱啊？你出什么事儿了？”

阮斌以为女儿受伤了，关心地看着阮清恬。

您老可终于想起我来了！

阮清恬无奈地望着自己见钱眼开的父亲，笑着道：“爹，我没事，这钱……唉，不说了。”

阮斌又急着把钱往阮清恬的身上揣：“这么多钱，你还不赶紧收好！”

阮斌将钱塞到阮清恬的手中，像是有什么难以开口的话似的：“恬恬……”

阮清恬赶紧做了一个嘘的动作，心虚地四下瞅了瞅，然后低声对阮斌嘱咐道：“爹，我不是说了吗，别在外面叫我恬恬，要叫我安安。我在外面叫楚安安！”

阮斌这才反应过来：“哦，对对对，看我这记性，真是老糊涂了……你们比完了吗？我是一直拼命往这儿赶，就怕赶不上看你比赛，给你助威、加油，现在还来得及吗？爹没迟到吧？”

阮清恬听着阮斌慌乱的心跳，顿时脸色有些异样。阮清恬听力惊人，一般人听不到的东西，她都能够听得清楚。就比如人的心跳，每个人的心跳频率都不一样，就算是同一个人，在不同的情绪下，心跳也是不一样的。

就像是自己的父亲，每次阮斌一本正经地撒谎，以为自己骗得过阮清恬的时候，阮清恬其实都清楚得很。因为人的表情可以伪装，可以撒谎，但是人的心跳却是最诚实的存在。

而阮清恬恰恰拥有能和这种诚实对话的天赋，有时候，她也忍不住怀疑，这到底是恩赐还是折磨。她不想亲眼看着自己最亲最爱的人当着她的面撒谎。

阮清恬强颜欢笑，将手上的蓝格围巾戴在阮斌的脖子上："爹，你早上把这条围巾给我戴上，说是会带给我幸运，我肯定能赢……可是……"

阮斌关切地望着阮清恬："怎么？你没赢吗？怎么会呢？你的听力可是无人能及的啊！"

阮清恬黯然低头。

阮斌见阮清恬神色有异，不想惹她难过，于是宽慰道："闺女，没赢也没事！我闺女这么棒，早晚成为上海滩的第一顺风耳。没准儿哪天还成了中国第一呢！谁要敢说我闺女不好，我跟谁急。"

阮清恬有些不好意思起来："……爹，你不许取笑我。"

"好好。"阮斌宠溺地笑笑，然后掏出怀表看了看时间，放开阮清恬，"爹还有点儿事，既然你比赛结束了，你就自己先回家！奶奶估计已经在家等你吃饭了！"

"嗯。"阮清恬应着，"我还要回到里面去，裁判还等着我呢……爹，那你完事早点回家。"

阮斌也点点头，一口答应："嗯！"

阮斌张开双臂，阮清恬倒在父亲怀里，紧紧地拥抱着父亲。就算是撒谎也没关系，只要她知道父亲是真心疼爱她的就够了。

阮清恬拿着钱，走回大厅。裁判快步朝阮清恬走来："楚安安小姐，这场比赛是你赢了！这位先生刚刚进来给你证明，说刚才落在棉花上那个骰子，你报的数是对的！"

阮清恬疑惑地望着裁判，心想：这是怎么回事儿？她刚才明明看到那男人已经走了的呀。这时，她看到一个瘦高、黝黑的男孩站在一旁，只觉得他眼熟，想了半天才想起来，他不就是那男人的手下，刚才拦着她的那个人吗？

阿春向阮清恬礼节性地点点头，转身要走。

阮清恬赶紧拦住阿春，将钱递给阿春，冷冷地道："这是你老板的钱，你拿回去给他！我不能要！"

阿春恭敬地说道："对不起，小姐，这不在我能力范围之内！"

想必是做惯了下人的，这种唯唯诺诺的恭敬已经融进他的血液中，一举一动都带着谦卑。

阿春转身走了。阮清恬追着阿春："可我不能要他的钱啊！"

阿春转过身来，望着阮清恬，认真地道："那请小姐下次再见会长时，亲自还给会长吧。如果我把钱带回去，会长他一定会打死我的！"

阮清恬吓得连忙收回手。

啊？为了这区区三百块，再搭上一条人命确实是不值得。

只不过……

"我下次……我下次还有可能见到他吗？他那么凶，跟阎王一样，我可不想再见到他了！"

任浩铭坐在车内，拿出一张照片端详，照片上面有一个戴蓝格子围巾的男人，和任浩铭的妹妹任晓晓在一起亲热。

任浩铭眼神冰冷："这个男人看上去怎么都有四十了！戴蓝格子围巾的！别让我逮到，哼！"

车子平稳地驶进任公馆的大门。任浩铭下车，黑着脸走进院子，大步走进任公馆的大门，一进门就绷着脸坐在沙发里。

仆人谷雨低着头，紧张地站在任浩铭面前，双手不停地绞着。手下春、夏、秋、冬站在一旁。

任浩铭忍着怒气问："二小姐去哪儿了？"

这个死丫头，又不知道跑到哪里疯去了！

阿春看谷雨不说话，忙催促道："你倒是说啊！"

谷雨突然跪下，声泪俱下地道："会长，我真的不知道二小姐去了什么地方，我就去上了个厕所，结果一回来，二小姐就不见了。"

任浩铭冷着脸："那个男人是谁？"

谷雨战战兢兢地解释："我只知道二小姐前段时间认识了一个男人，但是那个男人长什么样，有多大年纪，姓什么叫什么，我真的都不知道。会长，您一定要相信我。”

阿春怒其不争：“那你当时怎么不说？”

谷雨委屈地说道：“我以为二小姐只是交了一个朋友，根本就没想那么多。”

任浩铭审视地盯着谷雨：“你最好祈祷二小姐别出什么事。否则我让你这辈子都别想再说话！下去吧！”

谷雨这才站起身来，两条腿不断地打战，都快要站不稳了。她看都不敢看任浩铭，诚惶诚恐地离开了。

夜里。

任晓晓小心翼翼地进了自家院子，边走边整理戴着的口罩和帽子，不时警惕地四下观望一番。原本是回自己的家，结果她搞得好像是做贼一般。

任晓晓进了屋子，发现客厅里黑着灯，好像没有人的样子。任晓晓戴着一个大口罩、一顶大帽子，轻手轻脚地走进客厅，踮着脚走上楼梯，生怕吵醒人，被人发现。

不料，电话铃声却猛然响起，任晓晓吓了一跳，赶紧窜到电话机旁接电话。她故意压低声音：“喂，哦，安安，你要戏服，好的好的……”

任浩铭端着碗，不声不响地出现在任晓晓身后，冷不丁地问：“你去哪儿了？这么晚才回来？”

任晓晓吓了一跳，猛地回头，捂着胸口：“哎呀，哥，你干吗呀？吓死人了！”

任浩铭依然冷着脸：“我问你，这么晚，你去哪儿了？”

任晓晓灵动的眼珠子骨碌一转：“我都这么大了，难道还不能有点社交生活了？哥，你管得也太宽了吧。”她头也不回，想要直接上楼闪人。任浩铭拦住妹妹，将手里的粥递给她，忍不住数落道：“晓晓！你就不能听听哥的话吗？哥都是为你好！”

任晓晓嘟着嘴，撒娇：“哥，我都困了！有什么事儿，明天再说吧。”

“你……”

任晓晓不等任浩铭回答，就端着粥，逃也似的上楼了。

在她身后的任浩铭，一脸的无奈。

上海。楚家。

一幢西式的三层别墅坐落在苍翠的梧桐树间，显得富丽高贵。此刻，别墅里面灯火通明，偶尔能听到几声轻微的耳语。阮清恬迈着轻快的步伐走到大门口，看门的王大爷早已与她熟识，很快打开大门："来了。"

阮清恬微笑着点头招呼："王大爷好。"

只是王大爷一直以为她是楚小姐的好朋友，却不知在其他外人面前，她就是楚安安。阮清恬走进客厅，丫鬟小雅正在打扫。看到阮清恬，立刻问好："阮小姐，您来啦。"

阮清恬友好地点点头："小雅，你家小姐呢？"

小雅笑着回："在房间里换戏服呢。"

阮清恬笑笑："那你忙吧。"

语毕，阮清恬立刻朝楚安安房间走去。阮清恬走进房间的时候，楚安安正背对着房门，拿着两件戏服，在落地镜前认真地比较着。一头深棕色的头发披散在消瘦的肩上，犹如上好的绸缎，在灯光的照射下闪闪发光。

第三章

会长任浩铭

阮清恬笑着说道:“安安,我来了!”

楚安安闻言回头,见到阮清恬立即笑着招呼:“清恬,你来得正好,快帮我看看,这两件衣服哪件好看。”

楚安安说着,便拿着两件戏服来回地在自己身上比画着,让阮清恬帮忙决断。阮清恬仔细看着这两件戏服,每一件都很华丽、很好看,一时难以决断:“我觉得两件都挺好看的。”

楚安安一听阮清恬这么说,心中顿时更加纠结了:“你也觉得是这样吗?我都已经挑了快一个小时了,也没找到合适的,这可怎么办啊?”

阮清恬笑了笑:“没关系,你慢慢挑,其实啊,你长得那么好看,穿哪一件都很漂亮啊。”

楚安安笑得娇俏而可爱:“清恬,你可真会说话,说得人家都不好意思了呢。”

阮清恬笑了笑:“我说的是实话啊。不过,安安,你今天叫我来有什么事么?”

楚安安这才想起来,放下戏服,转身从包中找出一袋钱来:“哦,对了,恬恬,这里有两百块大洋,我要你继续帮我,继续代替我做楚安安!我父母也许过些日子会从苏门答腊过来!”

阮清恬有些不好意思了，虽然她帮着楚家大小姐在外掩护身份，但是楚小姐对她家真是不薄，这些年里里外外算起来，给的钱也不少了。

“安安，当初我眼睛看不见了，是你出钱替我治好了眼睛，我们非亲非故，只是萍水相逢，你雪中送炭，我都不知道怎么感谢你！”阮清恬感激地望着楚安安。

楚安安见阮清恬神色忸怩，似乎是不好意思再收她钱的样子，忙说：“好啦，你就拿着吧。你奶奶年纪也不小了，你总不能还让她成天上街卖手帕吧？”楚安安说着，走到一旁收拾乱放的戏服，“如果你真的想要谢我的话，那你就答应我，继续替我做楚安安，替我去上学！”

现在用阮清恬和楚安安两个不同的身份活着，难免出现混乱的时候，但是楚安安待她不薄，她实在不好拒绝：“那好吧。”

楚安安整理着散了一床的衣服，阮清恬也忙过去帮忙。突然楚安安想起什么似的，拉着阮清恬高兴地大叫：“对了，任家大小姐还拿着我的一身戏服呢，我怎么把这茬给忘了，她说会给我送过来的。清恬，你待会一定要提醒我，免得我到时候又忘记了，一通乱忙。”

“好。”阮清恬笑着答应。

阮清恬离开楚家的时候，心里还是高兴的。她开心地紧紧抱着手里的钱包：“这钱总算是凑足了！流苏耳环啊流苏耳环，你一定要乖乖待在当铺，等着我把你赎回来。”

第二天一大早，阮清恬便兴冲冲地跑到当铺，想要把之前当掉的流苏耳环给赎回来。

阮清恬走到当铺的时候，当铺还没有开门。招牌高高挂在门店上，当铺的伙计正在卸门板。阮清恬连忙走上前：“你好，我想赎东西。”

伙计看都没看阮清恬，继续小心地将门上的木板拆下来：“要赎东西得找我们掌柜的。这样，您从前面那条街往南走，那边有家洋货店，是我们老板新开的，掌柜的这会儿肯定在那边忙活着呢！”

阮清恬想着反正在这儿干等着也是浪费时间，倒不如自己去找当铺的掌柜，说不定还能快些将耳环赎回来。于是，阮清恬便朝着前方的街道走去，走了没几步，果然看到一家看上去很高档的洋货店。店外面挂着一块大招牌，用烫金的字体写着店铺的名字，橱窗里摆放着各种各样的稀奇玩意儿，有望远镜、万花筒、拐棍，还有一只样子精致的怀表。

“看来就是这里了。只要找到掌柜的，我就可以把流苏耳环赎回来了！”

阮清恬兴奋地想，抱着包走进洋货店。店里的货架上摆放着一台造型精致的相机，一只修长、骨节分明的手伸过来，将相机拿起来，仔细端详着。

任浩铭望着手中的相机，不觉扬起嘴角，这个玩意儿倒是挺新奇的。

掌柜连忙笑着过来介绍：“任会长，这款康太克斯（Contax）Ⅰ型照相机，是昨天新到的货，听说现在洋鬼子都用，与那个莱卡135照相机有得一拼，可能还要好一些。不过就是价格太贵，所以我只进了这一台。”

任浩铭边听边拿着相机四处比画，突然，他看到店门上方挂着的一个风铃，于是便将镜头对准了门口。谁知，就在他按下快门的瞬间，阮清恬走进洋货店，正好落在镜头里。

阮清恬见到任浩铭，惊讶之余又觉得十分欣喜。哈哈，真是踏破铁鞋无觅处，得来全不费工夫啊。阮清恬立即兴奋地朝任浩铭跑过去：“谢天谢地，又遇见你了！我还在发愁上次的钱怎么还给你！”

任浩铭皱眉：“上次的钱？什么钱？”

阮清恬微怔，这人什么记性啊。就在阮清恬想要好心提醒的时候，任浩铭又慢悠悠地说道：“哦！我想起来了。”

“你想起来就好，我现在就把钱还给你。”阮清恬说着，就要往外掏钱。

任浩铭不慌不忙地拦住她：“慢着！我说过要你还了吗？”

阮清恬眨着一双无辜的明亮眼睛：“上次你已经帮我证明了，你的钱当然要还给你了。”

任浩铭冷笑一下：“你真是太不了解我！我给别人什么，或者我从别人那里拿什么，都是我说了算！”

阮清恬心里不屑地冷哼一声，但是面子上仍然维持着礼貌：“这位先生，抱歉，我没有接受别人施舍的习惯！”

“我说了不用！”任浩铭说着，顺手又用拿着相机的那只手去拦，阮清恬也没在意，结果不小心将他手中那台精致的相机推到了地上。

两人不约而同地望向在地上滚了好几圈的相机，阮清恬整个人都要吓傻了。

这下可糟糕了！这个相机看起来可不是三百块就能买得起的样子啊！万一这个混蛋讹上我，可怎么办啊？

这样想着，阮清恬忙不迭过去将相机捡起来，左翻翻右看看也看不出个所以然，甚至连哪里磕到碰到都看不出来。阮清恬心里急得不行，而就在这时，一双大手伸过来，将相机抢了过去，然后一脸高傲地看着她："现在，你要还我的钱恐怕不止这些了吧。"

阮清恬咬着唇，心里跟打鼓似的，但是面上却仍然装作镇定的样子："你有什么证据说我把你的相机摔坏了？再说了，这相机谁知道是不是你的啊？"

任浩铭望着她，玩味一笑。行，还挺会强词夺理的，好！我今天就让你知道，你到底是怎么死的！

任浩铭淡定地从西装口袋中掏出一沓钱，举在身侧，都不用回头，掌柜便立即殷勤地上前接过。任浩铭淡淡地开口："够了吗？"

掌柜乐呵呵地点着手中崭新的钱，直点头："够了，够了。"

任浩铭得意地望着阮清恬，好像在说，你现在还有什么话说。

阮清恬心里恨得牙痒痒，可是毕竟是自己有错在先。这下可好了！看来，这流苏耳环今天是赎不回来了。阮清恬紧紧捏着手中的钱袋，心中一阵难过。

任浩铭见她一副为难的样子，再看她的穿着打扮，想必也不是什么富裕家庭的孩子，要她赔这个相机，着实有些为难她了。

"这样吧！我今天就难得大方一次，这相机我看也没什么破损，就不需要你赔了。"

"真的吗？"阮清恬立即眼泛桃心地望着任浩铭。

"不过嘛……"任浩铭很快又慢悠悠地补充道。

"不过什么？"阮清恬立即警惕地望着他，总感觉此人意图不良的样子。

"刚才我正准备照相，可是你随便闯到我的镜头里来，这是非常不礼貌的行为？你知道吗？且不说这款相机有多贵，且不说这胶卷也很值钱……"

"多少钱？"阮清恬突然问。

任浩铭一愣。

阮清恬再次问了一遍："多少钱？"

掌柜认识阮清恬，想替阮清恬说话："那个……会长……这个她吧……"却不料任浩铭霸道地吼了回去："没你事，靠边站！"

掌柜立即知趣地退至一旁。

阮清恬拍拍自己怀里的包："多少钱？说吧，你的胶卷值多少钱？我买了！既然你大方不让我赔你相机了，那一个胶卷能值多少钱？这我还是赔得起的。"

说着她从身上掏出十块放到柜台上，然后冲任浩铭伸手："把胶卷给我！我要用实际行动告诉你，在这世上，不是所有的主，都你一个人做！"

幽暗的眸子慢慢凝聚起一股子冰冷神色："你要做我的主，是吗？"

任浩铭冰冷的目光盯着柜台上被阮清恬拍下的十块钱，不知道为什么，他感觉自己受到了屈辱一般，只想好好地教训一下这个狂妄自大的臭丫头，让她清楚地知道，他任浩铭到底是什么样的人。

"十块钱可以买别人的胶卷，买我的胶卷，要五百大洋！"任浩铭冷冷地道。

"五百大洋！你疯了吧！"阮清恬不可置信地瞪着任浩铭。

任浩铭冷笑："你不是很有骨气的吗？我看你这包里应该有这么多！把包撂下吧！"

阮清恬紧紧攥着自己的钱包，不甘道："你的胶卷镶金边啊，要这么多钱！"

任浩铭挑衅地望着她："怎么，你不是想做主吗？这点钱都不舍得花？五百大洋！不要当天桥的把式，光说不练啊！"

阮清恬一下愣在那里，不知所措。

望着阮清恬窘到家的样子，任浩铭倒是玩兴大起："要不这样吧！你不是擅长听力吗？来赢我怎么样？要是你赢了呢……我把胶卷双手奉上，要是你输了……"

阮清恬一下来了精神："你说的是真的？因为，我是绝不会输的！至少跟你比，我绝不会输！"

任浩铭突然坏笑起来："你真是一只敢拼的小野兔！"

说话间，两人就决定在这洋货店里比试。

任浩铭用手指向店里摆的三个表，有钟表、手表和怀表。阮清恬不敢相信地问道："让我听时间？拜托，这位先生，这是我们商学院无线电培训班听力课的入门课程！"

任浩铭嘴角一勾："你也别太自信了，我的赌注可不是那么好赢的。第一次听错，一块大洋！第二次听错，十块！第三次听错，就比较多了！输你全部的钱！不过我要事先说一下，让你听的，不一定是你现在看到的这些表！"

阮清恬一脸自信："再多听几块表也没问题！来吧！"

任浩铭一看激将成功，得意地笑了。阮清恬蒙着眼睛，开始听时间。任浩铭用手敲向一块手表。

阮清恬自信满满："十点二十三分！"

完全准确。

任浩铭脸上露出赞赏的微笑。任浩铭指向了第二块表，阮清恬也听对了。

任浩铭见时机已成熟，便转身从柜子里拿出一个图册，图册上的图画是一个少女正在看钟表。

阮清恬侧耳努力去听，可是听不到动静："是翻本子的声音。你确定你给我听的是表吗？还有，我怎么听到你的心脏在乱跳，你是在骗我吗？"

任浩铭暗自惊讶，这丫头看来还是有几把刷子的，连我的心跳都能听清楚。但是他的语气依然是波澜不惊："小姐，你要听的是表，不是我的心跳！你集中点注意力吧，别说我没提醒你，你马上就要满盘皆输了！"

这下，阮清恬怎么努力都听不到声音，她的汗顿时下来了："你不许耍诈！"

任浩铭轻笑："愿赌服输！我刚才告诉你了，让你听的，不一定是你看到的那些表！"

"我……输了！"阮清恬摘下眼罩，看向任浩铭手里拿的那块"表"——那个图册，顿时气愤异常。"你果真使诈？这不是钟表，这是图画！"

阮清恬一气之下，将怀里的包塞给任浩铭，然后转身就走。看着阮清恬的背影，任浩铭不禁失笑，但是眼中带着几分莫名的欣赏。

任公馆内，任晓晓翻箱倒柜地找出一沓信纸，又小心地从一个精致的长方形的盒子中拿出一支钢笔，然后才坐在书桌边，冥思苦想着，到底要怎么写呢？

任晓晓想了一会儿，然后在信上郑重其事地写了几个字："哥哥，我……"

任晓晓想了想，觉得不好，又烦躁地将纸揉成一团，扔掉，又作势要写，想了想，还是放弃了，将钢笔放在一边。

难道她真的要这样离开哥哥吗？在这个世界上，哥哥最疼她了，如果就这样离开的话，哥哥应该会很伤心的吧。

可是……

任晓晓犹疑的目光移到那支精致的钢笔上。这支笔是阮斌送给她的。他没什么钱，这支笔花了他不少钱，还特意刻了一个"R"在上面，说是她专属的。

阮斌是她长这么大第一个爱上的人，她真的很喜欢，真的不想跟他分开。但是哥哥又是那样的固执，如果真的发现阮斌的存在的话，阮斌一定活不成了！

这样想着，任晓晓一咬牙，拿出小皮箱打开，开始收拾自己的金银首饰。这一走不知道什么时候才能回来，她还是多拿些东西，以备不时之需。

这时，仆人谷雨敲门走了进来，看到任晓晓着急忙慌地收拾东西，赶紧关上门，惊问道："二小姐，您这是在做什么？"

任晓晓拿起一张她和的合影，头也不回地说道："我要离开上海。"

谷雨不由惊呼："离开上海？会长要是知道了，他会疯的。"

任晓晓手抚照片，眼圈也不禁有些泛红："但要让我离开他，我也会疯的。"

谷雨想劝，但是也不知道应该怎么开口："二小姐……"

她这个主人，她是最了解不过了，看似柔弱，但是性子却是格外的倔强。使起性子来，别说她了，恐怕就是会长也是压制不住的。

任晓晓把照片放进小皮箱里，然后对谷雨说道："谷雨，如果你还当我是你的二小姐，就不要把这件事告诉我哥！"

"二小姐，您一定要走吗？"谷雨的眼泪在眼圈里打转，毕竟也主仆多年，早已有了感情。

任晓晓转过头来，坚定地望着谷雨："我也不想的，可是我真的很爱他，不能失去他。谷雨，你能明白的，对吧？"

谷雨看着任晓晓，为难地点点头。

任晓晓蹑手蹑脚地从房间出来，小心地看了眼楼下，发现只有仆人阿春和阿夏在，便把戏服盖在手中的小箱子上，然后故作自然地走下楼梯。

而在楼下的客厅里，阿春好奇地摆弄着相机。

阿夏忍不住开口叮嘱："你小心点，听洋货店老板说，这相机可贵着呢！全上海就只有这一台。"

任晓晓刚走到一半，突然见任浩铭烦躁地走进客厅，下意识就想往回跑，但是见任浩铭一副心不在焉的样子，又不由得担心起来。

阿春和阿夏见任浩铭回来，连忙走过去，将照相机递给任浩铭："会长，这是洋货店送来的！"

任浩铭却看都不看一眼，一脸阴郁。

阿春和阿夏不解地互视，只得放下相机离开客厅。任晓晓抱着戏服走去任浩铭身边坐下，关切地问："哥，你怎么了？"

任浩铭见是任晓晓，忙收敛起自己的情绪，平复下心情："没什么。"

看到任晓晓手里抱着戏服，忙问："你要出去？"

第四章

私奔

任晓晓故意挺直了身子，想说得理直气壮一些，这样任浩铭就不会怀疑了："对啊，我借了楚家小姐的戏服，她刚打电话来，催我还呢。"

任浩铭微微眯起眼睛，一脸怀疑："这该不会是你去见什么人的借口吧？"

任晓晓佯装生气地嗔怪道："哥……"

任晓晓原本还打算和任浩铭理论一番的，不过想想还是算了，于是又换作一张笑脸，扑到任浩铭怀里撒娇："哥，你能不能给我点钱？"

"你要钱做什么？"任浩铭眉眼一挑，十分警惕地望着自己的妹妹。这个鬼丫头，不知道又在算计什么。

"我看上几样东西，但是价格都很贵，我手里的钱不够。"

任浩铭望着任晓晓脸上明显的心虚表情，在心里叹了口气。这个傻丫头，真以为她哥哥是那么好骗的吗？

"晓晓，你是我妹妹，从小你就不会说谎……只要是你看上的喜欢的东西，我哪一次没有满足你？晓晓啊，如果你真是看上了什么东西，无论多贵，回头我都派人买回来给你！"

任晓晓心中感动："哥……"

从小到大，哥哥对自己的好一一在脑海中闪过，心中闷闷一痛。她就这样走了的话，真不知道什么时候才能再见到他。

任晓晓沉浸在自己的思绪中，没有再说话。任浩铭见她沉默的样子，也不忍多言，只要她自己心里有数就行。一时无事，他便拿起一旁的《申报》看起来。

没一会儿，任浩铭便被人叫走了。任晓晓见机会来了，赶紧拿着戏服和小皮箱准备离开，突然发现茶几上放的照相机，想起刚才阿春和阿夏的对话，想着这相机也值几个钱，实在不济，还可换些钱。于是便飞快地将照相机放进小皮箱，离开了任公馆。

任晓晓前脚刚走出大门，阿春和阿夏就后脚跟了出去。任浩铭太了解这个妹妹了，今天她很反常，他心里不放心，但是又不想像个顽固家长一样，一味地限制她的自由，于是只能暗中派人守护。

任晓晓一出家门就径直去和和楚安安约好的咖啡馆，当时宋诚也在，这两个人几乎要形影不离了。任晓晓也没多想，还了衣服就忙不迭地准备离开。想到从此见面遥遥无期，任晓晓临走的时候，郑重地拥抱了楚安安，眼中含泪的样子让宋诚不禁怀疑："你这朋友挺奇怪的，好像在跟你告别一样！"

楚安安不以为意，搅弄着面前的咖啡："别胡扯了！她告什么别？不可能！"

宋诚虽然疑惑，但是任晓晓毕竟是楚安安的朋友。所以他只是笑笑，没有反驳。

任晓晓见过楚安安之后，便抱着皮箱急匆匆地跑进一个小巷。因为她发现后面有一辆黑色的小轿车一直在跟着她。在她的对面，被任浩铭气得火冒三丈的阮清恬正一边走，一边烦躁地自言自语："好不容易挣的钱，都输给了那个又是狼又是狗的男人，不知道今天能不能找到一份差事！都怪那个杀千刀的男人，最好别让我再看到他，否则我一定……"

阮清恬突然看到前面一个衣着华贵的年轻女孩儿正在巷子口探头探脑，不知道在做什么。阮清恬想上去问个究竟，结果这女孩儿一个转身，险些撞到了阮清恬的身上，她还没反应过来，女孩儿便躲到自己身后。

阮清恬觉得奇怪，抬眼望去，正好看到一辆黑色轿车开了过去，险些撞到阮清恬。任晓晓躲在阮清恬的身后，探头探脑，看到阿春他们的车子离开之后，才松了一口气。

突然，任晓晓发现自己的一只镯子掉在地上，她刚要捡起，却发现阮清恬已经替她捡起来了。

"那辆车是在追你吗？"见到方才的情形，阮清恬心中已经明白了大半。

任晓晓紧张地点点头。看来哥哥还是派人跟踪她了，这下可糟了！她出来的时候，为了不引起任浩铭的怀疑，没敢从钱庄取钱，拿的都是珠宝首饰这些东西，想着出去当了也能换点钱。但是现在她被人跟着，一进当铺，绝对是要穿帮的啊，这可怎么办才好！

“你不用担心，他们已经走了。”阮清恬笑着说道。

望着面前阮清恬明媚灿烂的笑容，任晓晓突然计上心来：“小姐，你能不能帮我一个忙？我给你钱！给你十块大洋！你帮我把这些东西拿去旁边的兴裕当铺当掉。”

任晓晓说着，手忙脚乱地拿起身边地上的皮箱打开。阮清恬望着里面琳琅满目的首饰，吓了一跳，这里面任何一件拿出来恐怕也值上百大洋吧。

阮清恬不解地望着任晓晓：“你可以自己去啊！”

任晓晓小脸皱成一团，心急地解释：“兴裕当铺的人，都和我家人认识。所以我出门不太方便。我在当铺外面等你，你帮我把东西当掉，把钱拿给我就行！为了表示感谢，我可以给你十块大洋，你要是觉得少的话，二十块也行！”

阮清恬连连摆手：“这不是问题！只是，小姐，你是不是没去过当铺？就你这些手镯、项链、相机、花瓶、瓷器看着都很贵重，当铺一般会找人鉴定一下真假，把钱拿给你，最快也要下午！”

任晓晓显然没料到会是这样：“啊？真的吗？那好吧！那就帮我把这些东西送进当铺，下午咱再去那拿钱！”

阮清恬无奈地摇摇头：“小姐，你一定是平日大门不出二门不迈吧，你怎么可以这么轻易相信一个陌生人？”虽然这确实是一笔稳赚不赔的好买卖，她不会傻到拒绝。但是这个女孩子也太过单纯了吧，她觉得还是有必要提醒对方一下的。

任晓晓笑笑：“我一看你就是好人！”

这话她倒是爱听。阮清恬笑了：“这样吧，我刚刚看到皮箱里有个照相机，我们照张相。你把东西让我去当，又让我帮你拿钱，你总要留张我的影像啊！这样就算我跑了，你也有个罪证不是。”

阮清恬说完，从皮箱里拿出照相机。

“不用了，真的不用了。”任晓晓连连摆手。

“一定要拍的！”阮清恬很坚持，“我就是想告诉你，世道险恶，你这么单纯善良虽然也没什么错，但是一个人在外面的话，还是要多加小心才是，尤其是你这么漂亮的女孩子，更要学会保护自己啊。”

照相机“咔嚓”一声，任晓晓和阮清恬并肩浅笑，两个青春明媚的少女瞬间都被收进了镜头里。

阮清恬挑了几件首饰，很快往当铺去了。任晓晓站在兴裕当铺外的转角，看着手中的照片，笑着将照片放进兜里。

很快，阮清恬就拿着当票从兴裕当铺出来，把当票交给任晓晓。

任晓晓看着手中的当票，觉得很惊奇：“这样就办好了吗？我下午拿着它，就能换现钱了？”

阮清恬笑了笑，这个千金大小姐还真是一点生活经验都没有啊：“还不行。当铺里的人说，只认来当东西的人，所以还得我来给你领现钱。下午你就在当铺外等我吧。我一拿到钱，就给你！”

任晓晓将当票交给阮清恬：“下午四点在前面那条街的水果摊见吧！我相信你！我还有事，先走了！”

转眼到了下午，阮清恬依约去为任晓晓取钱。阮清恬站在柜台边，等着掌柜的开票据。掌柜的核对着阮清恬拿来的当票与清单，拨弄着算盘算钱，然后将金额写在支票上：“小姐，我们现在手头没有那么多现钱，你拿着这张支票，自个儿跑趟钱庄，去兑一下现钱。”

掌柜说着将支票交给阮清恬。阮清恬接过支票，看了一眼：“永发银行。”

马上到和任晓晓约定的时间了，阮清恬不敢耽误，很快去了永发银行。她手里拿着小皮箱，在一个柜台前等着工作人员给自己兑换现钱。

任浩铭视察完工作正前呼后拥地走出来，结果意外发现阮清恬在柜台前，不禁觉得有趣。看来，他跟这个女孩儿的缘分还真是不浅，到哪儿都能遇到。

这样想着，任浩铭还未来得及反应，就好像被一股神秘的力量牵引着，走到阮清恬身边。他大步走上前，看到工作人员面前摆放着一堆现钱，数额还不少，不禁挑眉：“我说，你没事兑这么多现钱做什么？”

身边突然出现了一个人，将阮清恬吓了一跳，回头见是任浩铭，更是没有好脸色：“你没事管这么多闲事做什么？”

任浩铭轻扯嘴角，转头命令工作人员：“把她的支票拿给我！”

工作人员为难地看了一眼阮清恬，但还是将支票交给任浩铭。阮清恬难以置信地望着任浩铭，然后便伸手去抢，两个人的手攥住了同一张支票，谁也不肯撒手。

任浩铭瞟了一眼支票，看到上面写的是“兴裕当铺”，瞬间明白了几分，一脸玩味地望着阮清恬。阮清恬被他看得心里发毛，忍不住喝道：“别看了，混蛋！”

这时，跟丢了人的阿春神色紧张地走过来，站在离任浩铭不远的唯唯诺诺的，不敢上前：“会长……”

任浩铭微微侧头，神色冷冽：“什么事？”

阿春这才上前，跟任浩铭耳语道：“二小姐好像离家出走了！”

任浩铭顿时神色一变，整个人像是被雷劈了一般。阮清恬见他火急火燎地走了，心中不禁诧异：“喂！我必须把钱还给你，我要去哪儿找你啊……”

阮清恬提着小皮箱站在一个水果摊旁，焦急地等待着。看到任晓晓过来，她连忙迎了上去：“这皮箱真是太重了！这是你的钱，里面一共是……”

任晓晓没等她说完，便打断她：“谢谢你！今天你这么帮我，等我日后安定下来，我必定好好报答你。对了，这是给你的十块大洋！你一定要拿着！”

阮清恬接过钱，笑道：“那我也谢谢你！帮你这么个小忙，得到这么多报酬！你赶紧走吧！路上要小心！对了……祝你幸福！”

任晓晓怔了一下，然后才笑着回道：“我也祝你幸福！”

我一定会幸福的！任晓晓抱着箱子，在心中默想。她就要跟她最爱的人一起远走高飞了，从此以后天长地久，举案齐眉。自己一定会是这个世界上最幸福的人！

带着这样的信念，任晓晓抱着沉重的小皮箱，走了一路都没有觉得累。她到了和阮斌的出租屋内，走进房间，将小皮箱放到床上，然后走去拉开窗帘，走上阳台。

望着外面大好的阳光，任晓晓忍不住伸了一个大大的懒腰，欢呼道：“哦……我终于可以和我喜欢的人无拘无束在一起了！”

任晓晓探头看着巷子里，想看有没有阮斌的身影。没想到，她真的看到了阮斌。任晓晓兴奋地冲他招手：“阮斌！”

但是阮斌手里拿着一张邮寄单，神色慌张地一路小跑，并没有听到任晓晓的喊声。而阮斌身后传来的此起彼伏的急促脚步声，让阮斌不安地回头看了一眼，赶紧拔腿就要跑。

阮斌身后有两个凶神恶煞的男人一直追着他，从后面拽住他，一把按到墙上，紧接着寒光一闪，一把匕首很快抵住了阮斌的脖子。

阮斌吓得两腿发软，险些跌坐在地上。

其中一个男人狠狠推了阮斌一把，口中叫嚣道："跑啊！你不是挺能跑的吗？怎么不跑了？"

阮斌讨好地求饶："大哥大哥，您再容我一天，明天，明天我一定把欠您的钱都还上。"

边上一个瘦高的男人连忙接话道："姓阮的，你上次不是说勾搭了一个富家小姐吗？你说你找她要钱的！"

阮斌突然想到了任晓晓，连忙谄笑着说道："对对对！大哥，大哥，我真的已经勾搭上一个富家小姐，我已经跟她要钱了，而且马上要拿到手了！大哥，你行行好，再容我一天，就一天。"

男人想了想，像是在思考阮斌这话的可信度。良久之后，才说道："好，我就再给你一天！你要是敢耍什么花招，小心你的小命！我们走！"

男人的匕首离开了阮斌的脖子，阮斌才彻底松了一口气，人也像是被抽光了力气似的软了下去。

眼瞅着两个追债人离开，阮斌一改方才讨好的态度，冲着追债人离开的方向用力啐了一口，嘴里骂骂咧咧地往楼上走去。

任晓晓站在阳台上，难以置信地看着阮斌，刚才阮斌和那两个追债人的对话，不断地在她的耳边回响。她感觉那个自己一直向往着，也深信不疑的世界就在刹那间彻底崩塌了。阮斌口中的那个富家小姐，难道是她吗？任晓晓不敢相信。

阮斌推门进来的时候，正好刚到任晓晓满脸泪痕，拿起床上的小皮箱，正欲走。眼瞅着自己的摇钱树要飞了，阮斌忙不迭地迎上去，问道："你要去哪儿？"

任晓晓两只手紧紧地攥着小皮箱的把手，眼泪不住地往下落。望着眼前这个自己深爱着的男人，任晓晓只觉得一阵阵的心寒："你让开！"

"怎么了晓晓？你脸色这么不好看。"阮斌说着伸手就要上前去摸任晓晓的脸。

任晓晓厌恶地打开他的手："别碰我！"

阮斌心里一慌，不明白任晓晓今天怎么这么反常。不过阮斌很快又想到，任晓晓先他一步来的，而刚才追债人就将他围在楼下的小巷子里。

难道说？

阮斌一惊，立即敏感地问道："你刚刚……是不是看到了什么？"

事已至此，任晓晓也没什么可掩饰的了，她哭着喊道："为什么要骗我？为什么？你为什么要骗我？"

阮斌看任晓晓伤心，心里也不好受，忙温柔地哄道："晓晓，你听我说……"

"不听！我不听！我那么爱你，那么相信你……可你却从一开始就在骗我……为什么？为什么？"任晓晓紧紧抱着小皮箱，难以置信地冲阮斌哭喊着，一声声的控诉代表着她片片碎裂的心。

"晓晓，我承认，一开始我是骗了你，我的名字，我的年龄，都是假的！可是，慢慢地，你的美好与纯真感动了我，让我真的喜欢上了你，这是我也没有想到的，我现在是真心的！真的晓晓，我现在真的是真心的……"

说话间，阮斌就要去搂任晓晓，可任晓晓捂住了小皮箱，向后退去："骗子！骗子！你以为我还会相信你吗？我从来没喜欢过任何人，你知道吗？你比我哥哥年龄还大，我却傻乎乎地喜欢上了你！你是个骗子！"

"晓晓，你过来！你听我解释！"阮斌心急地道。

任晓晓哭着摇头，不断地向后面退去："我不！我不再相信你了！"

天越来越黑，泼墨般昏暗的天空中，时不时划过一道闪电。

任晓晓抱着小皮箱害怕地向后退去，眼中的绝望如同深沉的海，几乎要将阮斌彻底淹没："想不到你是个骗子！骗子！你骗了我的感情，骗了我的心……"

阮斌从没见过这样的任晓晓，心中也是一阵心疼："晓晓，你听我说，你把皮箱给我，你过来，我们俩好好说，现在马上就要下雨了！我只是想跟你好好谈谈！"

但是任晓晓根本听不进他说的任何一个字，只是不断地大喊："你别过来！你别过来！"

阮斌突然大步上前，一把抓住任晓晓的手腕："晓晓，你听我说！我在苏州那边都租了房子，我是真心爱你的！"

"你胡说！你是个骗子！我一定会告诉我哥的，我哥绝对不会饶你！我哥会杀了你！我哥绝对会杀了你！”

阮斌一听任晓晓提到任浩铭，心里更慌了。这要是让任浩铭知道了，他可不就是死这么简单了，以任浩铭的手段，定会叫他生不如死！

“晓晓，你别这样！你再这样的话，我就更不能让你回家了！晓晓你要跟我走！我现在是真心爱你的！真的晓晓！”

任晓晓像条蛇般在阮斌的怀中奋力扭动：“你放开我！”

这阳台原本就狭窄，站一个人都有困难。如今，两人纠缠在一起，拉扯间，任晓晓一不小心向后倒去。阳台的护栏原本就矮，任晓晓抱着小皮箱，无形中加大了重量，转瞬间，任晓晓就瞪大双眼，一脸惊恐地掉到楼下去了。

阮斌仓皇地伸出手，但是一切已经来不及了：“晓晓！晓晓！”

“嘭”的一声，任晓晓从楼上摔下来，掉到地上，后脑撞到了一块突起的石头，血流如注。随身的小皮箱摔落在旁边，里面的衣物撒了一地。

第五章

任二小姐出事

任晓晓睁大眼睛，抽搐了几下，口中不断往外涌着鲜血，很快就闭上了眼睛，死了。

一道闪电从天空划过，照亮了阮斌惊恐万状的脸，在昏暗的夜空中显得分外狰狞。

任浩铭忧心忡忡地坐在车里，心没有来由地闷痛了一下。他突然有了几分不好的预感。晓晓，你到底在哪里？只要你回来，哥哥再也不逼你做任何事……晓晓，你千万不要出事，千万不要……

任浩铭默默在心里祷告。

"轰隆隆"一声，沉雷震响。任浩铭面色凝重地坐在车内，被突然的电闪雷鸣吓了一跳，心中的不安瞬间多了几分："晓晓……你可千万不要有事儿啊！"

车子猛地刹住，任浩铭正想得出神，一个没注意，被甩得向前重重一倾，司机连忙道歉："对不起，会长。"

任浩铭冷言冷语："什么事？"

"会长，前面有棵树挡路了，我们是否绕行？"

任浩铭心情不佳地点点头。车子很快掉头开走了。然而此时的任浩铭并不知道，自己心心念念的亲妹妹正浑身是血地躺在前面。在街道另一侧，楚安安坐在宋诚的车里，与任浩铭的车擦肩而过。

楚安安一脸的不安。

宋诚关切地问："怎么了？脸色那么不好看。"

楚安安揉揉眼睛，不开心地道："我的左眼一直在跳，总感觉有不好的事要发生。"

宋诚笑笑："你真是个小女人，就喜欢胡思乱想。"

楚安安不经意地一转头，看到阮斌匆匆跑进一个巷子里。她觉得这人的背影有几分眼熟，可是却怎么都想不起在哪儿见过。

阮斌心惊胆战地扶起地上的任晓晓，心疼地呼唤着："晓晓！晓晓！"

见任晓晓毫无反应，只是颓然地睁着一双空洞的眼睛，阮斌突然意识到晓晓已经死了，吓得连忙把任晓晓的尸体扔到地上。而此时，身后突然传来急促的脚步声，阮斌来不及回头查看，便落荒而逃。

楚安安和宋诚打着同一把伞从巷子的另一边走进来，正好看到阮斌逃走的背影："那个男人，怎么有点眼熟……"

待到楚安安打算细看的时候，阮斌早已没了人影。

宋诚不满地敲了一下楚安安的头："安安，你不要看哪个男人都眼熟！你再这样，我可不高兴了！"

"不是，我真的觉得那人的背影很眼熟。"楚安安深一脚浅一脚地向前走，"这是什么鬼地方，车子都进不来！"

楚安安突然忽然看到前面的地上躺着一个人，连忙快走几步，过去察看。待到看清地上人的容貌，她吓得倒吸一口气，连声音都变得尖锐起来："晓晓……是晓晓！"

楚安安吓得扑到宋诚的怀中，宋诚也心有余悸地望着地上的尸体，一面飞快地想着对策，一面安慰怀中的楚安安："冷静冷静！安安，安安！一定是刚刚那个人，一定是刚刚那个人！他跟晓晓的死一定有关……"

楚安安也回过神来："啊？你的意思是，刚才那个人是凶手？那我们赶紧去报警吧！"

宋诚忙拦住她："安安，你冷静一下！安安，你听我说，我们不能报警！"

"为什么?"楚安安甩开宋诚的手，不解地望着他。

"安安，你忘了吗，你让一个女孩冒名顶替你上学。那些警察都跟小报记者勾着，你到警察局去报案，有人冒名顶替你去上学的事就会外泄，到时你父母就会赶到上海，把你叫回苏门答腊！还有啊，报案这事本身也很麻烦，警察问这问那的。这案子只要不破，警察就会老找你……”

楚安安这才反应过来，一时也没了主意：“啊？真的吗？有那么麻烦吗？那……”

宋诚按着楚安安的肩膀，沉声道：“别去报什么案了！如果刚才那个是凶手，法网恢恢，不会让他漏网的！听我的啊！”

楚安安半信半疑，无奈地跟着宋诚上车离开了。

不管阮斌对任晓晓几分真心，几分假意，毕竟两人在一起过。阮斌虽在慌乱下逃了，但是心中不忍就那样把任晓晓留在那儿，于是又折返了回来，却看到楚安安和宋诚，便小心地躲在角落里。直到他们走了，他才慌慌张张地跑过来，一下子跪倒在任晓晓面前：“晓晓，是我不好，我也不想让你死的，可是事到如今，我不能就这么走了，要是被人发现你死在这里，最后一定会查到我的身上。我不能把你留在这里，你在天有灵，一定要原谅我。”

风雨越来越急，乌云渐渐遮挡住月亮。黄浦江面上，风高浪急。

阮斌浑身湿透地站在黄浦江边。天空中响了个闷雷，将阮斌吓了一跳，同时也将他的脸吓得惨白惨白的。阮斌看着任晓晓紧闭着的双眼，不禁泪如雨下。

“晓晓，实在对不起，实在对不起！你怎么就死了呢？我想跟你说的话还没说完，我是真爱上你了。晓晓……既然你去了，那我也跟你一起去，晓晓，我们俩生不能在一起，去天堂一定要在一起！”

阮斌拿着小皮箱，抱着任晓晓，纵身跳进江中。

而此时，对此一无所知的阮清恬正拎着一只烧鸡，拿着一瓶酒躲在一处角落里避雨。她原本打算回家给大家改善伙食的，谁知却被突如其来的大雨困在街上。天空响过一声闷雷，阮清恬看到一个老乞丐带着一个小孩子瑟瑟发抖。思虑再三，她最终还是将烧鸡和酒递给了他们。小孩子狼吞虎咽地吃烧鸡，老乞丐连说谢谢。

“不用客气。”看到这两个人吃得这么开心，阮清恬露出满足的笑容。

这时，林峰开着车子过来了。他看到了避雨的阮清恬，也正好看到了这一幕。他将车子停在路边，摇下车窗：“捎你一程吗？”

阮清恬凝神细看：“林先生？”

林峰笑着为她打开车门，阮清恬两手挡在头上，三步并作两步上了车："谢谢您。"

"不用客气。"林峰笑笑，发动车子。

"我听说，你到处在跟同学讲，帮你找份工作！楚小姐，你家里的条件不是很好吗？为什么突然想找工作？"林峰没话找话。

阮清恬没想到他一来就问这么直接的问题，一时不知道该怎么回答："我……我家里……我……我不想一直靠家里，所以想找一份工作，锻炼一下自己。"

林峰笑笑："是不是发生了什么事？能跟我说说吗？我毕竟是你们商学院的特约辅导员。"

"没有，没有，真的没有。"阮清恬连连摆手。

"这样吧！有个朋友正好在邮务局当差，我一会儿给他打个电话，托他给你安排一份工作。不过，进了邮务局之后，通常先从邮件仓库管理干起。你不嫌弃吧？"林峰莞尔道。

阮清恬眼睛一亮："真的吗，林先生？我从没想过可以到邮务局去当差。那里的待遇很好，但是招人也严格，多少人挤破了脑袋也未必能进得去。谢谢林先生，我一定会好好表现的。"

林峰欣赏地看着阮清恬："我真的很欣赏你，楚小姐。你家境很优越，但是出门从来都穿这么朴素，身上一点大小姐的气息都没有！学校里的每一个老师都很欣赏你！"

阮清恬还没被这么直接地夸奖过呢，不禁有些尴尬地说道："谢谢林先生夸奖！"

对于林峰的盛情，阮清恬是有些意外的。这个林峰虽然只是商学院的挂名辅导员，但是凭借超高的"颜值"、不俗的气质，再加上他身上那种仿佛与生俱来的神秘气质，在商学院的人气可是不低。

现在，他突然如此大方地帮助自己，阮清恬自是有点受宠若惊，但也没往深里想，只道是他的一片善心，哪曾想到这所有的一切或许是一个巨大到她难以承受的阴谋呢。

城郊树林，"砰砰砰"几声枪响，响彻天空。

林峰一脸阴沉，缓慢地放下枪，而他对面，被固定在枪靶上的任浩铭的照片已经被打得破烂不堪。

林峰面无表情地又开了几枪，然后利落地收起枪。站在一旁的虎子迅速跑过去，将远处的照片拿过来："一共十枪，枪枪爆头，峰哥，您枪法真准啊。"

林峰不屑地冷哼一声："我都练了这么久了，就等着杀真人的时候了。任浩铭的行程都打听出来了吗?"

虎子回道："任浩铭近期会去警察局，我们可以到时候找机会下手!"

林峰一提到这个人，便恨得牙痒痒："好！任浩铭！咱们走着瞧!"他将任浩铭的照片揉成一团，踩了几脚。

上海街道一片繁华，崭新的一天又开始了。一个戴着毡帽的小小报童，手举着刚出炉的报纸，清冽的嗓音响彻云霄："号外号外，有人在江边打捞起一具女尸！号外号外!"

而此刻，在上海市的警察局门口，任浩铭黑着脸从车内出来，无数的闪光灯顿时扑面而来。任浩铭阴沉的脸上闪过几分愤怒的神色。

若是平常，大家被任浩铭凌厉的目光一扫，多少也会有所收敛，不敢太过靠近，但是今天在如此具有爆炸性新闻的诱惑下，记者们也管不了那么多了，一窝蜂地往前涌，迫不及待地想抓到任浩铭任何一个微妙的表情。

春、夏、秋、冬四人吃力地拦着不断涌上来的记者，用身体为任浩铭生生开辟出一条狭窄的通道来："各位让让，让让，不要再拍了……"

短短十几米的路程，因为记者的阻拦，任浩铭生生走了二十多分钟，两道浓眉紧紧地簇在一起，显示出他明显的不耐烦。

任浩铭阴沉着脸，强压着自己的愤怒，站在警察局局长的对面。

警察局局长一脸紧张："任会长，对不起，法医已经仔仔细细检查过了，令妹身上只有脑后一处创伤，他杀的可能性非常小……"

任浩铭一听，当即怒不可遏："非常小也是有可能！我妹妹绝对不可能自杀!"

警察局局长看到任浩铭犹如修罗般冷酷似冰的面容，越发诚惶诚恐得厉害："任会长，您听我说，令妹是昨天逝世的。您也知道，昨天晚上上海滩下了场几十年一遇的大雨，那场大雨把什么都冲得一干二净了……我们实在找不到什么线索。"

任浩铭紧咬着牙，冷冷地看着警察局局长说完。警察局局长被任浩铭的目光所迫，声音越来越弱，更不敢直视任浩铭的眼睛。

阿春跟在任浩铭身边，满目忧虑："会长，您还好吧……"

任浩铭面无表情，看似镇定，但是说出的，每一个字都犹如破冰而出的寒气，听在耳中，叫人不由得瑟瑟发抖。

"你身为警察局局长，却连一个小小的杀人凶手都找不到，如果你真的无法向我这黄浦江的百姓有所交代的话，我看你这警察局局长的位子也不必坐了！"

警察局局长顿时傻呆呆地看着任浩铭，感到这下完了！

任浩铭说完，转身迈着沉重的步伐走出警察局。他就这么一个妹妹，如今无端惨死，却连凶手的踪迹都找不到，他的心何等疼痛，又有谁能够明白？

任浩铭刚迈出警察局，无数的闪光灯便扑面而来。任浩铭阴沉愤怒的脸上更闪过一丝厌恶。

阿春见状，赶紧拦住记者。这可不是开玩笑的，现在的任浩铭就相当于已经点燃的炸弹，他会不会爆炸，就看噼里啪啦燃着的引线到底有多长了，而看他此刻双唇紧抿，眼神凌厉的样子，恐怕也没多长了。

"各位让让，让让，不要再拍了！"阿春好言相劝，他真的是为了这些人好啊。

可是，偏偏就有些人不识好歹。

一个戴着黑框眼镜的记者冲上前来："任会长，听说二小姐喜欢上一位年纪能当她爹的男人，您不同意他们的恋爱，二小姐因而羞愤自杀，是这样吗？"

"任会长您知道二小姐打算跟老男人私奔吗？"

"二小姐到底是他杀还是自杀？您接下来打算怎么做？"

黑框眼镜记者的话一出口，其他人也立刻跟着此起彼伏地发问。任浩铭依然浓眉紧锁，一张脸仿佛冰冻千年一般。

阿春心一抖，立刻更加奋力地推着周围的记者，拼尽全力为任浩铭开出一条路来。

"不要再拍了，让一让，让一让！"

好不容易挨到车前，阿春立即打开车门，护着任浩铭上了车。厚重的车门将饿虎般的记者阻拦在外，任浩铭阴沉的脸色这才稍稍舒缓，但是也没好到哪里去。

厉眸轻扫而过，慑得最前面的记者浑身一震，不敢再开口。但是后面的记者依然不死心地扑上来，将前面的人压在车窗上，砸出“咚”的一声。那人透过透明的窗子，看到任浩铭的表情，差点没吓得心脏病发作。

而在离警察局不远的地方，林峰的车子停在一处不起眼的树荫之下。虎子坐在驾驶座上，满脸担忧地望着一脸恨意地盯着任浩铭的林峰。

林峰不知道想到了什么，阴沉的目光陡然变得凌厉，情急之下，便想要掏枪，但是却被虎子一把拦住。

“你拦我干什么?”林峰愤怒地对着虎子吼。

虎子用力按住林峰握枪的手：“峰哥，您先冷静一下！这是在警察局门口，还有这么多人，你要是开枪，即使任浩铭死了，您也活不成了！不如我们先跟着他们，再找机会下手！”

林峰想了想，觉得虎子说得很有道理。他是很想要报仇，但是如果赔上一条命为代价的话，他还怎么享受复仇的快感呢？他沉吟半晌，冷眼望着好不容易在记者的包围中开动的黑色轿车，沉声道：“跟上去！”

虎子松了口气：“是！”

虎子飞快地发动汽车，跟了上去，像是生怕林峰反悔似的。

两辆车子一前一后绕过几条街道。任浩铭的车子率先停在了青年商会门口。

任浩铭黑着脸从车上下来，阿春紧随其后。任浩铭正要走进青年商会，被一旁的报童拦住。报童将报纸递到任浩铭面前：“先生！先生！买报吗？今天的报纸有大新闻！任公馆二小姐命丧雨夜，惊天命案谁是幕后黑手……”

任浩铭眼中一痛，冷眼看着报童，一言不发。

阿春立刻识趣地上前，驱赶报童：“去去，一边去。”

报童见生意泡汤，自己单薄的身子又被眼前身材高大的男人推得踉跄后退，十分气恼和惊恐。

说话间，林峰的车赶到。车一停，林峰和虎子便蒙上面，林峰二话没说，冲着任浩铭开了一枪。恰在这时，报童被推得向后退，“砰”的一声枪响，报童中枪，眼看就要倒地。

任浩铭眼疾手快，一把扶住报童，震惊地望向子弹飞来的方向。骤然响起的枪声引得路人骚动。阿春等人上前，个个肃然，立刻将任浩铭护住。

阿春沉声道：“保护会长！快进去！”

阿春等人护着任浩铭走进青年商会。

林峰见任浩铭没有中枪，又连开了两枪。但是林峰早已失了先机，任浩铭在众人的护送下已经走进青年商会了。

林峰气急败坏地捶了几下车窗，冲虎子大声道："开车！"

任浩铭被保护着退进青年商会里面，怀中还抱着那个浑身是血的小报童。报童眼看着体力不支，快要昏迷。任浩铭轻轻拍打着他的脸，企图让他保持清醒："小兄弟小兄弟，醒醒，醒醒，喂！"

但是报童仍是慢慢闭上了眼睛。任浩铭心中一痛，不禁觉得愧疚万分。那些人明显是冲着他来的，如果当时他能少些冷漠，也许阿春就不会急着上前将报童推开，报童也不会阴差阳错地替自己挡了子弹，说到底，都是他的错。

第六章

是谁开的枪

任浩铭想到这儿，心中霎时燃起熊熊怒火，起身对阿春说："看见是谁开的枪没有？"

阿春摇摇头："太突然了，只看见是从一辆车上开的枪。阿夏已经带人去追了！"

任浩铭一脸愤怒："一定要抓住凶犯！光天化日之下，竟敢冲我任浩铭开枪，简直是活腻了！"

阿春恭敬领命："是！"

林峰的车在街上疾驰，阿夏等人的几辆车紧随其后。林峰探出身子，朝后面开了几枪。阿夏也探出身子，朝林峰的车开了几枪。

一时间，子弹噼里啪啦乱飞，打在周围的建筑上、彼此的车上。大街上子弹横飞，引得路人纷纷抱头逃窜。乱弹之中，林峰的胳膊不幸中枪，他闷哼一声，急忙将受伤的胳膊收了回来。

虎子见林峰受伤，心下一慌，猛地踩了一脚油门，在前方拐角的地方，一个急刹，左转，车子便在一阵轰鸣中，消失在街道尽头。阿夏带人急追而来，也只在城郊的地方找到林峰的车，但是当他们举着枪步步逼近之后，才发现车已经空了。

阿夏看着眼前的密林，冲着手下喊："给我追！"

众人立即四下散开，逐渐消失在一片苍翠之中。

虎子架着受了伤的林峰回到林峰的住所，将林峰搀扶到沙发上，连忙找出医药箱，给他包扎。

林峰忍着痛一声不吭，额上冷汗直冒。

虎子不敢迟疑，动作利落但是尽量轻柔，不想伤到他。很快，伤口便包扎好了。虎子连忙关切地问："峰哥，您怎么样？要不还是送您去医院吧。"

林峰有些虚弱，但是意识依然清醒："任浩铭知道有人受伤，肯定派人在医院守着，不能去。"

虎子有些担忧："那您这伤？"

林峰深吸口气："子弹取出来，再养几天就好了。只可惜这次失败了，任浩铭肯定会加强保护，以后要想再下手就更难了。"

虎子犹豫着："峰哥，我有句话您别不爱听，任浩铭手下那么多，每次出门明着暗着都好几层人墙护着呢，我们要暗杀他，本来就是以身犯险的事。"

"我知道！可是我的仇不能不报！你要是觉得危险就趁早离开！"

"峰哥，我对您的忠心您又不是不知道，我只是提醒您一句。"虎子连忙说道，他可没想过要逃脱。

林峰闭上眼想了一下，虚弱地靠着沙发休养："那你有什么好主意吗？"

虎子想了想，提议道："我们可以找个靠山，先储蓄力量，等到时机成熟了，或者直接来个借刀杀人也成。"

林峰一怔："靠山？"

"对，没错。现在上海只有三股势力能对付任浩铭，一是青帮，二是洪门，三是宋大帅。"虎子分析道。

林峰沉吟半晌："青帮……你去打听打听，怎么才能进去，青帮是个不错的保护伞。"

虎子点头："是，峰哥。"

阿夏等人在林子里搜了一圈都没找到人，只能恹恹地先回来。一个个耷拉着脑袋，等着任浩铭的训斥。

"人呢？"

阿夏胆怯地摇摇头。

任浩铭还没说话，阿春倒先生气地喊了起来："这么多人都抓不住！会长以后的安危你能保证吗?”

任浩铭倒显得十分冷静:“算了,阿春。以后小心一点就好了。”

阿春恭敬地:“会长,我一定加派人手,保护您的安全!”

任浩铭点点头,又想了一下,问道:“最近我有什么仇家吗?”

阿春想了想:“没有啊,我们一直按您说的办事,应该不会有那么大的仇家。唯一的可能就是抢生意的。”

任浩铭沉声道:“生意是做出来的,不是用枪抢出来的!用抢的那是土匪!你们去警察局报个案,请他们帮忙调查一下凶犯。如果警察来找我们调查,我们要好好配合!”

阿春点头称是。

任浩铭沉默半晌,突然想到了什么,又吩咐道:“还有……今天死的那个小孩,找找他的家人,一定要厚葬他。”

阿春想了一下,觉得会长表面上冷冰冰的,但是其实心地不错,于是笑着点点头:“是,会长!”

有些人的性命如娇贵的玫瑰,脆弱易折。但是有些人的生命却旺盛强劲得如同地上的野草,野火烧不尽,春风吹又生。

阮斌抱着任晓晓的尸体跳江的时候,是真抱了必死的决心,但是他没有想到,像他这样的人,会令人讨厌到连老天爷都不肯收。

阮斌闭眼躺在沙滩上,手里还紧紧地攥着任晓晓的小皮箱。

“喂,喂!”

阮斌听到有人叫他,努力地睁开眼:“这里是……我是到了天堂了吗?”

渔夫见他竟真的睁开眼睛,也不禁感叹道:“你真是命大。刚才我去打鱼,看到你在江里。你从上面漂过来的……看你这脸色苍白的,几天没吃饭了吧。我这有块烤鱼,你先吃了吧!”

渔夫将烤鱼塞到阮斌手里,然后转身走掉了。阮斌缓缓地坐起来,他无心吃烤鱼,一心只想着任晓晓。想到晓晓已经不在人世,而他就连想和她一起死这样一个心愿也无法完成,不禁悲从中来。

“晓晓,晓晓……晓晓……”

阮斌心中惆怅,茫然四顾,首先映入他眼帘的,是包着烤鱼的报纸。最上面的赫然是最新头条：任氏千金惨死，任会长誓死调查凶犯！

阮斌顿时惊得连悲伤的心情都没有了："啊？我成凶犯了？我……可是我……我没杀晓晓啊……"

不行，他得赶紧逃命去。这要是让任浩铭抓住了，那还得了。阮斌赶紧抓起任晓晓的小皮箱，连鱼都顾不上吃，就赶紧离开了。寻死这种事情吧，一辈子就只能做一次，若是死了，也就罢了，但凡要是侥幸活了下来，一般也就没有心力再死一次了，太累。况且大部分人也会用大难不死必有后福这样的老话来安慰自己，就冲着后福两个字也得强撑着努力活下来不是。三番四次地尝试寻死，不入地府誓不罢休的人，毕竟是少数。

而阮斌必然不是这样的人，他想着自己确实是死过一次了，也算是对得起任晓晓了，既然老天可怜他，给了他重生的机会，那他必然是不能轻易浪费的，所以很快便行色匆匆地回了阮家。一进门，便焦头烂额地在房间里东翻西找着。

阮斌自己嘀咕："我的国民身份证呢？……妈，我的国民身份证呢？怎么找不到了！我要去北平，必须带着国民身份证！"

阮奶奶听到声响，颤颤巍巍地从屋里走出来："斌儿啊……"

阮斌顾不得搭理老人，只是一边翻找，一边随口问道："妈，您看到我的国民身份证了吗？"

"那要问恬恬！是不是恬恬给你收起来了？"

阮斌一皱眉："那恬恬什么时候回来呀？"

奶奶想了想，道："晚上了！晚上你有想吃的吗，斌儿？"

晚上？

"不行，太晚了，我还是自己找找吧。"说着，阮斌只得继续自己翻找。

而此时，阮清恬因为林峰的介绍，已经顺利进入了邮务局，主要工作是管理邮件仓库。工作倒是不累，主要是得穿着一身邮务局的制服，衣服倒不是问题，关键是脚上这一双黑色高跟鞋，她从来不穿高跟鞋的，现在穿着总是有些不太习惯。

但是在工作了一整天后，也就慢慢习惯了。因为找到了工作，阮清恬心情大好，一回家就大喊："奶奶，我回来了！"

阮斌也终于在房间里翻出了自己的国民身份证。他神情释然地拿着身份证，总算松了一口气。阮清恬进入房间，看到阮斌将房间翻得乱七八糟，不禁皱眉问道："爹，您干什么呢？"

阮斌没听到阮清恬回来，吓了一跳，险些坐到地上，转头看是阮清恬才松了口气："你想吓死我啊！"

阮斌嘴里说着，但手也没闲着，将房间里值钱的东西全都打包。

阮清恬不禁疑惑："您这是要做什么去？"

阮斌收拾好，拿着包袱走到阮清恬面前，一手搭着阮清恬的肩，交代后事般说道："恬恬，爹最近要到北平，这段时间都不会在家，你好好照顾奶奶和自己。对了，我听说你去邮务局当差了，真是太好了。你喜欢发报，好好干！"

阮清恬爽快地说道："放心吧爹，我一定会好好干的！爹，那您到了北平的话，给我发来个地址，有什么事，我拍电报给您。"

"那得等我到了北平之后，知道具体落脚点了，再给你们写信告诉你们。"阮斌信誓旦旦地保证道，虽然这保证连他自己都不信。

阮清恬点点头："嗯！一想到这段时间又见不到爹了，我心里……"

阮斌关爱地搂住阮清恬。

"爹，你在银行上班，怎么总是东奔西跑去外地！要不换个差事吧！"阮清恬有些心疼。毕竟阮斌年纪也大了，作为儿女，总是不想父母在外奔波劳累的。

阮斌心中一动，有些不忍。但是他若不走，留下了必然会连累她们啊："好，等爹挣了大钱，能让咱们家安稳下来，爹就辞了差事，哪都不去了。天天在家陪恬恬和恬恬奶奶！"

阮清恬开心地笑着："嗯，好。"

离家的时候，风风火火的，好像要出去干一番大事业似的，可是真的到了外面，才发现自己哪有什么打算，心中只剩下一片迷茫。阮斌一手提着行李箱，一手拎着空空如也的酒瓶，晃晃悠悠地站在江边，望着波澜不惊的江水，追悔莫及……

阮斌自言自语："晓晓，我要走了！对不起……我没想到，没想到怎么就成了这样……我阮斌当初就不该喜欢上你，晓晓，我这辈子对不起你，我下辈子一定补偿你……"

阮斌沉浸在悲伤中，没有发现林峰的手下虎子正带着几个人在不远处盯着自己。

虎子见四下无人，示意手下人动手。

而阮斌仍然一无所知地兀自呢喃着："晓晓，下辈子回来还你……"

阮斌话音未落，一个黑布袋忽然罩在他头上。阮斌奋力挣扎着，但是被几个人扛着，挣扎不开。阮斌挣扎了一路，想着到底是谁要对自己不利，想来想去，就只有一个人。

片刻后，当阮斌套着头套被带进小黑屋的时候，他忙跪在地上连声求饶："我真的不是故意的，真的不是故意的，你们听我说！"

林峰嫌他烦，不分青红皂白就是一阵劈头盖脸的拳头，直到把阮斌打得趴倒在地，才喘着粗气示意手下看管好阮斌，然后便一脸冷傲地转身离开了。

任浩铭站在任晓晓坠楼的巷子里，抬头看向楼上，湿了眼眶。

阿春望着任浩铭伤心的样子，心中也十分难过。他刚得到这一消息的时候，心中也是唏嘘不已："那天下雨，大树挡住了去路，要是车子再往前开一下，就能见到二小姐了。这都怪我……"

任浩铭强忍住悲伤，竭力让自己维持镇定："你确定这是二小姐最后出现的地方？"

阿春点点头："我让人查了上海滩所有的黄包车，一个黄包车夫说的！"

任浩铭收敛了一下情绪，迈步向任晓晓住的房间门口走去。事已至此，人死不能复生，他现在唯一能做的就是尽快找到杀害晓晓的凶手，这样的话，九泉之下，她也应该能够瞑目了。

任浩铭走进这间出租屋，看到了阳台上破损的栏杆，眼前闪现出任晓晓摔下去的画面，心中一阵闷痛。潮水般的悲伤突然灭顶来袭，他再也忍不住了，狂躁地摔着屋内的东西……

手下春、夏、秋、冬都有些惊恐，但谁也不敢上去阻拦。任浩铭狂躁地踢开桌子，桌子下面一张条子露了出来。任浩铭捡起条子，那是一张邮务局寄送包裹的凭条，上面写着要将包裹寄送到苏州的十全街 27 号。而寄件人却只写了一个"赵"字。

任浩铭死死地抓着那张小小的凭条，铁青着脸："去邮务局！"

此时，阮清恬穿着一身制服，尽心尽力地摆放好包裹，在工作本上一一记录完毕，然后走出库房，将库房的门锁上，将钥匙放在兜里。

阮清恬开心地坐在门口的长凳上。同事小萍悄悄跑过来，张开手掌，手心里有两颗话梅："新鲜话梅，甘草味的，安安，你要不要尝尝。"

同事小萍将话梅硬塞进阮清恬嘴里："你含着吃不就得了，别张嘴说话啊！"

小萍说完，便开心地跑掉了。

就在阮清恬专心品尝话梅的时候，任浩铭从车上下来，快步走进邮务局。任浩铭一脸铁青，带着手下径直走近邮务局前台的窗口。

任浩铭把寄送凭条拍到前台："给我找出这个包裹！马上！"

前台工作人员看任浩铭气势汹汹，被吓坏了："我……我只负责接单，包裹现在在哪我也不知道……"

"那你告诉我寄包裹的人长什么样！"任浩铭继续冷声道。

前台工作人员同样怯怯地摇摇头："不知道！我们这里每天有很多人寄包裹。我们收了包裹，都放在仓库。"

任浩铭脸色一冷："仓库在哪？"

前台人员傻傻地看着任浩铭。

"在哪儿？"

见任浩铭发火，前台工作人员赶紧指了指后面。任浩铭立刻拔腿走向仓库。

任浩铭带着手下气势汹汹地走来。阮清恬听到声音，马上站起来，看到是任浩铭进来了，顿时手足无措。赶紧闭紧嘴巴，不敢说话。

任浩铭见到阮清恬，不禁诧异，但是此刻他有更重要的事情要做，也无心寒暄，开门见山地问道："你看库房？"

阮清恬想说话，但嘴里有话梅，她赶紧点点头。

任浩铭冷声："钥匙！"

阮清恬摇摇头。

任浩铭再次开口，声音比方才更冷："钥匙！"

阮清恬再次摇摇头。

任浩铭伸手就去摸阮清恬的衣兜，阮清恬立刻反抗。一颗话梅不小心从阮清恬的嘴里掉出来，阮清恬刚要说话，任浩铭一把把她按在墙上，带着心头满满的怒意，瞪着阮清恬，然后从阮清恬的衣兜里拿钥匙。阮清恬死死地护住衣兜，就是不让。

两个人互相对视，僵在那里。任浩铭没了耐心，放开阮清恬，从阿春腰上抽下手枪，对准仓库上的锁就是一枪。

锁应声而落。

阮清恬目瞪口呆，任浩铭却不管不顾，径直走进仓库。阮清恬缓过神来，连忙追进去。春、夏、秋、冬四人紧随其后。

“给我找出单子上的那个包裹！”任浩铭冷声下令。

阿春等人连忙四下分散开，四处翻找起来。

阮清恬见状，连忙冲过来护着身后大大小小的包裹。嘴里含混不清地喊：“不准动！这里都是私人物品，你们无权翻看！”

任浩铭不理她，自顾自地翻找。

阮清恬急了：“看管仓库是我的职责，任何人都不可以私进仓库！”

任浩铭仍是自顾自地翻找。阮清恬忍无可忍扑上去推任浩铭，却不料反被他一把按在包裹上。

任浩铭目眦欲裂：“我现在没工夫跟你废话，我家里人出事了，这个包裹对我很重要，谁拦着我谁死定了！”

阮清恬被掐着脖子，猛地咳嗽起来，她嘴里剩余的那颗话梅蹦了出来，蹦到了任浩铭脸上。任浩铭抹了一把脸，看看自己的手，黏糊糊的，倍感恶心，他将手上的黏液往阮清恬的脸上抹。

阮清恬一急，拼命闪躲，犹如一只活蹦乱跳的八爪鱼：“啊……你这个人也太过分了！简直脏死了！不要啊！”

邮务长闻讯匆匆赶来：“会长！任会长！任会长！”

任浩铭这才放开阮清恬。

任浩铭看向邮务长，将手里的凭条举起来给邮务长看：“寄到苏州的这个包裹，在哪？”

邮务长诚惶诚恐：“每个礼拜就今天这一趟船去苏州，现在恐怕船都开走了！”

任浩铭冲手下大声命令：“追！”

任浩铭气冲冲地带着阿春等人一阵风似的走了。小萍等众多职员都远远地躲着看任浩铭。

小萍一脸花痴：“哦……这个男人好帅啊！”

第七章

命里的克星

阮清恬满脸委屈，惶恐不安地收拾着被弄乱的包裹。邮务长走过去，关切地看向阮清恬："没事吧？没伤到你吧？我让人送你去医院看看？"

阮清恬摇摇头，但是眼泪却默默地流下来，满腔的委屈终于得以发泄。这个男人真是她命中的克星，每次遇到他都没有好事儿！不过看他的样子，好像很着急。不过就算是这样，他也不能那样对她啊！

真不明白，自己怎么会好端端地为他辩解起来了，像这样的人就应该拉出去枪毙半小时，然后浸猪笼，上烙铁，让他求生不得，求死不能！

楚安安坐在家里的客厅，手里拿着报纸，反复看着悬赏一万大洋寻找杀害任晓晓凶手的报道。她心神不宁地对丫鬟小雅说："这任小姐的哥哥任浩铭会长，居然买下全上海的报纸，整版整版地刊登悬赏启事！"

"小姐，这一早上您看这报纸看了多少遍了，要来找上门早就找来了，您到底有什么可担心的？"

楚安安一想到任晓晓惨死的模样，心中就不由得发冷："我怎么会不担心呢？那天我要是不去找任小姐就好了！这事要是让旁人知道了，我肯定脱不了干系！任浩铭会长是出了名的霸道，任小姐跟我说过很多次……想想我就害怕！"

小雅想了想，提议道："要不，您找宋公子给您拿拿主意！毕竟老爷和太太都不在上海……"

楚安安沉吟半晌："也只有如此了！"

相比楚安安的抓心挠肝，宋诚倒显得自若多了："你看看你，都成热锅上的蚂蚁了！"

楚安安举着报纸给宋诚看："你可别告诉我，你没看过这篇报道！现在任晓晓的哥哥出了重金，全城寻找知情者。"

宋诚不以为意地瞥了她一眼，笑道："你啊，就是自己吓唬自己！"

"我虽然不认识那个任浩铭，但我可听说过他的厉害，我可不想跟他家的命案扯上关系！你帮我想个主意！"楚安安一想到那张冰块一样的脸就不寒而栗。

"任浩铭怎么可能找上你呢？你想多了！"宋诚笑着道。

"你不知道，任晓晓有写日记的习惯！我担心她在日记里写了什么……"

"她还能写什么？你们俩只不过是在戏剧社认识的，偶尔在一起演演戏，又不是特别熟络！"

楚安安想想也是，她和任晓晓还没到那种会把她写到日记本里，想要记一辈子的关系吧。不过楚安安很快又想到了什么："你还记得那天吗？那天任晓晓死的时候，咱们看见了一个男人的背影。有一次啊，任晓晓约我去艺术沙龙，我迟到了，就是那次，任晓晓认识了一个男人。我担心任晓晓把我写在日记里。任晓晓现在死了，她哥要是看见日记，肯定会来找我！宋诚，我跟你说个实话，其实我没见过任晓晓认识的那个男人！"

宋诚宽慰道："那不就结了。你连见都没就见过，就吓成这样！哎，既然你没见过，那，那天你在任晓晓死的时候，为什么说，看见的那个男人很眼熟？"

"对呀！哎呀，我也不知道了。也许是我彻底懵了，我脑子已经乱了！宋诚，你帮帮我吧，我快要愁死了！"

宋诚无所谓地笑："你真是中了心魔！这样吧，给你说个简单易行的办法，你说过，你以前帮过一个女孩治好了眼睛，那个女孩就替你去上学，出了这么大事，让她顶雷不就得了。"

楚安安愣了一下，豁然开朗："对呀，我怎么没想到啊，反正她现在对外叫楚安安，任晓晓的哥哥即便看到日记里写了我楚安安的名字，也可以去找她啊……"

“一切迎刃而解！安安，你要怎么谢我啊？”

宋诚笑得明媚，说话间，非常自觉地将嘴凑了过去。

楚安安笑着闪躲：“谢谢你啊！我对你说谢谢啊！这就是谢你了！”

宋诚笑着望着眼前的青春艳丽的少女，心里像是铺了一层温暖的阳光，明媚灿烂。

火车站站台。

任青青一身西式猎装，干净利落，戴着墨镜，脸色苍白憔悴地从火车上走下来。这样突兀的消息传来，她足足缓了三天，也在床上烧了三天。然而此刻眼前的任青青却丝毫看不出半点大病初愈的模样，装束非常海派洋气。一出站台，她便吸引了许多人的目光。丫鬟初一跟在她的身旁，拎着大包小包的行李。

站台一侧的林峰刚送完朋友，他正准备离开，便看到了任青青，再也移不开眼，嘀咕着：“这女人……像任浩铭的姐姐，她一直在法国，莫非她得知妹妹的死讯赶回来了？”

任青青和初一环顾四周，好像在等什么人。初一焦急地朝远处张望：“他们怎么还不来啊……”

林峰见状，连忙走到任青青面前，儒雅有礼：“小姐，您这是在等人？”

任青青举手投足间都透着几分高贵典雅：“是！”

“我来火车站送完人，正要回城，小姐要是不嫌弃，可以坐我的车，保证把你们送到家门口。”

任青青笑得妩媚而优雅：“好啊，那就谢谢先生了，任公馆！”

林峰笑：“果然是任家大小姐，敝人林峰，上海无线电协会的常务理事。五年前我在市长夫人主持的慈善晚宴上，见过大小姐和会长。”

任青青倒是有几分诧异：“是吗？你这么一说，我好像也有点印象了！”

林峰做了个请的姿势，将任青青引向自己的车，贴心地为任青青打开车门，然后绅士地为她挡着车门，将她送了进去。任青青满脸微笑，对林峰的绅士风度很是满意。

一个星期之后，任晓晓的追悼会如期举行。

到场宾客们皆是一身黑衣。教堂中央，挂着任晓晓的照片，照片上，任晓晓笑靥如花。照片周围摆满了鲜花与蜡烛。任浩铭和任青青一脸黯然，站在照片一侧，默默接受着众人的鞠躬吊唁。

终于吊唁结束。教堂里面的宾客陆陆续续离去，只剩任青青与任浩铭。任青青红肿着双眼，缓缓走到任晓晓的照片前，情难自已："晓晓梳着双马尾辫，找我要芝麻糖的样子好像还在我眼前……眨眼就长这么大了，转眼间，就这么走了……"

任浩铭望着任青青悲痛的模样，也不禁悲从中来，一开口便是喑哑的哭腔："姐……"

任青青渐渐冷静下来，收敛起情绪，正色问道："浩铭，我只想问你一句话，晓晓真是他杀吗？警察局局长刚刚也在这，我问过他了，他说他们已经特设了专案组调查此事，可是所有的迹象和证据都表明，晓晓没有他杀的可能！浩铭，现在外面有些传言，说你非要她嫁给什么人……"

任浩铭脸色沉下来："姐，你不需要在外面听什么传言！你是个女人，这件事由我处理就好了！"

任青青顿时不快："你处理？凡事都是你处理的结果我已经看到了！当初给晓晓定那门亲，我就不同意！凭什么女人的婚姻不能由自己做主？女人也是人！现在女人已经不再裹小脚，不再大门不出二门不迈了。每个女人都应该成为新女性，都应该有自己的幸福自由生活！你去法国看看，看看那些女人都怎么生活的，看看那些女人都穿什么！"

"在你身上我已经看见了！"任浩铭淡淡地望着自己的姐姐，不卑不亢，"姐，我是个保守的人，尽管我不是前清的遗老遗少，但祖宗留下来的传统，我不能丢弃。好了，你愿意在上海待，就在上海待，不愿意的话，就回法国吧。反正你已经去追求幸福自由生活了，你已经成西方人了，你已经离经叛道忘记祖宗把我们任家的脸都丢尽了！"

啪的一声，毫无预兆地，任青青给了任浩铭一个耳光。

任浩铭固执地仰起脸，眸光一暗，声音低沉："怎么，难道我说的话不对吗？"

清脆的一声，又是一个耳光。

任浩铭愠怒地看着任青青，两个人僵持在那里。谁也没有说话，只是愤怒地瞪着彼此。对于这个弟弟，任青青还是了解的，知道再这样对峙下去也没什么好处，于是哼了一声便扭头走了。任浩铭独自面对着任晓晓笑靥如花的遗像，心中又是一痛。

任青青气呼呼地走出教堂，却没想到正碰上了林峰。

“青青小姐，我是林峰。您还记得吗？”

任青青脸色缓和了一些：“上次是你把我从火车站送回家，我怎么可能不记得？真是谢谢您了，还来参加晓晓的追思会！”

林峰笑笑：“大家相识一场，任小姐遭逢此变故，实在是可惜。无论如何，我也要来悼念一番的。青青小姐，您的脸色看上去特别不好，我知道您痛失爱妹，但是人死不能复生，请一定要节哀顺变才是。”

“林先生有心了。”任青青笑了一下，又道，“不知道林先生是否知道喝咖啡的地方，我想喝杯咖啡。”

“自然。这边请。”

林峰微笑着做了一个邀请的手势，任青青顺从地跟着他往街道对面走去。两人刚走没多久，任浩铭便一脸郁闷地从教堂走出来，在他的身旁跟着的是警察局局长。

警察局局长试着劝道：“任会长，不管您是否接受，我都要跟您说实话，我们已经成立了特别调查小组，调查二小姐的死因，但是现在……”

原本是客客气气的一句话，但是任浩铭却像是突然发狂一般，揪住他的衣领：“我告诉你，我绝对不会相信我妹妹是自杀的！我妹妹是什么样的人，我比你了解！我妹妹从小到大，只要遇到解决不了的难题，一定会来找我！我是她哥！她最信任的哥哥，你知道吗？”

“是是是！我一定会尽力的。”警察局局长看着像疯狗一样的任浩铭，眼里充满了同情。

阮清恬回到家的时候，已经不早了。而阮奶奶已经习惯了等阮清恬回家吃饭。她没回来，阮奶奶也没有食欲，固执地等着阮清恬回来一起吃。一顿饭凉了热，热了凉，凉了再热，等到阮清恬回来的时候，这样的程序已不知道重复了多少回。

阮奶奶将饭菜摆好，冲里屋喊：“恬恬，吃饭了！”

“知道了！”阮清恬的声音从里屋传来。

阮奶奶一次将碗筷摆好，正好三份。见阮清恬还没有出来，又冲着里屋的方向喊了一声：“恬恬，快点过来！饭待会儿可就凉了。”

“来啦，来啦！”

阮清恬一路小跑着从里屋出来，帮奶奶把米饭摆好。阮奶奶朝门口的方向瞅了两眼，问道："你爹还没有回来吗？"

"爹没跟您说吗，他走了，去北平了，说是这段时间都回不来！"

阮奶奶将一碟咸菜放到桌上，想到自己的儿子，不由得叹道："唉，你爹真是不容易！走南闯北，天天要出去卖力，这什么时候才能到头啊！恬恬啊，这以后呀，这个家也许真的要靠你了！"

阮清恬正准备接话，门外突然传来一个温柔的女声："恬恬在家吗？恬恬！"

是楚安安的声音。

阮清恬对声音几乎到了过耳不忘的地步，于是忙和奶奶暂时终止了这个有些伤感的话题，笑道："奶奶，安安来了！我去看看啊！"

很快，阮清恬便将楚安安迎进屋里。楚安安拎着一个小皮箱，乍一看，仿佛要出门的样子："安安你来了！你吃饭没有？我奶奶刚好做了饭，粗茶淡饭，如果你不嫌弃的话，随便吃点吧！"

楚安安柔柔一笑："不用麻烦了，我吃过了。"然后她冲着阮奶奶甜甜地一笑："奶奶，不好意思啊，打扰您吃饭啦！"

阮奶奶一点都不介意，反而热情地招呼道："是安安呀，过来过来，这呀，刚好有个糍粑，可甜了！你过来吃！"

楚安安笑着连连摆手："不了，不了，我找恬恬说点事！下次再说吧。"

"这样啊，那好吧。"老人踟蹰地将糍粑收了起来，末了还不忘补上一句，"以后经常来玩啊。"

"一定，一定。"楚安安一边笑着，一边将阮清恬拽进屋子里。

一进屋，楚安安便收敛起笑意，表情莫名变得严肃，眼神闪躲，又好似有什么难言之隐："恬恬，我平时待你怎么样？"

"很好啊，怎么了？"阮清恬觉得有些奇怪，但是又说不上来哪里奇怪。

"那，我要是有事想请你帮忙，你一定会答应，对不对？"楚安安咬着下唇，又问道。

阮清恬不假思索地说道："当然啦！安安，有什么需要我办的，你就说吧！你是我恩人，你的事，就是我的事！只要是我能做到的事，一定帮你做到！不能做到的事，想尽办法也要做到！你说吧！"

楚安安轻出了一口气，不禁莞尔："看来，我楚安安真是没白交你这个朋友！

我父母在苏门答腊，当初我来到上海，一下子就喜欢上了这里，非要留在这里，我父母不同意，我跟他们说我在这里读书，他们才同意的。所以我让你顶了我的名字去读书。所以，你现在在外面上学和当差用的都是我的名字，对吧？”

阮清恬不明白她突然说起这番话的意思，但还是点点头。

“那以后不管谁来找你，你也一定要说自己是楚安安。”

阮清恬：“对啊，我一直都对大家说我叫楚安安！”她不解地望着楚安安，心中隐有不安，但是又说不出个所以然来。

楚安安将一张支票递给她。阮清恬不禁更加疑惑了：“你这是干什么？你之前已经给我学费了！我不要！我已经收过你很多钱了，而且我现在自己已经能赚钱了！”

楚安安固执地将支票塞到阮清恬手中：“恬恬，你不接受就是不想帮我！”

“怎么会！”阮清恬忙说，一时忘了拒绝。

“那你就什么都别说，拿着这些钱！否则，我就认为你不肯帮我！”

阮清恬无奈地接过楚安安的支票：“那好吧。”

见阮清恬接受了自己的支票，楚安安很高兴，又忙不迭地从拿来的行李箱里翻出几件洋装：“这些衣服你也拿着，我看你都好几年没做新衣服了，这些虽然都是我穿过的，但是样子款式还算新，你要是不嫌弃的话，就收下吧。”

阮清恬受宠若惊地摸着这些衣服：“安安，你真的不要了吗？这些衣服都还很新啊，这么漂亮，这么时髦……”

“如果你喜欢的话，就送你了。你以后，必须穿这些衣服。你整天都穿一身白，不腻吗？而且你总穿同一件衣服，说你是楚家大小姐，也没有人会相信啊。这些衣服你就拿着吧，反正我又买了许多新的！”

“那，谢谢你了，安安！这些衣服都很漂亮，我很喜欢。”

“你喜欢就好了。”楚安安望着阮清恬如花的笑靥，突然有几分不忍心，但是宋诚的话就在耳边，清晰地提醒着她，必须要狠下心来，否则后患无穷。

“其实特简单。把你一些不穿的衣服呀鞋子呀包呀啥的，都给她，反正那些衣服被你穿过两次，你都会丢掉的。然后呀，你可以把这房子给那女孩住，这样她就更成为你楚安安了……你把那女孩冒名顶替你楚安安的这件事坐实了，就可以了。你看，你这所有的照片，都要换成那个女孩的。”

虽然楚安安觉得宋诚的提议有点太过夸张了，但是仔细想来也确实是这个道理。任浩铭是那种打破砂锅问到底的人，他一旦看到他妹妹的日记，难免会找上门来，但是如果到时他见到的是阮清恬，让阮清恬替自己背了这个黑锅，不是就把问题解决了吗？

虽然有些不忍心，但是思索过后，楚安安还是决定接受宋诚的建议，等她搬到宋诚家里去住的时候，就叫阮清恬搬进楚家的房子住，这样她就真正能够金蝉脱壳，彻底和这件事情没关系啦。

而且现在看阮清恬的样子，对自己信任得很，这对她实施自己的计划有利多了。临走的时候，楚安安还不忘叮嘱阮清恬："记着，要是我派人来找你，你必须马上来！"

阮清恬不明就里，天真地应着："当然了，放心吧！"

楚安安这才放心地离开了阮家。

而阮清恬此刻却丝毫没有意识到危险的存在，而是单纯地想着，这次楚安安给了她这么多钱，她就可以还给那个什么鬼会长了，不管这钱该不该由她来还，她都打算把钱甩到他的脸上，然后高傲地说一句："拿着你的钱滚吧！从此以后，我都不想看到你这张惹人厌的脸！"

对于阮清恬来说，过日子并不是一件容易的事情，不过好在她也没什么太大的追求，她只希望能够有能力照顾奶奶和爸爸，凭借自己的努力，让他们过上好日子，就够了。对于其他的事情，她一向秉承的是兵来将挡水来土掩的顺其自然的心态，不强求不勉强，这就是她的人生，简单而充实。

第八章

青帮一条线

虎子拎着给买林峰买的药，急匆匆地走进林宅。刚进门，便看到林峰慵懒地靠在沙发上，忙问道："峰哥，您的伤怎么样了？"

"没大碍了。"林峰淡淡地回了一句，随即又问道，"我让你打听加入青帮的事，怎么样了？"

"我正要跟您说呢，这青帮体系庞大，等级森严，就连入帮的规定都很严格。先不说青帮内各高层负责人的资格要求，就是想要进去当个小喽啰，都不是容易的事。"虎子一脸愁容，忧虑万分。

林峰的目光望向前方，却又似没有焦点，但是语气却是十分坚决："不容易我也要进。不管付出什么代价，我定要让青帮为我所用，只有这样，我才能站在金字塔的顶端，也才有和任浩铭分庭抗礼的资格。"

虎子突然想到什么，道："青帮与洪门向来不合，我们是不是可以利用这一点……"

林峰眼中寒光乍现："哦，是吗？"

"我听说，青帮与洪门的渊源很深，这都源于青帮的创始人本是洪门之人，但因洪门不认同青帮的一些行事作风，将其视为叛徒，宣称'由青转洪，披红挂彩；由洪转青，剥皮抽筋'。"

林峰沉思半晌："既然两者旗鼓相当，洪门也是一个很好的选择。"

“但是以洪门以往的行事作风，恐怕会干预峰哥对付任浩铭的事情。正所谓‘青帮一条线，洪门一大片’，青帮相较于洪门更严密，更适合助峰哥隐藏身份。”

林峰看着虎子：“那你的意思是，我入青帮？”

虎子点头：“对了，峰哥，我听说青帮和洪门因为前段时间争码头的事情，近日会有一场谈判。”

“消息从何而来？”林峰挑眉问道。

“我有一个兄弟是专门给洪门送烟的，这事是他告诉我的，我看这事不太可能有假。”

林峰一脸深思：“要是一场谈判就能解决，也就不会闹到兵戎相见的地步了，事情肯定没那么简单。”

虎子立在一旁，不置可否。

林峰边起身边说：“你去查一下他们有可能谈判的地点，我去监听他们的电台，看有什么可以用的消息。”

虎子依言离开。而林峰则走进书房，来到电台前坐下，拿起耳麦，调整电台频率，一脸专注地搜索着洪门和青帮的电台调频。

在嘈杂的调频声中，林峰眼中的光芒愈发寒冷起来。

任浩铭刚走进任公馆，正准备脱衣服，春、夏、秋、冬四人立即火急火燎地跑了过来。看到任浩铭没事儿，四颗悬着的心终于落地了。

“会长！我们昨晚上找您一夜……”说话的是阿春。

任浩铭不慌不忙：“慌什么，谁还敢把我怎么样！”

“大小姐呢？”任浩铭不想再继续这个话题，随口问了一句。

阿春有些踟蹰地回：“在屋里收拾行李呢，说是等您回来了就走……”

“走？去哪？”任浩铭一挑眉，似有几分诧异。

正说着，任青青拎着挎包出来，初一拎着行李箱紧随其后：“回法国。”

任浩铭脸色一下沉下来：“姐，你真要走？又要走？”

“晓晓不在了，这个家也没个家样，不知道待在这儿还有什么意思。而且你不是也一直期望我待在法国，别给你丢脸吗？”任青青的声音带着三分无奈、七分伤感，听到人耳里也是让人不由得想要怜惜的。

任浩铭沉着脸，声音依然低沉，但是却多了几分挽留的意味："以前的就不提了，谁说话都有口不择言的时候！气话哪能当真！毕竟我们是姐弟……"

话还没说完，就被任青青打断："我管不了这些。晓晓已经不在了，再说什么也没意义了。行了，看见你平安回家了就行了，我走了！"

任浩铭一把抓住任青青的手腕，似有几分不舍。但是任青青铁了心要走，她转过头，声音一冷："我是你姐，你敢跟我动手？"

"我不敢。"任浩铭淡淡地回了一句，脸色依然铁青，说话却没有方才那般咄咄逼人了。但是他还是沉声吩咐阿春："把大小姐的箱子拿回去！"

任青青看着阿春抢下初一的箱子，不由得皱起眉："任浩铭，你这是干什么！"

任浩铭回过头来，望着任青青的一双眼睛依然凌厉，却好似蒙了一层水雾，怔怔地说："你不觉得现在这屋子里太空了吗？多一个人住也是好的。"

任青青一听这话，顿时没了脾气，眼睛里也是水雾弥漫。毕竟是亲姐弟，她心里还是疼爱这个唯一的弟弟的。

这时，阿春走了进来，恭敬地禀报："会长，这是二小姐寄往苏州的那个包裹，追回来了！"

任浩铭换好衣服，从阿春手中接过包裹，迅速拆开，发现里面都是任晓晓经常用的东西，用惯的茶杯、笔、拨浪鼓、手绢、兄妹三人的相框、日记本，还有之前任浩铭给她买的风筝。看着晓晓的遗物，他忍不住悲从中来。他小心翼翼地将每一样都拿起来看看，对着相框里兄妹三人的照片更是连连叹息。

突然，任浩铭看到一本日记本，拿起来翻开，发现是任晓晓的日记，工整娟秀的笔迹在泛黄的纸页上，一笔一画地写着：

12月7日

我跟哥哥姐姐终于搬进了大大的新房子，可是我一点也不喜欢，因为哥哥天天早出晚归，都没有时间陪我了！我一个人好孤单……

任浩铭再翻了一页。

12月15日

哥哥跟姐姐又吵架了，姐姐伤心地哭着走了，我也很不高兴，哥哥说外面太危险，可是我想，最危险的难道不是哥哥吗？

任浩铭一一翻过那些写满字迹的页面，仿佛妹妹娇俏温婉的声音在与他一一诉说着心底的秘密。他心中既后悔又遗憾，为什么没能在妹妹生前好好陪陪她，关心她，也好过在她死了之后才黯然怀念。

任浩铭翻到最后一页。

如果不是和商学院的楚安安相约艺术沙龙，我想我那天不会遇见他！这个我生命中最重要的人！楚安安，谢谢你！

“楚安安？”任浩铭皱眉呢喃着，“我怎么好像在哪里听到过这个名字……”

虎子走进林峰书房的时候，林峰还在搜寻着洪门的电台频率。虎子也不说话，静静地候在一边，等着林峰拿下耳麦。

过了一会儿，林峰慢慢地摘下耳麦，转过身望着虎子，一脸严肃：“我刚刚从洪门的电台里监听到洪门的副帮主去世了。”

虎子惊讶道：“死了？怎么突然就死了？”

“他们对外只说是猝死，没说具体原因。”

“峰哥，我怎么觉得这事有点蹊跷啊？有人见到过那个副帮主的尸体吗？”

“这倒是不清楚，不过这倒是个机会。上次正好抓了任浩铭家银行的记账员，咱们可以送一份大礼进青帮。”

洪门副帮主的葬礼如期举行。林峰早就调查出葬礼举行的地点，等着要给九爷演一场好戏。时间一到，九爷在大批青帮人马的跟随下，来到教堂，与洪门的人微微寒暄后，走进教堂。

林峰远远地看了一会儿，然后也向教堂走去。教堂里此时已经有了不少人，皆是一身黑衣，其中不乏有人心怀不轨地盯着九爷，交头接耳、窃窃私语着，无形中弥漫出一股危机四伏的感觉。

“九爷，今天来的这些人，还有这排场，洪门的人不像是在办葬礼。”

九爷淡淡扫视四周，威严而淡定：“既来之，则安之，见机行事。”

“是。”

九爷泰然自若地与两旁的人打招呼。

林峰想要进入教堂，被洪门人拦住：“你是什么人？有邀请函吗？”

林峰淡定地回：“我忘带了。”

洪门人的很淡定地伸出手，拦住林峰：“没邀请函不能进。”

林峰微微抬眸，目光沉静：“我只是想要悼念一下副帮主，要是现在回去取的话，等再回来，时间也就过了。”

“你有这份心就够了！走吧！走吧！”

林峰抬眼望着眼前面无表情的男人，细想一下，微微点头，默不作声地转身离开了。但是那人脸上过于严肃警惕的神情，却让林峰隐约觉得今天的这场葬礼并没有看起来那么简单。

九爷与人寒暄后，和手下在头排的座位坐下。林峰小心翼翼地来到教堂后门，看到只有两个人在把守。教堂里人并不多，大家都坐着，听着洪门的人在前面讲话。

“副帮主为人祥和，给予我们很多的帮助与鼓励。虽然现在他走了，但我们会永远想念他，不会因时间的流逝而忘记他。现在，让我们起立，一同为副帮主默默祈祷，祝他一路走好！”

林峰悄悄进入教堂，边寻找着九爷的身影，边关注着周围的情况。九爷身边的手下也在小心地警惕着。林峰目光飞移，很快找到九爷所在。他默默地在离九爷不远处坐下。

很快，主持人冗长的致辞说完之后，所有的人都很有默契地起立默哀。而台上的主持人冲着九爷身后的一个人使了使眼色。那人明了地点点头，然后以迅雷不及掩耳之势从身上掏出匕首，冲着九爷刺去。

林峰淡漠一笑，果然不出所料！

九爷的手下发现来人，立即护住九爷：“九爷小心！”

九爷凛然一惊，但是他毕竟是见惯了大风大浪的人，很快镇定下来。手下推开九爷，与人打斗。教堂内顿时一团乱。林峰利落地绕过周围混乱的人群，一脚踹飞一个举着刀子朝九爷冲过来的人，趁机来到九爷身边，淡定地说：“九爷，跟我来。”

九爷看了林峰一眼，又望了一眼面前混战的人群，短暂地思索了一下，便跟着林峰走了。九爷谨慎地站在教堂后门外。林峰很快开车过来："九爷。"

九爷快速上车，林峰开车离开。

暂时逃离危险，九爷才微微眯起眼睛，审视着面前的人："你是青帮的人？你是怎么知道洪门的人想要对付我的？"

林峰专心开车，头也不回地道："回九爷，我是刚刚才入帮的。因为我对无线电比较有研究，所以偶然监听到了洪门的电台，发现洪门副帮主的死是假死，而他们真正的目的是想在葬礼上绑架九爷您！"

九爷微微一惊，审视地看着林峰："你叫什么名字？"

林峰依然淡淡地："回九爷，我叫林峰。"

林峰开车载着九爷离开教堂没多远，迎面突然开来一辆车，横在车前，挡住了去路。因为林峰一个急刹车，九爷往前冲了一下，回过神来之后，九爷淡定地看着车前。

"九爷，您没事吧？"

"我没事儿。"

车门突然被打开，几个蒙面人拿枪指着林峰和九爷："下车。"两个人互看一眼，缓慢地从车上走下来。九爷和林峰站在车外，面对面前的蒙面人，九爷脸上看不出一丝慌张。

林峰用余光瞥了一眼，在心里暗暗佩服九爷。临危不乱，被堵到枪口上，依然能如此镇定自若，九爷果然是名不虚传。

九爷威严的语气没有一丝波澜："你们是什么人？竟敢劫我！知道我是谁吗？"

蒙面人阴笑："劫的就是你！带走！"

"我跟你们走可以。但这位小兄弟不是我青帮的人，让他走。"

林峰惊讶地看着九爷："九爷？"

九爷笑看着林峰："阿峰，我人虽然老了，但我的眼睛不瞎。知道什么该做，什么不该做。你走吧！"

蒙面人用枪指着林峰："他能不能走，我说了算！把他们都给我带走！"

"小兄弟，不好意思，连累你了。"九爷有些歉意地道。

林峰笑了笑，一双眼睛晦暗难测："九爷言重了。"

九爷和林峰被蒙面人用枪指着走向小黑屋。九爷小声叮嘱林峰："阿峰，一会儿由我来对付他们，你瞅准时机就逃走，知道吗？"

"那怎么行？我年轻力壮，岂能由九爷来保护。"

"傻孩子！就因为你年轻，所以才让你跑，好去青帮叫人来救我！"

林峰不同意："但是我跑了，他们一定会杀了你的。"

九爷神色冷冽："他们要是想杀我，刚刚就能一枪毙了我。我对他们还有利用价值，他们是不会轻易动我的。"

林峰疑惑不解地看着九爷。蒙面人看九爷和林峰一直在说话，用枪推了他们一下："你们叽叽歪歪说什么呢？最好给我老实点，别想逃。"

九爷和林峰走到小黑屋门口，九爷突然冲着林峰使了一个眼色，转身去夺蒙面人手里的枪。蒙面人没料到九爷会有此举动，愣了一下，随即与九爷纠缠在一起。九爷边与蒙面人纠缠，边说："阿峰，发什么呆？快跑！"

林峰看九爷与蒙面人交手并不吃力，先去将其他人打倒，见九爷有危险，立即来到九爷身边，将九爷推到一边，自己迎战蒙面人。

九爷退到一边，叮嘱："阿峰，小心！"

林峰夺过蒙面人的枪，直接将蒙面人击毙，然后走到九爷身边："九爷，你没事吧？"

九爷望着林峰，赞道："我没事！阿峰，你身手不错啊！"

"哪里，不敌九爷老当益壮！"林峰忙说道。

九爷满眼的欣赏。而此时，青帮的人也赶到了，一见九爷，便齐齐跪了下去："九爷，对不起，我们来晚了！"

九爷脸上并没有责备之色，拍着林峰的肩膀："今天多亏这位小兄弟相救，我才能平安无事，等回去你们派人给他送份谢礼！"

林峰忙言："九爷，不用了。只要您平安无事就好。"

"你不用跟我客气。我这人最不愿欠的就是人情债。"九爷笑眯眯地，只觉得这小子遇事不但沉着冷静，身手也好，性子又是十分谦逊，心中十分喜欢。

九爷边走边交代手下，神色间恢复了冷冽之色："去查一下今天的事是谁主谋，如果真是洪门帮主本人的意思，那我就得包一份大礼送给他了。"

"是。"

林峰目送九爷的背影，若有所思。林峰刚走到家外，正要进门，虎子此时走过来:“峰哥。”

林峰停步,转头看向虎子。虎子上前在林峰耳边耳语。林峰略一沉思,吩咐道:“安排下去,晚上行动。”

虎子点头:“是。”

林峰和虎子先后走进客厅。

“峰哥,进青帮的事情,九爷同意了吗?”

“我根本就没机会说这事。”

虎子哑然:“啊? 那我们现在该怎么办?”

“无论如何,我一定要进青帮。到时,我们一定要送给九爷那份大礼!”林峰脸色沉静,但是语气却是带着势在必得的坚定。

那日一别,其实九爷心中也一直想着林峰。他年轻的时候,横刀立马地拼天下,一晃过了几十年,现在老了,却连个儿子都没留下来,将来连个继承衣钵的人都没有。

那天,林峰不顾性命救了他,九爷对这个年轻人还是很欣赏的。但是他毕竟也是老江湖了,不会真的天真地以为林峰只是简单地想要救他。那孩子眼中的深沉不是那个年纪的孩子应该有的,如果他没有猜错的话,林峰一定在筹划着什么,而他的计划一定不容小觑。

虽早已看穿了林峰,但是九爷却并不以为意,甚至更加坚定了自己的想法。他一手创立的青帮正需要林峰这样的人来守护。九爷想着找个机会再见林峰一面,却不知此时林峰已经站在了青帮的大门外面。

“什么人? 不知道这里是什么地方吗?”

林峰恭敬地一鞠躬:“在下林峰,想要求见青帮帮主九爷,麻烦你帮我去通禀一下,就说阿峰求见!”

看门人一挥手,态度十分蛮横:“九爷不会见你的。你走吧!”

第九章

誓找楚安安

林峰心中有火，但是面上依然笑着："你不去通禀，怎么知道九爷不会见我？"

"我说你这个人怎么这么不识抬举？九爷要是你想见就能见的，那人人都能见九爷。去去去，别在这碍事。"

林峰眼里出现一丝狠意，又努力压下："在下并不是在为难二位，但我与九爷之前有过一面之缘，我相信九爷会同意见我的，还请二位前去通禀一下。"

看门的两人面面相觑，上下打量林峰，眼神中有一种说不清道不明的感觉。林峰立即会意，赶紧掏出钱，塞给两人："劳烦二位了。"

两人看着手里的钱，互相使个眼色："你等着。"

林峰在青帮门外来回踱步："你要不要进去看看？怎么这么长时间还不出来。"

留下的看门人没好气地来了一句："急什么？又不是赶去投胎！"林峰在心里咬牙切齿地想："等我进了青帮，得到九爷的拥护，先要了你们的命！"

没一会儿，进去的人出来了："你跟我来吧！"

林峰立即迎了上去，跟着来人跨进大门。

"你进去吧！九爷就在里面。"

"麻烦了。"

林峰在来人的指引下，来到九爷的房间。九爷正在与下属说话，看到林峰，示意下属离开。

林峰在下属离开后，恭敬地道："九爷。"

九爷笑笑："现在就你我二人，不必拘礼，坐吧！"

林峰依言坐下。

九爷见林峰欲言又止的样子，说道："有什么话你就说吧！"

"请九爷允许我进青帮。"林峰恭敬地道。

虽然已经猜到林峰来意，但是九爷还是问道："为什么想进青帮？"

林峰没有隐瞒："因为我想报仇。"

这一点九爷倒是没有想到，不禁审视地看着林峰。

林峰娓娓道来："我父母被任浩铭的父母所害，所以我一定要为他们讨回公道，让任浩铭生不如死。"

"任浩铭？青年商会的会长，任浩铭？"

"正是！任家与我有血海深仇，就算是拼了这条命，我也要让任家付出应有的代价。"

九爷略一沉思，微微一笑："我以为你会编个理由给我。"

林峰淡淡一笑："九爷精明老练，又神通广大，林峰怎敢再对九爷有所隐瞒。"

九爷满意地大笑三声，声音洪亮威严。

林峰鞠躬行礼："还请九爷准许林峰进入青帮，林峰定会送九爷一份大礼，以示对九爷的敬重。"

"好。"九爷赞了一声，又道，"难得能遇到你这般重情重义之人。我已近暮年，膝下无子，你愿不愿意当我的义子？"

义子？

林峰有些受宠若惊地望着九爷。他原本只打算进入青帮，凭他的能力，要想爬上高位并不成问题，只是没想到竟然可顺势成为九爷义子，这个身份更是可让他如虎添翼，倒是让林峰没有想到。

林峰恭敬跪在九爷面前："义父！"

"好！很好。"九爷十分满意，笑意溢满那双老谋深算的眼睛。

而在他膝下，林峰一双阴鸷的眸子比他的更加阴沉，也充满更多黑暗的算计。筹划了这么多年，他的计划终于可以顺利展开了。

任浩铭正在喝咖啡，阿春匆匆进来汇报："会长，楚安安的下落已经查清楚了，她是上海私立商学院无线电专业的学员。"

任浩铭脸色一沉，马上站起身："走，现在就去！"任浩铭没有半分迟疑，立即动身。阿春也连忙跟上。

阮清恬拎着一个食盒站在林峰办公室门口敲了半天门，也没人应答。此时楼道里走过来一位老师，见到楚安安，问道："楚安安？你找林先生？哟，还给林先生带了点心！林先生昨天去南京开会了，估计过几天才会回来。"

"这样啊。"阮清恬略显失望。上次工作的事情多亏了林峰，她今日有空，做了一些小点心，原本是打算拿来给林峰尝尝，顺便谢谢他上次帮她找工作的事情，没想到竟然这么不巧。

阮清恬临走的时候，老师还笑眯眯地感叹："唉，要是每个学生都能像你这么有上进心，又懂得感恩，就好了！"

阮清恬想着这一大盒点心，拿回去自己和奶奶也吃不完，岂不是浪费了？既然林峰不在，那就给楚安安送去好了。打定主意，她便拎着食盒走了。

然而那位老师还没有走到办公室，就被火急火燎赶来的任浩铭给拦住了："您好，请问您是否知道有一名叫楚安安的同学？她在哪儿？"

"安安？"老师惋惜地道，"你找安安啊，她刚走。"

"她往哪边走了？"任浩铭又问。

"好像是那边。"老师想了想，给任浩铭指了一下，然后又想起什么似的，"对了，她今天没有课，应该是回家去了吧。你要是找不到她的话，可以到她家去找。"

"多谢。"任浩铭回了一句，便带着阿春疾步走了。

任浩铭带着阿春在校园里找了一圈都没有找到楚安安，不禁有几分懊恼，拉过阿春问道："知道楚安安的家庭住址吗？"

"已经查到了！"阿春立刻回答。

还没有等阿春回答，任浩铭便上了车。黑色的轿车疾驰而去，一路飞驰，开向楚安安郊外的别墅。

任浩铭的车急急地停在了楚安安家门口。阿春下车敲门，任浩铭铁青着脸等在车里。

开门的是小雅："请问你们找谁？"

"我找一下楚安安小姐。"阿春道。

小雅眼中有一丝慌张闪过，但很快摇了摇头："小姐不在，她出去逛街了。你们是谁？"

阿春若有所思："哦，好的，谢谢！"

小雅很快将门关上。阿春走回到车旁把得到的消息汇报给任浩铭。

"在这里等楚安安，直到她回来！"任浩铭冷冷发话，一副见不到楚安安誓不罢休的样子。

小雅惊慌失措地跑进来跟楚安安的卧室："小姐！小姐！不好了，真有一个陌生男人来找您！我估计就是您要我留意的那个！"

"什么！"楚安安听完小雅的汇报，吓得魂不附体，"任浩铭这么快就找上门了！幸好我把我的照片什么都收起来了。快快！快给邮务局打电话，让清恬立即过来！"

小雅忙不迭地跑过去打电话，然后转头跟楚安安汇报："小姐，清恬小姐现在不在邮务局……"

"哎呀！那就派人去她家找她！让她赶紧过来！"楚安安烦躁地在房间里走来走去。

"是！是！"小雅连连称是。

楚安安着急地来回踱步："阮清恬这时候偏偏不在，真是急死人了！"

阮清恬拎着食盒款款走向楚安安家门口。老远看到任浩铭的车，立即驻足。这车看起来好眼熟啊。她不禁眯着眼睛，仔细观察了一下，果真看到了任浩铭。只是一个冷厉的侧脸，就吓得她立即六神无主起来，转身就想往回走。

走了两步，又像是回味过什么来似的忽然停下脚步："我干吗要躲他啊？我又不是做贼的，有什么不敢见的！"

这样想着，阮清恬又转过身，仰着头，趾高气扬地从任浩铭的车旁经过。任浩铭看到了阮清恬，愣了一下，怎么会是她？

但是见阮清恬一副好像没看到自己的样子，他也就没有吱声。现在他满脑子想的都是任晓晓的事，也没工夫理她。但是不知道为什么，他还是有些心虚地低着头，好像怕被她看见似的。而当阮清恬把他当成空气一般，径直从他面前走过去的时候，他心中又不由得带了几分失落。

阮清恬走到楚安安家门口，敲门。小雅一见是阮清恬，赶紧让阮清恬进门。

任浩铭再抬头，正好看到这一幕，心中更是诧异。没想到她竟然进了楚家的大门，难道？

任浩铭不敢想下去了，但是阿春却开口道："咦，这不是邮务局的那个女孩子吗？她怎么会在这儿？难道她就是楚安安？"

任浩铭冷着脸："走，先去邮务局确认一下！"

"是，会长。"阿春应着，连忙上车。

车子很快开走了。

楚安安一见阮清恬，立即迎了上去："我刚还叫人去找你呢！"

阮清恬自然不知道楚安安此时的焦躁不安，依然笑着道："安安，我今天做了好吃的，特地送来给你尝尝。"

阮清恬一边说一边打开食盒，但是却被楚安安拦下："哎呀！这些都待会儿再说！"她又朝小雅挥挥手："你先下去。"

阮清恬一脸疑惑："怎么了？这么紧张兮兮的……"

"还记得我那天跟你说的话吧？如果刚刚外面的人来找楚安安，你一定要坚持说你是楚安安！"楚安安的话中透着明显的不安。

"有人找你？"阮清恬有些诧异地道，"不会是外面那辆车吧？"

"就是外面那辆车！"楚安安连连点头，又想到什么，急忙追问，"你看见任浩铭了？！他看见你了没有？"

阮清恬越来越糊涂了："到底发生什么事了，你们……"

"唉，你就别问了。你也听说过任浩铭是吧？所以，你一定要答应我，在任浩铭面前，你就是楚安安！"楚安安再次嘱托道。

"安安，你总该告诉我你跟任浩铭之间到底发生了什么吧？你在躲避什么吗？"阮清恬现在脑子越来越乱，感觉好像一团糨糊不断地搅啊搅。楚安安怎么会和任浩铭扯上关系？这个人到底是什么做的？怎么就这样无声无息地渗透到她生活中的方方面面？

楚安安撒着娇："清恬，你就不要问那么多了！反正你只要记住，不管任浩铭他问你什么，你都回答'没有'和'不知道'，记住了吗？"

阮清恬一脸不解："可是……"

“恬恬，你说，我对你怎么样？当初你眼睛什么都看不见，是不是我楚安安让你双眼复明的？还有你们家，你和你奶奶……”

阮清恬见楚安安这么激动，连忙打断她：“安安，我一直拿你当恩人！我一定会照你说的做。你放心你放心，我保证会按你说的做！你别生气，好吗？”

楚安安这才露出放心的神色，紧紧地拉着阮清恬的手：“谢谢你，清恬。”

半晌，任浩铭一个人颓废地从邮务局出来，阿春等手下在门外等候，赶紧迎上前：“会长，邮务长怎么说？那位小姐是叫楚安安吗？”

任浩铭朝旁边的路障踹了一脚，显然是无处发泄怒意。阿春看着任浩铭脸上的表情，立即明白过来是怎么回事儿了：“那，会长咱们……”

任浩铭沙哑着嗓子：“不管她是谁，要是和晓晓的死有关，我都不会放过。晓晓是我妹妹！我必须给她一个交代！”

阿春点点头，赶紧跟着任浩铭一起离开。任浩铭的车刚刚停下，便看到阮清恬正从楚家走出来。

任浩铭从车中下来，朝阮清恬走去。阮清恬也仰着脸，一脸高傲地走过来：“我正要去找你呢，没想到你倒是自己回来了。”

任浩铭冷着脸：“找我干什么？”

阮清恬扬起下巴，一副视死如归的模样：“我就是你要找的楚安安。你找我有什么事，说吧！”

任浩铭看着阮清恬，一点一点平复着自己的情绪。

阮清恬见任浩铭不说话，自己倒有些慌了：“你倒是说话呀！”

任浩铭望着她，脸上没什么表情，但是说出的话却是透着冰冷：“怪不得你从来不肯告诉我你叫什么！真是委屈你了，还上什么商学院，你应该直接去拍电影！你为什么一直在我面前装作不认识我妹妹？你心里到底有什么鬼？”

阮清恬愣住，心里嘀咕：“这是什么情况？他为什么说到他妹妹？”

任浩铭脸色一沉：“我只想知道真相。我要你亲口说出来！”

阮清恬看着任浩铭，虽然不明白他话中的意思，但是方才楚安安对她说的话，却不断地在她脑海中回响。

“不管任浩铭他问你什么，你都回答‘没有’‘不知道’！记住了吗？”想到这儿，阮清恬立刻说道：“我有权不回答你的任何问题！我要回家了，我上次已经说过，我不想再见到你！”

阮清恬说完便想转身离开，没想到被任浩铭一把拽住，猛地按到墙上。阮清恬大惊："你干什么！"

任浩铭眸中冷厉之色乍现："你别逼我！你把我逼急了，可不是……可不是咬你那么简单！"

"……我……你刚才问我的问题，我真的没法回答……真的！"阮清恬固然觉得任浩铭此刻的神色有几分可怖，但是她最主要的任务是保护楚安安，既然楚安安说了，什么都不能说，那她就只有听命行事了。

任浩铭见阮清恬不说话，索性拖着阮清恬走向车子。

"喂，你干吗？你干吗？"阮清恬慌张大叫，"你等会儿！你等会儿！你等会儿！我能问你一句话吗？"

任浩铭冷冷地看向阮清恬。

"今晚上我还能回家吗？"阮清恬小声地问道。看他的样子，恨不得要杀了自己一样，虽然她是想要保护楚安安，但是此刻也不得不暂时担心一下自己的人身安全。

任浩铭冷笑："这要问你自己！我现在给你一个机会，说出跟我妹妹来往的那个男人叫什么，住在哪，你可以马上回家！"

阮清恬惊讶地："男人？跟你妹妹交往的男人……我天，跟你妹妹交往的男人我哪儿知道？"

任浩铭目光一暗，不由分说把阮清恬塞进汽车。

"哎，不是！我是真的不知道啊！"阮清恬大叫，"喂喂喂，你干什么啊，放开我！"

任浩铭不言语，但力道却是一点都没有减少。阮清恬看看脸色铁青的任浩铭，心里打起了鼓。这家伙分明就是在气头上，她不能跟他硬碰硬，这样也太吃亏了。于是便深呼吸一下，然后放软语气问道："你要把我带去哪儿？"

没想到，任浩铭却严肃地反问："你要把我带去哪儿？"

这一问，把阮清恬给问懵了："现在是你带着我好不好？怎么能问我要带你去哪儿啊？"

"现在我在让你带着我！带我去找那个男人！那个男人他在哪儿？"

"……啊？"阮清恬眨着一双大眼睛，无辜地望着他。任浩铭眼睛里面快要喷出火来："我在问你，哪个男人他在哪儿？"

就在这个男人狂躁的吼声中，阮清恬灵机一动，想到了逃生的办法。好！他那么想知道，她就告诉他！反正他也不知道是真是假，自己胡诌一个地址，他也不会发现啊。

“好了，好了，我告诉你还不行吗？红芙里 33 号！红芙里 33 号！”

任浩铭狐疑地望了阮清恬一眼，然后对身边的阿春吩咐道：“去红芙里 33 号。”

阮清恬被任浩铭推着往里一些，正想开口反驳，却见任浩铭大步跨了进来，坐在她旁边，然后冷声吩咐司机：“开车！”

任浩铭的两辆车驶到巷子口，一辆是任浩铭和阮清恬乘坐的，一辆是保镖的车。阮清恬看了看外面的巷子口，故作笃定地道：“就在这里。”

任浩铭冷冰冰地：“阿春，你去红芙里 33 号看看！”

阮清恬眼珠子咕噜一转，赶忙阻止道：“那个……我劝你还是小心为上，那家伙可有点本事，当心吃亏，要不还是我去把他叫出来吧……”

阿春不以为意：“会长，我没问题的！”

阿春正要下车，却被任浩铭拦住：“阿春！一起去！”

说着，任浩铭一把将阮清恬拽下车来。阮清恬不满地抗议：“你就不能轻点吗？懂不懂怜香惜玉啊！”

任浩铭望了她一眼，不屑地冷哼一声。阮清恬在任浩铭回过头去的时候调皮地做了一个鬼脸嘲弄他，被阿春看在眼里，想笑但是却得极力忍着，不敢表露出来。

三人一同来到巷子里。阮清恬将任浩铭和阿春带到了红芙里 33 号的门口，指着门牌号：“你看，就是这里了。”

任浩铭看了一眼门牌，收回目光，望着阮清恬，冷冷地道：“你敲门！”

阮清恬无奈，翻了一个白眼，走上前去敲门。敲了半天，一直无人应答：“好像没人在家！”

任浩铭走上前，伸手试着推了推，没想到门居然开了。阿春不可思议地看看任浩铭：“门没锁。”

而阮清恬则站在任浩铭身后，别有深意地望着他。任浩铭慢慢探头进去。阮清恬想跟进去，刚刚迈开一步，就被任浩铭拉了出来，钳住阮清恬的胳膊，阮清恬大惊，张嘴想要叫出声来。任浩铭又捂住阮清恬的嘴，阮清恬紧张地看着任浩铭，用气声说话：“小心有诈！”

第十章

捐款账本

阿春看着任浩铭，冲着任浩铭点点头，率先走进门里。阮清恬无奈，跟在任浩铭后面。任浩铭与阮清恬小心翼翼地跟在阿春身后。

屋子昏暗不堪。

任浩铭皱眉瞅着四周，心中觉得诧异，这里怎么看都不像是有人住的样子啊。而阮清恬心里正暗喜，两个坏蛋！上当了吧！

阮清恬对这个屋子十分熟悉，在暗中行动非常便利。而跟在阮清恬身后的任浩铭和阿春则深一脚浅一脚，走得十分困难。

突然屋子里有黑影经过。阮清恬大喊一声："快跑啊！"

任浩铭警觉地看了一眼，下令道："追！"

那个黑影听到阮清恬的叫喊，再加下任浩铭后面的追赶声，开始跑了起来。任浩铭惊愕道："果然在这里！"

黑影快速闪动，任浩铭追着黑影而去。

阮清恬见状，深知机会来了。正当任浩铭和阿春费劲地四下张望的时候，阮清恬早已趁两人不注意从后门跑了出去。任浩铭和阿春他们拼命地追过去，直到上去一把拽住黑影的肩膀，掰过来，才发现原来是一个老头。

任浩铭生气地拽住老头："你跑什么？"

老头却害怕地跪下来求饶："老大我真没钱！老大我真没钱！"

“我在问你跑什么！我不跟你要钱！”任浩铭怒不可遏。

老头恍然大悟：“哦，哦，你不是黑帮的！我以为是黑帮的来收保护费！我前几天在街前面摆了个摊子！”

任浩铭的脸上青一阵红一阵又白一阵，半晌才狠狠地握紧了拳头，狠狠地骂道：“这个臭丫头！”

阮清恬撒丫子一阵狂奔，见后门无人来追，放下心来，停下来喘气：“幸好，幸好之前租过这里的房子，没想到，没想到关键时刻还救了我一命！不行，我要赶快跑！”

阮清恬说完，赶紧又跑了起来。任浩铭和阿春回到堂屋，四下寻找，根本没看到阮清恬的人影。

任浩铭急了，不管不顾地大喊起来：“楚安安！”

任浩铭往前跑了几步，看到了没关严的后门，心里明白阮清恬早已跑掉：“哼，不认识我妹妹肯定是谎言，想不到这丫头城府这么深，连我都敢骗！真是吃了熊心豹子胆了！”

好不容易摆脱了任浩铭，阮清恬立即跑到和楚安安约定的咖啡馆：“安安，我都快急死了，你跟任浩铭妹妹是怎么回事？任浩铭为什么问我要什么男人的地址？”

阮清恬一见到楚安安，便机关枪扫射似的，将自己心中的疑问一股脑地全问了出来。楚安安见瞒不住了，以后要想阮清恬帮自己，还是得把实情说出来，于是叹了口气道：“实话跟你说吧，我认识任浩铭妹妹也不过小半年而已，我虽然听说过任晓晓交往了一个老男人，但我真心不知道任晓晓交往的那个男人是谁！”

“既然是这样，那就跟任浩铭讲清楚吧！你不用出面，我去找他，我跟他说清楚！”

楚安安赶紧阻拦：“别别别！你可别再去招惹任浩铭了！任浩铭这个人就是这么不讲理，特别霸道！他本来就揪着这件事不放！你要是再去招惹他，他非扒了你皮不可！”

阮清恬想了想那个场景，不禁打了个冷战：“那你说怎么办才好？”

楚安安想了想：“要不然你躲几天，先别去上班了……”

“为什么呀？安安，我又没做坏事！你也没做坏事！为什么要躲着他？”阮清恬不解地望着楚安安。

“哎呀！阮清恬你怎么这么不听话！刚刚任浩铭那穷凶极恶的样子你又不是没看见！他是一个不讲理的人。不讲理的人是不讲理的！”

“那你发誓，任晓晓和那个男人的事，你真的不知情！”

“我发誓！任晓晓和那个男人的事，我真的不知情！”

“那好吧，我知道了！反正这件事我会帮你的，你就放心吧！”阮清恬信誓旦旦地道。

楚安安不放心地嘱托：“你最好的帮助，就是别去找他！他来找你，你就说你是楚安安，然后一问三不知！”

阮清恬为难地看着楚安安，似乎并不认同楚安安的做法。

与此同时，任浩铭脸色铁青地与阿春回到任公馆。一腔怒火无处发泄，他狠狠地把脱下来的衣服扔到沙发上。

“会长，要不我现在去把楚安安家搅他个底朝天！让她家不得安宁！”阿春也是十分气愤。想不到这个小丫头外表柔弱，鬼点子竟然这么多，连会长都被她给耍得团团转。

任浩铭冲阿春发火：“你是黑帮还是我是黑帮啊！让人家不得安宁？我说阿春这是谁教你的？我要找的是楚安安，我要问的是那个男人的身份，我的目的不是对付楚安安和楚安安的家人！你凭什么去把人家家里搅个底朝天啊？你凭什么让人家不得安宁啊！你有没有点理智啊！你知不知道遇事要三思而后行啊！”

阿春惭愧地低下头。此时阿夏走过来，一脸愁云：“会长，您回来了……”

“你又怎么了？”任浩铭烦躁地问。

阿夏唯唯诺诺地说道：“大小姐说，在这里她心里难受，觉得处处都是二小姐的气息，所以，所以她还是回法国了……”

任浩铭听了此话，满腔的怒火像是突然被浇了一盆冷水，哧哧地冒着颓败的烟雾，整个人也瞬间消沉了。

“大小姐还让我带话给您，叫您也别再伤心了，过去的事，终究还是过去了……”

任浩铭沉着脸，没有说话。

阿夏见任浩铭不说话，心中惶恐，但是还是壮着胆子汇报道：“还有，会长，咱们银行的那笔善款……"

任浩铭皱眉，一脸的不耐烦："不是叫你们去查了吗？还来问我！"

阿夏担心地："我是怕这事也登了报纸……"

"哼，现在我任家还有什么事是上不了头条的！他们要说，就让他们去说！"

"是！"

阿夏刚准备走，就被任浩铭叫住："给我回来！善款的事，必须要查清楚！不能任他们胡作非为！"

阿春看着任浩铭："那楚安安的事？"

任浩铭目光坚定："派人到楚安安家门口盯着！把她的动向给我盯紧了！但是一定要记住别进人家家里搅和，听到了吗？"

"是，会长！"

阿春阿夏离开之后，任浩铭才像是泄了气的皮球一般，颓废地倒在沙发上。

光线昏暗的密室中，阮斌昏昏沉沉地坐在椅子上打盹。密室里空荡荡的，除了两把椅子，一张桌子，还有些看着瘆人的刑具。

虎子此时带着手下人进来。手下人喝了一口水，上前冲着阮斌的脸一喷，然后用力拍打阮斌的脸："喂！醒醒，醒醒！"

阮斌悠悠转醒，看到眼前的人，立马清醒了大半，吓得连连求饶："大爷，饶命，真的不关我事，我不想杀人……"

虎子冷声道："闭嘴！我问你，救灾捐款的账本是不是在你手里？"

阮斌一愣，心想：这件事他们是怎么知道的？他之前为了还赌债，确实偷了银行的金条，现在回想起来，顿时更加害怕了："爷！那天我只是想拿点钱，结果还被人给劫了，其他的，我可什么也没拿啊！"

"没拿？谁不知道你好赌成性，你会只拿几根金条？"

阮斌被虎子一句话就噎了回去，唯唯诺诺："爷，我真的什么也没拿，真的。我会打金条主意，那不也是被逼的吗！我要是不还他们的赌债，他们就要剁了我的手啊！爷，我真的没说谎，真的……"

"你哪来那么多废话！我告诉你，你不把捐款的账本交出来，爷我先剁了你的手。"虎子一脚踹在阮斌的身上。

阮斌害怕地连连求饶："别别别，我交，我交。可是那个账本真的不在我身上，在永发银行的保险柜里。”

虎子一听，微微沉思半晌：“要是让我知道你在说谎，小心我连你的双脚一起剁。”

阮斌连连：“不敢，不敢。”

“既然如此，那你就去给我偷回来，那这件事咱就了了，我也能留你一条狗命。”

“啊？”阮斌一脸诧异地望着阴影中的虎子，却连对方的模样都没有看清楚。

还没来得及细想，阮斌就已经来到了永发银行的门口。他这是什么命啊，莫名其妙地被当成了杀人犯不说，现在还得帮着人干这种偷盗的事儿，唉，真是命途多舛！

阮斌小心翼翼地来到永发银行后门。永发银行后门有两个人在值班，看到阮斌走过来，揶揄道：“哟，这不是阮先生吗？这几天一直没瞧见您，今儿怎么这么晚还来啊？”

阮斌笑着走过去：“咳，别提了，前两天家里有点事，所以没来，这不是忙完了，过来拿个东西。那个……就你一人？”

“大川去上厕所了……”

那人的话还没说完，便闷哼一声，在阮斌面前倒了下来。

阮斌吓坏了，哆哆嗦嗦：“你你……你把他杀了？”

虎子手里拿着枪，指着阮斌：“少废话！发什么愣，动作快点。”

虎子说完冲着身后的手下使眼色，示意把那人移走。阮斌不敢耽搁，诚惶诚恐地在前面走着，领着虎子还有虎子的一帮手下，先后从永发银行的后门进入。阮斌和虎子等人进入永发银行时，另一个值班的提着裤子，刚好上完厕所走出来。

值班人刚想说话，一枪正中他眉心，顿时倒地。阮斌瞪大了眼睛，看到虎子一脸淡然地收起枪：“看什么看，赶紧带路。”

阮斌吓得不敢多想，率先往账务室走去。虎子带人跟随在后。阮斌紧张地走进财务室。虎子在后推了阮斌一把：“快点，磨蹭什么？”

虎子带着手下在财务室里东翻西找。阮斌拿出钥匙，小心翼翼地打开保险箱，拿出捐款账本，看到虎子背对着自己，趁着虎子不注意，推了他一把，迅速跑出财务室。

虎子大怒:“想跑？不想活啦!”他冲手下吩咐道:“把值钱的都搬走。”说完就去追了。阮斌揣着账本拼命地跑出永发银行。虎子紧追在后,出了永发银行的时候,早就没有了阮斌的身影。

虎子气得骂道:“该死!”

自从上次从任浩铭手里侥幸逃脱之后,阮清恬就一直心神不宁。说实话,她实在有点不想再扮演楚安安了,况且现在这个身份又和任浩铭牵扯到了一起,这和她当初发誓再也不与任浩铭有任何牵扯的初衷是相悖的啊。可是楚安安又对她有恩,难道要她眼睁睁看着楚安安为难而不帮她吗?

唉,还真是叫人为难呢。

阮清恬一面整理着货物,一面想着。真希望这些事能赶紧过去,这样她就不用撒谎骗人了。

阮清恬正在出神,小萍突然走过来:“清恬,你自己嘀咕什么呢?”

“没,没什么。”阮清恬立刻笑着说道,不想让任何人看出她的愁绪。

“邮务长找你呢！快去吧。”小萍像一只花蝴蝶一般,从她面前翩翩而过。

阮清恬心事重重地来到邮务长办公室。难道是因为她这两天工作心不在焉,被邮务长发现了,要处分她吗？呜呜呜,不要啊,她只是一时鬼迷心窍,以后会好好工作的呀。

“邮务长,您找我?”阮清恬惴惴不安地望着眼前的邮务长。

邮务长笑眯眯地望着阮清恬:“安安啊,这些日子在仓库工作还好吗?”

“挺好的,谢谢邮务长关心!”

“你在仓库待了也有一个星期了,我看你干得不错,想让你换到前台试试!”

“啊?”阮清恬惊了一下,满心等着邮务长劈头盖脸的一顿臭骂,结果没想到竟然是这样的结果,一时有些转不过弯来,“邮务长,仓库的工作我才刚刚熟悉,我想在仓库多干些日子!”

邮务长听了非常高兴:“哎呀！难得你有这种想法,非常好！踏实、肯付出!林先生把这么好的人给我推荐过来,回头我得好好谢谢他!”

阮清恬不好意思:“邮务长您过奖了。”

“行,你去好好工作吧,注意身体,别太劳累!”

“知道了,谢谢邮务长!”

阮清恬从邮务长办公室出来，原本是打算回仓库的，突然又想到了什么，转身走到了办公区："各位同事！"

阮清恬站在办公区中间，尽量提高音量，以便让所有的人都听到她的声音："各位同事，实在不好意思啊，我想拜托大家一件事，到时有人问你们楚安安在哪，麻烦大家一律说不知道！或者不在！拜托了！"

阮清恬说完，冲众人深深鞠了一躬，表示感谢。办公室的同事都转过头来看阮清恬，见她一副楚楚可怜的模样，不禁纷纷逗她："你说的是任会长吗？"

"这还用问吗？肯定是任会长！"

"我看你根本不用躲着他，从了算了！"

阮清恬苦笑："各位就别逗我了！记得一定说不知道我在哪啊！"

"好啦，放心啦，我们会帮你的啦。"

"谢谢大家了。"

阮清恬刚准备离开，小萍就火急火燎地跑过来："安安，我刚才好像在门口看到任会长了。"

"什么？"阮清恬大惊。这个什么任会长也太勤快了！一大早就来邮务局报到啊！阮清恬赶紧对小萍说："小萍，帮我跟班长请个假啊，我，我去趟厕所！"

阮清恬来不及等小萍答应，就脚底抹油般地跑了。

小萍在她身后喊："你要不要纸？我刚去厕所时，厕所里面没纸……"

而在另一边，任浩铭不顾前台业务员的阻拦，硬往邮务支局后面走。

前台小姐见任浩铭一副气势汹汹的样子，也不知道到底应不应该拦着，但是出于对工作负责的态度，还是事务性地提醒了一句："哎，先生，那是我们的办公区域……"

"我找楚安安！"任浩铭铁青着脸走进楼道。

而此时阮清恬躲在拐角处，凭借灵敏的听力仔细聆听着任浩铭的动向，听到他往办公室这边走过来，她忙趁机离开。任浩铭铁青着脸，见人就问："请问，楚安安小姐在哪？"

同事们都一愣。

小萍赶紧回答："楚安安今天请假了，没来！"

任浩铭看了看小萍，小萍紧张得直眨眼睛。

任浩铭冷笑，不理会这些人，继续向后走去。阮清恬一边听着后面的动静，一边从后门溜出邮务支局。任浩铭在邮务支局四处转了个遍，也发现了邮务支局的后门，不禁冷笑："哼，楚安安，又来这套！不信今天抓不到你！"

阮清恬急匆匆地跑着，不时地向后张望。突然一只手搭在了她的肩膀上："你在找我吗？"

阮清恬吓了一跳，猛地回过头来，发现任浩铭就站在自己身侧，冷着脸，咬牙切齿地道："你信不信我把你耳朵拧下来！"

"啊……啊……你知道是我听到了你？"阮清恬被拧得龇牙咧嘴，而任浩铭却不管不顾地拽着她，往前走："走，带我去找那个男人！"

阮清恬忙打岔想拖延时间："喂喂喂！你先放手好不好？我跟你讲，全上海滩的男人现在都在学绅士风度。我可以举出很多活生生的例子来！"

"什么活生生的例子？你能给我举出什么活生生的例子？"任浩铭停下来，一甩手，就把阮清恬甩到自己面前。

阮清恬伸手在衣服兜里掏着什么，然后她伸出手，摊开手掌，手掌中赫然是四颗栗子："你看，我举出来了！栗子！活生生的栗子！举到你的面前，就差举到你的嘴边上了，给你吃，可好吃了！全是活的！活生生的！"

任浩铭简直要气疯了，一把将阮清恬按在墙上。阮清恬这一次动作灵敏，马上捂上自己的嘴。

"你捂嘴干吗？"任浩铭挑眉。

阮清恬把手悄悄移开一条缝："我……我可以不捂吗？"

第十一章

永发银行被盗

任浩铭一把拽下阮清恬的手，将栗子放到阮清恬的嘴里。本来只是打算吓唬她一下，但是没想到阮清恬心急，向外吐，结果适得其反，差点呛到了。阮清恬开始猛烈地咳嗽起来，任浩铭见状，连忙关心："你怎么样？"

"我……我……我要死了！我的喉咙被栗子盖上盖儿了！"阮清恬咳得满脸通红，断断续续说道。

任浩铭忽然一把拉住阮清恬，粗暴地向前走去："要死你也要先给我找到人再死！跟我装，你还嫩了点！你赶紧把栗子给我吐出来，'活生生'地给我吐出来！"

"喂，喂，我是真的被栗子给卡到了……"阮清恬夸张地捂着自己的喉咙，可怜兮兮地说道，看到任浩铭瞪着她，马上软了，"好好，我吐出来还不行吗？瘟神！"

任浩铭拉阮清恬的手，也不说话，冷着脸向前走。阮清恬暗自嘀咕："怎么办，怎么办啊？我到哪儿带他去找人啊！这不是要我命吗！"

望着前面那个高大挺拔的背影，阮清恬都快要愁死了，突然她不经意间看到了街旁的电影海报，瞬间就有了主意："对了，学电影！"

阮清恬站住，突然大喊道："你还是不是个男人啊！我都已经说了我不喜欢你，你还死缠烂打干什么？现在男女成亲要媒妁之言、父母之命，何况不喜欢就是不喜欢，就算你说破天去，我也不能答应你。你不能因为有权有势就纠缠我！你不要再纠缠我了！”

任浩铭闻言一怔，转过身来，不明就里地望着阮清恬。这个臭丫头，又在搞什么？任浩铭还没反应过来，周围的人却已经被阮清恬大呼小叫的一番慷慨陈词吸引了过来。看到任浩铭一张冷脸，而阮清恬又是小媳妇一般被他拽着，周围人纷纷开始为阮清恬打抱不平：“小伙子，人家小姐都说了不喜欢你，你就别抓着人家了，多难看啊！”

“是啊！你一个男人，当街明目张胆纠缠小姐，像什么样子？”

“咦？这人怎么看着这么眼熟呢？”任浩铭在上海也算是鼎鼎有名的大人物，很快就有人认出了他，“哦，他是青年商会的任会长。”

“什么？那么有身份的人，还纠缠人家小姐，未免也太不要脸了吧！”

任浩铭被大家东一句西一句说得面红不已，不觉松开了阮清恬。

“任会长，你想要什么样的女人没有，何必为难这位小姐呢！传出去让人笑话！”

“是啊！堂堂青年商会会长，居然强迫一位小姐非得喜欢他，这跟土匪抢压寨夫人有什么差别？”

大家纷纷将任浩铭围住，对任浩铭指指点点，隔开了阮清恬和任浩铭。阮清恬见状，心中一阵窃喜，知道这是逃跑的好机会，群众上前一分，她就默默地往后退一分。等到终于退到人群之外，阮清恬立刻拔腿就跑，看见那边停着邮务支局送信的单车，迅速跑过去骑上单车就走。

任浩铭听着大家的指指点点，尴尬不已。等他回过神来，便看到阮清恬骑着单车跑了。这个臭丫头！心里咒骂一声，任浩铭立即火冒三丈地冲出人群追过去。他看了一眼阮清恬远去的方向，转身往身边的一条小巷跑去。

阮清恬疯狂地踩着单车，任浩铭突然从一条巷子中窜出来，眼瞅着一伸手就要拽住阮清恬，她猛地发力，单车后座与任浩铭的指尖只相差不到两厘米，但是最终还是成功逃脱。任浩铭在后面拔足狂奔，阮清恬更像是疯了一般踩着单车往前冲，心里一边骂着任浩铭，眼看就要拐向另一条小巷子。

身后突然传来任浩铭的声音：“楚安安，那条巷子窄死了，你拼命跑会受伤的，我不追你，你别跑了……”可是阮清恬根本不听，直接扎进了巷子。

阮清恬骑着单车进了一条很窄的巷子，正好看到一个人在自己前面推着一辆西瓜车，迎面的巷子口又走进一个挑着两筐鸡蛋的人，两人为谁先过而争执。

推西瓜的："你让开。"

挑鸡蛋的："你让开。"

推西瓜的："你不让，我也不让。"

挑鸡蛋的："你不让，我也不让。"

阮清恬见状想要刹车，但是耳边却又是任浩铭风驰电掣追过来的声音，她一时惊慌，来不及多想，骑着单车朝着争执的两人冲过去。

"让让让让让让……"阮清恬吓得连话都说不清楚了。

推西瓜的和挑鸡蛋的看到阮清恬过来，全都慌张不已，愣在原地，眼睁睁地看着她冲过来。不是他们不想让，而是根本不知道怎么让。

阮清恬见状也不管了，闭着眼睛从两人中间窄窄的空隙骑过去。挑鸡蛋的被撞到墙边，挑着的两筐鸡蛋顿时飞出筐。西瓜车也因为阮清恬冲过来，往一边倒去。

而此时，任浩铭已经冲到巷子口，看到阮清恬不要命地冲过去，他心急大喊："楚安安……"

飞出筐的鸡蛋正好砸到阮清恬的身上，西瓜也摔碎了，溅了阮清恬一身。阮清恬的样子，别提有多狼狈不堪。

挑鸡蛋的顿时指着阮清恬骂起来："侬个小赤佬，侬脑子瓦特啦！"说着，他心疼地看着满地鸡蛋，"哎哟，我的鸡蛋……"

卖西瓜的也是一脸的难看："今天的活儿算是白干了。"

阮清恬一边骑车，一边掏出钱扔向后面："对不起对不起……我身上就这么多，对不起了！"

阮清恬继续骑着车子往前冲。任浩铭站在巷子口，看着狼狈的阮清恬，一脸无奈："幸好只是撞上卖鸡蛋的卖西瓜的，这要是撞到一个卖菜刀的，多危险啊……"

任浩铭走过去，将一叠钱递给这两个小贩，不顾两个小贩的诧异，转身就走。刚转过身，就看到阿春急匆匆地跑过来。阿春边气喘吁吁地边跑过来边叫："会长……"

任浩铭面无表情地站在原地看着阿春。阿春跑过来贴近任浩铭的耳边，不知道跟任浩铭说了什么，任浩铭的脸色越来越难看。

阮清恬不知道骑了有多久，任浩铭的脚步声渐渐隐去，直到再也听不到了，她才安心地停下来，望着满身的鸡蛋液和西瓜汁，一脸的难过：“制服那么新，弄得这么脏了……”

虽然阮清恬心疼自己的制服，但是这都是小事儿，现在最重要的是，任浩铭已经知道她在邮务局上班了，跑得了和尚跑不了庙，难道她明天不去上班了？真是想起来就忍不住地发愁。

老天啊，为什么要让她遇到这个瘟神呢。

阮清恬忍不住仰天长叹。

青帮总舵。

林峰和虎子一前一后走进青帮。九爷坐在厅堂上，浑身上下透露着几分不怒自威的威严之色。

林峰一拱手，微微向前倾身，态度恭敬：“义父。”

“阿峰，你这么急着见我，有什么事？”

虎子此时和青帮的人抬着两个大箱子进来，将箱子放在地上打开。两个大箱子里装的都是满满当当的黄金。

林峰从怀中拿出账本，将账本递给九爷：“义父，林峰知道，义父为了让我入青帮，已经破坏了入帮的规矩，这件事势必会遭到帮里其他人的质疑与不满，所以林峰很想表达自己对义父的感激与敬重。这两份大礼，还望义父笑纳。”

九爷接过账本，随手翻了翻：“永发银行的账本？那想必这黄金也是永发银行的吧？”

“是的，义父。”林峰没有否认，也从未想过要否认。

九爷将账本放下，淡然道：“阿峰，你的心意我领了。但这两份大礼呢，你还是收回去吧！”

林峰有些疑惑：“义父？”

九爷叹息，言语之间透露出长辈对于晚辈的疼爱之情：“阿峰，你既有韧性，又有无线电方面的技能，正是青帮需要的人才。而且，我和你的经历很像，我的父母也是被人害死的。我从小流落街头，知道那种孤苦无依的日子不好过。阿峰，我知道你想报仇，想让任浩铭生不如死，但我们做事啊，还是要给人留条活路。否则只是在断自己的后路。我这话放在这儿，你自己想想吧。”

九爷说完这番话便走了，留下林峰一个人若有所思地站在原地。

“峰哥，九爷不收，那我们这些黄金怎么办?”虎子见九爷没有收黄金，不禁有些担心。

林峰望着九爷离开的方向，嘴角勾起一抹嘲讽的笑意：“慌什么，留着，以后总会有用。”

永发银行被盗，对于任家来说是不小的打击。任浩铭听到阿春汇报这件事的时候，心中着实震惊。没想到居然有人敢在他们任家的头上动土！简直是活得不耐烦了！他问道“救灾善款的事情查得怎么样了?”

“能拿到捐款账本的只有两个人。已经排除了蔡行长的嫌疑，记账员阮斌一直没有露面。”阿春汇报道。

任浩铭思索着这个名字：“阮斌?”

“永发银行的记账员。”阿春提醒道。

任浩铭想了想：“永发银行?”

“您五年前收购的一家小银行。”阿春再次提醒。

任浩铭点点头：“派人去把那记账员给我请过来。”

“是。”

而此时，任公馆内，电话声此起彼伏，阿夏手忙脚乱地应付电话。

“我们任会长不在！你说什么？捐款的事我暂时无法回答……”

任浩铭坐在沙发上看着《申报》，若有所思地将报纸拍在茶几上。

阿春此时急匆匆跑进来：“会长，永发银行门口挤满了人，当中还有青年商会的成员，扬言您要是不出面给个说法，他们就不走。”

任浩铭阴着一张脸，边起身离开边说：“让阿夏去请上海商会的总会长童老爷子。”

阿春紧跟在后：“是。”

阿春和阿夏忙着帮任浩铭处理善款的事情，而阿秋和阿冬则按照任浩铭的吩咐，来到阮清恬家，想要找阮斌。阿秋和阿冬来到阮家外，手里拿着纸，对照着门牌号，两人互看一眼。阿秋上前砸门：“开门开门……”

阮奶奶边开门边骂：“就不能等等吗！砸什么砸……”

大门刚打开，阿秋和阿冬便迫不及待地进门，差点把阮奶奶给撞倒了。阮奶奶看阿秋和阿冬闯门而入，不满道："你们是谁啊！谁让你们进来的？"

阿秋冲着阿冬使个眼色，阿冬快步走进里屋去搜。

"哎哎哎……谁让你们……"阮奶奶说着想要进里屋去拉阿冬。

阮清恬此时换好衣服正要出房间，就听到外面奶奶的声音。阮清恬担心地打开门正要出去，看到阿冬走过来，又赶紧关上房门。阮清恬记得这个人，他是任浩铭的手下，怎么会找到这儿来？难道任浩铭已经知道她不是楚安安，追上门来了？

阮清恬大惊，不敢贸然出去，屏住呼吸，听着外面的动静。阿秋挡在阮奶奶前面，环视屋里："阮斌在哪儿？"

"你们是什么人？找我儿子做什么？"阮奶奶警惕地问。

"老太太，我们找阮斌先生有重要事情！"

阮奶奶不是很相信："你们到底是什么人啊？是不是我儿子他……他在外面出了什么事？"

阮清恬听到有人在旁边的房间翻找，又听到了阮斌的名字，心中的疑惑更深了。这到底是怎么回事？难道爹跟任浩铭也认识？他们到底在找什么？

阮清恬微微打开一条门缝往外看。

"您儿子工作的永发银行现在出了状况，我们必须要找到他！"

阮奶奶一脸惊讶："什么？我儿子可是老实人，你们可不能冤枉他啊！"

阿冬打开衣柜、抽屉，在房间里翻找着。阮奶奶走过来，看到阿冬在翻桌子，着急道："你们到底在找什么？"阮奶奶说着要去拦阿冬。

阿秋拦住阮奶奶："一份文件。重要的文件！"

"为什么要到我家来找？你问过我儿子吗！要到我家来拿什么，也应该是我儿子自己来拿！"

"老太太，这事您还是不要过问了！"

阮清恬听到外面的声音，见到奶奶受欺负，一冲动，就想要出去。不行，她要去找他们问清楚，怎么可以到别人家乱翻呢，还怀疑自己的父亲。手已经握上门把了，她又默默退了回来。不行，不行，还是不行。她不能出去，她一出去，他们就知道她是阮清恬，不是楚安安了。

阮清恬用力握着门把，心中纠结万分："对不起奶奶，我已经答应安安，我不能对不起安安，对不起……"

阿秋看阮奶奶一脸担忧的样子，显然不知道阮斌在外面是什么样子，便不再问，也往里屋走去。

阮清恬看着屋里，寻找可以藏身的地方，她突然看到床，赶紧钻到床底下，紧张地盯着房门。

阮奶奶紧跟着两人："你们到底在找什么啊？如果我们家有的话，我会告诉你的！"

阿秋推开房门。阮清恬紧张地缩在床底下，生怕被发现。阮奶奶拦住要进房间的阿秋："这是我孙女的房间，你不能进去。"

阿秋看了阮奶奶一眼，径直走进房间环视，刚要看向桌子上。阮清恬紧张地躲在床底下，想起桌子上有她和父母的照片，顿时惊慌不已。要是阿冬看到这张照片，那她的身份必然是要曝光的。就在阮清恬忧心忡忡的时候，阮奶奶突然站在阿秋面前，挡住了阿秋的视线："你们到底要干吗？"

阿秋盯着阮奶奶向前，阮奶奶紧张地后退，最后贴到了桌子。阮奶奶紧张得双手向后摸，摸到了桌子上的相框。阮清恬在床底下看到，吓个半死，心道："奶奶，你摸什么不好，偏摸相框做什么啊……"

阮奶奶将相框当武器一样竖着举到阿秋面前："我我我……我告诉你啊，你别看我老了，功夫可不差……"

阮奶奶说着还比画两下。阿秋看着阮奶奶的可笑样，哭笑不得。阮清恬则无奈地一扶额头。阿秋眼看相框被阮奶奶当武器，想逗阮奶奶拿过相框。

阮清恬在心里祈祷："别给他，别给他，千万不要给他……"

阿冬这时推门走进来："看来他没把东西放在家里，什么都没找到。"

阿秋想了想，看看房间里的衣柜，走去打开，见里面没人，冲着阿冬使个眼色，两人便离开了。阮奶奶松了口气，拍拍自己的胸口："死掉了，快要死掉了……"

阮清恬突然从床底下钻出来，头不小心撞到了床边，发出声响。阮奶奶吓得将手里的相框拐到地上："哎哟你个死妮子，你想吓死我啊！"

阮清恬赶紧到房门边去看阿秋和阿冬还在不在，然后走回将相框捡起来："是您想吓死我才对，拿什么不好，偏偏拿这个相框。"

阮奶奶想了想，问："恬恬，你爹不会是外面惹了什么事吧？否则人家怎么会找到家里来？"

阮清恬见阮奶奶一脸担心，安慰道："不会啦！刚才您也听到他们说了，是要找个文件。爹临走前说是去北平出差，不可能有什么事，这之中一定是误会！您放心吧！"

阮奶奶还是担忧："但愿如此。"

虽然是这样安慰奶奶，但是阮清恬心里却忍不住直犯嘀咕。为什么任浩铭的人会找爹呢？看他们刚才的样子，明显不是什么好事……不行，她要去爹当差的永发银行看看！

第十二章

化解危机

阮清恬着急地在街道上跑着，脑海里想的都是阮斌慌慌张张离开的画面。阮清恬心想，这之中一定有什么误会，她一定要去永发银行问清楚。

一个报童手里扬着申报满街边跑边喊："号外，号外，永发银行离奇被盗，捐款账本神秘丢失，青年商会会长任浩铭隐瞒真相，内幕真相意欲何为……"

众人聚集在永发银行外大吵大闹着。青年商会的成员也都聚集在永发银行外。

"任浩铭呢，让任浩铭出来给我们一个说法。堂堂青年商会会长，不能当缩头乌龟！"

众人在旁纷纷附和。

"就是就是！"

"我们要一个交代！"

"让任浩铭出来！"

在距离永发银行不远处的一个巷子口，阮斌戴着一顶大毡帽，脖子围着一条大围巾，手里拿着一份《申报》在看。报纸上硕大的黑色标题，写着"永发银行离奇被盗，捐款账本神秘丢失！"

阮斌心里慌张，自言自语着："不行，我得去永发银行看看。现在死了人，又是我带着去的，这下捅了大娄子了。"

阮斌一边说着，一边拿出墨镜戴上，然后低着头，快步走向永发银行。

聚集在永发银行外面的人越来越多，声势越来越浩大。吵来吵去，目的只有一个，那就是要任浩铭会长给个说法。

这时，人群外面悄无声息地驶过来一辆轿车，停在永发银行外的不远处。林峰掀起车窗上的帘子，看着永发银行外，嘴角露出瘆人的冷笑。林峰放下车帘，面无表情地靠坐在轿车里。

“所有事都在按照您的计划进行。看任浩铭这回还怎么嚣张?”虎子言语中透出得意之色。

不一会儿，林峰的车旁有两辆黑色的车子缓缓驶过，在永发银行的门口停下来。阿春、阿夏率先从车上下来，分别打开两扇车门，任浩铭从其中一辆车子里走出来，然后冷着脸，神色恭敬地走向后面的车，态度恭敬地等着里面的人出来。

等到看清车里的人，围在永发银行外面的人纷纷大跌眼镜，因为此次任浩铭请来的人可是非同小可。

“上海商会总会长童老爷来了!”

“任浩铭真是厉害，这童老爷子平素绝不会给任何人出来站台。”

“是呀！童老爷子说话那是一言九鼎。”

任浩铭面无表情地扶着童老爷子站在众人面前。阿春和阿夏带着人在永发银行外张贴着捐款名单。阮清恬此时气喘吁吁地跑过来，看到永发银行前围了这么多人，不禁更加疑惑，这到底发生了什么事儿?

“任会长，银行被盗、账本被偷这么大的事情，您居然瞒着我们，未免也有点太不把我们当回事了吧!”

虽然任浩铭请到了童老爷子来为自己撑腰，但是商会的其他成员也并不是好惹的。

“就是！不管怎么说，任会长还是给个交代吧。”

阮斌此时戴着一顶大毡帽和一副大墨镜，脖子上围着一条大围巾，小心翼翼地走过来。阮斌自以为隐藏得很好，却不料还是被阿春给发现了。阿春看到不远处鬼鬼祟祟走过来的阮斌，觉得可疑。阮斌正要往人群走，结果看到阿春盯着自己，顿时慌张，赶紧转身就跑。

阮清恬刚刚到永发银行外面，加入众人之中，想看个究竟，却听到了熟悉的脚步声。她心下一惊：不可能啊，这怎么这么像爹？难道爹也来了？

阮清恬想着就迅速回身张望，寻找阮斌的身影。阿春此时一见阮斌转身就跑，赶紧追了过去。虽然阮斌和阮清恬的距离很近，他几乎是擦着肩，从阮清恬的身边走过，但是因为人群实在太混乱了，两人都没有看到彼此。

阮清恬听着阮斌的脚步声越来越远，忙挤出人群寻找阮斌的身影。

阮斌慌慌张张地跑过来，不时地回头张望，生怕被人追上。他刚刚跑到一个巷子口，突然被一只手从后面抓住衣领拽进巷子。他还来不及叫出声，嘴里就被人塞进一只破袜子，双手被绑在身后，然后被从头罩上一个麻袋。

阿春跑到巷子口，前后左右早已见不到阮斌的身影。阿春觉得奇怪，刚才明明见到他跑进来的，但是眼前无人，他也只能离开。阿春刚刚离开，阮清恬就跑过来了，但是同样没有看到阮斌。

任浩铭继续在银行外面严肃地跟大家澄清："众所周知，永发银行是我任浩铭的产业，我不跟大家坦诚内部出现了问题，是觉得没必要让大家共同担心。永发银行的事情，任某人一定会尽快尽善地解决。至于大家赈灾捐款的账本，任某人早已提前做了妥善的准备，我将一份账本放在了上海商会总会长童老的手里。"

童老点点头。

"任会长，听您这口气，是我们大惊小怪了。"

成员们议论纷纷："丢账本这么大的事，怎么能说我们大惊小怪呢？""是啊！""这当中不会是有什么问题吧？"

童老边双手示意边说："大家少安毋躁，少安毋躁！听童某人说几句。正如任会长所言，他早已将账本放置在本人手里。任会长心思缜密，就怕账本被有心人盯上，所以当时特意撰写了两份，分别由我和任会长保管，这件事，我身后的史密斯先生和威廉先生可以做证。"

童老身后站着的两位西装笔挺的绅士——史密斯和威廉，频频点头。

"刚刚，我已经将我手中的账本交给了任会长，他已经吩咐手下，将各位的捐款名单张贴出来。如果各位还有什么疑虑，可以自行查阅。"

"童老可算是我们上海人尽皆知的大人物，不知各位对童老的话，还有什么疑义？既然各位都不再有疑问，任浩铭在此向大家再宣布一件事，永发银行此次被盗的钱款，由我任浩铭一力承担，不会让各位受到任何损失。还有，我决定向灾区再捐十万大洋，以表我对灾区人民的一番心意。”

众人听完，纷纷鼓掌。刚才还在慷慨激昂地讨伐的众人纷纷改了口，有人说：“任会长真是太慷慨了。我代表瑞华，再捐两万大洋。”

其他人也纷纷效仿：“我代表美凯捐五万！”

“我们喜来捐三万！”

“既然大家都有心再捐，就请到银行里面去做下登记吧！”

任浩铭说完冲着阿春使眼色，阿春会意地进去银行准备。众人先后进入银行。

童老笑道：“好好好……任会长，在你的慷慨解囊下，灾区人民一定会脱离苦难，尽早平安的！”

“童老过奖！这是我们全上海滩青年商会和上海民众的努力与功劳！”任浩铭淡淡地道。

好好的一场戏，居然就这样被任浩铭四两拨千斤地解决了，虎子愤愤不平：“没想到任浩铭他还留了这一手。”

林峰冷哼一声：“等着看吧！好戏还在后头。”

这时，刚才混在人群中的一个商会成员董兴快步走过来，敲了敲车窗。林峰掀开车帘，将车窗放下，董兴俯身贴近，与林峰耳语几句。

林峰冷着脸吩咐：“按之前说好的去办。”

“是。”董兴说完离开。

林峰刚要关上车窗，突然看到阮清恬若有所思地走过来：“楚安安怎么会来这儿？”

林峰眼带深意地看着阮清恬心事重重地走到永发银行外。门前有些零乱，显然刚刚经历过一场骚乱。一个工作人员正在永发银行外扫着地。

阮清恬走过来，想了想上前问道：“您好，请问到底发生了什么事？”

那人面无表情地道：“银行昨晚被劫，还死了两个人，报纸上都登了！”

“啊？还死人啦？那你们这里的记账员阮先生……”阮清恬大惊。

“阮先生阮斌啊？阮先生好长一段时间没在这上班了，他去北平了！”

阮清恬听完松了口气，还好自己的父亲没有事：“哦，我就说吗……谢谢啊！”

任浩铭一脸疲惫地坐在沙发上，修长的手指反复按揉着发痛的太阳穴。

阿春站在他面前，将调查结果一一汇报给任浩铭："会长，现在阮斌已经不见了，要是我去把阮斌的母亲带回来，不怕阮斌不露面！"

任浩铭微微皱眉："我跟你们说过多少次，做事要讲道理，谁惹的事，就找谁负责，不可以牵连其他人，你们把我的话都当成耳边风了吗？"

"对不起，会长，我也是一时心急。"阿春连忙低头认错。

任浩铭有些烦躁，随意地一挥手，不愿再多说："去忙你们的吧！"

最近发生太多事儿了，而且没有一件是顺心的，他真是有些心力交瘁了。任浩铭刚要走上楼，阿春突然拿着一个盒子走过来："会长，刚刚有人把这个送过来，说是二小姐一个月前特地从法国给您订制的生日礼物。"

任浩铭一怔，伤痛的目光停到阿春手上的盒子上，良久之后，才缓慢地伸手接过来。他拿着盒子推门进到任晓晓的房间，将盒子放到桌子上，一一抚过任晓晓用过的桌子，床褥，最后拿起桌子上的姐弟妹三人的合照，无力地坐到床上。

任浩铭手抚照片上的任晓晓，眼圈不禁红了。放下照片，这才拿起桌上的盒子打开，里面是一条非常漂亮的领带。任浩铭把领带抱进怀里，红着眼睛："晓晓，哥哥一定会找到杀害你的凶手！哥一定会帮你报仇的！"

阮斌双手被绑在身后，嘴里塞着破袜子，被人从麻袋里放出来。阮斌眯着眼睛看过去，一道强光猛地打过来，照得他连眼睛都睁不开了。还没等他反应过来，就被人一拳打在脸上，头顶响起虎子愤怒的声音："跑啊！你不是很能跑吗？"

阮斌回过头来，满眼惊恐。

"要不是老大说留着你有用，我早就一枪崩了你了。"

阮斌被虎子一巴掌打得眼冒金星，口中还不忘求饶："虎爷饶命，虎爷饶命！"

"饶命？"虎子冷哼一声，一把揪起阮斌，"行，只要你把上次你从永发银行里拿走的钱拿出来给兄弟们分杯羹，我就可以饶你不死！"

"虎爷，我手里现在真的没钱，更何况那笔钱我早都还了赌债了。"

虎子又给了阮斌一拳："我管你还不还赌债！我告诉你，任浩铭现在还在四处找你，你要是不想……”

“虎爷，我是真的没有啊……”

“多了我也不要，两千大洋。明天这个时间，你要是拿不来钱，有什么话，你就自己去跟任浩铭说吧！”

虎子将吓破了胆的阮斌一把扔到地上，边转身往外走，边跟手下交代：“明天带他去拿钱。”

任浩铭听了阿春的汇报后，就一直在想，既然阮斌昨天已经来到永发银行门口，他为什么还要跑呢？难道这件事情真的跟他有关系？看来他还是得亲自去阮斌家看看。

阿冬已经来过阮家一次，所以任浩铭很容易就找到了阮家。此时，阮清恬刚跟奶奶吃过早饭，突然听到有人开门下车的声音。阮清恬听着声音，觉得很熟悉，心中一惊，站起身，暗自嘀咕：“我怎么听到任浩铭从车上下来的声音了？不会是听错了吧？他也许是凑巧来这里弄……”

阮奶奶看到阮清恬目光呆滞，不禁问道：“恬恬，怎么了？吃个饭也一惊一乍的。”

“我刚想起有个急事要去办，您自己慢慢吃吧！”阮清恬边说边往外走，“碗您就放在那儿，等我回来再刷。”

“这孩子怎么了？”阮奶奶一边嘀咕，一边收拾桌上的碗筷。刚收到一半，就听到外面传来敲门声。

阮奶奶边开门边问：“找谁啊？”

大门打开，露出任浩铭的脸。他微微一笑：“老奶奶，请问阮……”

任浩铭的话还没有，阮奶奶便自顾自地问道：“哦，你是来找恬恬的吧？”

甜甜？

任浩铭微微蹙眉。什么甜甜？还咸咸嘞。

阮清恬躲在巷子口，看到任浩铭被眉开眼笑的阮奶奶迎了进去，心中不由一慌。任浩铭一定又是来找爹的，但是永发银行的人已经说了爹在北平，相信任浩铭一定很快就会知道永发银行的事与爹无关。她现在绝对不可以让任浩铭看到，否则安安的身份就该暴露了，她绝对不能对不起安安。

阮清恬想着，突然又想起，今天早些时候，楚家来人告诉她，林峰要楚安安去自己的办公室一趟。自从任浩铭开始找楚安安之后，楚安安整个人犹如惊弓之鸟，一有什么风吹草动，就一定要让小雅过来找她。

不管怎么样，她还是先去一趟吧，不然楚安安是没有办法安心的。

任浩铭站在客厅里，环视着室内的摆设。阮奶奶端着一杯水走过来，热情地招呼："先生，坐啊！"

任浩铭接过阮奶奶递来的水，在木制的已经明显破旧的沙发上坐下。阮奶奶坐在任浩铭对面，看任浩铭看得呆了，心中觉得这男人生得可好生俊俏，不知道是不是看上他们恬恬了，若是恬恬能嫁给这样一个好看的人，那她将来的小曾孙子一定很可爱。

想到这儿，阮奶奶就乐得合不拢嘴："您是恬恬的老师吧？恬恬经常跟我说她们学校的老师！"

"阮奶奶，您误会了。我是来找阮斌先生的。"任浩铭礼貌地回道。

阮奶奶略有诧异："小斌？你也是他银行的同事吗？你们银行到底出了什么事？昨天来了两个人，连问都不问一声，进屋就乱翻，真是太不像话了。"

任浩铭边起身鞠躬："老人家，我为我昨天来的那两个同事的行为，先向您道歉。"

阮奶奶因为任浩铭的举动赶紧起身："哎哟！错的又不是你，你这是做什么。"

"事情是这样的，银行有一个账本在阮先生的手里，但阮先生现在人在北平，银行又急着要用，能不能麻烦您帮我去找一找？"

"原来是要找个账本！早说不就好了！我儿子经常把工作带回家来做，有时候一做账就做到半夜。来来来，我带你去他房间找找。要有的话，肯定在他房间。"

任浩铭的态度有礼温和，比之前那两个没大没小的愣头青好多了。阮奶奶第一眼见他就十分喜欢，现在看他又这么有礼尊重，心中大喜，笑呵呵地率先走进阮斌的房间，然后转身对身后的任浩铭道："那是我儿子的书桌，他平常用的东西都在那里。我年纪大，眼睛又花，也不知道你要找什么，还是你自己去找找，看那里有没有你说的账本吧！"

任浩铭向阮奶奶点头微笑，走到书桌边。看到阮斌的书桌上有英文书，他拿起来，随手翻了翻："阮先生还懂英文！"

“这孩子打小就爱学习，总是说要让我过上好日子。但哪个当娘的会对孩子有这种要求呢？只要一家人能平平安安、快快乐乐的，就行了。”

任浩铭在阮奶奶说话时，环视着阮斌的房间。

“找到你说的账本了吗？”

“没有！”任浩铭看向阮奶奶，从身上掏出一张名片递给阮奶奶，“阮奶奶，这是我的名片。麻烦您在阮先生回来后，让他来找我一趟。并转告他，无论有任何事，我都可以帮他解决。请您一定要帮我把话带到。”

“哦，好，好。”阮奶奶接过名片，“放心吧！我一定帮你转告他。”

“那就麻烦您了。”

任浩铭说完，便转身走了。在临上车前，又回过头来吩咐阿冬：“派人看着，一有阮斌的消息，立刻跟我汇报。”

“是！”阿冬恭敬地应着，等任浩铭上车之后，冷着脸一挥手，安排了几个人守在阮家巷子深处。

第十三章

你好！我叫阮清恬

“林先生！您找我?”阮清恬恭敬地走进林峰的办公室。

林峰正在看一本外文小说，听到阮清恬的声音，抬起头来:“德国的威尔逊先生来上海了，今天会在沙逊大厦举办专业讲座。机会非常难得，所以我希望你可以去听一下。”

林峰说着从桌上拿起一个信封递给一脸惊喜的阮清恬。

“真的吗？威尔逊先生可是德国大名鼎鼎的无线电专家，这个机会真是太难得了，我一定要去听一下。”阮清恬兴奋地打开信封，取出里面的票。

阮清恬拿着讲座票开心地走着，喜不自胜。突然一个同学将她拦了下来:“楚安安！你听说没有，威尔逊要来沙逊大厦办讲座了!”

“我已经拿到票了！谢谢你啊!”阮清恬高兴地扬扬手中的票。而此时，阮清恬身后的一个角落里，露出阿春鬼鬼祟祟的脸:“沙逊大厦……讲座……”

不行，他得赶快跟会长汇报。阿春这样想着，最后望了一眼阮清恬的背影，然后快步离开了。

此时，在楚家别墅里面，楚安安在看一份报纸:“今天下午三点，在沙逊大厦二层西厅，将举办一场著名剧作家洪深先生的签名会，欢迎大家踊跃参加。”

“太好了!”楚安安兴奋地一合报纸，冲门外大声喊道，“小雅，帮我准备衣服，我要出去!”

任浩铭坐在椅子上，阿春在一旁汇报："会长，还是没有阮斌的消息。"

"把他们家门口守着的人撤回来。我们就等一等吧，我相信他一定会回来的，我有直觉，他一定会回来。从阮斌母亲的描述来看，这阮斌是个孝子。他母亲在这里，他一定会回来。"任浩铭冷声道。

"好的。另外，您交代的，沙逊大厦那边的事情都已经办妥了。那位楚安安小姐一会儿就应该去沙逊大厦听讲座了！"

"那走吧。"任浩铭冷着脸起身。

楚安安打着洋伞，穿着华丽的礼服，一脸兴奋地来到沙逊大厦门口，抬头看着大厦。突然阮清恬风风火火地从她后面跑来，撞到了楚安安。

楚安安立刻皱起了眉，尖着嗓子喊："哎哟，谁呀这是？"楚安安翻着白眼回头，却不料正对上回头道歉的阮清恬："对不——安安！"

"清恬？你怎么在这儿？"楚安安惊讶地望着楚安安。

"我来听无线电讲座啊，你怎么也在这儿？"在这儿遇到楚安安，阮清恬也很高兴。

"剧作家、大导演洪深今天来上海了！我是来参加洪深的签名会。你跟我一起去吧！"楚安安热情地邀请阮清恬。

"不了，谢谢你，我又不会演戏！"阮清恬笑笑。

楚安安甜甜地笑了一下："好吧！那我补个妆，你帮我去取下票，好吧？"

"嗯，你等着！我去给你取票！"阮清恬转身去拿票，楚安安等在原地，从手包里拿出小镜子照着自己。

楚安安自顾地照着镜子，却没想到任浩铭此时就站在二楼，看到门口的阮清恬离开，立即转身下楼。楚安安臭美地照完镜子，拿下镜子，没想到竟然看见任浩铭出现在自己面前。

楚安安吓得手足无措，镜子和手里的包一起掉到了地上，包里的东西掉了一地，楚安安紧张得都忘记去捡，浑身发抖，说不出话。任浩铭看了看地上的东西："你，不捡吗？"

楚安安这才想起掉落的东西，立刻弯腰要捡。

"请问，你是楚安安小姐的朋友？"任浩铭清冷如泉的声音就在耳边，楚安安勉强抬起头，不敢看向任浩铭，瞥眼看不远处去拿票的阮清恬，含糊其辞："我我不，不，我是——"

任浩铭奇怪地看着手足无措的楚安安，同时也看到了正往回走的阮清恬。

阮清恬看见任浩铭和楚安安站在一起，又紧张又害怕，本能地转过身去，背对着两人。但是阮清恬转念一想，她要是这样走掉的话，楚安安非露馅不可，还是得回去！

阮清恬深吸了一口气，转过身来，带着稍显不自然的微笑走近。

任浩铭望着阮清恬，咬牙切齿地唤着她的名字："楚安安！"

楚安安马上本能反应："啊？"

阮清恬见状，马上提高音量帮楚安安遮掩："我在这里！"

任浩铭转头看着走过来的阮清恬。

"任会长，您要问的事情我楚安安已经跟您说过了，您大可不必追到这里来吧？"

阮清恬说完就拉着楚安安想走，任浩铭叫住阮清恬，微笑着道："既然见面了，都不向我介绍一下你朋友吗？"

阮清恬看看楚安安，犹豫着不知道如何介绍。

楚安安赶紧说："你好！我叫阮清恬！"

阮清恬有些受惊地看着楚安安，但很快恢复了平静。楚安安别扭地笑着。任浩铭有些诧异地看看她俩，直觉这里面有什么事情，但是他也说不出来具体是什么。三个人正在进行着一场非同寻常的会面。

任浩铭看着楚安安："你好，阮小姐！"只是淡淡的一句话，然后便转头看着阮清恬。

"楚小姐，还记得你我之间，有些事情还没有解决吧？"

阮清恬立刻摆出拒绝的样子："对不起，任会长，我要去听讲座！国际无线电专家威尔逊先生的讲座！"

"听讲座是吧，那好，请！"任浩铭还做了个大度的"请"的动作，阮清恬虽然诧异，但是为了摆脱任浩铭也没有其他办法，拉着楚安安走了。

阮清恬拿着票，惴惴不安地来到二层，找到对应的房间。阮清恬看着门牌，发现了自己要去的东厅，但是厅门紧闭，一片安静。不过门口竖着一块牌子，上面写着"国际无线电专家威尔逊先生讲座"。

阮清恬嘟囔："已经开始啦？怎么这门口一个人都没有？"

阮清恬回头看了一眼，任浩铭跟在身后，阮清恬没有理会他，伸手推开了门。任浩铭跟过来，一脸冷笑。阮清恬推开厅门，往里看去，发现大厅里竟然空无一人，连椅子都没有，这是个空屋子，完全不像是要开讲座的样子，再看一眼身后的任浩铭，阮清恬立即明白过来："你让我出去！"

"你不是要听国际无线电专家威尔逊先生的讲座吗？"任浩铭嘲讽地望着阮清恬。

"可能是在别的地方吧。"

任浩铭一把抓过她的手，望着她手里的票："没错啊，东厅就是这里！"

"那为什么这东厅里没人？"阮清恬见任浩铭坏笑，恍然大悟，"难道是你……"

任浩铭冷笑："当然是我！肯定是我！必须是我！我请威尔逊先生到其他地方办讲座了。有很多对无线电知识如饥似渴的人，他们更需要他。你太优秀了，长着一对顺风耳，你需要的不是威尔逊先生，你需要的，是剪刀先生！剪刀先生拿着剪刀，把你的耳朵给剪了！"

阮清恬气愤："任浩铭！你也太过分了！"

任浩铭猛然一把将阮清恬按在墙边："我过分？你未免也太幼稚了，我过分的时候你还没看到呢……要不就带我去找那个男人，要不就别再指责我过分！"

"任会长，我特别想问一个问题……我想问问，如果我一直对你说，我不知道那个男人，你会不会杀了我？"

"那不如你先回答我一个问题吧。"任浩铭眯着眼冷冷地说。

"什么？"

"如果你的家人惨死，你会怎么做？"

"我……我的家人……"阮清恬一怔，"我想……我会……宽容地去看待这件事。宽容！宽容一点！有人说，冤家宜解不宜结……"

"好吧，那你现在就宽容宽容吧！宽容地跟我走！"任浩铭一把拉起阮清恬。

"我不！"阮清恬想都不想就拒绝。

"你说什么？"

"我想说，我肚子痛，我想去方便一下……"

阮清恬转身就跑，不料却被任浩铭一把拽回来："你最好乖乖跟我走。你应该相信,我有很多种办法让你跟我走,你最好别逼我!"

"你?"

"不相信?"

"我……"

任浩铭不待阮清恬回答,便拉着阮清恬下楼。却没想到正碰到从会场里走出来的楚安安,三人再次陷入难以言说的尴尬之中。

楚安安看着任浩铭,一脸慌张,不知如何是好。任浩铭倒是显得自若几分:"大导演剧作家的见面会这么快就出来了?"

"我,我不想继续了。我是来找安安的!"说着上前拉住阮清恬,"安安,你妈说了,你今晚必须早点回家,家里给你做了好吃的!"

阮清恬明白楚安安的意思,连忙接话:"哎呀,幸亏清恬你提醒我!任会长,我看你也快回家吧!各回各家,各找各妈!"

阮清恬拉了楚安安打算赶紧走。没想到任浩铭再次一把拽住了阮清恬:"怎么可以让楚安安小姐独自回家呢,我送你!"顺便转头对着楚安安迷人一笑,"阮小姐也一起吧。"

楚安安顿时大惊:"啊?"

还来不及细想,大厦外面的阿春已经为三个人拉开了车门。阮清恬和楚安安面面相觑,但是两人心中都没了主意,只能在任浩铭咄咄逼人的注视中不情不愿地坐进了轿车后座。

很快,轿车在两人焦躁不安中停在楚安安家门口,楚安安和阮清恬都紧张得屏气凝神,她们两个的手甚至都暗中紧紧攥着。

任浩铭下车走到后门,绅士地将门打开,阮清恬从车上下来,楚安安正要下车,任浩铭看了她一眼,楚安安顿时浑身哆嗦,不敢动了。任浩铭示意阿春,阿春绅士地将楚安安扶出车子,楚安安一个不稳,差点摔倒在地。

"这位小姐,你为什么一见到我就这么紧张,好像我是恶魔一样!"

任浩铭的声音温和好听,但是却把楚安安吓得半死:"不……没……我……"

阮清恬赶紧圆场:"清恬,不早了,你早点回家吧。你回去记得跟阮奶奶说,我改天去看她!记住了吗?"

楚安安赶紧猛点头。

任浩铭对楚安安说："阮小姐住在哪里啊？我让阿冬送你！"

楚安安怕被识破，赶紧摆手："不用不用不用了，我住得很近，走着就可以了！"

任浩铭不让楚安安下车，固执地道："再近也是女孩子，何况你穿了这么细的一双高跟鞋，这么晚了一个人走在街上恐怕不安全。"

"任会长，你就不用管阮小姐了，阮小姐自己会走的！"

楚安安见阮清恬为自己开脱，趁机开溜："那我就先回去了。"

阮清恬见楚安安走远了，顿时来了精神。她冷着脸不理任浩铭，转身走向大门，快走到大门时，她加快了脚步，然后一闪身进入大门，返身将门关上。可是令她没想到的是，任浩铭推住了门，阮清恬更想关上门了，两个人就这样推着门，僵持起来。

最终，阮清恬不敌任浩铭，被他大力推开门，走了进来。任浩铭紧紧地盯着着阮清恬，阮清恬往后退着，终于退到墙旁边，无路可退了。任浩铭这个时候反倒一脸轻松："你这个朋友到底什么来头，坐我的车就那么紧张吗？还是她天生就脸部肌肉抽搐？你看你，现在连你也脸部抽搐了！"

阮清恬瞪着惊恐的大眼睛，紧张得说不出话来，想挣脱走掉，可是却被任浩铭高大的身子拦着。

仆人小雅突然探出头来，见是阮清恬和任浩铭。阮清恬看见小雅，生怕小雅露馅，立刻先跟小雅说话："小雅，你是来迎接我的吗？"

小雅冰雪聪明，见楚安安不在，大概明白了情况："小姐，夜深了，外面太凉了！"

阮清恬见状，连忙道："我母亲在里面等我呢吧？你赶紧回屋跟母亲说一声，说我朋友走了，我马上就进去！"

小雅一愣，立即明白："是，小姐。我现在就去说！"

阮清恬强挤出笑容对任浩铭说："会长您也别冻病了，赶紧回自己家吧！你和我孤男寡女，我母亲如果知道了，肯定会生气的！"

任浩铭忽然一把抓住阮清恬的胳膊。

阮清恬惊了，两只眼睛瞪得大大："你干什么？！我都到家了，你还要抓我走吗？告诉你，你现在可是站在我家门口呢！你不要乱来！"

"你给我闭嘴！"任浩铭厉声一吼，两只深邃的眸子怒光乍现，"我就是要乱来!”

任浩铭抓着阮清恬向屋内走去,小雅在门口看到,赶紧阻拦:“先生,先生,您……”

“没你的事,给我靠边!”任浩铭一声怒吼,吓得小雅赶忙站在一旁,不敢言语。

阮清恬不乐意了,这人对她凶也就算了,怎么对谁都这么凶巴巴的啊。

“你也太没礼貌了,这是我家,你怎么能随便闯进来!”

“马上就要下雨了,难道让客人在屋外淋雨就是礼貌了吗?”

“怎么可能要下雨? 刚才明明还艳阳高照!”

“你真是病了,没剪掉你耳朵你就听不到雷声了!”

任浩铭一面淡淡说着,一面神色自若地走进楚家大门。阮清恬望着他漆黑的背影,气得说不出话来:“你!”

任浩铭一脚踏进客厅,里面空荡荡的,除了早已躲到一旁的小雅之外,没有其他人。任浩铭环顾了一下屋内,看到屋内摆放着阮清恬的照片。任浩铭拿起照片,仔细看看,又对照了一下阮清恬,果真是一个人,他将照片放下:“你母亲呢? 不是给你做了饭? 正好我也拜会一下夫人。”

阮清恬眼珠骨碌碌转着,想着对策:“我母亲? 我母亲……我母亲才不会见你!”

“就别跟我编瞎话了。”任浩铭冷冷地嘲讽道,“你父母都在苏门答腊,楚安安,你还想骗我? 你这个人根本不会说谎,你一说谎脸就红,还结巴。不过我能理解,你父母不在,你一个人在上海滩生活,需要谎言来保护你。”

“你才需要用谎言保护呢!”阮清恬梗着脖子反驳道。

“我进到这屋里来,不是来跟你逗贫嘴的! 现在可以好好给我说说那个老男人的事了。我今天有闲,这地方也蛮舒服……”任浩铭十分自然地坐到了沙发上,饶有兴趣地看着生气的阮清恬,完全没有要走的样子,“现在正式跟你介绍一下我内心深处的想法——你不把这事说清楚,今天我就不走了。要仆人把热饭热菜拿上来! 我不习惯饿着!”

“你!”阮清恬气鼓鼓地看着任浩铭。

任浩铭倒和大爷似的,神情自若地喊了一声:“来人,上饭!”

简直就和在自己家似的,真是就没见过这么不要脸的人! 小雅虽然心中惶恐，但是早就听自家小姐说过各种任浩铭的劣迹，自然不敢怠慢，很快将饭菜端到了饭桌上。

任浩铭神情自若地坐在桌边，一边吃饭，还不忘对菜式进行点评，这个淡了，那个咸了，这个不够鲜，那个汤太多了。不知道的还以为他们家世代都是做厨子的呢。阮清恬气鼓鼓地坐在一旁，将青菜咬得嘎吱嘎吱响，让任浩铭忍不住又是摇头，又是皱眉："你好歹也是一个千金小姐吧，吃相也太难看了。"

阮清恬望着大爷一样自在地倒在沙发上的任浩铭，一脸的不可置信："不是，我说你门也进了，饭也吃了，就是没打算走是吧？"

任浩铭抬起眼睛，漫不经心地瞥了她一眼，理所当然地说道："我说过，你不告诉我真相，我是不会走的。"

第十四章

独处的一夜

阮清恬望着任浩铭无赖的嘴脸，心里焦急起来：这可怎么办啊……楚安安还在外面呢，也不知道现在怎么样了。看来，不能跟他硬碰硬，这人就像是茅坑里的石头，跟他耍无赖，她是必输无疑啊，还是得用怀柔政策。

这样想着，阮清恬很快忍着恶心，生硬地挤出一副笑脸来："任会长，你看这样好不好，有什么事情咱明天再说，我要休息了。我今天一天实在太累了！"

"累了啊？"任浩铭瞅着阮清恬，见她把头点得跟小鸡啄米似的，温柔一笑："那喝咖啡啊，来，那个叫什么小雅是吧，来两杯咖啡。"

阮清恬简直要崩溃了，抓着头发，大吼道："我快疯了！我快疯了！我快疯啦——"

听到门外有敲门声，阮奶奶连忙走出去开门，一边走，一边埋怨："哎呀，恬恬啊，你可算回来了，这么冷的天，肯定还没吃饭呢！"

阮奶奶打开门，愣住了。门外站的不是阮清恬，而是冻得直哆嗦的楚安安。

楚安安看见阮奶奶开门，尴尬地笑着："阮奶奶，是我！我是安安！"

阮奶奶怔了一下，但是很快反应过来："哟，安安呀，快进来，快进来！恬恬没跟你一起回来吗？"

楚安安喝着阮奶奶端来的热茶，身上裹着一条毯子："阮奶奶，您别担心，清恬今天晚上在我家睡呢。”

阮奶奶惊诧地：“什么？你说恬恬今晚睡你家？”

“嗯嗯，清恬在我家给我帮忙，她怕您寂寞，就让我来陪您，可能，这几天她都要住在我家了。”

“你对恬恬那么好，也该让恬恬帮你做些事了。既然是在你家，我就放心了。哎呀，看我这脑子，你一定没吃饭吧？我给恬恬留了饭，还热乎的呢！我去给你拿！”阮奶奶倒也没觉得不妥，知道阮清恬此时安好，她也就放心了，很快就把注意力放在照顾楚安安身上。

在楚家别墅里，和阮清恬耗了这么长时间，任浩铭有些坐累了，索性躺在沙发上。

阮清恬仍是束手无策。但最终，她还是鼓足勇气开始哄任浩铭：“……任会长，你看，你刚嫌我说谎，没说实话，是我不对！我母亲确实不在这里，我向你道歉！好了，道歉完毕，那我现在跟你说句大实话吧。我困了，咖啡对我没任何作用！我要去睡觉！”

“行，那你去睡吧。”

阮清恬试着往外挪了几步，见任浩铭真的没有阻拦她，便立即大步朝楚安安房间走去。任浩铭看着阮清恬离去的背影，嘴角流露出一丝冷笑。

阮清恬刚走进楚安安的房间，和衣躺在沙发上，忽然听到外面传来任浩铭的说话声：“小雅，有件事我要问你一下！任晓晓小姐经常来跟你们楚小姐一起玩吧？”

阮清恬听到任浩铭的声音，“噌”一下就从床上坐了起来，飞一般奔出门去。飞奔到客厅，听到任浩铭正在审问小雅。

任浩铭问小雅：“我在问你呢，任晓晓小姐经常来跟你们楚小姐一起玩吧？”

小雅快速想了一下，犹豫着：“这个……我们小姐交代过……”

“你们小姐交代过，不可以跟我说实话？”

“那倒没有！”小雅忙连连摆手，“只是……”

“我和你们小姐，还有晓晓小姐，都很熟悉！你们小姐跟我说，她最喜欢跟晓晓小姐去的咖啡厅是……”

任浩铭的话还没有说完，阮清恬就扑了过来，收不住步子，直接摔向任浩铭，纵使任浩铭反应迅速，想要躲避，却已经晚了，阮清恬直直地吻到了任浩铭。

任浩铭被吓了一跳。

这一次任浩铭真的是被吓了一跳！

任浩铭转过身去，捂着嘴，特别不适应。阮清恬更是一脸崩溃的神色。而一旁的小雅早已惊呆了。

阮清恬慌乱地想要解释："我我我不是……我不是故意的！"

任浩铭终于转过身来，一脸愤恨："那你就一定是成心的！楚小姐，你新女性的电影看多了，怎么这么主动！下次我建议你看电影去我家看行吗！多学习一下女人的三从四德！"

"你在说什么？"

阮清恬知道任浩铭是故意的，也不想与他争辩，赌气地甩下一句"我不跟你说了，我走！"便转身离开。

身后是任浩铭不依不饶的声音："你真走啊！走吧，去睡吧，我不拦着你休息！"

阮清恬头也不回，气呼呼地离开了。任浩铭也不阻拦，转身继续问小雅："小雅，你说晓晓小姐和你们小姐最喜欢去的咖啡厅是……"

阮清恬马上跳回来："喂，任会长，你怎么老是问人家秘密！小雅她是不会跟你说任何事的，你就别白费心机了！小雅，你赶紧去休息，时候不早了，明天还要早起干活呢！"

虽然小雅被勾起了好奇心，但是阮清恬发话，她也不敢不听。毕竟她现在的身份是楚家大小姐，是她的主人。所以小雅答应了一声，赶紧溜掉。

"任会长，我郑重其事地跟你说，我们楚家人都要休息了，请回吧！"

"你知道我在想什么吗？"

"你在想什么都没关系，请回家去想！"

"我在想你刚才说的话！"

"什么话？"阮清恬警戒地望着他，总感觉他的每一句话都是陷阱。

任浩铭学着阮清恬的口吻："刚才你说我老是问人家秘密！秘密？我在想，你为什么会说那是秘密！难道……那是晓晓跟那个老男人见面的地方？你就是不想告诉我？或者，他们见面时，你也在？"

阮清恬一惊，但是更快地挺直了脊背，望着任浩铭，一字一句地道："任会长，我能总结性地回答完所有你想问的问题吗？'没有！''不知道！''不是！'这就是我对你所有问题的回答！无论你问我什么，我的回答都是‘没有’‘不知道’‘不是’。”

“那就是说，任晓晓和那个老男人在哪家咖啡馆见面你不是不知道？”跟他玩文字游戏，她还太嫩了点。

“不是！”

阮清恬果然下意识地回道。说完马上醒悟过来，她落入圈套了，一副崩溃的样子：“没你给人这么下套儿的！你还让不让人活了！我想说的不是不是，我想说的是我不是不知道，哎呀我这已经越说越乱了……”

她的话还没有说完，却见任浩铭径直往浴室走去。阮清恬立刻上前拦住他：“喂喂喂……你家不在这里，你不回家吗？”

任浩铭没有理阮清恬，继续在屋子里搜寻着，最后在一间浴室前停下来。阮清恬紧张地看了一眼浴室的门，又望着任浩铭，不安地问：“你想干吗？”

任浩铭微微一笑，说得云淡风轻：“你刚才也说了，时间不早了，应该休息了，我不洗澡，怎么休息啊？”

阮清恬不可置信地指着任浩铭，声音颤抖着：“你……你要在这儿洗澡？”

任浩铭用沉默来回答，阮清恬立即上前，紧紧地拽住浴室的门，但是她拼尽全力也拦不住任浩铭，反而被他一把推到地上。任浩铭望着在地上捂着发痛的屁股，皱着脸低呼一声的女孩，冷笑着走进浴室，反锁了门。

阮清恬无助地蹲在地上，抱着双腿，不知如何是好。她心神不宁地望着面前紧闭的浴室大门，喃喃道：“这可怎么办，这家伙不是真的赖在这儿不走了吧？”

阮清恬听到浴室中传来流水声，知道这已是板上钉钉的事情，她无法更改。算了，她还是先去睡觉吧，省得他出来之后，又会拉着她问那个什么老男人的事情。这样想着，阮清恬便快步走到楚安安的房间，将门锁上，这才稍稍安心地躺到了床上。

阮清恬辗转反侧。突然，门口传来沉重的脚步声，阮清恬一惊，警惕起来。不一会儿，传来了钥匙开门的声音。阮清恬正手足无措时，房间门开了，任浩铭穿着浴衣，擦着头发，拿着钥匙走了进来。

阮清恬吓得赶紧用毯子捂住身体：“你怎么会有这房间钥匙？你进来干什么？快出去！”

任浩铭看着阮清恬睡在沙发上，觉得非常纳闷：“你真是与众不同啊！自己的卧室，有床不睡，竟然睡在沙发上。哦，我明白了，你不在床上睡，是要把那张床留给我！这么乖，真懂事啊！”

说着，任浩铭神情自若地走向床。阮清恬赶紧跑过去拦住他：“你不能在上面睡！”

“为什么？你困了，我也困了，你要睡觉，我不要睡觉？这世上还有没有天理了？”

阮清恬指着门外：“那你去客厅，客厅里有沙发，你不能睡在这儿！”

“我没你那么与众不同，我睡觉只能睡床上，我没睡过别的地方！你看，我已经洗过了，我从头到脚都是干净的！我要睡觉了！”

任浩铭说着就扒拉开阮清恬，径直躺倒在床上。阮清恬手忙脚乱，试图推任浩铭下床：“你下去！这是楚安安的床！”

任浩铭丝毫不动：“我知道这是你的床！不要总是三番两次跟我强调你的名字！你想让我加深印象的招数，已经数不胜数了！”

阮清恬又急又气，索性上床去推任浩铭：“你快下去！”任浩铭一把将阮清恬推下床去：“应该下床的人是你！我长这么大，都是一个人睡一张床！你别妄想跟我在一张床上睡觉！”

阮清恬简直要被气死了：“谁会想跟你在一张床上睡觉？你是妄想狂吧？”

“妄想狂要睡觉了，你继续睡沙发吧！”任浩铭闭着眼睛挥挥手，翻个身自顾自地睡觉了。

阮清恬一跺脚，气呼呼地走出房门，去了客厅。

阮斌一瘸一拐地走进一个房间，费力地从杂物堆中拿出小皮箱，里面放着一些钱和任晓晓的一些小物件，有首饰、发卡，还有一张照片被压在底下，阮斌匆匆忙忙地把东西归置到一起，虎子的威胁让他惶恐而紧张，并未注意到照片。

看了看里面的东西，阮斌又重新锁好了箱子。他重重叹了口气，拎起箱子：“我必须离开这里了，上海滩暂时待不下去了！幸好我还留了些钱……”

阮斌将装钱财的皮箱紧紧抱在怀里，一步三回头地向前走去。他紧张地绕过一个小酒馆，准备去虎子说的地方，却没想到两个小瘪三从酒馆出来，一脸醉态。他们看见了阮斌紧紧抱着怀里的皮箱，互相递了个眼色，跟了上去。

两个瘪三紧紧跟在阮斌身后，觊觎着他的皮箱。阮斌不知有人跟踪，自言自语着：“惹不起啊，可是我又舍不得。”

阮斌一边走一边再次打开箱子，看了看里面的东西，拿出任晓晓的一枚卡子揣到口袋里："财跟命比起来，还是命比较重要！这是晓晓的，我留个纪念吧……"

这里面大部分的东西，八成是要给虎子的，而这个卡子是任晓晓的，他就斗胆拿出来，留个念想。

两个小瘪三看到箱子里的东西，互相递了一个眼色，神色欣喜。阮斌快步继续向前走。走到了一处巷子，刚拐了个弯，突然一棍子从后面打来，阮斌顿时晕倒在地。两个小瘪三赶紧捡起地上的皮箱，正要走，其中一个瘪三拍了拍同伴："他这身衣服也不错！手上还有块表！"

两人立即扒下阮斌身上的衣服皮鞋和手表，跑了。阮斌被打得昏迷在地，只剩一条短裤在身上，他趴在那儿一动不动。两个小瘪三拿着皮箱来到一个破屋内，见到另一伙人，打算销赃。

破屋中点着一个火盆，这些人正围着火盆喝酒。瘪三甲已经将阮斌的衣服穿在了身上："力哥，你们看看这些东西，能值不少钱！"

那个力哥看到箱子里值钱的东西，立马改变主意，不想出钱买了，朝手下人一递眼色，手下人明白，立即抢过箱子。

"力哥！你们这是……"

两个小瘪三还没来得及反抗，便被力哥的手下捅死了。力哥冷笑，招呼着手下人要走，没想到一个手下人将酒洒进火盆内，火势骤起，力哥大惊，惊恐地大叫："快、快灭火！"

然而已经来不及了，大火引燃了周围的可燃物，瞬间蔓延。漫天都是通红的火光，很快就将警察引了过来，但是也已经于事无补。几名警察赶到破屋外，看了看烧得不成样的房子，小心地走了进去。

破屋中一片狼藉，几具烧焦的尸体横七竖八地躺在地上。几名警察捂着鼻子整理现场。阮斌的皮箱被烧得不成样子，静静地躺在地上。警察戴上白色的取证手套，小心翼翼地拎起箱子瞅了瞅。

阮斌在街上走着，光着膀子，冻得瑟瑟发抖，狼狈不堪。他瞥眼看见一家院子里晾衣绳上的碎花衣服，便四下看看，见没人，就翻墙进入院子，偷了一条女人的花裤子，还没来得及偷上衣就被发现了。

屋里传来一个彪悍泼妇的声音："外面是谁呀！"

阮斌一惊，不敢多留，只好拿着花裤子翻墙逃走。阮斌穿着花裤子来到街上，路人都对阮斌奇怪的打扮侧目相看，阮斌也不理。

这时一个报童手中挥舞着刚出炉的报纸，大声喊着："昨夜黑吃黑，两败俱伤，疑是任小姐案凶手被杀！"

阮斌听到，简直不敢相信。这可真是因祸得福，因祸得福！虽然他丢了东西，拿不出钱来，虎子非得杀了他不可，但是谋害任晓晓的罪名就被这两个家伙给接过去了，好歹解决了一件事情。

阮清恬来到客厅，不见任浩铭，正觉诧异："这人难道这么好心离开了？"只看到小雅走进来，恭敬地说："小姐您起了，昨晚没出什么事吧？虽然之前小姐交代过，可真是好紧张啊！"

"没事的。"阮清恬微笑着安慰小雅，"对了，任会长呢？"

"哦，刚刚任会长手下来过，给任会长看了一份报纸，任会长就匆匆出门了。"小雅拿起报纸，递给阮清恬，"就是这个。"

阮清恬拿起报纸，看头版上有一则报道——《昨夜黑吃黑，两败俱伤，疑是任会长妹妹被杀一案凶手被杀》。

阮清恬回想起昨晚任浩铭说梦话思念任晓晓的情景，喃喃道："我还说帮帮他呢，今天就出了这新闻，真凶一死，任会长心下也能得到一些安慰。这件事，也终于要过去了……"

任晓晓的凶杀案终于告一段落，宋诚也松了一口气，一大早就赶去咖啡馆见楚安安："安安，你看！任家小姐的事终于解决了，你再也不用提心吊胆了，不用害怕任浩铭找你麻烦了！"

楚安安拿过宋诚递过来的报纸，飞快地翻阅着，终于露出大大的笑脸："太好了！太好了！"

宋诚笑着抿了一口咖啡："你呀，还是这么胆小，其实有我在，你永远都不用害怕！不用害怕任何人，任何事！现在，你终于可以恢复自己的身份了。"

一辆黑色的轿车急停在警察局外。车门打开，任浩铭黑着脸走下来，大步走进警察局。警察局局长将任晓晓的发卡和一张烧了一半的照片递给任浩铭，照片上面是阮斌和任晓晓的合影，但是阮斌那部分被烧坏了，完全看不出样貌。

第十五章

双双情动

任浩铭将任晓晓的遗物拿在手里摩挲着。警察局局长悲痛地说:“可以确定这里面都是任小姐的东西。”

“这家伙真是命好,死在了别人手里!”任浩铭黑着脸,冷冷道。阴冷的话语,让警察局局长不由倒吸一口冷气,末了,他还是鼓足勇气,小心翼翼地问道:“会长您看还要不要再查一下凶手的背景?任小姐的案子是不是就算结案了?”

“人都已经死了,其他的,就是你们的工作了,不要再问我!”任浩铭不耐烦地挥挥手,似乎一刻也不想多待,拿着发卡和照片,黑着脸转身走了。

回到任家,任浩铭直接向任晓晓房间走去,久久看着任晓晓那张烧坏的照片,脸上略带忧伤。事情过去这么多天了,他还是不能相信,这所有的一切都是真的。有时候,他会想,晓晓只是去周游世界了,总有一天会回来的,他会在这里一直等她,一直等她回家。

摩挲着照片里任晓晓的头像,任浩铭眼角不禁有些泛红。

可是……

她还会回来吗?

阮斌穿着一条女人的花裤子,躲在阮家附近,不敢进门。远远地看见阮清恬走了过来,他有些不好意思地躲了起来。阮清恬低头走着,突然耳朵一动,听到了熟悉的脚步声，暗忖道："怎么像是爹的声音？"

阮清恬快走几步，发现了躲着的阮斌，看见阮斌的狼狈样，大吃一惊："爹？真的是你？你怎么穿成这样啊！"

阮斌好不容易见到亲人，激动得热泪盈眶："唉，唉，一两句话也说不清楚……"

阮清恬扶住阮斌："快进屋说，外面太冷了。"

"爹，到底怎么回事？你不是去北平了吗？"阮清恬给阮斌找来干净衣服换上。

"是啊！我还从北平带了礼物给你们，没想到刚一到上海，就遇上强盗，什么都抢，连衣服都不给我剩一件啊！"

"什么？强盗！"阮清恬大惊，忙着在阮斌身上查看着有没有伤口什么的，"强盗太可恶了！爹你没受伤吧？"

"不幸中的万幸，东西虽然给他们抢了去，但身体还好好的。"阮斌心中一暖，忙着安慰女儿。

"没事，东西没就没吧，人没事就好。爹，永发银行的人还来家里找您了呢……"

阮斌先是一愣，赶紧掩饰："是吗？永发银行都找家里来了？唉，你不知道，最近银行被抢了，每个职员都会被调查，银行得了解一下情况。爹在银行担任重要的职务，即便不在上海，也是会被调查的！以后啊，再有任何人来找你爹，你就说你爹不在，好久没回来过了！"

"爹，您还要走？"

"北平的生意我还得回去照顾着呢，就是回来看你们一眼……你放心，等那边的生意稳妥了，爹也挣到大钱了，自然会把你和奶奶接过去。"阮斌心中五味杂陈，但是脸上却依然掩饰得很好。

"我懂，没事，我能照顾好奶奶。爹，您手里还有钱吗？正好邮务局今天要发薪水，我去邮务局取一下！"

阮清恬说着想去取钱，却被阮斌拦住："爹怎么能要你的钱呢！爹应该给你钱才对啊！"

"没事，我挣了钱了！等我再多攒点，就把娘的流苏耳环赎回来！爹你等着啊，我去去就来！"阮清恬说着，跑出门。

阮斌看着阮清恬跑出去的背影，眼角落下泪来："唉，摊上我这么一个爹，真是苦了女儿了！"

这时，阮奶奶挎着菜篮子进来，一见阮斌，又高兴又难过："你这坏小子，还能想起娘啊，你总算回来了，娘都想你想得睡不着觉了！"

阮奶奶上前对阮斌又捶又打，阮斌苦笑着躲到一边："不是让恬恬跟您说了吗，我去北平了。"

"谁也不指望你赚大钱，一家人够吃够喝就行啦！对了，知不知道前几天有人来找你？"

"恬恬跟我说过了。"

"还有个名片呢！"阮奶奶从抽屉里拿出一张名片，递给阮斌。

阮斌一看，上面写着"上海青年商会会长任浩铭"。阮斌赶紧把名片揣到怀里："娘，恬恬那孩子非要给我拿钱，我说不要她还不高兴。她跑去邮务局拿薪水去了。我啊，不能在家里多待，省得恬恬看见我非塞给我钱。这次我回来时间很紧，你们俩人我都见着了，就放心了，我啊，要赶紧回北平去了！"

阮斌说着就往外走。

"孩子的一片孝心，你是当爹的，就拿着呗！穷家富路，你挣了钱，再给恬恬吧！"阮奶奶劝道。

"娘，我真的要走了！"

"你说走就走啊！我买了菜，要走也吃了再走！"

阮斌不答，径直走了。

"这孩子，真是！"阮奶奶不由数落道，但是关切的目光还是一直追随着阮斌的背影远去。直到再也看不到了，她才默默地叹了口气，转身进屋。

阮清恬拿着一个信封从邮务支局快步走出来，往阮家快步走去。只想着要赶紧把钱给爹送去，爹在外面奔波，多带点钱就能少吃点苦。阮清恬急匆匆跑进客厅，着急地喊着："爹，爹！"

阮奶奶闻声，从里屋走出来。

"奶奶，爹呢？"阮清恬忙问。

"唉，你爹啊，又去北平了！"

"啊？怎么这么快就走了……那爹身上有钱吗？"阮清恬有些失望。

阮奶奶安慰她道:“好孩子,放心吧,你爹肯定能在外面照顾好自己的。”

阮清恬忧心地点点头:“奶奶,碗我都刷干净了,您明天用完放厨房就行,我下了班回来刷。今天我还得去安安家住,您自己在家好好的。”

“你啊,年纪轻轻的,怎么比我这老太婆还啰唆,赶紧去吧。”阮奶奶笑。

“那奶奶我走了,您别忘了关好门窗,晚上风凉,别冻着!”

“行了,走吧。”

阮清恬笑着和阮奶奶分别。

街道上人来人往。一个长相秀气的女子来到青年商会外,看着青年商会的招牌,自信地走进青年商会。阿冬看着面前的简历,看看眼前的女子:“你叫于静?”

“是。”

“从简历上看,你以前做过行政助理。”

“是的。我有两年的工作经验。”

“那为什么要离开之前的公司?”阿冬继续问。

“因为他们给的薪资太少。”于静老实地回答。

阿冬放下简历:“也有可能是你的工作能力不足啊!每个公司都是凭工作能力付给职员薪资的。”

于静没说话。

阿冬看着于静:“说一个我们公司要聘用你的理由。”

“因为我需要钱,我要生活。”话虽然说得直接,但是于静眼中闪动的光芒却是十分真诚。

“我会先给你一段时间试做看看,但如果你的工作能力配不上我们付给你的薪资……”

“我会自动请辞!”

“好,我就给你一次证明自己的机会。”阿冬此刻倒有些欣赏起眼前这个看似柔弱却倔强的女人。

青年商会的会议室中,于静将合同放到任浩铭与弗兰克先生面前,任浩铭一扫脸上的阴霾,意气风发地与弗兰克先生握手。两人很快签署了合同。

“祝我们合作愉快!”任浩铭微笑着。

“谢谢任先生!”

“于助理,送一下弗兰克先生!”

于静点头:“是! 弗兰克先生,这边请。”

于静做了个请的姿势,跟着弗兰克先生出门。

任浩铭穿上外套,拿着手套,不一会儿也出门了。阿夏过来给任浩铭披上外衣。

阿春跟在一旁汇报:“弗兰克先生刚上车走了。”

任浩铭点头:“我想去酒吧坐坐。好久没跟朋友碰面了!”

“是。”

酒吧放着轻柔舒缓的音乐,还有人在角落里拉着小提琴。几个西装革履的男人和几个洋人在酒吧聚会。任浩铭带着于静神清气爽地走进门。人群中,林峰坐在一旁喝酒,但是任浩铭没有注意到他。

任浩铭刚走进酒吧,就有几个商人打扮的人上前打招呼:“任会长,好久不见了呀,前段时间,每次约你你都不出来,我们还以为只能在报纸上见你了呢。”

“前段时间确实无心应酬,请各位见谅! 跟大家介绍一下,这是我的新助理,于静。”任浩铭笑着寒暄。

林峰坐在角落里,一直关注着任浩铭的动向,最后将目光定在任浩铭身边那名沉静如水的女子身上,玩味地眯起了眼。

一个西装革履的男人带着一位妙龄女郎来到任浩铭眼前:“任会长,这是我表妹,刚从英国留学回来,一直很仰慕任会长。希望能跟您认识。”

那位表妹凑近,媚眼如丝:“任会长你好,我叫爱丽丝,请多多关照。”

但是任浩铭对她毫无兴趣,只是礼貌地点头问好,不愿多聊。此时,楚安安走进酒吧,一眼就认出了任浩铭。楚安安有一丝慌张,但很快又恢复了常态。

一个洋人看到了楚安安,熟络地向楚安安打招呼:“嘿,安妮小姐!”

楚安安微笑着朝洋人挥了挥手,心说:“这里的人只知道我的英文名安妮,没人知道我的中文名,况且杀害任晓晓的凶手也已经找到了,我还怕什么呢!”

想到这儿,楚安安立即朝任浩铭走来,坐到任浩铭身边:“任会长,真巧啊。”

任浩铭辨认了一下:“是你,阮小姐? 楚安安没和你一起来吗?”

楚安安听到任浩铭开口就问阮清恬,有点吃醋:“您还挺惦记她呀! 她有事,没来。”

任浩铭有些失望，但很快掩饰住了："这样啊。"

楚安安大方地端起一杯红酒："任会长，我来陪你喝一杯吧。"

任浩铭也不推辞，接过酒杯，一饮而尽。三杯红酒下肚，楚安安已然有几分醉态，软绵绵地倒在任浩铭的身上。任浩铭很绅士地站起身，准备送楚安安回家。

楚安安一直惧怕着任浩铭，是因为她担心任浩铭会把任晓晓的死和她联系在一起。如今任晓晓的案子告一段落，她也不必担忧，这才能好好地审视眼前的这个男人。她发现，像任浩铭这样的男人，轻而易举就能俘虏女人的心。

这样想着，就觉得只是和任浩铭这样安安静静地轧马路，心中也是欢喜的。楚安安不再紧张，表现得热情大方："都说任会长冷若冰霜，今天看来，不过是个不善表达的大男孩罢了。"

任浩铭礼貌地笑笑。

"阮小姐，你跟楚安安平时都有什么共同的爱好吗？"

楚安安有点吃醋："总感觉任会长对安安的事很有兴趣呢！"

"我是对她很有兴趣，因为她……与众不同！"

"啊？她与众不同吗？我怎么没看出来？"楚安安大吃一惊。与众不同？有吗？她怎么没发现呢！

任浩铭笑了一下。

楚安安想转移话题："任会长，令妹的事情总算了结了，希望您能早一点走出阴影！"

任浩铭忽然敏感地站住："是不是楚安安跟你说了什么？或者，你知道了什么！"

楚安安赶紧否认："没有，没有，没有！我不是什么知情者！不是不是，我真的不是！我跟他们一点关系都没有！"

"那你为什么每次见到我都这么紧张？"

楚安安一听这话，脸色立马白了："啊，紧张？有，有吗？我有吗？"

"你有，你真的有！"任浩铭老实地回答，"不过我习惯了，很多女人见到我都很紧张！不紧张的，只有一个人！"

"谁啊？"楚安安好奇地问。

任浩铭笑而不语。

楚安安见任浩铭不回答，有些不开心，看到街边有卖棒棒糖的，便撒娇："任会长，我想吃棒棒糖，你可以买给我吗？"

"当然。"任浩铭笑笑。

楚安安高兴地跑到棒棒糖摊前挑了一根，任浩铭付了钱。楚安安看着到手的棒棒糖，很开心地笑了。任浩铭和楚安安并肩走着。这时一辆黑色汽车开过来，宋诚在车中，一眼便看到了任浩铭和楚安安。

楚安安没有看到宋诚，她吃着棒棒糖，放松了很多："这糖可真好吃，比我每次吃的都甜！你要不要尝一尝？"

楚安安一边说一边递过棒棒糖。

"谢谢，我从来不吃这些东西！"

"你尝尝吧……"楚安安撒娇道。

宋诚停下车，走到任浩铭与楚安安跟前，黑着脸望着两人。楚安安看到宋诚，立刻紧张起来，怕宋诚叫出她的名字，赶紧抢先说话："宋诚，你怎么在这儿？我正要去找你呢！"

宋诚盯着任浩铭，任浩铭与宋诚对视，双方眼神中都充满不屑，宋诚更是有些敌意，谁也不跟谁打招呼。

楚安安赶紧对宋诚介绍道："这是青年商会的任会长。"然后又转向任浩铭："这是宋诚宋公子。"

宋诚一把拉过楚安安，言语冷厉："走吧！"

楚安安不敢多言，担心宋诚一气之下说出什么，只好对任浩铭挥手，不舍地上了车："任会长，再见！"

任浩铭一脸淡然的表情，也冲楚安安点点头。

阮清恬缓慢地朝楚安安家方向走去，思绪万千。她想不明白，爹怎么这么快就回北平了，与银行之间到底发生了什么事情。她总觉得阮斌有事情瞒着她，而她也不知道什么时候才能回自己家住……想到这儿，阮清恬不禁有些惆怅。

而那个人对她来说，又是怎样的存在呢。阮清恬的目光不禁变得温柔了许多，但是有关于任浩铭的念头一经出现，便一发不可收拾。关于两人的回忆如同洪水般汹涌而来。她想到第一次见面的时候，任浩铭一把将她按在大厅的柱子上，鼻子中发出冷哼："你知道你在跟谁说话？"

任浩铭回到公馆，看见阿春、阿夏正在饶有兴趣地听广播，广播里传来甜腻的歌声。

阿春、阿夏见任浩铭回来，赶紧站好："会长！"

"嗯，你们接着听你们的。"

任浩铭上楼。走进自己的房间，仰面躺在床上，脑子里空空的："怎么那么无聊啊！真是太无聊了！"

他百无聊赖地跳下床，随手拉开一个抽屉，看见一个玉镯子。突然就想起了那张清丽倔强的脸，那个唯一不会惧怕他的人。不知道她现在怎么样了？

任浩铭只是这样静静地想着她，嘴角便不由自主地漾起笑意。这样的感觉，或许是连他自己都没有意识到的。但是喜欢一个人的感觉，或许就是这样的吧。

接到奶奶住院的消息的时候，阮清恬还在学校上课。她急急忙忙地跟老师请了假，便往医院赶。好不容易找到奶奶所在的病房，看到躺在病床上的奶奶，阮清恬的眼泪就下来了："奶奶您这是怎么了？昨天晚上我走的时候您还好好的呢！怎么突然就进医院了呢？"

阮奶奶一脸病容，但还是强撑起微笑："没什么！就是昨天晚上你走后，我突然头一晕，就昏过去了，幸好被邻居张婶撞见，这才把我送到医院来！"

"那您怎么昨天怎么不给我打电话呢？我要是知道您住院，我一定会赶……"一想到奶奶晕倒的时候，自己不在奶奶身边，阮清恬就十分愧疚。

阮奶奶拍着她的背，宽慰道："我就是怕你担心，才没打给你！没事，人老了就是毛病多，回家休息几天就没事了，放心吧！"

"不行，说什么您也要留在医院多观察观察。您别想为了省钱就净想着回家。等医生确定您没事了，再回家也不迟。"阮清恬一反常态，固执地说道。

"好好好，奶奶不回家，不让恬恬担心。啊？"阮奶奶只好依了她。

阮清恬撒娇地扑进阮奶奶怀里："奶奶，你可千万不能有事啊。"

"傻丫头，放心吧，不会有事的。"阮奶奶慈祥地笑着。

第十六章

胶卷是线索?

林峰在青年商会的外面等了差不多三个小时,终于看到于静从里面走出来。他立刻迎上去,假装不小心碰到于静,伸手扶了下险些要摔倒的于静:“对不起。你没事吧?”

“我没事。”于静轻轻摇摇头。

“有没有伤到哪里?”林峰贴心地问,拉起于静的手替于静检查,注意到于静手上戴的手串。

于静抽回手,微微一笑:“不用了。谢谢。”

“你的手串很漂亮。”林峰笑着赞道。

于静看了看自己的手串:“谢谢。我也认为很漂亮。”

“能卖给我吗?”林峰又问。

“很抱歉!这条手串是我祖父留下的。”于静略含歉意地笑着。

林峰一脸惋惜:“那真是太可惜了!”

于静笑了笑,转身离开了。林峰别有深意地看着于静的背影。虎子悄无声息地来到林峰身边。

林峰重新恢复冷冷的神色:“这次竞标的事情,迈克那边怎么说?”

“迈克好像更倾向于与任浩铭合作。”虎子回道。

“想办法弄到任浩铭针对这次竞标的标书。上次那个美国的弗兰克,就跟任浩铭签了大合同!”一想到这儿,林峰就十分愤恨。

“是。还有您让我调查的,任浩铭那个新来的女助理于静,她好像是个单身女人。”

林峰冷笑了一下:“单身女人?”

这就好办了。

阮清恬这几天一面上学一面工作,还得去医院照顾奶奶,忙得不可开交,已经连轴转了好几天了。此时,阮清恬穿着工作服,手里拿着一个小本,仔细地核对着货物信息。一个小礼盒突然出现在阮清恬面前。

阮清恬侧头看到任浩铭,诧异地问:“任会长,你怎么来了?”

“打开它。”任浩铭说,声音出奇地温柔。

阮清恬看了一眼小礼盒,想都不想地说道:“我不要。”

“我让你打开就打开。”任浩铭说着拿起阮清恬的手,就要塞给阮清恬。

“我说不要就不要。”阮清恬抽回手,继续拿着小本核对货物,不理任浩铭。

“我说你这个女人怎么这么固执呢!赶紧打开它!”任浩铭愠怒,心想这个女人真是不知好歹!

“我说你这个男人怎么这么霸道呢!我都说了我不要!”阮清恬边说边甩开手,没想到任浩铭也会松手,看到小礼盒往下掉落,她心里顿时一慌。

阮清恬心里咯噔一下,小礼盒掉落在地,打开了,里面是空的。阮清恬一看小礼盒是空的,顿时急了:“你这是什么意思?”

“你说什么意思?上次你摔坏我一个镯子,你忘了?盒子里面的东西你得给我放回去。”任浩铭狡黠一笑。

“你不是说不让我赔了吗?你这人怎么秋后算账啊!”

“我对你说过那么多话,你怎么就偏偏记住这一句了?”

阮清恬心中怨念丛生。这个人怎么老跟她过意不去?难道真是上辈子欠他的!“任会长,这里是仓库,我还要工作,如果你没有事的话,请你出去。”

任浩铭刚想开口,阮清恬抢先道:“如果你要办业务,请你去前面收件处!收件处!”

任浩铭刚想反驳,想了想,又忍住了,转而一脸算计地望着阮清恬。

于静从青年商会走出，望着这个再次不小心撞到她的男人:“是你?”

林峰笑了一下:“看来我们很有缘分。”

于静笑了笑，没有说话。

“你在青年商会工作?”林峰又问。

于静点点头:“刚刚才入职的。”

“看来你比我想象的还要优秀。”

“什么意思?”于静抬起头，问道。

“青年商会挑选员工向来都很苛刻，而你却能轻而易举地进入，所以你一定是个不可多得的人才。”

“你过奖了。”

林峰笑看着于静:“我这个人向来只说实话。”

“时间不早了，我要回家了。”

“那我送你吧。”

于静羞涩地点点头。林峰开车载着于静来到林家门外。于静望着外面陌生的景色，诧异地问道:“你不是说送我回家吗?”

“是回家啊！回我的家。”林峰狡黠一笑。

于静惊讶地望着林峰，不知道他葫芦里卖的是什么药。

“你知道吗?你是我见过的最有魅力的女人。我第一次见到你，就已经喜欢上你了。”

“对不起林先生，我看你下次还是顺道载别的女人回家吧!”

于静飞快地下车，林峰也跟着追了出去，一把拉住于静:“为什么不相信我?”

“我不是不相信你。我不相信任何人。”于静说完转身离开。

林峰脸色很难看，盯着于静的背影，愤恨地咬牙。总有一天，他会得到她!

原本以为任晓晓的事情已经告一段落了，但是阿春却突然跟任浩铭汇报:“您还记得晓晓小姐当初离家出走时带走的那个相机吗?当铺的人从那些死当物品中找了出来。我让阿秋拿着相机去洗照片，照相馆的人说，要到晚上才能取照片。”

“既然照相机里还有胶卷，我隐隐觉得，那些胶卷，一定会给我一些意想不到的东西!”任浩铭冷声吩咐道。

“是。”阿春将小礼盒交给任浩铭，“会长，已经装好了。”

任浩铭打开小礼盒，里面放着一只玉镯子：“你把给邮务局用来更换设备的支票送去了吧？”

“昨天就把支票送给邮务长了。邮务长特别感激您，说是今天就把楚小姐调到收件处去工作。”

任浩铭坏坏地笑了：“我现在就去邮务局！”

楚安安和宋诚前后走着，宋诚拎着一堆东西，还抱着几个盒子，盒子堆得太高，几乎挡住了视线。

“安安，你慢点。”宋诚抱着的盒子，有些摇摇欲坠。

楚安安突然看到路边卖糖葫芦的，走过去顺手拿了一串，冲摊主一笑，霸气十足：“找后面那个人拿钱。”

宋诚此时抱着盒子小心翼翼地走过来，被糖葫芦摊主叫住：“先生！先生！刚刚那位小姐拿了糖葫芦，还没给钱呢。”

宋诚有些哭笑不得地望着前面那个窈窕的身影。

楚安安吃着糖葫芦，不知不觉走到邮务局门口，抬头望着上面的招牌：“邮务局？恬恬好像就在这里上班。”

楚安安拿着糖葫芦走进大厅，四下搜寻着阮清恬的身影。阮清恬刚把邮件码放好，刚转身，一串吃了一半的糖葫芦举在面前。

阮清恬一愣：“安安？”

楚安安笑着：“给你，特别好吃。”

阮清恬笑着摇摇头：“不了，我在当差。你怎么过来了？”

“顺道路过，就进来看看你呗！”楚安安皱了下眉，很娇俏的模样。

阮清恬一看楚安安的样子，笑道：“如果有一个人能够天天对我好，那我简直就太幸福了。”

楚安安却偏着头，一脸憧憬地说道：“如果任浩铭能像宋诚那样对我，那才叫幸福。”

“任浩铭？”阮清恬不解地望着楚安安。

这时宋诚双手抱着几个盒子，小心翼翼地站在那里，等候楚安安。他迈腿向里面走，没想到偏偏在这个时候，一个没拿稳，盒子散落一地。

而那厢说曹操,曹操就到,任浩铭从宋诚身旁走进邮务局。

楚安安边往外走,边扬手说:“那我先走了！记得不当差的时候,去找我玩啊!”

任浩铭正好走过来,楚安安看到任浩铭先是一惊,随后沉住了气:“任会长,你怎么也来了?”

“来寄东西。”任浩铭说完就往阮清恬那里走去。

楚安安看看任浩铭,发现对方对她的出现根本无视,只得无趣地往外走。楚安安一脸无趣地走出邮务局,看到宋诚正在收拾散落的盒子,生气地扭头走开。

宋诚立即上前:“安安,你等等我。”

宋诚说着赶紧抱起摞好的盒子,朝楚安安追去。

阮清恬刚坐回位置上,看着面前的桌子,听到有脚步声过来,礼貌性地起身,微笑:“您好,请问您要办……”

甜美的声音戛然而止,只因为看到柜台前面那个阴魂不散的高大身影。

任浩铭自若地将小礼盒放到柜台上:“我要寄东西。”

阮清恬看了一眼小礼盒:“任会长,如果你时间真的太多了,请你去陪那些孤儿院里的孩子玩,不要打扰我的工作。”

“我说了,我要寄东西。”任浩铭又说了一次。

阮清恬瞪了任浩铭一眼,从桌上拿起笔和邮寄单,放在任浩铭面前,说道:“填单子。”

阮清恬说完坐下,不理任浩铭。任浩铭笑了一下,拿起笔在邮寄单上填写,不一会儿,就把填好的邮寄单和笔推到阮清恬面前。

阮清恬面无表情地拿过邮寄单和笔,在记录本上核对填写。阮清恬有点看不清楚,问道:“你寄件人写的是谁?”

“倪劳巩。”

阮清恬觉得有点不对劲:“哪三个字?”

“你看着办。”

“任会长,如果你真想寄东西,就请你配合一下。”阮清恬强压住心中的怒火,尽量平和地问道。

“我很配合啊!”任浩铭无辜地耸耸肩。

阮清恬知道任浩铭是故意的,看了眼邮寄单,把邮寄单和笔拿到任浩铭面前："收件人你还没写。"

任浩铭笑了一下："你认识的。"

阮清恬愣了一下。

任浩铭继续提醒："你跟她还很熟。她有时候特爱哗哗哗下大雨……"

阮清恬刚想说什么，却被任浩铭抢了先："她这人有点矫情。"

"你说这些我听不懂……"

"你跟她根本不能用正常语言沟通。"

"你……"

"否则就像现在这样。"

阮清恬狠狠地瞪着任浩铭。

"或者你帮我直接交给她也行。"任浩铭说着将小礼盒往阮清恬面前又推了推。阮清恬忍无可忍："任浩铭，你到底有完没完！"

她气急地直接拿起小礼盒往外扔了出去。"咣当"一声，小礼盒掉落在地，一个玉镯子从中掉出，碎了。

阮清恬这回傻眼了："怎么会这样？昨天这小盒子明明就是空的啊！"

任浩铭得逞一笑，突然大声叫道："阿春，收据呢？"

阿春走过来，从身上掏出一张收据递给任浩铭："会长。"

任浩铭将收据在阮清恬面前展开："两次加起来，你正好摔碎了一对玉镯子。这样吧，这对玉镯子我当时是用两万大洋买的，现在我算你便宜点，一万大洋好了。"

阮清恬本来因打碎玉镯子，心里还有些愧疚，但被任浩铭这么一说，反倒气不打一处来。她狠狠地瞪了他一眼，往邮务局门口走去。

"你干吗去？"任浩铭跟在阮清恬后面。

阮清恬走到邮务局门口，做了一个请的姿势："玉镯子的钱，我一定会赔给你，但现在请你离开。不，是请你以后不要再来。第一，我要上班，第二，我要好好工作挣钱，否则我真的不知道什么时候才能还上你的钱。"

"你家不是很有钱吗？干吗还这么小气？上次我就看你挺小气的，不愿意还钱。这样吧！要不等你今天下了班，晚上我到你家去拿样东西相抵……"

阮清恬着急了："你敢！那不是我的！"

"不是你的？你家里面摆的那些东西不是你的？"任浩铭挑眉。

“那是……”阮清恬脑子转得飞快，“那是我父母的，连我都不能动！”

“没想到你还是个孝顺女儿！但也不能不赔我钱啊！”

“我又没说不赔你。”

任浩铭假装深思：“我这人记性不好，你又不能马上赔我钱，干脆你到我家去给我打工好了。这样吧，你给我打三年的工，什么苦活累活都由你来做，不能有怨言。哦，对了，我们家好像还有几只鸡，看你的样子，应该还能再养一头猪，要不干脆再来一只金钱豹好了。”

阮清恬越听越气，心里越来越委屈，顿时哭了。

“你怎么这么爱哗啦啦啊！”任浩铭皱眉望着她。认识了她之后，他才深切地体会到，什么叫女人是水做的。

阮清恬的眼睛就跟坏了的自来水笼头一样，关不上了。任浩铭见状，有些慌：“好了好了，你别哗啦啦了，丑得我连隔夜饭都会吐出来的，大不了我不让你赔了就是！”

阮清恬脸上挂着眼泪，眼中透着惊喜：“真的？”

任浩铭郑重地点头：“真的。”

阮清恬抹了一把眼泪，破涕为笑：“我就知道你是个大好人！”说着，给了任浩铭一个大大的拥抱。

晚上，阮清恬跟楚安安一样，一脸哀怨，并排托腮坐在床上。

“怎么了？一脸的怨妇表情。”阮清恬望着一直唉声叹气的楚安安。

“要是有一个人成天缠着你，你烦不烦？”楚安安郁闷地反问。

“我不是说了，要是有一个人能成天缠着我，对我好，我高兴还来不及呢！”

楚安安突然想到什么：“对了，清恬，你知不知道任浩铭今天去邮务局做什么？是去找你的吗？”

阮清恬一听到任浩铭的名字就头疼：“别提他，一提他我就烦。整天没事找事，讨厌死了。”

“烦？我巴不得他跟我没事找事呢！”楚安安顿了一下，又神秘兮兮地问阮清恬，“你会喜欢任浩铭吗？”

“我只希望不要再让我看到他。”阮清恬立即像只被踩到尾巴的猫一般跳了起来。

楚安安追问:“你确定?你确定你真的不喜欢任浩铭?”

“我确定。我不喜欢任浩铭。”阮清恬坚定地道。

任浩铭坐在书桌前,看着打开的小礼盒和里面已经碎掉的玉镯子。想到了之前阮清恬因听到不用赔钱而开心离开的画面,不由自主地笑了。

阿春敲敲门,一脸严肃地走进来,递给任浩铭几张照片:“会长,这是今天早上去洗的照片。”

任浩铭拿过照片一张一张地看,突然盯着一张照片,惊得站了起来,盯着照片上阮清恬与任晓晓的合影,手止不住地颤抖。脑海中,猛地想起阮清恬死不承认认识任晓晓的画面。他修长的手缓慢地握成拳,用力地捶在桌上,一声闷响。

阮清恬如常来到邮务局上班,远远地就看见任浩铭一脸冷酷地站在车旁。阮清恬不禁有些莫名,心想:他又来做什么?不是已经说好不赔钱,不再来了吗?难道是反悔了,又来找她要镯子钱?

阮清恬想到这儿,不禁停下脚步,有些犹豫地望着任浩铭,不知该进还是该退。任浩铭早已看见阮清恬,目光越发阴冷起来。他缓慢地朝阮清恬走来,黑着脸将阮清恬拖到邮务局外的角落,声音阴冷得可怕:“我最后问你一次,你认不认识任晓晓?”

阮清恬皱眉想甩开任浩铭:“不认识,就是不认识。你到底要我说几遍你才满意?”

任浩铭紧紧抓着阮清恬的手腕:“你最好想清楚再回答。”

“你放开我。就算你要我说一百遍,不认识,还是不……”阮清恬烦躁地吼道。突然出现在阮清恬面前的照片,打断了她的话。

阮清恬愣愣地看着照片,不再争辩。

任浩铭冷冷道:“这张照片,你怎么解释?这张脸是不是你楚安安楚大小姐?这张脸是不是我任浩铭的妹妹任晓晓?”

阮清恬语塞:“我……”

任浩铭咄咄逼人地望着阮清恬:“怎么不说话了?编不出来了?编啊!”

阮清恬愣住了,不知道该说什么。她万万没有想到,原来那个女孩儿就是任浩铭的妹妹!

第十七章

万万没有想到

“说！为什么要骗我？你到底在隐瞒什么?”

“我……我真的不知道和你妹妹交往的男人是谁！我发誓这个没骗你!”阮清恬吞吞吐吐道。此番任浩铭将这样的照片摆在她的面前，只怕她再说什么，也没用了吧。

任浩铭审视地看着阮清恬，眼眶有点泛红:“楚安安，我真是看错你了。”

阮清恬看到任浩铭的样子，欲言又止:“我不……”

有一个声音，在心里不断地提醒着她。不行，不能说，不能说自己是阮清恬，不是楚安安。如果说了，就把安安给出卖了，不能说……

任浩铭突然冷笑道:“楚安安，我本以为你和我妹妹任晓晓一样，虽然偶尔调皮，但却是一个可爱善良的女孩。没想到是我看走了眼，原来你一直都在装，装可怜，装无辜，装不认识晓晓，装……你知不知道，我宁可你告诉我，你其实是被逼的，是有苦衷的……也不愿相信你是一个彻头彻尾的大骗子……”

阮清恬没想到任浩铭会这么想自己，心里有种说不出的疼痛:“你怎么可以这么说我?”

“更狠的我还没说呢!”

阮清恬难以置信地看着任浩铭憎恶的眼光，眼泪在眼眶中打转:“放开我。”

任浩铭放开阮清恬，阮清恬转身就跑。任浩铭并没忽略，阮清恬转身那一刻眼泪滑落的样子。

可是，为什么？为什么要骗他？为什么？……她知不知道，他的心有多痛？

任浩铭站在原地，看着阮清恬渐行渐远。

阮斌探头探脑地躲在邮务局外不远处的巷子里，注意着邮务支局的动向。忽然，阮清恬哭着从巷子里跑出来。阮斌心里觉得奇怪，正要上前，又看见任浩铭走出巷子，大惊，赶紧躲了起来，心中紧张不已："任浩铭怎么会在这儿？"

于静走出青年商会，看到等在外面的林峰，他的两只手不安地绞动着衣角。

林峰笑了一下："我们换个地方说话吧！我找你有事！"

于静犹豫，最终还是点了点头。

林峰和于静走进咖啡厅，找了一个僻静的角落坐下："谢谢你，还愿意出来跟我吃饭。"

"你想跟我说什么？"于静开门见山，似乎没打算与林峰再周旋。

"我为我昨天晚上的失态，郑重向你道歉！"林峰说着起身向于静鞠躬。

于静尴尬地看看四周："你快坐下，人家都看着呢！我又没真怪你！"

林峰坐下，笑着说道："这么说，你已经原谅我了。"

于静脸红道："我都说了，我没有怪过你。"

"有没有人跟你说过，你脸红的样子很诱人？每次只要一看到你，我就会情不自禁地想要吻你。"林峰一脸着迷的表情，看得于静都有些不好意思了："有没有人跟你说过，你说话太直接了。"

"我说过，我只说实话。"

"……有些事情，我想你应该要知道……"于静踟蹰不安地说道。

林峰等着于静把话说完。

"我结婚了。"

林峰愣了一下。

"不过我先生两年前就因车祸去世了。"于静又补充道，"我只过了半年的两人生活，就又恢复到了一个人的生活。"

林峰看出于静一脸的落寞，握住于静一只手："小静，我不是一个保守的人。以后，你不会再一个人了。"

于静既震惊又感动地看着林峰。喝过咖啡，林峰再次带着于静回到自己的家:“如果你愿意,以后这里就是你的家。”

看到于静一脸感动,林峰拉起于静一只手,动情地表白道:“我不会再让你孤独地生活,我会给你一个温暖的家。”

于静感动得红了眼睛。林峰见状,凑上前去,想要吻于静。她却突然想要推开林峰,却挣扎不开,结果拧了林峰一下。

林峰痛得只得放手:“你……”

“对不起。我……对不起……”于静又慌又急,说完便跑了。

于静匆匆忙忙地从林峰家里跑出来,心跳得飞快,也没看人,猛地撞到一个人怀里。

“对不起。”

两人异口同声,于静抬起头来,见对方是一个容貌靓丽的年轻女孩:“你不是……”

“楚小姐?”于静也诧异地反问。

“你看上去好像不太好?”阮清恬见她满脸苍白,不禁关切地问道。

两个人的状态都不太好,简单寒暄过后,决定一起去吃馄饨,结果馄饨上来了,两人却都没什么食欲。

“快吃吧,这家的馄饨可好吃了。”

于静僵硬地笑了一下,舀了一个馄饨放进嘴里,味同嚼蜡。

“于小姐,如果你遇到了什么困难,你可以跟我说,我会想办法帮你的。”

望着阮清恬真诚的眼神,于静终于卸下心防:“楚小姐,如果一个男人对你很好,你会跟他在一起吗?”

于静的话,不由地让阮清恬想到了自己和任浩铭之间的种种,她不禁微微出神。

“他人那么好,而我是一个结过婚的女人,我有什么资格得到他的爱?”

阮清恬回过神来:“于小姐,你错了。不管你有没有结过婚,你都有资格得到一个真心爱你的男人,何况你是一个那么优秀的女人。”

于静惊讶地看着阮清恬。

阮清恬笑着:“阿冬和会长对你的评价可是很高的。”

于静不好意思地笑了笑:“我只是在做我分内的事情。”

“对我们女人来说,男人光对你好是不够的,一定要真心爱你才行,你们才可以在一起。”

于静表情复杂：“也许，我需要点时间，好好想清楚。”

和于静分别之后，阮清恬也不由开始思量她和任浩铭之间的关系，思量得越多，越觉得自己在邮务局是待不下去了。阮清恬敲敲门走进办公室：“邮务长……我想……”

邮务长站在办公桌后，看到阮清恬：“你来得正好，我正好有事想跟你说。安安啊，任会长出了很多钱，对咱们整个邮务局的设施进行更新改造，以后要是任会长再来咱们邮务局，你对他的态度呢，要好一点，知道吗？”

阮清恬一惊：“可是邮务长……”

“我知道，你跟任会长之间有点儿矛盾。”邮务长打断她，“但是矛盾再大，也不是什么国仇家恨，对不对？”

“可是我……”阮清恬还想说什么，邮务长再次打断她，“我明白。安安啊，男人再霸道，也还是经不起女人的温柔的。所以……你就忍一忍，不要跟任会长使性子了，多让着他点。”

“我……”

邮务长口气坚决：“任会长可是对我们邮务局做过巨大贡献的人，不管怎么样，你一定要对他热情一点。知道吗？像我们这种服务行业，一定要懂顾客至上的道理。”

阮清恬默默低下头：“我知道了。”

邮务长突然想起来：“对了，你来找我有什么事？”

“……我想申请到发报室去工作。”

邮务长惊讶：“发报室？想想也对，你学的好像就是无线电。那这样吧，你明天早上去发报室报道，这个月底我就给你转正。”

“我知道了，谢谢邮务长。”

阮清恬走进发报室，看到大家都在看自己，感觉特别奇怪。忽然她脸上一僵，看到任浩铭好整以暇坐在一张精致的椅子上，专注地看着报纸。阿春站在任浩铭的身侧。看了看任浩铭，想到任浩铭对自己的羞辱，心里的委屈一下涌上心头。阮清恬忍着眼泪走向自己的位置。

任浩铭看了眼阮清恬，冲阿春使了个眼色。阿春立即明了，上前将发报室里的其他人叫出去。阮清恬对任浩铭的行为很生气，但又不想理任浩铭。发报室里只剩下阮清恬和任浩铭，气氛一下冷了下来。

任浩铭也不理阮清恬，只看着报纸。

阮清恬终于忍不住起身上前拿走任浩铭的报纸："你到底想怎么样？"

任浩铭拿回报纸重新打开："不想怎么样。"

阮清恬没好气地说："你要是来发电报的，你就去填单子。你要是没什么事，就请你离开。这里是邮务局，是为大家服务的地方。"

任浩铭放下报纸，从身上掏出一本册子，递给阮清恬，面无表情地说："发这个。"

阮清恬打开册子。册子的前面是五线谱，后面是各种几何或化学公式。任浩铭起身，边从身上掏出一张支票，边走去放到桌上："发吧！钱不是问题。"

阮清恬惊讶地看了一眼手中的册子，又抬头看了眼任浩铭，心想这人莫不是疯了。

在发报室门口小萍探头探脑，左看右看看不到，于是将耳朵贴在门上。邮务长突然出现在小萍身后，也同样往里瞧："里面有什么情况吗？"

小萍比了个"嘘"的手势："就因为什么情况都没有，才奇怪。"

邮务长想了一下，赞同地点点头："这倒是。"

小萍忽然察觉出不对劲，回头一看是邮务长，大惊："邮务长。"

邮务长皮笑肉不笑道："上班开小差，今天饭费扣了！"

"不要啊！邮务长，我错了！"小萍苦着脸，边说边去追邮务长。

而此时阮清恬拿着册子，瞪着任浩铭。

"发啊！发报啊！看着我就能发了吗？"

阮清恬生气地坐到位置上，在发报机前敲了几下，没一会儿就搞定了。

阮清恬将册子放到任浩铭面前，皮笑肉不笑地说道："您的业务办好了。"

"你确定？"任浩铭诧异地看着她。

阮清恬点点头，挑衅地看着任浩铭。只见任浩铭打开册子，指着五线谱问："这页，你怎么发的？"

"三个字，五线谱。然后发了一串数字，就是把五线谱上的数字发了过去。"

任浩铭翻篇，指着一个圆形："这个呢？"

"三个字，一个圆。然后发了一串数字，就是把这个圆里面的数字发了过去。”

任浩铭被阮清恬的话噎得不知道该说什么。

“如果您没有其他事情，请您慢走。”阮清恬又是微笑又是点头的，态度恭敬得让任浩铭不禁倒吸一口冷气，总觉得接下来她就要抽出一把刀，插进他的胸口了。

下班了，阮清恬和同事们告别后往家的方向走，一转头，却看见了在一旁等候的任浩铭。她假装没有看见任浩铭，疾步走开。但是任浩铭却不依不饶地跟了上去。

阮清恬一脸烦躁地往前走着，脚步很快。任浩铭亦步亦趋跟着，不远不近。两人一前一后走着，步调一致。终于，阮清恬受不了了，停下脚步，没好气地说："任会长，你到底要跟我到什么时候？现在已经是下班时间了好吗？"

任浩铭向左右看看："路是大家的，我想怎么走，难道还要经过你的允许？"

阮清恬被噎得哑口无言："你！"

任浩铭面无表情地继续往前走。

阮清恬气愤地越过任浩铭，疾步往前走去。

阮清恬不知道阮斌戴着大毡帽，围着一条大围巾，正小心翼翼地跟在她和任浩铭身后。心里嘀咕着："这个任浩铭，没事总缠着我们家恬恬做什么？不行，我得想办法把他们分开。"

此时，一个卖烟的男孩拍了他一下："大叔，买香烟吧！我可以给你便宜点。"

阮斌先是吓了一跳，随后一脸烦躁地打发道："去去去，去别的地方卖。"

卖烟男孩嘴里不知道嘟囔着什么，默默走开了。阮斌再回头去找阮清恬和任浩铭的时候，已经不见两人的人影，让阮斌懊恼得直骂娘。

而此时，阮清恬和任浩铭一前一后地走着。

阮清恬无奈地回身，望着任浩铭："任会长，能不能请你不要再跟着我？你把大把时间浪费在我身上，我都替你不值！"

"什么时候你告诉我你为什么撒谎骗我，我就什么时候不再缠着你。好了，你也到家了，我先回去了，明天见。"任浩铭说完转身离开。

阮清恬语塞："你……"

阮斌戴着一顶大毡帽，围着一条大围巾，愁眉苦脸地走着，在街边一个茶摊坐下。心里纠结万分，如果这个任浩铭一直纠缠恬恬的话，那他要怎么样才能跟恬恬说上话？不行，他得想个办法才行。

此时一个卖烟的男孩走过来。

阮斌伸手招呼道："我买盒烟。"

男孩怯怯地，不肯上前："是你？"

"你认识我？"阮斌问。

男孩扭头就想走。

阮斌拉住他："喂喂喂，你还没卖我烟呢。"

"不卖。"男孩儿冷冷道。

"你这孩子……哦，你是成心跟我生气啊！这样，我回头给你两盒烟的钱，你给我一盒烟就行。另外，你明天到邮务局外去找我，然后帮我送一张纸条，怎么样？"

男孩想了想，觉得这买卖划算，一口答应下来："行。"

因此第二天，阮斌和卖烟男孩来到邮务局外的角落，把一张纸条交给男孩："你把这张纸条交给里面一个叫楚安安的女孩，知道了吗？"

男孩点点头，然后往邮务局走去。

阮斌刚转过身，就看到身后的曹大勇和几个追债的手下："阮斌，这下被我们逮到了吧？"

阮斌转身就逃，兜了几个圈子，但是最终被曹大勇和手下堵了个严严实实，跑不出巷子。阮斌一边惊恐后退，一边求饶道："求求你们，再宽限两天，我这次一定还，一定还！"

四五个打手步步逼近阮斌。

曹大勇手里玩着一把匕首，不屑地吐了口吐沫："我呸！你要说话算数，估计王八都能打洞了！给我绑走！"

阮斌惊恐万状："不！求求你们再宽限几天，我……"

话还没说完，阮斌就被人用胶带粘住了嘴巴。

曹大勇冷冷下令："带走！"

阮斌在挣扎时，无意将腕上的表掉在了地上，表镜碎得稀烂，指针也不走了。

而男孩那边，倒是十分利落地将纸条交到了阮清恬手上。她打开纸条一看，大惊，忙对一旁的小萍说道："小萍，让你送信的人呢？"

小萍诧异："送信的是个小男孩，怎么了？"

"小萍，我忽然有点急事，你帮我盯一下！"阮清恬一愣，慌慌张张道，说完便急匆匆离开了。

小萍诧异地摸摸头，不知道发生了什么事。

阮清恬急匆匆地跑出邮务局，往角落找去。任浩铭此时坐车过来，没有看到阮清恬。任浩铭下车走进邮务局，只见小萍坐在阮清恬的位置上给大家发电报，不禁诧异地问："今天楚安安怎么没来？"

小萍看着任浩铭，双眼冒着粉色桃心，害羞地毛遂自荐道："任会长！安安她没来，我可以替你发电报，请问您要发什么？"

任浩铭皱眉，冷声问道："楚安安人呢？"

小萍不知为何打了个寒战，不由自主道："安安有急事刚刚出去了……"

任浩铭若有所思："什么？"

而此时阮清恬来到巷子口，可是在巷子里却并没有看到阮斌的身影。阮清恬着急地大喊："爹，我是清恬，您在哪？"

突然，阮斌的手表映入眼帘，阮清恬急忙把手表拿起来："这不是娘送给爹的吗？"她又仔细一看，手表上系着一张纸条。阮清恬把纸条拆下来，上面写着：阮小姐，要见你爹，明天上午八点就带一千大洋到码头仓库去。敢带别人来，就别想再见你爹。

阮清恬失声大哭，跪倒在地："爹！"

第十八章

你居然还派人跟踪我

虎子在一个墙角躲着偷看。

忽然，阮清恬耳朵一动，一个熟悉的脚步声传来。阮清恬赶紧擦擦眼泪向巷口看去，果然，任浩铭跟阿春出现在巷口。

任浩铭看见阮清恬眼睛红红，一愣，拉住她的手："发生了什么事？你怎么了？"

阮清恬甩开任浩铭，冷冷质问道："任会长，你懂不懂得什么叫作尊重别人的隐私？难道我做任何事都要向你报备吗？你居然还派人跟踪我？"

任浩铭一愣："我……"

阮清恬冷冷看了任浩铭一眼，转身走了。

仓库中央，阮斌被绑在一根柱子上，身上满是伤痕。

曹大勇愤愤地说："好杂种，玩了一手金蝉脱壳，厉害啊。"

阮斌腿一软，浑身抖得像筛糠。

"我们兄弟几个没日没夜地找你，挖地三尺，你拿着我们的钱倒活得滋润啊。"曹大勇狞笑。

阮斌连连求饶："曹爷，求您再宽限几天，我这就去给你筹钱，这次一定……"

左右手下给了阮斌唰唰两皮鞭，阮斌惨叫连天，忍过了痛楚，仍不忘讨好：

"曹爷,您把我放了,我一定连利息都还上。"

曹大勇狠狠给了阮斌一脚,狠狠吐了口吐沫:"我呸,我要放了你,你还不得跟黄鼠狼一样溜得没影儿!"

"曹爷！曹大爷！我真……"

阮斌的话还没有说完,曹大勇又是狠狠一脚:"你大爷！老子最恨别人这么叫我！小三,点蜡!"

叫小三的手下应声上前,将一根蜡烛放到阮斌裆部下方的凳子上。

阮斌见状大惊,双腿打战:"曹……曹……曹爷……"

曹大勇冷笑着划着一根火柴:"听说你是去见你闺女,我给她留了信,你在这,不怕她不来,父债子还,你这债就让她还吧。爷先打你打到消气。"

手下又是两鞭子。阮斌疼得哎哟直叫,勉强扯出一个笑容:"曹……曹爷,咱们有话好好说!"

曹大勇危险地眯起眼:"爷今天给后来人提个醒,欠老子钱的就要让他断子绝孙!"说着就要点燃蜡烛。阮斌吓得白了脸,全身像筛糠一样哆嗦起来。曹大勇吹灭火柴,冷笑:"阮斌你个怂货。"

几个手下也顿时大笑起来。

纸条上的人说要一千大洋,她哪有那么多钱啊！认识的朋友也不多,唯一能够求助的人,还只是楚安安。

阮清恬在客厅里急得团团转。小雅看着干着急:"阮小姐,你见到阮爷了吗？他怎么样?"

阮清恬看了小雅一眼,满脸泪痕。

"阮小姐,你父亲是不是出事了？要不要找我家小姐来商量一下,要不要去巡捕房报个案?"

阮清恬一听就阻拦小雅:"不要报案,求你了。"

"那你父亲到底怎样了？找我家小姐来吧。"

"小雅,也不要告诉你家小姐,我求求你了。"阮清恬拉着小雅的手,泪眼婆娑地祈求道。

"阮小姐,还是阮爷的事最重要。到底出了什么事,你说出来,我们也好帮你一把。"

阮清恬哭了:“我爹……我爹……他被人绑走了,还要赎金,明天上午八点让我带一千大洋到码头仓库去。要不然我爹就要死了!小雅,你说我到底怎么办啊?”

小雅一惊:“那还得了?我必须要告诉我家小姐,让她来一起想办法。”

阮清恬着急地拉住小雅:“不能告诉安安,绑匪不要让别人知道,要不然我爹还是一个死。”

小雅劝慰阮清恬:“阮小姐,你先静下来想想,我去给你倒杯茶。”

小雅去拿了一个茶杯,倒上茶。又趁阮清恬不注意的时候,拿了一瓶安眠药,从里面取出两片捣碎,放进茶里,然后才把茶端给阮清恬。

“谢谢小雅。”阮清恬把茶喝了,很快,阮清恬便瘫倒在沙发上。

小雅站在旁边,一脸愧疚地望着阮清恬:“对不起,阮小姐,这件事我必须要告诉我家小姐。”

楚安安焦急地在客厅走来走去,忽然道:“不行!我得带钱去救人!”

小雅看着楚安安,十分担忧:“不可啊,小姐!那可是帮匪徒!”

楚安安微笑:“你告诉我这件事,不就为了让我想办法吗?我想不出别的办法了。来不及了,这样,我先筹钱去救人!”

小雅担忧:“小姐……”

楚安安打断道:“你别说了,我自己心里有数。恬恬对我那么好,能用钱帮她的,我一定帮她!这些人目的是钱,我不会有事的!”

小雅这才犹豫地点点头:“那好吧!”

“清恬呢?”楚安安貌似想起什么,问道。

“阮小姐被我下了安眠药,还没醒。”小雅低着头,小声道。

“你先等她醒过来,我先去交涉了。”楚安安不理会小雅的恳求,义无反顾地出去了。

而此时此刻,任浩铭坐在桌边冥思苦想,手指下意识地敲着桌子,想起阮清恬哭红的眼睛,以及说的话,越发心神不宁起来:“阿春!去,带上兄弟们,跟我走一趟。”

“是!会长。”

阮清恬扶着脑袋晃晃悠悠地下楼，嘴里嘀咕着：“我怎么会睡着了呢？”

刚走到客厅，却看见小雅在客厅哭泣。

“小雅，怎么了？你怎么哭了？”阮清恬忙问。

小雅哽咽道：“阮小姐，我把这事告诉了我家小姐，我家小姐筹好钱，自己去港口了。”

阮清恬大惊，一下子清醒了：“你说什么！我爹被绑，安安独自去交赎金？”

小雅郑重地点点头。

阮清恬快速思索片刻，抓着小雅，焦急道：“快告诉我，安安去了多久了？”

“差不多一个小时了。”

阮清恬一看表：“那不是快到约定时间了？”

小雅哭着点点头。

阮清恬匆匆忙忙从屋里跑出来，小雅在后面追：“阮小姐！”

阮清恬边跑边急道：“我现在就去！你放心，我一定会将你家小姐安全带回来的！”

小雅停住脚步：“你们小心！”

阮清恬顾不上回答，闷头匆匆向门口跑。忽然阮清恬耳朵一动，转头望去，果然看见任浩铭的车来到了楚安安家外面。阮清恬急忙顿住脚步。小雅疑惑，上前道：“阮……”

阮清恬比了个噤声手势，说道：“嘘……任浩铭在外面！他怎么来了？真是添乱，我不能从大门出去！”

小雅擦干眼泪，焦急地悄声问道：“那怎么办？”

阮清恬四处一瞟，瞥见院墙，灵机一动：“你去准备一个梯子。”

阮清恬焦急地站在街道上，伸手拦下一辆黄包车。不一会儿，另一辆黄包车从拐弯处出现。任浩铭坐在车上，神情严肃。前方正是拉着阮清恬的那辆黄包车。

楚安安提着一个小箱子站在仓库外，有些害怕地看着四周。想了想，她走进仓库，第一眼就看见了遍体鳞伤的阮斌。

楚安安将皮箱放到桌子上，冷冷道：“把人给我放了，钱在这儿！”说着把皮箱打开，露出一箱子现钞，推到曹大勇面前。

曹大勇盯着箱子里的钱，眼睛一亮，痞笑道："你是阮小姐？"

楚安安抬头："我是谁不重要！钱给你，人我带走！"

曹大勇笑："既然债要回来了，人当然要放，我们要这窝囊废也没用！"冲手下挥挥手："放人！"

阮斌松了口气。小三儿将阮斌松绑，阮斌立即瘫软在地上。

这时，大门被人推开，阮清恬匆忙进来。楚安安正要搀扶阮斌出去，看到阮清恬忙问："你醒啦？快，过来帮我一下！"

"哟，现在我改主意了。欠我的钱我收了，我打算再收点利息。这么漂亮的妞儿，完全可以给我当利息啊！"曹大勇看着楚安安，"这小妞就给你们哥几个吧！"

"你说什么?!你还有没有点江湖道义，钱我已经给你们了！如果你还要钱的话，我可以再去给你取！"楚安安大惊，没想到曹大勇竟然会出尔反尔。

"我们现在已经对钱没什么兴趣了，是不是呀哥几个?"曹大勇指挥着手下，将二人包围起来。

就在此时，任浩铭如同神兵天降，突然出现在二人眼前，冷冷道："我看谁敢动！"

众人皆惊！

阮清恬皱眉："任浩铭！你怎么会在这里！"

阮斌惊恐地睁大眼睛，吓得晕了过去。一声"爹"几乎脱口而出，但是在出口前的片刻，阮清恬反应过来，改口喊道："阮老爷！"

"有谁能告诉我，这里究竟发生了什么事?"任浩铭环顾一圈，冷厉的声音顿时震慑住了众人。

曹大勇等人立马把枪对准任浩铭："我就说今天这事办得太顺利！原来你们还留了后手！"

任浩铭冷笑着一挥手。以春、夏、秋、冬为首的任家人将曹大勇等团团围住。曹大勇立马傻了眼，还没反应过来发生了什么事，就被一把手枪顶住了脑门。

阿春恶狠狠道："我们会长在问，发生了什么事？为什么会有人受伤?"阿春说着就要扣扳机，"说！"

阮清恬见状赶紧阻止："住手！我跟你说！但是……"瞟了一圈儿众人，"我们能出去说吗?"

任浩铭盯着阮清恬不说话。楚安安早就吓得白了脸,见阮清恬站出来,惊醒过来,连忙从阮清恬手中接过阮斌,催促道:"对！对！快出去说!"

阮清恬紧紧盯着任浩铭,毫不退让,一脸倔强。

任浩铭不置可否地点点头:"放了他们可以,不过你得告诉我,这一切到底是怎么回事。"

阮清恬疲惫万分:"我一定会给你个合理解释。"

任浩铭深深地望着阮清恬,半信半疑地道:"我信你一次。阿春,放了他们!"

曹大勇一行得了自由,屁滚尿流地跑了。

楚安安扶着阮斌走在街头。阮斌浑身是伤,气喘吁吁,已经走不动了。

"我送你去医院吧,阮伯伯?"

阮斌摆摆手:"不用,不用了！你给我叫辆黄包车吧,我有地方去!"

楚安安从包里拿些钱出来:"阮伯伯,这些钱你拿着。我还是觉得你应该去看医生!"

阮斌虚弱地点点头。

这时一辆黄包车在楚安安的招呼下过来了。楚安安将阮斌扶上车。

阮斌:"安安呀,恬恬就拜托你照顾了。你们是好姐妹！还有啊,你跟她说,爸爸去朋友家暂住一段时间。刚才的事,是我受朋友牵连,完全是一场误会!"

楚安安点点头:"你放心吧,阮伯伯,我一定会照顾好恬恬的,您的话,我也会转达到的!"

阮斌坐着黄包车走了。

楚安安长吁了一口气。

林峰原本是打算从于静那里入手的,但是他没想到这个女人戒心这么重。时间紧迫,虽然明知道找楚安安是一步险棋,但是他也没办法了。

林峰和阮清恬先后走进客厅,林峰热络地问:"安安,你想喝什么?咖啡怎么样?"说着走去泡咖啡。

阮清恬有些不好意思:"林先生,我一过来就让你忙,太不好意思了!"

林峰端着咖啡走过来:"来,先坐下喝杯咖啡。"

阮清恬在沙发上坐下："您之前在电话里说有事要找我帮忙，是什么事？"

"是这样，我现在遇到点问题，我的一个朋友，他新弄了个电台，我一直联络不上他，所以想请你帮个忙。"

阮清恬立即起身，恭敬道："只要能帮到林先生，我愿为您效劳！"

林峰意味深长地笑了笑，将阮清恬引到书房。阮清恬在书桌的电台前坐下，端详着电台和发报机："林先生家里也有发报机，工作起来真是方便！"

"搞无线电的，怎么着也要给自己弄一台啊！对了，你家里没有发报机吧，这台送你，回头我再弄一台。"

"那怎么可以？林先生，谢谢您的好意！我已经受您太多恩惠了！有的时候我特别惭愧，因为……我受到了很多人的恩惠，也不知道怎么报答！"

"因为你善良，才会受人恩惠！上天没有平白无故的恩惠！"

阮清恬认真地听着电台，忽然脸露喜色："林先生，找到那个电台了！"

林峰也很高兴："是吗？"

阮清恬开心地点点头，一边听着，一边认真地在纸上写下一连串的数字，然后递给林峰："这是电文，林先生！"

林峰看着数字。

阮清恬好奇："真希望我能像林先生一样，可以看懂电文。林先生，对方说什么？"

林峰若有所思："明晚到上海，后天上午十点见面。"

阿春手里拿着一张纸条走进办公室。

任浩铭坐文件中抬头："迈克来信了吗？"

阿春边将纸条交给任浩铭边说："他发来电报，说他从英国坐船，明晚将会到达上海，后天上午十点可以见面。"

"迈克现在已经是英国最大的华夏货品进口商人，我们一定要通过他，打开英国那个庞大的市场！"

"会长，您还有别的事吗？"

任浩铭忽然看到了桌上的申报："备车，我要去趟邮务局。"

阿春暗笑，走了出去。

片刻后，任浩铭走进大厅，邮务长立即迎了上来："任会长今天来是为了什么事?”

任浩铭坐在沙发上:“给青年商会送报的刘师傅年纪不小了,你们这里的楚安安小姐更适合这项工作。”

邮务长明了地笑:“任会长说的是,年轻人是应该多锻炼锻炼,我一会儿就去安排楚安安从明天开始给您那里送报。”

任浩铭边起身边说:“那我就不打扰了。”

任浩铭说完离开,邮务长起身相送。大厅里只剩下一两个人在等着办完业务,显然已经到了下班时间。阮清恬正在收拾柜台。

小萍神秘兮兮地走来:“安安,邮务长有事找你。”

“好,小萍,你帮我收拾一下。”阮清恬说完离开。

阮清恬穿着制服,刚走到柜台前,邮务长就过来了:“楚安安,刘师傅现在年纪大了,每天骑着单车出去送报纸和邮件,越来越力不从心了。我打算把他调到其他岗位。所以从明天开始,你负责去给一片区送报。”

“遵命,邮务长!刘师傅确实年纪大了,我愿意承担这份工作。我年轻,有体力!像我这样年龄的人,如果不拼命的话,我永远也不会成长起来的!所以,邮务长,请您再多给我些工作吧!”

邮务长笑着点点头:“对了,安安。你送报纸的管辖范围,可包括青年商会。一切要以工作为重啊!”

“您放心,我会好好工作的!我努力!”阮清恬干劲十足地保证。

任浩铭的车停在青年商会门口,任浩铭意气风发地从车里走下来,对于静说话:“今天来送报纸的邮差,让她直接把报纸送到我的办公室来。”

“好的,会长。”

任浩铭开心地转身上楼。

第十九章

无论您有什么事

阮清恬在一辆邮政单车旁整理着要送的报纸和信件，然后骑上单车，心里默默规划着送报的路线。阮清恬一边骑车，一边左右摇摆，看得出来骑车技术不是很好，在店铺门口准备下车的时候，险些摔倒。

店铺老板出来看到，忙嘱咐："慢点慢点，别摔着。"

阮清恬停好单车："没事没事。这是您家的报纸。"

阮清恬边说边拿出一份报纸交给店铺老板，然后骑车离开。阮清恬骑着单车来到青年商会外，将单车停放好，拿出青年商会的三份报纸，走进青年商会，将三份报纸放到前台："你好，这是今天的报纸。"

于静正好走过来："哟，阮小姐呀！我说会长怎么一直等着呢，原来今天是你来送报纸！会长交代，请将今天的报纸直接送到他的办公室去。上楼向右拐，第二个房间就是。"

阮清恬问："你出去呀？"

于静神秘地凑近阮清恬的耳朵："咱俩吃馄饨时说的事，我终于想好了。正好今天会长不出门，放我半天假！"

于静说完，开心地走掉了。阮清恬也开心地笑了，转身上楼去送报纸。

任浩铭在屋内正像热锅上的蚂蚁一样，心想：往常这个点儿送报纸的早来了，她怎么还不来？

房门被人敲了两下。任浩铭赶紧走办公桌旁正襟危坐："进来。"

阮清恬拿着报纸开门走进来，将报纸放到任浩铭面前，看都不看他，说道："会长，这是今天的报纸。"

"你昨天被人扇巴掌了？"任浩铭瞅着她问道。

"什么意思？"阮清恬不解地问。

"没被人扇巴掌你眼睛怎么斜视啦？"任浩铭依旧冷冷的。

"报纸给会长您放下了！本人需要去给下一家送报纸了！告退！"

阮清恬说着就向外走，任浩铭追上去。在阮清恬拉开门要出去之际，他嘭地一下关上门。阮清恬回过身，还是不看任浩铭："会长大人，我要去送报纸！"

"我让你走了吗？"任浩铭歪着头看她。

"我要去送报纸！"

"我让你走了吗？"

"请问会长还有什么吩咐？别说我没提醒你，话说出口之前，一定要掂量一下，我不是你的手下，我是送报纸的！"

任浩铭被气得够呛："我当然知道你是个送报纸的，你当我的手下，还没资格！"

阮清恬飞快地回道："我一直也没想有这个资格！"

"你什么意思？"

"你什么意思？我要去送报纸！"

"去给别人送报纸，是吧？可以！不过，你要先完成当下的工作！"

"什么工作？"

"读报纸！站在我的面前，按照我的要求，把今天的报纸读一遍！"

阮清恬这回瞪大眼睛看着任浩铭："为什么？"

"平常老刘来送报纸，就是给我读的。你不信吗？我也不需要你信！"任浩铭说得理所当然。

"我不读！"

任浩铭微微眯起眼睛："是吗？好，那我给你们邮务长打电话，投诉你！"

"随便！对于你这种无理要求，我不相信我们邮务长会对你姑息！"

任浩铭放开阮清恬："好啊，那你走吧！"

阮清恬转身要开门，忽然觉得不对劲："你该不会是有什么花招吧？"

"没什么花招。就是一会儿投诉你啊！"任浩铭已经转身走向里面。

"你投诉我说什么？说我不给你读报纸？"

"是你傻还是我傻啊？我肯定说你来给我送报纸，然后耍脾气把我的报纸撕了！"

"啊？你怎么那么坏啊？你怎么可以这么坏啊？你是那么坏的人吗？"这人怎么这么无赖啊！

"我就这么坏！你能把我怎么样！"既然如此，那他还真就无赖到底了。

"那你对每个人都那么坏吗？"

"你傻还是我傻啊！我肯定是对你一个人坏！因为你不听话，每次都招我不高兴！所以，我现在决定，如果你不给我读报纸，我就对你坏！特别坏！你肯定想象不到的坏！"

阮清恬有些傻眼："为什么？"

"因为我坏！"任浩铭故意眯起眼睛，做出一副凶神恶煞的样子，"要么走，要么读！这次你做主！"

无奈之下，阮清恬重新站回桌子旁，给任浩铭念报纸。任浩铭坐在椅子上，像大佬一样，扬扬自得。

阮清恬看到报纸上的一个标题是"修养自我测试"。

她眼珠一转，念起这篇："一个人不经意的细节，往往反映一个人深层次的修养。正心以为本，修身以为基。修养自我测试……"

阮清恬说完看了任浩铭一眼："一，你是个容易动怒的人吗？"

任浩铭瘪瘪嘴："嗯……很明显你是。"

阮清恬瞪着任浩铭。

任浩铭："继续，继续。"

"二，你在忙碌时，有人请教你问题，你会耐心解答吗？"

任浩铭："你不会。"

"三，你是不是认为对一些你不喜欢的人是不需要礼貌的？"

任浩铭一拍桌子："说得太对了！你发现没有？这简直说的就是你啊！对不对？"

因任浩铭突然拍桌子，阮清恬吓了一跳，没好气地道："你还让不让我念？"

任浩铭做了一个“请继续”的手势。

“懂得制怒，才能做个有修养的女人；体谅他人的处境，才是个优雅的女人；良好的风度和礼貌，是做人所必需的，而且应该有的，自然的反应。”

任浩铭频频点头：“说得真是太有道理了！你真得好好学学！”

阮清恬瞪了任浩铭一眼：“性情的修养，不是为了别人，而是为了自己增强生活能力。有一位哲人说……”

阮清恬突然打住，不再念下去。

“为什么不念了？继续念啊！”

阮清恬尴尬道：“有个词我不认识。”

任浩铭没好气地翻了个白眼：“老师教课时你啃脚趾去啦？中国字都不认识，你好意思说你是中国人吗？您说说你们家为你浪费了多少学费啊？早知道那样送你去念书干吗呀？”

“你就认识所有字吗？你也不见得所有字都认识！要是一个人把所有字都认全了，还有什么继续学习的动力呀！”阮清恬不甘示弱地回嘴。

“你真是让我刮目相看！你学习的动力就是因为有不认识的字啊？那我告诉你，你还是去背《字汇》《正字通》和《康熙字典》吧！”

“我当然背过了，只是没背下来！你看看这个词，你看看你认识吗？”

阮清恬将报纸放到任浩铭面前，指给任浩铭看。报纸上写着“有一位哲人说——善良是人类的美德”。阮清恬指着“善良”这个词给任浩铭看。

任浩铭顿时明白了阮清恬是什么意思。他气得够呛，但他反应也非常迅速：“这两个字念‘服从’，‘服从’是人类的美德！”

“不对，是念‘善良’！这两个字念‘善良’！做人一定要善良，任会长，这是做人的基本底线！”

“这是‘善良’两个字吗？我不可能不认识‘善良’这两个字啊？是我眼花了？你把报纸拿过来，我看看。”

阮清恬拿着报纸，走到桌子后面给任浩铭去看：“你看看这两个字是不是‘善良’？”

任浩铭不看报纸，盯着阮清恬的眼睛：“你刚才对我说，善良是做人的基本底线！”

阮清恬眨眨眼睛，不明白他话中的意思。

“你知道做人的基本底线还有什么吗？还有诚实！你是个不诚实的人！我可以特别明确地告诉你，你是个不诚实的人！从你的眼神中我能看出来，我每次见到你，你的眼神都在闪躲！我现在需要你告诉我，你对我是不是做了什么不诚实的事？说！”

阮清恬眼前立马闪现出楚安安对她说，要她冒名顶替的事。她看着任浩铭，咬紧牙关，不肯吐露半个字。

任浩铭气得半死：“你看看，你现在眼神还在四处乱窜。承认吧，你是个不诚实的人。然后告诉我，你对我说了什么假话！”

阮清恬神色黯然并尴尬：“我……我还要去送报纸！”

“你走吧，去送报纸吧！以后不要再来我这里了！”

“我……”

“我要工作了，不要再打扰我了！”

阮清恬眼眶里顿时充满了泪水。她不好再说什么了，拿着报纸默默地向外走。忽然想起报纸要放在桌子上，又赶紧回到桌旁放报纸，眼泪已经下来了。

任浩铭默默地低头看着文件。阮清恬从任浩铭办公室里出来，门刚刚关上，她就止不住委屈了，不停地抽泣。任浩铭也没再看文件，他抬头看着门，仿佛还能看到阮清恬一样。任浩铭回想起，阮清恬每次见到他时像要闪躲什么的眼神，心中又气又急。

人为什么要说谎呢？说一个谎，有时需要一百个谎去圆。她也知道不对，可是她真的是有难言之隐啊……对不起，对不起，真的对不起……

阮清恬终于边抹着眼泪，边离开办公室，向外面走去。

林峰打开门看到气喘吁吁的于静站在门外。

于静尴尬地道：“我没有打扰你吧？”

“我还怕你不再见我了呢！快进来。”林峰忙将于静迎了进去。

于静走进客厅：“我……”

“你什么？”林峰好笑地望着她害羞的样子。

“我那天没把你拧紫吧？”

林峰愣了一下，笑道：“你来不会就为了来问这个吧？”

于静点头，又摇头。

林峰看出于静有话想说，拉着于静坐到沙发上："你到底想说什么？"

于静自我斗争半天，终于鼓足勇气问："你是不是真的喜欢我？"

林峰看着于静："不是。"

于静闻言伤心，刚要起身，林峰便拉住她："因为我对你不仅仅是喜欢。"

于静震惊地看着林峰。

"于静，我爱你，我是真心的。"林峰张开怀抱、于静犹豫了一会儿，一脸幸福地投入了林峰的怀抱。

阮清恬一脸难过地骑着车回来，将单车停好，走进邮务局。她红着眼睛，抱着一个大箱子往外走，显然刚刚哭过。

小萍追在阮清恬身后："安安，怎么了？你怎么说不干就不干了？是不是有人欺负你？"

阮清恬摇摇头："没有，小萍。我想一个人静静！"

"你到底遇到什么事了？也许我可以帮你，你也不用离开邮务局。"

"不用了，你回去忙吧！我先走了！"

阮清恬说完，难过地离开。

任浩铭弄完文件，站起身来："阿春，咱们回去了！"

阿春进来，赶紧将外套给任浩铭穿上："会长，我刚刚听说，楚小姐辞职了。"

"辞职了？你说楚小姐辞职了？"

"听说是从这里回去后，就辞职了！"

任浩铭想了想："去楚家。"

林峰也听说了楚安安辞职的消息，第一时间便赶去了楚家。林峰坐到沙发上。阮清恬端着一杯咖啡走来，放到林峰面前的茶几上。

"安安，你不是很喜欢邮务局的工作吗？为什么会突然辞职？"林峰问。

"我……"

林峰注意到阮清恬的眼睛还红着，忙问："眼睛怎么红了？有人欺负你了？"

阮清恬连连摆手："没有，没有！眼睛进沙子了，揉得太使劲了。"

"安安，你不是一个会说谎的女孩。你告诉我，是不是因为有人欺负你，所以你才辞职的。"

“真的没有！是我想休息一段时间！”

林峰看出阮清恬不想说。“算了，既然你不想说，我也不逼你。邮务局的工作，不想做就不做，我再帮你找一份就好。”

“林先生，工作的事，我想自己找，就不劳您费心了。”

“好吧！我听你的同事小萍说了，你今天去给青年商会送报纸……安安，你跟那个任会长，是不是有什么矛盾？这次你辞职，是不是跟他有关？需不需要我帮忙？”

阮清恬愣了一下：“不用。辞职的事跟他没关系。真是谢谢您，作为老师，您还亲自来家里看望我！”

“不用客气，你是我最欣赏的学生！”

“谢谢林先生！林先生，我不知道这样说会不会唐突，因为家母和家父不在，我不能留男子在家吃饭，所以……”

林峰尴尬地站起身：“你这样做是对的！我也正有事！那好，我就走了！”

“我送您！”

两个人向外走去。林峰想起什么，将包中的书拿出来，交给阮清恬：“对了，你之前说你想要学习如何将电码转为电文，这本书会对你有很大的帮助。”

阮清恬接过书：“谢谢您，林先生……每次在我面临困境时，都是您及时出现帮助我，给我鼓励……这份情，林先生，我会一辈子记住的！无论您有什么事，只要您说一声，我都会第一时间到的！”

“什么‘无论您有什么事’，你这样说话等于是在勾引一个男人，你懂不懂？”

阮清恬和林峰回过头来，看到任浩铭冷冷地站在那里。任浩铭冲阮清恬吼：“还傻看什么呀，给我进去！”

任浩铭一边说一边拉着阮清恬的手，向里面走进去。没想到林峰一把拉住阮清恬的另一只胳膊。任浩铭一看，顿时怒了，回身就给了林峰一拳，林峰立刻倒地不起。

阮清恬看到任浩铭，大怒：“任浩铭，你在干什么？”

阮清恬说着想要去扶林峰，却被任浩铭拉住：“我说你怎么不去上班了，原来是在家幽会呢！”

“你在胡说什么？你放开我！”阮清恬想要甩开任浩铭，但死活甩不开。

林峰此时站了起来，利落反击。任浩铭将阮清恬拉向一旁，躲开林峰的拳头。

“任浩铭，你放开安安！”

任浩铭冷笑：“你以为自己是谁？如果你不想再挨揍，最好立即离开。”

“任浩铭，林先生是我的老师，请你放尊重一点。”

任浩铭更气了：“你在为他说话吗？”

阮清恬愤怒道：“对，我在为他说话！任会长，这里是我家，请你离开这里！”

“我偏不离开！”任浩铭堂而皇之地走了进去。

阮清恬歉意地对林峰道：“林先生，真是对不起！您先回去吧，这件事我能处理。”

“你能处理？你是我学生，还是老师处理吧！”林峰说着就要往里面走，阮清恬立马拉住他：“林先生，真的不用了！谢谢您，您先走吧！”

林峰想了想，终于点点头：“好吧，有什么事，可以打电话给我，也可以直接报警！”

阮清恬感激地点点头，满脸无奈地向屋内走去，见任浩铭坐在沙发上，她怒道：“任浩铭，你没听到我的话吗？这里是我家，请你马上出去！”

“我告诉你，以后你不许再跟别的男的接触！尤其是刚才那个！满身的邪气，一看就不是什么好人！”

阮清恬呜咽着：“你走吧任浩铭，我求你了，你走吧，行吗？我求你了……”

任浩铭看了看阮清恬，没辙了。他最害怕女人哭了，更加害怕安慰哭泣的女人，想了想还是不知道应该怎么办，只好转身走掉。

第二十章

一定要见任会长

阮清恬倒在沙发上呜咽着。任浩铭向外走着，眼中全是落寞。阮清恬见任浩铭走了，终于放肆地哭起来。

林峰一走进客厅，就气愤地将茶几上的国际象棋扫在地上，旁边伸手能拿的东西，也都被扫在地上。

虎子此时走进客厅，看到满地的狼藉，大惊，还来不及反应，林峰就气愤地吩咐道："去查一下跟任浩铭做生意的那个英国佬迈克住在上海什么地方，跟任浩铭到底有什么往来。"

"是。"

林峰眼中带恨："任浩铭，新仇旧恨，我一定会让你付出代价的！"

任浩铭穿着浴衣烦躁地走出洗手间，头发上还滴着水。阿春敲敲房门走进房间："会长，已经安排迈克和他的助手在和平饭店住下。迈克先生说，明早十点，他会准时到商会与你签约。"

任浩铭一动不动地躺在床上，两只眼睛木然地瞅着天花板。见任浩铭半天没反应，阿春试探地喊了两声："会长？会长！"

他的话音刚落，任浩铭就没好气地吼道："听见了！"吓得阿春连忙抱着文件快步走了出去。

任浩铭依然维持着刚才的姿势，一动不动地盯着天花板。虽然他努力想要回想起明天要签订的合同内容，但是阮清恬的脸却在他的脑海中，始终挥之不去。

第二天一大早，于静抱着文件走出会议室。脸上甜蜜的笑，藏都不藏不住，心情很好的样子。阿冬走过来，调侃道："心情很好吗！是不是要有喜事了？"

"别瞎猜！"于静从怀里拿出一份文件，"这是竞标的标书，你拿去交给任会长吧！"

阿冬接过标书："要不是清楚你的工作能力，我真怀疑你上辈子一定是个算命的，每次都知道我来找你干吗。"

于静笑了笑，不置可否。

阿冬拿着标书走进任浩铭办公室，将标书交给任浩铭："会长，这是这次竞标用的标书。"

任浩铭打开标书看了看，然后合上交给阿冬："竞标的时候，让于静也跟着去。"

阿冬接过标书："是。"

"这次的竞标很重要，我不想有任何闪失。叮嘱于静，标书的内容，除了你和我，不能向任何人提起。"

"我知道了。"

商学院门口，几个工人正在拆商学院门口挂的"上海私立商学院"的牌子。

阮清恬走到商学院门口，听到几个同学站在一旁议论纷纷。

"咦，咱们商学院为什么突然换了牌子？"

"咱们商学院刚刚被青年商会的任会长给买下来了。"

"任会长？就是那个经常上《申报》和《新青年》杂志的任浩铭？哇……他还老做慈善事业呢，这回他买下咱们学校，咱们学校肯定会有很大的改观！真是太帅了！"

"行了，看你那花痴样！"

"你们还不知道吧！无线电专业的辅导员林先生刚刚被辞退了。这任会长刚刚买下商学院，林先生就被辞退，两者之间肯定脱不了关系。"

"会不会是林先生得罪了任会长？"

“怎么可能？林先生多和蔼啊！他怎么有机会得罪任浩铭呀？”

阮清恬听到几个同学的对话，脸色变得极其难看。阮清恬刚要转身离开，正好看到工人们换上了“任氏商学院”的牌子，心中更是愤慨异常。

而此时被解雇了的林峰，正优雅地等在青年商会的外面，见到于静从里面急匆匆地跑出来，他忙笑着迎了过去：“慢点，小心摔倒。”

“不好意思，让你等了我这么久。”于静笑得甜蜜。

林峰宠溺地摸摸于静的头：“没关系，工作要紧。走吧！我们去吃饭。”

于静微笑着点头，挽着林峰离开。结果到最后，饭却是吃得很潦草，两人很快回到林峰的住所，一开门便激情地亲吻着进客厅，于静将包随手扔掉。

林峰搂着于静，眼中早已迷乱：“你真的确定？”

于静点头：“我确定。”

林峰得到于静的肯定答案，一把将她抱起来，往卧室走去，心中很是得意，这样一来，就不愁于静不铁了心为他办事了。

于静穿好衣服，戴上耳环：“你醒啦？”

林峰光着膀子靠在床上，看着于静：“这么早就走！你难道就没有一点留恋吗？”

于静笑着走到床边，亲了林峰一口：“还早？不说了，我要赶去上班了。”

于静边说边走去收拾包。林峰注意到于静拿出一份文件，上面写着“标书”二字：“你手里拿的是这次青年商会要竞标的标书吗？”

“是啊！这标书还是我做的呢！”于静得意地说道。

“能不能给我看看，让我也学习一下。也许哪天当不成教书先生了，我还可以改行去做文职。”

“你要不去当教书先生才可惜呢！再说标书是公司这次竞标的重要文件，不能随便给外人看的。”

“原来我在你心里只是个外人。对我一点信任都没有。”林峰故意用失落的语气委屈地说道。

于静果然心软了：“我不是那个意思。”

“那你是什么意思？你那话摆明了就是不信任我。”

“好了好了，我给你看就是了。”

于静说着把标书拿给林峰。

任浩铭正与洋人迈克走出青年商会。而在青年商会不远处的角落，虎子正藏在暗处，一直监视着青年商会门口的情况。他看到任浩铭与迈克友好地握手，任浩铭的脸上也难得带着笑意："迈克先生，山楂丸的事情，你大可放心，我一定会在约定的时间内，将贵方想要的货都准备好。"

迈克用不太熟练的中文回复："OK！既然任会长如此说，我就放心了。我们国家的人现在越来越喜欢你们中国人做的山楂丸了！我现在就回去将货款准备好，等待任会长的通知。"

"希望我们合作愉快！"

"合作愉快！"

待迈克上车，虎子连忙回到林峰的住所，向林峰汇报最新的情况："峰哥。"

而此时，林峰正坐在沙发上自己玩着国际象棋。他只看了虎子一眼，继续玩国际象棋。

"迈克今天去了青年商会，而且好像与任浩铭谈成了一笔生意，因为距离太远，所以听不清楚他们具体说了什么。"

林峰拿起一个对方的棋子，刚要放下，听到虎子的话，犹豫了一下，然后在一个合适的位置放下："想办法干掉迈克，然后栽赃到任浩铭头上。"

"是。"

虎子说完，准备离开。林峰想了想，又补充道："就做得像抢劫一样好了。"

"我知道了。"

"现在，任浩铭竞标的标书已经在我手上了，如果再毁掉迈克……我要让任浩铭四面楚歌！"

虎子也恨恨地回应："任浩铭这回死定了！"

林峰眯起眼睛想了想，注意力回到棋盘上，他拿起己方的棋子，自信地放到一个位置上："必须死！"

任浩铭沉着脸，在阿春的陪同下走回办公室。

任浩铭和阿春先后走进办公室。

"会长，迈克先生说，这笔生意对他们公司非常重要，双方安全起见，大家一起改换一个新的电台频率。"阿春说道。

任浩铭淡定地走到办公桌后坐下："你直接跟迈克安排就好。还有，交代下去，一定要在约定的时间内，做出迈克订购的那批山楂丸。”

“是。”

“吩咐下去，楚安安如果来找我，我不见。”任浩铭面无表情地吩咐道。

阿春愣住了。

“我说什么你没听见吗？楚安安今天肯定会来找我，我不见！”任浩铭再次冷声道。

“是，会长！”阿春连忙应着，说完便离开了。

不一会儿，阮清恬果然火急火燎地一路冲到到任浩铭办公室外。阿春见到阮清恬，心中也是一惊，真是神了，他怎么不知道老板还有掐指算命的本事啊！但是想起任浩铭的吩咐，阿春还是老老实实地笑脸相迎：“对不起，楚小姐，会长今天很忙！恐怕没时间见你。”

“不行，我现在就要见任会长！”阮清恬说着还要进去。

阿春还没见过阮清恬这么横的时候，但是任浩铭也不是好惹的啊，唯有再次拦住阮清恬，恭敬地重申了一遍：“楚小姐，您还是请回吧！”

阮清恬不依，站在任浩铭办公室外准备大声喊。那个“任”字还没喊出口，阿春便上前制止了阮清恬：“楚小姐，这里是办公的地方，请不要大声喧哗！”

阮清恬见阿春一副坚定的样子，知道自己今天是无论如何都见不到任浩铭了，只好怒气冲冲地转身出了青年商会，但是心中依然愤慨非常。“我一定要为林先生讨回公道！林先生不能就这样无缘无故地被这个混蛋开除！”她自语道。阮清恬转过头去，紧紧地盯着门口。

她已经打定主意了。她固然进不去，可是任浩铭总不能不出来吧。“已经日上三竿了，这个任浩铭，难道连饭都不吃？他要什么时候才能忙完工作呀！”阮清恬正念叨的时候，就看到任浩铭从青年商会内走了出来。依然是一副全世界都欠他钱的欠扁模样。阮清恬赶忙迎了上去：“任会长，我有事要跟你说！”

任浩铭面无表情地瞄了阮清恬一眼，继续向前走，上车。等阮清恬跑过去的时候，任浩铭已经关上车门。阮清恬用力地拍着任浩铭的车窗，任浩铭却连看都不看阮清恬一眼。

任浩铭的车扬长而去。

阮清恬不甘心地追着车跑：“任会长，任会长！”

此时正好有一辆空的黄包车经过，阮清恬赶紧拦下来，坐上黄包车，指着任浩铭的车："追上那辆车！"

黄包车师傅的野心倒是不小，听到阮清恬的要求，当即应声："好嘞！"

黄包车师傅两条腿追着任浩铭四个轮子的汽车，累得半死，不过好在任浩铭的车开进任公馆，大门随即关上的时候，他也将阮清恬拉到了地方。阮清恬眼疾手快地跳下黄包车，但还是晚了一步，眼睁睁地看着大门在她面前紧紧关上，不禁懊恼地跺了几脚。但是阮清恬却没有要离开的打算，就站在门外，等着任浩铭。

她今天就将守株待兔的耐心发挥到极致，就不相信任浩铭不出来。任公馆客厅中，任浩铭面前的茶几上摆着热气腾腾的香茗，而他则悠闲地坐在沙发上翻报纸。

这时候阿春走了进来："会长，楚小姐她……"

见阿春欲言又止的样子，任浩铭不耐烦地瞥了阿春一眼："她怎么了？"

阿春看了看窗外，有些担心："楚小姐已经在门外站了两个多小时了！"

任浩铭心不在焉地翻看着手中的报纸，强装镇定："天要下雨，娘要嫁人，她想站，谁也拦不了！"

"一会儿很可能要下暴雨。"阿春又不死心地补充了一句。

这句话终于把任浩铭给惹火了："那你不会请她离开啊！那你还眼睁睁地看着她站在那里，站两个小时！你怎么好意思！"

"啊？"阿春不知该说什么，不甘心地小声嘀咕，"我……是您不见人家的！"

阿春转头走了出去，任浩铭一脸的气愤，也无心再看报纸，目光不由得转向窗外。外面的天色明显阴暗了下来，狂风渐起，几声闷雷时不时地响起。

轰一声雷响，阮清恬吓得缩了下脖子。阿春从任公馆走出来，劝道："楚小姐，您看这天马上就要下雨了，您还是回去吧！"

阮清恬固执地摇摇头："不！我要见任会长！"

"会长今天有事，您还是回去吧！是会长让我来告诉您的，您回去吧！"

阮清恬一脸坚定："不，他要是不见我，我就在这里一直等他！你不用管我。"

阿春看阮清恬一脸倔强，只能无奈地离开。天色越来越暗，风也越刮越大，客厅里灯火通明，格外亮堂。豆大的雨点，拍打在客厅的玻璃上。

任浩铭坐在沙发上看报纸，抬头看了看窗外，心烦意乱。虽然表面装作继续看报纸，但心里想的都是站在外面的阮清恬。任浩铭听着外面越打越响的雷声，终于放下报纸，起身走向楼梯。轰一声响雷，闪电照亮了外面漆黑的天色，任浩铭在楼梯边站住，透过玻璃窗看了看外面的阮清恬。

她一身白色的长裙，低着头，漆黑的头发在脸上散开，跟个鬼似的。任浩铭终于还是唤来阿春："你长脑子不长啊？那雨地里有个人，你就让人淋着雨？咱家是没伞还是没车啊？"

阿春委屈地回道："会长，我已经跟楚小姐讲过了，派车给她，她拒绝了。我也给楚小姐拿过伞了，但是她不要……"

但看到任浩铭一副隐忍着怒火无处发泄的模样，阿春还是识趣地把未说出的话老老实实地了收回去："会长，我再去！"

雨越下越急，阮清恬一脸倔强地站在大雨中，身上的衣服已经湿透了，头发贴了一脸，雨水无情地拍打在她苍白的脸上。阿春打着一把伞，拿着一把伞从任公馆跑出来，来到阮清恬身边，为她撑伞："楚小姐，您还是赶紧回去吧！这雨越下越大，再这样下去，你会生病的。"

任浩铭站在窗户边，看到楼下阿春陪着阮清恬站在大雨中，阮清恬一脸倔强，不肯离开，脸色非常难看。

任浩铭脸色难看地转身离开房间，一脸怒容地走出任公馆，向阮清恬走去。此时有辆车经过，飞驰的车轮溅起地上的脏水，眼看就要溅到阮清恬身上，任浩铭一把将阮清恬揽入怀中，躲过脏水。

阮清恬早就已经虚弱无力支撑，被任浩铭这么一抱，顺势便倒在他怀中，气若游丝："任会长……"

"我现在恨不得杀了你，你知道吗？你以为我不知道你为什么死活要见我！为了那个男人，你连命都不要了吗？他对你有那么重要吗？"任浩铭咬牙切齿地说道，心没由来地一痛。

"他对我太重要了！他是我的老师，对我非常非常重要的老师……"阮清恬忽然整个人好像失去了支撑一般，摇摇晃晃地倒了下去。

任浩铭赶紧接住阮清恬："楚安安，楚安安！"

任浩铭急忙抱起阮清恬往任公馆里走，将湿淋淋的阮清恬带进客厅，放在沙发上。他自己也是浑身湿透，却一点都不在意，只是急切地吩咐阿春："快去请大夫。"

“是。”阿春说完急忙跑出去。

任浩铭边抱着阮清恬往楼上走，边吩咐道：“谷雨，到二小姐房间去拿一件衣服给楚小姐换上。”

阿春很快请来了刘医生，而此时，阮清恬已经换好衣服躺在任浩铭的床上。刘医生看了看手里的体温计，收好自己的听诊器。

任浩铭急切地问道：“刘医生，她怎么样？”

刘医生笑笑：“放心吧！没什么大碍，只是感染了风寒，身体有些发热！”

任浩铭听到刘医生的话，心情稍微轻松了一些。

“我先给她打个吊瓶，回头再开两天的药给她吃，就没事了！”刘医生说着走去从药箱里拿出一个吊瓶，给阮清恬打上。

任浩铭点点头，对谷雨吩咐道：“去熬点粥，等楚小姐醒了好吃。”

谷雨点点头：“是。”

刘医生帮阮清恬打好吊瓶：“半个时辰后，我会让人来拔吊瓶。”

“不用了，我留洋时学过一点儿，自己就能拔。”

刘医生笑着点点头，收拾自己的药箱，准备离开。

第二十一章

做我的女人

任浩铭将刘医生送到房间门口，虽然心中担心阮清恬的病情，但是他至少没有忘记最基本的礼仪，对刘医生说道："谢谢您下着大雨还特意跑这一趟。我让阿春跟您回去取药。"

刘医生离开后，任浩铭才关门，走回床边，心情复杂地看着熟睡中的阮清恬。她睡得很平静，难得见到她不张牙舞爪的样子，任浩铭才能好好地看清她究竟长什么样子。也许是因为在外面站久了，被雨水冲刷干净了，任浩铭倒觉得这张脸还真有点眉清目秀，出淤泥而不染的清雅。心中一动，嘴角已经缓慢勾起，修长的指不禁轻轻抚上她苍白的面庞，只有在这个时候，他才敢显露出自己眼中的温柔。

迈克提着一个皮箱刚走到和平饭店外，就发现有五个男人鬼鬼祟祟地站在和平饭店门口议论着。迈克正要走向饭店的大门，其中一个男人发现了迈克，对旁边的四个男人使使眼色。见五个男人对自己不怀好意，迈克抱着皮箱转身就往反方向跑。

几人见迈克跑了，立即追上前去。迈克抱着皮箱惊慌地往前跑着，一道闪电从他的眼前划过。两个男人堵在巷子的一头，堵住了迈克的去路。看着巷子两头都有人堵着，迈克紧抱着手里的皮箱，用不太熟练的中文问道："你们是什么人？为什么要追我？”

其中一个看起来是带头人的说：“交出你手里的皮箱，去下面问阎王爷吧！”

带头的说完，与其他四人同时朝迈克攻去。

雨依然在下，月亮被乌云遮住，巷子里的路灯已经打开，有些微弱的光线。迈克一拳将最后一个男人打倒在地。看着被自己打倒在地的五个男人，他揉着自己的手腕，操着不太纯熟的中文，不屑地道：“你们的骨头还真硬。”

迈克脚下，五个男人浑身湿透，倒在地上哀号不止。

窗外的雨，还在淅淅沥沥地下着。

谷雨拿着一个药包和一杯水，走进房间，来到任浩铭的身边。阮清恬闭着眼睛躺在床上，额头上敷着冰袋，吊瓶已经拔掉。

谷雨说：“会长，楚小姐该吃药了。”

任浩铭接过药包和水杯：“嗯，我来喂她，你去休息吧！”

“会长，我来照顾楚小姐吧，您早点休息！”

“你去吧，我在这里守着楚小姐！”

任浩铭将药包和水杯放到床头柜上，坐到床边，拿掉阮清恬额头上的冰袋，轻轻扶起床上的阮清恬，让她靠在自己身上，然后拿过床头柜上的药包和水杯，一点一点地喂阮清恬吃药。然后他将阮清恬轻轻放回床上，为她掖好被子，走去关上灯，重新回到她身边，在床边坐下，借着月光眼带温柔地看着她的面庞。

阳光从窗帘的缝隙中透进来，照射到熟睡的阮清恬脸上。她的眼睛微微动了几下，慢慢睁开，视线从模糊到渐渐清晰。发现房间不对，想要起身，才察觉到自己的胳膊被压着。阮清恬看到任浩铭趴着睡在床边，双手握着自己的手。

任浩铭因为阮清恬的动作慢慢醒来，声音沙哑：“你醒了？好点没？”

任浩铭说着伸手去摸阮清恬的额头：“还好，退烧了。今天再吃一天的药，应该就没事了。”

阮清恬因他的动作而微微一怔，但是很快想到自己来见他的初衷，生怕他又跑了，飞快地问：“你为什么要开除林先生？他哪里得罪你了？”

任浩铭顿时火大：“你一睁眼就说这件事是吗？你就没有别的事可说了是吗？你满脑子想的都是那个男人是吗？”

“除了这件事，我跟你没话可说！”阮清恬低下头，不肯再看他。

“只有这件事，我跟你没话可说！”任浩铭怒气冲冲地吼了一句，便转身生气地离开了房间。

“任浩铭……”阮清恬掀开被子下床想要去追，突然感到一丝凉意，低头一看，发现自己只穿了一条睡裙。她顿时惊叫起来：“我的衣服！我的衣服怎么换了？这任浩铭也太可恨了！”

这时，门开了，阮清恬还以为是任浩铭，想都没想，便拿起一个枕头扔了过去：“任浩铭，你……”

阮清恬刚准备破口大骂，但是万万没想到此时进来的人居然会是谷雨。显然谷雨也没想到会有枕头扔过来，一惊，在闪躲间，手中的粥碗顿时摔到地上洒了。

阮清恬见状，连忙从床上翻身下来：“对不起，我不知道是你，我以为是任浩铭……”

“没关系的。”谷雨刚想俯身去收拾摔到地上的碗，看阮清恬正光脚站在地上，“楚小姐，您怎么没穿鞋啊！小心又着凉了！”

谷雨一边说着，一边把拖鞋给放在阮清恬脚下，帮阮清恬穿上。阮清恬有些尴尬，她虽然用着楚安安的名字，可她绝非什么千金大小姐，哪里习惯有人伺候啊。

谷雨笑着解释：“楚小姐，您误会我们会长了。因为您昨天淋了雨，衣服都湿透了，是会长叫我帮您换的衣服。”

谷雨边说边去收拾地上的粥碗。一时间，阮清恬心中思绪万千，也不知道该说什么。

“会长他昨天照顾了您一整夜，我还从来没见过我们会长这样照顾过谁呢！楚小姐，会长他对您真的很用心。”

听着谷雨的话，阮清恬有些尴尬，但还是强作镇定地问：“他人呢？”

“去厨房了。我再去给您端碗粥来。”谷雨说完离开了房间。

阮清恬想了想，然后快步走进洗手间。

此时任浩铭穿戴整齐，走下楼梯，想着刚才和阮清恬不愉快的小插曲，脸色并不是太好。阿春在一旁小心伺候着。

“你一会儿去问一下迈克有没有什么想逛的地方，找人带他们去逛一逛咱们大上海。”任浩铭淡淡地道。

阿春立即恭敬地回:"是。"

任浩铭沉默地坐在餐桌旁,面无表情地吃着早餐。阮清恬此时走下楼梯,缓慢地走过来。阿春立即为阮清恬拉开椅子:"楚小姐,早。"

阮清恬礼貌回道:"早。"

阮清恬下意识地瞥了任浩铭一眼,见他自顾自地吃着早餐,并不搭理她。

阿春为阮清恬端上早餐:"楚小姐,用早餐吧!"

"谢谢。"阮清恬冲阿春笑了笑,然后又瞥了一眼任浩铭,发现他依然没什么反应,只听到刀叉碰撞的声音。阮清恬觉得这样的沉默实在有些尴尬,于是想找个话题:"任会长,我很感谢你昨晚对我的照顾,但林先生的事……"

阮清恬的话还没有说完,就被任浩铭冷冷打断:"我现在在吃饭,你不要让我又发火啊!"

"可是……"

"你刚才不是说'除了这件事,我跟你没话可说!',那就闭嘴,什么都别说!吃饭!"

任浩铭用阮清恬刚才说的话来噎她,阮清恬顿时哑口无言。

任浩铭吃完早餐,用餐布擦擦嘴,站起身来。阮清恬见状跟着起身:"任会……"

"只有这件事,我跟你没话可说!"

阮清恬生气地瞪着他:"你……"

任浩铭冷着脸往楼上走,阮清恬连忙追了上去,两人一前一后地走上二楼。任浩铭生气地进入房间关上门。

阮清恬被挡在房间外:"任会长!"

阮清恬边叫边拍着门,但是里面的任浩铭却一点反应都没有。

迈克摆脱了跟踪他的那些人之后,便直接叫了黄包车,去青年商会。但是到了之后,才得知任浩铭此刻并不在青年商会。

"我要怎么才能找到他?你知不知道他住在什么地方?"迈克站在前台,用不太熟练的中文问道。

"在霞飞路288号。"

迈克礼貌一笑:"谢谢。"

此时，将迈克追丢的那几个男人正耷拉着脑袋，在一个偏僻的巷子里，被虎子训斥："一帮废物，让你们去做掉个人都办不好，还出来混什么？滚！"

五个男人你看看我，我看看你，老大发话了，心想着那就跑呗！刚迈开脚步，就被虎子怒声叫住："回来！"

五个男人又灰溜溜地转了回来。

虎子望着几人，恶狠狠地警告道："管好你们的嘴，否则小心你们家里人的安危。"

五个男人频频点头："是！是！是！"

迈克来到任公馆的时候，阮清恬和任浩铭依然因为林峰的事情争吵不休。

"任会长，咱们能心平气和地谈谈吗？你可以对我有意见，但你不可以把林先生牵扯进来。你不觉得你这么做，未免太小气了？"

"我小气？我必须小气！我对谁都可以大方，唯独对你，我必须小气！"任浩铭恶狠狠地道。

他一句没有来由的话，把阮清恬给听懵了："为什么呀？"

"为什么？……为什么你都不知道吗？你可真是弱智！"任浩铭恨铁不成钢地望着阮清恬。

阮清恬一脸茫然地望着任浩铭，见他一副她理所当然应该知道的样子，然而……

"可是我真的不知道！算我弱智，你就告诉我吧！我哪里得罪你了？你对我那么小气！"

任浩铭被气得够呛："我真是对你没辙了，你说你不是弱智是个什么？非得让我把这个给你解释清楚！到底是你傻啊！还是我傻啊？"

"可是你还没说出你为什么对我小气呢！"

任浩铭捂着胸口，一脸痛苦："我如果有一天突然死了，一定是被你气死的！"

"啊？我有这么大的本事吗，任会长？我气你了吗？我怎么气你了？你说说我怎么气你了……"

任浩铭咬牙切齿地望着她："你气我的地方多了！"

"是吗？那你赶紧给我举几个例子。不过别像我似的，举几个栗子。"阮清恬说着，又展开手，手心里有几个栗子，"我的这几个栗子本来要带给你吃的，正宗的北平怀柔栗子。花了我好多钱呢!”

任浩铭捂着心脏:“我……我心脏不好！你快给我躲开!”

阿春这时候刚巧过来了,任浩铭赶紧冲阿春招手:“快,快扶我一把,我要晕倒了!”

阿春:“会长,有个重要的事,英国的迈克先生来了,说是来跟您辞行的。他这会儿人在客厅呢。”

任浩铭如蒙大赦,忙不迭地离开了。

阮清恬冲着任浩铭的背影做了个鬼脸:“这迈克可真是救了你！哎呀,我该怎么救林先生啊!”

任浩铭整理着西装走下楼梯的时候,已经恢复了冷面总裁的姿态,嗓音持重而威严:“迈克先生这么快就要离开上海?”

迈克见到任浩铭,笑着回道:“英国那边有点事需要我去处理,所以必须要回去一趟。”

“那就祝迈克先生一路平安了!”突然,任浩铭发现迈克脸上有一道伤痕,“迈克先生脸上的这道伤是?”

“没什么。”迈克不以为意地笑笑,“昨天遇到几个打劫的,幸好我学过一点中国功夫,这才没有受到什么损失。”

任浩铭拧紧眉:“打劫？好端端怎么会遇到打劫呢！阿春,你去查一下。”

阿春应道:“是。”

迈克慌忙拦住阿春:“算了算了,不过就是几个打劫的,没必要太在意。好了,时间不早了,我还要去赶船次。任会长,我就等着您这边出货了。”

“放心吧！一定准时出货。一路平安!”

任浩铭与迈克友好握手,不忘吩咐阿春:“阿春,送送迈克先生。”

“是。迈克先生,这边请!”阿春护送着迈克离开。任浩铭仍一脸凝重,心中沉思着,迈克遇到的可能不是打劫的！这件事一定要让阿春查清楚!

阮清恬换好自己的衣服,谷雨立即有眼色地抱起阮清恬换下的衣服。

“谷雨,你们会长谈完事情了吗?”阮清恬问。

“谈完了。”谷雨老实地回答。

“他人呢?”

“刚刚出去了。”

阮清恬听完立即跑出房间。

大门外，阿春为迈克打开车门，叮嘱司机："送迈克先生去码头。"

阿春说完便离开了，结果阿春前脚刚走，阮清恬便急匆匆地跑出任公馆，此时，车刚好开走。阮清恬懊恼地跺了一下脚，刚好看见一辆黄包车经过，连忙拦住："跟着前面那辆车。"

"您就放心吧！"

师傅大声应了一声，拉着阮清恬走了。阮清恬跟着任浩铭的车，一路来到青年商会门口。任浩铭刚下车，阿冬便迎了上去："会长，这是洋货店的老板刚派人给您送来的。他说您已经找这块表找了两年了。"

任浩铭看完大喜："这真是我要找的那块表！"

见此情景，阮清恬连忙给了黄包车师傅钱，急匆匆地走进青年商会，眼疾手快地拿走任浩铭手里的怀表："任会长，你总躲着我也不是事，你要解决问题才行。"

任浩铭眼见手表被抢走，愤怒之至，见是阮清恬，一怔，收敛起眉眼之中的怒色："我不是什么问题都要解决的！"

任浩铭说完就要拿回怀表，阮清恬闪躲着不给。就在两人拉扯间，怀表的链子突然被拽断了。

阮清恬傻了，不由得松开手。任浩铭望着掉落在地的表链子，整张脸都黑了。

阿冬也傻了，小心翼翼地看了眼任浩铭，不敢出声。

任浩铭口气很冷："你拿表去找掌柜的，看能不能修。"

阿冬接过怀表："是。"

阿冬说完迅速离开，以免遭殃。

任浩铭黑着脸，转身要离开。

阮清恬抓住任浩铭："你要去哪儿？"

任浩铭冷冷地说："跟你无关。"

"只要你让林先生恢复工作，你要去哪儿都跟我无关。"

任浩铭冷眼瞪着阮清恬："商学院的事，我跟你无话可说！"

"但是除了商学院的事，我也没什么可跟你说的！"阮清恬也不甘示弱。

"话不投机半句多！索性什么都不要说！"

任浩铭转身就走。

阮清恬追在任浩铭身后："那不行，你必须说！"

任浩铭和阮清恬一前一后地走出青年商会。阮清恬一直跟到大街上，仍追着任浩铭给林峰求情："任会长，算我求你了，你就让林先生恢复工作吧！"

任浩铭停下脚步，转身生气地望着阮清恬："求我？你为他求我？你想怎么求？你拿什么求？"

"你想让我怎样求，我就怎样求！你想让我拿什么求，我就拿什么求！"

望着阮清恬一脸坚定的表情，任浩铭顿时火大："你知道你在说什么吗？我想怎样，就怎样？我想让你做我的女人，你答应吗？"

"我知道你光明磊落，是不会这么做的！"

任浩铭一听，顿时火更大了："那照你的意思，我要是有那想法，我就不光明磊落了？"

阮清恬打断任浩铭："任会长，我现在跟你讨论的是别人的事，别动不动就扯到你和我的身上！"

"可是现在在讨论这件事的人是你和我！除了你和我这件事还有什么可讨论的！"

"那你说吧，怎样你才能让林先生回学院？我这样问总可以吧？"阮清恬耐着性子，尽量用心平气和的语气说道。

任浩铭冷笑一声，缓慢而低沉地说道："有一个条件，从此以后，你不能跟林峰说一句话！你答不答应？"

阮清恬难以置信地吼道："你根本是在无理取闹！"

"对，我就是在无理取闹。"任浩铭倒也不否认。"你可以不答应！再见！"

任浩铭说完，转身就走。

第二十二章

有一姑娘在跳楼

“你知道你这叫什么吗？独裁！专制！”阮清恬立即追上去，一边说一边拽着任浩铭的衣服，无意间将任浩铭的扣子拽掉，扣子掉在阮清恬的袖子里。

两人都浑然不觉。

任浩铭用力甩开阮清恬，冷漠地离开。阮清恬看着任浩铭离去的背影，一脸无奈。

事情没办成，阮清恬不敢再把自己的时间都耗在任浩铭的身上。奶奶还在医院，阮清恬还要去医院照顾奶奶。但是想到任浩铭那个烦人精，阮清恬就一脸郁闷。

阮清恬心情沮丧地走进医院病房。

阮奶奶看到阮清恬一脸阴郁，关切地问：“你看你心不在焉的，这是怎么了，恬恬？工作不顺利吗？”

阮清恬打起精神，微笑：“没有，奶奶！我没事。”

阮奶奶叹气：“恬恬现在大了，什么事都不和我这个老婆子说了！”

“奶奶，我真没事。”说着，阮清恬就坐上病床，去搂阮奶奶。

突然，一枚金色的扣子从阮清恬的袖子里落出来。阮奶奶指指床上的金扣子：“这是谁的扣子啊？好像还是个金的。”

阮清恬接过扣子，只觉得这扣子看着十分眼熟，仔细想了一下，突然想起任浩铭的衣服上有相同的扣子，忙说："这是我朋友的！"

"这是金的吧？那么贵重的东西，丢的人得多着急啊！恬恬，明天一定要还给人家。"

"我知道了，奶奶。"阮清恬捏着扣子，微笑应着，但是眼中难掩失落和忧伤。

任浩铭正坐在家里客厅的沙发上看报纸。一个洋人气势汹汹地走了进来，一副要兴师问罪的样子。他指着任浩铭，用奇怪的声调说着中文："任会长，你今天一定要给我一个交代。"

任浩铭坐在沙发上不为所动，不紧不慢、彬彬有礼地说道："你说的交代是指什么？"

洋人依然气愤非常："当然是山楂丸了，你之前说的是山东最好的山楂，但是我找来的鉴定专家都说，做山楂丸的山楂都是次品。你们中国人就是爱弄虚作假，我还以为任会长不会这样，没想到竟然也和他们同流合污。"

任浩铭皱眉，忍着怒气，沉声道："请您不要这样肆意诽谤，你们洋人不是最认科学数据吗？你有没有检验报告？"

洋人瞬间暴跳如雷："你的意思是我胡说八道，无中生有了！我再也不要和你们中国人做生意了，你们都是骗子，没底线，没素质。"

任浩铭气不过，将手里的报纸一扔，站起身来，义正词严地望着洋人："我再说最后一遍，请您不要侮辱我们中国人了，现在山楂丸正在出售阶段，我已经派人去调查了，但是直到今天我收到的消息都是客户百分百满意，所以我完全有理由怀疑你刚刚的那番说辞！你不要无理取闹！"

洋人的中文不利索，说不过任浩铭，但是怒火却并没有熄，激动之下，他拿起桌上的茶杯，气愤地朝任浩铭扔去。阿春挺身而出，伸手一把抓住了茶杯。

任浩铭站在阿春背后，一脸阴沉。

"任浩铭，中国有句古话，'人无忠信，不可立于世'。你会为此付出代价的！"

任浩铭冷冷一勾唇，喊道："阿春，送客！"

阿春手中握着那个杯子，语气很冷："请吧！"

洋人冷哼了一声，大步离开任公馆。阿春送完洋人回到客厅，低声询问："会长，山楂丸的事……"

任浩铭坐在沙发上，重新拿起一份报纸："你派阿夏、阿秋去证实一下，要是发现山楂丸有问题，必须立刻停止销售，而且还要溯源问责！"

"明白，会长，我这就去处理。"

刚在任公馆大闹的洋人名叫史密斯，是任浩铭的一个大客户。双方合作多次，也算熟悉，这次居然敢跑到任公馆来闹，着实让任浩铭诧异。但是任浩铭却没有想到这次的事件并非巧合。

林峰坐在客厅沙发上，闭目听着电台广播。虎子走进来，小心地对林峰说道："峰哥，那个史密斯已经去找任浩铭闹过了，但拿不出什么确凿的证据，听说任浩铭并不相信。"

林峰微微一笑，显然已是成竹在胸："哼，山楂丸的毒性还没发作，现在无论怎么闹都只是隔靴搔痒罢了，你派两个人去盯一下这个洋人，不要让他轻举妄动坏了我的事。对了，山楂丸的事不会再有什么问题吧？"

"我知道了，您就放心吧，好戏很快就要上演了。"虎子得意地道。

任浩铭下令彻查山楂丸的事情，阿春一刻也不敢懈怠，正在仔细盘问着跟此事有关的员工。

"你管理的店可是咱们任会长旗下二十七家店中销量最好的，卖了那么多山楂丸，有没有顾客反应山楂丸有问题？"阿春神色严肃地审问着其中一个经理。

经理仔细想了想，慎重地答道："现在还没有，主要是山楂丸从刚开始销售只过了两天，就算会有反应，也要再等一段时间。"

阿春听着，点点头："好吧，我知道了，我会向任会长汇报的，你也上点心，有情况随时汇报。"

经理点点头。

阮清恬拿着任浩铭的扣子，左思右想，最后还是决定还给他。阮清恬来到任浩铭办公室门口，没想亲自给他，于是打算拜托任浩铭的助理，但是却没想到得到的却是这样的答案："对不起，会长不在。"

"这样啊，那您能帮我把这个扣子还给会长吗？"

助理看了一眼阮清恬递过来的扣子，为难地望着阮清恬："对不起，楚小姐，这个，您还是亲自交给会长吧。”

阮清恬张张嘴，还想说什么，但是助理已经走了。只剩下阮清恬苦着一张脸，茫然地站在门外，犹豫着要不要继续等下去。

阮清恬短暂地思考了一会儿，最终还是转身走开。阮清恬迈着小碎步，一脸茫然地走到阳台旁：“不知道任浩铭什么时候才能回来……唉，这都是我咎由自取，谁让我一开始就对他说谎了呢！究竟什么时候才会结束啊，如果不和安安换身份，我就不会认识任会长，也就不会连累林先生了。”

正想得出神，突然一失手，金扣子掉在了阳台栏杆外，只差一点点就要掉下去了。阮清恬捂着胸口，心有余悸地大念阿弥陀佛，扣子虽小，但是如果真的在她手里丢掉的话，恐怕任浩铭又要没完没了了。

阮清恬试着伸手去够，却总是差一点点。尝试了几次之后，阮清恬终于忍不住，委屈地哭了：“怎么什么事情都不顺利！没有一件事是顺心的，我到底要怎么办呢?!”

眼泪，像是为长久以来积压的情绪找到了一个出口。眼泪越流越凶，阮清恬索性也不捡扣子了，趴在栏杆上流眼泪。

阿春正从办公室出来，突然听见旁边有人议论，好奇地转头，看到有几个员工正聚在一起兴奋地嚼舌根。

“听说三楼有个姑娘要跳楼，哭得凶着呢。”

“真的啊？那赶紧过去看看。”

阿春闻言，也抱着看热闹的心态走去，走近了却发现那个被围观的女孩竟然是楚安安。他立即慌张地跑到前面：“啊？楚小姐？”

阿春立刻慌了手脚，反应过来后立刻向楼下跑去。

得到消息的任浩铭风风火火地赶来，周围的人自动给他们让出一条路。任浩铭走到人群中，一眼就看到站在栏杆边的阮清恬，心猛然一紧，动都不敢动。

阮清恬并没有注意到下面的情形变化，只泪眼婆娑地望着楼下的人群出神。哭得有点累了，她再次弯腰试图捡扣子，突然身后传来大声的呵斥：“楚安安！你给我站在那儿别动！不许再往前一下！”

任浩铭的这一声呵斥让阮清恬浑身一震，这才反应过来，发现身边已经聚集了一小波群众，而任浩铭正站在中间一脸担心地呵斥自己。只是他一脸紧张担忧，又隐藏着些许愤怒的表情是要怎样？

“楚安安，我不知道你受了什么委屈，可是无论怎么委屈都不能跳楼啊！”

阮清恬彻底懵了，心想：跳楼？谁要跳楼？见楼下的一群人都眼巴巴地望着自己，阮清恬才反应过来，难道是在说她？

“我没有跳楼！”阮清恬连忙大声解释。

“还说没有？”任浩铭斥责一声，神色也严肃了几分，“你看你又哗哗哗地下雨，你都跑到我的楼里来跳了！”

“我真的没有！”阮清恬急了。

“别说了别说了！我什么都答应你。楚安安，我现在跟你说正经的。生命最重要。什么都没办法跟生命相比。有命才有可能做想要做的事！你待在那里不要动，等我过去救你！”

“我真的没有……”阮清恬辩解道。

任浩铭怒吼：“我都不让你说了你还说？不就是让那个人回学院教书吗？我答应你还不行？我什么都答应你！等我啊，我马上就到！”

任浩铭一边怒吼着，一边往里面跑去。阮清恬看到满头大汗的任浩铭跑过来，心里一慌，突然重心偏离，眼看就要掉下楼去。说时迟那时快，任浩铭一个箭步冲了上来，一把将摇晃中的阮清恬搂到了自己怀里。

下面围观的人一片叫好声。阮清恬惊魂未定，呆呆地望着任浩铭。好半天她才反应过来，指着落在下面的扣子，轻声说：“这是你的扣子！”

而任浩铭哪里还顾得上什么该死的扣子，只是一脸担心地望着阮清恬，确定她无事，这才放下心来。

任浩铭执意将阮清恬送回了楚家。两人一路无话，直到轿车停在了楚家门口，阿春下车开门，阮清恬从车上下来，想了想，还是有些尴尬地道：“会长，谢谢你救了我。”

虽然她也不知道这到底算不算救。任浩铭坐在车里，摇下车窗，面色沉静：“你之前说只要我帮林峰恢复工作，无论我提什么要求你都会答应！”

阮清恬怔了一下，然后点点头：“是的，我确实这样说过，但是涉及男女的事情我坚决不答应！”

“明天陪我吃个午饭。”任浩铭说完，随即摇上了车窗，车子开走了。

既然任浩铭已经答应要恢复林峰的工作，那么无论如何也要知会林峰一声。毕竟这件事情因她而起，自然也应该由她来结束。这样想着，阮清恬带了几个自己做的豆沙包就给林峰送去了。

而此时,林峰正搂着于静躺在床上。

于静依偎在林峰的怀中,半仰着头,一脸娇嗔地望着林峰:“对了阿峰,标书的内容,你千万不可以跟其他人说。下个月我们会长最看重要的竞标就要开始了。”

林峰故意冷下脸来:“你就这么不信任我?”

于静赶紧解释:“不是。只是今天任……今天上面问我有没有告诉过其他人,叮嘱我,标书的内容不能有第三人知道,我心里总是不踏实。”

“要我说,是你太善良,才会在说谎的同时感觉心里不安。”

“答应我,不要跟任何人说。”于静撒娇地揪着林峰的衣领。

“我答应你。”林峰在于静的额上吻了一下。于静这才安心地靠在林峰怀里。

林峰听到楼下传来门铃声,打开门一看,随即暖暖一笑:“安安,我还说去找你呢!我刚刚又接到通知,任浩铭将学校转赠给了妇女慈善会,妇女慈善会要我回去继续做辅导员。”

阮清恬诧异地问:“你说……任浩铭将学校转赠给了妇女慈善会?”

“对呀。”林峰微笑着,轻轻一瞥,看到阮清恬手里提着一个小食盒,“安安,你拿的这是什么?”

“豆沙包!我刚刚做的!”阮清恬说着往外拿豆包。

“我正好没吃饭呢!”林峰说着顺势咬了一口,“好吃,安安,你真是多才多艺。”

于静穿着睡衣,风姿婀娜地走到窗边,看到林峰和阮清恬在门外有说有笑,脸上瞬间出现不悦的神色。

不一会儿,林峰拎着豆沙包进来了:“你尝尝,豆沙包!”

于静一把挥开林峰的手:“你和楚小姐很熟吗?看起来很亲密啊!”

看于静板着脸,林峰耐着性子解释道:“小静,你别误会!安安是我学生,我们是师生关系。”

于静酸溜溜地坐在床上:“安安?要真是师生关系,你有必要叫得那么亲热吗?”

林峰突然贴近于静嗅嗅鼻子。

于静瞥了他一眼:“你干吗?”

“我闻到了一股很浓的醋味！好像有人打翻了醋坛子!”林峰眯着眼睛笑道。

于静打了林峰一下:“我会打翻醋坛子,还不是因为我在意你!”

林峰高兴地一把抱住于静:“我就喜欢看你吃醋的样子!”

林峰亲了于静一下,于静不开心地推开了他,林峰立即笑着跟了过去。

阮清恬看到阿春停在学校门口的车的时候,还是有些意外的。但是又想起了之前似乎答应任浩铭要和他一起吃饭。而且看阿春的意思,是不容她拒绝的,所以只能随着他来到西餐厅。

看着装修得异常华丽的西餐厅,阮清恬不禁有些惊叹,来这地方吃饭一定很贵吧?“阿春,我们真的要在这里吃吗？我——”

阿春亲切地笑着:“会长已经在里面等了,楚小姐请进吧。”

阮清恬忐忑地走进餐厅,服务生立即恭敬地上前来引领。任浩铭已经坐在餐桌旁等着她了。

阮清恬不安地在任浩铭旁边坐下来。服务生拿来菜单,交给阮清恬和任浩铭:“点菜吧。”

“我……我只想吃比较简单的!”阮清恬第一次来这种地方,心中忐忑,话都不敢大声说了。

任浩铭冷冷地道:“几个栗子?”

阮清恬尴尬地笑了笑:“也可以!”

任浩铭立即招手:“服务员！给这位小姐上几个栗子!”

服务生歉意地笑笑:“对不起先生,我们这里没有栗子!”

任浩铭看向阮清恬。

阮清恬立即尴尬地摆摆手:“啊……没事！没事,没有栗子就不用了！任会长点什么,我就吃什么！在这件事上,你做主!”

任浩铭脸色这才好转一些:“做女人就应该顺从!”

阮清恬张口欲说什么,最终却咽了下去。但是她这个动作却被任浩铭尽收眼底。

餐厅门外,宋诚和楚安安朝西餐厅的方向走过来。

宋诚柔声望着楚安安:“安安,你想吃什么?”

楚安安想了一下:"嗯,不知道啊。"

宋诚道:"那不如进去看看再说。"

"好啊。"楚安安和宋诚一起进了西餐厅。

两个人刚刚坐下,楚安安忽然站起来:"我去一下洗手间!"

楚安安说着,站起身向洗手间走去。走了几步,却忽然看到阮清恬和任浩铭坐在那里。楚安安惊了一下。这时阮清恬也看到楚安安了,看到楚安安指宋诚的方向,阮清恬也惊了一下。她赶紧指指任浩铭的方向。楚安安顺着阮清恬指着的方向,再次惊得张大了嘴巴。

任浩铭刚要回头看向后面,阮清恬赶紧去拉任浩铭的手:"我有话想跟你说!"

任浩铭没再回头,只是盯着阮清恬拉住他的手,心中略感诧异,但是又莫名地觉得几分欣喜。

这时楚安安已经走回她的座位,对宋诚道:"咱们走吧,我不想吃了!"

"为什么呀?我都点了你最爱吃的牛排了!"宋诚看着楚安安,诧异地道。

楚安安着急地转头就走。

宋诚在后面追她:"安安,安安……"

任浩铭听到身后有人叫安安,自然地回过头去看。

阮清恬赶紧再次拉住他的手,露出迷人的微笑:"任会长,我有话跟你说!"

任浩铭只得再次看向阮清恬:"什么话,说啊!"

阮清恬尴尬地把手收回来:"我吧……我吧,我想说……"

任浩铭见阮清恬一副欲语还休的模样,渐渐生出些许不耐:"你到底想说什么呀?你能不能痛快点啊?有什么话直说!"

第二十三章

好戏开始上演

阮清恬灵机一动，笑道："我想说，我们去吃生煎包吧！我不想吃西餐，我想吃生煎包！"

任浩铭乐了："你是上天派来折磨我的吗？带你来吃西餐，你非要吃生煎包……"

阮清恬只是无言地笑着，望着任浩铭。

"那我现在决定了，去看电影。"

阮清恬纳闷："电影？什么电影？"

"看看我家有什么电影，就看什么！"任浩铭理所当然地说道。

一听是回任家，阮清恬立即抗议："我不去！我要回家了！"

任浩铭上前抓住阮清恬，阮清恬立刻甩掉，兀自向前走去。

"我说去我家看电影，就必须去！还没到放你回家的时候呢！"任浩铭说着，一把拽住阮清恬。

阮清恬赌气道："我饿了，要吃馄饨，正好到馄饨摊了，会长请回吧。"

任浩铭看了看简陋的小吃摊，突然道："阿春！"

阿春从车上下来，一个响指，春、夏、秋、冬都下了车，手里拿着白布等各种装饰。给桌子铺上白布，将简陋的碗筷换成上好的瓷器。小吃摊的老板完全看傻了，正不知所措的时候，阿春拿着一顶高高的厨师帽给老板戴上，又拿来一件白色的厨师服强行给老板穿上。

阮清恬看着原本质朴的小吃摊一下子变成了高档的路边餐厅，顿时没辙了，站起身来要走，任浩铭一把将她拽住："去哪儿啊？不吃馄饨了？"

老板走上前来，满脸尴尬："两位吃点什么？"

"馄饨！你没听她说吗？"任浩铭瞪他一眼，恶声道。

"任会长！"阮清恬气得跺脚。

任浩铭越发好奇："你还真是与众不同啊，千金大小姐爱吃路边摊，你真是简朴！而且……"

"而且什么？"

"而且你都这么胖了，还吃！我挺佩服你居然能这么淡定！"

阮清恬顿时不乐意了："我……那我不吃了！"

任浩铭一把将阮清恬拉到座位上："淡定，淡定！淡定是优点！你要继续保持！"

不远处，几个小混混三五成群地走来。混混们看到路边摊的大变化都十分好奇，走近老板，仔细看着："没错，是你呀！今晚怎么变样了？还戴上了高帽！"

小混混说完，做势要摘下帽子。老板赶紧扶住："几位爷，你们想吃点什么呀？"

"爷我还没想好呢！"小混混看着任浩铭和阮清恬，不屑地说道："哼！有钱了不起啊！一身铜臭味！"

"各位不要闹事，好吗？"

阿春上前劝阻，却被混混用力推了一下："你谁啊！敢对我们这么说话！知道我们是谁吗！这一片没人敢惹我们！"

阿春生气地道："你是谁我们不想知道！大家井水不犯河水！"

"孙子，你口气真大，我今天就想井水犯河水了，怎么着？"

说着，混混就给了阿春一拳。夏、秋、冬见状，立即上前和混混们动起了手，几个人推推搡搡。生煎铺的老板吓得躲了起来。阿春挺身上前，将笼屉里的生煎全部掀到了混混们身上，几个混混被烫得乱叫。

任浩铭皱眉看着，起身拉阮清恬："跟我走！"

阮清恬担心地回头看着阿春他们："你不管阿春他们了吗？"

"我要管的人是你，快走！"任浩铭正说着，其中一个混混从衣服里拿出刀子冲了上来，任浩铭机警地躲开。又一个混混朝阮清恬冲过来，任浩铭立刻上前保护她，手臂被刀子划伤了。

阮清恬看着任浩铭手臂流血，着急地喊道："会长！"

春、夏、秋、冬立刻赶过来，拼命将几个混混打退，混混们逃走了。阮清恬觉得十分愧疚："会长，都是因为我，我带你去医院吧。"

任浩铭并不在意："屁大点伤，去什么医院！"

阮清恬望着任浩铭，一脸心疼。

最终任浩铭还是没有去医院，只是让阿春简单包扎了一下伤口，便亲自开车将阮清恬送到了楚安安家门口。阮清恬望着任浩铭手臂上绑着的厚厚的纱布，又是感动又是心疼，连说话的语气都多了几分难得的温柔："谢谢你，会长，今晚发生的所有，我都会记在心里的。"

任浩铭此时已恢复了几分精神："既然这么感谢我，我需要你再帮我一个忙。"

阮清恬用真挚的眼神望着任浩铭："只要我能做到，我一定答应。"

任浩铭望着阮清恬，突然变得前所未有的严肃："以后再也不和林峰见面。"

"会长！"

阮清恬刚想说什么，就被任浩铭冷冷地打断："要我再重复一遍吗？以后你再也不许和林峰见面。你不是顺风耳吗？怎么听力变得这么差了？"

"任会长，我的听力很好，我不仅听到了你的心跳，我还听到了你的心眼，你的心眼超级小。"

任浩铭把阮清恬逼到车旁，单手环住她，俯身说道："随便你怎么想，我无所谓，但是你必须答应我，以后再也不能见林峰，否则，后果自负。"

阮清恬也义正词严："那任会长你也听好，我不能因为你今天请我吃了饭，今晚救了我的命，我就可以答应你的无理要求……"

她的话还没有说完，任浩铭便顺势吻了下去，他想吻住阮清恬后面要说的话，岂知阮清恬竟倔强地躲开了。

任浩铭瞪着她："你为什么这么固执？"

阮清恬更不示弱："因为我是个信守承诺的人。我跟林先生承诺过，只要他有需要，我都会去帮他。承诺过的话，如果不作数的话，就不是人了！会长，难道你不是个信守承诺的人吗？如果你是个信守承诺的人，就不要将我推到背信弃义的地狱!”

任浩铭扑哧笑了:“真是不撞南墙不回头! 好,我记住了,你是个信守承诺的人。将来,或者是不远的几天后,我希望你在我的面前也能信守承诺啊!”

阮清恬一仰头,信誓旦旦道:“只要我说过的,我一定信守承诺。放心吧!”

任浩铭望着她认真的面孔,微微一笑,没有再说什么。

自从上次于静见到阮清恬和林峰在一起的画面之后,心中就一直不太平。这天,工作之余,于静拉着阿冬走到大厅一角:“阿冬,我问你个事情,楚小姐是不是有个老师叫林峰?”

阿冬心中诧异:“你为什么突然问这个?”

“我有一天看到楚小姐和林峰在一起。我见过林峰,因为我有个同学也在商学院上班。”

阿冬立即变得警惕起来:“会长对林峰二字可是很忌讳的,你可千万别在会长面前提起。”

“为什么?”于静不解。

“感情的事情,没人能说得清。这事你就别再问了。”阿冬说完便离开了,只留下于静一人若有所思地想着阿冬方才的话。

晚上,于静回到林峰家,屋内黑漆漆的,于静开灯,看到桌上有一只烧鸡和一张字条。于静拿起字条,上面是林峰苍劲有力的笔迹:“我晚上有事,你自己吃东西吧!”

于静心中一直想着楚安安与林峰的事情,此刻见他不在家中,更是气不打一处来。她生气地将烧鸡扔到地上,却没想到林峰正好进门,看到地上扔着烧鸡,脸顿时拉了下来。

于静坐在沙发上,看到林峰进来便生气地质问道:“你刚刚是不是去见楚小姐了?”

林峰不说话,自顾自脱下外套。

于静起身走到林峰面前:“我在问你话! 你说你晚上有事,是不是去见楚小姐了? 你心里爱的女人是她对不对? 你看她的眼神说明了一切!”

林峰不说话,走去倒酒喝。

于静一把拽住林峰:“你回答我啊! 你爱的人其实是楚小姐,对不对?”

林峰皱眉甩开于静："够了！如果你还想待在这里，就不要给我摆出一副怨妇的样子。"

林峰说完要走进房间，于静不依不饶地拦住林峰："你已经因为她丢了工作，你怎么可能抢到会长的女人呢？不要再见楚小姐了，好不好？"

"我没去见她！"林峰想要推开于静，但是她却拽着林峰，楚楚可怜地望着林峰："你不可能没去见她！那你说说，你没去见她你去哪儿了？你现在说，你去哪儿了，咱们一起去证明一下！"

林峰懒得理睬于静，一把将她推开。可是于静却偏偏纠缠："你说呀你说呀，你不敢说了吗？"

林峰被于静扯急了，下意识一巴掌扇了过去，正好扇在于静的脸上。清脆的声响过后，两个人都愣住了。于静捂着被打痛的脸哭了起来，林峰也后悔了，眼神中流露出几分愧疚之色。

于静捂着脸，哭哭啼啼个没完没了。林峰心中愧疚，也不忍责怪她，只好沉默地走出去。过了一会儿，他拿回一个冰袋，交给于静："里面放了冰块。你敷一下吧。"

于静抽噎着，从林峰手中拿过冰袋，默默地敷在自己的脸上，沉默着流泪。林峰看不下去了，坐到于静身边，温柔地扶着她的肩膀："对不起，刚刚是我不好，下手太重了，别怪我。嗯？"

于静委屈地冲着林峰哭喊道："楚小姐都已经选择跟任会长在一起了，你又何必那么执着呢？阿峰，我才是你的女人啊！"

林峰看着哭成泪人的于静，搂住于静："你误会了。我跟安安不是你想的那样。她只是我的学生。古话里不是说，一日为师，终身为父。所以我对她有责任。"

"楚小姐不是小孩子，她有家人，有任会长为她负责。真正需要你负责的是我！"

林峰抱着于静，轻声哄着："好了好了，不哭了。再哭就不漂亮了。嗯？不哭了啊！我保证，我跟安安没任何关系！好了吗？"

于静再次用哭声诉说了她的委屈，直到林峰渐渐失去耐心，脸色也冷了下来，于静才见好就收地依偎在林峰的怀中，两人才算是和好了。

阮清恬答应任浩铭的时候，并不知道任浩铭打着什么主意。但是任浩铭却深深地记住了阮清恬的这句话。任浩铭在自己的房间里，穿着睡衣准备睡觉，看见日记本正放在床头，封皮上写着“任晓晓”三个字。怀着对妹妹的思念，任浩铭翻开日记，看了几页，忽然睁大了眼睛。

日记本上清晰地写着：“楚安安说要送给我一件雏菊旗袍，那件衣服是按照最传统的方式做成的，用九月菊花的花蕊制成染料，再用这样的染料来制作衣服，那样衣服的颜色会格外的美丽、别致，我真的好期待啊。”

任浩铭放下日记，想起阮清恬刚刚亲口对他的承诺：“如果是我承诺过的，我一定都会去做。”

“信守承诺？楚安安，这次你真的要信守承诺了！”任浩铭合上日记本，神色陡然变冷。

第二天，阮清恬在邮务局工作的时候，林峰突然造访，让阮清恬十分惊讶：“林先生，您怎么来了？”

林峰温柔一笑：“来看看你的工作表现，有没有给我丢脸。”

阮清恬脸色尴尬一红：“是不是我哪里做得不好，局长跟您说了什么？”

林峰笑着摇摇头：“逗你的。看把你给吓的。”

“林先生，您什么时候也学会开这种玩笑了。我一直都很珍惜这份工作，而且也很认真地在工作。”

林峰突然礼貌地一弯腰：“我向你道歉。”

阮清恬有些不好意思了：“林先生，您这样说，我真的不知道……”

“好了好了。你们局长已经在我面前夸赞你很多次了，所以你的工作表现，我比谁都清楚。”

“那您今天来……”

“我今天来，主要是为了我朋友的那件事情。”

其实，林峰来找阮清恬，无非是欣赏她在听力方面的天赋，让她帮着发发电报什么的。这些都是小事，所以阮清恬也十分乐意帮忙。

今天是任浩铭竞标的日子，但是他心里一直放心不下自己妹妹的事情，所以带着于静去开会的同时，也不忘安排阿春去接阮清恬。但是没想到阿春在楚家门口，却看到阮清恬和林峰一起走了回来。

“林先生，谢谢您请我吃饭。”阮清恬笑着挑眉。

“不用客气。”林峰温和一笑，然后转身就走。

阮清恬想要去送，便向前走了两步，但是却没想到竟然看见阿春和正停在门口的黑色轿车，不禁一脸的疑惑。

阿春此时早已看到阮清恬，恭敬地鞠了一个躬："楚小姐，我们会长叫我来接你。"

阮清恬不解："接我？做什么？去哪里？"

阿春依旧恭敬："这个会长没有说，只是叫我一定要接到你。"

阮清恬想了一下："可是阿春，我今天还要上班。"

阿春虽然无奈但依然坚持："楚小姐，请不要让我为难。"

阮清恬想了想，知道以任浩铭的脾气，如果请不到她的话，回去必然是要为难这些人的，于是只好无奈地应下："那好吧。"

阮清恬在任公馆等了很长时间，任浩铭终于脸色轻松地回来了。

阿春立刻迎了上去："会长，您竞标成功了？"

任浩铭开心地点点头。

"任会长，你那天受的伤好些了吗？"阮清恬也上前询问道。

"哪个男人身上没挂过彩？"任浩铭不以为意地说，此刻他心里惦记的是另外一件事，"我找你来只是想问一你件事，你还记得你说过的话吗？"

"什么话？"阮清恬反问道。

"你和我说，凡是你承诺过的都会兑现，没错吧？"任浩铭提醒道。

"是的，我是个信守承诺的人！"

任浩铭拿出纸笔推给阮清恬："拿笔写上，'我是个信守承诺的人'，然后按手印。"

阮清恬心想，难道又是因为林先生？任会长的心眼还真是巨小无比啊。但是她也只好无奈地写下"我是个信守承诺的人"。

她写完后推给任浩铭："喏，给你，我写完了，可以了吧？"

任浩铭这才步入正题："你还记得你和我妹妹晓晓说过什么？答应晓晓的事你都做过吗？"

阮清恬听到晓晓的名字，一惊，心道不妙："晓晓？怎么又扯到他妹妹身上了？难道安安之前答应过晓晓什么吗？可是晓晓已经死了呀，这话从何说起呢？"

任浩铭斜眼望着阮清恬："如果你是个信守承诺的人，现在就跟我走！如果不是，你现在自己走！”

“我当然是个信守承诺的人！”阮清恬信誓旦旦地回道。

但是阮清恬万万没有想到任浩铭竟然会带她来一座荒岛。阮清恬中途问了任浩铭好几次，任浩铭都没有理她。阮清恬也懒得再问，于是便自顾自睡觉了。等她再睁开眼的时候，看到的便是岛上郁郁葱葱一片苍绿，整个岛屿看不出一点有人居住的痕迹。

两个人面对大海，阮清恬环顾四周，意识到自己正身处一座孤岛，立刻张大了嘴，难以置信地望着任浩铭：“任浩铭，你带我坐了那么久的船来到这里，到底是要干吗？”

任浩铭看上去冷静：“刚刚你不是已经写过文书了吗？很快你就知道了，跟我来。”

阮清恬没办法，只好跟着任浩铭往前走。任浩铭带阮清恬来到一个房间门口，打开门，里面有一张双人床，还有一些必备的家居用品。

第二十四章

这件雏菊旗袍

望着阮清恬不明所以的脸，任浩铭平静地道："以后你就住在这里了。"

说完任浩铭就走了，阮清恬追在身后大声地喊："住在这里？什么意思呀？任会长你给我回来说清楚，我不能住在这里，我的……我的家人会担心死的，你到底要我做什么！你倒是告诉我呀！"

任浩铭不说话，只是在前面走着。阮清恬一直追着任浩铭来到客厅："任浩铭，你必须现在就和我说清楚！到底要我做什么！"

任浩铭拿起桌上的一本日记递给阮清恬："你自己看吧。"

阮清恬拿过日记本，只见上面写着："楚安安说要送给我一件雏菊旗袍，那件衣服是按照最传统的方式做成的，用九月菊花的花蕊制成染料，再用这样的染料来制作衣服，那样衣服的颜色会格外的美丽、别致，我真的好期待啊。"

阮清恬心里一惊，有些犹豫，不知如何是好。这时，阿春却突然出现，将一沓信纸和一个信封递给阮清恬，阮清恬接过来，感到迷惑。

任浩铭冷眼看着阮清恬："是你自己说的，要给晓晓做雏菊旗袍吧？既然你说过，你就必须兑现这个承诺。现在这个季节没有雏菊，但是，你可以在这个小岛上种花，然后获取染料，染布，做成那件你承诺的旗袍！"

阮清恬的心渐渐慌了，但是任浩铭不理会，接着说："我会给你提供充足的条件，你现在就给家里写封信，告诉他们你这段时间都会在这里为我工作，我差人送回上海；另外，你可以在这个岛上随便活动，不会受到任何限制。”

任浩铭继续说：“当然了，如果你想走，我也不拦你，随时都可以叫船来带你走，不过，你要在刚才的那张纸上写上‘我不是一个信守承诺的人’。”

阮清恬有些矛盾：“我知道了，你能让我一个人待会儿吗？”

阮清恬一个人在别墅里闲逛，喃喃道：“没想到安安之前还向晓晓做过这样的承诺从晓晓的日记来看，她是那么期待这件衣服，我到底要不要答应会长呢？”

于静开心地进门，侧靠在沙发上。林峰正在摆弄他手上的手串：“你们今天不是去竞标了吗？结果怎么样？”

“当然是我们赢了！”于静高兴地说道。

“赢了？”林峰错愕地望着于静。

“能赢得这个标，都是会长的功劳。要不是会长在竞标前临时改了标书，我们恐怕就赢不了了。”

“你说，任浩铭临时改了标书？”林峰诧异，站起身来。

“对呀，都是会长亲手修改的。”

林峰暗中咬牙。

“对了，你赶紧换身衣服，我们去庆祝一下！”

林峰不耐烦地问：“庆祝什么？”

“一会儿你就知道了。”于静神秘而甜蜜地笑着，打开衣柜给林峰挑选衣服。

“我一会儿还有事。”

于静拿着衣服到林峰面前：“我相信没有比我要说的事更重要的。来，穿这身好了。”

林峰有些不耐烦：“你到底想说什么？”

于静甜蜜地笑着：“我想当你那个家的女主人，想给你生个孩子，想跟你过后半辈子。阿峰，我是认真的！我想要个孩子，也许我们很快就会有自己的孩子了。”

“你有了？”林峰眼中闪过一丝惊讶，随即变得冷漠：“那就打掉。”

于静震惊地问：“你说什么？”

“我说要是有了就打掉。”

“为什么？那可是我们的孩子！我以为等有了孩子以后，你会跟我一样开心的！”于静震惊地望着林峰。

“我开心得起来吗？我现在没工作，没收入，要怎么养孩子？你想说我住的那个房子很大是吧？可它不是我的！我只是没告诉你，我每个月还要交房租而已。”

于静震惊不已，伤心道：“你怎么可以这么说？不管你有什么理由，你都不可以说这种话！今天可是我的生日！”

林峰没理于静，站起身，转身走掉。

望着林峰决绝的背影，于静再也忍不住，伤心地哭了起来。

第二天一大早，任浩铭穿着一身休闲服，从外面运动完回到客厅，见阿春正端着早餐要给阮清恬送去，立刻拦了下来：“阿春，我去送吧。”

阿春将早餐交给任浩铭。任浩铭端着早餐来到阮清恬的房间门口，正要敲门，突然听到了阮清恬轻微的鼾声，任浩铭笑了，试着推门，门开了一点。任浩铭从缝隙钻进去，看见门后挡了一个椅子，阮清恬躺在地上，身上盖着一条小毯子，睡得正香。

任浩铭看着可笑又心疼，走到阮清恬身边，小心地将她抱到床上，然后将早餐放到一边的桌子上，小心地退了出去。阳光照进房间，床上的阮清恬睁开蒙眬的睡眼，伸了个懒腰，却惊奇地发现自己竟然睡在了床上。

阮清恬本能地看自己的身体，发现完好无损，但还是气不打一处来，冲下床去找任浩铭理论。

任浩铭正坐在沙发上看着报纸，一脸悠闲。

阮清恬怒气冲冲地来到任浩铭面前，质问道：“堂堂任大会长，为什么总是干这种衣冠禽兽才做的事情？”

任浩铭放下报纸：“你说什么？”

阮清恬认为任浩铭是假装不承认，更加生气：“你心里清楚得很，谁让你不经我允许进我的房间！我明明是睡在地上的，早上醒来竟然到了床上，肯定是你偷偷进了我的房间。你知不知道你这样做，是冒犯了我？”

任浩铭一听，顿时急了：“你那个什么林峰三番两次地冒犯你，你不反抗，你倒一次次地来指责我，你以为我不知道吗？有一天你居然从邮务局开小差，跟那个林峰出去了！楚安安，你不要以为你做什么事都天衣无缝，你不要在我面前假装淑女，然后到别人面前去袒露真性！”

阮清恬狠狠地给了任浩铭一巴掌："你太让我失望了！"

任浩铭一个人傻呆呆地站在那里。

阮清恬气愤地站在海边，望着一望无际的大海，心里十分不快。听到任浩铭的步伐由远及近，她突然严肃地道："我要回上海。"

任浩铭沉默地望着波涛汹涌的海浪，不说话。

"我要回上海！"阮清恬重复了一遍，

任浩铭转过头来，也不甘示弱地回："你回呀！"

"你说得轻巧，你把我带到这个鸡不生蛋鸟不拉屎的地方，我怎么回？"

任浩铭指着海浪翻涌的大海："有本事你就游过去呀！"

阮清恬忽然踹了任浩铭一脚："你下去游！"

任浩铭毫无防备，顿时落水。阮清恬一副看好戏的表情："加油！会长！"

任浩铭在水中，夸张地扑腾着："救命啊！我不会游泳啊！救我！"

阮清恬一开始以为任浩铭是在开玩笑，并没有当真，还说了几句嘲讽的话语，直到看到任浩铭的身影渐渐沉入水中，这才反应过来："会长？会长？啊？你真不会游泳啊？你怎么能不会游泳呢？我……我也不会游泳啊，怎么办？你等着，我去叫人。"

任浩铭的头在水中一起一伏："你不能走……等你回来……我早就被冲没了。"

阮清恬带着哭腔，无助地道："那怎么办？"

"把我拉上去，找个东西把我拉上去。"

阮清恬站起身来四处张望，心急地朝着任浩铭大喊："这里什么都没有，会长，对不起，我真的不是故意的！"

"衣服！救命！我快不行了！"

阮清恬看了一眼自己身上的衣服，瞬间反应过来，在长裙上撕出布条，丢入水中："会长，抓住！"

任浩铭抓着布条游回了岸边，疲惫不堪地躺在地上。

"会长，你没事吧，对不起。我刚才……"阮清恬心急地趴在任浩铭的身上，查看着他的伤势。

任浩铭夸张地喘气："我呼吸不了了，一定是肺部积水太多，救我！快！"

阮清恬手足无措："救你？我该怎么救你啊？"

"人工呼吸，快，救我！"任浩铭虚弱地说着，眼看就要晕过去了。

"人工呼吸？哦，在学校我倒学过！"阮清恬不疑有他，立即俯下身，唇印在任浩铭的唇上，但任浩铭还是两眼一闭，昏过去了。

"任浩铭！任浩铭！"阮清恬急得大喊，幸亏这时阿春从小屋中跑了出来，看到这边的情况，才帮忙将任浩铭扶回了屋子里面。

任浩铭躺在床上，已经换上了一身干净的衣服，阿春守在一边，见任浩铭悠悠转醒，立即关切地问："会长，您好些了吗？还有哪里不舒服？"

任浩铭环视一圈，并没有看到阮清恬，便问："楚小姐呢？"

"楚小姐自从回来就一直在厨房里忙碌，做饭煎药，一直在用心地照顾您。"

任浩铭有一瞬间的诧异，但是很快便被甜蜜所取代："没想到她也有如此体贴的一面，阿春，其实我没什么事，但是我要你告诉楚安安，我很虚弱，还有些发烧，特别需要照顾。"

阿春一听便明白了任浩铭的用意，笑了笑，并没有说什么。这时，任浩铭卧室的门突然被推开，阮清恬端着药碗走了进来。任浩铭和阿春赶紧停止交谈，紧张地看着阮清恬。

所幸阮清恬什么都没有听到，只是走进来，将药碗递给阿春，阿春却不接："我去厨房帮忙。"

阿春说着就跑开了。

阮清恬一脸无奈，而任浩铭卖力地假装难受，呻吟道："哎哟，浑身没劲，腿也没力气，走不了路，我怕是好不了了。"

阮清恬只好坐下来给任浩铭喂药。见自己的阴谋得逞，任浩铭一时没忍住偷笑，却被阮清恬瞥到。

"你笑什么？"

任浩铭赶紧收敛笑意："我不是笑，是刚刚太害怕了。"

"哦，想不到天不怕地不怕的任浩铭，竟然也会有害怕的时候！"阮清恬揶揄道。

"唉，我好像觉得，我在海边晕倒了以后，有人给我……给我人工呼吸来着……是谁啊？"

阮清恬刷地一下红透了脸，落荒而逃。任浩铭不禁莞尔。

林峰拿着一张自己和于静的合影，沉思着。这个于静显然已经对自己动了心思，留不得。这时，虎子走进来，林峰沉声问道："山楂丸的事情怎么样了？"

"已经有几个人吃坏了肚子，进医院了。"

"那任浩铭那边有什么动静？"林峰又问。

虎子微微蹙眉："这个倒是奇怪，楚安安和任浩铭好像一起消失了！"

"是吗？"林峰若有所思，"太好了，要把事情闹大，你明天就去找那些小报记者，告诉他们山楂丸有毒，任浩铭赚了钱之后消失不见了。"

虎子笑道："您真是高，我知道了。"

这时林峰忽然听到里面房间有动静，冷声喝道："谁？"

没有人答话，林峰警惕地站起身来，望着房门的方向："于静？"

虎子掏出枪来，随时准备战斗。于静躲在房间里，不敢出声。

林峰皱着眉，快步走到房门前，边敲门边喊："于静，把门打开。"

于静害怕地将能堵房门的东西都移到门口。

林峰叫了半天门却没人开门，急道："于静，你最好给我把门开开，否则你就死定了。"

林峰说着，冲虎子使个眼色，虎子立即会意，上前踹门。

于静看着被踹得直震的房门，越来越害怕。

"于静，你最好乖乖开门，别耍什么花样！否则我就让你去见你前夫。"林峰阴狠地大声道。

于静一听，心中更加害怕了，转头看到房间的窗户没关，一狠心，便从窗户跳了下去。她忍着剧痛，慢慢起身，却没想到林峰就一脸冰冷地站在自己面前："你以为你跑得掉吗？"

于静害怕地转身要跑。林峰伸手抓住她。望着恐惧地在自己怀中挣扎的女人，林峰非但没有任何怜惜，反而反手就给了于静一巴掌，用力拽着于静往回走。见林峰并没有半点怜惜自己的意思，于静虽然痛心，但是也死心了，挣扎着疯狂地咬了林峰一口。

林峰痛得一松手，于静趁机挣脱，对准林峰的裆部踢了一脚，然后飞快地跑了。只可惜她没跑两步，就看到虎子站在眼前。

于静害怕地直往后退。林峰忍痛慢慢走过来，上前给了于静一巴掌："想去通风报信？啊？"

于静捂着脸倒地："不，我没有，我没这么想。"

"那你想要去什么地儿？"林峰凶狠地问道。

"我……我今天不舒服，提前下班回来……"

林峰上前揪住于静的头发："我这辈子最恨说谎的人！"

于静害怕地辩解："我没有，我真的没有。"

"你以为我是傻子吗？"

林峰说完又给于静一巴掌。

"不，我没有，我真的没有说谎！求你别伤害我！"

"这世上只有一种人不会说谎，那就是死人！"

林峰冲虎子使了个眼色，虎子上前捂住于静的嘴，将她带走。

于静不停地挣扎着："你为什么要害任会长？我真是瞎眼了……你是个坏人！混蛋！流氓！……唔唔……"

而林峰一直望着于静，一脸狠意。

任浩铭吃完早饭，阮清恬一边收拾一边随口问道："会长，今天天气不错，我带您出去走走怎么样？"

任浩铭窃喜，但依然故意装作虚弱的样子："好是好，可是我的腿走不了路。"

"那没有关系啊。还好我叫阿春弄来了一个轮椅。我一会儿来接您。"

阮清恬很快推来了轮椅，扶着任浩铭坐在上面，推着他在外面闲逛。望着满园春色，任浩铭很是欣慰："没想到你还挺关心我的。你放心，吃几天药就会好的，我的身体还是很健壮的。"

阮清恬撇嘴："幸好有轮椅，不然这么好的美景，就没法欣赏了呢！"她狡黠地笑笑，说话间已经将任浩铭推到了一个小山坡上。任浩铭光顾着聊天和庆幸，完全没有意识到阮清恬接下来要做的事情。阮清恬站在山坡上，面对着小陡坡，阴险地笑着松开手，轮椅立刻顺着山坡快速地滑了下去。

任浩铭意识到时，已经无法控制，只好在半路上敏捷地跳了起来。轮椅则一直滚到了山坡下，歪到了一棵树边。这一跳，彻底暴露了他装病的事实。

阮清恬居高临下地站在山坡上，一脸意料之中地看着任浩铭。

第二十五章

荒岛相处

阮清恬看见地上摆放着一些翻地工具，不禁问道："这是什么?"

"拿起来。"见阮清恬一副茫然的表情，任浩铭不禁又嘲讽道，"果然是富家大小姐，锄头没见过吗?"

"我当然知道这是什么，我问你这是什么意思。"

"你还记得你当时怎么答应晓晓的吗？用菊花的花蕊染成的布料。"

"对啊，可这小岛上没有菊花啊!"

任浩铭再示意阮清恬看地下。"……你不会要我现在种花吧?"阮清恬不敢相信地望着任浩铭。

任浩铭微笑地看着她。

阮清恬有些难以置信："我不知道怎么种，而且等菊花开了都要到秋天了!"

"楚安安，你不会是忘了我们来这儿的目的吧？你要是想早点回家，最好听我的。"

阮清恬生气但又无法发作，只好拿起锄头走进地里，费力地耕作起来。任浩铭饶有兴致地坐在一旁看着。

突然，阮清恬被一块石头绊倒。任浩铭刚要站起来，但看见阮清恬往自己这边看，又慢悠悠地坐下了。

阮清恬干脆坐在地上不起来了，任浩铭见状，起身走过去。

阮清恬委屈万分,但仍不改倔强:“对不起,会长,你要的衣服我楚安安做不出来也不会做,我放弃了。现在,我要立刻离开这里,请你不要拦着我!”

“我不拦你,不过你要怎么回去?”

阮清恬:“我……我就算游也要游回去!”她怒气冲冲,红着眼圈站起身来,准备离开。

“站住!”

阮清恬顿住脚步。

任浩铭将一张纸条拿到阮清恬眼前,神色凌厉:“你说过的话还算不算数?难道你想毁约不成?”

阮清恬瞪着任浩铭,委屈得说不出话来。

任浩铭瞟了眼地上的衣服,有些过意不去,道:“你……这样好了,如果你实在不想做衣服也可以,但是我有一个条件!”

阮清恬诧异极了:“什么?”

任浩铭将一个账本扔到桌子上:“这是银行的账本,三天之内把它抄一遍!”

阮清恬狐疑地拿起账本:“这么简单?”

任浩铭投去一个“你变聪明了”的眼神。阮清恬忽然有不好的预感,赶紧翻开账本。只见账本上记录得密密麻麻,有好多公式和奇怪的符号。

任浩铭凉凉道:“你要是抄错一个字,就得重抄,一个标点符号也不可以错!”

阮清恬大惊:“任浩铭!你太过分了!”

“你可以选择放弃,不过……”任浩铭,“啪”一声将一张纸条拍到桌子上,“你必须在上面写上‘我楚安安是个言而无信的人’!”

阮清恬瞪着任浩铭,忍无可忍,咬牙道:“好!会长,这可是你说的,要是我完成任务,你就送我回上海!”

任浩铭点点头:“当然!”

阮清恬伸出手来:“成交!”

任浩铭一愣,跟阮清恬握手:“期待你的表现!”

阮清恬咬牙切齿:“不会让你失望!”

两人眼神对决,战意十足。

一个账本摊开在桌子上，上面是密密麻麻的公式和账目。

阮清恬坐在桌前认真地抄着账本。忽然，窗外响起一阵清脆的鸟叫声。阮清恬耳朵一动，顿笔向窗外看去。结果钢笔在纸上停留太久，慢慢晕开。阮清恬收回心神，接着抄账本，忽然看见，账本副本上，一滴豆大的墨汁已经在纸上晕染了一大片。阮清恬大惊，欲哭无泪地拿起账本。

任浩铭十分舒适地坐在摇椅上，闭眼小憩，享受着暖暖的日光浴。

看着阿冬给自己换了一壶新茶水，任浩铭开口道："阿春！楚小姐账本抄得怎么样了？"

"会长，楚小姐把自己关在屋里一直没出来。"

任浩铭心情十分不错，点点头："嗯，看起来很用功嘛！一定要照顾好楚小姐的饮食起居。"

阿春恭敬道："是！会长！还有一件事要跟您汇报一下，于静发来电报，说她家里有事，辞职回去了。"

任浩铭怀疑地问道："是吗？"

"我接到这个电报也不信。因为之前于静没有透露过这种想法，所以我去她租住的房子那调查了一下，房东说她有一阵子没去住过了，好像外面有男人了！"

任浩铭脸色忧郁："阿冬，我最近一段时间总是感觉到，我的周边在发生一些不好的事情。这样吧，你去一趟警察局，将这些线索提供给警察局，让他们帮忙找找于静。于静在上海没有亲人，又是我们商会的人，我们有责任找到她。"

"是。"

任浩铭经过阮清恬房间，阮清恬房间透出微弱的灯光。任浩铭轻轻推门进去，看到阮清恬趴在桌子上睡得很熟，账本被阮清恬压在身下，有些皱。桌子上，地上，到处都是撕掉揉成团的纸。

任浩铭十分无奈地看着熟睡的阮清恬。阮清恬长长的睫毛在眼下投下两片扇形阴影，看上去十分可爱，一撮刘海盖在她脸上，让他不由自主轻轻给阮清恬捋了捋头发。

阮清恬察觉到什么，不舒服地动了动，接着睡去。任浩铭宠溺地笑笑，正欲把阮清恬抱到床上，忽然看到桌子上，一张皱巴巴的纸上画着一张画。

任浩铭拿起那张画。画上，一个滑稽可笑的男人跪在地上哭，一个看似女人的在旁叉腰大笑。任浩铭看得好笑，无奈地瞥了阮清恬一眼，摇摇头。

任浩铭将纸条没收，抱起阮清恬轻轻放到床上。

阮清恬嘟囔一声："任浩铭……其实我不是楚安安……我真的不是……我不叫楚安安……"

任浩铭一愣，凑近阮清恬，想听得更清楚一些，但是阮清恬却翻身睡去："你就别再为难我了……"

任浩铭笑笑："都睡着了还想这些，好，明天不捉弄你了。"

任浩铭轻轻给阮清恬盖上被子，走出房间。

阿春抱着一沓报纸，阿夏拎着一些苹果，两人一前一后走进来。阿夏调侃道："要我说，这个安安小姐可真厉害！我从没见过会长笑得这么开心过！"

阿春将报纸随手放到一旁的桌子上，腾出手来敲了阿夏一记。

这时任浩铭走了进来，阿春赶紧鞠躬："会长。"

任浩铭点头示意，拿起桌子上的水，报纸就在一边："楚小姐呢？"

"楚小姐还没起呢。"

任浩铭看看楼上："我出去跑步了。"

"是，会长。"

直到看着任浩铭出门，阿春才训道："幸好会长没听见你刚说的话，要不然又得挨训了！赶紧干活去！"

阮清恬有些无奈地捡起报纸，忽然看到什么，捡报纸的手一顿。

不远处，一份《申报》静静躺在那里，上面刊登着楚安安的照片，并写着硕大的标题"祝安安小姐生日快乐"。那张照片足足占了半个版面，阮清恬一惊，赶紧捡起那张报纸，仔细看。

坏了！这可千万不能让任浩铭看见，他要是发现她的真实身份，那安安就有危险了。阮清恬紧紧攥着报纸，冷静下来，左右看看，见没什么人，于是快速将那张报纸折成小方块塞进兜里。

阮清恬走了两步，停住脚琢磨道："不行，任浩铭这么精明，他肯定会发现少了一张，干脆一不做二不休！嗯！"

阮清恬拿起《申报》捂在怀中，快步往屋里走去，跟跑步回来正在擦汗的任浩铭撞了个满怀，藏的报纸掉到地上，被任浩铭一脚踩到脚下。

阮清恬还来不及反应,任浩铭的声音从头顶传来:“一大早就这么冒冒失失的!后面有狼撵着还是有贼偷啊?”

阮清恬大惊,灵光一现,一把抱住任浩铭:“会长,早啊!”

任浩铭揽着阮清恬的腰一动不动僵在当地,阮清恬趁机快速捡起报纸藏到身后。两人默默对视,时间好像静止了。不知谁的心跳先剧烈起来,在安静的氛围中无限扩大。

任浩铭的呼吸轻拂在阮清恬的脸上。阮清恬耳朵一动,忽然觉得呼吸有些困难。任浩铭的脸慢慢贴近阮清恬。就在唇要贴上的瞬间,阮清恬忽然反应过来迅速起身推开任浩铭。

任浩铭猝不及防被推得一个踉跄。阮清恬慌慌张张往自己屋里跑去,砰一声关上门。

房间里,阮清恬心烦地拿着报纸走来走去:“怎么办?怎么办?”

阮清恬忽然瞥见屋子角落的纸篓,灵机一动,迅速将报纸揉成一团,丢进纸篓。报纸团静静放在纸篓中,阮清恬却觉得无比扎眼,于是动手将报纸团塞到其他垃圾下面,这才松了口气。

这时,敲门声响起:“楚小姐!”

阮清恬紧张地瞥了眼纸篓,假装很自然地点点头,道:“进来。”

阿春向纸篓走去,收起纸篓就要走。阮清恬刚放下的心立马又提了起来:“阿春!那个……那个我忽然想起来,好像把账本中的一页当废纸扔掉了,我能不能找一找?”

阿春立刻蹲下,准备翻垃圾桶:“我帮您找。”

阮清恬大惊,连忙阻拦:“不用不用,我自己来就可以。”

“怎么能让您干这种活儿呢,会长特意叮嘱过我要照顾好您,还是我来吧。”

阮清恬一把抓住阿春,坚决地说:“不!还——是——我——来——吧!”

阿春见阮清恬坚决的样子,只好放弃:“好,我先下去了,下午再来收好了。”

任浩铭跟阮清恬一起吃着早餐,任浩铭手旁放着报纸:“楚小姐,今天是第三天了,一会儿吃完早餐,我就要检查账本!”

阮清恬自信道:“好!随你检查!”

任浩铭心情不错:“很有信心嘛,不过丑话说在前面,抄错了我可绝不手软。”

任浩铭说着拿起报纸开始浏览，报纸背面正好对着阮清恬，上面印着楚安安的照片和那行“祝安安小姐生日快乐”的大标题，这次是整版，任浩铭看的是另一面的经济版。

阮清恬不满地吃着早餐，忽然看到报纸上的内容，瞬间紧张起来。

任浩铭认真地浏览报纸。阮清恬紧张地盯着任浩铭的动作，尽量不动声色。任浩铭瞥了一眼阮清恬，发现她正在发愣，不悦地说道：“发什么愣呢！还不快点吃！”

阮清恬赶忙答应着拿起牛奶装模作样地喝着，眼神警惕地看着任浩铭的动作。任浩铭看完了一面，正要看另一面。阮清恬喝了一大口牛奶，打算将牛奶喷出去，阻止任浩铭看报纸。

任浩铭开始翻报纸。阮清恬已经酝酿好吐牛奶。

千钧一发之际，阿春的声音传来：“会长！商会的电话！”

任浩铭闻声抬头，放下报纸。阮清恬却刹不住，一口牛奶咕噜咽下，呛得猛烈咳嗽起来，眼泪都咳了出来。任浩铭奇怪地看了一眼阮清恬：“安安，你怎么了？”

阮清恬捂着嘴巴摇摇头，示意自己没关系，让任浩铭赶紧走。

任浩铭狐疑，但还是快速离开。

任浩铭离开后，阮清恬迅速将报纸揉成一团，四处查看藏匿之处。过了一会儿，任浩铭走回来重新落座，习惯性去摸报纸，却没摸到原来那张。

阮清恬一本正经地坐在餐桌前吃着早餐，胸前鼓出一大块，有些奇怪。任浩铭有些疑惑地看了眼手边的报纸，疑惑：“这儿那张报纸呢？”

阮清恬心提到了嗓子眼儿，却还是装傻摇头：“有吗？我没注意啊！”

任浩铭更加疑惑，忽然看见阮清恬胸前鼓出一个包，十分可疑，指着阮清恬胸前，犹豫：“你这……”

阮清恬羞愤地捂着胸：“下流！”

说着阮清恬就跑开了。

任浩铭反应过来，也有一些害羞。

稍后，阮清恬将账本交给了任浩铭。她紧张地站在任浩铭面前。而任浩铭则舒适地坐在椅子上比对着账本，翻着账本副本，翻到一页，他忽然皱眉，将账本扔到阮清恬面前。

第二十六章

山楂丸风波

任浩铭凉凉地指着一个标点符号："楚小姐，抄得不错，可是错了一个标点符号，所以……重抄！"

"怎么会！"阮清恬说着拿起账本比对，结果无比悲伤地发现，账本上真的只是错了一个标点符号，但是在角落的位置，真不知道他到底是怎么发现的。

阮清恬无语："任浩铭，你不能这么欺负人！"

"愿赌服输，不想重抄的话……"任浩铭说着将一张纸条拍到阮清恬面前，凉凉道："在这上面写上'我楚安安不是一个信守承诺的人'！"

阮清恬愤怒站起："任浩铭！你！"

"写不写？"任浩铭挑衅地望着阮清恬。阮清恬又气又委屈，说不出话来。她四处一看，正好看见桌上的账本。

阮清恬拿起账本，坏笑。她假装要将账本扔到火盆里："嫌我抄错标点符号，我就把这破玩意烧了！看你怎么办！"

阮清恬拿着账本吓唬任浩铭，完全没有注意到账本的一角已经烧着了。任浩铭看见账本着火了，怕烧到阮清恬，吓得大声道："阮清恬，赶紧放手！"

阮清恬以为是让她放下账本，继续吓唬他："我就不。"

"你快松手！别烧着你！"任浩铭大喝一声。阮清恬一看账本，这才发现账本已经烧着了，吓得连忙松手。账本掉进了火盆里。

阮清恬反应过来，想捡回来，被任浩铭拦住。火盆瞬间蹿起火苗，将账本渐渐吞没。任浩铭拿起账本残本，一脸凶恶："楚安安！你在干什么？你不是说不会烧账本吗？"

"我……我不是故意的……"阮清恬害怕地望着任浩铭。

"不是故意的？那这火也是不小心点起来的？你知不知道这个账本有多重要！"

阮清恬一愣，避开任浩铭的视线，转身心虚道："你随手丢给我的账本能有多重要！"

任浩铭冷笑道："真不知道跟你这种没心没肺的人有什么可讲的！"

阮清恬有些着急地看着任浩铭扬长而去的背影，隐隐有些后悔，慢慢地关上门。

任浩铭黑着脸将破碎的账本摔到桌子上，压抑着怒气。

阿春见状诧异地询问："会长！您这是……"

任浩铭冷冷地道："出去！让我一个人静一静。"

阿春惊疑不定，但是也不敢招惹任浩铭，慌忙点头退出。任浩铭忽然想起什么，眉头紧紧皱起，忽然冲阿春道："阿春！回来！"

阿春折回来："会长！您有什么吩咐？"

任浩铭表情凝重："你去，把这两天《申报》的报纸都给我找出来！我倒要看看这里面有什么蹊跷！"

阿春恭敬领命："是！会长！"

第二天清晨，一沓报纸像平常一样，放在桌子一角。阮清恬探头探脑溜过来，左右看看没有其他人，这才放心，开始快速翻找报纸。翻到《申报》字样，她迅速将报纸抽了出来。

阮清恬正要翻开《申报》，任浩铭冷冷的声音从后面传来："你在干什么？"

阮清恬大惊，条件反射将报纸藏到身后，惊恐道："会……会长！好早啊！你怎么在这儿？"

任浩铭黑着脸逼近："安安小姐！这句话应该是我问你才对！这么早，你怎么会在这儿？"

阮清恬语塞："我……"

任浩铭瞥了眼报纸，冷冷道："这里有什么吗？或者……你手里有什么？"

阮清恬紧紧攥着报纸后退："没……没什么！"

任浩铭把阮清恬逼到墙边，桌上的报纸掉到地上，散了一地。而他高大的身子，慢慢逼近阮清恬，咬牙切齿道："交不交出来？"

阮清恬摇摇头："我什么都没拿！"

任浩铭面色冷峻："我可不喜欢欺骗我的人。"

"我……没有……"

任浩铭慢慢逼近阮清恬，好像要吻下去。阮清恬下意识惊恐地捂住嘴巴，报纸顺势暴露出来，被他趁机一把夺过报纸。

阮清恬大惊，赶忙去抢："还我！"

任浩铭打开报纸，一眼就看到头版头条《任氏山楂丸剧毒，主事者任浩铭跑路！》的新闻，表情凝重。

阮清恬趁任浩铭发愣之际，抢过报纸一看，上面竟然写着山楂丸出事的新闻，并不是楚安安的照片，松了一口气。但是因为此事牵扯到任浩铭，所以阮清恬不禁担心地看着任浩铭。

任浩铭见阮清恬担心的样子，突然明白了阮清恬近日奇怪的表现："你这两天奇奇怪怪的，就是因为这些新闻？"

阮清恬知道任浩铭想岔了，既没承认也没否认，只是呆呆地看着任浩铭。

任浩铭心里一暖："去收拾收拾东西，咱们回上海！"

阮清恬闻言眼睛一亮："真的？你愿意带我回去？"

"条件是你回去后要听我安排！"

阮清恬不满道："为什么啊？"

"没有为什么！"

一辆气派十足的车停到楚安安家门口。阮清恬迫不及待开门下车，欢呼雀跃地往家跑去。任浩铭赶紧下车，拉住阮清恬："你急什么，都送到家门口了，我还能吃了你不成？"

阮清恬警惕地望着他："任浩铭，你不是想反悔吧？"

任浩铭撇撇嘴："你当我是什么人？我说过的话你还记得吧？我说回上海可以，但必须听我安排！"

阮清恬瞬间气炸了，一脸不满地看着任浩铭。

"我就说一遍，我说的话你都给我记住了！第一，不许见林峰！第二，你做什么都必须经过我同意！第三，最近老实待在家里，哪儿也不许去！"

"任浩铭！我凭什么听你的！"

任浩铭拿着烧毁的账本残页，道："你烧我账本的事，我还没跟你算账呢！那里面可不单是些数字，因为你的任性给我造成的损失，要不要我给你重申一遍？"

阮清恬气愤地看着任浩铭："任浩铭！总有一天你会为你的霸道付出代价的！"

阮清恬说着负气走开。任浩铭好笑地看着阮清恬的背影，上车离开。阮清恬气愤地走出一段距离，忽然一股怪异的感觉涌上心头，她放慢脚步，回头，身后已经空无一人。

阮清恬恨恨地一跺脚，又气又失望道："讨厌鬼！竟然真的就这样走了！"

阮清恬说着收回不舍的目光，缓慢地向楚家走去。

青年商会外，一群顾客聚在商会门口闹事，大大的横幅上写着"慈善会长任浩铭谋财害命！"一排字。

佟老板有些为难地看着众人。

人群吵吵嚷嚷，抗议声此起彼伏。

"让任浩铭出来！这件事必须给大伙儿一个交代！"

"对！让他出来，我们要见任浩铭！"

"对！让他出来！"

佟老板正为难得不知道该如何是好，这时传来任浩铭的声音："任浩铭在此！"

佟老板闻声望去，脸上一喜："会长！"

任浩铭神情严峻地点点头，身后跟着慈善副会长和阿春。

任浩铭眼神凌厉地扫向众人。众人不由自主安静下来，面面相觑。

任浩铭清了清嗓子，说道："我今天在此宣布，我任浩铭将辞去慈善会长一职，暂时由副会长代为处理慈善总会相关事宜。"

但是任浩铭的说辞并没有让大家接受："光辞职就行了吗？山楂丸到底为

什么会害死人，给个说法！”

“对于这批山楂丸出现的重大失误，我任氏一定会彻查，给大家一个交代！”

副会长也上前，解释道：“对！大家少安毋躁，相信会长会给大家一个满意的答复的。”

“那你怎么赔偿我们？”

“请大家放心，我任浩铭绝不让大家损失一分钱，所有买任氏山楂丸的人，我们都会按照原价三倍的价格回收！”

众人议论纷纷，似乎已经有些动摇。

“赔钱有什么用！我兄弟都死了！人命关天，这责任你们担得起吗？”其中一个男人说到动情处，眼泛泪光，像是要哭出来。

众人连连附和。

任浩铭郑重道：“出现这样的情况，我作为负责人实在感到很抱歉。对于已逝患者，我们会尽力帮助死者家属。其他身体出现不适的人，我们会全额赔偿医药费，并且每人能到任氏银行领两块大洋的健康费。”

众人一下炸开了锅。

“这是真的吗？”

“这还差不多。”

众人纷纷点头称好。

解决外面的抗议人群，任浩铭黑着脸回到自己的办公室，阿春站在一旁候命。

“阿春，你去警察局请刘局长帮忙调查一下这个事件，如果警察来商会查证，我们一定要全力配合。”

“是，会长。”

这时阿夏领着一个人敲门进来。

任浩铭黑着脸：“你就是运送山楂的货车司机？”

司机唯唯诺诺的，似乎很害怕：“是。”

任浩铭继续问：“你这次在运送过程中有没有离开货车？”

司机想了想：“没有啊，就是……”

“什么？”

“不巧了，我那天也不知道吃了什么，一直肚子疼，中途停了好多次。”司机

小声地说道，生怕任浩铭会怪罪自己

任浩铭想了想点点头，并没有责怪他："以后万事小心。"

阿夏领司机出去了。

阿春上前道："会长，老王从咱家刚开始做山楂丸生意的时候就负责运送山楂，他应该不会撒谎。"

任浩铭脸色不好："阿春，你去把这次的账目拿过来，我倒要看看，到底是谁搞的鬼。"

阿春恭敬："是，会长！我这就去查！"

任浩铭一回来就去了商会。现在那帮买山楂丸的顾客们已经消停了不少，照这样下去，这件事说不定就会很快平息。这消息对林峰来说，绝对是一个坏消息："是吗？如果当时让迈克先把有毒的山楂丸运到国外，就不是赔点钱这么容易解决的事了。"

"真是便宜任浩铭这小子了！"虎子愤恨地说道。

林峰冷笑一声："不过要是任浩铭这么轻易就被整垮了，这游戏就无法继续了。我也会失望的！"

"那，峰哥，接下来应该怎么办？"

"我已经假借任浩铭的名义约迈克来上海了，他过两天就能到。见面的地方找好了吗？"

"就在西外滩再往西五里的码头，特别偏僻，没什么人。"

"你确定任浩铭没有联系上他？"

"有人盯着任浩铭那边呢，放心吧，峰哥。"

林峰满意地点点头。

任浩铭的办公桌子上，一堆账目杂乱地放着。他沉着脸，坐在办公桌前一一核对账单，时不时地在账单上勾画着什么，表情严肃。过了一会儿，任浩铭疲惫地放下笔，靠到椅背上，揉着发痛的太阳穴。

阿春敲门，端着一杯咖啡走进来，放到任浩铭的面前："会长。"

任浩铭揉着眉心，问："后天就是与迈克的交易时间了，山楂丸那边准备得怎么样了？"

阿春答道："已经提前生产完毕，正在检查是否有残次品。"

任浩铭闭着眼睛仰靠着椅背："嗯。迈克呢？最近这段时间有关于他的消息吗？"

阿春欲言又止，为难地低下头。

好半天没有听到阿春的回复，任浩铭睁开眼："怎么了？"

"到昨天为止，迈克先生一直都没有联系我们。"阿春吞吞吐吐地说道。

任浩铭皱眉呵斥一声："为什么不早说？"

阿春急忙解释："因为迈克先生之前说过等有了新的电台频率会联系我们，所以我一直在等迈克先生那边的消息。"

任浩铭皱眉："那他现在人在哪里？"

"应该还在英国。"

"什么叫'应该'？"任浩铭怒道。

阿春无法回答，急忙低下头去。

任浩铭一脸忧愁："真是一波未平一波又起，最近的事有些蹊跷……不管通过什么方式，必须联络上迈克，他可能会有危险，一有消息就通知我！"

"是！"阿春羞愧地低下头。

天色已黑，月亮高挂，四下无人。

迈克和一个助手拎着皮箱从渡轮上走下来，来到码头。正准备离开，一个留络腮胡子的男人出现在他们面前，这人正是林峰的手下胡彪。

胡彪伸出手，微笑道："你好，迈克先生。"

迈克操着不太熟练的中文，疑惑地问道："你是会长的人吗？"

"会长今天不会来了。"胡彪冷冷一笑，斜眼望着迈克。

"会长呢？他答应我交付一半的货款，今天就可以先来验货。"看出这些人来者不善，迈克的脸色也变得严肃起来。

胡彪嘲讽地冷笑："恐怕要让你失望了，货不在我手里。"

迈克有些生气："你们会长怎么可以出尔反尔呢！做生意讲的就是信誉，像会长这样做生意，早晚会失败。"

迈克说完转身就想与助手离开。林峰却突然从暗处走出来，出现在迈克和助手面前。

胡彪一见林峰，立刻殷勤地迎了上去："老大，您来了。"

林峰一脸奸笑。

迈克面色严峻："你们这是什么意思?"

林峰微微一笑："很抱歉,迈克先生。今天来了,你就再也回不去了,怪只怪你和任浩铭做生意!"

林峰说着拔出枪对准迈克。

迈克一惊："你……"

还好迈克反应及时,在林峰开枪之前,他用箱子挡住枪口,并使劲一推,林峰差点仰着摔倒,被胡彪扶起来。此时迈克和助手已经跑出老远。

林峰开枪,击毙了迈克的助手。助手很快倒在地上,第二颗子弹却与迈克擦身而过。

林峰一声令下："追!"

迈克疯狂地向前跑去,林峰二人紧追在后。不一会儿,任浩铭的车开了过来,车门打开,任浩铭与春、夏、秋、冬四个随从分别下车。

任浩铭冷着脸,看到地上的尸体,面色不免更加阴沉了。阿春俯身检查尸体,起身道："会长,是迈克的助理。"

任浩铭有些焦急："四处查看一下,说不定迈克还活着!"

春、夏、秋、冬："是!"

几人四处散开。

而一直被林峰追击的迈克此时已慌忙地找了个角落躲起来,静静地听着外面的声音。

任浩铭谨慎地走进一个仓库查看,忽然听见一块罩布下有动静,任浩铭轻声问："迈克?"

罩布起伏了几下,任浩铭慢慢靠近。

这时,迈克听见有人慢慢靠近的脚步声,全身颤抖,屏住呼吸。面前的罩布被掀开,迈克睁眼,只见林峰一脸阴险地站在他面前。

而另一边,任浩铭的面前蹿出来一只野狗。他松了一口气,但立刻听到迈克一声惊叫,接着是一声枪响。任浩铭全身一震。

林峰收起枪,胡彪捡起地上的皮箱,拿到林峰面前打开,一脸兴奋："峰哥!"

林峰望着箱子里的钱,满意微笑："赶紧离开这里!"

林峰说完转身离开。迈克的尸体躺在地上。林峰和胡彪分别坐到车里:

“善后的事……”

胡彪信誓旦旦地回答:“我会找人处理的。”

林峰满意地点点头。

春、夏、秋、冬很快发现了迈克的尸体。任浩铭一脸惋惜地望着他的尸体:“对不起,没想到我还是来迟了!”

第二十七章

一波未平一波又起

突然任浩铭发现了迈克身侧的一个弹壳，以及一旁的轮胎印，冷声吩咐道："去查一下。"

"是！"

林峰自从加入青帮之后，眼线遍布整个上海滩，消息自然灵通。没过多久，虎子就得到任浩铭在彻查迈克死因的事情，急急忙忙跑去向林峰报告："峰哥不好了！"

林峰走出房间，瞪了虎子一眼："我好得很。"

"峰哥，那天晚上好像留下了线索，任浩铭……"虎子焦急地说道。

林峰瞪着虎子，怒道："胡彪这混蛋！任浩铭查到什么了？"

"任浩铭找到了一个轮胎印和空的子弹壳。"

林峰想了想，沉声道："把胡彪推出去顶罪。好好安顿一下他的家人。"

"我知道了。"

任浩铭刚从车上下来，阿夏就跑过来："会长，杀迈克那把枪的买主是一个叫胡彪的人，胡彪是青帮的人，打劫杀人无恶不作，警察局也已经把胡彪列为主要嫌疑犯了。"

任浩铭拧眉深思："青帮？胡彪现在人在哪儿呢？"

“已经死了……好像是被青帮内部处决的。”

任浩铭若有所思：“我和九爷向来井水不犯河水，可这几天的事明显是冲着我来的，现在又来个死无对证……莫非我在什么地方得罪九爷了？”

“需要我帮您约九爷见面吗？”

任浩铭想了想：“我不想跟帮派有任何瓜葛，先看看那边有什么动静。”

“是。会长，还有一件事挺奇怪的，我们的人看见林峰进青帮会堂了。”

任浩铭皱眉：“林峰？他怎么会和青帮有来往？”

青帮的大堂，九爷端坐在正中。而林峰面无表情，站在九爷面前。

“听说你牺牲了我们一个兄弟替你顶罪？”九爷威严的声音。

“是，还请义父责罚，孩儿是有不得已的苦衷。”林峰冷静地回道。

九爷面色一冷：“哼！你要是真怕我责罚，你就不会这么做了。峰儿，我应该跟你说过，做任何事都要比对手多走一步，否则你只有输的下场。一步错，步步错。”

“义父，您放心，不会再有下次。”林峰立刻跪在九爷面前。

九爷望着林峰，感慨地道：“但愿如此！”

林峰低着头，看着恭敬，但是心里却在盘算着别的事情。

阮奶奶捂着肚子坐到病床上。阮清恬给阮奶奶倒了一杯热水：“奶奶，您这到底是怎么了？从昨天晚上到现在，您已经跑了好几趟厕所了，我还是帮您叫医生吧！”

阮清恬说着就要去叫医生，阮奶奶拉住阮清恬，虚弱地说道：“不用不用，只是拉肚子而已。我人就在医院，你还怕我会拉死啊！”

“呸呸呸！不许您说这么不吉利的话！好端端的怎么会拉肚子呢？您是不是吃了什么不干净的东西？”

阮奶奶想了想道：“也没吃什么啊！昨天晚上我只是吃了几颗山楂丸而已！”

阮清恬皱眉：“山楂丸？那是什么东西？奶奶，您该不会是昨天偷偷溜出医院，又被人说几句好听的给忽悠了吧？”

阮奶奶边从小柜里拿出一个纸包，边说：“这山楂丸可是好东西，我住院前刚听人说有保健效果时，心里也打鼓，可自从吃了这山楂丸以后，我确实觉得自己气色好了，气息也顺了，只是不知道这回怎么就……哎哟……”

阮奶奶说着又捂着肚子小跑去厕所。

阮清恬一脸担心地看着阮奶奶的背影。

任浩铭和阿春进到仓库里，后面跟着杂货店掌柜。伙计将仓库里的货箱全都打开，任浩铭上前一一检查。“这些货你都检查过吗？”

掌柜忙回道：“我一直都是挨个检查的。”

“问题会不会出在我们进的山楂上？”阿春问。

“不会的。我们有固定的进货商，进的全都是上好的山楂，不可能出现问题。”

任浩铭冷着脸质问道：“但是现在问题出现了，你要怎么说？”

掌柜的不知该说什么。

阿春：“掌柜的，山楂丸就属你那家店铺卖得好，生意也数你那家店铺最好，现在出现这种问题，损失最大的同样也是你那家店铺，你有没有想过这个问题？”

掌柜的一脸为难：“会长，这件事我是真的不知情，我也没想到会……”

“好了，现在不是说这些的时候。我问你，顾客那边都有什么反应？”任浩铭脸一冷，沉声问道。

掌柜的想了想，低声回道：“除了拉肚子，也没说什么其他的。”

“这两天仓库都有谁进来过？”任浩铭又问。

“前天我老婆生病，我让刘厨子的儿子帮我看了一晚上，除此之外，就没别人了。”

“走，去刘厨子家。”任浩铭下令道。

阮清恬看着阮奶奶脸色发白地走过来，忙上前搀扶：“奶奶，您老这么拉也不是事啊！何况您年纪都这么大了。我还是去叫医生给您看看吧！”

“不用，拉得也快差不多没得拉了……”

阮清恬扶着阮奶奶坐到病床上靠到床头，为她拉好被子：“奶奶，您那山楂丸是在什么地方买的？”

阮奶奶虚弱地说:“还不就是东街最大的那家杂货店里……”

“您好好休息！我去找他们理论!”阮清恬说完拿起那包山楂丸生气地离开。

阮奶奶虚弱地叮嘱:“恬恬,你可别跟他们打架啊!”

阮清恬没回话,头也不回地走了。

任浩铭站在刘厨子家外,隐约能听见里面传来一阵号哭。

“我的儿啊……你死得好惨啊……”

阿春急急地从里面走出来:“会长,刘厨子的儿子昨晚被人扔进了黄浦江,被发现时,人已经死了。”

任浩铭面色凝重,冷厉的目光中暗藏着些许不忍:“把人厚葬了！还有,看看他家里人有什么需要我们帮助的,我们一定要尽力帮助。要是有人需要找工作,都由我们来安排。”

阮清恬拎着一包山楂丸刚走到杂货店门口,就听到杂货店里传来一个浑厚的女中音。

一个身材臃肿的大婶站在柜台前,将一包山楂丸拍在柜台上:“叫你们掌柜的给我出来!”

伙计连忙招呼:“这位大婶,您找我们掌柜的什么事？要是买东西……”

阮清恬此时也拎着一包山楂丸走进杂货店。

“呸！还买？现在就已经上吐下泻了,再买就得出人命了!”大婶大声道。

伙计唯唯诺诺,生怕大婶把人招来:“大婶,咱有事说事,您要对我们的山楂丸有意见,我给您换一包就是了,没根据的事情可不能乱说。”

伙计说着就要把大婶放到柜台上的那包山楂丸收走。

阮清恬上前一把按住柜台上的山楂丸:“别动,你拿走之后,谁知道你会不会换啊!”

“怎么？你还怕我调包啊?”伙计反问。

“……谁知道!”

任浩铭此时来到杂货店外,听到阮清恬的声音,眉一挑。

伙计不乐意了:“姑娘,你这话说得有点欠妥当了吧？我们这店也算是老店了,从来不会欺骗客户的。”

“哼！只有老店，才会欺熟！正所谓店大欺客！”

任浩铭走进杂货店，正好看到阮清恬把她手里的那包山楂丸也放到柜台上。同时，阮清恬也听到了任浩铭走进杂货店的脚步声，心里一惊，他怎么也来了？难不成他家也有人吃坏了肚子？

伙计看见任浩铭，立刻恭敬地道：“会长。”

“你家也有人吃山楂丸吃坏肚子了，是不是？”阮清恬看向伙计说道，“现在连大名鼎鼎的任会长都来找你们算账了，所以你今天必须给我们一个说法！”

大婶也附和道：“没错！”

伙计看看任浩铭，低着头，没敢说话。

任浩铭一脸坦然。伙计偷偷抬起眼来，瞄着任浩铭。阮清恬顿时反应过来：“难不成这家店是你开的？”

任浩铭一挑眉：“你有意见？”

“那你刚刚为什么不说？”阮清恬生气地道。

“你也没问啊！”任浩铭显得很无辜。

“那你自己不会说啊！我还以为你跟我一样是来找他们理论的呢！”

“可见你有多自以为是！”

“你才自以为是！”

大婶看看两人，不耐烦地道：“我说二位，咱们能不能说正题？”

任浩铭冲伙计说：“帮她们把货退了，再赔给她们双倍的费用。”他又冲着大婶说：“至于您家里吃坏肚子的人，请马上送他去医院治疗，我们会负责全部的医药费。给您和您家人带来的惊吓，我很抱歉！”

大婶反倒有些不好意思：“没，没什么啦！拉个肚子又不会死人，我家那口子壮得跟头牛似的，多拉几次当减肥了！会长，你每年捐那么多钱，特别照顾我们，不用那么客气！”

伙计将钱款分别交给阮清恬和大婶。

大婶拿了钱走了。

任浩铭又吩咐道：“让掌柜的去登个报，将这次卖出的所有山楂丸全都以双倍的价钱收回。凡是因山楂丸导致身体不适，需要到医院治疗的，费用由我们全部负责。”

伙计应道：“是。”

任浩铭说完不理阮清恬，往里走。

“喂……”阮清恬本来还想说些讥讽的话，但是却发现任浩铭脸上有一丝疲惫，“你看上去好像很累，到底是怎么回事？”

“不关你事，你就甭跟着瞎操心了！”

阮清恬突然想到什么，说道：“照你这么赔偿，也不是个事儿啊！我出个主意，帮你挽回点损失，你看怎么样？”

任浩铭和阮清恬坐着，阿春为两人泡茶。

“说吧！你想怎么帮我挽回损失？”任浩铭气定神闲地问道。

“要我说没问题的！但你要答应在我回邮务局上班时，你别再来纠缠我，打扰我上班！”

任浩铭端起阿春泡好的茶：“先说出你的主意，再看我要不要答应！”

阮清恬不依：“你先答应我，我再告诉你！”

任浩铭饮着茶，不说话。阮清恬无奈地翻了个白眼：“好，因为我喜欢瞎操心，所以你赢了！你让人重新进一批上好的山楂，抓紧加工制作，上海市民可凭有效身份证件，到店免费品尝，并免费领取一份。这样一来，不仅可以挽回山楂丸的声誉，还可以赢得更多的顾客。”

听到阮清恬的话，任浩铭眼中透着欣赏。

阮清恬十分得意：“现在你可以答应我了吧？答应不再去邮务局纠缠我！”

任浩铭看看时间：“阿春，我跟阮小姐的约会时间快到了吧？咱们可不能迟到。”

任浩铭说完往外走。

阮清恬不满地站起身：“会长，你这根本是过河拆桥！”

任浩铭回过头来，沉着脸补了一句：“而且不说谢谢！”

阮清恬看着任浩铭离开的背影，气得不行：“简直了！”

任浩铭和阿春先后走出来，吩咐道：“让他们重新进一批上好的山楂，按楚小姐的方法，加紧制出一批山楂消食丸。”

阿春：“会长，您真打算这么做？”

任浩铭微微一笑：“试一试也未尝不可！”

阿春立刻明白了任浩铭的心意，会心地一笑。

楚安安穿着那套淑女范的洋装走进咖啡厅，看看时间，然后对服务员道：“给我找个靠窗的位子，我等人。”

“好的，请随我来。”

楚安安跟着服务员走到位子上坐下，然后打开手包，拿出化妆镜，整理自己的仪容。

楚安安百般无聊地坐在位子上等着任浩铭，面前放着一杯喝完的咖啡。她无聊地看向玻璃窗外，远远看到任浩铭走来，赶紧笑着摆正坐姿，展现一副淑女的样貌。

任浩铭走进咖啡厅，看到楚安安，走过来坐下，谦逊有礼地说道：“阮小姐，不好意思，我来晚了！”

楚安安看见任浩铭来了，整个人都变得生动起来，笑逐颜开道：“没关系，会长能来，我已经很开心了。服务员，来两杯拿铁……哦，会长，你喝拿铁吧？还是……”

任浩铭笑：“阮小姐做主就好。”

楚安安笑逐颜开，试探道：“会长这么晚来，应该是被什么事给耽搁了吧？”

“确实。”

服务员此时送上两杯拿铁咖啡，打断了两人的对话。

而此时此刻，被楚安安拒绝的宋诚正在酒吧里一个人喝闷酒。

一个有点娘的男人站在吧台后，厌烦地发着牢骚：“又因为那女人？要不怎么大白天的就跑这儿来买醉。”

宋诚苦笑：“你说我是不是上辈子欠她的？否则怎么就对她没辙呢！她不管是打我，还是骂我，我都生不起气来。”

宋诚说完喝干杯中酒。

酒保劝道：“你啊，就是犯贱！标准的被虐狂！”说着又给宋诚倒了一杯酒。

“也许你还真说对了。”

“别怪我没提醒你，苏州那边，你还要想想怎么解决才行……”

宋诚不在意地挥挥手，一口喝干杯中酒：“那都不是事！走了！算我账上！”

宋诚又喝了几杯，有些醉意的时候，才走出酒吧。酒吧外不远处，虎子正在跟一个小男孩交代着什么，只见小男孩从虎子手里接过一张纸条。虎子给了小男孩一张银票后离开。

小男孩看到宋诚，跑了过去："宋公子，有人要我把这个交给你。"

小男孩说着将纸条交给宋诚，然后跑开了。

宋诚疑惑地打开纸条，纸条上写着"楚安安正在南京路的咖啡厅与一个男人约会"。

宋诚攥紧纸条，一脸愤慨。等宋诚赶到纸条上所写的咖啡厅外的时候，正好看到楚安安挽着任浩铭的胳膊，小鸟依人地走出来。看见楚安安挽着任浩铭亲热的样子，宋诚怒火中烧，想都不想地上前就是一拳，幸好任浩铭反应快，躲过宋诚挥来的拳头。

任浩铭第一时间回打过去："这世上还没有人敢打我！"

宋诚同样躲闪过去："哼！敢碰我的女人，你就得准备受死！"

两人顿时愤怒地纠缠在一起。

楚安安急了，怒道："宋诚，你在干什么？居然敢跟会长动手，你不要命了是不是？"

宋诚回头，大声吼着："你现在是我的未婚妻，没有我的允许，你不能跟任何男人鬼混！"

楚安安又是蹙眉，又是跳脚，急着撇清和宋诚的关系，生怕任浩铭误会："谁是你未婚妻？你别乱说！我跟你没有任何关系。会长，别听他乱说！"

任浩铭接住宋诚的拳头，反手一扭，钳住宋诚，冷冷道："我对你的女人没兴趣！别自作多情！"

宋诚强忍疼痛，恶狠狠地瞪着任浩铭。

任浩铭甩掉宋诚："你们的事情最好处理清楚，不要把我牵扯进去。我不希望再发生这种事！"

楚安安立即赔笑："不会了，一定不会了！"

任浩铭冷着脸离开。宋诚想拦："任浩铭……"

楚安安愤怒地拉住宋诚："你闹够了没有？宋诚，你最好搞清楚，我对你没感觉，我喜欢的是会长，我们现在正在交往，请你不要再打扰我们的约会。"

宋诚气急："你……"

"你要还是恣意妄为，我们连朋友都没得做！"楚安安警告道，说完离开。

宋诚气愤不已："任浩铭，我要你好看！"

第二十八章

神秘中年男

林峰坐在沙发上自己玩着国际象棋，刚拿起一颗棋子，虎子便走进客厅。

林峰看了虎子一眼，边放棋子边问："安排好了？"

"都照您的吩咐安排好了。"

林峰满意地点点头："任浩铭，惹上大帅的儿子，我看你这回要怎么脱身！"

阮清恬心事重重地走在街道上，心想着，安安说得对，身份的事，还是早点说清楚才好。她打算先跟任浩铭说清楚。可是，如果真的说出来的话，任浩铭会不会怪她呢？算了……不管了，先说了再说……

阮清恬这样想着，再抬首的时候，已经走到了青年商会的门口。刚走到任浩铭办公室门口，就看到阿春拿着一份文件从任浩铭的办公室走出来。

"楚小姐，您来找会长吗？他在开会。"

"哦，那我等他一会儿好了。"

阿春为阮清恬打开办公室的门："您进屋等好了。"

"谢谢。"阮清恬温柔地说了一句，然后走进办公室。

过了一会儿，任浩铭和副会长等人从会议室走出来。阿春拿着文件走过去："会长，您要的文件。"

任浩铭接过文件交给副会长："这是最新的报表，你拿给大家看看。"

副会长接过文件:“好的。没事我先走了。”

阿春等副会长离开后,才对任浩铭说道:“会长,楚小姐来了,我让她在您的办公室等你。”

“我知道了,你去处理一下副会长今天在会议上说的几个问题。”任浩铭淡淡说道。

“是。”

任浩铭刚要走向办公室,阿夏突然急匆匆地拿着一个纸条走过来:“会长。”

阮清恬坐在沙发上等着任浩铭开完会,心情有些忐忑不安。两只手不安地反复绞着衣服下摆:“这要等到什么时候啊?我还是去找他说清楚!”

这样焦躁的情绪,让阮清恬一刻也等不了了,她站起身,径直走出办公室。

阿夏站在任浩铭面前,汇报道:“会长,任晓晓小姐当初往苏州寄过一个包裹的事情有消息了。”

任浩铭神色一凛:“说!”

“苏州那边传来消息,说是有个男人昨天到十全街27号去退二小姐在那边的房租。”

阿夏说话的时候,阮清恬刚好走到会议室外,将阿夏的话听得一清二楚,话中信息惊得她停下了脚步。

任浩铭急切地追问:“去退房租?是谁?多大年纪?什么特征?”

“那男人大概四十来岁,穿着挺体面的,中等身材,因为戴着帽子,所以并没看清相貌。”

阮清恬与任浩铭听到阿夏的话,皆是一惊。

任浩铭疑惑:“难道那个男人还没死?”

阮清恬更是吓得半死。天啊!难道那个男人没死?他要是没死的话,会长又该抓住他妹妹的事问她了,不行,她得去告诉安安!

阮清恬念及此处,吓得立即落荒而逃了。

“阿夏,你现在亲自去苏州那边查一下那个退房的男人,不管有发现什么线索,一律向我汇报。”任浩铭冷声吩咐道。

“是。”

阮清恬急匆匆地跑出青年商会,却没想到正好撞到来找任浩铭的楚安安。

“清恬？你怎么会在这里？你是不是想找任会长说我们身份的事情?”楚安安说到最后带着些质问的口气。

阮清恬急得话都说不清楚了:“安安,我们绝对不能让任浩铭知道我们换身份的事情。”

楚安安不解:“你刚刚不是还想……”

“这里不是说话的地方,你跟我来。”

阮清恬说完拉着楚安安往一旁走去。

阮清恬将楚安安拉到一个巷子里,没来得及细想,便跟楚安安坦白了:“安安,我刚刚确实是想跟任浩铭说出我们换身份的事情,因为我觉得越拖越会有意想不到的事情发生,而且我们也不能一直欺骗任浩铭。这样不好!”

“能有什么意想不到的事情？分明是你……”楚安安并不相信阮清恬的说辞。

但是阮清恬心里着急,也顾不了那么多了,她急切地打断楚安安,嘱托道:“安安,你听我说,听我说！刚刚有人给任会长送信,说有人去苏州退任晓晓租的房子,任浩铭怀疑任晓晓的大龄男友还没死,所以任会长肯定会再次查证这件事。这件事肯定还没完!”

楚安安震惊不已:“什么?”

“安安,我再问你一遍,你到底知不知道任晓晓和那个男人交往的事,你要不知道,我要你发誓!”

楚安安也吓得不轻,连忙说道:“我发誓,我发誓,我可以发一万遍誓,我真的不知道!”

阮清恬拉起楚安安的手:“如果你不知道的话,我们现在就去找任会长,把交换身份的事跟他说清楚!”

“不行不行不行,任会长现在肯定又想起他妹妹的事来,我们现在去找不等于火上浇油吗！等过一点时间再说吧!”楚安安吓得要死,一想到要承受任浩铭如炬的目光,整个人便不由自主地颤抖起来。

阮清恬见到楚安安胆战心惊的模样,也不忍心再逼迫她,只好暂时按照楚安安的意思,将这件事情压下来。

第二十九章

身陷囹圄

两辆军车突然气势汹汹地停在青年商会门口，车上陆续跳下几队端着机枪的士兵。一部分士兵端着机枪冲进青年商会，剩下的士兵全都端着机枪守在青年商会门口。

巨大的阵仗引来了大批群众的围观。

“怎么回事啊？”

“怎么会有军队的人？”

“是不是青年商会的人惹了那些当官的？”

不一会儿，任浩铭便被端着机枪冲进青年商会的那队士兵押解出来。士兵们端着机枪对着任浩铭。

阿春从后面急追出来：“会长……”

有两个士兵端着机枪对着阿春。

任浩铭面无表情，波澜不惊的语气如常：“回去。”

阿春担心地想上前：“会长……”

任浩铭瞪了阿春一眼：“回去。”

阿春只好沉默地往后退，但是望着任浩铭的目光依然充满担心。

青年商会外的士兵们全都端着机枪快速登上军车。两辆军车如来时一样，气势汹汹地开走，卷起一阵尘烟。不一会儿，两辆军车气势汹汹地驶进了营房。

轿车驶进后，帅府的大门又迅速关上。门外聚集了几个看热闹的百姓，议论纷纷。

“看样子又是抓了什么人了！”

“唉，这人啊，只要是被抓进帅府里，可就凶多吉少了！”

百姓脸上都是同情的表情，默默哀叹了一会儿之后，他们便随着之前扬起的尘土，悄无声息地散去了。

帅府中，宋诚霸气十足地坐在沙发上，给楚安安打电话：“喂，安安，是我啊，你下午——”

宋诚的话还没有说完，楚安安不耐烦的声音便传了过来：“我没时间！”

宋诚锲而不舍：“我知道话剧社今天不排练，你是有时间的。”

“宋公子，难道我的生活除了话剧就没有别的了吗？我有没有时间我说了算，不用你来安排，实话告诉你吧，我已经约了人了。”

“约人了？不会是任浩铭吧？”宋诚不屑地勾着嘴角，嘲讽地道，“哼，恐怕他今天无法赴约了。”

“你什么意思？”电话那端，楚安安的声音突然变得尖利起来。

“没什么意思，你就等着瞧吧。”宋诚挂断了电话，咬牙切齿，“任浩铭永远不会赴约了。”

阮清恬正在从顾客手中收取包裹，突然小萍大叫着朝她跑过来：“安安！”

小萍的声音打断了阮清恬的思绪，抬起眼来，她便看到小萍张牙舞爪的模样。

“怎……怎么了？”

“我叫了你好几声，你都没听见，看你这样子，是在为会长的事担心吧。”

“会长？什么事？”阮清恬一副不知道发生了什么的样子。

小萍有些惊讶：“你还不知道？”

阮清恬更加纳闷：“知道什么？”

小萍从别处拿来报纸，递给阮清恬：“你自己看。”

阮清恬拿过报纸，展开后，表情立刻变得惊慌，一脸的不知所措。

报纸上，硕大的标题写着“任会长被劫进帅府，原因不明”。

“任会长这是做了什么呀？难道是仇家寻仇？”小萍试着分析。

阮清恬毫无头绪，担心不已："怎么会这样，昨天还好好的呢。"

小萍赶紧安慰阮清恬："你也别太担心，任会长那么大的人物莫名其妙地就被抓了，应该是个误会，说不定很快就会放出来的。"

阮清恬机械地点了点头，一颗心仍在慌乱地跳着。

任浩铭被士兵架着，送进了营房。他脸上有被打过的痕迹，但神智异常清醒。

士兵将任浩铭推进监牢："进去。"

任浩铭突然冷静地道："等一下。"

两个士兵回过身来："干什么？有话快说，有屁快放。"

任浩铭冷冷地望着两人："帮我给宋公子带个话，有本事光明正大地来见我，躲在自家父亲的身后算什么本事！"

一个士兵啐了口痰："呸！那是我们少爷有能力！你就在里面给我好好待着吧！"

任家公馆内，阿夏和阿秋、阿冬正在客厅里集结手下，要去大帅府解救任浩铭。

阿夏气势汹汹："弟兄们，这宋诚欺人太甚，竟然敢带兵来我们的地盘绑人！今天咱们必须把会长救出来！"

阿秋、阿冬和几个弟兄也都举枪响应："对！不放人我们就跟他拼了！"

谷雨站在一旁惊慌失措地看着。

阿春突然冲了进来，一把夺下阿夏手里的枪，高声："都干什么！都不要命啦？"

阿夏豪迈地一挥手："不要了！我们这命都是会长给的，他绑了我们会长，我们就去绑大帅！"

阿春斥道："你疯啦？你们这是去救会长吗？你知道帅府里有多少把枪，咱们有多少把枪吗？我们还没走到那里就全被毙了！你们这样只会把事情弄得更糟！真是胡来！"

阿夏心里认同，嘴上却不服气："那你说怎么办？！总不能眼睁睁看着会长在里面受苦吧！"

阿秋道："就是，大小姐也不在家，连个拿主意的人都没有。"

阿冬提议："要不，我们报警？"

阿春摇头："我刚从那边回来，宋诚好像已经买通了警察，不管我怎么说，那些人一点想管的意思都没有。"

阿夏惊慌："那怎么办？还真能无法无天了？"

阿春竭力镇定下来："阿秋、阿冬，你们快去报社登报，就说宋诚靠着宋大帅的权势，胡乱抓人，强行栽赃陷害，我们一定要讨个说法。其他人守好公馆，以防宋诚再有动作。"

"是，明白了。"

阿春话音刚落，所有人四散开来，各自忙乎去了。

而另一边，阮清恬也没闲着，刚下班就去找楚安安了。

"恬恬？你怎么来啦？"楚安安看着拿着报纸冲进来的阮清恬，有些诧异。

"我……"阮清恬心急如焚，连话都说不清楚了。

楚安安没搞清楚状态，不想理会阮清恬："不管你说什么，我现在没时间，一会儿还要出去跟任会长约会呢。"

阮清恬说不清楚，直接把报纸给楚安安："都这时候了，还约什么会啊！"

楚安安看见报纸内容，大惊。她一把抓住阮清恬，惊慌失措："这是怎么回事？任会长怎么突然惹到宋大帅了呢？"

阮清恬气喘吁吁地道："我也是今早看到报纸才知道的，安安，你说，我们能不能帮任浩铭做些什么？"

楚安安努力让自己镇定下来："这样，我先派人去警察局打探消息，咱先弄清楚怎么回事再说。"

阮清恬急切地望着楚安安："那任浩铭他会不会有危险啊？"

"既然已经登报了，军阀迫于舆论压力，暂时应该不会把任会长怎么样的。"楚安安像模像样地分析道。

阮清恬不安地点点头。

"另外，我们再找找人疏通疏通，你看你那边有没有人能帮上忙的？"

"我这边？我又不认识什么大人物！"阮清恬沮丧地道，突然她想到一个人，"对了，也许林先生可以帮忙。"

阮清恬没敢耽搁，立即去了林峰的办公室，心里不断地祈求着，希望林峰能够不计前嫌帮任浩铭一把。

林峰一看来人是阮清恬，很高兴："安安，你来了？正好我也想下班去找你呢。"

阮清恬不安地道："林先生……其实我今天来，是有件事想求你帮忙。"

林峰假装转身看向窗外，实则想了想，心里大概知道阮清恬想说什么，但他依旧笑着说："我和你用不到'求'这个字，有什么事，我能做到的肯定不推辞。"

"是有关任会长的……"

林峰佯装诧异："任会长？"

"是啊，任会长也不知道惹着谁了，竟然被抓进大帅府里了。"

林峰假装不知："嗯？竟有这事？"

"我想来想去，我认识的人中，可能也就只有您有办法救他了。"

林峰没有说话。阮清恬以为林峰是因为之前任浩铭让他丢了工作的事，记恨任浩铭，不想帮忙，于是继续道："我知道您和任浩铭之前有些过节，他这人虽然很霸道，总是按照自己的想法做事，但是本性不坏的，所以林先生您能不能帮帮他？"

林峰想了想，仿佛下定了决心："既然你开口了，我当然会竭尽所能。"

阮清恬欣喜非常："真的吗？谢谢林先生！"

林峰一脸微笑。

"对了，您说正好要找我是为了什么？"阮清恬突然想到之前林峰说的话。

"也没什么大事。"林峰微笑着从桌上拿起一个小礼盒，递给阮清恬，"这个给你。"

"这是？"阮清恬意外地望着林峰。

林峰微微一笑："之前你为我恢复工作四处奔走，受了不少委屈，我还没好好答谢你呢。"

阮清恬好奇地打开礼盒，盒中是一套"双妹"化妆品。短暂的惊喜过后，阮清恬连忙摆手："这么贵重的礼物，我不能收。"

林峰直接将礼盒放到阮清恬的包里，声音温柔："你现在已经开始工作了，会用得到的，你就收下吧。不然我会很生气的。"

阮清恬推脱不得，只好勉强收下，但还是不忘叮嘱林峰："谢谢林先生。那任会长的事就拜托了！"

林峰微笑着点点头。待阮清恬离开，他脸上的笑容立即冻结成冰。“任浩铭，虽然这一次我不能亲手折磨你，但是宋诚也不会放过你的。这一次，你就是不死，恐怕也要脱层皮了。”

阮清恬对林峰深信不疑，认为他一定能够救出任浩铭，却不知道自己正一步步走向危险。阮清恬刚走出商学院，突然一辆轿车一个急刹车停在了她面前，从车上下来几个穿西装的男人，走到了阮清恬面前。

阮清恬吓了一跳，后退了几步。

李副官身后跟着几个手下，走到阮清恬面前问道：“请问你是楚安安小姐吗？上海私立商学院无线电专业的楚安安？”

阮清恬胆怯地回答：“你们是谁呀？”

李副官冷声道：“请楚安安小姐跟我们走一趟吧。”

“去哪儿啊？”

李副官冷冷地道：“去了你就知道了。”

“去哪儿都不说，我凭什么跟你们走啊。”阮清恬有些生气了，说着就要走。李副官突然上前一步：“希望楚小姐聪明些，不要做无谓的举动。”

阮清恬想逃，被众西装男拦住去路。

李副官一挥手，对身后的手下吩咐道：“带走！”

眼看众人围了过来，阮清恬有些惊慌：“你们是什么人？要带我去哪儿？你们怎么能随便抓人呢！”

李副官的手下不顾阮清恬的反对，手脚麻利地将阮清恬推进车里。而此时躲在不远处的阿夏，正惊慌地看着这一幕。

阿春难以置信地问阿夏：“你说什么？楚小姐也被抓了？”

阿夏十分肯定：“我刚从警察局出来，回来的路上看见楚小姐站在商学院门口，我正要跟她打招呼呢，就看见一辆黑色轿车停在她面前，一个穿军装的人下来，没说两句，就把楚小姐带上车走了。”

“你看清了？真的是楚小姐？”

“是楚小姐没错。”

阿春担心地皱起眉头，这下可糟了，真是祸不单行。而一直站在一旁的谷雨等下人也都一脸担心。

阿春继续问：“楚小姐的事情先放一放。会长那边，警察局的人怎么说？”

阿夏沮丧地回答："他们说报纸上都是唬人的，没有确切的证据，还是不能轻易出警。"

"这到底是为什么呢？"

这到底是为什么啊！阿春百思不得其解，欲哭无泪。而阿夏也是一脸茫然，没有头绪，只能尴尬地站在一边。

任浩铭被绑在刑架上，雪白的衬衫已经被血染红了，乌黑的发被汗水濡湿，头耷拉着，看起来已经昏过去。

突然一盆水泼到了任浩铭脸上，任浩铭猛地被惊醒。

守卫的士兵冷漠地望着他，恶狠狠地道："不许睡！宋公子让我们看好你，好好挫挫你的锐气，教你以后变得善良一点。"

士兵靠近任浩铭，被任浩铭啐了一脸。

士兵大怒，边擦边骂："你——你不想活了！"

任浩铭被折磨得虚弱无力，但是目光却依然冰冷："你们的宋公子真是可悲，用这样下流的手段对付我，恰恰证明了他的无能。"

"都到了这步田地了，还以为自己是公馆里的大会长呢！醒醒吧你！给我泼！"

说着旁边的士兵又给任浩铭浇了一盆水。

然而就在这样的时候，任浩铭竟然不自觉地想到了阮清恬生气时可爱的模样，情不自禁地笑了出来。

守卫们见状，嘲讽道："真是个疯子，现在竟然还能笑得出来！"

"估计快被我们折磨疯了吧？"

"谁让他惹我们宋大公子，真是吃了豹子胆了！"

任浩铭一脸的不屑，但是也并不与他们争辩，只是在心里想着，不知道那个傻妮子现在在干什么。

阮清恬坐在轿车的后排，两边都是面无表情的黑色西装男。她一脸惊恐，心里嘀咕，看这个人穿着军装，来头应该不小。会长好像也是被一队士兵抓走的。会不会和会长的事有关呢？

正想着，轿车驶进了帅府，阮清恬心里一颤。

车停下，一个士兵给阮清恬拉开车门，阮清恬下车，好奇且警惕地看着帅府。

李副官做了一个邀请的动作："楚小姐请。"

阮清恬犹豫着走进帅府。

宋大帅此时正从楼里透过窗户往下看，看到楼底下正走进帅府的阮清恬，不禁赞道："哎哟，这妞儿果然长得不错！"

阮清恬被李副官带到一个密闭的监听室。李副官面无表情地吩咐："楚小姐，这次请你来是想请你帮忙找回一个消失的电台。"

阮清恬纳闷地重复："找电台？"

宋大帅和手下站在监听室外面，透过玻璃好奇地看着阮清恬："你说的就是她？"

手下立刻恭敬地回："是，大帅。"

宋大帅有些质疑："不过是个小妮子，真的听力过人，找得到电台吗？"

"我调查过，她虽然年纪轻轻，但听力惊人，几乎所有的听力比赛都拿了第一名。"

宋大帅颇有几分不屑："哼，要不是有胆大包天的劫走了我的军火，又偷偷改了联络的频道，我至于靠个小妮子吗？现在只能死马当活马医，碰碰运气了。"

手下连忙附和地点点头。

宋大帅看着阮清恬反倒饶有兴趣："仔细一看，这个小妮子还挺迷人的。比我那第十八房姨太太长得还可爱。"

手下不知该接什么，只能干笑。

宋大帅突然想到了什么，又吩咐道："对了，听说最近股市不错，李局长赚了不少，帮我选两只股票，给我买五千大洋的。"

"五千大洋？大帅，会不会有点多？"手下有些担心。

"高投入才有高回报嘛！扭扭捏捏的，怎么赚得了大钱！"宋大帅不以为意。

"是，大帅。"

阮清恬戴着耳机，在密闭的房间里专心致志地寻找消失的电台。突然她耳朵一动，听到了宋大帅和李副官的谈话，微微皱眉。她不动声色，环顾四周，发现门口站着两个守卫，都面无表情，还有一个小士兵站在自己身边，凝神关注着自己的一举一动。

阮清恬已经大致掌握了情况，知道逃跑无望，只能乖乖就范。看来绑她来的人来头不小，如果她真的能帮他的话，说不定可以让他帮忙将任浩铭放出来。这么想着，阮清恬屏气凝神，充分动用自己的听力仔细分辨着……

终于，她脸上露出了欣慰的微笑，电台找到！

阮清恬将密电码抄在纸上，交给身边的小军官，正要摘下耳机，突然又听到了一个消息，表情微微一动，暗暗记在心里。

李副官看见阮清恬摘下耳机，惊喜地走了进来："找到了？"

阮清恬点点头："嗯，找到了。"

"快快快，立刻派人开始监听。"李副官急切地吩咐，然后冲阮清恬热情地说道，"楚小姐这边请。"

阮清恬望着李副官，眼里充满了戒备。不一会儿，阮清恬被带到了书房，李副官关门出去。宋大帅坐在太师椅上，背对着阮清恬。

阮清恬小心地问道："请问——"

宋大帅转过身，站起来，走到阮清恬身边，上下打量着阮清恬，意味不明地笑着。

第三十章

深入虎穴

阮清恬有些不知所措，紧张地站在原地。

宋大帅一边捋着自己的胡须，一边笑着对阮清恬说："楚小姐果然名不虚传，宋某人十分佩服。"

阮清恬紧张地不说话，心说："难道这就是宋大帅？就是他抓的会长？"

宋大帅接着说："从今天起，我就在我的帅府工作吧，帮我监听电台，接收电报。"

阮清恬支支吾吾："这——我恐怕——"

"怎么，不愿意？"宋大帅一挑眉，已有几分不悦。

"我……已经有工作了。"阮清恬试着解释。

"哦，不知道楚小姐在哪里高就？"

"我在邮务局上班。"

宋大帅哈哈大笑："我以为是什么好地方，你在我这府里不比在那破邮务局好？"

"我喜欢在那里工作。"阮清恬飞快地回道。

宋大帅意味深长地看着阮清恬："你知道我桌子上放的这两样东西是什么意思吗？"

阮清恬才注意到桌子上有一把枪，还有一串宝石项链。阮清恬诚实地摇摇头:“这……我不明白。”

“自从我坐上这个位子,我身边的人只有两条路可走。”宋大帅说着,拿起项链示意道,“听我的,吃香喝辣!”又拿起枪,语气也变得凶狠,“不听我的,死路一条!”

阮清恬有些被吓到,但很快镇静下来:“你这不就是顺我者昌,逆我者亡,和以前的暴君有什么区别?”

宋大帅一愣:“暴君?”

“你刚才自己都说是请我帮你监听电台,既然是有求于人,就不应该是这种胁迫的方式。”

宋大帅听了,死死地盯着阮清恬。

阮清恬被看得害怕起来。

宋大帅忽然哈哈大笑:“外面那么多人抢着要进我的帅府,来给我效忠,你是第一个敢这么跟我说话的人,有趣!有趣得很啊!那你是想留还是想走?”

阮清恬心里衡量,要不先留下来看看,说不定有机会救会长:“我可以先工作几天看看。”

宋大帅果断地拍板:“好!李副官!”

李副官走了进来。

“你带楚小姐回房间休息。”

“是!”

宋大帅温柔地对阮清恬说道:“你先回房间休息休息,我给你挑个丫鬟好好照顾你,你想什么时候开始工作,就什么时候开始。”

阮清恬呆呆地跟着李副官走出了书房。

宋大帅捋着胡须,笑得阴森。

宋大帅将手里的报纸用力一扔:“这报纸上写的宋诚是抓了谁?”

李副官生怕自己说错了话,小心翼翼地回道:“我调查了一下,公子是私自出兵,抓了青年商会会长任浩铭,人就关在咱们帅府旁边的营房里。”

宋大帅烦躁地揪着自己原本就稀疏的头发,追问道:“原因是什么?调查清楚了没?”

“听说是为了一个女人——”

宋大帅立刻挥手打断:“行了行了,不用说了,用脚趾想都知道是为了女人!你说说我十八房媳妇,怎么就只生了这么一个带把的!但凡多一个,我也不会把他惯成这个样子!”

李副官赔笑:“大帅您是刀子嘴豆腐心,肯定不会不管自己儿子的。”

宋大帅叹了口气:“先让报社封锁消息,我不希望再看见有关这件事的报道了。你再去告诉那个小兔崽子,他要教训情敌可以,不要惹出什么事来,要不然我可不给他收拾烂摊子。”

李副官得令:“是!对了,大帅,那个楚安安——”

宋大帅阴险地笑了笑:“这个,我自有主意。”

阮清恬坐在床上,拿起床上的抱枕抱在怀里,心事重重地想,必须快点摸清楚宋大帅的喜好,救出会长。

阮清恬躺倒在床,想起之前曾经和会长一起的情景,眼里满是相思和忧伤。

第二天,阮清恬来到监听室工作,还是昨天那个小军官守着她。

阮清恬装作若无其事地戴上耳机,开始接收电报,并抄写密电码给小军官。

阮清恬边监听边思忖着:报纸上登了会长被抓的消息,这几天又很快平息了,恐怕是被宋大帅强压了下去,必须再将这个消息传出去,用舆论给大帅施压,迫使他放了任会长。

阮清恬看着身边片刻不离的冷面小军官,皱起了眉。

营房中,任浩铭饥饿难耐,遍体鳞伤,明显瘦了一圈,精神也有些萎靡了。他都快要忘了疼痛的感觉,但是阮清恬的那张脸是他活下去的全部勇气。

宋诚怒气冲冲地来到监牢。

守卫泼了任浩铭一盆水,任浩铭清醒了一些,看见了面前的宋诚。

宋诚看着任浩铭,嘲讽道:“任会长几日不见,怎么变成这般模样了?”

任浩铭也冷笑着反唇相讥:“宋公子倒是没怎么变,还是以前那副怂样。”

宋诚听了,又想起楚安安对自己说的话,气不过地拿起皮鞭狠狠抽在任浩铭身上:“还敢跟我嘴硬!我看你是敬酒不吃吃罚酒!”

宋诚说着,几步上前狠狠地踹了任浩铭一脚。任浩铭被踹翻在地,宋诚却依然不解恨,恶狠狠道:“看来本少的处事风格还是太平和了!现在就让你尝尝这刮骨鞭的滋味!”说着扬手就是一鞭。

任浩铭没有躲避，被抽狠狠了一鞭。

“哟呵，你平时不是挺有能耐的吗？怎么躲不过去了？”

任浩铭抬起头，眼神冰冷，一字一句道：“我要一鞭一鞭记着，日后加倍奉还给你！”

宋诚见任浩铭说话还这么嚣张，很生气：“好，那我就让你记得更清楚！”

说着扬手又要挥鞭。任浩铭咬牙承受着，勉强抬起头来，眼中依旧带着不屈的光芒。宋诚索性扔下皮鞭，从守卫的腰里拔出枪来，顶在任浩铭的额头上，气愤地大吼：“你不是最讨厌别人用枪指着你吗？你不是最讨厌别人用枪指着你吗？！我现在就用枪指着你呢，你能怎么样？信不信我现在就开枪杀了你！”

任浩铭死死地盯着宋诚：“你最好现在就杀了我，否则我会让你付出代价的。”

宋诚大笑：“就你现在这半死不活的样儿，还能做什么！叫你嘴硬！叫你嘴硬！”

说着宋诚就对任浩铭拳打脚踢，任浩铭一声不吭，默默承受。宋诚打累了，放下了枪：“这样就让你死，未免太便宜你了，我要慢慢地折磨你！”

宋诚说完就离开了。

任浩铭形容狼狈，但目光里透着坚毅。

而此时，在大帅府的监听室里，阮清恬正思忖着如何支走小军官，发明码电报给报社。

看着咖啡的袅袅热气，阮清恬计上心来。过了一会儿，阮清恬将新抄下来的明码送了过去，小军官正在仔细地看着电码，阮清恬故意碰倒咖啡。

“哎呀！”滚烫的咖啡洒在小军官身上，烫得他立刻跳了起来。

阮清恬也赶忙起身：“对不起，对不起！哎呀，裤子都湿了，要不你去换一条吧。”

小军官犹豫，不知道自己能不能擅离职守。

阮清恬补充道：“我待会儿把电码交给丫鬟就好了，你放心吧。”说着冲丫鬟使了个眼色。

小翠赶紧接话：“是的，我可以帮忙。”

小军官也很为难，虽然知道不应该离开，但是也不能一直穿着湿了的裤子啊。权衡再三，他还是决定离开去换裤子。

阮清恬赶紧起身关上房间门，专注地发起了明码电报。宋大帅却在此时推门进来。

阮清恬立刻站起身来，手却背在身后，发完了最后一个数字。电报已经发出去了，相信第二天就能见报，就算宋大帅要杀了自己，但是任浩铭也应该可以借此逃出去。

阮清恬想到这儿，微微一笑，心中竟是多了几分释然。

阮清恬一心等着宋大帅下杀令，却没想到李副官突然上前，对阮清恬说道：“楚小姐，我现在郑重地通知你，明天，你将和大帅正式举办婚礼，拜堂成亲。”

阮清恬不敢置信：“什么?!”

阮清恬一脸惊诧，但是她很快冷静下来：“大帅，你不能娶我。”

宋大帅皱着眉：“你说我不能娶你，是什么意思？你要知道，我宋某人想得到的，就没有得不到一说。莫非是你已经许了人家了?”

阮清恬摇头：“没有。”

“哈哈哈，许了人家又能怎样，全上海滩那么多女人排着队想嫁给我，我都不喜欢，我就喜欢你。”

宋大帅说完就要扑过去抱阮清恬，阮清恬灵巧地闪开了，大脑飞速地运转着。

阮清恬大喊一声：“停!”

宋大帅一个急刹车，差点扑倒在阮清恬身上。

阮清恬义正词严地道：“莎士比亚说过，人生就是B和D之间的C，B是——”

宋大帅不等阮清恬说完，就不耐烦地道：“那姓莎的是谁啊，我也不认识呀!”

阮清恬只好无奈地解释道：“就是说，人生就是选择，我现在也来给大帅出个选择题：请问您是选择我为你工作不娶我呢？还是选择娶我但我再也不会为你工作呢?”

宋大帅不以为然：“我选择娶你。”

阮清恬冷静地回应：“我听说大帅一直热衷于炒股，我现在要告诉你，如果今天你再不抛，恐怕会赔得很惨。”

宋大帅一惊：“你说什么！你肯定在骗我，我正想买进呢，怎么可能跌!”

阮清恬笃定地道："不信，走着瞧。"

这时，李副官慌张地跑进来："不好了大帅！股市全盘下跌，咱们的钱——"

宋大帅惊出一头汗，无措地看着阮清恬。

阮清恬问道："请问大帅，现在你是想把钱赚回来呢？还是想娶我呢？"

宋大帅看着阮清恬不说话。

阮清恬趁热打铁，循循善诱："一个是全上海滩只有我能帮您找到消失的电台和监听到最机密的商业信息，另一个则是除了我全上海滩的姑娘都争着想要嫁给您，您怎么选择？"

宋大帅被说服了，伸出手："你个可爱的小娘们，祝我们合作愉快。"

阮清恬松了一口气，也伸出手，两人握手言和。

阮清恬的计谋得逞了，第二天，果然几乎所有的报纸头条都是"宋大帅的儿子宋诚囚禁了大会长，而且百般虐待，宋大帅纵容儿子，姑息犯罪，天理难容！"的消息。

宋大帅翻看报纸，越看越生气，最后一把将报纸摔在桌子上，指着李副官大吼道："我不是让你封锁消息吗！这是什么！"

李副官可怜兮兮地道："大帅，任浩铭在商界政界都有熟识，他被抓，上上下下都很关心，我也是没有办法啊……"

宋大帅气愤地对副官说："他奶奶的，敢在老子头上拉屎，我看他任浩铭是活腻歪了！"

阮清恬走向监听室，听到两个士兵正在小声谈论。

"你知道不？前段时间被咱们少爷抓回来那个倒霉鬼……叫什么来着，还是上海什么会长，不知道怎么得罪了咱们大帅！刚刚大帅下令要将他拉出去枪毙！"

士兵乙："这么大的事我哪能不知道，说是明天就行刑。"

阮清恬听到这里，惊恐地瞪大了双眼。

两人议论继续。

"不管他是什么会长，得罪了我们大帅当然活不了。"

士兵叹息地摇摇头："唉，怎么说也是一条人命啊。"

两人谈论着走远。

阮清恬疑惑地喃喃自语："上海会长……枪毙？糟了！说的肯定是任浩铭！"

阮清恬激动得手一滑，手中的书掉到地上，发出声响。这声音惊动了不远处的士兵，士兵迅速拿枪对准阮清恬的方向。

士兵厉声问道："谁在那里？"

阮清恬惊魂未定地走出来："是我，书不小心掉了。"

士兵见出来的是阮清恬，立马收起枪，客气道："原来是楚小姐！没关系，下次注意点！"

阮清恬心事重重地点点头。

李副官正要去找宋大帅，走过来却见到阮清恬焦急地来回踱步，时不时向外张望，便问道："楚小姐，您要找大帅？"

阮清恬笑笑，掩饰住自己的慌张，暗自想着措辞："是的，我刚接到一个电报，需要向大帅禀报。"

李副官眉头紧锁："电报不是一向统一汇总再向大帅禀报的吗？而且大帅现在在忙公务，估计这一忙就要到晚上了。"

"这个电报很紧急，我必须要快点禀报给大帅。"

李副官止住话头："那你把电报告诉我，我去禀告。"

阮清恬暗暗焦急，面上却仍然维持着冷静："这怎么行？"

见到李副官诧异的表情，阮清恬才反应过来，斟酌道："李副官，我是说这电报内容非常繁杂，最好是由我本人去跟大帅说才能说清楚。"

李副官一愣，警惕地看向阮清恬。

阮清恬眼珠一转，故意认真道："实在不行的话，李副官替我传达也可以！只不过万一内容稍有差池，到时候影响了军务，可不能怪我。"

李副官想了想："既然如此重要，还是楚小姐亲自去吧。"

阮清恬松了口气，点点头。

而此时，在宋大帅的办公室里，宋大帅正在教训自己的宝贝儿子。

第三十一章

刑场之上

宋大帅将报纸摔在地上:“这都是你干的好事!”宋诚看了一眼地上的报纸,看到报纸上头版大标题写着“宋大帅仗势欺人,无法无天”,委屈地道:“爸,你也知道这群人整天没事瞎写,这些下三烂的报道您也信。”

“我不信有人信啊!再说了,你抓了人是事实,人还在我监牢里关着呢,你还拦得住别人写?”

“写就写呗,不就是抓了个人,有什么好大惊小怪的。最好传遍上海滩,让他们都知道,就是我宋诚抓了任浩铭!”

“你这次抓的可不是一般人,那是上海青年商会的会长!刚才上海商会的董老还打电话问我怎么回事,你让我怎么向人家交代?”

“明天我就让全上海的报纸统一辟谣!”

“你傻啊!现在辟谣就等于造谣!”

“那您说怎么办?我还能把他给放了啊,那我宋诚和您不成全上海的笑话啦!”

宋大帅指着宋诚,气不打一处来:“你——你啊!老子要不是就你这一个儿子,非打断你的腿不可!”

宋诚还想说什么:“爸……”被宋大帅打断:“你最好赶紧给我解决这件事!给我滚!”

宋诚怒气冲冲地走出去。刚从办公室出来就看到阮清恬和李副官，宋诚显然有些惊讶：“你怎么在这？”

阮清恬坦然地回道：“宋大帅请我来监听电台。”

宋诚地打量着阮清恬：“哦？真的吗？我爸在上海滩就找不到一个能给他效力的人了？让你帮？我爸现在可已经有十八个姨太太了！”

阮清恬将宋诚拉到一边，不安地问道：“任会长是你抓的？”

“是本少爷抓的。”宋诚坦然地回道。

“任会长怎么得罪你啦？你能不能把他放了？”阮清恬问道。

宋诚冷笑：“放了？哼，你之前不是一直讨厌他缠着你吗？你放心，他以后再也不会了！”

“你什么意思？”阮清恬不安地望着宋诚。

“我帮你解决他！”

阮清恬震惊地睁大了眼睛：“你在说什么啊？”

但是宋诚并没有回答她，撂下这句话便离开了。阮清恬愣在原地，直到李副官过来叫她：“楚小姐？我们可以进去了。”

此时阮清恬仍是呆呆的。

李副官领着阮清恬进门。

宋大帅烦躁地问：“什么紧急电报，非得这会儿说？被劫的那批军火有眉目啦？”

阮清恬一下子跪下来：“大帅！”

宋大帅吓了一跳：“你这是干吗？”

“大帅，我求求你放了任浩铭吧！”阮清恬泪眼潸潸地乞求道。

宋大帅烦躁不堪：“任浩铭？怎么又是他！你要见我就是为了这件事？”

“我不知道任会长怎么得罪了大帅，您非要杀他，这其中肯定是有什么误会！”

“你这么为他求情，怎么，你喜欢他啊？”

阮清恬被这一问，有些不好意思：“我……当然不是……我只是希望您能查清楚再做决定！”

宋大帅看出阮清恬的心思，心中很不是滋味：“查什么查，老子要杀谁就杀谁！”

“您不能那么做！任会长做了很多善事！这些年，他不是给灾区捐钱，就是为大家谋福利，杀了他，我相信全上海的民众都会对您有意见的！您不是缺军火吗？他有钱，有的是钱，您……”阮清恬声声乞求。

宋大帅打断她：“你不用说了，小妮子，泼出去的水就收不回来了。现在全上海都知道我要杀任浩铭，要是我现在随随便便就把他放了，我这脸往哪儿搁？我不仅要杀，还要大张旗鼓地杀！明天我就召集全上海的记者，我要当众枪毙任浩铭！”

阮清恬越听越害怕。

宋大帅转而对李副官吩咐道：“李副官，把她带回去！”

李副官应声道：“楚小姐，请。”

阮清恬见宋大帅不会改变主意了，只好不甘心地离开。

宋大帅等阮清恬走出房间，轻声对李副官说：“看好她，别让她坏了事。”

李副官答道：“是，大帅。”

阮清恬耳朵一动，听到了他们的对话。

牢房里十分昏暗，任浩铭虚弱地靠在墙上，双手被缚在身后，看上去十分狼狈。任浩铭闭着眼睛，看起来应该被人打过的，一缕阳光透过牢房那扇狭窄的窗户照射进来，正好照在他脸上。

任浩铭紧紧闭着眼睛，虽然看上去一身狼狈，却散发出一种历经风浪的淡然镇定，丝毫不见慌张。

这时，外面传来熟悉的脚步声。

任浩铭猛然睁开眼睛，向门口看去，眼神犀利。

宋诚走进来，手中拿着鞭子，嗤笑道：“任浩铭！我有一个好消息，还有一个坏消息，你想听哪个？”

任浩铭冷冷地看着宋诚，不说话。

“好消息是我刚才在家里看到了你朝思暮想的楚安安。”

任浩铭的眼神里终于有些慌张，他暗想：“安安？她在帅府干什么？”

“你放心，我爸把她照顾得很好。坏消息是，你永远见不到她了，因为我终于下定决心要杀了你。你知道吗，我原本抓你的时候可没这么想，谁让你这么不识好歹！我可给过你机会！”

任浩铭脸上既没有慌张，也没有打算妥协的懦弱。

宋诚被任浩铭看得忽然生出一丝畏惧，不由自主退后一步。待反应过来，宋诚不由十分恼怒，恨恨道："好！任浩铭！算你有骨气！看你死到临头的时候还能不能这么硬气！"

甩下狠话，宋诚走了。

任浩铭一脸的担忧：安安怎么会在大帅府？不可能，安安不可能在大帅府的！我不能相信宋诚的话！

李副官护送阮清恬回房间。

阮清恬心想，不行，一定要赶紧通知安安！哪儿有电话呢？阮清恬边走边观察，这时一个士兵从一个办公室走出来，阮清恬扭头看，办公室里放着一部电话，士兵立马关上门。

再往前走，客厅里放着一部电话，但人来人往。走着走着，阮清恬的房间到了，但阮清恬只顾找电话，丝毫没有注意到，还在往前走。李副官只好叫住她："楚小姐，您的房间到了！"

阮清恬反应过来，紧张地掩饰："好的。"

"我还是那句话，希望楚小姐不要做无谓的举动。"末了，李副官又不放心地嘱咐了一句。

"我知道了。"

说完，阮清恬走进房间。

李副官狐疑地看着阮清恬离去的背影。

阮清恬心慌地回到卧室，丫鬟小翠正在打扫房间，见状奇道："小姐，你怎么慌慌张张、心事重重的啊？"

"没事……小翠，你知道哪里能打电话吗？"阮清恬忙问道。

小翠狐疑地反问："电话？"

阮清恬猛点头："我现在必须打个电话，和家里说一声！"

小翠想了想："帅府里一共有四部电话，客厅、大帅书房、大太太和十八姨太的房间里各有一部。"

阮清恬向十八姨太房间门口探头探脑，十分焦急。快点！快点出来！拜托！

不一会儿,门吱呀打开,十八姨太果然换好衣服出门了。

阮清恬面上一喜,松了口气。看着十八姨太走远,她立马蹑手蹑脚地走进房间。

李副官在走廊,突然看到一个士兵提着裤子小跑过来。他看到李副官,慌忙敬礼:“李副官。”

李副官不放心地问:“你一直在这儿巡逻?”

士兵心虚着:“是,李副官。”

李副官又问:“楚小姐出来过没有?”

士兵犹豫着:“没,没有。”

李副官怀疑地看看士兵,又看看阮清恬的房门。

李副官走过去敲了几下门:“楚小姐,你在吗? 楚小姐?”

见房间内没有人回应,李副官赶紧推门而入,房间空空如也。

士兵吓得面如土色:“李,李副官……”

李副官大怒道:“你不是说楚小姐没有出来过吗? 人呢?”

士兵吓得跪下来:“我刚刚尿急去了趟厕所,楚小姐可能是那时候出去的……”

“你怎么不让尿憋死呢! 还不快给我去找!”李副官骂道。

“是!”士兵赶紧起身跑开。

阮清恬几步走到电话机旁,迅速摇动电话,电话接到总台:“帮我接06293!”

阮清恬焦急地等着,时不时向门外看一眼。电话一直无人接听。阮清恬暗暗焦急。

这时,那头有人接起电话。阮清恬松了口气,正要说话。

电话那头传来秋分的声音:“喂!”

阮清恬一愣,反应过来,压低声音焦急道:“秋分! 我是清恬,你家小姐在吗? 快让她来接电话! 我有急事!”

门外,士兵前来报告:“报告李副官,除了大帅书房以及各位太太和小姐的房间,其他地方都找遍了,没找到楚小姐。”

“先不要惊动大帅,其他房间挨个给我找! 这么个大活人,我就不相信她能人间蒸发!”

“是!”

秋分拿着电话快速道:“好！你等一下。小姐！出事了！是阮小姐打来的电话！您快点……”

秋分话还没说完,楚安安就慌慌张张跑下楼,几步过来抢过电话:“清恬!我是安安!”

阮清恬把大致情况告诉了楚安安。

楚安安大惊:“你说什么？任会长要被枪毙!”

阮清恬压低声音快速地说:“安安,我这里说话不方便,我长话短说,你听好了！时间仓促,你去任公馆通知阿春,就说宋大帅无缘无故要枪毙任浩铭,让他去找商界、政界人士,我们首先争取舆论支持……”

李副官带人来到十八姨太门口,轻轻敲门:“十八姨太,打扰了。”

无人回应,李副官觉得不对,推门而入。

李副官环顾四周,里面空无一人。李副官四处检查之后,又带人转到阮清恬的房间,大力推门而入,吓了阮清恬一跳。

阮清恬不满地道:“李副官,有什么事吗？以后请先敲门,谢谢。”

李副官意味深长地说:“楚小姐,您在房间?”阮清恬眨眨眼睛,无辜地道:“对啊,不然你以为我在哪儿?”李副官看了看阮清恬:“那楚小姐好好休息吧,卑职不打扰了。”

说着李副官退了出去。

一辆黄包车从远处过来,在任公馆门口停下。楚安安从车上下来,付了车费。

楚安安抬头看着任公馆,一脸凝重,阮清恬的话在她耳边回响:“要用最快的速度说服他们去行刑现场。如果不行的话,就尽量拖延时间。成败在此一举!”

楚安安深吸一口气,神情坚定地走进任公馆。

营房外,任浩铭被两个士兵押着走出牢房,气氛有些沉重。任浩铭不动声色琢磨着对策,时不时四处搜寻着什么。

任浩铭戴着手铐、脚镣,脚步沉重迟缓,脚镣发出阵阵声响。一个士兵不客气地推搡了任浩铭一把,厉声道:“磨磨蹭蹭干什么!快点!”

王副官跟宋诚在任浩铭后面走出牢房。

宋诚看起来十分不悦,就跟到嘴边的鸭子飞了一样。

“少爷!大帅下令抓人是去枪毙,又不是去吃香的喝辣的!您何至于这么不放心!”宋诚身边的王副官说道。

宋诚不满地看了任浩铭一眼,道:“这个人脾气倔得跟驴一样,这么死了太便宜他!不行!我要跟你们一起去刑场!只有他死在我手里,我才能出这口气!”

王副官赶紧劝道:“少爷!使不得!大帅亲自吩咐不让您再参与此事,少爷您要是去了,大帅非毙了我不可!这件事交给我来办,您想让他怎么死,我一定一一照办!您看行吗?”

宋诚这才放下心来,犹豫道:“好吧。”

王副官见宋诚答应放人,松了口气,冲宋诚行了个军礼,朗声吩咐手下:“把人带上车!”

两个士兵押着任浩铭走开。

士兵厉声催促:“快点!”

一列士兵手中都统一拿着枪,围成一个圈严阵以待,圈内有个高台。众记者围站在士兵圈外,议论纷纷。

“怎么回事啊?任会长怎么就要被枪毙了?”

“听说是和宋大公子抢女人,才落得这个下场!”

这时,宋大帅和李副官走上高台。

记者纷纷发问。

“大帅!宋大帅!请问任会长是以什么罪名枪毙?他触犯了哪条法律?”

“是谁给你们的权力私自判公民死刑?”

“外面有传言说,贵公子是因为得不到一个女人,才抓的任会长,这是真的吗?”

宋大帅脸色慢慢变得难看,李副官示意记者安静下来。

宋大帅清清嗓子:“我召集大家来,就是为了揭开任浩铭这个伪君子的真面目！他表面上是个慈善家，实则是欺世盗名之人！杀害生意伙伴在先，生产伪劣商品害人在后，不是我要枪毙他，是民愤要枪毙他！今天我就要为民除害！”

“来人啊，把任浩铭拉上来！”

记者们远远地看着，两名士兵将任浩铭拉上高台。

王副官严肃地站在一旁面对着死囚，身后王副官肃容抬手：“预备——”

众士兵统一端起枪，一致对准死囚。

死囚颤抖着。

李副官高喊：“行——刑——！”

“慢——！”

忽然，一群拿着相机的记者在楚安安和阿春的带领下向刑场冲来。楚安安手中还举着个牌子。牌子上写着：“拒绝私刑！放了任会长！”

楚安安等人奋力想要冲破士兵的防线，无奈势单力薄，只能高呼抗议：“宋大帅无视法律，只手遮天！放人！放人！”

李副官请示地看向宋大帅，宋大帅看着底下的楚安安等人，点点头。

李副官见状皱眉下令：“还愣着干什么，快开枪！”

众人领命，对准任浩铭扣动扳机。

楚安安大惊：“不要！”

楚安安等人的动作更激烈了，呼声更高了。

“嘭”的一声，任浩铭中枪倒地，血溅满地。

第三十二章

偷梁换柱

阮清恬被远处的枪响吓了一跳，担忧地看向窗外："会长……"

众人哗然，没想到大名鼎鼎的任会长真的就这么死了。

楚安安惊呼："会长！"

楚安安晕倒在地，阿春等人也都木然了，不相信这是真的："不，不可能……"

记者们都想着抢头条，冲破了士兵们的防线，纷纷跑过去拍照。拍了几张，有人看看死者再看看相机，疑惑道："这人怎么看着不像任会长啊？"

"是啊，会长是大眼睛，这人眼睛怎么这么小啊，身材也不一样啊。"

阿春听到这儿，匆忙跑过来，将尸体翻开，见不是认识的模样，松了一口气："不是会长！"

阿夏在旁边快要喜极而泣："我就说会长不会这么轻易死掉！阮小姐，你醒醒！会长没有死！"

楚安安听到呼声，苏醒过来："没有死？太好了。"

宋大帅看见记者议论纷纷，疑虑丛生，小声问李副官："怎么回事？"

李副官看了看底下："好像那人不是任浩铭。"

"什么？"宋大帅气得差点晕倒。

一辆气派十足的汽车停在楚家不远处的阴影里。任浩铭默默坐在车上，看着楚家大门，神情变幻难测。

阮清恬从不远处走过来，拿着一包吃的，看上去有些心不在焉。自从阮清恬出现，任浩铭就紧紧地盯着阮清恬。

阮清恬心不在焉拐过弯来，忽然被狠狠按到了墙上。还来不及惊呼，一双唇就狠狠压了下来。她震惊万分地睁大眼睛，一时忘记了反抗。

任浩铭吻得那么迫切，仿佛在确认什么。阮清恬反应过来，拼命挣扎。但是任浩铭死死按着她，就是不松手。

微弱的灯光将两人的影子拉得好长，好长。

终于，任浩铭松开阮清恬。

阮清恬又羞又恼："你怎么一回来就这样？"

任浩铭目光微暗，声音也带着几分性感的沙哑："你是不是想说，要是没有我，你根本出不来。"

阮清恬看着任浩铭。

任浩铭知道阮清恬帮了自己，但故意想逗她："这话应该我说，要是没有我，你根本就出不来。我可是花了一万大洋把你赎出来的，你呢？你有什么？"

阮清恬诧异道："我？早知道你还是这么讨厌，就不救你了！"

任浩铭温柔道："阿春刚才在路上都跟我说了，是你让你的好朋友阮小姐通知他们，他们才能有所准备。"

阮清恬微微一笑："你知道就好了。"

任浩铭宠溺一笑，道："你怕不怕死？"

阮清恬疑惑地望着任浩铭，不知道他什么意思。

任浩铭继续道："我怕！我任浩铭从来天不怕地不怕，却第一次知道原来自己是怕死的！"

阮清恬有些诧异，心突突地跳着，感觉有些事情似乎就要发生了，又紧张又期待，又有几分不安。

任浩铭看着阮清恬，说道："我怕死！更怕死前来不及对重要的人说一些话，造成终身遗憾！"

任浩铭说着，定定地看着阮清恬。

阮清恬忽然觉得有些紧张，移开视线道："听不懂你在说什么，我还有事！"

任浩铭笑了一下，一把拉住阮清恬，道："明天下午两点，咖啡厅等我！我有重要的话对你说！"

阮清恬一愣，正要说什么，任浩铭抢先一步开口："要走也是我先走！记住，明天不见不散！"

任浩铭说着转身快步走开。

阮清恬震惊地看着就这样走掉的任浩铭，说不出话来。

"会长，您回来了。"

任浩铭走进客厅，阿春迎上来。

任浩铭点点头："你再去调查调查顶替我的那个死囚，看他们的家属有什么举动。"

"已经查到那个死囚的家属在霞飞路买了新房子，买房子的支票是从青帮来的。"

任浩铭一皱眉："青帮？继续调查，一定要查出背后的人是谁，尽快给我消息。"

"是，会长。"

第三十三章

身份暴露

霞飞路上，那个死囚的家人在街道上兴高采烈地采购东西。

虎子向林峰指了指他们："峰哥，这就是那死囚的家人。"

林峰跟虎子说了些什么，虎子点点头，向那个人走去。

家人一见到虎子，便立刻毕恭毕敬地道："虎爷，您还有什么事要交代？"

"到时候你就知道了。"

说着虎子将他领到林峰面前。

"这位是？"

那人的话还没有说完，林峰二话不说"啪啪"给了他两枪："给我找麻烦，死路一条！"

宋诚对着手下的士兵吩咐道："你给我绑一个人，楚安安，这是地址！明天下午两点给我把她绑到城南的火车站，我的专列会停在那里！"

士兵接过地址："少爷放心！一定按时完成任务！"

宋诚点点头，将视线投向茫茫的夜色，眼中阴晴不定。

阮清恬跟楚安安肩并肩走在大街上。

阮清恬有些心不在焉。

楚安安开心道："这次的事可多亏了你足智多谋，要不然可救不出浩铭哥来……"

阮清恬反应过来，赶紧阻止她："安安！这话你没跟任会长讲过吧？"

楚安安皱眉想了想："我说过吗？我好像没说过吧！"

阮清恬松了口气道，道："那我就放心了，一切都是你的功劳！"

楚安安笑笑，看了看手表："我还有点儿事，先走啦。"

"嗯，去吧。"

阮清恬走着，心里暗想："不知道任会长让我去咖啡厅找他有什么重要的事，唉，到那儿就知道了！"

阮清恬往咖啡厅走去，一个人低着头匆匆忙忙地从阮清恬对面走过来，撞了阮清恬一下。阮清恬手中的包掉到了地上。那人连道对不起。

阮清恬和善道："没关系，没关系！"说着蹲下捡地上的包。忽然，一把尖利的匕首抵上了阮清恬的腰。

阮清恬吓了一跳，一动不敢动。

那人压低声音，冷冷道："请问小姐是不是叫楚安安？"

阮清恬一惊："你是？"

那人忽然以迅雷不及掩耳之势，用一块白色的手绢捂住了阮清恬的口鼻。阮清恬眼前一黑，晕了过去。

而此时的任浩铭，正默默坐在咖啡厅里靠窗的位置上，身旁放着一束玫瑰花。

"会长，我已经按照您的吩咐，将整个咖啡厅包了下来，您放心，绝对不会有人来闹场。"阿春上来汇报道。

任浩铭点点头，看了眼手表，已经一点半了。他有些着急地看着窗外，微微皱眉，心中突然有些不好的预感。

当指针指向两点十分的时候，任浩铭终于坐不住了，黑着脸，向远处的阿春招手。

"会长！"

任浩铭不放心道："阿春！你确定派人去接楚小姐了？怎么现在人还没来！"

任浩铭话音刚落，阿秋跟阿夏就匆匆忙忙跑进来。

阿春皱眉问道:“不是让你们去请楚小姐吗？楚小姐人呢?”

阿秋焦急道:“会长,我去问了楚家的仆人,楚小姐今天下午一点半出的家门,我又问了从楚家到咖啡馆沿路的摊贩,有人看到楚小姐被人劫走了！我已经备好人马……”

任浩铭大惊,起身说道:“那还等什么啊！快去救人!”

阮清恬被紧紧绑着,靠在椅子上,垂着头,看上去昏迷着。

宋诚从门外走进来,看见昏迷的阮清恬,有些纳闷,皱眉指着阮清恬质问手下的士兵:“我让你绑的楚安安呢?”

手下纳闷道:“不是在那睡着吗?”

宋诚气得打了士兵一巴掌,一把抓起士兵的衣襟道:“这不是楚安安！蠢货!”

其他士兵听见宋诚的声音,慌慌张张冲进来,不知道发生了什么事。

宋诚冲几个士兵吼道:“还不去把楚安安给我找来！一群废物!”

几个士兵慌慌张张离开后,阮清恬才悠悠转醒。宋诚解开阮清恬身上的绳子,阮清恬又是疑惑又是不解地看着宋诚。

宋诚不满地道:“怎么会把你绑过来！这帮饭桶！你赶紧走吧!”

阮清恬站起身来,有些生气:“怎么会绑错？别人不清楚你还不清楚吗？我跟安安换身份的事情,只有我们三个知道！原来你是真的要绑安安！为什么？你不是喜欢她吗？你为什么要这么做?”

宋诚推开阮清恬,怒道:“我宋诚宁抓错,不放过,今天让你走,是看在你和安安是朋友。”

“我不走！你为什么要绑架安安？你要对她做什么？你必须跟我说清楚！我阮清恬不会让你得逞的!”

忽然阮清恬听到有人站在她身后,回头一看,竟然是任浩铭。

任浩铭面无表情站在门口,冷冷地看着阮清恬。两人相视无言,阮清恬反应过来,立刻向前跑去。任浩铭立刻追了出去,没几步,任浩铭就追上阮清恬,一把抓住阮清恬,将阮清恬推到旁边的墙上,双掌紧贴在阮清恬头的两侧。

“你跑什么?”任浩铭的口气虽轻,但明显透着不容置疑的态度。

阮清恬有些不自在:“你明明知道,还问什么?”

“你明明知道跑不了，还跑什么？”

阮清恬哑口无言。

阮清恬胆怯地望着任浩铭：“我不跑怕你会杀了我！”

“原来你知道啊！”任浩铭恶狠狠地盯着阮清恬，恨不得杀了她。

阮清恬瑟缩着，不敢乱动。任浩铭一把拉住她的手腕：“跟我走！”

任浩铭将阮清恬拽到了之前约定的咖啡厅，边坐下边说：“两杯拿铁，一盘意粉。”

阮清恬站在桌边不说话，也不动。

任浩铭看了她一眼：“坐啊！站着干什么？”

阮清恬真诚地向任浩铭鞠了一躬：“会长，关于身份的事情，我郑重向你道歉。但你要相信我，我真的不是有意骗你的。”

“这还不是有意！”任浩铭冷喝一声。

阮清恬急切地解释：“不是，真的不是。我从没想过要骗你……”

“是啊，没这么想，却这么办了，你果真与众不同。对了，我问你，是不是楚安安让你骗我的？”

阮清恬连连摆手：“不是！真的不关安安的事！我以前得过眼疾，是安安帮我治好了眼睛，她还让我如愿进了商学院。我是为了报答安安才自愿代替她的。只不过，我觉得自己真的很对不住你。”

任浩铭生气地望着阮清恬：“明知对不住我，你还骗我？”

“因为你一直在找杀害晓晓的凶手，一直都认为安安认识那个凶手，但安安真的不认识。安安是我的好朋友，我怕你会伤害她，所以……所以我才没说实话。”

任浩铭听到任晓晓的名字，脸色瞬间变得特别不好看。他突然想起了阿夏的话：“苏州那边传来消息，说是有个男人昨天到十全街 27 号去退任晓晓小姐在那边租住房子的房租。”

服务员此时端来两杯拿铁和一盘意粉。

“我这个人处世有个原则，谁对我好，我就会对谁好，但如果谁对我不好，我一定双倍奉还。正所谓，滴水之恩，定当涌泉相报。而杀妹之仇……”任浩铭恶狠狠地看着阮清恬，起身拿起桌上的意粉一撒手，盘子顷刻粉碎，意粉撒了一地，“定当不共戴天。”

任浩铭说完愤怒地离开。

阮清恬愣在当场，一时不知如何是好。随后她反应过来，连忙追了出去。追到门口，她终于追上了任浩铭。阮清恬一把拉住他的手，乞求道："任会长，我们真的不是有意骗你的，请你别生气了好吗？"

任浩铭冷冷地看着阮清恬，不说话。

阮清恬又惊又怕，但还是着急地想要解释："我刚刚都给你鞠躬了，证明我是真心向你道歉的！你就别生气了，好吗？"

任浩铭痛心道："我妹妹死了，而你们欺骗了我，你要我如何不生气？"

"我……我们真的不是故意的！要不这样，我给你下跪磕头，你就原谅我们这次，好不好？"

阮清恬说着就要跪下去。任浩铭一把拉住阮清恬，让她贴近自己，两人的鼻子几乎碰上。

任浩铭声音低沉道："就算你给我跪下磕头，我也不会原谅你们的。我现在心情很糟，没工夫在这儿听你说一些无意义的事情。我可以告诉你，这件事还远远没完，就因为你说自己是楚安安，已经耽误了我查这件事的进度。现在有人突然出现在苏州去退我妹妹租的客房，所以这件事，我跟你和楚安安，没完！"

任浩铭说完放开阮清恬，大步离开。走了几步，他突然走回来，拉起阮清恬："走！"

阮清恬愣愣地被拉着走，眼中惊恐万分："去哪儿？"

"带我去找楚安安！"任浩铭冷冷地道。

阮清恬这才反应过来，赶紧抽出自己的手："我不去！任会长，算我求你了，你就不要再去找安安了好不好？我已经问过安安很多遍了，她真的什么也不知道！她都发过好几次誓了！"

任浩铭冷声道："你不带我去，我一样能查到楚安安住在哪儿！"

任浩铭说完扭头就走。

阮清恬急切地跟上："任会长……"

任浩铭不理阮清恬，大步向前走着。

任浩铭和阮清恬一前一后地来到楚安安的新家外。此时宋诚手下的士兵鬼鬼祟祟地来到楚安安新家外的一个巷子口，拿着楚安安的照片看着来往的人。

楚安安此时正拎着手包走向新家门口，刚刚走到巷子口，就被宋诚手下的士兵从后全用手帕捂住了口鼻。楚安安顿时昏了过去，手包掉到了地上。两名士兵一个扛起楚安安，另一个捡起地上的手包，两人快速离开。

“任会长，我求你了，你不要找安安了，她真的不知道……”阮清恬不断地祈求着。

任浩铭根本不听阮清恬的话，直直走到楚安安的新家门口，一脚踹开大门。秋分惊讶地跑过来。

任浩铭黑着脸问：“楚安安呢？”

秋分有些害怕，看了看后面跟进来的阮清恬。

“任……”

阮清恬的话还没说完，就被任浩铭一个眼神给瞪了回去。任浩铭转头，继续逼问秋分：“我在问你，楚安安人呢？”

秋分吓得有些哆嗦：“小……小姐，小姐不见了！”

任浩铭危险地眯起眼睛：“什么意思？”

“小姐从下午出门就一直没再回来！我很怕小姐出了什么事！”

阮清恬突然想到宋诚绑架她的时候，曾凶狠地责问手下，被绑来的人根本不是楚安安，急道：“难道安安被宋公子绑走了？”

任浩铭闻言，立即走到电话旁，拿起电话拨了出去：“阿春，查一下宋诚那列火车是开到哪里的！”

任浩铭挂下电话，冷着脸瞪着阮清恬。而阮清恬则一脸愧疚的表情，低着头，不敢言语。

士兵将楚安安放到车厢里的椅子上的时候，楚安安仍昏迷着。士兵转向一旁的宋诚，讨好地汇报道：“少爷，这回没错了吧？”

宋诚看着楚安安，一脸心疼，然后用力拍了一下士兵的脑袋：“谁让你把她弄晕的！”

士兵唯唯诺诺，一脸委屈：“不然楚小姐不会跟我们走啊……”

“楚安安要是少根汗毛，唯你是问！”宋诚恶狠狠地斥道。

士兵暗自撇撇嘴，准备退下，却突然被宋诚叫住：“等等。”

“少爷还有什么吩咐?”

宋诚看看手下手里的手包。士兵意识到宋诚的目光,赶紧将手包放下:“不好意思! 不好意思! 我一时给忘了!”

“哪儿那么多废话! 还不赶紧走!”宋诚呵斥完手下,满眼心疼地望着昏迷中的楚安安。

任浩铭黑着脸地拉着阮清恬走到任公馆客厅,扬声喊:“阿春。”

“会长。”阿春立刻跑出来。

“从今天开始,没有我的允许,谁都不可以让阮小姐走出这幢房子半步,否则后果自负!”任浩铭冷冷吩咐道。

“是。”

“任会长,你没必要这么费事! 如果我留在这里就可以补偿你,我是不会离开的!”阮清恬真诚地望着任浩铭。

任浩铭浓眉一挑:“你真的想补偿我?”

阮清恬认真地点点头。

任浩铭冷冷一笑:“好。从现在开始,不管我要求你做什么事情,你都只能答应,不能拒绝!”

“只要不过分,我一定会尽力去做的!”阮清恬认真地回。

任浩铭霸道地道:“你没得选择!”

“我知道了! 不过,住这里之前,我还需要先回家去拿一些东西过来。”

“你们家能有什么东西可拿? 全上海三分之一的店铺都是我任浩铭的,你缺什么东西,我直接给你就行了!”

“可是……”

“没什么好可是的! 走吧! 去你的房间。”

任浩铭说着推着阮清恬走上楼,打开一间房:“这里是你的房间! 你进去吧! 那个是我房间!”

阮清恬发现对面就是任浩铭的房间。还没等阮清恬开口问,任浩铭就傲慢地道:“我把你安排在这儿,是为了方便随时找你! 怎么,有意见?”

“不是!”阮清恬立即摆摆手,“只要能让你开心,要我怎样都可以!”

“开心?”任浩铭嘲讽地道,说着他靠近阮清恬,将阮清恬堵在自己和墙壁之间,“我妹妹死了,你认为我能开心得起来吗?”

阮清恬不知所措地望着任浩铭:“我……我不是那个意思……”

“那你是哪个意思?”任浩铭越贴越近。

“我只是想补偿你!让你不再伤心难过,不再生气愤怒!”

“那我就看你要怎么补偿我!”

任浩铭说完转身走进自己的房间。阮清恬见任浩铭回房,又惊又怕,赶紧躲进房间。她显然还没有从刚刚的惊吓中缓过来,脑袋里一直在想着任浩铭刚刚贴近自己说妹妹死了不能开心起来的画面。

任浩铭在说这句话时,眼睛是红的。看来,晓晓的死,对任会长的打击真的很大!她到底该怎么帮任会长,才能让任会长好起来呢?

清晨,阳光明媚,风和日丽。真是难得的好天气!

阮清恬闭眼躺在床上,还没有醒来。阳光从窗户外照射进来,照亮了阮清恬的脸庞。

突然,一阵急促的敲门声响起,吵醒了睡梦中的阮清恬。她迷迷糊糊地睁开眼,机械地掀开被子下床,走过去开门:“谁啊!吵死了!”

阮清恬沙哑的抱怨声,在打开门看到任浩铭站在门口时,戛然而止。

“你不是耳朵特别灵吗?连我的脚步声都听不出来了?”

阮清恬有些起床气:“我又不是二十四小时都支着耳朵!”

任浩铭看到阮清恬身上还是昨天那身衣服,不悦地问:“你睡觉不换衣服?”

阮清恬这才注意到自己的衣着不太整齐,正仓皇失措地整理着自己的衣服,任浩铭却突然拉起阮清恬走出房间:“走!”

“喂!你要带我去哪儿啊?”

任浩铭拉着阮清恬走出房间,向任晓晓房间走去。进屋之后,径直将阮清恬拉到任晓晓的衣柜前:“先挑一件。”

衣柜里都是当下最流行的洋装、旗袍、礼服,不仅有衣服,还有鞋子和各种各样的包。阮清恬看得有些目瞪口呆。

任浩铭看阮清恬发呆,径自拿出一件居家的衣服递给阮清恬:“这件比较适合你,先穿这件。”

阮清恬没接衣服,有些尴尬:“可是……”

“虽然我不想有人动晓晓的任何东西,但晓晓和你的身材差不多,也只能让你先穿她的,不然你长得丑,再穿得差,我会喘不过气来的。”任浩铭将衣服硬塞给阮清恬,边往外走边说,“一会儿我会让阿春去找裁缝来给你量尺寸,做几套适合你的衣服。你先去把这件换上。”

任浩铭说着已经走到门口,看阮清恬还在原地傻愣愣地站着:“傻站着干什么?出来啊!这里是晓晓的房间。你的房间在那儿呢!”

阮清恬这才抱着衣服,赶紧走出任晓晓的房间。

“换好衣服就下来,别让我等太久。”

任浩铭说完就离开了。

第三十四章

补偿

阮清恬看看任浩铭的背影，看看怀里的衣服，不知道该笑，还是该哭。

阮清恬换好衣服走下楼。任浩铭正坐在沙发上听着阿春的汇报："阿夏从苏州回来了没有？"

阿春："还没有。"

任浩铭点点头："死囚的事……"

任浩铭看到阮清恬走过来，话没说完。

阿春礼貌地对阮清恬道："楚……阮小姐……"

阮清恬尴尬地冲阿春笑笑。

任浩铭冲阿春使个眼色，阿春识趣地离开了。

任浩铭看着阮清恬："人长得丑，衣服再好也加不了分。"

阮清恬尴尬不已，敢怒不敢言。阿春刚走到门口，又回头汇报道："会长，于裁缝来了。"

于裁缝提着一个小皮箱走进来："任会长。"

任浩铭站起身边走向门口边说："于裁缝，需要给她做洋装、居家服、礼服和旗袍。你可是上海滩顶级的红帮裁缝，要拿出你的真本事来，知道吗？"

"是。"

于裁缝说完走向阮清恬，打开小皮箱，开始为阮清恬量尺寸。

任浩铭看了阮清恬一眼，和阿春走出客厅。

任浩铭边走出来边说：“看阮小姐缺什么，让谷雨去帮阮小姐买回来。”

“是。”

阿春走去为任浩铭打开车门，任浩铭坐车离开。

于裁缝量完尺寸，一边收拾着自己的东西，一边说道：“阮小姐，您的衣服大概要两周才能做好，如果您临时有什么想法，可以随时叫我过来。”

阮清恬礼貌地道：“麻烦您了！”

于裁缝提着小皮箱离开。

阮清恬看着客厅，想道：“我好几天都没去医院看奶奶了，奶奶一定很担心我。任会长去上班了，大家都在忙，也许我可以偷偷溜出去看奶奶。”

阮清恬小心翼翼地走出客厅，四下看了看，发现没有人，疾步走出任公馆。

阮清恬走进病房，刚要喊，见奶奶在休息，便悄悄地在病床边坐下。阮清恬刚坐下，阮奶奶就醒了：“恬恬你来啦。”

“奶奶，我吵醒您了？”阮清恬微笑地望着奶奶。

阮奶奶摇摇头：“没有，我就闭着眼休息会儿。你这几天跑哪儿去了？我还以为你出了什么事呢！”

阮清恬一脸愧疚：“奶奶，对不起，让您担心了！”

“你娘死得早，你爹又不在，你要是出了什么事，让我这老太婆怎么活下去？”

“奶奶，您别瞎说！您一定会长寿的！”

阮奶奶摆摆手：“不说这些。你这几天去哪儿了？住在什么地方？”

阮清恬想了想，笑着说：“因为安安最近有事去外地了，我需要帮她去做些事情，所以我最近都要住在同学家。您不用为我担心！”

“哦！恬恬，楚小姐帮了我们不少忙，你帮帮她也是应该的，咱可不能做忘恩负义之人。”阮奶奶嘱咐道。

阮清恬点头：“嗯，我知道了！”

“没事的时候，多回来看看我，让我知道你平安！都怪我年纪大了，帮不了你们什么，操劳你和你爹了！”

“奶奶，您别这么说！我和爹孝顺您，那都是应该的！好了，时间不早了，我该回去了，您休息吧！”

阮清恬目光温柔地望着奶奶。见奶奶睡着之后，阮清恬交代了护士几句，便急忙赶回任公馆了。

谷雨正好从客厅走出来，急道：“阮小姐，您去哪儿了？这要是会长回来看不到您，一定会大怒的。”

“任会长应该还没回来吧？”阮清恬急忙问道。

谷雨刚要说话，突然看到阮清恬身后的任浩铭：“会长。”

阮清恬心虚地回身，看到任浩铭：“会长。”

任浩铭当没看到阮清恬一样，直接走进客厅。

阮清恬嘀咕：“我这几天是怎么了，听力下降了？”

阮清恬跟在任浩铭身后走进客厅，心虚地说道：“任会长，您怎么……”

任浩铭坐到沙发上，斜眼看着阮清恬。

阮清恬小声嘀咕：“……怎么回来这么早？”

任浩铭声音冷冷道：“晚点就看不到你偷偷溜出去了，是吗？”

阮清恬理亏：“我……”

阿春此时急匆匆地走进来：“会长。”

任浩铭看到阿春，从沙发上站起身：“去书房说。”

任浩铭说完率先上楼。阿春跟在任浩铭的身后。

任浩铭坐在办公桌后面：“我让你调查上次顶替我的那个死囚，有什么线索？”

阿春站在任浩铭面前，汇报道：“会长，那个死囚的家属们刚刚搬进新房子，就一夜之间全死了，一个活口也没留。我只在现场找到这个。”

阿春说着将一枚子弹壳放到任浩铭面前。任浩铭拿起子弹壳看，眯起眼睛：“一定要查到凶手是谁，我总感觉有人在暗中盯着我，这种感觉让我很不舒服！”

阿春应道：“是。”

天色渐渐转黑，差不多七点钟了。阮清恬看着满桌的菜，在客厅里来回踱步，时不时地看看墙上的钟。肚子突然发出咕噜声，阮清恬捂着肚子嘀咕：“都这么晚了，怎么还不下来，都快饿死了！”

任浩铭边从楼上走下来边说：“谷雨，今天的菜你们自己吃吧！”然后他又对着阮清恬道：“我想吃饺子。”

阮清恬看着满桌的菜：“已经做好的菜你不吃，你要吃饺子？”

任浩铭点点头：“对。我要吃饺子。三十分钟之内，你应该可以做好。”

任浩铭说着走到沙发坐下，看报纸。

阮清恬：“你确定？”

任浩铭看看表：“现在还有二十九分钟四十七秒。”

阮清恬无奈地捂着咕咕叫的肚子，一脸不爽地走进厨房，不满地嘀咕：“放着做好的饭菜不吃，却吃什么饺子，不是脑袋进水，就是撞门上了！明知道我饿了，还叫我做，根本是故意的！”

不行，不能就这么便宜他！阮清恬眼珠子一转，拿出面粉和所有的辣椒粉、白胡椒粉一起用水和。

任浩铭坐在沙发上看着杂志。阮清恬将辣椒粉和白胡椒粉倒进肉馅里，一起拌。

阿春走进来汇报道：“会长。宋诚的那列火车，刚刚在苏州停靠。”

任浩铭皱眉：“怎么又是苏州！”

“会长，接下来要怎么办？”

“通知阿夏，让他在苏州顺便找找。”任浩铭冷声吩咐道。

阿春刚走，阮清恬便端上两盘煮好的饺子。任浩铭放下报纸，从沙发起身走过来：“品相还不错。”

阮清恬自信地说：“当然，味道肯定也包你满意！请吧！”

任浩铭在餐桌边坐下，拿起筷子。任浩铭刚咬了一口，顿时难受得不得了，但是愣是咽了下去。

阮清恬等着看任浩铭出丑，但是却见任浩铭微笑着：“傻站着干吗？坐下一起吃，味道很棒的。”

阮清恬一愣：“很棒？”

任浩铭真诚地点点头：“很棒！来，坐下一起吃。谷雨，给阮小姐添副碗筷。再来点芥末。”

阮清恬再次确定：“你确定？”

任浩铭点点头:“你自己的手艺,你还不清楚啊! 特别好吃! 你快尝尝!”

阮清恬拿起筷子刚要吃饺子,任浩铭却突然将谷雨拿来的芥末都加进阮清恬的醋碗里:“蘸着一起吃味道更棒。”

阮清恬无奈,只好夹着饺子蘸蘸,吃进嘴里,顿时被刺激得眼泪涌出。

任浩铭看出阮清恬想吐,立即道:“别吐。浪费食物可不是好孩子。”

阮清恬只好将饺子咽下。

任浩铭笑着问:“好吃吗?”

阮清恬哭着点头。

“说好吃,好吃得不得了!”

阮清恬哭着说:“好吃,好吃得不得了!”

“大点声,我没听到。”

阮清恬扬声道:“好吃得不得了!”

任浩铭憋着笑说:“再说一次!”

阮清恬几乎是哭喊着:“好吃得不得了!”

“知道这叫什么吗?”

阮清恬流着眼泪看着任浩铭。

任浩铭一字一句地道:“自作孽,不可活!”

阮清恬不自觉地流着眼泪。任浩铭拿走阮清恬手里的筷子,拉着阮清恬就往外走。

阮清恬还难受着,眼泪模糊地望着任浩铭:“你要拉我去哪儿?”

任浩铭头也不回:“拉去卖了!”

任浩铭拉着阮清恬在街边馄饨摊的一个桌子坐下:“老板,两碗馄饨,一盘小菜。”

“好咧!”不一会儿,老板端来两碗馄饨和一盘小菜。

任浩铭拿起筷子,不一会儿就吃完了一碗。阮清恬看任浩铭吃得好香,吞吞口水。

任浩铭刚要吃第二碗,又停下筷子,好心地对阮清恬道:“你确定你不吃?”

阮清恬嘴硬道:“我不饿!”但是肚子却不争气地叫了起来。

任浩铭举着筷子,看着阮清恬。阮清恬尴尬地笑笑,指指自己的肚子:“它好像有不同的意见!”

“再来一碗馄饨。”任浩铭说完接着吃自己的。

老板又给阮清恬上了一碗馄饨。阮清恬终于不再逞强,也吃了起来。

不一会儿,阮清恬面前放了五六个空碗。

“天哪,你吃这么多,这家里要是没点钱,怎么养活你啊!看来必须把你卖了!”任浩铭大惊道。

阮清恬吃了一惊,一边仍吃着馄饨。

而此时,在疾驰的火车车厢里,楚安安楚楚可怜地望着宋诚:“宋诚,你放我回去,有什么话,我们不能回上海之后好好说吗?”

“不行!”宋诚一口回绝,“你回上海就会去找那个任浩铭,我要带你离开上海。”

“坐了那么半天火车了,现在你要带我去哪儿?”楚安安不耐烦地道。

“到了你就知道了。”宋诚话音刚落,火车被路障拦了下来。

宋诚一下车,立刻被士兵团团包围。

宋诚气急败坏地质问士兵:“你们哪个部队的?谁是管事的?知道这是谁的专列吗就敢拦着?”

一个自称马连长的军官上前一步:“少爷,大帅让我们来接您回府。”

“我怎么从来没见过你?”

马连长垂首道:“小的以前军衔低,很少出入帅府,所以少爷看着我脸生。这次多亏了大帅提拔。”

“我不管你是谁派来的,你回去跟我爸说,我今天是走定了。”

“少爷,军令如山,您还是别为难我们这些小的了。”

“要是我非要走,你能把我怎么样?”宋诚要起横来。

马连长不甘示弱:“大帅有令,就是绑着也要把少爷绑回去。”

宋诚一听大怒,但又无计可施,只能强压怒气。

“车已经停了,少爷肯定是走不了了,不如跟我们回去吧。”

宋诚权衡一下,决定跟着马连长走。楚安安不明形势,也只得跟着宋诚走。

任浩铭走进青年商会,刚坐下,阿春便进来禀报:“会长,刚收到电报,大小姐已经到上海了。”

“我姐回来了？怎么没提前知会一声？”任浩铭有些意外地道。

“大小姐这次回来好像是临时决定的，所以没有提前通知您。”

任浩铭想到阮清恬在家里住着，微微皱眉：“她现在在回家的路上？”

“行李已经让司机送了回来，大小姐说先陪外国朋友游览一下再回家。”

任浩铭沉着吩咐着：“好……对了，阮小姐今天出门去买东西，你安排阿夏陪她了吧？”

“安排了！”

街上熙熙攘攘，车水马龙。

阮清恬像小鸟一样快乐地走着，阿夏紧随在后。

阮清恬有些无奈：“阿夏，你能不能别老跟着我？”

“阮小姐，不行，我答应会长要保证您安全的。”

“我现在挺安全的啊，这儿又没什么坏人。”

“阮小姐，会长让我保证您的安全，您就别为难我了。”

阮清恬叹口气，继续往前走，越走越快，阿夏紧随其后，甩都甩不掉。阮清恬计上心头，突然停下：“阿夏，你听见什么了？”

“阮小姐，怎么了？”阿夏不明所以。

阮清恬作聆听状，手半笼着耳朵：“嘘，别吵。阿夏，你看那边的两个人，我听见他们说宋诚和你们会长的事了，你看，他们神色诡异，肯定没安什么好心。”

“阮小姐，当真？”阿夏立即警惕起来。

阮清恬正色道：“这是大事，我能乱说吗？”

“阮小姐，这关乎任家的安危，我先去前面打探打探，您跟着我不安全，先稍等片刻，我去去就回。”阿夏说完，赶紧离开了。

第三十五章

误会

阮清恬见到阿夏走远了，蹑手蹑脚走出一段距离，然后撒腿就跑。回头看阿夏不见了，高兴极了。一回身发现是当初典当流苏耳环的那个当铺，阮清恬立即高兴起来："当铺终于开门了。"

说着，阮清恬高兴地跑进当铺，仔细盯着货架看，但流苏耳环已经不在架子上了。她问道："掌柜的，以前放架子上那对流苏耳环呢！"

掌柜的回头看了一眼："什么流苏耳环？我从没听说过什么耳环啊！"

阮清恬环顾四周："以前的掌柜呢？"

"老掌柜仙逝了，我刚接班不久。"

"是吗？真是太不幸了。以前这架子上放了一对流苏耳环，我最近钱攒得差不多了，寻思着要赎回来。"阮清恬有些失落地道。

"我清点的时候可没看见，姑娘，你多久前当的啊？"掌柜说道。

阮清恬想了想："差不多三年前，闹饥荒的时候，家里活不下去才把这传家宝给当了。"

"姑娘，我们这一年不来赎可就是死当了。"掌柜提醒道。

"啊……"阮清恬大惊失色。

"要不你把当票给我，我帮你查一下，看看库存里有没有你这个当品。"掌柜又道。

“当票？当票也不在我这……”

“那我就没辙了。”

“掌柜的，这对流苏耳环对我们全家都特别重要，您可一定帮我仔细找找。”

“好，姑娘，我帮你留意着。”

阮清恬忧郁地走出了当铺。

任青青和史密斯夫人并肩在街上走着，后面跟着一个拿行李的小弟。

“Miss 任，谢谢你陪我回国，要不是你，我真不知道能不能做成这笔生意。”史密斯夫人微笑着说。

任青青淡淡一笑：“任氏山楂丸享誉全球，你过几天和浩铭见面的时候，就说是我的朋友，我弟弟肯定不会为难你的，我也会提前帮你打好招呼，放心吧。”

“谢谢你，青青。”

“你太客气了，走，我送你去酒店。”

“我们走着过去吧，我想看看上海的风景。”

“好，那我让司机把行李送回酒店。”

任青青和史密斯夫人走在街上，史密斯夫人好奇地打量着四周。

忽然街上有人喊：“抓小偷啊！抓小偷！”。

阮清恬刚从当铺出来，只见一个神色慌张的人跑在前面，一个女的追在后面大喊“抓小偷”。

阮清恬连忙追上去，跟着小偷跑进一条小巷：“站住！”

这是一条狭窄到只能容两人侧身而过的小巷，任青青和史密斯夫人在这里抽烟。小偷看阮清恬紧追不舍，假装撞了任青青，趁机将钱包放进任青青敞着的包里，连忙跑了。

匆匆追上来的阮清恬刚好看到此景，想继续追，但被任青青两人堵住了，再抬头小偷早就没影了。

此时，失主追上来，后面追着一些看热闹的群众，人群站在小巷门口。

“小偷呢？完了！我的钱包！这个月的生活费全在里头呢！”

任青青两人驻足，有些同情这个路人。

阮清恬却突然指向任青青：“钱包在她包里面！”

任青青一听，神色微愠：“你说什么！”

失主生气地一把拉住任青青："站住！把包交出来！"

"神经病。"任青青不悦地咒骂了一句就要走。

这时，路人突然朝着人群大声喊起来："拦住她！她是小偷！"

任青青怒火冲天，她长这么大还从没有被人这么冤枉过。她正欲发作，阮清恬突然冲到前面来，冲着人群大声道："喂，喂！你们听我说，她不是小偷，钱包不是她偷的！"

可是因为人太多，人声太过嘈杂，并没有人听到阮清恬的话。愤怒的群众拦住了任青青两人的去路，将两人团团围住。

任青青捂住包："你干吗？你说谁是小偷！"

"人家姑娘都说了钱包在你包里面！"

阮清恬在人群外面想要挤进去解释："你们听我说……"但是她的声音淹没在人群中，怎么挤也挤不进去。

"她说你就信啊！我还说钱包在她身上呢！你怎么不去搜她身！"

"钱包有没有你打开包看看就知道了！大家帮我抓小偷！"

群众一哄而上，拉扯任青青。

"别动我包，里面有很重要的东西！"但任青青势单力薄，包还是被扯破了，包里的东西散落一地，一个贵重的水晶球也摔碎了。

路人捡起自己的钱包，愤怒地冲着任青青喊："人赃俱获！你还有什么话说！"

任青青表情惊讶："这个什么时候跑我包里了？我真的不知道。"

"哼！事实都摆在眼前了还装疯卖傻，真是人不可貌相，穿得倒是有模有样，怎么不走正道啊！要不是这小姑娘告诉我，我这钱包肯定是拿不回来了。"

任青青揪住刚刚挤进人群的阮清恬："你把话跟大家说清楚，你看见这钱包是我偷的了吗？"

"钱包在你包里当然是你偷的！送官送官！"

说着路人和群众就要拉着任青青去警察局。

阮清恬连忙上前："别别别！你们听我解释啊！我是说钱包在她包里，但不代表是她偷的啊！我亲眼看见是小偷把钱包放她包里的。"

"姑娘，你太单纯了！说不定她和小偷是一伙的！"

"对！一伙的！"

任青青彻底愤怒了:“你们这是血口喷人! 我今天还就跟你们理论到底了! 说句难听的,你钱包里有多少钱啊,你知不知道我这个水晶球多少钱啊,你不是要去警察局? 好我们就去警察局,要是证明了我和小偷一点关系都没有,你们通通都得赔偿我! 走!”

群众被任青青的这一声吼威慑住,失主也有些怯了,说道:“算了算了,我钱包也找着了,不报官啦,大家都散了吧。”

任青青不依不饶:“别啊,我们去警察局! 今天这个事必须要说清楚!”

路人将阮清恬推到任青青面前:“都是她跟我们说的,要找你找她吧!”

“小姐,你听我解释……”

任青青又羞又怒:“解释什么啊,别让我再看见你! 史密斯夫人,我们走!”

说完任青青胡乱捡起散落在地的东西,怒气冲冲地拉着史密斯夫人走了。

阮清恬一脸愧疚地站在原地。事情怎么会变成这样? 她只是想帮忙抓个小偷啊。

“会长,阮小姐丢了!”

阿夏冲进来,十万火急地跟任浩铭禀报。

“丢了? 怎么会跟丢呢? 她要是遇到危险怎么办!”任浩铭闻言,猛地站起身。

“都是阮小姐说她听到有人在私下讲会长和宋诚的事,我才去听的,结果被阮小姐给骗了。”

“先跟我出去找阮小姐!”任浩铭黑着脸道。

阿夏垂头丧气:“是,会长。”

任青青郁闷地望着镜中的自己,小心翼翼地整理因为方才的撕扯而乱掉的妆容。确定自己的妆容完美无缺了,她才慢吞吞地从咖啡厅的卫生间里走出来,但是没想到一出门就碰到了林峰。

“原来是任小姐,你回国啦?”林峰微笑地问好。

任青青原本紧皱眉头,看见林峰后立刻舒展开,恢复常态:“林先生,真巧。”

虽然任青青和林峰只有一面之缘,但是对林峰的印象却非常好。

“任小姐刚回国吗?”

“是啊，一回来就遇见倒霉的事。”任青青有些郁闷地道。

“哦，是吗？发生什么事了？”林峰体贴地问道。

任青青不耐烦地摆摆手：“算了，说来话长，不说也罢。”

林峰但笑不语，也没有继续追问，不动声色地转移了话题：“不知任小姐今晚可否赏脸跟林某吃个便饭？”

任青青微笑：“Why not？不过我要先送我的朋友回酒店。”

“好的，我在东大街新开的法国餐厅恭候大驾。”林峰绅士地说道。

阮清恬想尽快将当铺的流苏耳环赎出来，但是又找不到当票，想来想去还是要去找奶奶。

“奶奶，恬恬来啦！”阮清恬提着一袋包子，一进病房门就喊道。

阮清恬放下包子扑到阮奶奶的怀里，阮奶奶抚摸着阮清恬的头，笑道：“怎么还跟个孩子似的。”

“我永远是奶奶的乖孙女。”

“傻孩子，你长大了，就应该多到外面闯闯，再说了，这儿有护士照顾我呢，你还担心什么。”

“我不要长大，我要永远做奶奶的乖孙女。”阮清恬在阮奶奶的怀中撒娇。

阮奶奶乐呵呵的，一副慈祥之色。阮清恬忽然想起一件事：“对了奶奶，您在家里看没看见过一张当票？”

“什么当票，流苏耳环的那张吗？”

阮清恬点点头。

“这个我也不是很清楚了。赶紧好好找找！可别给弄丢了！那是你妈留给你的东西，就等着你出嫁的那天给你戴上啦！这样以后才能过上好日子……”

“知道，知道，奶奶你放心，等爹回来我问问他，也许他见过。反正就在咱家里，丢不了！奶奶，我们吃包子吧，要不一会儿就凉啦。”

“好，好！”

阮清恬赶忙给阮奶奶递了一个包子，看着她开心吃下，心中分外满足。

马连长的人带着宋诚和楚安安走了很久，车上的人一直沉默着。车开了一段，越发荒凉没有人烟。宋诚看着车外的景色，觉察到不对劲：“开了这么久，这不是回上海的路啊。”

马连长淡淡道:“就是这条路,少爷。”

“是这么走吗? 过了这座山,你应该往东走。”宋诚有些怀疑地道。

“这是条近路。”

“走什么近路? 方向都不对。”宋诚微愠。

马连长不理他。小兵继续开车往前走,仿佛什么也没有听见。

“你给我停车,我要下车。”宋诚突然怒道。

但是马连长还是不理他。

“你停不停车?”

“少爷,你都上车了,就跟我们走吧。”马连长说得云淡风轻,连眼神都没有变过。

宋诚拿出手枪,指着马连长的后脑:“你想带我去哪儿? 到底是谁派你们来的?”

马连长根本不为所动:“少爷从小生性善良,绝不会要了我们这些苦大兵的命的。”

宋诚当机立断用枪托打了开车的士兵一下,士兵吃痛,车停了下来。马连长反应很快,一把抓住了宋诚的胳膊。

宋诚奋力挣脱开,拉着楚安安跑下车:“安安,快跑!”

楚安安在惊慌中拿着东西尖叫着没有目的地向前跑。宋诚向后边胡乱开了几枪,也跑远了。

马连长跳下车,怒不可遏:“给我追!”

阮清恬刚从家门口出来就一把被人拉过来,摁在墙上。她被吓了一跳,结果一看是任浩铭,才松了口气。

“你知不知道我找你找得多着急!”任浩铭怒视着阮清恬。

阮清恬使劲甩开他:“任浩铭,你放开我!”

“你又要逃了,不是说好要在我身边吗?”任浩铭怒不可遏地瞪着阮清恬。

“生命诚可贵,爱情价更高。若为自由故,两者皆可抛!”阮清恬仰起头,义正词严地道。

任浩铭似笑非笑:“你不跟救命恩人道个谢吗?”

阮清恬："谢谢任会长，您的大恩大德我无以为报，唯有来世做牛做马……"

阮清恬一顿。

任浩铭听得很满意："做牛做马怎样？接着说啊。"

阮清恬偷笑："唯有来世做牛做马，拔一把草给你吃也不能回报其中万一。"

"我看你啊，不像牛不像马，倒像头驴！"

阮清恬眼睛一瞪："驴？"

"跟驴一样倔！"任浩铭牵着阮清恬的手，一路往前走。

"你要带我去哪里？"阮清恬不满地问道。

"我给你这头小犟驴套上辔头，拴住你！"任浩铭拉着阮清恬走进任家客厅，首饰店经理早已等候在此。

阮清恬小声问："他是谁呀？"

任浩铭淡淡一笑："你不是说要补偿我吗？现在机会来了！"

经理恭敬问好："任会长。"

任浩铭和阮清恬坐下："我最近想收购一家首饰店，你们美国总店在经济危机里损失惨重，听说打算让分店独立自负盈亏。你们有货源和灵巧的工匠，我有自己的销售渠道和充足的资金来源……"

任浩铭写一张支票，递给经理："你觉得这个数字怎么样？"

经理接下支票，伸手和任浩铭握手："恭喜任会长，珠宝店是您的了，一会我就让装修业者去换掉店牌。"

"只需要换掉店名，新店就叫作'清恬首饰店'，这家店做的第一笔买卖就是要给这位阮小姐挑选最适合她的全套首饰。我让你带的东西都拿来了吗？"

"任会长吩咐的，我不敢马虎。"经理给旁边的店员一个示意，店员打开手提箱，里面是一些珠宝首饰。

阮清恬看着闪闪发光的饰品，有些惊讶。任浩铭满意地点点头。

经理殷勤地介绍："这套首饰是意大利名匠亲手打造的，哪怕在总店也是难得一见，这颜色正好配阮小姐白皙的肤色。这枚戒指是英国王妃同款，克拉数也是最大的。您看还满意吗？"

任浩铭问阮清恬："你喜欢吗？"

"任浩铭，你这是干什么？我才不要你的东西！"

任浩铭微微一笑："我在给你买辔头啊！你就算是倔驴，也是属于我的，要有我的独特印记！你到死都是我的！尤其是这戒指，要戴到无名指上，进棺材也要戴着，永远不要忘记你是我的。”

任浩铭把阮清恬逼到角落，拿起戒指给阮清恬戴到无名指上：“嗯，这尺寸倒是正好的。”

阮清恬一怔，问：“这是什么意思？”

经理在一旁识趣地道：“恭喜任太太，戴在无名指的戒指是结婚戒指。”

阮清恬对着任浩铭大喊：“任浩铭，我嫁谁都不会嫁给你！”

任浩铭微微一笑：“可你已经戴上这枚结婚戒指了。”

阮清恬愣愣地看着手上的戒指。任浩铭指挥着那些人整整折腾了阮清恬好几个小时，直到她再也受不了了，借口去卫生间，才溜回自己的卧室。

阮清恬把自己关在房间里，看着镜子里的自己，脖子上戴着项链，耳朵上戴着耳环，又凝视着手上的钻石戒指。

阮清恬从梳妆台的抽屉里拿出母亲的照片。望着母亲年轻时与自己神似的面容，心中一阵失落：“妈妈，对不起，我还没有赎回您的流苏耳环，如果您现在还活着，您和爸爸一定会陪在我身边，我就不会被人欺负了。我有一个好朋友叫楚安安，她居然喜欢任浩铭那个大魔头。但是任浩铭那个坏蛋居然不娶楚安安那么好的姑娘，却非得说我是他的人。任浩铭只长了一张好看的脸，可外滩一半的姑娘都说愿意当他的女人，不就是个破会长，谁稀罕啊！这个任浩铭今天救了我，他有的时候挺好的，只不过大部分时候都坏得没救了。”

第三十六章

冤家路窄

任青青如约赴了林峰的约会。用餐过程中，林峰将一个绅士该有的风度展现得淋漓尽致。直到夜色深沉，林峰才送任青青回家。

“任大小姐，今天林某十分开心。不知改日是否能与小姐一同出游？”

“谢谢林先生，我今天也十分愉快，但是我刚回国，琐事繁多，林先生不如与熟知海外无线专业的人多约约，有益于林先生的未来规划。”

“谢谢任小姐关心，林某心领。最近听说任会长有喜事？想必任小姐此次回国是来给任会长道喜吧。任会长都能转变心情，任大小姐当然也能摆脱丧妹之痛。林某衷心希望有一天任大小姐心中的风能吹向林某这边。林某告辞。”

任青青看着林峰远去，不由纳闷：“喜事？难道浩铭遇到了意中人？”

任青青踩着高跟鞋，高傲地走进任公馆。

阿春立即迎上来：“大小姐，您回来了。”

“浩铭呢？”任青青问。

阿春接过任青青随手脱下的大衣：“刚才还在呢，童老爷把他叫走了。”

任青青想了想：“我听说，家里最近会有喜事？”

“喜事？阿春没有听说，不知大小姐从哪里听说的？”

“算了，我还是自己问他吧。”

正说着，任浩铭从外面走了进来："姐，你回来怎么也不说一声，我好去接你。"

"接什么，我这不是回来了吗。"

任浩铭打量任青青："你瘦了。"

任青青摆摆手："你精神倒是不错。我听别人说家里很快就要办喜事了？"

任浩铭微笑不语。

"看来人家说的是真的了。"

任浩铭看着任青青，点点头："是，我遇到喜欢的人了。"

"噢？不知是哪家的大小姐，能打动你这块顽石！"任青青对这个能打动自己弟弟的女孩儿莫名多了几分兴趣。

"她不是什么大小姐，就是一个普通的女孩。"

"那她肯定是有什么过人之处！"

"姐，我十几岁就来上海打拼，每天忙到没时间交朋友，更说不上谈恋爱了。这几年事业稳定下来，接触的人也越来越多，更不乏各色女人投怀送抱，但净是些势利贪财之流，直到前不久我遇到她，她不喜欢我送她的金银珠宝，更不会在我面前卑躬屈膝……"

"浩铭，你说的我都相信，做姐姐的当然希望你能早日成家，但是现在害死晓晓的真凶还没查清楚，你自己商会里也有内鬼在捣乱，这内忧外患的，未免太不是时候了吧？"

"姐，你也爱过，知道爱情来了，那就是来了，赶不走，也逃不了。晓晓的死我也很痛苦，每天跟丢了魂儿一样。但这个人出现之后，我变得正常起来。如果晓晓是我曾经的太阳，那这个人就是我如今的太阳。"

"我重新回到这个家，总是感觉晓晓下一秒就会笑着过来拥抱我。我倒不知道我什么时候会正常起来！"

"晓晓的死让我懂得珍惜，有好几次这个女孩差点离我而去，我真的不敢想，如果她也跟晓晓一样……我不敢放她走，也不能放她走。我想跟她在一起，我有什么，都想给她，我愿意为她生，为她死。我希望她看重我，就像我珍视她一样。"

"你魔怔了！被一个女人勾住了魂？她有你说的这么好吗？我真希望快点见到她！"

任浩铭不禁一笑。

阮清恬在房间里独自消沉，不过很快又开导自己："算了，自己瞎想也没用，还是早点儿睡吧，说不定明天一睡醒所有问题就都解决了。"

阮清恬咳了两声，觉得口渴，拿起水壶，空空如也，便出去倒水喝。

而此时，任家姐弟正在客厅坐着聊天。

"好了，不说了，等我把她介绍给你，我相信等你了解她之后，也会喜欢上她的。"

"只要别像我今天遇到的那个女人就行！"

任浩铭闻言一怔："发生什么事了？"

任青青提起今天的遭遇就愤愤不平："今天我送史密斯夫人去酒店的时候，碰到了一个特别野蛮没教养的女人，竟然诬陷我是小偷！"

"怎么会这样？我姐这样的大家闺秀，看起来像小偷？"任浩铭微微皱眉，有些不悦。

"你知道我今天受了多大的委屈吗？不仅把我要送给晓晓的水晶球摔碎了，母亲留给我的项链我也弄丢了。还记得那个项坠吗？那是母亲的结婚戒指，母亲死后我一直戴在身上。都是因为那个女人！真可恨！无论你的未婚妻是什么样的人，最起码不能像那个女人这般粗野下贱。"

"你放心吧，姐，不会的。"

任青青打了个哈欠："好了，我也累了，有什么明天再说吧。"

任浩铭微笑："走，我送你回房间。"

任浩铭刚送完任青青，一回来就看见阮清恬从房间里走出来。他顿时收起笑脸："你总算露面了，不是不想见我吗？"

"任浩铭，我要吃饭，我饿了！你是要饿死我吗？我要告你虐待。"

任浩铭失笑："你告我虐待？明明是你自己不想吃。给你吃饭也可以，答应做我的女人。"

阮清恬趁着任浩铭得意的时候，绕过他，拿起放在桌子上的一块蛋糕，咬了很大一口，挑衅地望着任浩铭，结果竟然噎着了。

任浩铭心疼地拍着阮清恬的背。

"水……水……"阮清恬满脸痛苦地伸出手。

“先答应和我举行婚礼仪式也行。”

阮清恬夺过水杯往嘴里灌，等缓过劲，她拿起蛋糕就往楼上跑，站在门口做了个鬼脸。

“别闹了，我有正经事要跟你说。”任浩铭正色道。

阮清恬立刻收敛神色。任浩铭走过来：“我姐姐从法国回来了，今天太晚了，明天一早介绍你们俩认识。”

阮清恬想了想，点点头。

宋诚与楚安安为了躲避马连长的追兵，一直跑到郊外的一间小木屋前。两人气喘吁吁，见身后没有人追，这才稍稍安下心来。

“安安，你没事吧？”宋诚关心地看着楚安安。

楚安安捂着胸口，心有余悸道：“吓死我了，刚才怎么回事儿啊，那些兵不是你爸的手下么？怎么还敢对你动粗？”

宋诚看了一眼小屋，对楚安安说：“咱们先进去再说。”

楚安安在地上坐着，宋诚依然警戒地拿着枪四处看。

“你能不能跟我说明白，这一天提心吊胆地到底是怎么回事儿？”楚安安不耐烦地望着宋诚。

宋诚一心想着追兵，心中暗自嘀咕：“难道是任浩铭派来的？”

楚安安一听，不禁讽刺道：“你嘀咕什么呢，你以为任会长跟你一样好干这种绑架的事啊？”

宋诚生气地瞪了楚安安一眼：“你能不能别说两句话就夸任浩铭？我们现在命还没保住呢！”

楚安安不说话了，看向另一边：“好，我不说了，那你说怎么办？”

宋诚：“我去找点东西生个火，看来今天晚上咱俩要在这过夜了。”

楚安安一惊：“什么，在这过夜？和你？”

宋诚斜睨着她：“怎么，和我在一起，委屈你了？”

楚安安刚想还口，想了一下，又忍了下来。此时就他们两个人，万一把宋诚激怒了，做出什么难以控制的事情，那就糟了。于是楚安安只好忍气吞声地坐在一旁，不再言语。

两人在小破屋里将就了一夜，第二天早晨，楚安安醒来，看见身上披着宋诚的衣服，宋诚蜷在一旁。楚安安略有愧意，拿起衣服给宋诚盖上，没想到宋诚醒了。

楚安安有些尴尬："赶紧穿上衣服吧，挺冷的。"

宋诚见楚安安给自己披衣服，很感动："你穿着吧，我不冷，你要是冻坏了，这儿一时半会儿可找不到大夫啊。"

楚安安刚要说点啥，宋诚继续开口："不行，咱俩一定得想办法赶紧离开这，尽快回上海。"

楚安安点点头，两个人起身活动一下往外走。

结果，一出门，他们发现士兵已经包围了屋子，士兵举着枪对着门口。

在两人震惊的目光中，马连长走上前，阴笑着说："少爷，昨晚睡得怎么样啊？我们弟兄们可是一晚上没睡，保护着少爷呢。"

士兵们推着宋诚和楚安安上车。

第二天一大早，任浩铭还没醒，任青青坐在客厅里看英文小说。阮清恬风一样地跑下楼梯："任浩铭，今天我要吃好几碗饭，看你还怎么欺负我！"

但是阮清恬没有想到没看到任浩铭，却见到了任青青。两人对视的瞬间，都傻了。

任青青合上手里的书，站起身来，一脸惊诧地看着阮清恬。

阮清恬看见任青青也吃了一惊，站在原地不知所措。

"是你？"两人异口同声。

两人一愣，再异口同声："你怎么在这儿！"

任青青"啪"地扔掉手里的书："你问我？我还问你呢！这是我家！"

"你家？"阮清恬疑惑地问。

阮清恬心里琢磨一下，大惊，难道她是会长的姐姐？

"你想什么呢！说话啊！谁让你进来的！一大早就看见你真晦气，今天准没什么好事！"任青青一脸不悦，语气也很不善。

阮清恬一听，脾气也上来了："这位小姐，我正想找你跟你解释呢，那天的确怪我话没说清楚……"

"没说清楚？！你摆明了就是要栽赃我！"

"我没有，我连你是谁都不知道，怎么会想要栽赃你呢！"阮清恬辩解道。

任青青气急道:“你知不知道,我从小到大就没受过那么大的委屈!连我从国外带回来的礼物也被你给摔碎了……”

阮清恬不由得有些愧疚:“我给你道歉!对不起!”

但是任青青并不买账:“道歉有什么用!那个水晶球能复原吗?我不听你废话了,你赶紧从我家出去,要不我叫人把你扔出去!来人啊!阿春,阿夏!”

“慢着!”

任浩铭黑着脸,阿春亦步亦趋地跟在后面。

“浩铭,你来得正好,她就是我昨天跟你说的在大街上遇见的那个女人,她怎么混进我们家的?”任青青告状完,又然后转头对阿春呵斥道:“阿春,你挑佣人的时候有没有仔细调查身份背景啊,不是什么人都能进这个家门的!”

阮清恬气急败坏:“我?佣人?”

这个女人怎么这样!

阿春为难地看着任浩铭。

任浩铭淡淡地扫了阮清恬一眼,沉声道:“姐,你听我说。是我让她住进来的!”

“你?现在佣人都要你亲自挑选了吗?”任青青吼了一声,然后反应过来,不可置信地望着任浩铭,“你昨天说的那个女人就是她?”

任浩铭看着任青青认真地点点头。

任青青有些不敢相信,一脸鄙夷地对阮清恬说:“我听说浩铭有喜欢的人了,一直很好奇是什么样的人,没想到我不在的这几年,浩铭的眼光差了这么多,竟然会看上你这种货色。”

“虽然你是任浩铭的姐姐,但你的说法着实欠妥,我已经为那天的事跟你道歉了,而且我又不是故意的,你就不能原谅我吗?”阮清恬不想任浩铭为难,耐着性子跟任青青解释道。

“哼,你要真想我原谅你,就赶紧从我眼前消失,我不管你以前是怎么住进来的,但是现在我回来了,请你今天之内给我走人!”

见任青青不依不饶,阮清恬也不想客气了:“是你弟弟一直拉着我不让我走。”

“你说什么呢?你是说我弟弟还倒贴你怎么着?你也不看看你自己什么样子!”

"姐!"任浩铭忍不住,出言阻止。

任青青不敢相信:"怎么,浩铭,你还护着她?你现在就已经胳膊肘往外拐了?你知道当时在大街上她是怎么诬陷我的吗?我告诉你,这个家,有我没她,有她没我,你选吧。"

任浩铭突然烦躁起来:"好了!"

两人都不说话了,看着任浩铭。

"姐,恬恬,我知道你们俩第一次见面闹得很不愉快,但不打不相识,今天又在这儿遇见便是缘分,你们俩看在我的面子上,消停一会儿好不好?"

两个人刚要说话,被任浩铭拦住:"我替你们介绍一下,就算是重新认识了,这是阮清恬,我的女朋友。"

任青青冷哼一声,十分不屑。任浩铭无奈地望着任青青:"这位是任青青,我姐姐,一直在法国留学,昨天才回来的。"

阮清恬不想让任浩铭为难,勉强笑了一下。

任浩铭拉起阮清恬的手:"姐,你在家吃饭吧,我和清恬出去吃,我们都冷静一下。"

"浩铭!"

任青青刚想阻止,任浩铭就拉着阮清恬,头也不回地走出去了。

咖啡厅内,阮清恬和任浩铭相对而坐,桌上摆着咖啡面包点心,阮清恬却一脸没胃口的样子。任浩铭见阮清恬一脸愁容,忍不住逗她:"想什么呢?小怨妇!"

"谁是小怨妇啊,我还没嫁人呢!"阮清恬反驳道。

"你从家出来就这副表情,我实在想不出来比'怨妇'更贴切的词了。"

阮清恬想了想:"你姐姐昨天回来的?你怎么不早告诉我?让我有个心理准备也好啊。现在倒好,你姐姐肯定恨死我了。我真的不知道那位小姐是会长你的亲姐姐,竟然闹出这么大的误会,我真是笨死了!"

阮清恬后悔地敲打着自己的脑壳。任浩铭看不下去,伸手阻止她:"行了小傻瓜,事情都已经这样了,你砸脑袋有什么用,就勇敢面对吧,人心都是肉长的,我姐又不能把你吃了。"

阮清恬放下手,还是一脸担心地看着任浩铭:"可是会长,第一印象很重要的，我给你姐姐留下的第一印象真的很差。”

“没事，有我在呢。”

“你有什么好办法吗？”

“只要你和她互不相干，就相安无事。”

阮清恬还是有点担心：“你想得太简单了吧，这抬头不见低头见的，要不我搬回去吧？”

任浩铭冷笑：“想得美。”

阮清恬撇撇嘴。

任浩铭笑了：“好了，小女神经，兵来将挡水来土掩，没有过不去的坎，和我一起去赢得姐姐的心吧。”

阮清恬也笑了：“你才神经呢！”

任浩铭但笑不语，一脸温柔地望着阮清恬。

“你确定任青青就在这家酒吧里？”林峰进酒吧之前，再一次跟虎子确认。

“是的，峰哥，我确定。”

虎子用眼神向林峰示意任青青的方向，林峰顺着方向看到了正坐在吧台边自斟自饮的任青青。

第三十七章

有意与无心

任青青左手拿着姐弟妹三人的合影，忧伤地看着，右手则去拿旁边的酒杯，却没想到酒杯提前被林峰拿走了，任青青的手没有摸到酒杯，反被林峰抓在手里，紧紧攥住。

任青青清醒了一点，转头见是林峰："林先生？"

林峰笑着坐在任青青身边："你知道吗？你和美酒有一个共同点，就是都会让我心醉。"

任青青轻轻一笑。

林峰明知故问："任大小姐怎么大白天一个人喝酒啊？"

任青青没有回答。

林峰善解人意地又问："在为任会长的事烦心？"

任青青看了林峰一眼，不说话，算是默认了。

林峰继续开导："你在这瞎想有什么用啊？买醉只是愚蠢的行径。"

任青青赌气地反问："那你说我要怎么办？我想赶她走，可是浩铭一直护着她。还说什么她走我也走，真是好笑。浩铭一向最看重家人，我还真没见过浩铭他这么为一个外人认真，也不知道那阮清恬到底哪点好，竟然让浩铭神魂颠倒的。"

林峰笑了："你一贯成熟睿智，怎么这次的举动这么幼稚呢？想让一个人走，就一定要用赶这种有失淑女身份的方式吗？有个词叫知难而退。我相信以任小姐的聪明才智，不难明白。”

任青青若有所思地望着林峰，突然妩媚一笑，她已经知道怎么做了。

回到家后，任青青敲开书房的门，任浩铭正坐在桌前批阅文件，听到声音，缓缓地抬起头来。

“在忙吗？”任青青微微一笑。

“你不是又来游说我让我选吧？我劝你省省吧！我是不会选的。”

任青青莞尔一笑：“我不是来叫你选的，只是有件事需要征得你的同意。”

“什么事？”

任青青开口：“既然你执意要留阮小姐在家，那我们今后就是一家人了，我想带她去逛逛街买点衣服，借此多和她接触一下，缓和之前的矛盾。”

任浩铭挑眉看着任青青，有点怀疑：“你是真心的？还是有什么阴谋？”

任青青大喊冤枉：“你怎么能这么看我呢？我这可都是为了你做的牺牲啊，你一点都不感动吗？”

任浩铭只好妥协：“好，那我陪你们一起去。”

任青青摆手，坚定地说道：“不用了，给我们一点女人独处的时间，我想会更好。”

任浩铭迟疑地看着任青青，不知道她葫芦里卖的什么药。

任青青是一个说风就是雨的人，第二天便把阮清恬约了出去。阮清恬手里提着东西，跟在任青青的后面：“青青姐，你真的不要再买东西送我了，我用不着。”

任青青虚情假意地望着阮清恬：“你跟我还客气什么？你要是不接受就说明还对我有意见。”

阮清恬不好意思地辩解：“不是的，青青姐，之前是我太莽撞了。但是我真的不需要这些衣服，太华贵了，根本不适合我。”

“怎么会不适合呢？我看哪件都特别适合。”

阮清恬有些尴尬，但是拗不过任青青，只能都拿去试了。逛了一整天，天快黑的时候，阮清恬又被任青青拉到市里最好的西餐厅里。此时阮清恬已经换上一件新买的裙子，看上去清纯可人。

阮清恬小心地问道:“青青姐,我们这是在等谁呀?”

任青青神秘一笑:“我的一个朋友,一会儿你就知道了。”

突然,任青青向阮清恬后方招了招手,阮清恬也跟着回头看,看到一位雍容华贵的洋妇人正在朝自己走来,不禁紧张起来。

任青青热络地站起来:“Mrs. Smith! Here!”

阮清恬听到任青青讲英语,更加紧张。任青青看出阮清恬的窘迫,一脸得意。

没想到,史密斯夫人竟然讲中文:“青青,我们既然在中国,你现在可以和我用中文对话了。”

“Really? 真的?”任青青故作惊讶地道,然后指着阮清恬,“这位是浩铭的好朋友,阮清恬小姐。”

史密斯夫人友好地伸出手:“你好,阮小姐。Your dress is really beautiful.”

阮清恬也赶紧伸出手:“谢谢,谢谢。”

三人落座,服务生来点菜,任青青眼珠一转,问阮清恬:“牛排怎么样? 清恬你要几分熟的?”

阮清恬自信地说道:“七分熟就好。”然后又转头对服务生道:“Medium well.”

史密斯夫人不禁称赞:“You are so cute! Lovely girl!”

阮清恬听懂了,也礼貌地回应:“Thank you, you are so beautiful.”

史密斯夫人开心地笑着,任青青也无奈地赔笑,心里却并不愉快。这个死丫头,有两把刷子,连洋人都喜欢她,难怪浩铭被她弄得丢了魂,不行,自己一定要好好挫一挫她的锐气。

“史密斯夫人,on parle français?”任青青又想要和史密斯夫人说法语,以此刁难阮清恬。

史密斯夫人有些奇怪,但也没有拒绝:“OK.”

任青青和史密斯夫人用法语交谈,阮清恬插不上话,只好一个人尴尬地切着牛排。史密斯夫人见状,有些不忍,便用中文问道:“清恬,你在哪里读书的?”

阮清恬立即笑着回:“我在上海私立商学院读无线电专业。”

史密斯夫人笑道:“哇,好厉害。你知道吗,有次我老公超级有情趣,竟然用摩尔斯给我发了一句 I love you,你说是不是超级罗曼蒂克?”

阮清恬正要回答,被任青青打断。

任青青感到自己可以插上话了,便说道:“摩丝?我最近超级喜欢,每天都一定要用才能出门。”

阮清恬和史密斯夫人都愣了,过了一会儿,史密斯夫人反应过来,发出了有些同情的声音:“哦……You are so cute!”

阮清恬有些尴尬地笑笑。

饭后回到家,任青青气势汹汹地走进客厅,将手包扔到沙发上,一脸不快。

任浩铭大致看出了情况,上前调侃任青青:“姐,你怎么了,好像有点不高兴啊!是谁胆大包天,敢惹我们家的大小姐?我这就帮你教训她去!”

任青青听出任浩铭话里的讽刺,更加生气地瞪了任浩铭一眼:“我累了。”

任浩铭问道:“恬恬呢?怎么没跟你一起回来?”

“我又不是她妈,为什么找我要人!”任青青吼了一声,说完就上楼去了。

任浩铭一脸纳闷,刚想着阮清恬在哪儿,就看到阮清恬从门口走了进来。阮清恬正想跟着上楼,被任浩铭的长臂挡住了去路:“去哪儿啊?”

阮清恬:“已经晚上了,当然是睡觉了。”

任浩铭将阮清恬逼到墙边:“听说你今天和洋人交上了朋友?很厉害啊!以后,本会长就靠你养了!”

阮清恬推不开任浩铭,只好赌气地瞪着他:“好啊,那我就每天给你喂萝卜白菜,保证让你健健康康的。”

任浩铭被逗笑:“喂我?拿什么喂我?”

任浩铭说着就调皮地嘟起嘴,伸到阮清恬面前。阮清恬害羞地歪过头去,任浩铭又凑过去。

阮清恬索性吼道:“会长你别闹了!”

任浩铭不罢休:“什么时候这个家是你说了算了?再说你不是说好喂我的吗?”

阮清恬没办法,只好在任浩铭的侧脸上亲了一口:“这样可以了吗?”

任浩铭耍赖,摇头:“不算不算。”

阮清恬无奈地看着他。任浩铭主动去吻阮清恬,正要碰到唇的时候,传来了任青青的声音:“浩铭,我的香水呢?帮我把楼下的包拿上来。”

任浩铭也因此稍有松懈，阮清恬趁机逃脱束缚，跑上楼，回头冲任浩铭做鬼脸。任浩铭作势要冲上去抓阮清恬，吓得阮清恬立刻跑回了房间。

任浩铭望着她的背影，甜蜜地笑着。

任青青站在卧室里，手中拿着一个小罐子，自语着："阮清恬，今天算你赢，不过来日方长，咱们走着瞧。"

第二天早上。

任浩铭穿着睡衣下楼来，任青青端着水杯来到客厅。

任青青笑容满面："睡得好吗？我亲爱的弟弟。"

任浩铭走近，表情变得严肃起来："姐，你不要再针对恬恬了，我不想因为这个跟你吵架，适可而止吧。姐，你们两个对我同样重要，你不要再针对她了！"

阮清恬正要下楼来，突然听到自己的名字，便站住了。任青青正要还击，突然看见角落里出现一双熟悉的拖鞋，意识到阮清恬正站在一旁。

任青青立刻转变话锋，柔声道："浩铭，你听我说，我一开始确实难以接受，觉得你们并不般配，但从这几天的接触来看，清恬确实是一个好姑娘，她单纯可爱，又冰雪聪明，现在，我真的希望能够和她搞好关系，做一个好姐姐。"

任浩铭狐疑地看着任青青，惊讶得说不出话。

管家阿春恭敬的声音传来："阮小姐，早。"

任浩铭回身，看见站在楼梯上的阮清恬，又看了看面前得意的任青青，只有苦笑。

任青青先迎上去："清恬，起了？阿春，给阮小姐冲一杯蜂蜜水，蜂蜜是养颜上品，对女人好。"

阮清恬到底单纯，看着任青青，心里还有点感动。

任青青继续怀柔政策："对了，清恬，我昨天还另外给你买了件衣服，忘记给你了。"任青青走到客厅从沙发上拿起一个礼盒："你去试试，给浩铭看看。"

阮清恬不好意思："可是青青姐，我不能——"

任青青诚挚地笑着："你看，既然都叫姐了，就别客气了。"

阮清恬看向任浩铭，想要征得同意，任浩铭挥着手走开，表示"你自己看着办吧"。阮清恬只好接过来，小声地说："谢谢青青姐。"

任青青无比体贴："不谢。"

任青青望着阮清恬尴尬的表情，眸光含着冷笑，神情十分阴险。

“你到底要带我去哪儿啊?”任浩铭拉着阮清恬走到门口,阮清恬追问。

任浩铭狡黠地望着阮清恬:“偏不告诉你,跟着来就是了,我还能害你吗?”

阮清恬嘟囔:“那可不一定,你不告诉我,我就偏不上车。”

任浩铭问:“你确定吗?”

阮清恬赌气:“确定、一定、以及肯定!”

任浩铭笑了:“好。”突然一把抱起阮清恬。

阮清恬一边尖叫着,一边用力挣扎:“你干什么!你放下我!”

任浩铭不理会抗议,将阮清恬抱进了车里,自己也钻了进去。阮清恬试图爬到另一边开车门,被任浩铭一把搂到怀里,箍住了脖子,动弹不得。

任浩铭捏着阮清恬的脸蛋:“想逃!没门!”

阮清恬被任浩铭一把拽进怀中,任她怎么挣扎都逃脱不开。任浩铭满意地望着怀中的阮清恬,把玩着她垂下来的一缕秀发,道:“你这头发也该烫了吧?”

阮清恬惊讶地说:“什么?什么烫头发?”

任浩铭夸张地点头:“不管我姐什么态度,我们结婚这事不能变,做头发也是例行公事。”

阮清恬犹豫着:“真的要烫吗?我怕到时候我自己都不认识我自己了!”

任浩铭偷笑:“不会的,我保证。”

阮清恬不甘心:“你明明就是幸灾乐祸,不行,既然是我们结婚,那就得一起烫头,不能我一个人烫!”

任浩铭吓了一跳:“你疯了!让我顶着一头钢丝?你休想!”

阮清恬提议:“我们来玩个游戏好了,要是你赢了,我就乖乖地烫头发,要是你输了,你就必须陪我一起烫,如何?”

任浩铭思索着。阮清恬故意激他:“怎么?怀疑自己的智商了吧?不敢答应了吧?”

任浩铭爽快地:“笑话!这世界上还没有我任浩铭不敢干的事呢!”

“那为了公平,让阿春来当公证人,如何?”

任浩铭自信地答应了:“同意,出题吧。”

第三十八章

柔与刚

阮清恬想了想："有一个家伙，上身穿着棉袄，下身穿着短裤，左手拿着冰水，右手端着热咖啡，每天坐在火炉旁，却又开着冷气，请问他到底是什么人?"

任浩铭听完谜面，目瞪口呆。

阮清恬一脸得意地望着任浩铭："5！4！3！……"

任浩铭皱眉苦苦思索，却得不出答案。

阮清恬兴奋地说道："1！你输了会长！"

任浩铭只好投降："你说吧，我实在猜不出这种神经有病的人是什么人！"

阮清恬大笑："哈哈哈，答案就是神经病啊！上身穿着棉袄，下身穿着短裤，左手拿着冰水，右手端着热咖啡，每天坐在火炉旁，却又开着冷气，这种事只有神经病能做得出啊！"

任浩铭气得说不出话。

阿春在一旁凑热闹："会长，我觉得你烫了头发肯定特别帅！"

任浩铭白了阿春一眼。

阮清恬拉着一脸不情愿的任浩铭向美发店走去。

任浩铭瞪起眼睛，阮清恬捂着嘴笑："会长，快点，前面那家发廊是全上海最摩登的哦！"

任浩铭为难:“这个摩登……我……我能不能也要次赖啊?我也是人啊!”

任浩铭说着就往回跑。

阮清恬在后面追:“会长!你回来!”

任浩铭和阮清恬回到家里,发现餐桌上摆着丰盛的饭菜。于是拉过谷雨问道:“有客人要来吗?这么晚了,这么丰盛的饭菜。”

谷雨还未回答,任青青就抢先回答:“我请了客人。”

“你请的客人,是谁?”

任青青看看阮清恬:“别急呀,一会儿等他来了你就知道了。”

门口传来了喇叭声。

任青青开心地站起来:“他来了。”

任浩铭和阮清恬面面相觑。

林峰气宇轩昂地走进任公馆。

任青青早已等候在门口,任浩铭领着阮清恬走过来,阮清恬看到走进来的是林峰,不禁诧异道:“林先生?青青姐的客人就是你?”

林峰微笑着点点头:“清恬,你也在这儿,太巧了。”

任浩铭有些惊讶地看了眼阮清恬,不明白林峰是怎么知道阮清恬真实身份的。林峰则有些得意地望着任浩铭。

四人一起坐到了餐桌上,气氛微妙。任浩铭看着林峰,饶有兴趣,并无好感。

阮清恬对林峰颇为尊重,礼貌地笑着。

任青青优雅地拿起红酒:“看林先生多细心多有品位呀,带了这么好的红酒来和我们分享,你说是不是啊,清恬?”

阮清恬突然被问,有点懵,只好附和:“是啊,是啊。”

任浩铭斜眼瞥任青青,想弄清她葫芦里卖的什么药。任青青只是笑:“听说林先生是清恬在商学院的老师?真是有缘啊。”

阮清恬不好意思地笑笑。

林峰表面上笑笑,心里却已经明白任青青的计划,原来她是想撮合自己和清恬,以此破坏阮清恬和任浩铭的关系。

任浩铭也察觉到了一点不对,开始试探林峰:“林先生,您现在有中意的姑娘了吗？像林先生这样的条件，怕是很多姑娘排着队地想嫁吧。”

林峰不好意思地笑笑：“任会长说笑了，林某现在专心工作，至于婚嫁之事，还未多想，而且，林某现在已经有中意的人了。”

任浩铭饶有兴趣：“哦？那我可真是好奇得很，林先生方便说出她的名字吗？”

任青青看了林峰一眼，稍显紧张，拿起酒杯想通过喝酒掩饰。林峰却气定神闲：“没什么不方便的，这个人远在天边近在眼前。”

任浩铭有些紧张，心想：难道这小子喜欢的人是阮清恬？

刚这么想着，就听到林峰掷地有声地道：“她就是，任青青小姐。”

语落惊四座，任青青一口红酒喷了出来，喷了对面的林峰一脸。

任浩铭一脸惊诧：“姐？你怎么了？”

任青青赶紧打圆场：“哈哈哈，真的太好笑了。林峰你现在怎么这么幽默了呀？清恬，你说，林先生是不是特别可爱？”

阮清恬尴尬地笑笑。

林峰也笑了：“还在努力中，呵呵，下次一定带来一个更好笑的段子。”

任青青生气林峰让自己丢脸，气得在桌下去踩林峰的脚，没想到却踩到了任浩铭。任浩铭疼得尖叫：“啊！姐，你踩我干吗！”

任青青尴尬地笑笑。

任浩铭此时已经郁闷非常，于是对阮清恬道：“你是不是想要出去走走？走，我陪你去。”

阮清恬有些反应不过来：“嗯？我什么时候……”

她的话还没说完，任浩铭就拉着阮清恬走开了。

“你是不是偷偷去找过林峰了？”任浩铭刚出门便冷冷地问。

阮清恬有些心虚：“我……没有……”

“那他怎么知道你叫阮清恬？做错了事还敢抵赖！”

阮清恬见瞒不住了，索性直接坦白：“我是去见林先生了！我跟他是正常见面，又没做什么，怎么就是做错事啦？我没什么好道歉的。”

任浩铭抓着阮清恬：“你还嘴硬？”

“我没有！你放开我！”

任浩铭刚要说什么，看见林峰走过来，立即将阮清恬揽入怀中，挑衅地看着林峰。

林峰笑着走过来:“任会长、清恬,你们俩在这儿啊! 青青正找你们呢!”

任浩铭低声对阮清恬说:“你先回去,看看姐有什么事。我有几句话要问林先生。”

阮清恬为难地望着任浩铭,担心任浩铭会找林峰的麻烦:“会长……”

林峰微笑地安慰:“清恬,没事的。”

阮清恬看看林峰,再看看任浩铭,只好离开。

林峰微笑:“不知任会长有什么事想要问林某?”

任浩铭冷着脸问:“林先生刚才所言,是否出自真心?”

“任会长指的是哪句话?”

“当然是你说你喜欢我姐的那句。”

“哦! 任会长可能对我有些误解! 林峰并非轻浮之人,刚才所说自然出自本心。”

“可据我观察,你以前似乎对恬恬也有一些意思。”任浩铭审视着对面的林峰。

林峰一愣,随即大笑:“任会长想多了!”

但是任浩铭并不信任林峰:“你敢说你对她一点想法都没有?”

“当然没有! 我只把清恬当作学生,能帮忙的地方帮一下,对她完全没有男女之情。”

“既然如此,那你可以从恬恬的世界消失了。”

“看来任会长还是不相信我。”

“我只相信我该相信的人。”

林峰微微一笑,眸中冷光四射:“没想到这就是任会长的待客之道!”

“你是我姐的客人,不是我任浩铭的。还有,我重申一下,离恬恬远点儿!”

任浩铭说完就走了,林峰看着任浩铭离开的背影,露出奸诈的表情。

任浩铭面无表情地走进客厅。

任青青立即上前问道:“你跟阿峰在外面说什么呢? 说这么长时间。”

任浩铭答非所问:“恬恬呢?”

任青青微愠:“你现在就知道恬恬! 刚才回来就上楼了,谁知道她上去干吗!”

任浩铭犹豫了一下，还是问道："姐，你喜欢林峰这个人吗？"

任青青有些惊讶："干吗突然问这个？"

任浩铭直接说道："你跟他不合适。"

说完也不管任青青的反应如何，便径直上楼去了。任浩铭刚上楼，阮清恬就从房间里出来了："会长，你跟林先生说什么了？"

任浩铭不太高兴："你干吗这么关心？"

"我怕你为难人家啊！再怎么说，林先生也是青青姐请来的客人。"

任浩铭霸道地伸手捂住阮清恬的嘴："以后不许在我面前提起这个人！"

阮清恬无辜地看着任浩铭。

"也不许你去接近他，听见没有？"

"我只当他是老师，正常接触也不行吗？"

"他可不只把你当学生。"

"你在瞎说什么？林先生不是你说的那种人。"

"那你跟我发誓，说以后不再去见他。"

"我跟他什么都没有，我为什么要发这样的誓啊？"

任浩铭有些像小孩子闹别扭："你发誓！不发誓，我今天就不让你睡觉！"

阮清恬无语："好，我发誓！我怎么发啊，这个誓……"

任浩铭认真思索着："如果你见了他，你就要做我的女人！"

阮清恬生气地大吼："任浩铭你太过分了！竟然拿这个做赌注！"

"这样你才会当真！"

"任浩铭！你混蛋！"

"是啊！我就是混蛋！你今天才知道吗？"

这厢，林峰走进客厅。听到楼上传来的嬉笑声，任青青不悦地皱起眉。

林峰也皱了下眉，但很快就舒展开来，凑到任青青身边："怎么了？不高兴啦？"

任青青歪过头去不说话。

林峰假装委屈地说道："我都还没委屈呢，你倒生起气来了，你以为我看不出来吗？你想把我低价推销出去。"

任青青稍微有点愧疚："林先生，你知道的，我对你没感觉，所以真的请你——"

林峰竖起食指贴在了任青青的嘴上："已经很晚了，我该走了，早点休息吧。"

任青青说不出话。林峰起身，拿起沙发上的西服，潇洒地走了。

任青青回味着刚刚林峰的话，又看了看楼上，酝酿起着下一次的拆散计划。

林峰从任公馆里走出来，回头看了一眼："任浩铭，总有一天，我会让你血债血偿！"

阮清恬气喘吁吁地跌坐在地毯上，任浩铭也坐了下来。

"不跑了，休战！我们要和平！"

任浩铭抱怨："你说休战就休战啊！"

阮清恬打算蒙混过关，靠在任浩铭的肩膀上："会长，我都听你的话开始学化妆了，该轮到你听我一次了。"

任浩铭好奇地问："你还有要求呢？"

"当然了！如果我们两个真的要结婚……"

"我和你结婚不是如果，是必然会发生的事！"

阮清恬撒娇地抗议："你让不让我说话？"

任浩铭无奈："好吧，那你先说说看，我再决定答不答应。"

阮清恬眨眨眼："任会长，任会长，我想要你陪我来一次普通约会。"

任浩铭怀疑自己听错了："普通约会？"

任青青刚好走到二楼阮清恬的门口，门虚掩着，任青青也听到了"普通约会"。

任青青伏在门边饶有兴致地听着。

阮清恬突然表情严肃："门外有人！"说着就要起身，任浩铭一把拉住她："肯定是阿春，或者谷雨，你赶紧给我解释一下，到底什么叫普通约会！"

任青青也竖起耳朵，仔细地听着。听完，她计上心来。

第二天，阮清恬如约来到约会地点。阮清恬坐在长椅上等任浩铭，左等右等不见人，渐渐不安起来，不会是被会长放鸽子了吧？殊不知此刻任浩铭正焦急地等在自家的客厅里，焦躁地在客厅踱步，等得实在着急了："阿春！阿春！阿春！"

没有人应答。

任青青好心地回道："你不是叫阿春出去办事了吗？车也开走了。"

任浩铭有些失望，等得实在不耐烦，只好起身出门去。

"会长一定是故意耍我，表面上答应了普通约会，其实根本就不想这样约会。"另一边，阮清恬正急躁地想着，面前突然出现了一个人，是林峰。

阮清恬有些意外："林先生？"

林峰笑着："真巧啊，我刚才想找你呢，没想到会在这碰见你。"

"找我？有什么事吗？"阮清恬微笑道。

林峰笑着："是有点事，就是不知道你有没有时间。"

阮清恬犹豫了一下，回答道："有时间，您说吧。"

…………

阮清恬坐在桌前认真地听着电台，放下耳机："您的电台没问题了，都解决了。"

林峰十分感动："太感谢你了。"

阮清恬谦虚地回："举手之劳，对了林先生，昨晚实在不好意思，会长他常常会闹点小孩脾气，您别介意。"

"我没介意，放心吧。"林峰十分大度地说道，随手端起茶杯，递向阮清恬，"喝点茶吧。"

还未等阮清恬接，林峰的手就故意一抖，茶洒了阮清恬一身。林峰连忙道歉："哎呀，真是不好意思，没事吧。"

被茶水浇了一身，阮清恬的上衣彻底湿透了，但是她还是说道："没事。"

只是她整个人都慌张地站起来，手足无措地低着头，望着满身的茶渍，着急地说道："天不早了，我，我要赶快回去了。"

"稍等一下。"林峰拦了一下，然后转身走回房间，不一会儿，手中拿着一件衬衣走了出来，笑眯眯地递给阮清恬，说道："换上吧，你这样出去，会感冒的。"

阮清恬望着林峰手中的衬衣，犹豫了一下，还是拒绝："不用了。"

林峰坚持道："你要是感冒了我会很内疚的，还是换上吧。"

阮清恬推脱不过，只好接过林峰手中的衬衣。

任浩铭来到和阮清恬约定的长椅边，却发现一个人都没有。他四下观望了一会儿，走向不远处的报摊，着急地问道："老板，刚刚是不是有一个女孩在这里？"

老板想了一下，回答说："是有一个女孩。不过，坐了一会，就跟一个学者模样的人走了。"

"学者模样。"任浩铭想了一下，阮清恬认识的人不多，又是学者做派的。"难道是林峰？"

这样想着，任浩铭不敢耽搁，立刻动身去找阮清恬。而此时，阮清恬正穿着林峰的衬衣，披着林峰的外套，站在街道边，想要伸手拦黄包车，但拦不到。任浩铭在对面马路正四处寻找阮清恬，街上的车流阻挡了两人的视线，明明近在咫尺，但是却看不到对方。

这时林峰跑过来，手里拿着阮清恬换下来的旧衣服，这是刚刚阮清恬忘在林家的。把衣服交给阮清恬，林峰笑道："恬恬，这个你忘拿了。"

阮清恬拿过衣服，感激一笑："麻烦林先生了，还让你跑一趟。"

"没什么，天快黑了，要不我送你回去吧。"

阮清恬刚要拒绝，林峰已经拦下一辆黄包车："走吧。"

阮清恬见状不好意思拒绝，只好上车。

黄包车拉着两人很快融入车流之中，而街对面的任浩铭依然小跑着，四处寻找着阮清恬的身影。

郊外的宅院中，楚安安颓败地坐在柴房的地上，又累又渴，整个人虚脱得不像样子。身上的衣服，她已经穿了好几天，又脏又臭，头发也杂乱得不成样子。她不知道自己还能不能活着出去，如果不能的话，就这样莫明其妙地死了，也不知道自己的父母能不能找到自己，为自己收尸。想到这儿，楚安安不禁悲从中来，眼泪扑簌簌地落下来。

突然，几个士兵破门而入，将挣扎尖叫的楚安安塞进了一辆汽车里。

车停在荒无人烟的地方，楚安安被推下车，随后她的行李也被扔下车。

楚安安重重摔在地上，望了一眼和自己一样灰头土脸的行李袋，然后问开车的人："这儿是哪儿啊？我要回上海！"

司机没有理会她，几乎是她话音刚落，车就开走了。

楚安安慌了，立即爬起来："喂！你们不能把我扔这儿！回来！"

车消失在荒野中，楚安安一个人无助地站在原地，恐惧地看着四周。

任浩铭几乎快把整条街翻遍了，都没有找到阮清恬，只好悻悻回家。他一进门便问："阮清恬回来了吗？"

阿春摇摇头："阮小姐从早晨出门后就没回来。"

任浩铭不语，神情沮丧地往客厅走。

阿春见任浩铭萎靡不振的样子，想着应该帮任浩铭分忧，便又问了一句："需要我派人去找阮小姐吗？"

任浩铭冷冷地说："不用。"

阿春点点头，正准备退下，突然看向任浩铭身后大门口的方向。任浩铭顺着阿春的眼神看过去，结果正好看见阮清恬站在门口，披着林峰的衣服，和林峰有说有笑。

任浩铭眼中瞬间结了一层寒冰，阿春看在眼里，浑身上下立刻冒起了一层鸡皮疙瘩。

但是门口的两人却不知收敛，在任浩铭冰寒彻骨的目光中，林峰怜爱地看着阮清恬，微笑着紧了紧阮清恬身上的西服，满眼不舍："时候不早了，你赶紧回去吧。"

阮清恬看着身上披着的衣服："林先生，这个……我洗好了再还给你！"

林峰微笑着点头。

"那我先回去了。"

林峰摆手跟阮清恬告别，直到看到她小小的身影推门走进任公馆，才恋恋不舍地离开。

阮清恬轻轻地推开门，探头进来左右看了看。客厅里没人，看来任浩铭还没有回来，她不由大喜，快步走了进去，猫着腰向自己房间跑去。

阮清恬推门闪进房间，靠在门上松了口气。忽然，阮清恬看到有一道人影，直挺挺地坐在床沿边上。阮清恬吓了一跳，仔细一看，才发现是任浩铭。

任浩铭黑着一张脸坐在床上，冷冷看着阮清恬。

阮清恬心有余悸地望着任浩铭："会长，你怎么在这儿？"

任浩铭没有理她。

阮清恬自顾自地说着："我们今天不是约好在公园见面吗，你怎么没来啊？"

“我没去不正好成全你了？”

阮清恬听着任浩铭阴阳怪气的语调，一脸疑惑：“你这是什么意思？成全我什么了？”

任浩铭黑着脸问：“你刚才干吗去了？和谁见面了？你身上穿的是谁的衣服！”

阮清恬这才反应过来，自己还披着林峰的衣服呢，以任浩铭小肚鸡肠的个性，肯定会误会。但是一时间又想不出更好的说辞，于是只能支支吾吾，毫无底气地辩解了几句：“我……我是个自由人，我去哪儿没有必要告诉你！”

任浩铭，冷冷注视着阮清恬：“我在书房等你！”

任浩铭说罢匆匆离开，沉重的脚步声终止在冰冷的关门声后。

书房中，任浩铭望着窗外，一个人站了很久，也不知道在想什么，表情阴晴不定。

阮清恬推门进来。她已经整理好自己，眼睛红红的，在离任浩铭比较远的地方站定，没好气地将林峰的外套摔到一旁：“说吧，找我什么事？”

任浩铭转身，冷冷道：“我看你还是不清楚自己的处境跟身份！我叫你来是通知你，从现在开始，我要你每分每秒都跟我在一起，我去哪儿你去哪儿！不许你再离开我身边半步！”

阮清恬惊讶地望着任浩铭：“你说什么？任浩铭！你是暴君吗？你讲不讲道理？我凭什么要听你的？你又凭什么要管我？”

“我看你是得到的教训还不够！需不需要我亲自再教你一遍？”任浩铭冷笑说着，作势上前。

阮清恬见状赶紧退后一步：“不用了！”

任浩铭停住脚步，冷冷道：“我任浩铭讲的话，就是圣旨，这点希望你记住！”

阮清恬急了：“可是我还要去上学，去上班……怎么可能时时刻刻待在你身边啊？”

任浩铭冷冷打断：“我已经替你请假了！”

阮清恬大惊，不可置信地望着任浩铭：“什么？任浩铭！你知不知道，这份工作对我来说有多重要！就算你是暴君，你也没有权力随便主宰别人！我从来都不知道你原来是这么差劲的人！”

任浩铭冷冷地瞅着她，半点愧疚都没有：“那真是对不起，我从来就这样！”

“你！”阮清恬气得半死，用力掰着手指头，“那我睡觉、上厕所、洗澡怎么办？难道也要被你盯着吗？”

任浩铭奇怪看着阮清恬，道：“你想象力可真丰富，要是你愿意……我不介意啊。”

阮清恬望着任浩铭一副玩味的表情，似乎兴致盎然的样子，差点没吓死，恶狠狠地吼了一句：“任浩铭，你去死吧！”然后便气冲冲地走出去，用力摔上了门。

任浩铭望着那抹消失的白色身影，不禁扬起了嘴角。

任浩铭说到做到，第二天，便拉着阮清恬起出门。

阮清恬绷紧身体坐在车上，尽量离任浩铭远点，再远点。扭头看身侧的人，倒是一脸坦然的样子，阮清恬心里不平衡了，嘟着嘴，不满地道：“喂！你要带我去哪儿？”

任浩铭一言不发。阮清恬瞪了他一会儿，知道自己是不到想要的答案了，气鼓鼓地双手环胸，郁闷地望着车外。任浩铭余光瞥到她圆鼓鼓的腮帮子，觉得她十分可爱，像是某种小动物，但是到底是像什么呢，一时又想不起来，只是心中觉得很喜欢，想要把她搂在怀中，狠狠地宠溺一番。

车子在一间咖啡馆门口停了下来，任浩铭依然一言不发，只是拉着阮清恬，大步走了进去。任浩铭刚一进门，服务员便立刻认出了他，走上前去，微笑着将他领到一个包间。

里面已经坐着一个人，一见任浩铭便立即站起来打招呼：“任会长！好久不见！您越来越容光焕发了！”

任浩铭冷淡道：“李老板最近财运亨通啊。”

李老板笑呵呵的，配上胖乎乎的身材，特别像一只招财猫：“哪里哪里？小本生意，哪能比得上您的……”

李老板说着瞟了阮清恬一眼，放缓语速：“任会长，这位美丽的小姐是……”

阮清恬耳力非常，任浩铭也反应迅速。

两人几乎同时开口。

阮清恬：“跟班！”

任浩铭：“女朋友！”

李老板眉毛一挑，微微一笑，也不言语。

阮清恬不高兴地瞪着任浩铭：“任浩铭！谁是你女朋友？你不要胡说

八道！”

任浩铭也不遑多让，冷言冷语，不容置疑：“我说是就是。”

说着任浩铭把阮清恬拉过来坐下，不动声色看了眼远处的阿秋跟阿夏。

阮清恬耐着性子坐下，忽然大声喊了一声：“服务员，上咖啡！”

任浩铭跟李老板一头雾水，却见阮清恬一脸狡黠。待服务员将咖啡端上来之后，她故意不屑地大声道：“西方人喝东西怎么这么小气，这么小的杯子，怎么能体现出我们东方人的盛情？换大碗！”

服务员一愣。

任浩铭忽然有不好的预感。

李老板也是一副受惊的表情，肉乎乎的胖手半举在胸前，看样子随时想要扣上去。

服务员下意识望向任浩铭，寻求他的指示，见任浩铭微微点点头，才诧异地离开了。不一会儿，服务员再次端咖啡上来，换成了三个大碗。

李老板目瞪口呆地看着眼前的大碗咖啡。

阮清恬咧嘴一笑，端起大碗仰头就将咖啡一口气喝干。

这下，任浩铭也目瞪口呆。

李老板紧张地咽了口唾沫。

阮清恬擦擦嘴边的咖啡渍，重重将大碗放下，豪爽地道：“痛快！李老板！来，请！”

阮清恬说着将咖啡碗推到李老板面前。

李老板嘴角一抽。

任浩铭捂脸，挫败地叹了口气。

见任浩铭一副恨不得从来不认识她的模样，阮清恬心中很开心，很得意。他不是想让自己做他的女朋友吗？这下，看他还敢不敢揽这个名头！

阮清恬从咖啡厅出来时，任浩铭追出来。

任浩铭一把拉住阮清恬，有些生气：“你吓跑了我的客人，我还没生气，你气什么？”

阮清恬一把甩开任浩铭：“任浩铭！我阮清恬再不济也是个未出阁的大姑娘，你怎么能随便污蔑别人的清白，你这样以后让我怎么出去见人！”

任浩铭一愣，随即怒火冲天地吼道：“见人？见什么人？你还想见什么人？

林峰吗？我告诉你，没有我的允许，你不许再见他一次！”

阮清恬仰头跟任浩铭对峙，挑衅道：“腿长在我身上，难道你还真想把我绑到身上不成？我想见谁是我的自由，我用不着你操心！还有！我跟你半毛钱关系也没有，请你自重！”

任浩铭冷笑：“没关系！你信不信我现在就把你的两条腿卸下来！”

阮清恬打了个冷战，惊道：“卸下我的腿，难道接上你的腿吗？”

任浩铭危险地眯起眼。阮清恬惊恐后退两步，转身就跑。

“清恬！”任浩铭追上阮清恬，一把拽住阮清恬，拉着她就往反方向走。

一家小餐馆里，阮斌坐在朝街的位置上，吃着酒菜。

阮斌借酒消愁，喝了一杯又一杯。想着要不是因为家里的老母亲和女儿，也许自己就真的和晓晓一起去了。连喝了好几壶酒，已然有了几分醉意，阮斌才摇摇晃晃地走出了酒楼，看看路人，醉醺醺地往前走去。

第三十九章

归心似箭

楚安安已经风尘仆仆走了好久，鞋子不见了，双脚只用树叶包裹着，一瘸一拐终于来到了一个村落。村口有一个小饭店，门口搭着棚子。楚安安一下子坐在凳子上："水，给我来口水。"

小二听到声音，走了出来，见楚安安长得好看，不禁多看了几眼。

楚安安没好气地道："看够了没啊，给我来口水！"

小二回过神来，去里屋拿了一碗水出来，放在楚安安面前。楚安安端起碗一饮而尽，然后放下碗，对小二说："再来一碗！"

小二进去又倒了一碗，楚安安这次喝得没有第一碗快，喝着喝着就把碗放下了："小二，你这个碗装过什么啊，好脏！"

"小姐，刚才您喝第一碗的时候怎么不说脏呢，我看您是喝够了不渴了。"

楚安安刚要发作，一想没必要跟他生气，于是就平静了下来，又问："小二，你这有吃的么？"

"吃的，有啊，我们这是饭馆啊，不过现在只有包子了，您看您吃不吃？"

"那就给我来三个包子吧。"楚安安饿坏了，知道荒郊野岭，也没什么可挑剔的。

"好咧！"看小二进去，楚安安赶紧揉着自己的小腿，显然是走得太痛苦了。小二把包子端了出来，还有一副碗筷："小姐您慢慢吃。"

楚安安看见包子，就夹起一个咬了一口，吃到嘴里发现不是味道，便皱眉问道："小二，你的包子怎么是这样的？"

"包子吗，还能怎样？"小二甩甩手中的毛巾，不以为意道。

"包子应该是有汤汁和蟹粉的呀，你这怎么干干的像石头一样。"

"我们乡下可没有小姐您说的蟹粉汤包，那东西，我都没见过，只是听说过。这是猪肉萝卜的包子，您就凑合吃吧，掌柜去买菜还没回来，晚饭要好久才能好呢，您要是不饿就别吃，饿就只有这个了。"

楚安安看着包子："那你再给我来碗水吧。"

小二给她倒了一碗水。楚安安一边吃包子，一边喝凉水，总算是咽下去了。好不容易吃完了，楚安安又问道："小二，这里离上海还有多远啊？"

"上海？你说的是哪个上海？"

"还能有几个上海？"楚安安没好气地问。

"我没去过，听老人说，还有一百多里路吧。"

楚安安快要哭出来了："小二，我身上没钱，我这有两个耳环，金的，上边还有珍珠，我给你一个当饭钱吧，只能给你一个了，另一个我还指望它吃下一顿饭呢。"

小二接过耳环，先是看了看，然后咬了咬："虽然我不知道怎么去上海，但是你顺着大道往前再走十里路，就是镇上了，镇上有人去过上海，你可以去那想想办法。"

烈日炎炎，楚安安艰苦地走在郊外的路上，衣服脏了破了，鞋跟也断了，头发乱糟糟的，十分狼狈。

楚安安看着远方，心里念叨："这什么时候才能到上海啊……会长……我好想你……要是你知道我现在这个样子，肯定会马不停蹄地来救我吧……宋诚跟你真是没法比！会长，我以后要每时每刻待在你身边，我觉得上海滩没有任何一个男人比你更贴心！"

入夜时分，阮清恬已经熟睡。突然一阵大风刮过，窗户被吹得狠狠地撞到了墙上，将阮清恬惊醒了。

阮清恬猛地坐起来，逐渐清醒之后，便在黑暗中茫然地四处望着。这里是任公馆，前段时间，任浩铭不容置疑地将她所有的东西都搬了进来，惹得任青青很不高兴，但是任浩铭一意孤行，执意要将阮清恬留在自己身边，气得任青青拂袖而去。

阮清恬发了一会儿呆，看窗户还开着，便起身去关窗。窗户关不上，似乎是坏了。

阮清恬仔细一看，是螺丝锈了。她搓搓胳膊，觉得有点儿凉："这么晚了，我还是自己修一下吧，螺丝刀好像在储藏室放着……"

说着阮清恬出了门。过了一会儿，任浩铭东倒西歪地走进阮清恬的房间，见房间空无一人，含糊地叫了两句："清恬，清恬？"

任浩铭摸着上了床，自己盖上被子，睡着了。阮清恬拿着螺丝刀回到房间，觉得好像有点儿不对劲，但也没看出来哪儿不对劲，便去修窗户。一会儿，窗户修好了，阮清恬关上窗户，掀开被子躺到床上。

阮清恬忽然听到动静，转身一看，入目的是任浩铭熟睡的脸。阮清恬大惊起身："你什么时候进来的？我怎么一点儿声音都没听见啊。"

任浩铭迷迷糊糊睁开眼睛，阮清恬的脸在眼前晃动："清恬！"

阮清恬一愣，还来不及挣扎，就被任浩铭狠狠抱住："清恬！你别走！"

阮清恬身体一僵，想挣脱，但是任浩铭将自己抱得紧紧的，根本挣扎不开。

阮清恬嘟囔："你不是说你只习惯一个人睡觉？你现在又不一个人睡了？"

待任浩铭彻底睡熟了，双臂的力道也轻了些，阮清恬才轻轻挣脱了任浩铭，无奈地起身，看看任浩铭，最终选择坐到沙发上。

天光渐亮，一辆马车在晨雾中缓缓而来。伴随着哒哒哒的马蹄声，楚家别墅已经近在眼前。

马蹄声渐近，马车停在了楚家别墅前。楚安安非常落魄地从马车上下来，看着眼前熟悉的景象，松了口气，开心道："浩铭哥！我终于回来了！这次我不会再离开你了！"

郊外的那个小二果然没有骗她，她从镇子里找到来上海送货的马车，车夫是个慈眉善目的老爷爷，见她孤身一人，便将她拉回了上海。

楚安安走进家里。小雅和秋分看见楚安安，既惊讶又欣喜："小姐，你回来了！"

两人赶紧放下手中的东西，跑到楚安安面前，激动地看着楚安安："小姐，你怎么了？你怎么弄成这个样子？"

楚安安一屁股坐到沙发上："都怪那个宋诚！让我住柴房，不给我饭吃，还不给我水喝！我身上一分钱也没有，在鬼门关里跑了好几个来回。好不容易才回来的！"

小雅："啊？宋公子怎么这么对你？"

楚安安烦躁地一摆手："说来话长……不说了，我不在这段时间，有什么事吗？有没有人来找过我？"

小雅点点头："前些日子，任会长的手下阿春来找过您！"

楚安安惊奇地："阿春找我？有说什么事吗？"

秋分摇摇头："没有，就是问了我一些奇奇怪怪的问题……"

楚安安有些紧张，心里想："会长是不是知道我的身份了……"

"阮小姐搬到任公馆去住了。"

楚安安震惊地站起身："什么？谁让她搬进去的？"

"是任会长亲自请她过去住的。其实您不在这段时间，清恬小姐跟任浩铭走得很近呢！"

楚安安的脸上顿时出现了阴郁的表情："是吗？"

小雅看出楚安安不高兴，对楚安安小声地说："我俩出去买东西的时候遇到过他们，举止很是亲密呢！街上也都传得沸沸扬扬了……"

楚安安有些震惊，沉思了一会儿，用低沉的语调对小雅说："你的意思是他们已经在一起了？"

小雅看着楚安安，脸上带着惊恐，生怕得罪了楚安安，慢慢点点头。

楚安安想了想，说道："快给我准备洗澡水，我得好好洗个澡，咱们这就去任公馆！"

"好的，小姐！"小雅立刻跑去准备了。

第四十章

姐妹情深

楚安安迈着优雅的步伐向任公馆走去，小雅跟在身后。此时楚安安已经换了一身衣服，重新恢复了富家千金应有的光鲜亮丽。

楚安安走到任公馆门口的时候，看门人拦住了楚安安。

楚安安看着看门人，微笑着说："麻烦帮我通传一下，我找你们会长任浩铭！"

看门人恭恭敬敬地应道："真不好意思，小姐，我们会长刚刚出去了！"

楚安安脸上带着一丝纠结："那烦请二位带我进去，我的确有重要的事情要找你们会长！"

两个下人为难了："这……可是我们会长并不在家……"

这时，一个气定神闲的声音从楚安安背后传来："谁找我们家浩铭啊？"

两个下人听见任青青的声音，毕恭毕敬地喊道："大小姐！"

任青青点点头，转而看着楚安安："你是？"

楚安安一点不紧张，落落大方地对任青青自我介绍："我是任浩铭的女朋友！"

任青青听到楚安安的话，先是一愣，而后上下打量楚安安，带着合适的微笑说道："哦？"

任青青和楚安安坐在客厅的沙发上，茶几上放着两杯茶：“楚小姐，请喝茶！”

楚安安微微一笑，轻轻地端起茶几上的茶杯，抿了一小口，尽显富家大小姐的端庄仪态：“原来您是会长的姐姐，那我也要喊姐姐的！”

任青青对楚安安的话有些惊讶，但是并没有表现出来，只是短暂地停顿了一下。任青青心里琢磨，原来是喜欢我们家浩铭，来得正好，正好可以用她逼退阮清恬：“不知小姐怎么称呼？令尊令堂从事哪方面工作？”

楚安安自信地自我介绍：“我叫楚安安，我的父母在苏门答腊做橡胶生意！”

任青青听到这里，眼前一亮：“难道是在南洋做橡胶生意的楚家豪？”

楚安安笑着点点头。

“刚刚，你在门口的时候，说什么来着。”任青青轻轻地扶着自己的额头，假装回想，“你是任浩铭的什么？”

楚安安把手里的茶杯放下，毫不羞怯地看着任青青的眼睛：“我是任浩铭的女朋友！”

任青青重新上下打量着楚安安：“你们……什么时候在一起的？”

楚安安笑了笑：“我们在一起有段时间了，不过我最近离开了上海一段时间，再加上那会儿姐姐好像不在家，所以才不知道吧。”

“没错，我刚刚回到上海没几天……”任青青微笑着抿了一口茶。

楚安安看了看客厅里的挂钟，对任青青道：“不知道会长什么时候回来，我这么长时间没见到会长了，很想他呢！”

任青青挑着眉毛，看着楚安安：“安安啊，你怎么脸色不大好，是不是最近没休息好？”

楚安安摸了摸自己的脸，有些不好意思：“我……我刚刚从南洋回来，回家洗了个澡，就跑到这里找会长了……”

任青青笑着说：“难怪！明天有时间吗？到我店里跟我拿些雪花膏，都是我从欧洲带回来的，可不是南洋的货品能媲美的哦！”

楚安安听到这里，乐开了花：“真的吗？那就谢谢姐姐了！”

正在任青青和楚安安说得不亦乐乎的时候，客厅的电话响了起来。

初一赶忙走到电话旁：“喂，会长……好的，我知道了。”

挂断电话，初一走到任青青面前，礼貌地说：“大小姐，刚刚会长打来电话，说今天晚上到贵和楼，一起吃顿饭。”

任青青听到这里，看了看楚安安，亲热地拉着楚安安的手：“来得早不如来得巧，安安啊，正好跟我和浩铭一起吃个饭吧！”

楚安安故意装出娇羞的感觉，看了看自己的衣服，又拢了拢自己的头发：“青青姐，会长约咱们几点吃饭啊，我想回去换件衣服！”

任青青看着楚安安的样子，情不自禁地笑出声来，冲着楚安安点点头。

楚安安和小雅从任公馆出来，两人边走边说。

小雅恭维楚安安：“小姐，我看那个任大小姐还是蛮喜欢你的！”

楚安安得意地笑着：“那还用说，本小姐出马，还有搞不定的事儿！”

楚安安沉思了片刻，拧着眉毛，趴在小雅的耳边窃窃私语了一会儿。

说完之后，小雅惊诧地看着楚安安。楚安安冲着小雅点点头。随后，小雅单独离开。楚安安则一个人向着自己家的方向走去。

阮清恬从办公室回来，看到任青青在跟楚安安聊天，楚安安背对阮清恬坐着。

任青青一眼就看到了阮清恬。

阮清恬礼貌地问好：“青青姐！”

任青青不动声色地瞟了楚安安一眼热情站起：“清恬，你看谁来了？”

楚安安转过身来，熟络地打招呼：“恬恬，你回来啦！”

阮清恬看到楚安安，脸上一喜：“安安，你回来了！你什么时候回来的？有没有怎么样？”

楚安安原地转了一圈：“你看，我不是好好的吗？”

任青青跟楚安安不动声色地交换了个眼神，忽然道：“恬恬啊，刚刚安安都跟我说了，你们俩是好朋友，对吗？”

楚安安走过来拉着阮清恬：“对啊，我和恬恬是最好的姐妹了。”

阮清恬开心地点点头。

“浩铭约了我们吃饭，我先上去换件衣服，既然你跟安安好久不见，我就不打扰你们两姐妹叙旧了！”任青青说完离开，留下阮清恬和楚安安在客厅里。

阮清恬依然担心地望着楚安安：“安安，你是怎么回来的？我们都很担心你，你知不知道？”

楚安安落落大方拉着阮清恬来到沙发边上：“我啊，今天刚回来的。恬恬，来坐，别客气，当是自己家里一样啊！”

楚安安说着拉着阮清恬坐到沙发上。阮清恬闻言一僵，楚安安故意关心地问：“恬恬你怎么了？是不是不舒服，要不要去医院看看？”

阮清恬尴尬地笑笑，摇摇头：“没有，我没事。”

楚安安拉起阮清恬的手：“恬恬，这段时间，会长有没有好好照顾你啊？我走的时候，对浩铭千叮咛万嘱咐，一定要他照顾好你的！”

阮清恬脸色一白：“啊？你……让他照顾我的？”

“对啊，他没有欺负你吧？他要是欺负你，你就跟我说，我找他算账！”

阮清恬尴尬一笑：“没有，他对我很好……”

“那就好，没想到会长居然想得这么周全，把你接到家里来住！”

“是啊……”阮清恬愣愣地回答，忽然想起什么，“对了，咱俩身份的事任会长已经知道了……”

“是吗？那正好，我也不用费心跟他解释了。对了恬恬，我今天回来才知道阮奶奶住院的事，我已经让小雅去医院看阮奶奶了，也给阮奶奶交了很多住院费，你就不用担心了。”

阮清恬听了有些愧疚：“安安，谢谢你，这钱我一定会想办法还你的。”

任青青换好衣服，从自己的房间走出来，站在客厅外听着两人的对话。

客厅里，楚安安依旧保持着虚伪的微笑。楚安安举起自己的右手，右手无名指上戴着一枚戒指，向阮清恬炫耀道：“你看，这是浩铭送我的戒指，美吗？”

楚安安挥着手在阮清恬眼前晃动着。

阮清恬看着楚安安的手，吞吞吐吐地说道：“好，好漂亮啊，真……好看！”

任青青走进来，笑着说：“那当然，我们浩铭未来媳妇要戴的戒指，最起码要和那英国王妃的差不多！”

楚安安笑着看着阮清恬：“浩铭说了，等我们结婚的时候，再去买个更漂亮的，这个顶多算是订婚戒指呢！”

阮清恬脸色骤然变冷，低下头，沉默不语。

任青青这时走过来，笑着看着楚安安：“安安，我们走吧！”

任青青不忘礼貌地对询问阮清恬：“恬恬，你要不要一起去？”

阮清恬站起身来，连连摆手：“不不不，我肚子有点疼，我想歇一歇！我……我就不打扰你们了！”

阮清恬一边说一边向楼梯的方向走。楚安安挽着任青青的胳膊，对阮清恬说："那，恬恬，你在家好好休息吧！"

阮清恬点点头，看着楚安安和任青青手挽手离开了房间。她在楼梯上站了一会儿，转过身来，直接坐在台阶上。

阮清恬眼睛里写满了哀伤，心里琢磨着，难道任浩铭对她的好都是假的？难道任浩铭对她的好真的是出于楚安安的嘱托？难道一切都是她的错觉？

关于两人的回忆历历在目，但是阮清恬已经没法确定那些回忆哪些是真的，哪些是假的。

任青青领着楚安安走进贵和楼包厢，任浩铭早已等候在桌前。看见楚安安，任浩铭站起身，意味深长地说："我是不是应该叫你楚小姐？"

楚安安笑得甜蜜："任会长，好久不见。"

任浩铭见阮清恬不在，便问任青青："恬恬呢？"

"阮小姐身体不舒服，我让她在家休息了。咱们吃吧。"

任浩铭想了想，没说什么，沉默地坐下："楚小姐何时回的上海？我派人去贵府找过你，你却不在家。"

楚安安微笑："我今日才回来的，不知道会长找我有什么事？"

任浩铭看了眼任青青，心想还是不要提起晓晓了，免得姐再伤心，随口回道："没什么要事，只是想看看能否有机会和令尊合作。"

楚安安笑道："会长若有此意，我今天回家就发电报跟我爸说，爸爸他一定会同意的。"

任浩铭刚要说什么，被任青青打断："好啦，吃饭的时候就别说生意的事了。"

楚安安莞尔，主动夹起一筷子菜放在任青青面前的碟子里："姐姐，明天什么时候带我去你店里拿雪花膏？"

任青青笑着："哟，看人家安安！"

任青青一边说一边看着任浩铭。任浩铭面无表情地看着任青青，又看看楚安安。

楚安安满脸笑容，也给任浩铭夹了菜："会长，这么久没见，你瘦了！"

任青青上下端详了一下任浩铭，又看了看楚安安："安安，你这是怪姐姐没帮你照顾好浩铭咯?”

楚安安连忙摆摆手:“姐姐,安安不是这个意思!”

“姐,我吃饱了。”任浩铭不耐地站起,又看了看楚安安,“楚小姐,我吃饱了!”

任青青站起身来,对任浩铭道:“天也不早了,你帮我把安安送回家吧!”

说着,两个女人互相使了眼色。任浩铭看着两人这个小互动,了然于心。

“好! 正好我还有话要对楚小姐说。走,我送你回去!”

楚安安害羞地点点头:“嗯!”

楚家门外,楚安安和任浩铭走下车。

任浩铭冷若冰霜地望着楚安安:“楚小姐,你应该知道我有些问题要问你。”

“会长,我……”

楚安安正准备说话,却被任浩铭冷冷打断:“既然你才是真正的楚安安,那你一定认识我的妹妹晓晓?”

“我……认识……”楚安安惴惴不安地低下头。

“那她那个大龄男友呢?”

楚安安支支吾吾,一副很惶恐的样子:“我当时确实和晓晓有些来往,也知道她在和一个男的谈恋爱,但我从来没见过他,也不知道这个男人怎么样,我只知道这么多,我发誓,会长你要相信我啊!”

“你只知道这些? 那你为什么还要让阮清恬假扮你?”任浩铭追问。

“我当时真的好害怕,鬼迷心窍了,只能想到这个下下之策,会长,你能不能不生我气?”

“你说的最好是事实,我任浩铭绝对不允许被人骗两次!”任浩铭说完就想走,楚安安从任浩铭背后一把抱住他:“会长!”

任浩铭冷冰冰地说道:“深更半夜的,还请安安小姐自重!”

楚安安听了这句话,更是把任浩铭抱得紧紧的。“我不要! 会长你为什么拒我于千里之外,你之前对我不是这样的!”

任浩铭拉着脸,伸手想把楚安安放在自己身上的手拿开,谁知道楚安安抱得很紧,任浩铭使劲甩开楚安安的拥抱:“松手!”

楚安安着急地说:“为什么,当初你主动约我送我,难道不是喜欢我吗?”

任浩铭努力拉开跟楚安安的距离，不悦地说："楚小姐，如果我做了什么事引起你的误会，我向你道歉，我已经有喜欢的人了，希望你能明白。"

楚安安泫然欲泣："会长……"

"对不起。"任浩铭说罢上车离开。

楚安安看着任浩铭绝尘而去的背影，面露愤恨与不甘。

阮清恬从房间出来，情绪有些低落，看见任青青站在门口，她冲任青青勉强笑笑，想要走开。

任青青忽道："清恬，有时间聊聊吗？"

任青青将阮清恬带到客厅，直接开门见山地说道："阮清恬，有些事情我不得不说，我不能惯着浩铭，不能浩铭要什么我就给什么，婚姻大事，还是要听从父母之命媒妁之言，浩铭就我这一个姐姐，有些事情还是需要我这个当姐姐的做主拿主意！"

阮清恬脸色一白，咬唇不语。

"我当然要全身心地为浩铭着想，"任青青笑了笑，轻蔑地看着阮清恬，"毕竟，大家的身份差距还是很悬殊的，世界上哪有什么白马王子和玻璃鞋的故事，世界上哪有什么灰姑娘……"

阮清恬忽然打断任青青，倔强道："青青姐放心，我跟会长之间什么关系也没有，现在没有，将来也不会有！"

任青青脸上一喜："这么说你不喜欢我们家浩铭了？"

阮清恬咬唇，艰难道："不错，我一点也不喜欢会长！"

任青青嘴角带着一丝诡异的微笑："是吗？记住你今天说过的话！"

说着意味深长地看着阮清恬身后。阮清恬察觉到不对劲，转身一看，客厅的门开着，任浩铭一脸阴鸷地站在那里。阮清恬眼中闪过一丝惊慌，僵在那儿不敢去看任浩铭。

任浩铭瞪着阮清恬走进来，却冲任青青道："姐，这么晚还不去睡觉！"

任青青赶忙说道："好，既然你们有话要说，我就不打扰你们了。"

阮清恬看看任青青，再看看任浩铭脸上一副风雨欲来之势，顿时有些发慌。

任浩铭向阮清恬逼近一步。阮清恬忽然反应过来，慌张后退几步，冲进自己房间快速锁上门，靠在门上大口喘气。

任浩铭站在阮清恬房间外敲门："恬恬，开门！快开门！听到了吗？"

阮清恬躺在床上，听着敲门声。

门外传来任浩铭的声音："阮清恬，我知道你能听见，你马上给我开门！"

阮清恬躺在床上，用被子捂着嘴，抽噎着，努力不让自己发出声音，眼角有一行泪滑落。

任浩铭又敲了敲阮清恬的房门："阮清恬，我知道你没有睡觉，再不给我开门信不信我把门卸下来！"

阮清恬房里仍然没动静。

"好！阮清恬，这可是你逼我的！"任浩铭冷冷地说，转身就要离开。

这时，阮清恬拉开房门，红着眼大喊："任浩铭！"

任浩铭顺势将阮清恬推进屋，压到门上。

门"砰"一声发出巨响。

任浩铭死死将阮清恬压在门上，捏起阮清恬的下巴："你跑什么？"

阮清恬咬唇不说话。

"是谁说跟我一点关系也没有？那你想跟谁有关系？嗯？"

阮清恬别开脸："不用你管！"

任浩铭摸着阮清恬红红的眼角："一点也不喜欢我吗？所以才没去贵和楼吃饭？"

任浩铭说着将脸凑近阮清恬，唇就快碰上，两人气息交缠。阮清恬紧张得心跳如鼓。

任浩铭玩味地望着阮清恬："你脸红什么，你在紧张什么？"

阮清恬平复了下情绪，但是却依然赌气地说道："我就是不喜欢你，怎么样？甚至不想跟你一起吃饭，难道任会长以为，只要你勾勾手，全世界的女人就都会为你倾倒吗？我阮清恬不是！"

任浩铭冷哼："这里是我家，这里所有的东西都是我的，包括住在这里的你。"

阮清恬难以置信听着任浩铭的歪理。

"恬恬，你不会是忘了，你是为了补偿我才住在这里的吧？难道你就是这么补偿我的？"任浩铭说着就要吻阮清恬。

阮清恬一把推开任浩铭，酸溜溜地道："想要补偿去找别人，我想多的是女人想要对你任大会长投怀送抱，我要睡觉了，请你出去！”

任浩铭一愣，忽然想到了什么，笑着望着阮清恬：“恬恬，你……不会是吃醋了吧？”

阮清恬俏脸一红：“谁吃醋！我又不喜欢你，怎么会吃醋！”

“好，既然你没有吃醋，那我命令你，明天一早，跟我出去……”

阮清恬想起楚安安说的话，赌气地道：“不去！我为什么要去！你出去出去！”

阮清恬说着去推任浩铭。

任浩铭一脸郁闷：“恬恬，你放我鸽子我还没说什么，你从刚刚开始到底在闹什么别扭！”

阮清恬有些伤心，想问楚安安的事，几次话到嘴边却问不出口：“请你出去，我要休息了！”

任浩铭不依不饶：“想要我出去，也可以，那你明天……”

任浩铭话还没说完，就被阮清恬一把推出门外。任浩铭纳闷地看着紧闭的房门，叹了口气，嘀咕道：“到底怎么回事？”

楚安安一脸从容地走进任公馆。看见谷雨，毫不客气地支使她：“帮我热一杯牛奶过来！”

谷雨不明所以，但是还是准备照做：“好的，楚小姐！”

谷雨准备转身离开。

楚安安叫住谷雨：“等等！你们会长呢？”

谷雨如实回答：“会长还没起来呢！”

楚安安满意地点点头：“嗯，你快去热牛奶吧！”

谷雨点点头，转身离开。

不一会儿，楚安安端着一杯热气腾腾的牛奶站在任浩铭房门口。

楚安安冲不远处的小雅使了一个眼色，腾出一只手来敲门。

任浩铭听到敲门声，揉了揉惺忪的睡眼，翻了个身，小声嘀咕：“谁啊？”

门外又响起敲门声。

任浩铭从床上坐起来：“来啦！”

任浩铭走到门口，拉开房门，诧异地看着端着牛奶站在门口的楚安安：“楚小姐，怎么是你？”

楚安安脸上带着温顺的笑容：“会长，我是来看恬恬的，正好听说你昨晚没休息好，就想着给你热杯牛奶来。”

任浩铭看了半晌，也没从楚安安脸上看出什么：“好，那就谢谢楚小姐了。”

任浩铭说着就去接牛奶。

楚安安躲开任浩铭的手，殷勤地说道：“小心烫，来，我给您端进去吧。”

楚安安说着侧身闪进任浩铭房间。任浩铭见楚安安旁若无人地进自己房间，有些不满。

楚安安放下牛奶，转身道：“会长，我想和你商量一件事，你看，清恬的奶奶也住院了，大大小小的事都特别不方便……”

任浩铭皱眉：“清恬的奶奶住院了？”

楚安安故作惊讶：“怎么？你不知道吗？清恬她没告诉你吗？”

任浩铭不语。

楚安安自顾自地说：“所以你看能不能让清恬回家去住？这样她就不用这么来回跑，可以放心照顾阮奶奶啦。”

任浩铭语气稍缓：“楚小姐，谢谢你的牛奶，我要换衣服了，麻烦你先出去。”

楚安安有些为难地向门外张望了一眼。门外不远处，小雅冲楚安安拼命打手势。楚安安会意，忽然向前一步，脚下一歪，故意扑到任浩铭怀里。任浩铭顺手接住楚安安，两人姿势暧昧。

门外，阮清恬正好经过，将这一幕看在眼里。

楚安安瞥见阮清恬，趁机紧紧拥住任浩铭。阮清恬震惊地望着这一幕，手中的小包掉在地上。

任浩铭听到响声回头，看到阮清恬站在门口，一副深受打击的样子。阮清恬擦了擦不自觉落下的眼泪，慌忙捡起自己的包跑开。

任浩铭赶紧推开楚安安，也不管楚安安被推得踉跄，追了出去，叫道：“恬恬！”

楚安安看着任浩铭对阮清恬一副着急的样子，面露不甘和嫉恨。

阮清恬抹着眼泪从任公馆跑出来。

任浩铭追出来：“阮清恬你给我站住！”

阮清恬顿住脚步，却没有转身：“会长，我先去商会了……”

任浩铭焦急地上前拉住阮清恬："不管你看到什么，你等我，我换好衣服马上下来！"

阮清恬冷漠地甩开任浩铭的手："你不用跟我解释……"

"恬恬，我也不知道她为什么会在这里……"

阮清恬甩开任浩铭的胳膊："我说了你不用跟我解释！"

任浩铭不悦皱眉："好，你不想听，那我就不说了，还有一件事，阮奶奶住院你为什么不告诉我？"

"告诉你？有这个必要吗？"

"当然有，你应该早告诉我，让我照顾。你放心，我马上安排，让阮奶奶住最好的病房，看最好的医生……"

阮清恬打断他："会长，谢谢你的好意，但是不用了。"

任浩铭不解："为什么？"

阮清恬冷冷道："我的奶奶我自己照顾，这是我自己的事，不用你管！"

第四十一章

你想跟我撇清关系吗？

任浩铭顿时急了，抓着阮清恬不撒手："阮清恬，你就这么着急想跟我撇清关系吗？从昨天开始，你到底在闹什么别扭！"

"任会长，我真的没有在闹别扭，请你松手！"阮清恬说完掰开任浩铭钳制自己的手，大步离开。

任浩铭眉头紧锁地望着阮清恬远去的背影，蓦然间有一种深深的无力感。

阮清恬心事重重地来到咖啡厅外，想了想，走了进去。看到楚安安坐在靠窗的位置上，她便径直走了过去。

楚安安看到阮清恬，立刻热络地说道："恬恬，你还生气呢？这段时间多谢你帮助会长工作上的事，如果他以前做了什么让你误会的事，你可一定要看在我的面子上原谅他。"

阮清恬愣愣地点点头。

"那你准备什么时候搬出去啊？一直住在他家里不太好吧。"楚安安笑着说。

阮清恬有些犹豫："我……尽快吧。"

"是不是还有什么没收拾的？要不要我叫会长派人给你帮忙？"

"不，不用了，我自己就可以，我……今晚就走。"阮清恬一想到要离开任浩铭，不知道为什么，心里突然很不是滋味。

“没关系，你想明白就好。”

阮清恬点点头：“那没什么事，我就回去收拾东西了……”

阮清恬说完走出了咖啡厅。

楚安安一脸得意地看着阮清恬离去。

阮清恬失魂落魄地走在街道上，想着以后再也看不到任浩铭了，眼泪便流了下来。

此时，任浩铭正坐在房间里。他从抽屉里拿出一枚戒指盯着看，自言自语：“对于女人来说，也许婚姻才是最大的安全感来源！”

任浩铭突然想到了什么，拿着戒指冲出房间，一路跑到咖啡厅，见只有楚安安一个人坐在那里，于是问道：“恬恬呢？”

楚安安装作很愧疚的样子：“我怎么劝都没劝住，她走了……”

任浩铭还没等楚安安说完就冲了出去，在街上一边跑一边喊：“恬恬，恬恬……”

任浩铭在一个角落找到抱着膝盖坐着的阮清恬，一脸担忧地问道：“恬恬，怎么了？”

阮清恬故作轻松，不想让任浩铭知道自己真正的情绪：“累了，在这坐一会儿，正好听到你的脚步声，就在这里等你！”

任浩铭听到这里，赶紧拿出自己准备好的戒指：“恬恬，你嫁给……”

还没等任浩铭说完，阮清恬眼中带着泪花，看着任浩铭：“我在这等你，是为了跟你告别！”

任浩铭脸色一变：“你说什么？”

楚安安仪容端庄地走下楼，看到任浩铭一脸严肃地站在客厅里。她走到任浩铭面前，刻意用戴着大钻石戒指的手挑起自己的头发，笑道：“会长，你来了。”

任浩铭当没看到：“楚小姐是聪明人，我为什么来，我想楚小姐心里有数。”

楚安安笑容一僵：“小雅，给我和任会长泡两杯咖啡。任会长，请坐。”

楚安安说着坐到沙发上

任浩铭冷冷地说道：“不必了。楚小姐，我以为我已经把话说得很清楚了，我不知道你跟恬恬说了什么，但我跟你之间，要么是朋友，要么就什么都不是！”

楚安安心有不甘：“任会长，你不要欺人太甚！你明明知道我有多喜欢你，之前我们明明就是两情相悦，怎么我离开一段时间，你就喜欢上了别人！”

“我再跟你说一遍，我不喜欢你！”

楚安安气急：“你不喜欢我，那你为什么要跟我约会？你给我希望，又亲手打破这个希望，你知不知道你这样有多残忍？是不是阮清恬勾引你，是不是她？”

“楚小姐，我喜欢恬恬，我爱她！”任浩铭脱口而出。

楚安安一愣。

任浩铭有些惭愧：“之前我确实有些行为欠妥！我已经跟你道过歉，以后希望楚小姐自重！”

“如果我说不呢？任会长总要为自己的错误付出代价！”

“如果是这样，那我就只能强行阻止楚小姐与恬恬交往了！还请楚小姐三思！”任浩铭不客气地回道。

“你认为你阻止得了吗？相较之下，恬恬跟我比跟你要亲！”

“我奉劝楚小姐还是离恬恬远点，否则楚小姐会很难堪的。如果恬恬因为误会而有什么意外，我绝对不会放过楚小姐你！还请楚小姐记住我的话！”

任浩铭说完，大步离开了。

楚安安又生气又伤心，将茶几上的东西全都扫到了地上，恨恨地道：“任浩铭！为什么会这样？为什么会这样？”

史密斯公馆内，史密斯夫人的房间里。

史密斯夫人掀起面纱，看到镜子里自己的脸红肿异常，还有几个黄色大脓包，顿时吓得尖叫一声晕了过去：“Oh，my God！”

女仆往她脸上洒水，史密斯夫人悠悠醒转，非常气愤，砸碎了镜子。

楚安安写完一张纸条，折好，交给小雅：“这张纸条，你一定要亲手交给阮清恬，知道吗？”

小雅拿着纸条，欲言又止。

楚安安不满道：“有话快说。”

小雅壮着胆子道：“小姐，任会长他好像不是很喜欢您，老话说得好，感情又不能勉强，您这么做……”

楚安安不甘地大声道："谁说的！要是没有阮清恬，说不定会长他就会喜欢我，你不知道，女人的战争有时候比男人更残酷！"

小雅面露忧色。

"你放心，这次，我一定会让阮清恬离开任家。"

小雅知道自己阻止不了，只能默默地叹口气："我知道了。小姐，您放心，小雅保证把纸条送到。"

小雅说完离开了。

楚安安露出志在必得的冷笑。

小雅来到任公馆外，刚要上前按门铃，阮清恬正好走过来："小雅？是不是安安找我有什么事？"

"我家小姐让我把这张纸条交给你。"小雅说着，有些犹豫地从身上掏出纸条，交给阮清恬。

任公馆外不远处，林峰和任青青走过来。

任青青微笑着："你送我到这里就好了。"

林峰佯装伤心："唉，没想到我心中的女神就这么不想与我多待一分钟。"

任青青笑着打了林峰一下："行了吧你！别拿我寻开心了！"

林峰正色道："我是认真的！青青！你就是我心中的女神！唯一的女神！"

任青青脸微红："你这人真是太讨厌了！一点都不正经！"

任青青说完羞涩地离开了。

阮清恬看着纸条，想起楚安安上午说的话，她心事重重地收起纸条，对小雅强笑道："小雅，我知道了，跟你家小姐说，晚上十点，我会准时过去的。"

林峰站在不远处，听到了阮清恬的话："那不是楚安安的人吗？楚安安约阮清恬晚上十点见面做什么？"

阮清恬走进房间，在床边坐下，拿出纸条，上面是楚安安的字迹："关于任浩铭的事，我有话跟你说！今晚十点，小花园见！安。"

阮清恬默默叹了口气，将纸条收好，开始收拾行李。

楚安安走进阮奶奶的病房，秋分提着一个果篮跟在后面。楚安安笑着："阮奶奶，您身体好点没啊？"

阮奶奶正无聊，看到楚安安，立即笑着道："原来是楚小姐啊！"

楚安安走到病床边的椅子上坐下："都跟您说过多少次了，叫我安安就好，您怎么还是楚小姐长，楚小姐短的。"

"好，好，安安。"

秋分将果篮放到床头的柜子上。

"阮奶奶，我今天来，主要是为了带您出去散心的！"楚安安笑得甜美而无害。

"哎哟！那真是太好了，我整天待在这里，都快无聊死了！"阮奶奶一听终于可以出去散散心了，高兴得不得了。

"我带您去个地方，您一定会喜欢的！"楚安安没想到这么容易就把人骗到了，心里很高兴，连忙支使秋分帮阮奶奶穿外套，扶阮奶奶下床。

楚安安带着阮奶奶来到一所空宅子。楚安安拎着包率先走进去，秋分扶着阮奶奶走在后面。

"阮奶奶，您觉得这宅子怎么样？"楚安安笑着问阮奶奶。

"好啊！比我那个老屋好太多了！"

楚安安热络地搀住阮奶奶："阮奶奶，以后这里就是您和恬恬的家了！这宅子我可以登记在您和恬恬的名下，宅子里的任何日常物品我都包了。您和恬恬只要住进来就行，什么都不用带。"

阮奶奶一听，连连摆手："那怎么行！你已经帮了我们家太多了，我们怎么好意思再让你花钱买宅子！不行！不行！"

"有什么不行的！我和恬恬是好姐妹，您既然是恬恬的奶奶，那也就是我的奶奶。何况您年纪那么大了，该享享福了！恬恬为了让您过上好生活，一直在忙里忙外的，难道您想让恬恬一直这样下去，连自己的个人问题都没时间去想吗？"楚安安劝道。

阮奶奶有些迟疑："这……"

"好了！恬恬那边我去做工作！您就等着住进来吧！"

阮清恬拎着包裹走出任公馆，最后再转身依依不舍地看了一眼，离开了。任浩铭拎着生煎包走进客厅，阿春跟在他身后。谷雨正好从厨房走出来。

"恬恬呢？"

谷雨略显诧异："会长，阮小姐不是去找您了吗？"

任浩铭有些纳闷："找我？什么时候？"

"有一会儿了。"谷雨老实地回答。

任浩铭跟阿春对视一眼，忽然有不好的预感："阮小姐是空手离开的吗？"

谷雨一头雾水，但还是仔细想了想，然后回答说："手里拿着个包裹，说是带给会长您的。"

"什么？"任浩铭突然想起阮清恬说要告别的话，心中大叫不妙，"糟了，阿春，快派人去找阮小姐去！"

阮清恬拿着包裹独自走在街上，情绪十分低落。脑中回想跟任浩铭一起的点点滴滴，不由泪流满面。阮清恬不知不觉来到小花园，寻到一处长椅坐下，抹了抹眼泪。虽然时间不晚，但是这里人迹罕至，是处幽静的地方。

阮清恬看了看时间，又四处瞅了瞅："安安，安安？"

又过了一会儿，没有等到楚安安，倒是等来了一辆黑色轿车。他们在阮清恬面前停下，两个人跳下车走过来："阮清恬阮小姐吗？"

阮清恬不知为什么他们会知道自己的名字，但还是诚实地回答说："是。"

"楚小姐请你去一个地方，请上车。"

阮清恬有些怀疑："安安怎么不亲自来？"

"别废话，快上车。"阮清恬意识到不对，转身就逃，可是没跑几步，就被抓往了。阮清恬毫不客气，张口就咬了这人一口，又跑了出去，大呼救命。

没跑两步阮清恬就被绊倒了，被二人制住，包裹也掉在地上。二人用浸了迷药的手帕蒙住阮清恬。阮清恬晕倒在地，被架上车。

此时，林峰家中，林峰正穿着睡衣品着红酒。

虎子走进来："峰哥，人已经绑到了。"

"她没看到你们的脸吧？"林峰问道。

"没有。"

"我知道了。"林峰若有所思地点点头。

阮清恬被绑走没多久，楚安安便来了，可是一直等不到阮清恬。楚安安有些烦躁："好你个阮清恬，居然放我鸽子。亏我那么相信你！"

楚安安正要离开，忽然在花园一角发现一个散落的包裹。楚安安走过去，捡起包裹："这是恬恬的包裹……"

“难道……”楚安安有种不好的预感，慌张跑开。

另一边，任浩铭没有一点睡意，在客厅里来回踱步。谷雨突然跑下楼：“会长，我在阮小姐的房间找到这张纸条。”

任浩铭拿过纸条看完，脸色微变：“阿春，备车，去楚安安家。”

任浩铭说完穿上外套，刚要出门，楚安安慌张跑进来：“会长，恬恬答应十点与我见面，我等了她半个多小时，她连个人影儿都没有，我在那里发现了恬恬的包裹，会长……恬恬她会不会被人绑架了啊！”

任浩铭闻言大惊：“什么？楚安安，你记住，如果恬恬出了什么事，我一定不会放过你！”

任浩铭边往外走，边交代阿春：“阿春，派人去找，就算把整个上海滩都给我翻过来，也要找到恬恬的下落。”

“是。”阿春连忙应着。

而此时的楚安安正六神无主地拿着阮清恬的包裹，想到阮清恬可能遇到意外，越想越慌张。

史密斯夫人蒙着面纱倚坐在沙发上。

女仆慌慌张张地走进来，通报：“医生来了。”

史密斯夫人站起来迎接：“Dr.李，你好。”

“夫人可有什么不舒服的地方？”

史密斯夫人掀起面纱，医生一看，吓了一跳：“夫人你最近在用什么化妆品？脸上这些红斑，是从什么时候开始的？”

史密斯夫人想了想：“前两天任大小姐推荐给我一款雪花膏，我涂了几次，脸上就开始出现这些奇奇怪怪的红斑了。”

“雪花膏还在吗？让我检查一下。”

女仆拿来雪花膏。医生打开雪花膏，仔细观察了一下，然后凑近鼻子闻了闻，不禁皱眉。

史密斯夫人：“Dr.李，有什么不对吗？”

“这雪花膏的味道有些刺鼻。这是其他雪花膏没有的。夫人，这雪花膏我还要进一步检查一下。”

史密斯夫人紧张地问道：“那我的脸怎么办？”

“我先给你开几服药试试，先稳住你脸上的情况。”

阮清恬双手双脚被绑，嘴里塞着布，悠悠转醒，听到门外有人说话。

“大哥，这妞儿真是任浩铭的女人？真不明白任浩铭看上她哪点了！”

“感情的事，你不懂。等你毛长全了，你就明白了。开门，那妞差不多也该醒了。”

阮清恬恍惚间，感觉到阳光照了进来，不安地挣扎起来。有人端着一个饭碗走进来：“别浪费力气了！这种绳结你越是挣扎，它勒得越紧，挣不开的。”说罢，拿出阮清恬嘴里的布。

“你们是什么人？为什么要绑我？”阮清恬问道。

“只能怪你跟任浩铭走得太近。吃饭！”

那人说着舀起一勺饭喂阮清恬。

“你放开我，我自己吃。”

“别以为我不知道你在想什么。老老实实张嘴吃饭，咱们谁也别给谁惹麻烦。张嘴！”

阮清恬闭紧嘴，侧过头。

“不吃？那我还省事了呢！”那人说完放下饭碗，给她嘴里塞上布，就离开了。

阮清恬挣扎着，可怎么也挣扎不开。她嘴里塞布，满脸是泪，伤心地想着：“真的是楚安安吗？她为什么要这么做？”

第四十二章

拨云见日

房外，一个独眼男人和两个手下在说话：“你们两个把人给我看紧了。”

突然一个魁梧的大汉走过来，身后还跟着两个人：“看什么人？一只眼，你们是不是背着我又干了什么勾当？”

一只眼吞吞吐吐地道：“头儿，我做事怎么敢背着你呢！不过就是受人所托，绑回来一个妞儿。”

大汉眼睛一亮：“妞儿？人呢？让我看看！”

一只眼向后一指：“在里面。”

大汉走进后房，看到阮清恬，眼睛一亮，明眼人一看就知道大汉起了色心。

“这小妞儿长得不错嘛！瞧这细皮嫩肉的！你们都出去！”

阮清恬紧张不已，吓得一直在发抖。

“头儿，这不太好吧？人家只是让我们绑了这妞儿，可没说……”

大汉瞪着一只眼：“你有意见？”

一只眼连道：“不敢，不敢。”

大汉大吼一声：“出去！”

一只眼看了看阮清恬，无奈地摇摇头离开了。阮清恬害怕地挣扎着，但嘴里塞着布，只能发出“唔唔”的声音，眼中含着泪，摇着头往后缩。

大汉上前抽出阮清恬嘴里的布：“想叫是吧？一会儿我会让你叫个够的。”

大汉淫笑着靠近阮清恬。

阮清恬吓得连声音都颤抖起来："你别过来！你别过来！……"

门外，一只眼一脸愁容地摇摇头。

"老大，这妞儿要真被头儿给睡了……我们怎么向虎爷交代啊？"

"你问我，我问谁啊！"一只眼没好气地道。

大汉淫笑着一把撕开阮清恬的衣服。

阮清恬吓得大叫："我求求你，你放过我吧！我可以给你钱，我真的可以给你钱！"

"可我现在只想要你。"大汉说着要亲上阮清恬。

阮清恬急道："你要是敢碰我，任浩铭一定会杀了你！"

"那就在他杀了我之前，我先睡了你！"大汉迫不及待地冲上前。

突然，门被踹开，任浩铭黑着脸站在门口。

大汉被踹门声吓了一跳。阮清恬脸上挂着泪，看到任浩铭真的来了，又惊又喜。但是手脚被绑，动弹不得。

任浩铭看到阮清恬的衣服被撕开，冲上前就要狠狠地揍大汉。

"你不想活了是不是？敢坏老子的事！找死！"

大汉说着就往任浩铭身上招呼，任浩铭动作利索地闪躲，逮到机会，一招便将大汉撂倒了。

阮清恬在一旁紧张地看着任浩铭与大汉厮打。大汉掏出枪，对着任浩铭就开了一枪。

阮清恬急道："小心。"

子弹未中要害，但还是擦伤了手臂。任浩铭上前想夺枪，与大汉争抢过程中，手枪走火，任浩铭又中了一枪。

"会长！"阮清恬大喊一声，急切地蹭到任浩铭身边，哭喊道，"会长，你不要死，我不要你死。"

任浩铭勉强笑着说："那你还走不走？"

阮清恬哭着摇头说："不走了。我知道错了。你不要死。"

任浩铭虚弱地伸手给阮清恬抹泪，手上的血染到阮清恬脸上。

"会长，你别死。对不起，以后你说什么我就听什么。你不要死，好不好？"

"要是我死了，你怎么办？"

阮清恬哭着抱住任浩铭："你不会死的。"

"我是说万一！"

阮清恬摇摇头："没有万一！我不要你死！"

任浩铭觉得好笑："别哭，我喜欢笑的女人，你笑起来好看。亲我一下好吗？"

阮清恬哭着看任浩铭，刚要亲上去，阿春带着十几个人冲进来："会长，你没事吧？"

任浩铭断断续续地说："阿春，你就会坏我好事……"

任浩铭说完，便晕了过去。

楚安安正在客厅焦急等待，面前摆着饭，但是一口没动。

秋分劝道："小姐，你多少吃点吧。"

楚安安摇了摇头，抬头看摆钟上的时间。

"小姐……他们两个人肯定没事的。"

"秋分，你说，我会不会遭报应？"楚安安不安地道。

"小姐，不会的。我相信老天是英明的，只要诚心悔过的人，老天一定都会赦免的。小姐其实是很善良很善良的人，老天不会责罚小姐的。"

楚安安受到安慰，点了点头："谢谢你，秋分。对了，小雅回来了吗？"

秋分还没说话，小雅急匆匆地进来："小姐，任会长和阮小姐都进了医院……"

"怎么回事？有人受伤了吗？是清恬吗？"楚安安着急地问。

"不是。是任会长为了救阮小姐，受了伤，被送进了医院。"

楚安安再次追问了一句："那清恬呢？有没有被人……欺负？"

小雅摇摇头。

楚安安这才松了一口气。

医院病房中，任浩铭醒来，发现自己的胳膊上缠着绷带。阿春正站在一旁伺候。

任浩铭虚弱地问道："恬恬呢？"

"阮小姐在隔壁房间休息。"阿春回道。

任浩铭听后想要下床。

阿春连忙上前拦住他:"会长,阮小姐没事,只是惊吓过度而已。但您因失血过多,身体还很虚弱,不宜下床。"

任浩铭这才放下心来,躺回床上:"恬恬醒了吗?"

"还没有。"

"她是问我的伤情,就说我伤得很重,快要死了,知道吗?"任浩铭嘱咐道。

阿春强忍笑意,了然地点点头:"是,会长。"

阿春话音刚落,楚安安就带着一副愧疚的表情走了进来。任浩铭看到楚安安,表情立马变了:"你来做什么?"

"我……"

"如果不是因为你的异想天开,恬恬也不会遭到这种待遇。你出去!我不想再看到你这种蛇蝎心肠的女人!出去!"一想到阮清恬是因为楚安安才被人绑架,任浩铭就一肚子火。

"任会长,我知道我不该被爱情蒙蔽了心,我来只是想请你和清恬原谅我的自私。我没想到事情会发展成这个样子,我……"楚安安可怜兮兮地乞求着。

"同样的话我不想再说,出去!"

楚安安看任浩铭一脸冷然,伤心地转身。

"你最好不要再耍什么花样,如果让我知道,你这辈子都别想在上海待下去。"任浩铭望着楚安安的背影,冷冷地补充了一句。

楚安安回头看了任浩铭一眼,哭着离开。

"会长,您的话是不是太重了,楚小姐她……"

"只要是伤害到恬恬的人,不管是谁,我一个都不会放过。"

阿春没再说话。

从任浩铭病房出来之后,楚安安又走到阮清恬的病房外。

病房里面,阮清恬正在和谷雨说话。

"阮小姐,您要干吗去?"

"我要去看看任会长,他为我受了伤,我还不知道他伤得怎么样呢!"

楚安安在病房外听着阮清恬的声音越来越近,赶紧躲到一旁。

阮清恬打开病房门出来,谷雨跟在后面:"阮小姐,您慢点走,您身体才刚恢复。"

阮清恬头也不回:“我没事。”

楚安安看着阮清恬的背影,在心里默默道:“清恬,对不起。能看到你现在平安无事,我也就放心了。你现在一定也恨透我了……”

任青青见到林峰的时候,是红着眼睛的。“对不起阿峰,我来晚了。”

林峰佯装关心地问道:“青青,发生了什么事?眼睛怎么这么红?”

林峰掏出折叠好的手帕递给任青青。

任青青接过来擦眼睛:“阿峰,我弟弟浩铭被人开枪打伤了肩膀,现在在医院了。”

林峰假装诧异:“任会长?他在上海那么有地位,谁吃了熊心豹子胆,居然敢伤他?”

“我……我不清楚。不过我知道一定是阮清恬害的,要不是为了救阮清恬,浩铭也不会受伤!”

“嗯,照这样看来,浩铭爱上清恬不知是祸是福了。”

任青青难过地道:“今年我们家出了不少事情,晓晓去世了,生意上也挺多波折,如今浩铭他又出事,我现在……现在真的很担心……”

“没事,任会长他是青年俊杰,多少风风雨雨都经历过了,像这种小风小浪他肯定不放在眼里,青青,你放心,就算有事,还有我在。”林峰安慰道。

任青青忍不住又哭了起来:“谢谢阿峰。”

林峰皮笑肉不笑地抱住任青青。

阮清恬和谷雨来到任浩铭的病房外。

阿春正好走出来:“阮小姐。”

阮清恬问道:“任会长现在怎么样?他伤得是不是很重?”

阿春故意扬声道:“会长这次伤得很重!不知道会不会……”

任浩铭靠在床上,哼着歌,吃着苹果。突然听到阿春的声音,他赶紧将苹果扔进垃圾筐,躲到床上,装成一副重伤的样子。

阮清恬焦急地推门而入。任浩铭赶紧闭上眼睛。阮清恬来到病床边轻声唤了一句:“任会长。”

任浩铭假装刚刚醒来,一副没精打采的样子。

“你醒啦！是不是打扰到你了?”阮清恬温柔地问。

任浩铭摇头。

“阿春跟我说,你伤得很重。对不起。”阮清恬说着说着眼睛就红了,“我不要你死。”

气氛顿时有些凝重,时间犹如静止一般。除了能听到两人急促的心跳声,再无其他。

阿春和谷雨两人贴着门,偷听病房里的情形。

“为什么不要我死?”任浩铭问道。

阮清恬脸红了:“你哪儿那么多为什么?”

“不走了？不再赌气说跟我没关系了?”

阮清恬有些愧疚。

任浩铭叹息:“恬恬,关于楚小姐的事,虽然你吃醋我很开心,这证明你在乎我,但以后这种飞醋还是不要乱吃的好,因为后果很严重!”

任浩铭说着展示了下自己的伤口:“女人的战争真可怕!”

“你讨厌,谁吃你醋了?”阮清恬说着打了任浩铭一下,正好打在任浩铭的伤口上。

任浩铭虽强忍着疼,但口气明显能听出不对劲:“好歹我也为你走了趟鬼门关,你就不能对我温柔点吗?”

“我是不是伤到你了?”阮清恬边说边焦急地伸手要检查任浩铭的伤口。

任浩铭一把拉过阮清恬的手,放到心口:“你没伤到我,你伤到它了!”

阮清恬脸更红了,尴尬地想抽回手,却被任浩铭紧紧地抓住:“我这次死不了,都是因为你还没亲完我,所以我舍不得走。”

“你说话就不能正经一点吗?”

“我很正经啊!”

阮清恬突然别过头不再说话,不想理任浩铭。

“恬恬,我向你保证,我不会再让任何人欺负你,更不会再让你离开我半步。从今以后,我们就是连体婴。”

阮清恬害羞地点点头。

“至于昨晚那些人,我会让他们付出应有的代价！敢动我任浩铭的女人,他们就应该做好受死的准备!”

“任会长，以德报怨才是为人之本！”

任浩铭黑着脸不说话。

阮清恬又继续劝道：“他们真的没伤到我！而且，我不想你因为这件事而做出什么犯法的事情，我不想你有事。”

任浩铭看着脸红的阮清恬，一把将阮清恬拉进怀里：“答应我，在我死之前，不要离开我。如果没了你，我真的不知道要怎么活下去。”

阮清恬依偎在任浩铭的怀里点点头，然后突然反应过来，怒瞪着任浩铭：“你不是说自己伤得很重吗？”

任浩铭尴尬地冲着阮清恬傻笑：“恬恬，我……”

阮清恬推开任浩铭：“别跟我说话！我不想理你这个大骗子！说什么重伤！你哪里像是重伤的样子？大骗子！哼！”

阮清恬说完转身拉开门，冲阿春喊：“你也是大骗子！跟你们会长一样，都是大骗子！”

史密斯夫人和一位洋人长官一起坐在沙发上：“詹姆斯先生，谢谢你能赏光来到我家。我最近遭遇了相当痛苦和恐怖的事情，这都是因为那个华人女子推荐的雪花膏，你一定要为我做主啊！”

詹姆斯长官柔声说：“夫人，我为你的遭遇感到痛心。但到底是因为什么才造成夫人现在的遭遇？”

史密斯夫人哭泣不已：“当然是因为那个华人女子妒忌我的美丽。”

“如果这件事真的是那个华人女子故意所为，你放心，我一定会为你主持公道。”

史密斯夫人哭着点点头。詹姆斯长官离开后，下人走过来，诧异地问道：“夫人，医生不是说雪花膏里面的成分都是符合标准的，没有问题吗？你怎么还……”

史密斯夫人鄙夷地道：“她的雪花膏是没问题，但我的脸问题可大了。管好你的嘴。”

下人点头。

阮清恬的伤已经没有大碍了，于是她迫不及待地赶去楚家别墅，有些事情，她必须当面和楚安安说清楚。

阮清恬走进客厅时，楚安安刚好要上楼。

楚安安看到阮清恬，心中十分愧疚："恬恬，我……"

阮清恬摇摇头："安安，我只问你一件事。"

"小雅，倒两杯咖啡。"楚安安拉着阮清恬坐下，"你想问什么？"

阮清恬认真地望着楚安安："是你找人绑架我吗？"

楚安安一惊，不明白阮清恬怎么会怀疑自己，但还是真诚地望着楚安安："如果我说不是，你信吗？"

"信。"阮清恬郑重其事地点点头，"只要是你说的，我都相信。"

楚安安心情复杂："清恬，我到底是该说你善良，还是该说你傻呢？"

"安安，我知道你喜欢会长，但你绝不会做出危害朋友生命的事情。"

"既然你能这么肯定我不会伤害你，那你为什么还要来问我？"

"因为我需要你的答案。安安，你是我的恩人，又一直在帮助我，我不应该让你伤心难过的，但只有这件事，这是我的感情，我的爱情，我不会放弃，更不会退出。对不起。"

楚安安苦笑一下："爱情里没有对错，你无须跟我道歉，说起来我应该向你道歉，我不后悔我做的这些事，不过我为差点伤害到我的朋友感到羞愧。"

阮清恬欣慰一笑："安安，别说了，这件事就让它过去吧，你说的对，爱情里没有对错，你没有做错什么。"

楚安安点点头，无言地拍拍阮清恬的手。两人默默看着对方，那些凝结在两人之间的寒冰在慢慢地，一点一点地融化。

阮清恬刚回到任公馆，谷雨就急急忙忙地跑来，说是任浩铭在找她。阮清恬上了楼，走到任浩铭的卧室。

任浩铭靠在床上。

阮清恬走进房间："你叫我来干吗？"

"你刚刚去找楚安安了？"任浩铭开门见山地问道。

"不关你事。"

"恬恬，你别这样了，我不是故意骗你我重伤的。"

"骗人哪分故意不故意？"

任浩铭敛住笑容:“这叫啥?这叫……对了,善意的谎言。”

“你说啥?”

“这叫善意的谎言。”

“你别胡编了。”

突然阮清恬听到外面有动静。静静地听了一会儿,阮清恬笃定地道:“阿春来了。”

阿春在外面敲门:“会长,我进来了。”阮清恬赶紧从任浩铭身边站起来,任浩铭搂住阮清恬的腰不让她动。阮清恬挣扎,任浩铭咧了下嘴,看起来是扯到伤口了,阮清恬赶紧停止挣扎。

“会长,这是您要的水。阮小姐,您能帮会长换下纱布吗?”

阮清恬红着脸点点头。

阿春退了出去,把门关上。

“你有完没完,还吃我豆腐?”

任浩铭无赖地笑了一下:“我还没吃够,以后也吃不够,反正要吃一辈子,你也要先习惯啊。”

“你是个流氓会长!”

“那你就是个流氓校花!在医院我也没亲你,现在罚你主动亲我十下,不,一百下……不,一千下……”

阮清恬推了一下任浩铭:“去死!”

“我要真死了咋办,你就是寡妇了。”

两人嬉笑着打闹成一团。天色晚了,阮清恬要回房间,但是任浩铭一直不肯放她走,两人打打闹闹,不知不觉眼皮已经开始打架。任浩铭再次醒来的时候,已经是第二天早上了。看到阮清恬还在身边躺着,他心里很高兴。

阮清恬转过脸来说梦话:“任浩铭,我是你的,我一辈子都是你的。”

任浩铭戳了戳阮清恬的脸,阮清恬嘟了嘟嘴,接着睡。

第四十三章

任青青出事

任青青刚从购物大厦走出来，两个洋人便出现在任青青面前。

任青青戒备地问："你们是什么人？"

"任青青小姐，请您跟我们走一趟。"来人黑着脸道。

"我为什么要跟你们走？谁派你们来的？"

"冒犯了。"

来人说完就给了任青青一记手刀，任青青顿时昏厥过去。

任青青醒过来的时候，是在一个狭窄的，装满各种杂物的小房间，看上去好像是储藏间。房间里光线昏暗，几缕阳光从铁窗缝隙中射到房间里，照出里面厚厚的灰尘。

任青青昏昏沉沉地坐在房间一角。突然她听到门外传来钥匙开门的声音，悠悠转醒。房间大门的下方，有一个类似狗洞大小的门正被打开。

任青青彻底清醒了，起身跑过去大喊："你们是谁？为什么要抓我？"

女佣从小门外将饭菜推进来，然后关上小门。

"你们到底是谁？放我出去！放我出去！"任青青使劲砸门，"放我出去！"

门外女佣的脚步声，渐行渐远。

任青青又生气又害怕，一脚踢翻了饭菜，饭菜洒了一地。

任浩铭坐在沙发上，阿春端来早饭。阮清恬坐在旁边，见状主动端起碗，喂稀饭。

阮清恬舀起一勺粥送到任浩铭的嘴边，任浩铭喝下去，结果被烫到了："你是要烫死我吗？"

阮清恬红透了脸："对不起啊。"说着又舀了一勺粥，吹了吹，送到任浩铭的嘴边。

"等我好了，咱俩就把婚事办了，回头再生个漂亮的胖小子，等他长大了，让他喂你喝粥。"

阮清恬用一勺粥塞住任浩铭的嘴："喝粥，小心话多闪了舌头。"

任公馆门口，阿夏急匆匆地跑进来。

而此时，在任浩铭的房间里，任浩铭单膝跪地，手里拿着钻戒，正在深情款款地等待着阮清恬的回答。

阮清恬羞涩地笑着："你快起来，我答……"

阮清恬的话还没有说完，阿夏急匆匆地跑进来："会长！"

任浩铭不理阿夏，深情地看着阮清恬："你不答应嫁给我，我就不起来！"

阿夏急了："会长……"

"没看我正忙着吗？"任浩铭不高兴地吼了一声，然后温柔地望着阮清恬说："恬恬，嫁给我吧！我保证会爱你一生一世！不，是生生世世！"

阿夏一脸焦急，不知如何是好地看向阮清恬。

阮清恬看任浩铭不理阿夏，阿夏又一脸焦急，赶紧说："会长，我们的事情可以往后放放，还是先办正事要紧！"

"任何事都比不上现在的事情重要！你先答应嫁给我！"

"会长……"阮清恬真是不知道该如何是好了。

"你不答应我，我什么事都不听！"

阮清恬见任浩铭跟小孩子一样任性，只好自己冲阿夏问道："你先说你的事！"

阿夏着急地说："大小姐被抓了！"

阮清恬震惊不已。

任浩铭顿时站起来："什么？知道是什么人抓的吗？"

阿夏说:“法租界的詹姆斯长官。”

任浩铭将用来求婚的鲜花放到一边:“什么原因?”

阿夏进一步解释:“大小姐的朋友史密斯夫人因为用了大小姐推荐的雪花膏,结果脸被毁了!”

“现在伤者情况如何?”任浩铭尽量让自己冷静下来。

“还不清楚。”

“知道大小姐被关在哪里吗?”任浩铭又问。

“法租界那边,我们很难打探到具体位置。”

阮清恬坐在任浩铭旁边,忧心忡忡,沉思着什么。

“走,去警察局。”

警察局局长知道任浩铭的来意之后,为难地道:“任会长,这件事真不是我不帮您,而是法租界那边不在我的职权范围内,我就是想帮也帮不上忙啊!”

任浩铭急切地道:“局长,我姐现在被詹姆斯长官关进了法租界,希望您可以帮我去跟詹姆斯长官说一说,先把人放出来,有什么事,我们可以坐下来一起解决。”

任浩铭冲一旁的阿春使眼色,阿春将一个牛皮信封放到桌子上:“这里有五万块大洋,您贵为我们警察局的局长,相信詹姆斯长官一定会给您一个面子的!”

“任会长,这真不是钱的事!”警察局局长瞄了一眼桌上的牛皮纸袋,依旧为难。

“局长,请您告诉詹姆斯长官,如果史密斯夫人的脸真的被毁,又与我姐姐有关,我任浩铭一定会负责到底!我相信这件事一定有什么误会!局长,请您务必帮我这个忙!”

任浩铭和阿春走出警察局,任浩铭吩咐道:“把这批的雪花膏都拿去检验一下。我总觉得这件事针对的目标不是姐姐。”

“会长,您的意思是……他们针对的是您?”

“去打探一下史密斯夫妇那边有什么消息。”任浩铭吩咐道。

“是。”

阮清恬心事重重地坐在客厅沙发上。

任浩铭脸色不好地走进客厅。

阮清恬起身上前:“怎么样? 警察局的人有没有办法把青青姐救出来?”

任浩铭搂着阮清恬坐到沙发上:“这件事你就别操心了。不管用什么方法,我一定会把姐姐救出来。你放心! 等把姐姐救出来,我就办我们的事!”

阮清恬自告奋勇:“那个史密斯夫人,我跟青青姐出去时,跟她一起吃过饭。她看上去很和气,不像是不讲理的人,不如我去跟她说说……”

任浩铭打断阮清恬:“不用了。她不会听你讲的。”

“你怎么知道? 也许我能说通。”阮清恬固执地道。

“恬恬,你想得太简单了! 要是动动嘴就能解决这件事,他们就没必要抓姐姐了。我怀疑他们针对的目标其实不是姐姐,是我。”

阮清恬一头雾水:“你?”

任浩铭点头:“我们销售的雪花膏一直都很受欢迎,如果史密斯夫人皮肤出现的问题真的是我们的雪花膏引起的,我一定会负责。”

“难道你怀疑这件事是有人从中做了手脚?”阮清恬问。

任浩铭点头。

这时,阿春急急忙忙地走进来,跟任浩铭汇报最新的进展:“会长,史密斯先生扬言,除非您登报公开道歉,并停止销售雪花膏,否则就不放人。”

“雪花膏的检验报告什么时候能出来?”

“明天应该可以拿到。”

“此事关系姐姐的安危,不可以出现任何差错。阿春,你亲自去盯着检验报告的事,一拿到手立即拿给我。”

“是。”

阮清恬坐在床边的地毯上双手抱膝,皱着眉,一脸凝重,兀自想着事情。

任浩铭走过来,坐在阮清恬身边,柔声道:“想什么呢? 想得这么出神! 连我敲门都没听到。”

阮清恬有些担忧地道:“青青姐现在一定很害怕,很难过。会长,你一定要把青青姐救出来!”

任浩铭边点头边抚平阮清恬紧皱的眉："放心吧！我不会让姐姐有事的！不管用什么方法，我一定会竭尽全力把她救出来！"

"会长，你能不能答应我一件事？"

"只要不是离开我，我都能答应你。"

阮清恬想了想，郑重地说："我们先不要结婚了！"

任浩铭听后脸色一变。

阮清恬赶紧解释道："我是说暂时先不结。现在青青姐被抓，雪花膏的事情又没查清，这种时候，我根本就没有心情想结婚的事情。"

阮清恬从手指上摘下钻戒，交给任浩铭。

任浩铭欣慰地笑着，没有收，而是紧紧握住了阮清恬拿钻戒的手："恬恬，你太善良了！等把姐姐救回来，我一定还你一个盛大的婚礼！"

阮清恬甜甜地笑了。

任浩铭突然想到什么，表情变得严肃："为了公平起见，你也要答应我一件事。"

"你说。"

任浩铭严肃地说道："姐姐这件事，你不许插手，也不许私自行动，知道吗？"

阮清恬想了想，突然对任浩铭说道："你看那边。"

任浩铭歪头去看阮清恬所指的方向，阮清恬趁机亲吻了任浩铭的侧脸。

任浩铭一愣，笑道："你这个回答，算是答应了？"

阮清恬笑道："你猜？"

任浩铭盯着阮清恬，阮清恬岔开话题："会长，总盯着人看，眼睛是会累的。不过没关系，我的肩膀可以借你靠一个小时。"

任浩铭摇摇头，无奈地笑道："我要两个小时。"

任浩铭说着靠了过去，闭上眼睛。阮清恬笑着将头靠到任浩铭的头上，想着事情。

第二天一大早，阮清恬穿戴整齐，悄悄地溜出房间，轻手轻脚地关上门。

谷雨拿着打扫工具走过来，惊讶地问："阮小姐，这么早您就要出门吗？"

阮清恬赶紧示意谷雨小点声："谷雨，你就当什么都没看见！千万别吵醒会长。"

谷雨点点头，纳闷道："可是您这么早要去什么地方？"

“我要去救青青姐!”阮清恬坚定地道。

谷雨惊呼:“什么?”

阮清恬赶紧捂住谷雨的嘴:“青青姐是会长唯一的亲人,现在青青姐出了事,会长肯定睡不好觉！所以我必须把青青姐救出来！小点声！别吵醒会长!”

谷雨点点头。

阮清恬松开手,义正词严道:“谷雨,现在只有一个方法能救青青姐,所以我必须采取行动。”

谷雨犹豫着:“阮小姐,你要怎么做？你这样单打独斗会不会有危险啊?”

阮清恬大义凛然:“那个史密斯夫人能用青青姐的雪花膏,应该也和我有一点关系吧！现在青青姐被抓,我怎么能袖手旁观呢！明知道有办法却因为危险而退缩,那不是我阮清恬。”

谷雨也振作起来:“阮小姐,我帮你!”

阮清恬欣慰地点点头。

阮清恬和谷雨悄悄溜进任浩铭的书房。

阮清恬追问:“你说的那个防身武器到底是什么呀?”

谷雨拉开一个抽屉,抽屉里放着一把手枪:“阿春对我说过,这把枪是会长用来防身的。阮小姐,您也带上吧！说不定用得到。”

阮清恬立刻拒绝:“我没开过枪,也不会开枪,带着这个反倒紧张。”

谷雨哀求地看着阮清恬:“可是,阮小姐,如果您真的出了什么意外,您让我怎么向会长交代呀!”

阮清恬看谷雨可怜,伸手进抽屉,却没有拿出手枪,而是拿起了手枪旁边的一把瑞士军刀。

阮清恬乐观地说道:“这个就够了。”

阮清恬刚走没多久,任浩铭就起床了。他洗漱完毕走下楼,坐在餐桌边,第一句话就是问阮清恬:“恬恬还没起床吗?”

谷雨将任浩铭的早餐送上来,眼神闪过一丝慌张,但还是镇定下来:“是的,阮小姐还没起床。”

任浩铭点点头。谷雨松一口气,连忙走开,长舒一口气。

这时，阿春拿着一份文件疾步走进客厅："会长，雪花膏的检验报告出来了。"

阿春说着将文件递给任浩铭。任浩铭放下早餐，接过文件打开，仔细翻阅。

"检验报告上说，我们的雪花膏没有任何问题，都是符合检验标准的。"

任浩铭合上检验报告："将雪花膏的检验报告拿去登报公示。然后你再去医院调查一下，最好能拿到史密斯夫人的就诊报告。"

"是，会长。"

"让阿秋到书房找我。"

谷雨听到任浩铭提到书房，立刻紧张地睁大了眼睛。如果被任浩铭发现自己的瑞士军刀不见了，她就完蛋了。

谷雨看着任浩铭拿着阿春给的文件走进书房，紧张得定在原地，手足无措。

阿秋疾步走来，看到谷雨鬼鬼祟祟地站在书房外，随口问道："你干吗呢？"

谷雨顿时吓白了脸。

阿秋疑惑地望着谷雨："你没事吧？脸色怎么这么白？"

谷雨吞了口口水，紧张得说不出话。

这时，传来任浩铭的声音："阿秋！"

阿秋疑惑地看看谷雨，赶紧走进书房："会长，您找我？"

"待会你和我出去一趟，我要去和洋人谈谈条件。"任浩铭交给阿秋一份文件，"这是雪花膏的鉴定书，你拿着。"

"是，会长。"

任浩铭低头看向那个装着手枪的抽屉，犹豫了一下，还是收回了手。谷雨看见任浩铭和阿秋走过来，立刻假装在打扫房间。

任浩铭看了谷雨一眼，走了过去："谷雨！"

谷雨立刻紧张起来，抬头应答："会，会长。"

任浩铭对谷雨说道："帮我看好恬恬，今天不许她出去。"

谷雨轻轻点了点头，看见任浩铭走出门去，才松了一口气，双手合十，做祈祷状："阮小姐啊阮小姐，您可一定要成功营救出大小姐，然后平安回来呀。"

史密斯公馆在市中心，离任公馆并不远，所以阮清恬很快就找到了史密斯公馆。但是望着奢华的史密斯公馆，她却犯了难："这房子可真大，青青姐会被关在哪儿呢？”

阮清恬紧张地踮起脚，不时向公馆里张望。前去通报的人已经走了半天了，怎么还没有消息啊？没一会儿，前去通报的人也出现在门口，给阮清恬打开门：“小姐，你可以进去了。”

阮清恬长舒一口气，迈步走进去。

阮清恬走进客厅，史密斯先生正坐在沙发上等着她，手里拿着一杯红酒，很享受的样子，身边站着一个中国商人。

史密斯向阮清恬示意：“这位小姐，请你稍等一下。”

阮清恬点头站在一旁听史密斯和中国商人的对话。

史密斯对那个中国商人说：“钱不是问题，重要的是质量，希望你们不要让我们失望。”

中国商人赔笑：“您放心，质量肯定没有问题。”

史密斯接着说：“我做生意，希望的是以诚为本。如果有谁欺骗了我，让我蒙受了损失，我只要动一动手指，打一个电话，那些骗子就会变成死人！”

阮清恬听懂了史密斯的威胁，紧张得大气不敢出。史密斯还故意转过头来略带歉意地冲阮清恬一笑。

阮清恬也只好回以一笑，心里却忐忑不已。

史密斯先生送走了中国商人，示意阮清恬坐下：“这位小姐，你说你是我夫人的朋友？可是我好像没有见过你。”

阮清恬努力保持镇定：“史密斯先生，您好！我叫阮清恬，我之前曾和您夫人共进过晚餐。虽然我和夫人只见过那一次，但是夫人很喜欢无线电的话题，所以我们当时聊得很愉快。”

“无线电？”史密斯先生顿了一下，然后反应过来，“这么说，阮小姐就是那个传说中的任会长的未婚妻？”

阮清恬低下头，有点不好意思，但还是坚定地回答：“是的。”

史密斯先生假装不知阮清恬的来意：“不知道阮小姐今天来访，有什么事？”

阮清恬从包里拿出一瓶雪花膏，拿给史密斯先生看。

史密斯不解地问：“这是什么？”

“这就是您夫人用的那款雪花膏。”

史密斯一下子收起笑容，露出反感的表情。

阮清恬举着雪花膏，坚决地说："我今天来就是想要向您和您夫人证明，任青青小姐推荐给您夫人用的雪花膏是完全无害的。您夫人的遭遇，很可能与她的皮肤有关。因为我在商学院的同学只要一吃鱼，就会满脸起红疹，而且还会很痒、红肿。我想您夫人应该与我同学的情况类似。"

"照你这么说，我夫人的脸被毁容，还是她自找的了？"

"我没有这么说！请您不要误解我的意思！我可以现在就涂抹这款雪花膏，向您证明这款雪花膏真的没有任何问题。"阮清恬连忙解释道。

第四十四章

不可得兼

此刻在储藏间里的任青青已经非常疲惫，披头散发，眼圈乌青，没有一点尊贵的样子。女佣又将饭菜从小门递进来，小门随即关上。任青青看着那些饭菜，并没有胃口。突然，任青青瞥见米饭里面竟然有一张类似于纸条的东西。

任青青赶紧上前查看，果然从米饭里抽出了一张小纸条。上面写着：

亲爱的青青，你不要担心，振作起来，我很快就会救你出去。

爱你的峰

任青青看着林峰给自己的小纸条，十分感动，心中顿时充满了希望。

客厅中，史密斯先生和几个女佣下人围在沙发旁，出神地看向同一个方向。阮清恬脸上抹着厚厚的雪花膏，被他们围在中间，一脸镇定。史密斯先生和众下人都紧紧盯住阮清恬的脸。

阮清恬将雪花膏抹匀，慢慢让皮肤吸收掉，自信地看着史密斯先生和众人。过了片刻，只见阮清恬脸上白皙如初，非但没有变红起包，看起来反倒更加晶莹剔透。阮清恬说道："史密斯先生，这下你该相信我了吧，真的不是任青青小姐的雪花膏有问题，而是您夫人的皮肤对这款雪花膏不适应。"

史密斯先生皱紧眉头，这时突然一个下人跑来汇报："先生，夫人又发烧了，身体很虚弱。"

史密斯脸色突变，大声呵斥："你在耍我吗？没有问题为什么会发烧！你只用了一次，什么也证明不了，来人啊，把她还有这个什么雪花膏都给我丢出去！"

阮清恬站起身，着急地解释道："我不止用了一次，我昨天也用了，真的没问题，不信您可以去化验啊！"

两个下人挟制着阮清恬要拉她走，却不小心弄掉了阮清恬的包，包里的瑞士军刀掉在地上，刀刃弹出。

史密斯看见刀子，脸色大变："好啊！亏我还礼貌待你，没想到你竟然图谋不轨！既然你说雪花膏没问题，那你就待在这里一直抹雪花膏证明给我看吧。"

阮清恬连忙解释："史密斯先生，您误会了。我带刀只是为了防身，没有别的意思。"

"防身？来我这儿防什么身？撒谎也不找个好点的理由！把她给我关起来！"史密斯愤怒地大声命令。

阮清恬激动地解释："史密斯先生，我……"

此时，任浩铭正从轿车里下来。他抬头看看面前的史密斯公馆，一脸凝重地对身边的阿秋说道："不要带枪，要表现出我们的诚意。其实恬恬说的对，真诚一点，误会才更容易化解。"

阿秋点头。

就在任浩铭摁下门铃的时候，阮清恬也被史密斯的下人扔进了储藏间。任青青在慌乱中赶忙收起了纸条，望着摔在地上的阮清恬，满脸诧异："你为什么会进来？"

阮清恬抬头见是任青青，关切地问："青青姐，你没事吧？"

"你来这里干什么？"任青青皱眉又问。

阮清恬尴尬地说："我，我本来是想救你出去的……"

"你说你进来做什么？看着你就不痛快！本来浩铭只要救我出去就好，现在又多出你这么一个，你说你这不是给他添堵吗！"

"我……"

"我什么我！让你说话了吗？"任青青说完不理阮清恬，换个姿势靠在墙边闭上眼睛不说话了。

阮清恬看着任青青闭上眼不搭理自己自己，忧心忡忡。要是任会长发现自己不见了，会不会连累谷雨受罚呢？现在青青姐没救出去，反而把自己搭进来，会长知道一定会大发雷霆。她真是太鲁莽了。

任青青有些意外阮清恬竟然不反驳，没好气地白了她一眼："你这不是添乱吗！真是成事不足，败事有余！"

阮清恬没有搭腔，只是幽幽地叹了气。

史密斯的手下把任浩铭和阿秋拦在铁栅栏外："史密斯先生说除非你们承认自己的雪花膏有问题，停止所有的雪花膏销售，并公开承诺再也不做雪花膏生意，他才会同意释放你的姐姐和未婚妻。"

任浩铭惊诧反问："未婚妻？"

清恬？她怎么会在这儿？任浩铭疑惑地望着史密斯的手下。那人见状，又补充了一句："阮小姐只比您早来了一会儿。"

"阮清恬！"任浩铭脸色一变，想要强行进入史密斯公馆。

史密斯公馆门口分列两旁的手下立刻拿枪对着任浩铭。

阿秋凑到任浩铭耳边劝道："会长，这个史密斯在租界很有势力，咱们还是别硬碰硬了。"

任浩铭望着身前黑压压的枪口，一脸愤恨。

回到任公馆，任浩铭气愤地一把扯下领带，丢在沙发上，大喊："谷雨！"

谷雨诚惶诚恐地跑来。

任浩铭质问道："恬恬偷偷溜出去的事，你知不知道？"

谷雨低着头，小声地回答道："阮小姐说她有办法救大小姐，怕您不同意让她去，所以不让我告诉您，我，我……"

谷雨声音哽咽了。

任浩铭又急又气："法租界是什么地方你不知道吗？你怎么能让恬恬一个人去找史密斯呢？恬恬单纯，你也单纯吗？还知情不报！要不是你跟了我这么多年，你家里又缺钱，我真想现在就开了你！"

谷雨哭着跪下："会长，谷雨知道错了！您就饶了谷雨吧！"

阿春快步来到客厅："会长，查出来了，史密斯夫人的脸起红疹，是因为对雪花膏不适应，但因为初期没有及时发现，导致现在出现了发烧的症状，但并没有生命危险，康复只是时间问题。”

任浩铭沉吟道：“这件事史密斯不可能不知道。既然知道还抓着姐姐和恬恬不放，这里面肯定有文章。”

“会长，那我们现在该怎么办？”阿春担心地问道。

阿秋在一旁出主意：“会长，我们要不要借用一下宋大帅在租界的势力？”

任浩铭看着阿秋，若有所思。

阮斌戴着大毡帽、墨镜和围巾，提着一个小皮箱，小心翼翼地来到家门口。看着大门上的锁，阮斌有些诧异：“怎么还锁上门了？娘和恬恬难不成出远门了？”

此时，一个路人走过，看到阮斌在门口站着，便热心地问道：“你要找这家人吗？”

阮斌推推自己的墨镜，用四川话说：“是啊！你知道这家人平常都什么时候回来吗？”

“这家人都搬到青年商会任会长家去住了，谁还会回这破地方住啊！”路人说完走开了。

“青年商会会长？”阮斌有些惊诧，“那是任浩铭呀！难道任浩铭已经知道了什么，所以才把娘和恬恬抓起来？不行，我得把她们带回来。”

阮斌匆匆离开。

宋大帅府上。

宋大帅一脸不高兴地走进客厅：“这个史密斯，真是气死我了！”

任浩铭起身问好：“宋大帅。”

“任会长，这次真不是我不想帮你，我是心有余而力不足啊！”宋大帅叹了口气道。

“难道史密斯连宋大帅您的账都不买？”任浩铭没想到连宋大帅都治不了这个史密斯。

宋大帅怒瞪双眼：“他敢！老子一枪毙了他！但关键是，他就买我一份账！”

“此话怎讲？”

“说到这个我就有气！这些在租界内有头有脸的洋人也太嚣张了！说只给我宋大帅一个人的面子！一个人的面子，就是放一个人！难道在上海滩还有能跟我分账的人吗?”

“为了任某的事,让宋大帅费心了!”任浩铭说道。

“不能这么说!之前电台的事阮小姐也帮了我不少,我不过是礼尚往来!”

“不管怎么说,还是要谢谢宋大帅。任某先告辞了!”任浩铭说完,起身离开。

任浩铭脸色不好地走进客厅。

阿春迎上来:“会长,怎么样?宋大帅怎么说?”

任浩铭坐到沙发上:“史密斯根本不买宋大帅的账,说是让我们二选一,要么救恬恬,要么救姐姐。”

“什么?怎么能二选一呢?一个是姐姐,一个是未婚妻,会长您这也太难选了。”

任浩铭瞪了阿春一眼:“你不说我也知道!”

任浩铭生气地起身上楼。看着窗外阴郁的天空,脸上虽无表情,内心却一阵翻腾。想着起和阮清恬在一起时的情景,心中一阵暖流缓缓流过。目光一转,他又拿起手边的相框,是姐弟妹三人的合影。任浩铭抚摸着任青青和任晓晓的脸庞,脸上显出忧伤的神色。

黑暗的储物间里,任青青靠着阮清恬熟睡,阮清恬也还没有醒来。门外突然传来开锁的声音,阮清恬惊醒了,碰了碰身边的任青青。

任青青醒来,听到开锁的声音,立刻敏感地坐起身来:“是不是要放我们出去了?还是,还是——”

阮清恬也一脸紧张。

储物间的门打开,史密斯出现在门口。

任青青大声质问:“你要干什么!快放我们出去!”

史密斯笑着:“两位尊贵的小姐,这几天委屈你们了,我今天来就是有个好消息要告诉你们。”

任青青一脸兴奋:“什么好消息?是不是我们可以出去了?”

阮清恬问道:“史密斯夫人的脸好了吗?”

“刚刚有人来找我,让我卖他个面子放你们出去。不过呢!只有一个面了,但你们是两个人,我这个人又不喜欢买一送一,所以我给任会长出了道选择题。”

任青青和阮清恬疑惑地彼此对视。

“在你们中间，他只能救一个人，至于选了谁，你们明天就知道了。”

听到这对话，任青青和阮清恬面面相觑，一句话都说不出来。

楚安安洗完澡，擦着头发从浴室走出来，忽然看见宋诚站在房间里。楚安安转身就要跑，一拉房间的门，发现被锁住了。宋诚从后面一把抓住她，将她死死抱住：“安安，我就知道你在家！”

宋诚将楚安安推倒在床上：“你知不知道我想你想得好苦！”

说着宋诚就要和楚安安亲热。

“宋诚！你要干什么！放开我！”楚安安挣扎不得，从枕头下面摸出一把枪，指着宋诚。

宋诚停下动作站起身，黑着脸盯着楚安安：“学会枕头底下放枪了，长本事了！你知不知道这样很危险！”

楚安安拿枪指着宋诚：“这是你逼我的！你走不走，不走我开枪了！”

宋诚慢慢逼近，指着胸口：“你开枪，冲这儿开，一枪就毙命，我死了就没人缠着你了。”

楚安安没想到宋诚会不害怕，自己拿着枪的手却开始发抖。

“你还别拿枪吓唬我！就算你杀了我，我也要和你在一起！”宋诚一把将楚安安的枪夺过来，扔在一旁，将楚安安推倒在床上，强硬地要和她发生关系。

“宋诚！你混蛋！”

第二天一大早，一阵哭泣声将宋诚吵醒。宋诚睁开眼，发现是身旁坐着的楚安安在哭。宋诚起身想要抱住楚安安：“安安……”

楚安安连忙躲开：“你别碰我！你再碰我我就去死！”

宋诚收回手：“安安，你放心，我宋诚肯定会对你负责，我们今天就去领结婚证好不好？”

楚安安恶狠狠地瞪着他：“宋诚，别以为你对我做了这样的事我就会嫁给你！妄想！我楚安安一辈子也不会嫁给你的！我恨你！”

宋诚有些难过：“你恨不恨我不重要，重要的是你已经是我的人了，我们就不能心平气和地谈一谈吗？我是爱你的。”

“爱我?”楚安安难以置信地瞪着宋诚,“你会强迫你爱的人做她不愿意做的事吗? 我和你没什么好谈的,你给我滚! 我再也不想看见你! 你走不走? 你不走是吗? 好,你不走我走!”楚安安说着就要出去。

宋诚见状,连忙拉住楚安安:“好好好,安安,你别生气,我走,我走。”

宋诚恋恋不舍地望着楚安安,然后抱着自己的衣服离开了。

史密斯公馆外。一辆黑色的轿车等在公馆门口,阿春站在车边。公馆的大门打开,任青青走了出来,阿春立刻热情地打开车门。

任青青坐进车里,阿春也跟着上车。

任青青问道:“浩铭呢?”

阿春回答:“会长他有点事,让我先接您回家。”

任青青点点头坐上车。

阮清恬一个人屈膝坐在储物间的地上,紧紧环抱住自己,轻声安慰自己:“阮清恬,再坚持一下! 现在青青姐已经被救了出去,会长一定会马上来救你的! 一定会来的! 你要坚持住!”

阮清恬将头埋在胳膊里,把自己抱得更紧。

任青青走进客厅,看到任浩铭在,立即委屈地上前抱住任浩铭:“我以为再也见不到你了呢!”

任浩铭抱着任青青安慰道:“怎么可能呢! 你是我姐姐,是我现在唯一的亲人了,不管用什么办法,我都一定会把你救出来的!”

任青青吸着鼻子:“你都不知道,我被那个史密斯关在储藏间里有多害怕。要是他们心怀不轨,我就是喊救命都没人听得到!”

任浩铭给任青青擦眼泪:“好了,不哭了,你现在回家了,安全了。你放心,我不会再让任何人动你一根汗毛的!”

任青青满脸泪痕地点头,哽咽地道:“我就知道,在你心里,其实我比那个阮清恬更重要。”

任浩铭坚定地说道:“在我心里,你和恬恬都很重要! 我一定会救恬恬出来的!”

咖啡厅里，任浩铭和史密斯夫人的医生面对面坐着："约翰逊医生，我听说您是史密斯夫人的医生，我想请您帮我……"

医生打断了任浩铭："任会长，您不用多说，我知道您找我是为了什么事。明天下午三点，我会去史密斯公馆替史密斯夫人检查，到时您可以装扮成我的助理跟我一起去。我听说阮小姐被关在储物间里，我会想办法支开那里的下人，您就可以去营救您心爱的女人了。"

任浩铭感激地望着医生："约翰逊医生能这样帮助我，我真的是万分感激。"

医生说道："我的妻子这几年气色一直不好，自从吃了你家的补品，用了你家的雪花膏，现在气色好多了，我们全家都感谢你，所以我愿意帮助你。"

任浩铭点点头。

宋诚站在楚公馆门外想要进来，却被小雅拦住了："宋公子，您就别为难我了，小姐说她不想见您，您就走吧。"

宋诚一把推开小雅："你给我让开，不让开，我就让人把你抓起来。"

小雅吓了一跳，宋诚趁机跑了进来，一路跑到楚安安的卧室，兴奋地对楚安安说道："安安，你看这是什么！"

楚安安转身背对着宋诚："我不想看。"

宋诚又跑到楚安安面前，将结婚证递到楚安安眼前。

楚安安又想扭过去，一看是结婚证，愣了一下："结婚证？哪来的？"

宋诚得意地道："反正我有办法呗，你都是我的人了，我不能让你名不正言不顺的。有了这证件，咱俩就算结婚了，你看这上面有你和我的名字。等过些日子，我再补给你一个盛大的婚礼，请咱俩的亲朋好友都来热闹热闹……"宋诚自顾自地说着，一脸憧憬。

楚安安一把将结婚证夺过来，两三下就撕了。

宋诚震惊地望着楚安安："你干什么？"

"你的人？我呸！宋诚，我再说一遍，我肯定不会嫁给你的！你也不要再来纠缠我了！你再来，我就离开上海！让你再也找不到我！"楚安安气得脸都红了，话都有些说不清了，"你走！你走！我不想看见你！"

楚安安激动地将宋诚推了出去，哭着关上了门。

第四十五章

青帮中人

任青青走下楼，看到林峰拿着花站在客厅里。

“恭喜任大小姐重获自由。”林峰绅士地笑着，上前将花送上。

任青青接过花，问道：“你怎么知道我出来了？史密斯嘴里说的那个贵人，该不会就是你吧？”

“虽然我不知道你说的那个贵人是谁，但是我很感谢他帮我把你救出来。青青，你知道吗？你被史密斯抓走的这几天，我对自己的无能为力，简直痛彻心扉！”

“谁知道你说的是真是假啊！你们男人最会油嘴滑舌了！”任青青娇笑道。

“早晚有一天，你会知道我对你有多么真心不悔！”林峰将一脸娇羞的任青青抱进怀中，“被关了这么久，你一定很害怕！我陪你出去走走吧？”

任青青和林峰刚走到任公馆外，虎子就急匆匆地赶来，一看到林峰和任青青走出来，立刻迎上前去。

虎子对任青青点头示意，附在林峰耳边说了些什么。林峰听后，笑容立刻消失，对任青青说道：“青青，不好意思！家里出了些事情，我需要马上赶回去。改天我再约你！”

林峰不等任青青回答就匆匆离开了。

任青青望着林峰焦急的背影，疑惑地自言自语道：“走这么急，到底是出了什么事?”

宋诚被楚安安拒绝,心中十分苦闷,从楚家出来之后,就直奔酒吧,接连喝了好几杯,嘴里还念叨着:“安安,你为什么就不明白我的心呢……”

王副官带着一个小兵走进酒吧,向宋诚走过来:“少爷。”

宋诚抬眼一看:“王副官,来,你来得正好,陪我喝几杯。”

“少爷您已经喝得不少了,大帅叫您回家呢!”王副官劝道。

宋诚苦笑:“我爸找我干吗? ……难道我又闯祸了?”

王副官扶起宋诚:“您还是赶紧回去吧。”

王副官扶着喝醉的宋诚进门。宋诚打了一个酒嗝:“爸,您找我?”

宋诚说完又打了一个酒嗝。

这时宋大帅走了进来,看到宋诚东歪西歪的样子,立即板起脸来:“怎么喝成这副鬼样子? 给我跪下!”

宋诚不明所以:“为什么?”

“跪下!”宋大帅大喝一声。

宋诚愣愣地跪下。

宋大帅走过来狠狠踹了宋诚一脚,宋诚吃痛,“哎哟”了一声。宋大帅骂道:“你还想不想认我这个爹了? 不想认你趁早滚出去!”

宋诚委屈地道:“爸,我又怎么了?”

“你自己干的事你自己不清楚吗? 你在家不管怎么胡闹也就算了,现在竟然敢拿枪逼政府工作人员给你办结婚证了! 你知不知道,你办的这个荒唐事都快传到南京去了? 你是不是想让你爸我掉脑袋啊?”

“发这么大火就为这事啊? 谁让那个人那么嚣张,我好好说不给办,非得逼我拿枪出来。”

“你还有理了! 你一个人去办结婚证,人家当然不给你办了!”

“那我也没怎么着他啊! 就是想吓唬吓唬他。”

“好,不承认是吧! 来人啊! 把他给我关起来! 不肖子! 逆子!”

约翰逊医生倒是很讲信用,当真要带着任浩铭去史密斯公馆。任浩铭也穿上了白大褂，戴着听诊器，一切准备就绪。

约翰逊医生安慰任浩铭："史密斯先生那边每次都会派车来接我过去的，应该快到了，任会长不要着急。"

任浩铭点点头。电话突然响了起来，约翰逊医生有些惊讶地看了任浩铭一眼，起身去接电话。

医生对着电话，表情凝重："喂？我是约翰逊。好的，我知道了。"

医生挂断电话。任浩铭立即紧张地问道："怎么了？出了什么事？"

医生说道："今天恐怕不能去史密斯公馆了。"

任浩铭惊讶地望着医生："为什么？"

医生叹了口气："史密斯夫人昨晚不幸去世了。"

任浩铭如五雷轰顶，险些站不稳。

阮清恬听到门外有哭声，不知道到底出了什么事，一脸担心地从门缝中往外瞅，希望能找到些蛛丝马迹。

储藏间的门打开，女佣走了进来，要带阮清恬走。

阮清恬着急地问："外面出了什么事？"

史密斯从不远处冲过来，冲到阮清恬面前，一巴掌将阮清恬扇倒在地。阮清恬嘴角流出了鲜血，惊恐地看着史密斯。

史密斯掏出枪，将枪口对准了阮清恬："我要你一命偿一命！"

史密斯的手已经扣在了扳机上。

"我刚才已经听见了，我知道您夫人去世了，但这件事真的跟我没关系，跟任会长也没关系，我发誓！即使这里是法租界，你也不能随便杀人！那是犯法的！"

突然有手下来报告："先生，先生！"

史密斯不满地瞪着手下。

手下看了一眼阮清恬，附在史密斯耳边说了几句悄悄话。

史密斯变了脸色，问道："真的？"

手下一脸凝重地点点头。

客厅里，林峰坐在沙发上，茶几上放着一把枪。史密斯走过来，看到枪，当没看到一样坐到沙发上:“林先生是来向我示威的吗?”

“史密斯先生,贵夫人的去世我很惋惜,但此事好像与阮清恬无关,您这样抓着人不放,是不是有点说不过去?”林峰脸上带着微笑,语气却透着一股子阴冷。

“死的不是林先生的夫人,林先生当然无所谓!”史密斯冷哼一声。

“史密斯,你要是识相的话,现在就把阮清恬放了,否则别怪我的子弹不长眼睛。”林峰突然变了脸色。

“林先生的勇气我很佩服。但这里是法租界,你一个华人想要在法租界里开枪杀人,未免也太瞧不起我们的实力了吧?”

林峰冷笑:“如果史密斯先生今天不放了阮清恬,或者我到晚上都还没有回去,我相信,明天史密斯先生就会被请去青帮做客!”

林峰的语气不重,但字字都带着不容置疑的力度。

史密斯脸色一变:“你是青帮的人。”

“我是青帮九爷的义子,不信的话,现在可以派你的手下去查证!只要你同意放了阮清恬,你夫人的死,我一定会给你一个交代。”

史密斯讽刺一笑:“人都死了,还交代什么?”

“没想到史密斯先生还是一个长情的男人!这要是让秘书小姐知道了,恐怕会伤心的,担心自己,永远都坐不上史密斯夫人这个位置!”

史密斯脸色更加难看:“你……”

“秘书小姐的身份我已经找人调查过了,如果你们的事被她的家人知道了……”

“你别说了,我同意放人!”

听到史密斯的话,林峰终于满意地笑了。

阮清恬看着关大门的手下:“你能不能告诉我到底发生了什么事?刚刚史密斯先生还那么生气,恨不得杀了我。为什么现在却……”

“你怎么那么多废话啊!给你自由了还磨叽什么!快走吧,免得先生后悔。”

阮清恬一头雾水,不知道到底发生了什么事,突然她听到了林峰的声音:“清恬。”

阮清恬转身看到林峰,有些惊讶:“林先生?”

林峰笑着:“怎么？看到我很意外？被人关了这么多天,我请你去吃好吃的,帮你压压惊！走。”

阮清恬一头雾水地跟着林峰离开。

警察局局长办公室,任浩铭将一个信封扔到桌子上:“局长,这里有约翰逊医生的保证书,证明我的未婚妻阮清恬小姐确实被史密斯违法拘禁了。请您现在就派人跟我去把她救出来!”

警察局局长打开信封看保证书:“烦请任会长先去史密斯公馆外稍等片刻,我这就派人前去救人。”

任浩铭点头离开。

阮清恬坐在沙发上,林峰站在一旁温柔地用毛巾帮阮清恬擦头发。阮清恬有点不好意思:“谢谢你林先生,我自己来就可以了。”

阮清恬说着拿过林峰手里的毛巾。

林峰微笑:“想喝什么？我去给你倒。”

“谢谢,不用了。我马上就走。不过,我很想知道林先生到底是用什么办法说服那个史密斯的?”

“这些都不重要。你的安危对我来说才是最重要的。我不会允许任何人伤害你。”

“可是史密斯夫人死了,史密斯先生前一秒还想杀我,后一秒竟然就放了我,真的很奇怪!”

林峰笑着说:“这些都已经不重要了。”

“林先生,时候不早了,我该回去了。”阮清恬站起身来,准备离开。

“我送你。”林峰也跟着站起来。

“不用了,我自己回去就行。”阮清恬下意识地拒绝。

“那怎么行？你刚出来,我怕你又出什么事,还是我送你吧!”林峰坚持。

“真的不用了,林先生！现在天还亮着,不会出什么事的,您就放心吧!”

见阮清恬态度坚决,林峰也不想勉强:“好吧！不过,清恬,今天的事情,你一定要保密！绝不能让任何人知道是我救你出来的,尤其是任浩铭,知道吗?”

“为什么?”

“你答应我。”林峰态度坚决。

阮清恬只好应下来：“好吧！我答应您！不过，真的很谢谢您救我出来。”

“行了，跟我就别客气了。”

“那我先走了。林先生再见。”

阮清恬离开林峰家的时候，任浩铭正坐着车赶往史密斯公馆，结果刚转过一个路口就看到了阮清恬。

“停车。”任浩铭冷着脸命令道。

一个急刹车，任浩铭的车子停在了阮清恬的身边。任浩铭焦急地下车，上前质问阮清恬：“你怎么在这里？史密斯放你出来的？他有没有对你怎样？”

任浩铭说着就检查阮清恬有没有受伤。阮清恬看到任浩铭紧张不已的样子，眼睛红了：“会长……”

任浩铭见阮清恬没事，松口气，看到阮清恬眼睛红了，又心疼又生气：“你到底有没有脑子啊？做事之前都不动脑子的吗？只身闯敌营，你有多少胜算？你要是真出了什么事，你要我怎么办？”

任浩铭说着一把将阮清恬抱进怀里，紧紧地抱着。

“对不起。”

“不要跟我说对不起！要说，就跟你自己说！就因为你的冲动，害得你的心脏和身体承受了不小的打击。你对不起的是它们！”

阮清恬心里暖暖的，抱住任浩铭：“对不起。让你担心了。”

任浩铭放开阮清恬：“以后不许你离开我半步！听见没有？”

阮清恬顽皮地笑了一下：“没有！像你这么独裁、专制的人，我才不要听你的！”

阮清恬说着推开任浩铭往旁边走了两步，然后挑衅地望着任浩铭：“已经两步了！你想怎么样？杀了我吗？”

“对！我恨不得现在就杀了你！”任浩铭说完走向阮清恬。

阮清恬撅着嘴，挽着任浩铭向前走。

而在他们身后的街道一角，阮斌贼眉鼠眼地探出头来，忧心地看着任浩铭和阮清恬，惊魂未定。

任浩铭拉着阮清恬回来。任青青正从楼梯上下来，看到任浩铭拉着阮清恬的手，不悦地道："浩铭，她怎么回来了？"

任浩铭满脸喜色："姐，清恬也回来了，这次的事终于过去了，幸好你们都没事。"

任浩铭说着将两人都搂在怀里。阮清恬跟任青青面面相觑。

夜里，阮清恬如约来到任公馆的后花园，任青青早就等在那里，表情冷酷。

"青青姐，您找我来有什么事？"阮清恬忐忑不安地问道。

任青青转身冷笑："阮清恬，我找你来就是想问问你，被人抛弃的滋味怎么样？"

阮清恬浑身一震，咬唇不说话。

任青青淡淡地道："你看！这天下间漂亮又有才华的女人很多，个个都不见得比你差，可是对于浩铭来说，至亲的家人却始终只有我任青青一个！孰轻孰重，经过这次的事情，不知你能明白多少？"

阮清恬紧了紧手指，却无力也不知反驳什么。

任青青冷笑："我就是希望你明白，不论浩铭嘴上多护着你，在我和你之间，他肯定只会选我，我们毕竟是亲姐弟，血浓于水，这是你一个外人永远比不了的。"

"青青姐，你怎么会说这种话？你是会长的姐姐，血浓于水是肯定的，会长他当然应该救你啊！至于我，我从来没想过他到底会选谁，如果当初让我选的话，我肯定也会让他选择救你！"阮清恬有些不敢相信地望着任青青。

任青青冷笑："你别自作多情了！你让他选？现在的事实是，他自己选的！这个事实就像铁板一样！阮清恬，你在他心里有多重要，通过这么一件事，自然而然就看出来了！如果我是你，我就会知难而退，压根就不会妄想一些根本就不属于自己的东西！"

任青青见目的达到，冷哼一声离开。

阮清恬眨眨眼，终于落下泪来。阮清恬看着任浩铭房间的方向，想着任青青刚才说的话，心里想："没想到经历了这么多事，青青姐还是这么讨厌我……不过她说的是事实，我这么普通，怎么配和会长在一起？可能会长对我也只是一时新鲜吧？可会长还会因为我和青青姐吵架……会长已经失去了妹妹，我不想会长因为我而跟唯一的姐姐心生嫌隙，我……该怎么办？”

阮清恬想着，完全没有注意到任浩铭已经站在她身后了：“你在这儿站了很久了，想什么呢？”

阮清恬转过身来，看到任浩铭，有些不知所措。

任浩铭见阮清恬红着眼睛，精神不是很好。

任浩铭黑着脸：“你跟我来！”

阮清恬一愣，还没反应过来，就被任浩铭一把拉走。任浩铭拉着阮清恬走进书房。任浩铭将阮清恬逼进墙角，冷冷盯着阮清恬。

阮清恬倔强地别过头，不去看任浩铭。

任浩铭将阮清恬的头强行扳过来：“看着我！”

“你自从回来以后就怪怪的，脑子里到底在琢磨什么？”

阮清恬难过地看着任浩铭，沉默不语。

任浩铭气闷：“难道你在为我选我姐而不选你生气吗？我……”

阮清恬内心纠结，忽然紧了紧双手，故意道：“我……对，会长，你说中了，我就是介意你选择青青姐而置我于不顾！”

任浩铭难以置信地看着阮清恬。

第四十六章

父女相会

“我要离开这儿，我要回我家去。”

“你哪儿也不许去，这里就是你家！”任浩铭气得朝阮清恬吼道。

“这里吗？这里……是我家吗？你家什么时候成了我家，我怎么不知道？”阮清恬仰着头，倔强地望着任浩铭。

任浩铭霸道地望着阮清恬：“恬恬，你记住，你能待的地方只有我能做主，我警告你打消离开的念头，要不然，信不信我把你绑起来！”

阮清恬苦笑：“任浩铭，你除了会霸道威胁还会什么？”

任浩铭一把抓住阮清恬的肩膀：“你什么意思？”

阮清恬心里想，还是先不要告诉会长她要离开了：“我就问你我有没有个人自由？”

“别跟我提‘自由’这两个字。”任浩铭冷冷地吼了一句，然后指着阮清恬警告道，“你现在没有，以后也不会有！也不准你跟除了我以外的男人说话！以后你哪儿都不能去！”

此时阿春经过书房外。阮清恬叫住阿春：“阿春。”

阿春恭敬地道：“阮小姐。”

阮清恬说道：“麻烦帮我倒杯水给你们会长。”

阿春有些不解地看向任浩铭。

任浩铭黑着脸吩咐 :“阿春,你先出去。”

阮清恬挑衅地望着任浩铭:“哼,我刚才就跟阿春说了好几句话,你能把我怎么样?”

“阮清恬,你不要挑战我的忍耐力。”任浩铭再次恶狠狠地警告道。

阮清恬固执地盯着任浩铭,嘲讽地摇摇头道:“任会长,请你以后不要再捉弄我了,你这么厉害,要什么样的女人没有,为什么偏偏要与我为难?我的愿望很小,很小,我只想安静过我简简单单的日子,能不能请你……”

任浩铭冷冷打断:“不能!”

阮清恬无语地瞅着任浩铭:“任浩铭!你为什么不能听我说完!”

任浩铭转身,冷酷地道:“我说不能!阮清恬,虽然我不知道你到底在闹什么别扭,但我任浩铭说过的话就一定要做到,不管你愿不愿意,你阮清恬这辈子只能做我任浩铭的女人!”

阮清恬急道:“任浩铭!”

任浩铭斩钉截铁道:“我等你消息!”

任浩铭说完冷酷离开。阮清恬则默默地站在原地。

当夜,阮清恬躺在床上翻来覆去睡不着。阮清恬痛苦地闭上眼睛。为什么已经决定要离开了,心还这么难受?会长……她到底该怎么办?

第二天一大早,任浩铭、任青青坐在饭桌前,等待开饭。

阮清恬走出来,要出门的样子。

任浩铭叫住她:“站住!”

阮清恬停住脚步,但是依旧朝着门口的方向。

“过来吃饭。”任浩铭冷冷地说道。

“我想去医院陪奶奶吃饭。”阮清恬弱弱地回了一句。

“一会儿我陪你去医院看奶奶,你先过来吃饭。”任浩铭已经快要没有耐性了。

“我说了我不想在这儿吃,你没听见吗?”阮清恬也有点生气了,说话的语气不觉硬了几分。

两人谁也不让谁,互相瞪着对方。

任青青见两人闹别扭,心里开心,但在任浩铭面前,还是要表现得很关心阮清恬,于是就起身去拉阮清恬:“清恬,你就在家里和我们一起吃吧。”又小声补一句:“吃完饭再走也不迟啊。”

阮清恬听了，心里难受，但强忍着不表现出来。

阮清恬被拉着坐下，任青青也入座。

任青青招呼："来，开饭啦。"

任浩铭一边吃着饭，一边打量着阮清恬。

阮清恬目不斜视地吃着饭，就是不看任浩铭，精神看上去不太好。任青青注意到任浩铭的视线，有些不悦，阴阳怪气地道："清恬，原来你奶奶住院啦，这医药费肯定是我们家出的吧？浩铭一出手，不用说，肯定所有东西都是最好的，你也就不用担心了……"

任浩铭打断任青青："姐，清恬的奶奶就是我的奶奶，花再多钱也是应该的，你就不要再说什么了。"

阮清恬脸色越来越不好看。

任浩铭见阮清恬脸色不好，有些担心，正要说什么。任青青眼疾手快给任浩铭夹了一筷子菜："哎哟，浩铭啊，最近你劳神劳力的，可得多吃点补补！"

阮清恬吃饭动作一僵。任浩铭有些尴尬，不悦地瞪了眼任青青，然后夹菜给阮清恬。

"清恬！多吃……"任浩铭说道。

阮清恬忽然放下碗筷，闷声闷气道："我吃饱了！"说着也不等其他人反应，径自离开。

任浩铭僵在那里，又气又窘，但是更多的却是隐隐担心。不知道阮清恬到底是因为什么事，突然发生这么大的变化。

而任青青看着两人闹了别扭，得意一笑。

阮清恬走进医院，看见奶奶在花园，便走了过去："奶奶，您身体怎么样了？有没有好一些？"

"好好好，好极了，我觉得比住院前还好呢，可浩铭这孩子啊，非得让我在这儿多住几天，要我彻彻底底养好了再出院，你说这不是浪费钱吗？"阮奶奶笑眯眯地说道。

阮清恬苦笑："等您病好了，咱就回家，回咱自己的家。"

阮奶奶察觉到阮清恬不太对劲："恬恬，你怎么忽然说起这个了？是不是在浩铭那儿住着不开心？还是跟浩铭吵架了？"

阮清恬表情一僵，笑笑："奶奶，哪有，我就是有点想家了，想你还有爸咱三个人在家的时候，我想搬回去住。"

阮奶奶不赞同道："你呀，还说没有！有心事都摆在脸上了，你当奶奶看不出来吗？"

阮清恬叹了口气，犹豫道："奶奶……"

阮奶奶笑道："孩子，这辈子你遇见的每个人都是几世修来的缘分，咱们是祖孙缘，你跟你爹是父女缘，你跟浩铭也许就是夫妻缘。祖孙缘与父女缘那是从娘胎带出来，掐也掐不断的血脉相连，可这夫妻缘不一样，系在你们中间的那条线太细，兴许一不小心就断了。两个人的缘分是两个人的事，如果其中一个人要离开，肯定会伤害到另一个人。"

阮清恬诧异地望着奶奶，不知道奶奶为什么会突然说这样一番话。

阮奶奶摇摇头："所以需要你们共同努力，一起去保护你们的缘分，不管遇到什么事，问问你自己的心，你想要的是什么，如果你想保护这段缘分，就必须要有至诚之心，要给予这段关系足够的信任和真诚。奶奶看得出来，浩铭是个好孩子，他心里有你，奶奶不希望我的恬恬平白错过一段好姻缘，所以如果有什么不痛快，不妨去好好看看，看看那些不痛快下面到底是什么？"

阮清恬若有所思地点点头，只是不知道她和任浩铭还有没有这个缘分。

奶奶的一番话，让阮清恬思绪良多。她知道自己是爱任浩铭的，只是心中有太多的疑惑和顾忌，所以不敢轻易去爱，但是就这样放手，她也十分不舍。既然如此，倒不如赌一把。

阮清恬回到任公馆，坐在灯下认真地写着什么。笔尖将她的心事一笔一画地落在纸上："有人说，这世上有千千万万种缘分，缠绕着林林总总的这些人，我很想知道，我跟会长您之间到底是一种怎样的缘分？"

任浩铭打着哈欠从屋里出来，忽然踢到一个瓶子，发出一阵声响。他疑惑看去，发现一个小玻璃瓶躺在门口，里面装着一张纸条。

任浩铭疑惑地从瓶子里取出纸条，打开。纸条上是阮清恬熟悉的字迹：

会长，时间过得真快，一晃，我们认识也这么久了。我把地址分别写在了三张纸上，这三张纸分别放在对我来说最有意义的地方。我们最后到底是心有灵犀还是分道扬镳，我把选择权交给天意，我在约定的地方等你来，不许作弊，不见不散！

任浩铭拿着纸条看着，一脸凝重。他抬起头来，略微想了想，忽然反应过来迅速退回屋去，关上房门。

咖啡厅里，看起来任青青和林峰面对面坐着喝咖啡。林峰正细心地搅拌着其中一杯咖啡，看起来十分专注。

任青青看着林峰，微微勾起唇角。

林峰瞥了眼任青青，笑着问道："你笑什么？"

任青青认真地道："我以前怎么从来都没有发现，一个男人搅拌咖啡的样子竟然这么迷人？"

林峰动作一顿，将咖啡推到任青青面前，打趣道："味道更迷人！要不要尝尝？"

任青青一愣，然后优雅地端起咖啡抿了一口。

林峰挑眉："如何？"

"阿峰！说实话，你是不是喜欢我？"任青青突然问道。

林峰一愣："你怎么忽然想起问这个？难道我对你的心意你还不明白吗？"

任青青追问道："那阮清恬呢？你喜不喜欢她？我看你之前对她挺好的。"

"我都说过很多遍了，她只是我学生！"林峰轻轻握住任青青的手，"我的心里只有你。"

任青青给了林峰一个"这还差不多"的眼神。

"青青，你介意我对清恬太亲近，那我以后就少跟她接触。不过说真的，我很开心，这起码证明你心里在意我。但是你要相信我，我对你的心意绝对天地可鉴！"

任青青一愣，有些感动。

林峰见任青青有些动摇，趁热打铁道："不信我可以发誓！"

林峰说着举起自己的手。任青青见状赶紧阻止，红着脸，别扭道："谁让你发誓了！我知道了！"

任青青说完，望着林峰甜蜜一笑。

一棵茂密的树上系着各种各样的许愿条，看上去十分壮观。有的许愿条上系着铃铛，在风的吹拂下发出清脆好听的响声。

阮清恬走到树下，仰头看着眼前这棵茂密的参天大树，双手合十，轻轻闭上眼睛，默默祈祷着什么。

大树上许愿条随风起舞。清风中，有脚步声缓缓靠近，阮清恬耳朵一动，弯起嘴角，却没有睁开眼睛。

任浩铭来到阮清恬身边，轻轻道："在祈祷什么？"

阮清恬笑道："不告诉你！"

任浩铭打趣道："这么确定我能找来？"

阮清恬睁开眼睛，调皮一笑："不确定，所以试试！"

任浩铭将三张纸条摊在掌心："折腾了我这么大一遭，不是说有重要的话对我说吗？"

阮清恬将视线移向参天大树，喃喃道："上海那么大，我猜你一定没有来过这个地方。小时候娘常常带我来这里。那时候，我不知道这满树的许愿条到底意味着什么。娘告诉我，这树上有这世上全部的感情，包括人们从心底发出的最真实的声音。"

任浩铭诧异地看向大树。

阮清恬说："后来我才知道，这棵树原来是一对殉情的情人种下的。他们在此彼此相约，一生一世，不离不弃。愿他们的爱情跟这大树一样，能承受这人世的各种琐碎磨难，能历久弥新，经久不衰，并且长出坚韧的枝与繁茂的叶来！"

满树的许愿条随风起舞。任浩铭仰头看着大树，忽然恍然大悟，欣喜道："清恬！你答应接受我的感情了，对不对？"

任浩铭说着就要上前。

阮清恬笑着后退一步："等一下！我的话还没有说完。"

她望着任浩铭诧异的表情，继续笑着说道："任浩铭，你准备好跟我一起迎接也许会历经很多磨难的爱情了么？"

任浩铭一愣，咧嘴笑了："少废话！这话应该是我问你！我是男人！"

任浩铭说着一把抱起阮清恬。

"你放我下来！"阮清恬有些害羞，都不敢抬头看任浩铭。

任浩铭开心地道："不放！这辈子都不放！"

阮清恬想起什么，焦急地挣脱下来，道："但是，但是，这事还得经过我爹的同意！"

任浩铭拉起阮清恬就走："好，那我现在就去找你爹提亲。"

阮清恬赶紧拦住他："你去哪儿找他？我爹在北平呢。"

"那我们明天就坐飞机去北平。"任浩铭偷亲了阮清恬一口，"只要你想着我，还怕你爹不答应不成。"

阮清恬没好气地望着他，但是眼中全是浓浓的、化不开的甜蜜。

宋诚在监牢里来回踱步，看上去十分焦急："这都好几天了，不知道安安怎么样了……不行，我得想办法出去才行！"

这时，远处传来脚步声。士兵提着食盒走过来。

宋诚灵机一动，赶紧躺到地上，装成奄奄一息的样子。

士兵过来看见宋诚一动不动躺在地上，疑惑地上前，想要看看情况："少爷？"

宋诚一动不动。

士兵见状大惊，赶忙掏出钥匙开门进来："少爷！您怎么了这是……"

宋诚忽然出手将士兵打晕，一边留意着外面，一边快速剥下士兵的衣服。

宋诚穿着士兵装，提着食盒出现在柱子后面。朝门口看去，只见两个士兵守在门口不动如山。

宋诚皱眉，守卫这么严，他要怎么出去啊？

忽然一声枪响。

门口守卫对视一眼，朝枪声传来的方向追去。

宋诚压一压帽檐快步朝门口走去。可是没想到，刚跑出帅府就跟从车上下来的宋大帅撞了个正着。

宋诚大惊，转身就跑。

宋大帅大怒："站住！"

宋诚回身，讨好地笑道："爸，爸，您别急，万事好商量！"

宋大帅吹胡子瞪眼："你个逆子！不肖子！王副官，还不把人给我抓回去！"

"是，大帅。"王副官领命，就要上前去擒拿宋诚。

宋诚可怜兮兮地求饶:“爸,爸……”

王副官一挥手,宋诚被两个士兵架了回去,样子十分滑稽。

阮斌垂头丧气地坐在街角,一副无精打采的样子。

马路对面,阮清恬跟任浩铭并肩走过来,两人手牵着手,很甜蜜的样子。

阮斌无意间看见对面的阮清恬跟任浩铭,眉头一紧,躲了起来。

任浩铭跟阮清恬牵手走着。

阮斌心里想:“天呐!他俩怎么会在一起……一个是我女儿,一个是晓晓的哥哥!我失手害死了晓晓,如果任浩铭知道了,肯定不会放过我,说不定还会伤害恬恬……不行,我不能眼睁睁看着悲剧发生!”

忽然任浩铭瞥见对面花店,神思一动,对阮清恬说道:“你在这儿等我,我去去就来!”

阮清恬还没反应过来,任浩铭就匆匆向马路对面跑去。看到对面是个花店,猜出任浩铭的想法,阮清恬甜蜜地笑了。

任浩铭跑进花店。

阮清恬无所事事地低着头,绞着双手傻笑,也不知道在笑什么。

忽然,一只手将阮清恬拉到一边。阮清恬大惊,正要叫喊,看到来人惊讶地开口:“……爹?”

阮斌慌忙比了个噤声手势,生怕阮清恬惊动了任浩铭。阮斌在巷口警惕地查看了下情况,这才回头面对阮清恬。

阮清恬惊喜上前:“爹?您什么时候回来的?怎么会在这儿?”

阮斌冷着脸:“这个以后再跟你说,我问你!你怎么会跟任浩铭在一起?”

阮清恬一惊,害羞道:“爹……您都看见了?会长他……”

“你别说了,先跟我离开这儿!跟我走!”阮斌冷冷地说。

“走?去哪儿啊?”阮清恬回身看花店,“会长还在店里呢……”

阮斌拉阮清恬离开。

阮清恬不依:“爹!你这是干吗?您听我说……”

阮斌怒:“说什么说,连你爹的话都不听了,赶紧跟我走!”

阮清恬不依:“爹!”

“快走！”

两人正纠缠着，这时传来任浩铭的声音：“你放开她！”

阮斌向巷口看去，看见任浩铭，呆住了。

“会长！”阮清恬惊呼出声。

阮斌见任浩铭突然出现在面前，有些害怕。

“我让你放开她，你听到没有！”说着任浩铭一把抓住阮斌，将阮斌的胳膊扭到背后。阮斌吃痛，松开了阮清恬。

“会长，你干吗啊你！你知道他是谁吗！”阮清恬一把推开任浩铭，大声道。

“他？你是……楚安安的表舅？你上回欠了赌债，被人绑了，我见过你！我第一次也是最后一次警告你，别说你是楚安安的远房亲戚，就算你是恬恬的亲戚也不行！”

阮清恬急：“他就是我亲戚！”

“是你爹也不行！”任浩铭大声道。

阮清恬着急地拍了任浩铭一下：“他就是我爹！”

任浩铭一愣：“你爹？”

街上说话毕竟不是很方便，而任浩铭对于阮斌是阮清恬的亲爹这个消息，还没有完全消化，于是三人找了一间咖啡馆，打算把话说清楚。

阮清恬和阮斌坐在一边，任浩铭意味深长地看了眼阮清恬，阮清恬心虚，低下了头。任浩铭说道：“伯父，初次见面，我是任浩铭，刚才冒犯您了，还请您见谅。”

阮斌“哼”了一声，揉揉胳膊。

“您为什么一定要来这里呢？我们回家谈不是更好吗？”任浩铭又问。

“哼，我可不想去和你有关系的地方。”阮斌讥讽地道。

“其实这间咖啡厅也是任氏旗下的产业。”任浩铭淡淡地说道。

阮斌听了起身就要走，被阮清恬拉住：“爹！”

任浩铭招了招手，示意站在门口的阿春过来。任浩铭对阿春吩咐：“我要在这儿谈事情，请其他客人离开。”

“是，会长。”

很快，在阿春引导下，咖啡厅的客人们陆续离开。

任浩铭郑重道：“伯父，我跟清恬二人情投意合，希望岳父大人成全。”

“不行,我不同意你和恬恬在一起。”阮斌一口回绝。

任浩铭有些尴尬:“我可以问一下原因吗?”

“你俩一看就不合适啊,这门不当户不对的,恬恬去了你家肯定受欺负,我当然不同意。”

“伯父,我向您保证,我以后……”

“保证有什么用啊,现在结婚了还有那么些离婚的呢,别人就不说了,你还是个堂堂的大会长,少不了女人投怀送抱的,我不放心把恬恬交给你。”

“爹,会长不是那样的人!”阮清恬也不由得帮任浩铭说话。

阮斌转过身,恨铁不成钢地训斥阮清恬:“你这孩子怎么还帮着他说话啊!你才认识他多久?就能清楚他为人了?”

任浩铭还要说什么,被阮斌拦住:“你不用说了,我是不会改变主意的,她是我的女儿,她的婚事必须经过我同意,我不相信恬恬她会因为你而不认我这个爹。恬恬,跟爹走!”

阮清恬很为难地看看阮斌,再看看任浩铭。阮斌说要带阮清恬走,任浩铭无法阻拦:“好,伯父,您要走可以,您能不能先在这儿坐一会儿?我马上回来。”

任浩铭说完就站起身离开了。望着任浩铭的背影,阮清恬一阵心疼:“爹,你这是干什么啊?为什么话说得这么难听,都不给人家留一点儿面子。”

“恬恬,爹这是为你好啊,你听爹一句劝,你跟他在一起,不会有什么好结局的,长痛不如短痛,爹这是在帮你啊!”

阮清恬撇撇嘴:“您这才第一次见会长,怎么就知道我和他不合适呢?我是真的很喜欢他……”

阮斌生气地对阮清恬说:“喜欢也没用!你要是还认我这个爹,你就跟我走,以后别再和他来往!”

“爹,你这是蛮不讲理!现在都主张婚姻自由,您之前也向我保证过会让我和喜欢的人结婚,我喜欢会长,怎么就不能和他在一起呢!”

阮斌有苦说不出,只能一味地反对这门亲事:“我说不行就不行!父母之命,媒妁之言,在任何一个年代都必须遵守!婚姻大事必须由父母做主!”

父女俩争执不下,直到任浩铭再次回到咖啡厅,两人才停止争吵。

任浩铭望着阮斌,郑重其事地说道:“伯父,我理解您不同意我和清恬在一起,但在此之前,我想单独和您谈谈,可以吗?清恬,你先出去一下。”

阮清恬疑惑地看着任浩铭，任浩铭点点头。她又看向阮斌，阮斌也点点头。

“好，我在外面等你们。”阮清恬一步三回头地往外走。任浩铭给她一个微笑让她安心。

“说吧，什么事，还要避着恬恬？”阮斌开门见山地问道。

任浩铭突然正色道：“伯父，我已经知道你是谁了，也清楚你干的那些事。”

阮斌以为任浩铭说的是任晓晓的事，很害怕：“你，你都知道了……你怎么知道的啊……我……”

“我没有想到清恬这么一个单纯的女孩儿，她的父亲会干出这种事。”任浩铭凛然道。

“任会长，我……我不是故意的啊。”阮斌吓得六神无主，慌慌张张地想要解释，但是却不知道应该解释什么。

“放在保险柜里的账本会不翼而飞吗？”任浩铭冷声问道。

“账本？”阮斌一愣，“你是说偷账本的事！”

“不然还有什么事吗？”任浩铭微微皱眉。

阮斌松口气：“没有，没有。”

“您跟我去一个地方，账本的事一笔勾销。我只要您跟我去一个地方！”

阮斌看着一脸坚定的任浩铭，不知道应该怎么拒绝。

阮清恬在门口焦急地等待。任浩铭和阮斌脸色严肃地走出来。阮清恬立即上前，担心地望着两人：“会长……爹……”

两人都没有搭理她，径直上车。

阮清恬疑惑两人到底谈了些什么，只好跟着上车。

任浩铭带着阮斌回到任公馆，阮斌心里想着任晓晓，深觉惶恐。阮斌绷着一张脸坐在沙发上，强抑自己的莫名恐惧。

任浩铭、阮清恬、任青青和阮奶奶围坐一圈，任浩铭跟阮清恬紧挨着。阮清恬看了看阮斌，有些紧张地攥紧衣角。任浩铭不动声色地拍了拍阮清恬的手，以示安慰。

任青青见状不悦地皱眉，将视线投向阮斌，忽然有不好的预感。阮奶奶满意看着任浩铭对阮清恬的亲昵动作，点了点头。

阮斌有些不安：“任会长，有什么话你就说吧！”

任浩铭缓缓说道："我听清恬说您一直在外地，很久没回家了，回来肯定想见阮奶奶。阮奶奶一直住在医院，现在我把阮奶奶接回来了，恬恬也在这里，您如果也能住在这里，一家人就团圆了！所以，我想趁着大家都在这里，正式邀请您，过来和我们一起住吧！"

"什么？我不同意！"阮斌跟任青青几乎同时站起来，异口同声。阮斌跟任青青说完有些意外地对视一眼，同时冷哼一声别开眼。

任青青怒道："浩铭，你和阮清恬的事儿八字还没一撇呢，就把她全家都招进来，你是打算以后这个家改姓阮吗？"

"姐！"任浩铭有些不悦。

阮斌见状，更加生气，拉着阮清恬就走："恬恬！你看这样的人家，你进了门能有好日子过吗？人家是高门大户，压根儿不会看上我们这种小户人家！娘，您也别再坐着了，咱们现在就走！走啊，恬恬！"

阮清恬冲阮奶奶投去求助的目光："奶奶……"

任浩铭见状，连忙说："姐，你跟我来书房，我有事情跟你商量。"

任浩铭拉着任青青走进书房。

任青青挣脱任浩铭："浩铭，你再说什么都没用！我是绝对不会同意你和那个野丫头在一起的！他们家搬进来的事，更不可能！"

"姐，我知道你和恬恬之前有些误会，你不喜欢她，但你之前也做了很多不符合你身份的事情，这些我都看在眼里。我只想告诉你，不管你同不同意，我都娶定阮清恬了，不会改变，如果你真的为我好，就祝福我吧。"任浩铭真诚地说道。

"你——真是无可救药！"任青青恨铁不成钢地瞪着任浩铭。

"是，我的确无可救药！"

阮斌焦急地在屋里来回踱步，眉头紧锁。阮奶奶神情自若。

"你别走啦，走得我头都晕了！"阮奶奶突然说道。

阮斌无奈地叹息道："娘啊！您这是干什么？恬恬她小不懂事，您怎么也跟着胡掺和啊！咱有自己家不好好待着，干吗跑这儿来住？"

"你这个不孝子，一走就是几个月，连我生病了都不知道，恬恬又在外面，家里连个人都没有，能叫家？"阮奶奶也生气了。

阮斌闻言，关切地问道："娘您病了？什么病？我刚才听他们说您住院了，您怎么不跟我说啊！”

“我上哪儿找你去啊！出门连个信儿都没有！等你来问我早进棺材里啦！”阮奶奶心里一急，说话难免有些重了。而阮斌也一脸愧疚地道：“娘，您别把话说得这么难听……”

“幸好有安安呀、浩铭这些孩子，一直照顾我，比你强多了！”

“娘，可他们都是利用咱们！那个楚安安花钱让咱恬恬替她去上课，我看这任浩铭也没安什么好心！”

“胡说！浩铭这孩子是不错，一表人才不说吧，还有本事，自己白手起家干出这么大事业。可咱恬恬也不差啊，我看他俩般配着呢。你看上海滩姑娘眼里的梦中情人，看上了咱家恬恬，那是恬恬的福气，你当爹的高兴还来不及，有什么好反对的？”

“也不光我反对啊，您刚才也看见了，任浩铭那个姐姐可不是个善茬，她不喜欢咱家恬恬，咱家恬恬将来要是真嫁过去，还指不定要受多少罪呢！到时候可真是叫天天不应，叫地地不灵，有苦找谁说去！您就真舍得……”

“任大小姐啊是大户人家的小姐，难免有些任性，但我相信浩铭会说服她的，她接受恬恬也是早晚的事儿。”

阮斌急了：“娘！您这是说哪里话！”他想反驳又不知道说什么，索性道：“反正这桩婚事我是坚决不会同意的！”

“你说不出为什么反对就给我在这儿住着，看看浩铭怎么对咱恬恬好，怎么对我好，过几天你就改主意啦！”阮奶奶笑着说道。

“娘……唉！”阮斌无奈地长叹一声。

阮奶奶开始耍赖：“要走你走吧，反正我不走！”

阮斌大急：“娘！”

阮奶奶、阮斌、阮清恬三人走进客厅，任浩铭早已等候在此：“不知伯父考虑得怎么样了？”

阮斌“哼”了一声没有说话，阮清恬看着阮斌，有些为难。

阮奶奶满意地对任浩铭笑笑，任浩铭了然，对谷雨说道：“谷雨，你带阮老爷熟悉一下家里，以后住着也方便。”

“是，会长。阮老爷，请跟我来。”

阮斌跟着谷雨离开，显然还是有些不甘心。任浩铭上前，真诚地对阮奶奶说：“奶奶，谢谢您。”

阮奶奶笑着拉住任浩铭的手：“傻孩子，都快成一家人了，谢什么。”

阮清恬立在一旁，若有所失。任浩铭注意到阮清恬的情绪，见阮清恬一个人低着头走了出去，随即跟了出去。

谷雨带着阮斌参观任公馆：“这是阮老太太的房间，这是阮小姐的房间……”

谷雨隔了一间房没有介绍，阮斌有些奇怪：“这个房间是谁的？”

“哦，是我们家二小姐的房间。因为二小姐去世了，所以这个房间一直空着，会长让人每日打扫，但随便不让别人进去的。”

阮斌听了百感交集，沉默地低下头去。这时，阿夏走过来：“谷雨，大小姐问你她那件从法国带回来的泳衣放哪里了。”

“初一找不着吗？我这带阮老爷熟悉环境呢。”

阿夏有些为难：“大小姐让你去找。”

“没事，你去吧。”阮斌挥挥手道。

“好，那阮老爷您在这儿等我一下，我去去就回。”

谷雨带着阿夏离开。阮斌看四周没有人，便推开门走进任晓晓房间：“晓晓，原来你曾经住过的房间是这个样子。”

桌子上还摆放着任晓晓的照片，阮斌见了，百感交集地拿起照片，自言自语：“晓晓，我不知道事情会变成这样，你放心，我不会再出现在你的世界里了，我一定会带我女儿走的！”

阮斌苦着脸从楼上下来，忽然听到两个丫鬟在窃窃私语。

“大小姐又发脾气了，大冷天的非得找泳衣，这不是为难我们吗。”初一略带埋怨地说道。

谷雨担忧道：“还不是因为会长和阮小姐的事，大小姐说什么也不让会长把阮小姐娶回家，会长怎么劝都没用！”

初一也十分担忧：“看大小姐这架势，真是铁了心不让阮小姐进门，我看这事……还真挺悬的！”

谷雨叹气:“大小姐为什么就是不喜欢阮小姐呢？阮小姐人多好啊。”

“这门不当户不对的,大小姐觉得阮小姐就是想攀高枝!”

不远处,阮斌躲在一边若有所思,喃喃自语:“大小姐？任青青……”

阮斌想了想,忽然计上心头:“有了!”

第四十七章

订婚

阮清恬一个人垂头丧气地坐在院子里。任浩铭走过来坐下，摸了摸阮清恬的头，无声安慰。

阮清恬叹气："我们怎么办？"

任浩铭也跟着叹气："我姐你不要理她，主要是怎么让你爹松口！"他想了想，疑惑地问道："话说回来，你爹以前也这么固执吗？"

阮清恬摇摇头："我爹以前都让着我跟奶奶，家里就数他最没主意，我也不知道他这次是怎么了！奶奶刚才软硬兼施才让我爹留下来的……"

阮清恬说着十分懊丧。

任浩铭安慰道："别担心，总会有办法的！对了，你爹有没有什么喜好？"

阮清恬不明所以地望着任浩铭，任浩铭却只是冲她微微一笑。

任家公馆的客厅里，茶几上摆着各式各样的糕点。阮斌跷着二郎腿坐在沙发上，指挥着任家的下人："你！你！你！去去去，把这些东西都给我端下去换好的来，这么大的任家怎么就用这种寒酸的东西招待贵客？"

谷雨跟初一被支使得团团乱转。阮斌瞟了眼任青青卧室，有些不耐烦，但是心里却跟明镜似的。不管怎么样，他必须把任青青惹怒！

阮斌正默默念叨着，这时，像是响应阮斌，门打开了。任青青踩着高跟鞋从屋里出来，妆容精致，应该是精心打扮了一番。

任青青走下楼来。这时谷雨跟初一正要端着东西离开。阮斌瞅准时机，故意提高音量道："这都是猪食吗？你们任家简直欺人太甚！"

任青青皱眉看去，只见阮斌将吃的都摔到地上，有一些食物精准地沾到了任青青的衣服上。

任青青浑身一僵。

阮斌依然谩骂不已："真是笨手笨脚，拿喂猪的东西招待贵客也就算了，连下人都笨手笨脚……"

阮斌假装刚看到任青青，道："哎呀！这位不是任大小姐吗？哎呀，怎么不小心把东西沾您衣服上了，没事？我这就帮您弄干净！"

任青青僵着身体还没反应过来，阮斌已经一手提起任青青裙裾，一手拿着一杯水泼了上去。任青青见状发出一声尖叫。

此时，任浩铭跟阮清恬并肩从花园方向走过来，正好听到任青青的尖叫声。两人预感到不好，对视了一眼跑进客厅。

任青青走到任浩铭面前，指着阮斌愤怒道："任浩铭！你看看你都招惹了一些什么人！就这样的人也配跟我们任家攀亲？任浩铭！我告诉你，我是绝对不会同意阮清恬进我们任家的门的！这个家，有她没我，有我没她，你要是铁了心非要娶她，那你就当没我这个姐姐吧！"

任浩铭大惊："姐！"

阮斌见状暗爽，嫌事情不够乱似的跳出来，怒道："你这是什么态度，什么我们跟你们攀亲，别说你们任家只不过是在小上海有些小名气，就算是天王老子，我们阮家也不稀罕！我们阮家可是前清贵族，有皇上御赐的流苏耳环为证，向来是最有骨气的！"

阮清恬见状，忙去拉阮斌："爹！"

任青青大怒："你说什么？"

任浩铭拉着任青青："姐！"

阮斌梗着脖子喊："我说任家有你这样夜叉似的姐姐当家，哪个姑娘还敢嫁到你们任家，嫁过来还不被你欺负死！"

阮清恬急忙去拉阮斌："爹！"

任青青大怒地指着阮斌："你个糟老头子，胡说什么！"

阮斌瞪眼："你说谁糟老头子？你说谁是糟老头子？"

两人眼看就要干起架来。阮清恬跟任浩铭在一旁干着急。这时，楼上传来阮奶奶一声怒吼："你们都给我闭嘴！成何体统！"

众人一愣，向楼上看去。

阮斌一脸心虚，任青青一脸怒气，任浩铭跟阮清恬见状松了口气。

任青青不服气，还要说什么。阮奶奶眼珠一转，忽然捂着胸口，假装呼吸困难："我……我……我好难受！"

阮斌大惊："娘！"

众人吓了一跳，纷纷跑过来，阮斌和阮清恬冲在最前面。阮斌见任浩铭要上来扶，指着任浩铭，不让他过来："你别动。"任浩铭只好尴尬地站在原地。

阮斌和阮清恬扶起阮奶奶，慢慢地往楼上走。阮斌和阮清恬扶着阮奶奶匆忙进屋，把阮奶奶扶到床上。阮奶奶捂着胸口躺在床上，唉声叹气。

阮斌和阮清恬愧疚地守在一旁，沉默不语。

阮奶奶哀号："我真是命苦啊，养了这么好的孙女，好不容易遇到个称心的孙女婿，这傻爹非要棒打鸳鸯，哎哟，我可怜的孙女呦……"

阮斌愧疚地望着老人："娘……"

阮清恬为难地看着阮斌和阮奶奶："奶奶，您别说了，您先躺着歇会儿，别一着急病又犯了。"

"不行，恬恬，奶奶必须替你说道说道，你命苦啊，没妈管没爹疼，奶奶也不能为你做主！奶奶没脸见你娘了，干脆一闭眼跟你娘去了算了！好过这不争气的儿子跟我对着干！"

阮斌叹着气，不知道该怎么劝，只好愧疚地低下头。阮奶奶见有用，偷偷地冲阮清恬眨眨眼睛。阮清恬刚开始不明白，过了一会儿才反应过来奶奶是在装病，松了口气。

阮斌抬起头来，阮奶奶接着唉声叹气："这准孙女婿要有什么不良嗜好也就算了，你说说，人家吃喝嫖赌抽一样不沾，一心一意只喜欢恬恬，对我这孤寡老人照顾周到，到底是哪里入不了你的眼？你倒是给我这个老糊涂说说，但凡有一样是他任浩铭不对，他配不上咱们宝贝恬恬，我就第一个不同意！"

阮斌欲言又止，绞尽脑汁想了半天，也想不出个所以然来："他……他……我……唉！"

阮斌说着叹了口气，颓丧地垮下背来，闷声闷气道："娘！您别伤心了，我……我同意就是了！"

阮奶奶脸上顿时乐开了花，蹭地坐起来："真的？"

阮清恬也期待地看着阮斌。

阮斌狐疑地望着阮奶奶："娘？"

阮奶奶反应过来，连忙假装说道："哎哟！我的心脏……"

"娘！"阮斌大惊，连忙上前安抚阮奶奶。阮奶奶一边唉声叹气，一边偷偷地冲阮清恬眨眼。阮清恬见状苦笑。

经过阮奶奶这么一闹，阮斌也不好明着阻拦两人的婚事，只好想办法出阴招。

阮斌跷着二郎腿，信誓旦旦道："我可以同意你们的婚事！"

阮清恬松了口气，跟任浩铭对视一眼，甜甜一笑。阮斌紧接着又道："但是！我有一个条件！"

任青青忍着怒气没发作。

任浩铭上前，殷切道："请岳父大人细说！"

阮斌凉凉道："我要一万块大洋当聘礼！"

任青青拍案而起："你说什么？"

阮奶奶刚端起茶杯喝了口水，闻言直接喷了出来。

阮清恬大惊："您说什么？"

任浩铭也是一愣。阮斌见有效果，窃喜，续道："你可以不同意……"

任浩铭斩钉截铁地说："我给两万！"

阮斌调整了下表情，继续说道："那是今天，明天我要四万！"

众人俱是一惊。阮清恬一愣。阮奶奶惊得手中的杯子都摔在地上。

任浩铭不理会，面不改色地对阮斌："你接着说，那后天呢？"

阮斌得意地说："后天我要六万！"

任浩铭面不改色："那大后天呢？"

阮斌兴奋起来："大后天就要八万！"

任浩铭平静地道："这样吧，我一共给你二十万，你觉得行吗？"

阮斌一惊，立刻转着眼珠想了一下："那我觉得还是少了。"

任浩铭冷笑道:“你知道吗?我和恬恬结婚之后,我所有的家产就都是恬恬的。你是恬恬的爹,还怕没钱吗?你自己掂量掂量吧。”

阮斌惊愕,无话可说。

任青青忍无可忍,道:“浩铭!他提这样的条件你还看不出来吗!他们就是冲着咱家的钱来的!你竟然还……简直太让我心寒了!”

任青青说罢,拂袖而去。

任浩铭担忧地追上去:“姐!”

任青青背对着任浩铭,神情忧伤。

任浩铭恳切地说:“姐!在我心里,恬恬是无价之宝,是不能用钱来衡量的!”

任青青难过地闭上眼睛。

任浩铭继续说:“姐!清恬是个好女孩,我不相信我任浩铭的姐姐看不出来。姐你不要对恬恬有那么深的偏见,你可不可以换个角度去看恬恬?我相信总有一天,你会喜欢上她的!”

任青青睁开眼睛。

任浩铭继续道:“我这辈子只爱清恬一个人,我任浩铭也只有一个姐姐,在我心里,你们两个都是最重要的人!”

任青青一愣。

任浩铭叹了口气:“姐!你好好想想!”

阮奶奶戳着阮斌的脑门,道:“我说儿子!你是脑子进水了还是喝多了!刚才不是同意了清恬的婚事吗?怎么一转眼就狮子大开口!我怎么觉得你是成心不想订这门婚事呢?”

阮清恬也是一脸不赞同。

阮斌有些心虚:“娘!怎么会……”

阮奶奶叹气:“幸好浩铭这孩子不得了,要不然这好好的姻缘不是让你给搅黄了吗?”

阮斌理亏,只好应和:“娘!您说的是!”

阮奶奶拍拍阮清恬的手,安慰道:“恬恬!放心吧,这事算是成了!等着当新娘吧。”

阮清恬有些羞赧:“奶奶!”

经过这么一闹，这件事情算是告一段落，众人也过上了平静的生活。早上，阮斌、阮奶奶、任青青、任浩铭和阮清恬围坐在一起吃早餐。任浩铭拉着阮清恬坐在一起，两人对视一眼心有灵犀。

任浩铭忽然拉着阮清恬跪到阮斌和阮奶奶面前。

阮斌吓了一跳。

任浩铭郑重道："多谢二老把清恬养育得这么好，别的我任浩铭也不说了，多谢二老成全。"

任浩铭说着跟阮清恬给阮斌和阮奶奶磕了个头。

任青青在旁看得满心不是滋味。

阮斌颇不自在，凉凉地道："这婚礼还没办呢，着急磕什么头！"

阮奶奶瞪了阮斌一眼，上前将任浩铭和阮清恬扶起，郑重地将阮清恬的手放到任浩铭手里，语重心长地道："浩铭啊，我把我家恬恬交给你了！"

任浩铭跟阮清恬对视一眼，满眼爱意。任浩铭点点头，郑重道："您放心吧，我一定会一辈子对她好的！"

任浩铭说着跟阮清恬相视而笑。

饭后，任浩铭坐在书房，一一核对婚礼宾客名单："王董事长夫妇要请，李局长夫妇要请——"阮清恬在旁陪着。

任浩铭故意板着脸道："嗯！我任浩铭的婚礼，首先，排场要大，气势要足！"

阮清恬觉得好笑："别闹了！你任浩铭就是一个人往那儿一站，也气势十足！"

任浩铭也笑了，想了想，对阮清恬说："走，我带你去个地方。"

阮清恬疑惑地跟着任浩铭走。任浩铭拉着阮清恬走进任晓晓的房间。

"这是……"阮清恬环顾四周，"晓晓的房间……会长，你不是不准别人进来吗？"

"你不是别人，以后我们就是一家人了。"任浩铭拉着阮清恬走到任晓晓遗像前："晓晓，哥今天要告诉你一个好消息，我要结婚了，这就是你嫂子，叫阮清恬。你以前总念叨着要给我找一个漂亮的嫂子，现在我找到了，可惜你看不见了……"

阮清恬见任浩铭如此难过，有些心疼，安慰道："会长，晓晓在天上看着，肯定也替我们高兴。"

任浩铭抚摸着任晓晓的遗像，拉开抽屉，都是一些日常的东西："这些都是晓晓的遗物……我让下人每天过来清扫，看着这些东西，好像晓晓还活着一样……"

阮清恬看着抽屉里的东西，忽然一支钢笔跃入阮清恬的眼帘。阮清恬觉得熟悉，不禁眯起眼睛细看。笔身上有条熟悉的印记这赫然就是阮斌曾经用过的钢笔。

阮清恬大惊，心里想："这支钢笔是我送给爹的，上面的'R'还是我亲自刻上去的。我送爹的笔，怎么会在任晓晓的遗物里？"

阮清恬觉得疑惑，但是也没有说什么，想着还是有机会问问爹再说吧。或许这只是一个巧合，阮清恬这样安慰自己。

晚上，阮斌一脸醉态，踉踉跄跄地往任公馆走，边走边口齿不清地哼着小曲，结果被门口的台阶绊了一跤，摔倒在地。他咒骂着起身："哎呀，你小子有一套啊，敢绊老子?！我让你绊我，让你绊我——"

阮斌说着就向台阶踢去："哎哟哎哟！疼死我了！"

阮斌疼得再次跌坐在地上。阿春听到动静打开门，见是阮斌，赶忙上前扶起他："哎哟，阮先生，您怎么喝成这样了呀！快快快，地上凉，我扶您起来，咱们回屋！"

阮斌生气地甩开阿春："闪开！老子自己能走！"

阮斌挣扎着站起来，踢开门，继续踉踉跄跄地向前走去。

阿春跟在后面叹气："唉，何以解忧？唯有杜康啊。"

阮斌和阿春前后脚走进客厅。阿春在楼下大喊："阮小姐，阮小姐！"

阮清恬匆匆下楼，焦急地问："怎么了？出了什么事？"

阿春道："阮小姐，阮先生喝醉了！"

阮清恬赶忙上去，扶住阮斌。阿春冲着厨房的方向喊道："阿夏，给阮先生熬一碗醒酒汤！"

阮清恬和阿春一起扶着阮斌回到房间。阿夏端着一碗醒酒汤，走到阮斌的房间门口，门开着，阮清恬和阿春在安顿阮斌。

阿夏站在门外敲了敲门。阮清恬走过来，接过阿夏手中的汤碗，小声地道："给我吧！"

阿春走出来："阮小姐需要帮忙吗？"

阮清恬摇摇头："不用了，你们去忙吧！"

阮清恬端着醒酒汤走进房间，看见阮斌正坐在床边的地上抽泣，手里还握着一个酒瓶。阮清恬小心翼翼地走到阮斌身边，递上醒酒汤："爹，这是醒酒汤，您快趁热喝了。"

阮斌眼中充血，眼神迷离，眼角还有泪痕，盯着阮清恬看，眼前出现了任晓晓的幻影，和阮清恬的脸重叠。阮斌突然一把抓住阮清恬的胳膊，胡乱说道："晓晓，晓晓你回来了，我不是有意的，你原谅我吧，别来找我了，我天天做噩梦，我害怕呀！啊？"

阮清恬惊呆了："晓晓？爹你是在叫晓晓吗？"

"晓晓……我知道错了……我也不想待在你家里……你答应我，以后别来找我了好不好……"阮斌依然在自言自语。

"任晓晓？"阮清恬瞪大双眼，"爹，您是在叫任晓晓吗？"

阮清恬说着，想要扶着阮斌回到床上。

阮斌突然疯狂，两眼圆瞪："晓晓，你去哪？你还没答应我呢！不许去！求求你放过我吧！"

谷雨经过阮斌的房间，听见阮斌的房间传出喊叫的声音，敲敲门："阮老爷？阮小姐？"

里面无人回应，叫喊声却越来越大，谷雨只好自行打开门。谷雨打开门，只见阮斌正用力地抓着阮清恬。阮清恬拼命挣扎，吓得打翻了汤碗。阮斌不依不饶，使劲抓着阮清恬，谷雨过去阻拦，无奈阮斌用力太大，根本拉不开。

谷雨见阮清恬吃痛，使出吃奶的力气将阮斌推开，阮斌脚下不稳，向后倒去，脑袋撞到了桌子角。阮斌晕了过去，鲜血从阮斌头上流出。

谷雨惊慌失措。

阮清恬摇晃着阮斌："爹，爹！"

谷雨反应过来，十分紧张："阮小姐，我……阮老爷他……"

阮清恬努力让自己冷静下来，声音出奇平静："没关系，谷雨！"

谷雨惊慌地看着阮清恬："阮小姐，我怎么刚刚听着阮老爷一直在喊二小姐的名字？"

阮斌这时候忽然含糊地叫了几声："晓晓，别走，晓晓……"

第四十八章

钢笔的主人是凶手

谷雨瞬间反应过来："阮小姐，您听！阮老爷喊的就是二小姐的名字——晓晓，难道阮老爷和二小姐认识？"

阮清恬立刻反驳："不可能！世上叫晓晓的，又不是只有你家二小姐一个人，晓晓也许就是我爹一个朋友的名字。"

谷雨相信了，立刻释怀："阮小姐说得也对！"

阮清恬立刻接过话："确实是太容易让人误会了！刚才我也认为我爹是在叫任晓晓，但是我又觉得，这不可能！我爹跟任晓晓一个在地上，一个在天上，他们之间没可能会认识。所以我爹说的晓晓肯定不是你家二小姐。"

谷雨想了一下："对呀，也是，二小姐怎么可能跟阮先生有关系呢。"

阮清恬走到客厅，本想往楼上走，却越想越觉得不对劲，不由停步皱眉琢磨："难道爹刚刚喊的真是晓晓的名字？不行，我得去爹房间找一下钢笔，如果找得到，就能排除爹的嫌疑了。"

阮清恬想到这，立刻转身朝阮斌房间走去。阮斌躺在床上昏睡，额头上包着纱布，纱布里隐隐透出血迹。

阮清恬轻手轻脚地走进房间，去晾衣架上阮斌的西服口袋里摸钢笔，没有摸到。她又打开衣橱、抽屉等到处搜寻钢笔。阮清恬一边搜寻一边望向沉睡的阮斌，阮斌并没有发现。阮清恬搜过所有地方，并没有发现钢笔，不禁失落地皱眉。

阮清恬想了一下，快步走出房间，又偷偷摸摸地走进晓晓的房间关上门。她深吸一口气，犹豫了一下，还是走到桌边，拉开抽屉，拿出了那支钢笔。

阮清恬看着钢笔上刻的字母“R”，沉思：“这看起来就是爹的钢笔没错啊，连刻的字母都是一样的，难不成爹真的跟晓晓——不行！我必须去找爹问清楚。”

阮清恬紧握钢笔离开。

夜晚的天空，有浮云遮住了皎洁的圆月。

阮清恬来到阮斌床边，手里握着钢笔，表情凝重。阮清恬摇醒阮斌：“爹，您醒醒！您醒醒啊！”

阮斌迷迷糊糊地醒来，伸手往外推着阮清恬：“干什么呀！我要睡觉！”

阮清恬将钢笔举到阮斌眼前：“爹，你看看，这支钢笔您认不认识！你快起来看看！”

阮斌看了一下钢笔，并没有在意，不耐烦地道：“我困死了，我要睡觉，我什么都不知道！”说完索性转身背对着阮清恬。

阮清恬无奈地看着阮斌，但也只好作罢。阮清恬小心地从外面关上阮斌房间的门，心事重重。

阮清恬抬头，突然看见任浩铭从二楼楼梯上走下来，赶紧将钢笔藏在身后，露出微笑：“会长。”

任浩铭注意到阮清恬的这个小动作，走到阮清恬面前：“你手里拿着什么？”

阮清恬紧张地低头皱眉，眼神飘忽不定，不敢直视任浩铭：“没什么呀。”

任浩铭看向阮清恬的背后：“姐，还没睡啊。”

阮清恬以为任青青来了，立刻回身：“青青姐。”可是背后却一个人影也没有。任浩铭从阮清恬手中拿走钢笔，阮清恬才知道上当了：“任浩铭，你骗人！”

任浩铭晃晃手中的钢笔：“这是你经常用的招数，我只不过是以其人之道还治其人之身。”

任浩铭认出这支钢笔是任晓晓的遗物，表情变得严肃：“这支钢笔怎么在你这儿？”

阮清恬低着头扯谎：“我……我只是看着钢笔挺好看的，就拿过来用用，刚想还回去呢，就被你发现了。”

任浩铭突然捏住阮清恬的下巴，眼神凌厉，语气严肃："抬起头来看着我。"

阮清恬很紧张，但还是勇敢地和任浩铭对视。任浩铭拿着钢笔，语气依旧严肃："你觉得好看可以跟我说，我现在就让阿春去给你买，这支笔你怎么能随便拿？你知不知道它对我很重要？"

阮清恬不语。

"这也许和杀害晓晓的凶手有什么关系，说不定这钢笔的主人就是凶手！"任浩铭激动地道。

阮清恬本能地反驳道："不是的！"

任浩铭被阮清恬的反应吓了一跳。阮清恬反应过来，连忙掩饰："我只是想说，说不定是晓晓学校同学的，或者晓晓捡来的都有可能，只是一支钢笔，说明不了什么吧……"

任浩铭狐疑地看着阮清恬。

阮清恬连忙转移话题："对了，我们订婚的请帖都送出去了吗？"

任浩铭表情缓和了一些："那是当然，我任浩铭就算是订婚，也要轰动上海滩！"

"其实我没想要那么大规模的，一家人和和乐乐地在一起就好。"阮清恬有些心不在焉。

任浩铭满意地点点头："一家人，我喜欢这个词，很快，你就是我的人了。"

阮清恬看着任浩铭，有些心神不宁。阮清恬和任浩铭一前一后地进了房间。灯光昏暗，阮清恬摸了几次也没找到灯绳，结果任浩铭一下就摸到了："住了这么久，怎么还找不到东西在哪呢？"

"人家不像你，什么都记得。"

"什么都记得的人也很累的，我倒是希望把能忘的都忘掉。"

"没事，我替你忘。"

"你还能干点别的么？"

"不能，别的都是你干。"

"那你是想变成我的人了？"任浩铭慢慢靠近阮清恬，阮清恬忽然警醒过来，一把推开任浩铭："你出去了啦。"

任浩铭以为阮清恬害羞，便笑着出去了。阮清恬关上门，靠在门上，紧张地深呼吸。

任浩铭在门外喊："恬恬你开门，你要不开门我就走了。我真的走了。"

阮清恬没敢开门，心里一直想着钢笔的事情。她闭着眼睛，竭力让自己冷静下来，心想：阮清恬，一支钢笔说明不了什么，在查清楚之前，一定不能冤枉爹！

阮清恬闭上眼睛，长舒了一口气，但是当她睁开眼睛的时候，眼神中还是不可避免地充满了恐惧，以至于这种恐惧一直都延伸至她的梦中。

梦中，阮清恬站在街边等着父亲，手里拿着钢笔。阮斌悄悄来到阮清恬身后。

阮清恬警觉地回头，父女二人眼神对峙着："您认识任晓晓吗？"

阮斌一脸惊慌，保持缄默。

阮清恬举着钢笔继续问道："我送给您的钢笔，为什么会在会长的妹妹任晓晓那里？您不是说过会好好珍藏吗？您为什么不说话？我要去告诉会长！"

阮清恬说完就要离开。阮斌露出狰狞表情，低沉的声音透着阴狠："不许去！"

阮清恬没有停下脚步，阮斌追上去一把拽住阮清恬，用力过大，两人一起摔倒在地上。阮斌低声警告："我不是说了不许去吗！为什么不听话，为什么你们都不听我的话呢！"

阮清恬奋力挣扎，阮斌用力掐住阮清恬的脖子，嘴里重复着："为什么不听我的话，为什么不听我的话——"

阮清恬奋力挣扎着："你放开我，会长！会长！——"

窒息的感觉渐渐弥漫，阮清恬感觉自己就快要死了。在她闭上眼的前一刻，阮清恬惊醒了。她坐起来，一头冷汗。

她琢磨着："不行，我一定要把钢笔拿过来，一来我可以调查清楚，二来总比留在会长手里好。也许是我想多了，也许只是一个巧合，就算不是巧合，也一定有合理的解释。"

阮清恬眼神变得笃定，立刻掀开被子起身，快步从二楼走下来，她环顾四周，客厅里没有人，阮斌的房间也没有动静。

谷雨走上前来，热情地问好："阮小姐，您起来了。"

阮清恬拉过谷雨，小声问："我爹呢？"

谷雨低声回："阮老爷还没起呢。"

阮清恬紧张地嘱咐谷雨："要是他问起头上伤口的事情，你就说是他喝醉酒不小心摔倒弄伤的，我怕我爹他怪罪你。"

谷雨有点抱歉："真对不起，阮小姐，我……"

阮清恬安慰谷雨："是我要谢谢你，难为你了。"

谷雨不好意思地摇头："那我去准备早餐了。"

阮清恬看着谷雨离开，舒了口气，抬头看看楼上，又环顾四周，没有任何动静。阮清恬蹑手蹑脚地向任浩铭的书房走去，轻声走进书房，小心地将门虚掩上，开始翻找任浩铭的书桌。突然门外传来任浩铭的说话声，她郁闷地叹气，赶紧将东西复原，又轻手轻脚地走到门口。

阮清恬从门缝里往外看，看见任浩铭正站在客厅和阿春说话："清恬还没起来吗？"

阿春恭敬地回答："没有看见阮小姐。"

任浩铭嘟囔："懒虫，还要我亲自去叫。"任浩铭说完便向楼梯走去，阿春也离开。

阮清恬瞅准时机开门出来，正想神不知鬼不觉地走到客厅，刚走到楼梯旁边，便听到楼梯传来的脚步声。她吓得立刻躲到楼梯下面，紧张地听着动静。阮清恬紧张地竖起耳朵听了一会儿，发现不太对劲，于是爬出去探头往外看。

阮清恬看见一双拖鞋，抬起头来，发现任浩铭正居高临下地看着自己，一脸坏笑。阮清恬尴尬地笑着，因为自己正四肢着地，呈爬的姿势。

阮清恬尴尬地掩饰道："我在做运动，做运动。"

阮清恬说完立刻开始向后蹬腿，见任浩铭一脸莫名其妙，阮清恬只好硬着头皮解释："这是最新式的动作，叫甲鱼。"

任浩铭坏笑："是跟乌龟的动作很像啊！"

阮清恬没听懂："啊？"

任浩铭坏笑："能丰胸？"

阮清恬羞愤地站起来："你！"

任浩铭笑笑，什么都没说就走了。

阮斌醒来，头痛欲裂，他摸了摸头，发现了自己头上的伤口，顿时感觉到疼，咧了咧嘴。阮斌皱着眉，苦思冥想："我的头……怎么受伤了？"

突然他想到自己昨天撒酒疯的情景，自知失言，很后怕，摇摇头："不行，待在这儿太危险了，我还是得带恬恬离开。"

任浩铭和阮清恬在桌边准备用餐。任浩铭嘱咐："吩咐阿夏，安排好阮奶奶的早餐。"

阿春恭敬地应着："您放心。"

任浩铭好奇地问："我岳父大人还没起吗?"

阮清恬赶紧接话："我爹应该还在睡，不要管他了，咱们先吃吧，会长你一会儿不是还要到商会去吗?"

任浩铭正要回答，突然瞥见阮斌朝自己走来，赶紧起身："岳父大人，您起来了。"

阮斌冷冷地道："你不必叫我岳父大人，八字还没一撇呢。"

阮清恬吓得勺子掉在汤碗里，眼神惊恐，不敢回头。任浩铭有些尴尬，正好看到阮斌头上的伤口，连忙说："您头上怎么有伤?"

"啊，我……"阮斌一时不知道应该要怎么回答。

阮清恬赶紧解释："爹，您昨天喝多了，回来的时候，走到门口不小心摔了一跤，您不记得了?"

阮斌没好气地道："借酒消愁！你想让我记起什么呀?"

任浩铭生气地道："阿春，怎么回事？你现在就让人去把门口的路给我修平了，把路上的石子都清干净了。"

"是，会长，我这就叫人去弄。"

"行了，别搞这么多事了，我来是有话要说。"阮斌说道。

任浩铭微笑："伯父，您坐下边吃边说吧。待会我请医生来家里给您瞧瞧头上的伤。"

"不用了，我昨天想了，我还是必须要带恬恬离开这儿。"

阮清恬没想到阮斌会这么快改主意："爹……"

任浩铭听了，微微皱眉："是任某招待不周，让您受委屈了，不过我保证这是最后一次，我一定会照顾好您、阮奶奶和恬恬的!"

"你怎么保证？你拿什么保证？我这才刚来没几天，头上就有伤了，再待下去，命不知道还能不能保住!"

阮清恬有些生气："爹，您说什么呢！这伤是您自己喝醉酒磕的，怎么能怪到会长头上!”

“好啊,这还没过门呢,就帮着外人说话,你要还认我这个爹,就赶紧带着奶奶离开这儿!”阮斌板起脸,疾言厉色道。

“我不,您昨天还答应得好好的,怎么这么快就变卦了,要走您跟奶奶说去。”阮清恬也使起小性子来。

“哟,知道拿奶奶压我了? 你跟着这个男人长了太多的毛病了,就不会学好! 我告诉你,你们必须跟我搬走。”阮斌说完甩手离开。

阮斌边往外走边嘟囔:“恬恬这丫头现在对任浩铭的感情越来越深,再住下去早晚会出事,必须赶紧从这里搬走才行。”

任浩铭觉得蹊跷:“你们父女俩今早是怎么了,表现得有些异常啊?”

阮清恬掩饰:“有吗?”

任浩铭猜测:“不会是因为明天的订婚仪式,紧张了吧?”

阮清恬立刻接过话:“可能是吧。”

阮清恬犹豫着,想问钢笔的去处:“会长,昨晚您拿走的——”

任浩铭挥手打断:“昨晚我就想说了,叫什么会长啊,现在不是都时兴那些洋玩意吗? 你也得管我叫老! 公!”

阮清恬吓了一跳:“什么? 我——我叫不出口! 会长,我真的是有话想——”

任浩铭霸道:“你不叫我老公,我也不听你说话,咱俩扯平了吧。”

“你——”阮清恬无语但又无力辩解,犹豫着要叫,张了张嘴但没声。任浩铭满意地坏笑,阮清恬松了口气。阿春递上西服,任浩铭穿上西装后,从口袋里拿出那支钢笔,别在胸口前的口袋里。

阮清恬对任浩铭这种举动很震惊:“你要将这支笔随身带着?”

“你不用把眼睛睁这么大,我要随时随地提醒自己尽快找到这支笔的主人,这钢笔上面的‘R’肯定不是代表我妹妹任晓晓。”

阮清恬内心焦急,但只好强装镇定,苦笑。任浩铭倒着走,边走边送了阮清恬一个飞吻。阮清恬勉强笑着伸手接住,待任浩铭走远,又无力地将手垂下。

林峰家中。林峰坐在任青青旁边,任青青正在欣赏地看着自己新涂的指甲油。

林峰主动要求道："青青，你帮我剪剪指甲吧！"

任青青点点头，拿起指甲刀。林峰品着咖啡，听着交响乐，漫不经心地说："听说，浩铭明晚要办订婚仪式？"

任青青不满但是又无力阻止："是呀，唉，浩铭的脾气……之前就经常跟我对着干，现在……自从有了那个阮清恬之后，就根本不把我放在眼里了。"

林峰笑了笑："订婚，是件值得开心的事情。"

任青青看了林峰一眼："他们订婚了是不是你就不惦记阮清恬了？"

林峰赶紧否认："胡说什么！"

任青青噘嘴："是是是，我胡说。"

林峰意识到自己语气重了，于是又暖暖地笑着，说道："不过啊，毕竟血浓于水，对浩铭你还是要尽姐姐的义务的，礼物什么的，还是要准备的。"

任青青自知理亏："我知道的，我心里有数。"

任青青给林峰剪完了指甲，开始拿锉刀给他磨指甲，手法轻柔。林峰看着任青青的侧脸，若有所思。任青青锉完一个指甲，就轻轻地吹掉碎屑，极为温柔。

林峰突然朝任青青靠近，想要和任青青亲热。任青青推开他："我们还没结婚呢，不能这样。"

"没想到在国外待了那么多年，你还这么传统。"林峰轻笑。

"你不喜欢吗？"任青青笑得妩媚。

"不，很喜欢，这会让我更加珍惜你。"

两人相视而笑，俨然一对热恋中的小情侣。

第四十九章

梦魇

阮清恬在房间里焦躁地走来走去，旁边的床上放着散落的礼服。她想起任浩铭当初因为误会自己杀了他妹妹而关押折磨自己的场景："会长竟然带走钢笔，怎么办？当务之急还是要把钢笔拿回来。只要拿到钢笔，我就可以当面向爹求证。嗯！现在就去找会长，今天说什么也要拿回钢笔。"

阮清恬快步走到门口，打开门，突然发现谷雨站在门外，举着手正要敲门。谷雨憨笑："阮小姐，阮奶奶找您呢！"

"现在吗？"阮清恬问。

谷雨点头。

阮清恬走进阮奶奶的房间："奶奶，您找我……"

阮清恬惊讶地看到，阮奶奶穿着艳丽的旗袍站在幕布下，优雅地摆着姿势，频频微笑。一台摄影机架在幕布前，对着阮奶奶拍照。阮清恬震惊地张着嘴，不敢相信自己的眼睛。

一阵闪光灯扑面而来，阮清恬被闪得闭上了眼睛。阮奶奶高兴地招呼阮清恬："恬恬快来，你看浩铭多贴心，我说人老珠黄了想拍张照片，没想到他直接把摄影棚搬到了家里。你看看，上海滩最棒的摄影师，最优秀的化妆师，还有我这一身衣服，怎么样？奶奶是不是年轻了十岁？"

摄影师和两个化妆师都恭敬地向阮清恬点头示意。

阮清恬勉强笑着:“是挺好的,奶奶您高兴就好。”

阮奶奶高兴地道:“浩铭这么孝顺,当然高兴了,你也快来换上衣服,陪奶奶照相。”

阮奶奶有条不紊地指挥化妆师:“快来,给我们恬恬化上妆,要最时髦的。”

阮清恬不情愿地摆手:“别别别,奶奶您照吧,我还有事呢。”

阮奶奶不信,演起苦情戏:“你能有什么事啊,明天就要嫁人了,要成为别人家的媳妇儿了,以后就更没时间陪奶奶了。”

阮清恬没办法,只好妥协:“好好好,我知道了,我陪您。”

阮奶奶高兴地指挥化妆师:“快,给她化上妆,要最时髦的。”

阮清恬对着镜子睁开眼睛,惊喜地看着镜子里妆容精致、成熟性感的自己,淡淡地笑了。阮奶奶在旁边高兴地拍手:“真好看,我孙女就是漂亮。”

阮清恬有些娇羞地看着脸上的一颗痘痘,不满地道:“可惜偏偏长了颗痘痘,真是难看,要是消失了就好了。”

阮奶奶开解道:“奶奶可不这样想,这颗痘痘呢,就像我们生活中遇到的难题,如果我们不能让困难消失,那就换一种方式改变它本来的面貌,甚至可能会让结果变得更好。”

阮清恬若有所思地听完,顿时豁然开朗,开心地笑起来,兴奋地拉住阮奶奶的手:“奶奶,谢谢您!”

阮斌看着江面,有感而发:“十年生死两茫茫,不思量,自难忘。千里孤坟,无处话凄凉……晓晓,我现在才明白这词里的凄凉之意……你知道吗?我女儿竟然跟你哥相爱了,如果你哥知道真相……我说什么也不能让他们在一起……”

虎子在一旁嘲讽道:“哟,阮老爷真是好雅兴啊。”

阮斌一听这个声音,脸色变得不好,但只得赔着笑:“虎爷,真是巧啊。”

虎子冷冷地说道:“哼,别废话,跟我走!”

阮斌被虎子带到一边,得知虎子的来意后,惊诧地反问:“什么?你让我去偷任浩铭的代码本?”

虎子猛地一把揪住他的衣领:“小点声!”

阮斌为难地望着虎子:“任浩铭精明得很,我可不敢保证——”

虎子威胁道："说起来你这也是在帮自己，你明白我什么意思吧？订婚仪式这种热闹的场合，难道不是最适合偷盗的吗？这种重要的商业机密，任浩铭一定会放在书房的保险柜里，至于密码，你可能就要动动脑筋了，千万不要辜负九爷的信任啊。"

阮斌赔笑："明白，明白。"

任浩铭坐在办公桌前，用那支从阮清恬手里拿来的钢笔处理文件。

任青青一脸不悦："浩铭，你真的考虑好了吗？要跟阮清恬订婚？"

任浩铭点头："姐，如果你来是为了劝我放弃，我想我已经说过很多遍了，我这辈子非恬恬不娶！"

任青青挫败地从包里拿出一个包装精美的礼盒，推到任浩铭面前。

任浩铭好奇地看着任青青。任青青示意他打开。任浩铭放下钢笔打开盒子，里面竟是一条精美的领带。

"就算我再怎么不喜欢那个丫头，"任青青叹气，看着任浩铭不满的眼神，转变语气，"咳咳，我也总归是你一母同胞的姐姐，弟弟要订婚了，我不能没有任何表示啊。怎么样？我眼光还不错吧？"

任浩铭这才露出笑脸："你在国外待了这么多年，眼光自然不俗！姐，谢谢你。"

任青青满意地道："你喜欢就好，晓晓不在了，这世上就剩咱俩相依为命，姐也希望你幸福。"

任浩铭心有所感，些微心酸，看了看表："好了，我还有点事，得先走了。"

任青青转身要走，看到桌上的钢笔，伸手拿起，："这是哪儿来的钢笔？我送你的万宝龙呢？"

任浩铭看了眼钢笔，在心里说："还是不要告诉姐姐这支钢笔的来历了，免得她想起晓晓又要伤心……"

任青青见任浩铭没有回答，心里想："哼！你会这么在意这支钢笔，肯定是阮清恬送你的。"

这时，阿春过来禀告："会长，上海总商会会长童老爷打来电话说有要事找您商议。"

任浩铭看了任青青一眼。任青青识趣地道："商会的事情重要，你去忙吧！

反正我也要走了!”

任浩铭起身离开。任青青看看手里的钢笔,放进包里,然后离开了。任青青走出办公室,看到任浩铭又返回来,心里一惊,紧紧捂着包。

“姐,我明天的订婚典礼,你一定要参加啊,爹娘和晓晓的在天之灵,也肯定希望你参加。”

任青青紧张地回答:“我知道了,你赶紧过去吧。”

任浩铭点点头,看到任浩铭走出门去,任青青才松了口气,离开了。

此时,在阮清恬的房间里,阮清恬正欣慰地看着手里崭新的钢笔,心说:“多亏奶奶提醒了我,曲线救国,用新的钢笔将旧的钢笔换回来。”

阮清恬用小刀在新钢笔上刻了一个“R”,然后小心地将新钢笔放到口袋里。突然她听到汽车声:“是不是会长回来了?”

阮清恬跑到窗前等了好一会,汽车果然缓缓驶来。阮清恬调整好呼吸,出门迎接任浩铭——这件事绝对不能让会长发现!阮清恬端着一杯热茶等在门口,任浩铭走进来。

阮清恬笑靥如花:“会长大人,您回来了,工作一天辛苦了,快快请坐,喝杯热茶吧。”

任浩铭听得毛骨悚然:“好好说话!你看看,我都起鸡皮疙瘩了!”

阮清恬盯着任浩铭,见他胸前的口袋空空,大叫:“钢笔呢?怎么不见了?”

任浩铭摸摸口袋:“咦?笔呢?”

阮清恬着急地道:“你早晨别着出去的啊,是不是落哪儿啦?”

任浩铭想了想:“阿春!”

阿春立马赶了过来。任浩铭问道:“你记不记得我钢笔落哪儿了?”

阿春想了想,摇摇头:“没有印象。”

阮清恬皱眉,心说:“怎么就丢了呢?没有了那支钢笔,我怎么去问爹呢?”

任浩铭也着急了,命令阿春:“去我今天所有去过的地方找一遍,一定要找到!”

阿春走了,阮清恬依然端着茶:“会长,请喝茶。”

任浩铭没有接,望着阮清恬说道:“叫老公!”

阮清恬羞赧,不回应。任浩铭看着阮清恬的表情,问:“怎么了?让你叫老公你不乐意啊?你不叫是吧,那我可就要惩罚你了。”

阮清恬急中生智，只动嘴，没有出声，做了一个“老公”的嘴型：“我已经叫了。”

“你耍我呢！”任浩铭坏笑着朝阮清恬走近。阮清恬见势不妙，立刻朝客厅跑去，任浩铭也迅速追上去。

任浩铭追着阮清恬到客厅，将阮清恬扑倒在沙发上：“我给过你机会，你不要，就别怪我了。”

任浩铭说着就要强吻阮清恬，阮清恬挣扎。两人打闹中，钢笔从阮清恬身上掉出来，掉到了地上。任浩铭纳闷地拿起钢笔，疑惑地看着阮清恬：“这支钢笔怎么会在你这儿？我记得早上我带走了呀！”

阮清恬心虚：“我……”

“我看你从昨天就怪怪的，好像很在意这支钢笔，你是不是有什么事瞒着我？”

阮清恬有些慌张：“没，没有！我，我只是……”

“只是什么？”任浩铭冷冷地望着阮清恬。

阮清恬心虚地撒谎：“我只是刚刚在客厅里捡到了，想吓吓你，然后再给你一个惊喜，没想到你会这么想我……”

任浩铭怀疑地挑眉：“真的吗？”

阮清恬点点头：“真的。”

“唉，可能最近我因为晓晓的事又变得太敏感了。恬恬，你不要生我的气。”任浩铭抱住阮清恬，一脸温柔。

阮清恬有些伤感，心里说：“会长，我真的不是有意骗你的，你一定要原谅我，等我找到了真相，我一定会给你一个交代的。”

“对了，摄影师来给你拍照了没？我让他们带了好多套礼服！你喜欢吗？”任浩铭问道。

阮清恬点点头：“嗯，我和奶奶都拍了好多张照片。”

“那就好。”任浩铭满意地点点头。

阮清恬贴心地道：“会长，你累了一天还是早点休息吧！我来等青青姐吧！这刚好也是一个缓和关系的机会。”

任浩铭欣慰地望着阮清恬：“希望姐能理解你的苦心。”

阮清恬双手抱膝坐在任青青房间门前的地上，昏暗的灯光打在她脸上。她懊恼不已："我真是笨，什么事都做不好！"

阮清恬脑海里想着任浩铭刚刚说过的话："晓晓留下的日记里面记着那个大龄男友曾送给她一支钢笔。"

阮清恬懊恼："难道，任晓晓的大龄男友会是——"

阮清恬突然听到任青青回来的声音，立刻回过神来。

任青青走到二楼，看见阮清恬，受惊："哎呀！你是想吓死我吗？在这干什么！"

阮清恬小心地赔笑："青青姐回来了。"

任青青没好气："你在这儿干什么？不会是在等我吧？"

阮清恬笑着点点头。任青青想起什么，从包里拿出旧钢笔。阮清恬看着这支钢笔，愣住了："这是……"

任青青问道："这支钢笔是你送给浩铭的吧？这么普通的钢笔，浩铭居然会喜欢，真不知道浩铭到底是怎么想的。"

阮清恬又惊喜，又紧张："那你能把钢笔还给我吗？"

任青青冷笑："送出去的东西，还有往回要的？那泼出去的水，你能收回来吗？"

任青青说着将旧钢笔扔回包里走进房间。阮清恬还想说什么，任青青一下子把门关上了。

回到房间后，阮清恬躺在床上辗转反侧，难以入眠，心里疑惑不已："我一定要从青青姐手里拿到那支钢笔，拿到钢笔我才好去问爹。难道爹真的认识晓晓吗？难道之前会长一直在找的那个大龄男友会是——"

阮清恬不敢往下想，立刻否定了自己的想法，用被子蒙住头。阮清恬刚有了些睡意，噩梦再次来袭。

在梦中，一个白衣少女来到她的床边。阮清恬睁开眼睛，惊恐万分，一动都不敢动。白衣少女露出脸，竟然满脸是血。她上前一把掐住阮清恬的脖子，嘴里说着："为什么骗我！我是真心爱你，为什么要欺骗我的感情？"

阮清恬被掐住脖子，动弹不得。这时门口突然出现一个熟悉的身影，依然看不清脸庞。阮清恬看着门口的人影，大喊出声："爹！"

阮清恬一下子从床上坐起，额头上一层冷汗，眼神依旧惊恐万分。尽管只是一个噩梦，她依然心神不定，难以平静。

任浩铭伸着懒腰来到餐厅，看见阮清恬正呆呆地坐在餐桌边，脸上有很重的黑眼圈。任浩铭缓缓走近，在阮清恬身边轻咳了两声。

阮清恬回过神来，赶忙说道："会长，你起了。"

任浩铭不解："脸色怎么这么难看，是不是昨天姐又为难你了？"

"没有，我大概是昨晚茶水喝多了，有点失眠。"阮清恬反应过来，连忙掩饰道。

任浩铭猜测："还是因为晚上就要隆重地订婚了，所以紧张啊？"

阮清恬淡淡地笑笑，没有说什么。

任浩铭贴心地拿起碗筷："来来来，看在你这么紧张的份上，我来喂你吧。"

阮清恬摆手："会长，我没胃口。"

"这么好的饭怎么能没胃口？"任浩铭将勺子强行塞到阮清恬嘴里，"你看，好吃吧？"

阮清恬勉强吃了两口，顿时感觉不适，要吐，赶紧捂住嘴，起身跑向卫生间。

任青青正好从楼上下来，看见跑开的阮清恬，一脸的鄙夷："怎么成天那么多幺蛾子，乡野丫头就是事儿多。啊？不会是有了吧？"

任浩铭不满地看着她。任青青妥协地道："好好好，我闭嘴还不行吗？"

任青青提着手包离开。任浩铭皱眉有些担心地看着阮清恬离开的方向。阮清恬回到客厅，不敢看任浩铭。

任浩铭上前凑近，盯住阮清恬："你怎么了？为什么精神状态这么差啊？"

阮清恬掩饰地笑笑："可能是昨晚没睡好吧！我没事儿，我要出去一下。"

任浩铭狐疑地望着阮清恬："今晚就要订婚了，你还要去哪儿啊？"

阮清恬回答："我去找一下楚安安。"

"让阿春跟你一块去。"任浩铭说道。

阮清恬正要拒绝，阿春已经跑到前面，做了一个请的手势："请吧，阮小姐。"

阮清恬没办法，只好任由阿春带着走出去。

到了咖啡厅，阮清恬心事重重。过了一会儿，楚安安来了，疑惑地问道："恬恬，你怎么来这么早啊？"

楚安安坐下来，真心道喜："恭喜啊恬恬！你和任会长今晚终于要订婚了！

提前祝你们有情人终成眷属啊！”

阮清恬勉强笑笑："谢谢。"

楚安安担心地问道："怎么了恬恬？看你脸色这么不好，有什么事情吗？"

阮清恬犹豫着说出："安安，其实我今天找你出来，是有事想问你。"

楚安安有些疑惑："有事？什么事啊？"

阮清恬下定决心开口："你当初和任会长的妹妹是闺中密友，对吧？"

听到是关于任晓晓的事情，楚安安稍显紧张："算是吧！"

阮清恬试探着问："你真的不知道那个凶手是谁吗？"

楚安安摇头："关于那个大龄男友，我一直都只是听晓晓说，没有见过本人，只知道他人很绅士，会说英文，出口成章，还经常念莎士比亚戏剧的台词，对晓晓也很好。真没想到，竟然是个骗子。"

"啊？会说英文，出口成章，还经常念莎士比亚戏剧的台词？"阮清恬脸色一变，"还有别的吗？有没有什么别的特征？"

楚安安回想："特征？哦，对了，听说他送给晓晓一支钢笔，晓晓还拿给我看过。"

阮清恬立刻紧张起来："钢笔？是不是黑色的派克钢笔？"

楚安安肯定："对！那个人送给晓晓的，就是一支黑色的派克钢笔。咦？你怎么会知道这个？"

阮清恬干笑两声，道："哦，前两天会长收拾晓晓的遗物，我看到的。"

"哦。"

阮清恬叹了口气。

楚安安疑惑地望着阮清恬："你都要订婚了，怎么又想起这件事了呢？"

阮清恬不说话。楚安安看了看表："对了，我还要去见个人，就不陪你了。"

楚安安说完就匆匆离开了。阮清恬喝了口咖啡，味如嚼蜡。

林峰坐在两人的背后，一脸阴笑。

就算阮清恬的心中有再多的疑问和顾虑，她和任浩铭的订婚仪式还是如期举行了。阮清恬穿着华丽的礼服坐在镜子前，脸上却没有任何开心的笑容。两个男化妆师正在给她打扮。

化妆师翘着兰花指说道："阮小姐底子好，就是不化妆都美艳动人！"

另一个化妆师也跟着附和:“可不是吗,阮小姐比那些女明星漂亮多了!”

谷雨走进房间,来到阮清恬面前:“阮小姐,您今晚真漂亮!外面来了好多人,大家都特别期待,阮奶奶都开心得合不拢嘴了……”

阮清恬勉强笑笑,问谷雨:“我爹回来了吗?”

谷雨答:“阮老爷从早上出去后就一直没回来,阿春已经派人去找了。”

阮清恬又问:“会长呢?”

谷雨笑了:“会长在接受记者的采访呢!”

阮清恬挥手吩咐两个化妆师:“可以了,你们先出去吧。”

两个化妆师扭着腰离开。阮清恬对谷雨说道:“谷雨,你再去帮我看看,我爹不在,我没法订婚。”

谷雨理解地点点头:“我明白了,阮小姐,我这就去。”

谷雨走出去,将门关上。阮清恬叹了口气,皱起眉头,走到窗口往下看,看到花园里的酒会正热闹非凡。

任浩铭穿着笔挺的西装,神采奕奕,正在酒会上和客人寒暄。阿春走来道:“会长,上海商会总会长,童老爷来了。”

任浩铭满怀期待地看了看客厅的方向,阿春收到指令,点了点头,回身去请阮清恬。

童老爷走上前来:“恭喜啊!任会长!”

任浩铭赶紧恭敬地点头:“谢谢童老爷前来参加我的订婚宴!”

童老爷大笑:“哈哈哈,你知道的,人老了,就喜欢凑凑热闹。”

任浩铭敬酒,笑道:“有招待不周的地方,还请您见谅。”

两人碰杯喝酒。

而在医院走廊中,宋诚一边叫着楚安安的名字,一边匆忙往前跑:“安安!安安!”

护士走过来制止宋诚:“医院不准喧哗!”

宋诚一把抓住护士:“楚安安呢?”

一个医生走过来问:“你是楚安安的家属?”

宋诚着急地道:“对!我是她老公,安安怎么样了?”

医生:“放心,经过抢救,已经没什么大碍了。”

宋诚松了口气。

医生："幸好子弹打在肩膀上，没伤到筋骨，再往下点就要伤到心脏了。"

宋诚想了想，又问："子弹呢？"

医生回答："子弹已经取出来了。"

宋诚吩咐手下："去把子弹取回来，尽快调查出来是谁的枪。"

"是，少爷！"

阮清恬心情落寞地进到任晓晓的房间，来到桌边，一一摸过任晓晓的东西。她拿起桌子上任晓晓的话剧社脚本翻阅，一张照片突然出现在眼前。照片上是任晓晓和阮斌的背影，阮斌戴着蓝格围巾，任晓晓手里则攥着那支钢笔，十分幸福的样子。

阮清恬吓得倒吸一口凉气，手足无措地拿着照片，抬头突然发现窗户上竟然出现了一个长发的白衣少女，和自己梦到的一样，长发遮脸，看不清容貌，但浑身血迹斑斑，正朝自己走来。阮清恬吓得惊声尖叫，步步倒退，扔掉手里的话剧社脚本，双手捂住眼睛。

阮清恬不敢抬头，颤抖着声音问道："晓晓，是你吗晓晓？"

没有任何回应。阮清恬稳定了下心神，犹豫着移开双手，看向窗户，却发现窗户上什么都没有，她前后左右张望了下，也依然空无一人。

这时，开门声响起，阮清恬吓了一跳："啊——"

谷雨走进房间："阮小姐，您没事吧？"

阮清恬惊魂甫定，赶紧将照片藏到身后："没，没事。"

"可是您的脸色不太好。"谷雨望着阮清恬苍白的脸，说道。

阮清恬干笑道："应该是化妆化的。"

"哦。对了阮小姐，我没有找到阮老爷，不过刚刚会长说您该去现场了。"

阮清恬心有余悸地道："我知道了。"说着拿着照片快速离开任晓晓的房间，没让谷雨看到。谷雨一头雾水，看到掉落的话剧社脚本，走去拿起放到桌上，离开。

阮斌的眼珠转着，瞥向书房的方向，见四周无人，走到书房门口，刚要开门，只听阿夏在身后问道："阮老爷？您怎么会在这里？"

阮斌赶紧松开手，回身道："哦，我是想找恬恬，她不在这个屋吗？"

阿夏笑答："这是会长的书房，阮小姐在那边的房间换衣服呢！"

阮斌尴尬地笑笑："年纪大了，脑子就是不好使，房间居然都记错了。"

阿夏笑笑："订婚典礼快开始了，要不您直接去花园吧！"

"好，好。"阮斌说着离开。

任浩铭正在闪光灯前接受采访，颇具绅士风度地说道："我很感谢大家来参加我和恬恬的订婚典礼，希望大家今天都能度过一个愉快的夜晚。"

有记者问道："任会长，能讲一下您现在的心情吗？"

任浩铭微笑："当然是很开心，很激动了。今生能够遇到恬恬这样的好姑娘，是我任浩铭一生最大的幸运。"

阮清恬下楼来到客厅，眼神里充满了挣扎，勉强挤出微笑。林峰从阮清恬一出现就看着她，眼中尽是惊艳。

任青青看向林峰，发现林峰正专注地看着阮清恬，气不打一处来，不高兴地道："再看下去，眼珠子就要掉出来了！"

林峰忙笑道："别误会，谁都比不上你在我心中的地位。"

"恬恬，今天可是个好日子！奶奶真是为你高兴啊！"阮奶奶欢喜地上前，拉过阮清恬的手，突然发现阮清恬的表情似乎不太对，"咦？恬恬，你的脸色怎么这么不好啊？看着很苍白啊！"

阮清恬不知如何回答。谷雨单纯地接过话："阮奶奶，这您就不懂了，这可是化妆师故意化的呢！现在啊，就流行化这样的妆。"

"再流行也不能在大喜的日子把人给化得这么白啊！再去让他们补补粉。"阮奶奶说着就推着阮清恬去补妆。

阮斌看着客厅里的景况，眉头紧皱，心里念叨："这么多人看着，我怎么偷啊！肯定一有动作就会被发现的。这可怎么办？"

阮斌面露愁容。

阮清恬勉强笑笑，努力让自己打起精神，问阮奶奶："奶奶，您看到我爹了吗？他不在，我不能……"

阮斌的声音突然传来："谁说我不在？恬恬，看到你真的要嫁给……"

阮奶奶重重咳嗽一声。

阮斌吓了一跳，心不甘情不愿地续道："恬恬，能这么风风光光地嫁人，爹真是为你高兴啊！"

阮清恬心情复杂地拉住阮斌："爹，我有点事想问您……"

这时阿春从外面跑进来："阮小姐，您该上台了。"

"阿春，再让我跟……"阮清恬的话还没有说完，"哗啦"一声，初一不小心碰掉了任青青放在桌上的手包，里面的东西滚了一地，阮斌的钢笔也从手包里掉出来，滚到了茶几下面。

阮清恬惊慌失措地盯着茶几旁的钢笔，完全挪不开视线。初一紧张地捡起："对不起大小姐，是我不小心。"

任青青责怪道："成天毛手毛脚的，赶紧收拾好。"

阮奶奶抹眼泪，阮斌在安慰阮奶奶，没有注意到那支钢笔。林峰注意到这一细节，若有所思地看着阮清恬。

林峰回想起之前在咖啡厅里听到的阮清恬和楚安安的对话。

"特征？哦，对了，听说他送给晓晓一支钢笔，晓晓还拿给我看过。"

阮清恬紧张地问："钢笔？是不是黑色的派克钢笔？"

楚安安肯定地回："对！那个人送给晓晓的，就是一支黑色的派克钢笔。"

林峰站在一旁，若有所思。

阮奶奶来拉阮清恬："谷雨，快扶恬恬出去，有什么话等仪式结束再说。"

阮清恬不甘心，一直回头紧张地张望，见初一并没有发现茶几下面的钢笔。阮奶奶也由阮斌搀扶着出去了，客厅里只剩下林峰一人。林峰走到茶几旁边，伸手捡起了钢笔。

林峰眉头一皱，计上心来。

阮清恬来到花园，突然一个小男孩抱着一大束花走上前来："姐姐，有人让我把花交给你。"

阮清恬纳闷地接过花，小男孩立刻跑了。

谷雨兴奋地道："这是谁送的花呀，真好看！"

花束里有一张卡片，阮清恬打开卡片，上面竟然画着一支钢笔，钢笔上还画着字母"R"。阮清恬看着卡片，惊恐地睁大了眼睛，顿时什么都听不到了，整个人呆呆的，魂不守舍。

任浩铭上前迎接阮清恬。谷雨拿过花束。任浩铭牵起阮清恬的手。

宾客都安静下来，专注地看着任浩铭和阮清恬。

林峰远远地看着，喝干了杯中的红酒，露出一丝冷笑。

任浩铭牵着阮清恬走到台上，两人站定，任浩铭拿起话筒讲话，自信满满："大家能来参加我和恬恬的订婚仪式，浩铭深表感谢。我想说，今天我之所以能站在这里，离不开在座每一位的支持和帮助，上海青年商会之所以能取得今天的成绩和荣誉，也是大家的功劳。今后，也请大家多多帮助浩铭，帮助青年商会，同舟共济，共创佳绩。"

阮清恬勉强撑住，不让自己倒下，却眼神涣散，昏昏沉沉。

任浩铭看了一眼阮清恬，继续说道："恬恬是我的幸运星，她的出现彻底改变了我的人生轨迹，我愿意在我有限的生命里，爱她，呵护她，照顾她，也请大家祝福我们。"

阮清恬看着台下的宾客，突然在宾客中又看到了那个酷似任晓晓的白衣少女，她正恶狠狠地看着自己。阮清恬险些晕倒，任浩铭此时一把拉住她的手，从西服口袋里拿出一枚亮闪闪的大钻戒，单膝跪在阮清恬面前，期盼地望向阮清恬。

阮清恬再看向台下，白衣少女消失了。

"现在，我任浩铭郑重地向世人宣布，我要和阮清恬小姐订婚。亲爱的阮清恬小姐，这枚戒指代表我对你至死不渝的爱情！……你，愿意嫁给我吗?"

望着深情款款的任浩铭，阮清恬有些站不稳，甚至听不到任浩铭的声音。任浩铭期待地看着阮清恬，台下一片静寂，都在等待阮清恬的回答。阮清恬此时再也支撑不住，眼前一黑，向后倒去。

任浩铭大惊，迅速起身一把托住阮清恬，大声地呼喊着阮清恬的名字："恬恬，恬恬？你怎么了？阿春，备车，送医院！"

任浩铭抱起阮清恬就冲下台。

台下一片骚动，林峰和任青青都站了起来，林峰却十分镇定。台上的花架被人碰倒，玫瑰花撒了一地，被高跟鞋和皮鞋反复践踏。

林峰跟着任青青来到任公馆门口，目送任浩铭带着阮清恬去医院的车开走。林峰心说："恬恬，难为你了，等我完成了父母的遗愿，我一定好好补偿你……"

任青青一脸的匪夷所思："这个阮清恬！平时咋咋呼呼的，像个男人婆，没想到关键时刻竟然会突然晕倒，真是麻烦！"

林峰一点都不惊讶，但还是附和着："也许是太紧张了吧。"

"但愿她没有什么奇奇怪怪的病！"任青青说着，上了林峰的车。

林峰嘴角浮现出一丝笑容，心道："不管怎么说，这次的晕倒都透露了太多的东西……恬恬，我不可能让你嫁给任浩铭……"

医院中，宋诚走到病房外，想要进去，护士拦住他："先生，现在不是探视时间。"

"我管你什么时间。"宋诚凶恶地说着，推开护士。

护士连忙说："你进去的话会影响病人康复的！"

宋诚一听，放在门把上的手又收了回来。他站在门外看着病房里的楚安安，十分心疼："安安，对不起，都是我没有保护好你……你放心，我一定会查出伤害你的人，替你报仇！"

第五十章

婚前恐惧

任浩铭、阮奶奶、阮斌和阿春都守在抢救室门口。

任浩铭坐在椅子上，阴沉着脸，双手合十，低头做祈祷状。

阮奶奶不住地叹气："这是怎么说呢，这——唉——"

阿春自责："我倒是听谷雨说过阮小姐今天一直胃口不好，饭也没怎么吃，可是我一直忙着订婚仪式的事，就忘记多关心阮小姐了，我真是糊涂！"

阮斌也忙着自责："都是我这个父亲没有尽到责任啊！连女儿精神不好都没发现。"

任浩铭抬头安慰他们："最应该负责任的是我，恬恬是我的女人，我却没顾及她的感受。"

抢救室的灯灭了，医生开门出来。任浩铭等人围了上去："医生，她怎么样？"

医生摘下口罩："阮小姐暂时没什么问题，应该只是精神过度紧张导致昏倒，没什么大碍，多休养几天就好了。"

阮斌难以置信地问："精神过度紧张？"

阮奶奶好奇地问："订婚这么高兴的事，为什么会紧张呢？"

医生有些犹豫："这——每个人的个人体质不一样，说不好，说不好。"

任浩铭霸道地问："说不好？你不是医生吗？难道连病因都确定不了吗？

你确定只是紧张吗?”

医生有礼地道:“这,我是这么认为的,通常头晕是有多种原因的,可能是血液问题,可能是精神过度紧张,可能是颈椎问题,也可能——”

任浩铭一把拽住医生的衣领,强硬地说:“你造排比句呢！马上去给我找全上海最权威的专家来！我要一个明确的答案!”

“好,我这就去找,这就去……”医生说完,赶紧走开。

任浩铭看着阮奶奶:“阮奶奶,您和阮先生就先回去吧!”

阮奶奶还是有些担心:“可是恬恬她——”

任浩铭安慰道:“您就放心吧,让阿春先带您回去,有什么消息我随时告诉您,您看好不好?”

阮奶奶犹豫:“这……”

“娘,咱们就回去吧,恬恬福大命大,不会有事的,您放心吧。”阮斌也说道。

阮奶奶点点头:“那好吧,浩铭,恬恬就交给你了。”

任浩铭叮嘱阿春护送两人回去,然后走进阮清恬的病房。阮清恬静静地躺在病床上,打着点滴。

任浩铭上前,帮阮清恬整理额前的刘海,深情地低语:“恬恬,是我太粗心了。”

这时,从远处传来记者们的声音:“让我们进去,我们要采访……”

阿夏来到门外,对任浩铭:“会长,门外有好多记者想采访您。”

任浩铭镇定自若地回答:“告诉他们,阮小姐只是有些身体不适,婚礼还是会如期举行的。”

任浩铭握住阮清恬的手,一脸担忧。

林峰闭着眼睛坐在沙发上做着颈部运动,把脖子前后左右转得“咔咔”响。他缓缓地睁开眼睛,从怀里掏出那支钢笔。想起照片上的钢笔,心说:“没想到得来全不费功夫啊,之前我只在照片上看到了,这可是证明阮斌跟任晓晓有关系的有力证据。哼,任浩铭,好戏就要开始了!”

此时,屋外传来任青青的声音:“阿峰,你怎么还不过来睡觉啊!”

林峰皱皱眉,但还是用轻松的语气回答道:“就来!”

阮清恬睁开眼睛，迷迷糊糊地自语："我这是在哪儿啊？"

阮清恬回想起昨晚订婚仪式上的场景，又看见任浩铭的西服搭在旁边的椅背上，四处搜寻他的身影。

阮清恬看了一下表，自语道："哎呀，已经中午了？我竟然睡了这么久，一定是因为前两天总做噩梦，可是会长去哪儿了呀？"

阮清恬集中精力，突然听到门外有讲话的声音："是会长的声音。"

任浩铭质问道："到底是什么病啊，为什么恬恬到现在都还没有醒！"

医生怯懦地回答："这——我，我找来了一个洋大夫，他，他可以从西医的角度给您解答。"

医生立刻给洋人使眼色。任浩铭看向旁边的洋人："你说。"

洋人医生一本正经地说："依照目前的情况看来，阮小姐并不是普通的血液问题和神经衰弱，又是在订婚当晚突然晕倒的，那就很有可能有婚前恐惧。"

任浩铭皱着眉："这是什么病，恐惧？婚前恐惧？"

洋人医生解释道："表面上看是精神紧张和气血不足，但实质上是对结婚的恐惧造成的！"

任浩铭并不相信："你的意思是阮清恬之所以晕倒，是因为害怕结婚？你凭什么这么说？有什么依据吗？"

洋人医生答道："这个病的症状是一听到结婚这两个字就会心跳加快，常常担心'婚姻是爱情的坟墓'，婚后会丧失自由，会面临无穷无尽的痛苦，也会害怕恋爱时的浪漫全部变成争吵和质疑——"

任浩铭紧锁眉头："如果真的如你所说，应该怎么治疗呢？"

洋人医生伸出手指头："第一，短时间内先不要提结婚的事情，以免刺激阮小姐；第二，多顺从，少控制，多赞美，少反对，让阮小姐尽可能多地感受到爱和浪漫，对你产生信心；第三……"

洋人医生突然声音变低："这个没有科学依据，但据说会有奇效。"

任浩铭好奇地凑上前去，阮清恬竖着耳朵坐在病床上，但是却一个字都没有听到："真是的，大男人还说什么悄悄话，害我都没听见'第三'。不过这病听起来倒是个推迟婚期的借口。先把会长稳住，再借机拿回钢笔。"

宋诚抱着楚安安走进楚家，小心翼翼地将她放在沙发上，柔声道："安安，我觉得你还是多在医院养几天吧，等彻底没事了再回家也不迟啊，在医院医生护士都齐全，你要是有个头晕恶心……”

楚安安打断宋诚：“你怎么这么啰唆啊，像个老太婆！医院太闷了，而且医生都同意我可以回家养病了。”

宋诚无奈：“好吧，那你想吃点什么？我叫人去给你买，人家说吃什么补什么，要不要给你买点猪血炖炖吃？”

楚安安生气地道：“你才是猪！”

宋诚赶忙解释：“安安，我不是那个意思，我是说你受伤流了那么多血，吃点猪血能好得快一些。”

楚安安看宋诚诚恳解释的样子，竟然感觉有些可爱，勉强答应下来：“好，那就猪血吧。”

宋诚见楚安安答应，高兴地道：“我一会儿就叫阿胜去买！”

宋诚转身去吩咐手下：“阿胜，去给小姐买点猪血。”

楚安安问小雅：“对了，小雅，我不在的这两天有什么事吗？”

小雅回答：“家里倒是没什么事，就是阮小姐不知道怎么回事，在订婚仪式上晕倒了。”

楚安安惊讶：“恬恬晕倒了?！这是怎么回事啊？”

宋诚回答：“我也不太清楚，要不我待会儿去任公馆问问？”

楚安安看了宋诚一眼：“你去？你可别忘了，你之前可绑过任会长，你还敢去人家的地盘，不怕人家把你也绑了啊！”

宋诚傲气：“他们敢！我宋诚怕他啊！”

楚安安奚落道：“那是任会长宽宏大量不跟你计较，你可别再去闹场。”

宋诚调侃一笑：“我是以你老公的身份去参加的，怎么会闹场呢？”

楚安安不屑：“我这个当事人都还没承认和你的关系呢，你还是趁早打消这个念头吧。”

宋诚还要说什么，手下回来了：“少爷，黄瓜猪血汤。”

楚安安笑着对宋诚说：“吃什么补什么，你吃吧。”

洋人医生神神秘秘地附在任浩铭耳边低声说了什么。任浩铭听完后半信半疑：“你确定这能管用？”

洋人医生摊开手掌:“不试一下怎么知道?”

任浩铭若有所思,半信半疑:“那好,恬恬现在一直没醒,你就用你刚刚说的催眠法去治疗吧,我倒要看看她能不能醒过来。”

医生立刻紧张起来,拉洋人到一旁悄悄说:“这下可完了,没想到任会长会让你当场操作!你到底有没有把握啊?”

洋人也紧张起来:“当然没把握了,这个病都是咱们瞎说的呀!至于催眠,我也只是在书里见过。现在只能祈祷阮小姐能自己醒过来了!如果不成功,我就把你之前交代我的都告诉任会长,我还年轻,不能和你一起死啊!”

医生气愤地说:“你——”

任浩铭打断他们,一脸的不信任:“说完了吗?既然你们说这种方法有用,那就赶紧去治疗吧。”

洋人苦笑,医生紧张地咽着口水。阮清恬突然听到任浩铭走近的脚步声,立刻躺下装睡。

任浩铭走进病房,来到阮清恬身边,一脸的担心,又转脸对洋人说道:“按你们所说的,她应该很快就会醒来是吧,那就请你开始你刚刚所说的治疗方法吧。”

洋人紧张地走到病床边,深吸了一口气:“这位美丽的姑娘你好,我叫大卫,我来自英国,现在请你仔细听好我接下来要说的话。”

阮清恬心说:“这就是最先进的治疗方法?有点意思,我一定要好好配合,让会长相信。”

洋人继续说道:“我现在要慢慢地从一数到五,当我数到五的时候,你就会从昏睡中苏醒过来。一,你身上的肌肉开始复苏,和清醒时一样健康。二,你能听到四周的声音,鸟的叫声,街上嘈杂的叫卖声,还有我的说话声。”医生紧张地抹着头上的汗,“三,你的头可以慢慢抬起。四,你的头脑越来越清醒,你不再害怕,不再恐惧,你可以自由自在地思考。五,你现在可以睁开双眼,恢复如初了。”

三人此刻都紧张地观察阮清恬的反应,阮清恬并无反应。但任浩铭疑惑地转头看向医生和洋人:“为什么跟你们刚刚说的不一样呢?现在你们还有什么话说?”

医生吓得快要瘫倒,这时病床上传来了细微的声音。阮清恬假装刚刚苏醒，慢慢睁开双眼，一脸迷茫："这是哪里？"

任浩铭担心地上前，一把握住阮清恬的手。医生和洋人欣喜地拥抱，识相地立刻走了出去。

阮清恬慢慢坐起身来，故作惊恐："我，我怎么会到医院里来？我得了什么病？"

任浩铭逗阮清恬："昨晚那么重要的事情你都不记得了？我不是命令你每天每时每刻都要想我吗？为什么这么不听话？"

阮清恬面露不屑，想打断他，立刻皱着眉，表情痛苦："头好痛，什么都想不起来了。"

任浩铭调侃道："想不起来？怎么找借口的时候智商这么高啊？你不是有什么事瞒着我呢吧？"

阮清恬继续装无辜："会长你说什么？我听不懂，我真的头好痛啊！"

阮清恬心说："钢笔的事还没查清，现在我也只有装病这一条路了！"

任浩铭脑海中想起刚刚洋人的话"短时间内先不要提结婚的事情，以免刺激阮小姐"，自言自语道："难道那个洋人说的是真的？"

阮清恬犹豫："会长，我觉得已经好了很多了，我想今天就出院吧。"

任浩铭斩钉截铁："不行，再住一晚，确定没什么问题了再出院也不迟。"

阮清恬坚持："可是我真的——"

任浩铭突然伸手捂住了阮清恬的嘴："不许再争了，从今天起，你必须养成一个好习惯——"

阮清恬瞪大眼睛看着任浩铭，满眼好奇。

任浩铭武断地道："那就是一切都按我说的做。"

阮清恬无语地眨着眼。

任浩铭霸道地说："我现在去让阿春给你买点好吃的，你就给我好好待在这，哪儿也不许去，听懂了吗？"

阮清恬嘴巴被捂着出不了声，只好点点头。

任浩铭这才松手离开。

阮清恬回想起滚到茶几下面的钢笔："不行，我还是要赶紧把钢笔找回来。"

阮清恬果断地下了床。

林峰拿着一束鲜花来到医院,脸上是惯有的微笑。林峰走到阮清恬的病房前,听到病房里有两个护士在聊天。

"真是身在福中不知福,全上海有多少姑娘挤破头想嫁给任大会长,可偏偏任会长的未婚妻婚前得了病,真是讽刺。"

林峰在外面听得一清二楚,显出若有所思的表情,举着花向病房走去。

阮清恬来到走廊,看见角落里有一个电话,赶紧上前拨通了任公馆的号码。接电话的是谷雨。阮清恬暗呼侥幸,低声地道:"谷雨啊,我有一件事情要拜托你。你们今天打扫的时候,你帮我留意一下客厅的沙发和茶几旁边,我昨天有一支钢笔掉在那里了,你要是找到了就帮我收起来。这事你帮我就行了,千万不要再麻烦其他人了,昨天准备仪式你们已经很累了。"

阮清恬继续道:"好的,那有什么情况随时跟我联系。"

阮清恬心情沉重地挂了电话,转身看见林峰正捧着一束鲜花朝自己微笑。阮清恬惊愕地望着一脸温暖微笑的林峰。

林峰和阮清恬一起走进病房。阮清恬坐在病床上,林峰守在床边。林峰担忧地看着阮清恬:"恬恬,你现在感觉怎么样?"

阮清恬不自然地笑笑,害怕刚刚电话里的话被林峰听见,赶紧说:"林先生,医生说我只是有点精神紧张和气血不足,没什么大病,您真没必要特意来看我的。"

林峰温柔地说:"你昨天可是真的把我们吓到了,怎么不知道好好照顾自己呢?"

阮清恬慌张地扯谎:"是我太紧张了,太看重婚姻这件事,太害怕得到后又失去的感觉了。幸福……幸福来得太突然了。"

林峰心里冷笑:"戏演得还不错啊!"

阮清恬脸上带着为难的表情。林峰摸了摸阮清恬的头,说:"那就好好休息吧。"

阮清恬礼貌地点点头。

阮斌来到客厅,环顾四周没有发现人,想起之前虎子交代自己的任务。虎子把玩着手枪,对阮斌说道:"这次要你做的很简单。"

阮斌露出为难的神色。

虎子解释:“任浩铭在全国各处的生意,用电报联络的时候,都有一个特殊的代码,你只需要找到这个代码本,拍下来就可以了。”

虎子递给阮斌一个小型照相机。阮斌把玩着照相机,好奇地问:“峰哥要代码做什么呀?”

“当然是要对任浩铭的生意下手了。”虎子反应过来,“你管这么多干什么!你只要把代码搞到,其余的什么都别管!”

阮斌为难:“可是,任浩铭的书房只有他和阿春能进去,何况我也不知道那个代码本放在哪儿啊。”

虎子提高声音:“要是什么都容易还要你干什么!我去街上随便找一个傻子也能办了!任务我反正是吩咐给你了,剩下的你就自己看着办吧。”

阮斌畏畏缩缩地说:“是,是。”

虎子警告道:“我警告你,这件事很重要,要是办砸了,小心你的狗命!”

阮斌小心翼翼地向书房走去,将手放到门把上,准备拧开门。突然,从客厅传来“哎哟”一声。阮斌吓得立刻转身,装作若无其事地看着天花板。

谷雨从沙发下面探出头来,捂着被撞到的脑袋,看见了书房门口的阮斌,奇怪地问:“阮老爷,您怎么在这儿?”

阮斌掩饰道:“我有点积食,随便走走。”

谷雨丝毫没怀疑:“噢,哎哟,疼死我了。”

“你跑到沙发底下做什么?”阮斌好奇地问。

谷雨回答:“小姐说掉了东西在这下面,可是我没有找到。”

阮斌问道:“什么东西?”

谷雨正要回答:“小姐说是一支——”

楼上突然传来任青青尖锐的声音:“哟,这不是亲家公吗?没订成婚,心情怎么样啊?”

谷雨赶紧点头示意:“大小姐好。”

阮斌气愤地朝着任青青说:“我心情好得很,我家恬恬天资聪颖又美丽可人,和某些嫁不出去的老女人可不一样。”

任青青微微皱眉:“你说谁呢!你说谁是老女人!”

阮斌回答:“谁接话我就说谁。”

任青青挑衅道："看你鬼鬼祟祟、贼眉鼠眼的样子，是不是想趁着我们浩铭不在偷了东西卖钱啊！"

阮斌被说中，心虚地说："你，你血口喷人！我不跟你一般见识，我走还不行吗！"

阮斌说着就走开了。任青青一脸胜利的表情："哼！白吃白喝赖在我们家，还敢胡说八道！真是太讨人厌了！"

任青青见谷雨傻站着，转头训道："愣着干什么呢？还不去做饭！都是阮清恬把你惯坏了，成天偷懒！"

谷雨小心地回："我这就去做。"

戴流苏耳环的少女（下）

校花阮清恬 著

浙江工商大学出版社
ZHEJIANG GONGSHANG UNIVERSITY PRESS

第五十一章

那支钢笔

阮清恬躺在床上，心里苦恼：“谷雨，拜托，一定要找到钢笔啊！千万不能让会长发现。”

阮清恬抬头，发现阮斌走进了病房，惊讶地说：“爹，你怎么来了？”

阮斌上前拉着恬恬的手：“我问过医生了，你现在已经可以出院了，你赶紧收拾一下跟我走！”

阮清恬挣脱开，“爹，你说什么呢？要去哪儿啊？”

阮斌着急地说：“你不能跟任浩铭结婚，爹从一开始就不同意你们的婚事，咱们家跟任家门不当户不对，你嫁进去也不会有什么好结果的。”

阮清恬低下头，低声但坚决地说：“我现在还不能走。”

阮斌惊诧：“什么叫不能走？不行！我现在就必须带你走！”

“要去哪儿啊？！不许走！”任浩铭走进病房，对阮斌说道，“阮先生，我想我们是时候该好好聊聊了。”

阮清恬紧张地看着任浩铭。

房间外，任浩铭和阮斌来到走廊一角。

阮斌坚持道：“会长，不管你说什么，今天无论如何我都要带走恬恬。”

任浩铭义正词严：“且不说现在恬恬正生着病，就算是她没生病，我也不可能让你带她走。”

“我的女儿，我有权利带她走。”阮斌语气强硬。

任浩铭严肃地说：“你的女儿？阮先生，有些话我之前一直没说，是怕伤你的自尊，但是现在我不得不说了。你扪心自问，你是一个合格的父亲吗？”

阮斌惊诧地问：“你说什么？”

“还要我说得再明白点儿吗？你在银行，连做人的底线都没有，又怎么能当好一个父亲呢？我不会让你把恬恬带走的。因为我了解你，如果你把恬恬带走了，她跟着你学坏了怎么办？”

阮斌哑口无言。

任浩铭继续道：“所以你的事我不会在恬恬面前说的，往后，你也不许再在恬恬面前说要带她走的话。这是我第一次也是最后一次警告你。人只有走正道才会被别人尊重。我现在，还认为你是我的岳父，请你一定要珍惜你在我心中的位置。”

任浩铭说完转身就走。阮斌傻站在原地。

病房中，阮清恬坐在病床上，任浩铭坐在床边。两人都面无表情，用眼神激烈地对峙。

阮清恬问道：“会长，你都跟我爹说什么了？”

任浩铭冷冷地说：“我只是说了我应该说的。”

阮清恬也不再追究，转而犹豫地问道：“会长，我……”

“什么？”任浩铭疑惑地问。

阮清恬吞吞吐吐：“我……”

任浩铭静观其变：“到底是什么事啊？让你这么说不出口。”

阮清恬踟蹰地看着任浩铭，没有说话。

“恬恬，你说不说？”任浩铭看着阮清恬，假装站起身来，“不说我可走了啊！曾经有一个机会摆在你面前，就是跟我坦白，你没珍惜，后悔的话可别找我哗哗哗下雨啊！”

阮清恬终于鼓起勇气：“别走，会长你今晚可以陪我住在医院吗？”

任浩铭侧头，坏笑道：“你说什么？你再说一遍，我没听清。”

阮清恬撇嘴，无奈地说：“会长你聋了吗？”

任浩铭镇定自若：“我只是对你才会选择性失聪。”

阮清恬无语地高声说道：“我刚刚说会长你今晚可以陪我住在医院吗？”

任浩铭满意地笑了，坐到床上："都说女人生病的时候特别脆弱，果然没错。"

阮清恬有些无奈："那你是同意了？"

任浩铭坏笑："不同意怕你哗哗哗下雨。"

阮清恬心中叫苦不迭："要不是怕你回家会发现钢笔，我怎么可能会提这种过分的要求。"

阮清恬讪笑："呵呵，会长你说什么就是什么。"

任浩铭开心了："就说让你平时对我温柔点，总会有求到我的时候。现在知道了吧？"

阮清恬低眉顺眼："知道了。"

任浩铭浅笑。之前，自己向医生请教治疗婚前恐慌的方法的情景还历历在目。

医生说道："就只有以毒攻毒了。"

任浩铭诧异："以毒攻毒？"

洋人自信满满地点头："嗯，比如说有的人晚上怕黑，不敢关灯睡觉，我就会捂上她的眼睛，让她感受一下更黑的环境，这样，等她再睁开眼睛的时候，就不会那么害怕了。"

任浩铭赞同地点头："有点道理。"

洋人侃侃而谈："所以啊，阮小姐害怕婚姻，你就要告诉她，这个世界上有比婚姻更可怕百倍的东西，而当她对那些感到害怕时，你就紧紧抱住她，这样慢慢地她就不会那么害怕婚姻了，反而会变得更加依赖你。"

任浩铭肯定地说："没想到你还真的有两把刷子。不过，我需要你帮我一点小忙。"

而此刻，任浩铭在绘声绘色地讲妖怪故事："我今天在医院里，听到这样一个传说……"

阮清恬一脸好奇地看着任浩铭。

任浩铭脸上带着诡异的笑，继续道："据说咱们现在住的这家医院，以前是座公馆，但是突然有一天，这座公馆竟然神秘地消失了，几年后就盖了这座医院。医院建成至今，有很多医生都在夜晚看到过一双舞鞋，它散发着幽幽的绿光，有人曾想要把这双鞋扔掉，但是每当看到它的时候，总是害怕得移不动双脚。”

任浩铭偷看阮清恬的表情，试探：“害怕了？害怕我就不讲了。”

阮清恬反倒镇定：“谁害怕了！你讲吧，哪有故事讲到一半就不讲了的呀，我还很好奇呢。”

任浩铭清了清嗓子，继续说：“绿色尸体的故事你听说过吗？”

任浩铭绘声绘色地讲开了。

一天，一个男孩住进了医院。

午夜十二点的时候，原本熟睡的男孩突然睁开眼睛，坐起身来。

锁上的门突然“嘎”一声开了，随后一阵让人毛骨悚然的冷风直吹入房间。男孩再次睁开眼睛的时候，发现门口出现了一双神秘散发着幽幽绿光的绿舞鞋，那绿光正慢慢地扩散。

男孩想跑，却发现移不动自己的双脚。最后绿光把他吞没了。

任浩铭偷偷看向阮清恬，却发现她十分平静。

阮清恬心想：“竟然想到讲恐怖故事来吓我。哼！本姑娘可是天不怕地不怕的，怎么会害怕这种无稽之谈呢！”

阮清恬故意道：“会长，你是不是害怕了呀？”

任浩铭轻咳一声：“好好听故事！”

阮清恬心想着只要他不回家，不发现钢笔就行。”

任浩铭继续讲故事。

男孩醒来的时候，发出自己竟然在一个公馆的大厅里。男孩对面有一个女人正躺在沙发上打电话，穿着绿衣，绿裤子，涂着绿色口红，脚上穿着一双绿色的舞鞋。

男孩惊恐地睁大眼睛。

女人对着电话说：“我今晚要见你，你若不来，我就死给你看。我要穿着一身绿衣死在午夜十二点，你知道的，午夜十二点穿绿衣死去的人会变成妖怪。一百年后，我会找你索命的！”

一双绿色的舞鞋突然出现在走廊上，悄悄地接近阮清恬所在的病房。任浩铭看了看一脸淡定的阮清恬，又看向门外。

阮清恬耳朵微动，听到了门外走廊上的脚步声。她看向门外，嘴角露出不易察觉的浅笑。阮清恬故意一脸疑惑地看着任浩铭："会长，怎么又停下来了？我正听得起劲呢。"

任浩铭心想："以前没发现恬恬胆子这么大呀，难道是故事不够可怕？可是我明明都感到一阵寒意啊，现在只能寄希望于洋大夫了。"

任浩铭咽了一下口水，接着说。

女人挂断了电话，把一根绿色的绳子挂在大厅的中央，登上一把高高的椅子，把头伸进了用绿绳子系成的圈，并踢倒了椅子。

男孩想冲上去救那女人，却移不动自己的双脚。咚……咚……咚……此时，大钟的指针正好指向十二点。

不知是谁在激烈地撞着门，好半天，门终于被撞开了，冲进来一个和男孩长得一模一样的男人。那男人看着大厅中央吊着的女人，女人散着长发，瞪大了双眼，舌头吐得好长好长，穿着绿衣，绿裤子，光溜溜的双脚无力地挂在半空，那双绿舞鞋神秘失踪了。

男孩看了一眼墙上的日历，7 月 24 日，他吓呆了，"啊！"的一声叫了出来，原来竟然是一场梦。

男孩深吸了一口气，紧张地问护士："今天是几月几日？"护士幽幽地回答说："7 月 23 日，过了十二点，就是 7 月 24 日了。"

男孩立刻翻身起床，突然，紧锁的门开了，让人毛骨悚然的冷风吹进了房间，当男孩睁开眼睛的时候，那双绿色的鞋出现了，散发出幽幽的绿光。

第二天，男孩被人发现死在了病房门口。

故事讲完，病房里的灯突然灭了，屋内一片漆黑，门外突然传来了"咚咚"的敲门声。任浩铭知道是洋人在门外，故意抱怨："这么晚了，是谁呀！"

阮清恬自告奋勇："会长，我来开门。"

阮清恬在黑暗中走到门口，趁机将长发散在脸前，并将自己的嘴唇也涂成了森森的绿色。阮清恬打开门，门外的地上出现了一双绿色的舞鞋，舞鞋旁边发出的是手电筒的黄光。阮清恬从地上捡起手电筒放到自己脸边，故意探出身去让洋人看见。

躲在门外的洋人看到阮清恬的装扮，吓得尖叫起来，跌坐在地上。阮清恬俯身附在洋人耳边，用阴冷的声音说道："现在已经过了十二点，是7月24日了，医生，你不知道吗？"

洋人惊愕地问："什么？"

阮清恬继续低沉地说道："我不是阮清恬，我就是那个护士啊！"

阮清恬说完作势再次扑向洋人，任浩铭有些害怕地后退。洋人吓得魂飞魄散，高声叫着："妖怪呀！女妖怪呀！"

洋人因为极度恐惧而休克，晕倒在地上。阮清恬看着洋人倒地，不禁开心地捋着长发，得意地笑着。任浩铭计划失败，特别无奈地对着门外喊道："阿春！阿春！"

阿春跑到病房门口。

任浩铭摆摆手："阿春，赶紧把他带走！"

阮清恬整理好头发，得意地看着任浩铭，重新躺回床上："会长，晚安。"

任浩铭看着阮清恬，无奈地撇撇嘴。

阮清恬终于睡熟，但是梦中却依然不得安宁。

阮清恬突然睁开眼睛，坐起身来，发现门外竟然出现了一个白衣少女的身影，和之前梦到的一模一样，脸被长发遮住，看不清楚。

阮清恬小心地问道："你是谁？"

白衣少女拨开刘海，露出了安静的脸庞，这次她的脸是干净的，正是任晓晓。

阮清恬惊得说不出话，脸色煞白。任晓晓走上前来，一把掐住了阮清恬的脖子。

阮清恬睁大眼睛，拼命地挣扎，惊恐中发不出一丝声音。阮清恬惊吓得一下子坐起身来。她看了看趴在床边的任浩铭，眼里充满了恐惧和忧伤。阮清恬伸出手想摸一摸任浩铭的脸，手伸在半空中，终究没有落下。

黑色轿车稳稳地停在任公馆门口。任浩铭扶着阮清恬走下车。阮清恬故意虚弱地在任浩铭的搀扶下走进客厅。管家、谷雨、阮奶奶都涌上来关切地看望。

谷雨关切地说："阮小姐你可回来了，你不知道，你在订婚仪式上晕倒可把我吓死了，这两天连觉都睡不好，你说大喜的日子，你怎么……嗯？"

任浩铭听到谷雨提到结婚的话题，在一旁拼命使眼色狂咳嗽，谷雨终于注意到，奇怪地停了嘴。

阮清恬将计就计，神情突然变得紧张起来，摸了摸头发："会长，我的发卡呢？发卡去哪儿了？"

任浩铭问道："什么发卡？"

阮清恬假装要哭了："就是我之前一直戴的发卡啊，怎么会找不到了呢？"

阮清恬急得跺脚，阮奶奶看呆了。

"不会落在医院了吧？"任浩铭试探地问。

谷雨赶紧接话："阮小姐，你忘了，发卡在房间的抽屉里呢。"

阮清恬故意问："第几个抽屉？"

谷雨不确定，小声地说："可能在，在第……第三个抽屉。"

阮清恬故意刁难："你确定？"

谷雨小声地回："我……我确定。"

阮清恬收回目光，跑上楼。

阮奶奶纳闷地说："恬恬这是咋了？咋变得这么爱找事了呢？"

任浩铭示意阮奶奶小声，看着阮清恬走远，挥手招呼下人们聚拢，然后，小心翼翼地说："恬恬就是因为害怕结婚，过于紧张才晕倒的，所以这段时间，大家都先不要提和'结婚'有关的话题，免得惹她发作。"

阮清恬躲在走廊旁边的角落里，偷听一楼任浩铭对下人们的吩咐，黯然神伤，喃喃自语着："对不起会长，我不是有意这么做的，我真的是有苦衷的。"

阮奶奶不信："胡说八道！怎么可能有这种病啊！洋妖怪都没什么好东西！他们说的话都不能信！"

任浩铭劝慰："阮奶奶，不管是不是真的有这种病，咱们就先死马当活马医吧，先缓一段时间看看。"

阮奶奶只好点头："就是难为你了，好孩子。"

任浩铭自己调侃："没什么难为不难为的，谁让我就不是一般人，我喜欢的姑娘自然也就不一般呢。"

阮奶奶笑了："这孩子！"

阮清恬叹气，心想："看来会长暂时是相信了，我得趁着他没识破，抓紧时间，把爹和晓晓的事彻底查清楚。至于钢笔，怕是只有晚上去拿了。爹和晓晓到底是怎么一回事啊！但愿是我想错了。"

阮清恬眼睛里充满忧郁的神情。她走进房间，问谷雨："昨天我让你找的钢笔，你真的都仔细找过了吗？"

谷雨肯定地说："都找过了，除了客厅，公馆的所有地方我都找过了，都没发现您说的黑色派克钢笔。"

阮清恬确认："真的没有？"

谷雨重复："真的没有。"

阮清恬叹了口气："好吧。"

谷雨又说："看你很在意钢笔，要不要告诉会长，让他也一起帮您找？"

"不用不用，千万别！"阮清恬赶忙摆手，又柔声道，"我的意思是，会长每天那么忙，别再让他为这种小事操心了。"

谷雨点点头："好吧。"

"没什么事了，你出去吧。"阮清恬盯着空空的抽屉，一脸失落无助。

谷雨若有所思地走出门，嘴里念叨："阮小姐这么神经质，是不是因为生病呢？"

林峰在手里把玩着那支任晓晓的黑色派克钢笔，听着留声机里的靡靡之音，自言自语着："任浩铭，你以为你已经忘记了丧妹之痛，可以和心爱的姑娘奔向新生活了是吗？你想得美！我永远不会让你得到幸福的，我要让你每天都生不如死，我要让你一直活在无尽的痛苦和黑暗中。"

突然传来敲门声，虎子探头进来："峰哥，青青小姐来了。"

"我知道了。"林峰小心地收好钢笔，收起阴险的表情，练习了一下绅士的微笑。

任青青走了进来："说吧，大晚上的找我什么事？"

林峰从身后拿出一束玫瑰举到任青青面前："看你这两天因为浩铭的事情

烦心，整个人都瘦了，实在太让我心疼了，就买了你最喜欢的花。”

任青青接过鲜花，突然发现在花束中间还有一个小礼盒，更加惊喜地看着林峰。

林峰点头示意任青青打开。任青青打开一看，里面竟然是一串亮闪闪的宝石项链。任青青一脸惊喜。

林峰拿过项链：“来，我来帮你戴上。”

林峰温柔地帮任青青戴上项链。

任青青欣喜地亲吻了林峰的侧脸：“阿峰，你真好！”

林峰温柔地笑了。

第五十二章

疑窦丛生

阮清恬在客厅里围着茶几来回溜达，心里嘀咕："那天明明看见掉在了茶几下面，怎么会莫名其妙地消失了呢？"

阮清恬四处查看，见没有人，打算弯腰去茶几下面找钢笔。

任浩铭下楼发现阮清恬，惊讶地问："恬恬，你在这做什么呢？"

阮清恬只好站起身来，迎上任浩铭狐疑的目光说："会长。"

任浩铭质问："刚才就见你一直在客厅溜达，干什么呢？是不是有什么秘密啊？"

阮清恬赶紧故作随意地撒娇道："我能有什么秘密啊，我……我就是饿了。"

"饿了就去厨房找吃的呀，在这里干吗呢？"

阮清恬装失忆："是哦，我忘了。"

任浩铭无语，立刻高声吩咐阿春："阿春，去给恬恬拿杯牛奶来。"

阮清恬撇撇嘴："我不要牛奶，我要喝红枣桂圆枸杞莲子黑米薏仁羹！"

任浩铭面不改色，对阿春说："阿春，去做吧。"

阿春转发向阮清恬，一脸平静："阮小姐，您是要红枣桂圆枸杞莲子黑米薏仁羹吗？"

阮清恬有些惊讶地回答："是的。"

阿春接着说："好的，家里有现成的，阮小姐请您稍等。"

阮清恬更加吃惊地看着阿春，没话说，赌气地坐到沙发上拿起了报纸。任浩铭悄悄看着阮清恬，阮清恬没发觉。待任浩铭收回目光时，阮清恬又从报纸上方探头偷偷望向任浩铭，但可惜任浩铭也没抬头，两人目光一直没有交汇。

阿春端起粥从厨房出来，朝客厅走去。阿春走到沙发边，放下粥，看到任浩铭和阮清恬，努力憋住笑。

任浩铭好奇地问："阿春，你笑什么？"

阿春指着两人的报纸，笑着说："您和阮小姐都把报纸拿反了。"

任浩铭和阮清恬这才发现刚刚心思没在报纸上，竟然有默契地同时出了丑。阮清恬用喝粥来掩饰，任浩铭也尴尬地放下报纸。阮清恬突然开口问道："会长，你一直说我有秘密，你就没有什么小秘密吗？"

任浩铭调侃："我的秘密？我的秘密就是你呀。"

阮清恬纳闷："我？"

任浩铭心说："就是和你结婚啊！傻瓜！可是医生不让我刺激你，我就只好先不说了，希望你赶紧好起来。"

任浩铭眼里有些期待，笑而不语。

"不说算了。"阮清恬撇嘴，犹豫着，"会长，关于那个杀害晓晓的凶手，有什么线索？"

任浩铭盯住阮清恬："怎么突然问起这个了？"

阮清恬解释："我想，会长的秘密，应该就是晓晓吧。"

任浩铭收回目光："别瞎猜了，凶手我已经派人去找了，很快就会有线索了，等找到了，我一定要把他千刀万剐。"

阮清恬不说话，听得心惊肉跳。

任浩铭突然问道："你也觉得我是个很差劲的哥哥吗？"

阮清恬有些迟疑："其实在我看来，会长你……"

任浩铭眼里有些期待。阮清恬接着说道："不是很差劲，而是超级无敌差劲。"

任浩铭板起脸来："你说什么？！你再说一遍！"

突然，任浩铭想起洋人医生的话："多顺从，少控制，多赞美，少反对，让阮小姐尽可能多地感受到爱。"

任浩铭小声嘟囔："真麻烦！"

阮清恬故意反问："什么？"

任浩铭站起："没什么，喝完你的红枣桂圆枸杞莲子黑米薏仁羹就早点睡吧。"

阮清恬看着任浩铭的背影，反倒有些失落。她将粥碗放下，在心里难过地说："对不起，会长，我不是有意刺激你的，只是现在我真的没法和你平静地聊晓晓的事情，我怕我会控制不住自己。"

阮斌做贼似的走进客厅，看向书房的方向。

阮斌叫住谷雨："谷雨，会长这么晚还在书房工作呢？"

谷雨说道："是啊，在和阿春商量事情呢。"

阮斌有些失望："这样啊。"

阮斌只好无奈地上楼。

在房里，任浩铭紧张兼期待地看着阿春。阿春认真地看着纸上写的字。纸上写着"催眠"两个大字。

任浩铭催促问道："怎么样？觉得精彩吗？"

阿春有些为难："会长，是挺精彩的，就是……"

任浩铭追问："就是什么？"

阿春小心翼翼地回："就是，有些措辞是不是再斟酌一下？"

任浩铭拿过纸，态度强硬："不用斟酌了，越是强硬效果越好。"

"这是那个洋人医生说的？"阿春又问。

任浩铭霸道地说："这是我说的！"

任浩铭蹑手蹑脚地推门进入阮清恬的房间，阮清恬躺在床上，闭着眼睛。任浩铭坐到床边的椅子上，展开带来的那张纸，看了阮清恬一眼，拿手在她眼前晃了晃，确信她已经睡着。

任浩铭低头按照纸上所写的开始"催眠"："亲爱的阮清恬，我常常感到孤独，因为这世界上最优秀的男人只有我一个，是的，就是我——任浩铭。任浩铭，是一个空前绝后、玉树临风、英俊潇洒的天生奇才，他高傲，但是宅心仁厚，他低调，但是受万人敬仰。"

任浩铭慷慨激昂地给阮清恬洗脑，说到亢奋处索性站了起来，在阮清恬的房间里伸着手边朗读边踱步，却没有注意到阮清恬的眼睛张开了一条小缝。

“任浩铭，你不是人，你简直就是神，你是让万物生长的太阳，你是沙漠里的甘泉，你是雪中送的炭，你是黑夜里的光，在你面前什么都是浮云！”

阮清恬此时再也忍不住了，她径直坐起身来，两只胳膊向前伸着，眼睛大睁，只看向一个方向，想假装梦游吓走任浩铭。

任浩铭朗诵完回头看见坐起的阮清恬，果然吓了一大跳。他小声地，试探地问：“恬恬，你……你看得见我吗？”

阮清恬并没有回答，保持梦游的状态，索性从床上下来了，光脚走到柜子旁边，拿起了苍蝇拍。

任浩铭狐疑地看着阮清恬。只见阮清恬高举着苍蝇拍，竟在房间里挥舞起来，不停地用力挥动。

任浩铭也在被打范围内，只好左躲右闪：“阮清恬你……”

阮清恬打到了任浩铭，任浩铭躲闪不及，跌倒在地，只好挪到了门外。阮清恬走到门口，利落地将门关上，把任浩铭关在了门外。

任浩铭坐在门外的地上，咬牙切齿了一会儿，愤愤然起身，朝自己的房间走去。

窗外的浮云遮住了月光，阮清恬躺在床上，突然睁开了眼睛，侧耳听着四周的动静。确定安全后，她立刻坐起身来，向门口走去。阮清恬打开门，又左右看了下，确认安全后才走出门去。

阮清恬光着脚来到客厅，慢慢走到茶几边，伸手往茶几底下摸索，却没有摸到钢笔。阮清恬拿手电筒照去，发现茶几下面空无一物。

“难道是被人捡走当作垃圾扔掉了？”

阮斌蹑手蹑脚走到书房门口。耳朵微动，突然听到了脚步声，赶紧停住动作，关掉手电筒，待在原地不动。

“爹这个时候来客厅干什么？”阮清恬听到了阮斌的脚步声，心中十分疑惑。

她不确定地瞄了一眼，发现果然是阮斌。

阮斌蹑手蹑脚地出现，穿过客厅，慢慢走到书房门口，完全没有注意到阮清恬正在沙发后面默默地注视着自己。阮斌稳住呼吸，慢慢打开了书房的门。

阮清恬一脸惊诧，发现从书房发出了手电筒的光亮。

阮清恬耳朵微动，听到了拉开抽屉的声音。阮清恬自语：“爹去书房找什么东西吗?”

阮斌打着手电筒,慢慢走进书房,仔细翻看着书房里的所有文件,打开每一个抽屉查看,都没有发现代码本。阮斌心里着急,但是找不到东西,无奈只好离开。

阮斌走到书房门口,关掉手电筒,正要转身离开,突然听到了阮清恬的声音:“爹! 你刚刚去书房做什么?”

阮清恬此时就站在沙发旁边,一脸严肃地看向阮斌。

阮斌见是阮清恬,一怔,吓得一句话都不敢说。

阮清恬咄咄逼人:“这么晚了,您去书房有什么事吗?”

阮斌镇定了一下,把相机藏到身后,低声说:“恬恬你还没睡啊,我……我睡不着,想找本《莎士比亚全集》看看,结果没找到。”

阮清恬狐疑:“莎士比亚? 您说的是真的?”

阮斌赶紧回答:“当然是真的,你说你这孩子,爹骗你做什么呢? 对了,你怎么还没睡啊? 跑来客厅做什么?”

阮清恬也只好回答:“我也失眠,来喝点水。”

阮斌叹气:“早点睡吧。”

阮清恬看着阮斌离开的背影,迟疑地看向书房,心里直打鼓:“爹去书房做什么呢? 难道爹真的有什么不可告人的秘密?”

阮斌边走边拍胸脯:“哎哟,可吓死我了!”

任浩铭坐在沙发上专注地听广播。阿春走近,放下一杯咖啡:“会长,请喝咖啡。”

任浩铭端起咖啡,看见阮清恬从楼上下来,立刻热情地迎上去:“Honey,早上好,听说你昨晚大闹任公馆啊?”

阮清恬一惊,暗暗担心,难道会长知道了爹去书房的事情? 但是表面依然嘴硬:“我才没有,我睡得好着呢。”

任浩铭笑而不语。

阮斌来到客厅,对阮清恬、任浩铭点头示意:“我出门了。”

任浩铭点点头,阮斌走了出去。

经过昨夜的事情,阮清恬对阮斌产生了怀疑,所以决定跟着他。这样想着,脚已经迈开了步子,但是却被任浩铭叫住了:“站住,去哪儿啊?”

阮清恬不回头:“天气这么好,待在家里可惜了。”

“刚好我今天有时间,就勉为其难陪你出去走走吧。”任浩铭说着,就要跟上来。

阮清恬心里抱怨:“会长跟着的话还怎么跟踪爹呀?”

阮清恬不高兴地说:“我只是想随便走走,不敢劳会长大驾。”

任浩铭坚持:“我就只是跟在后面给你拎拎包,不和你说话,你就当我不存在。”

“你这么大个人我怎么当你不存在啊!”阮清恬据理力争。

任浩铭淡淡地回:“那就是你的问题了!”

阮清恬生气地指着任浩铭,说不出话来:“你!”

阮清恬心里郁闷,任浩铭实在太霸道了!这样跟着,自己还怎么跟着爹呀!

任浩铭心里也有自己的主意。医生让他要顺从,又不能强制阮清恬待在家里,可要是不跟着,万一阮清恬再晕倒了怎么办?

阮清恬无奈地甩头走出去,任浩铭笑着起身跟出去。阮清恬在前面走,任浩铭果然不说话跟在后面,并故意保持一段距离。

任浩铭走到阮清恬面前,小心地将她的刘海整理好,阮清恬无语地翻了一个白眼。

任浩铭强迫阮清恬挽起自己的胳膊,阮清恬挣扎不过,哭笑不得。任浩铭看见喜欢的店铺,停下来想要去逛,阮清恬不屑地看都不看,径直向前走去。任浩铭只好作罢。

阮清恬来到一家成衣店门口,停住脚步,计上心来。又一想,好像已经找不到爹了,还是先想办法甩掉会长吧。

成衣店里面,阮清恬假装悠闲地挑着衣服,任浩铭则坐在沙发上等着。阮清恬看中了一件礼服,转身看了任浩铭一眼,见他正在把玩一块怀表。阮清恬故意高声地说道:“这件衣服我喜欢,我去试一下。”

阮清恬拿着礼服去到任浩铭身后的试衣间。成衣店老板给任浩铭送来一杯茶。任浩铭回头看了阮清恬一眼,只见阮清恬将试衣间的门开了一个小缝,叫住一个售货员,让她进去帮自己拉拉链。

任浩铭回过头来悠闲地品茶。

第五十三章

保险柜

林峰将一张图纸扔给虎子。

虎子打开图纸，纳闷地问："这是什么？"

林峰解释道："任公馆的建筑图纸，你去交给阮斌，看他那个怂样，估计还没得逞呢。"

虎子疑惑地打开图纸："这图纸……"

林峰不屑地说："任浩铭最近刚从德国买了一个保险柜，应该就放在书房的密道里。"

虎子点点头："明白了。可是，峰哥，保险柜都是有密码的呀？"

林峰若有所思："依我看，密码应该会和阮清恬有关。"

虎子点点头："我这就去找阮斌。"

阮清恬从成衣店的后门出来，快步向前走，四处张望。都怪任浩铭非要跟着自己，又没能成功跟踪爹。突然拐角处出现一辆轿车挡住了阮清恬的去路，任浩铭从车上下来，拖着长音问道："去哪儿啊？"

阮清恬气得咬嘴唇："会长，你……你怎么知道……"

任浩铭笑了："整个上海滩，有我不知道的事吗？"

阮清恬不屑地扭过头去。任浩铭将手上的纸袋扔给阮清恬，阮清恬勉强接住。“这是你刚刚试过的礼服,眼光不错啊。”

任浩铭转身径自走开。阮清恬心里高兴,又不愿服软:“不是说好帮我拎包的吗?”

任浩铭没有回头:“你也没告诉我你要跑啊!”

司机老张恭敬地打开车门。任浩铭坐进车里,对阮清恬强硬地说:“上车!”

阮清恬不满地嘟着嘴。

阮清恬来到任浩铭的书房,任浩铭正在工作。阮清恬气冲冲地来到任浩铭身旁:“会长,我有话和你说。”

任浩铭饶有兴趣:“你说。”

阮清恬清了清嗓子:“我是个自由人,你无权限制我的自由。”

任浩铭面不改色:“所以呢?”

阮清恬故作镇定地拿出一张纸条交给任浩铭。

任浩铭好奇地问:“这是什么?”

阮清恬故作神秘:“看了你就知道了。”

任浩铭打开纸条,上面写着:保证书——阮清恬向任浩铭保证,每天的最晚回家时间是七点。如果超过这个时间一次,将丧失所有的人身自由。保证人:阮清恬。

阮清恬严肃地说:“请你给我自由,我也会做到我保证的事。”

任浩铭笑了:“你凭什么认为我会答应?”

阮清恬叹气:“因为我知道会长其实心里清楚,关得住人,关不住心,如果强行限制我的自由,不会收到什么好结果的。”

任浩铭沉思了一下:“好,我答应你,但是有效期我说了算。”

阮清恬撇撇嘴,权衡了一下:“好,我答应,一言为定!拉钩!”

阮清恬做出拉钩的动作,任浩铭也笑着和阮清恬拉钩,任浩铭突然故意握住阮清恬的手不松开,还要吻阮清恬,阮清恬吓得赶紧朝门外喊:“谷雨!谷雨!”

任浩铭把手收回去。阮清恬趁机逃走。

任浩铭望着阮清恬的背影,不禁莞尔。

阮清恬走在街上,四处搜寻阮斌的身影,嘀咕着:“今天一定要找到爹,看看爹到底干吗去了!”突然,她耳朵一动,隐约听到了阮斌的声音。

阮清恬立刻四处搜寻,果然发现不远处的巷子里阮斌正在和一个男人说话。这个人好像是爹以前的同事,如果阮清恬没有记错的话,他好像是叫马权。阮清恬跟过去远远地看着,听不太清,十分好奇。

阮斌将马权拉到小巷。

马权惊讶地望着阮斌:“记账员阮先生?你怎么过来了?你不是去北平了吗?”

阮斌急切地问:“我问件事,你要老实告诉我,最近任会长有来银行问过我的事吗?”

马权纳闷:“怎么了?出什么事了?”

阮斌一挥手:“你甭管那么多,到底有没有来过?”

马权老实地回答:“阿春来问过。”

阮斌惊讶地反问:“那你们怎么说的?”

“我们就说你去北平了。”

阮斌舒了一口气,嘴里念叨着:“哦,那就好。”

马权追问:“没出什么事吧?”

阮斌随意地摆摆手:“没事没事,你回去吧,没什么事。”

马权只好无奈地转身离开。阮斌唏嘘不已,松了一口气,转身离开。

阮清恬赶紧跟上马权。她跟着马权来到银行门口,抬头一看,竟然是任浩铭家的永发银行。

马权在银行门口遇见了银行行长。

阮清恬躲在附近偷偷地听着,隐约听到了几句。

“马经理,干什么去了?”

“见了个朋友。”

“哦,没事一起去喝两杯?”

“不了不了,改天吧。”

阮清恬诧异地重复:“马经理?难道他是银行的经理?那他应该会知道关于爹的事情。”

马权从银行走开。阮清恬立刻追了上去。正要喊出马权的名字,突然被路上的一个小水洼绊倒,摔到了地上,正要起身时发现崴了脚,疼得她直咬牙。

马权回头看到了阮清恬，不以为意，自顾自地走开了。

阮清恬揉着自己的脚腕，看着马权远去的身影，失落且不甘心地皱着眉。

任浩铭跷着二郎腿坐在客厅里听留声机，闭目养神，听见阮清恬走进来，眼睛张开一道缝。

阮清恬故意没有理会任浩铭，想掩饰自己的脚伤，沮丧地径直上楼。

任浩铭却在身后喊住她："站住！"

任浩铭起身叫住正欲上楼的阮清恬："恬恬，偷偷跑出去着急，回来了也着急？你着急上楼干吗去呀？我有话想跟你说。"

阮清恬心里暗暗叫苦，就知道不会轻易让她回房间，唉……

阮清恬回过头去赔笑："会长，我今天有点累了，我想……"

任浩铭霸气地看着阮清恬，并没有任何要妥协的样子。阮清恬只好忍着脚痛走到任浩铭身边："您请说吧。"

任浩铭不紧不慢地说："那天咱俩一起整理晓晓的遗物，你还记得吧？"

阮清恬吃了一惊，难道是想说钢笔的事？难道茶几下面的钢笔是任浩铭拿走的？

阮清恬紧张地眨着眼："记得。"

任浩铭继续说："你也见过我失去晓晓后痛苦的样子吧？"

阮清恬不知任浩铭想要说什么，只好点头。任浩铭表情严肃地走近阮清恬，盯着她的眼睛，阮清恬因为心虚而回避目光。

任浩铭突然低声问道："很疼吧？"

"嗯，嗯？"阮清恬低着头条件反射地回答，突然反应过来，抬起头来惊恐地瞪着任浩铭，"会长你说什么？"

任浩铭继续质问："交完保证书你又偷跑去哪儿了？为什么弄伤自己？"

阮清恬回避任浩铭的目光。

任浩铭生气地瞪着阮清恬："看着我！"

阮清恬只好不情愿地看向他："只是不小心崴了脚。"

任浩铭心疼地拉过阮清恬，一把将她抱在怀里，低声但坚定地说："我已经失去了一个亲人，已经痛过一次了，所以拜托你！不要再让我为你担心了，你知不知道你晕倒的时候我真的特别无助、特别害怕，我讨厌那种感觉！"

阮清恬的眼睛湿润了，默默地点了点头。

任浩铭说罢，将阮清恬抱回自己的卧室，将她放到床上，给阮清恬小心地抹药膏。

阮清恬努力忍着疼，表情痛苦。

任浩铭不屑地说："还好没有伤到骨头，上了药应该很快就没事了。"

上完药，任浩铭低头收拾药箱。

阮清恬小心地问："会长，我爹之前在银行的工作，能不能……"

任浩铭的眼神变冷了。

阮清恬赶紧解释："我是看他比较清闲，整天没什么事可做，所以……"

任浩铭淡淡地说："告诉你爹，银行他是不可能再回去了，而且他每天做什么，我心里有数，是你瞎操心了。"

阮清恬难以置信："你派人监视我爹？"

任浩铭不说话，拎起药箱："不早了，你该睡了。"

阮清恬下意识地抓住任浩铭的手臂。

任浩铭转身挑着眉："怎么？不舍得我走啊？是不是想我陪你一起睡？"

阮清恬赶紧松开手，斩钉截铁地说："才不是！"

阮清恬背过身去，不看任浩铭，用被子蒙住自己的头。任浩铭笑着走出房间："你想让我跟你一起睡也不可能，一张床只能睡我一个人，我才不让你上我的床呢！"

但是，他没走一会儿，又打开阮清恬房间门，钻了进来。阮清恬听力过人，立刻就听到动静清醒过来。她微微睁开眼睛，想看看任浩铭到底要干什么。

任浩铭手里拿着一个小留声机，猫着腰慢慢走到床头，小心地将留声机放到床边的小柜子上，放上探针。做完这一切后，他仿佛大功告成一般兴奋，悄悄躲到门外，竖起耳朵听屋里的动静，不时地偷笑。

留声机里传出了任浩铭刻意规范的声音："任浩铭是个好男人，他英俊潇洒，成熟稳重，事业有成，一表人才！任浩铭是全上海滩最专一、最重感情的好伴侣、好丈夫。阮清恬和任浩铭是天生一对，才子佳人……"

阮清恬彻底清醒，听到如此恶俗的语句实在难以忍受，假借翻身，一下将留声机打到了地上。"啪"一声，任浩铭的声音消失了。

门外的任浩铭听不到声音皱起了眉头，赶紧小心地开门查看，阮清恬还未来得及收回的胳膊只好垂在床边。任浩铭发现留声机掉在地上，无意中发现阮清恬的眼球在动，赶紧又蹑手蹑脚地上前，拿起留声机，放到了更远处的柜子上，再次放上探针。

任浩铭满意地笑了，阮清恬气得暗暗咬牙，任浩铭看到阮清恬的手臂垂在外面，情不自禁地上前轻吻她的手背。阮清恬吓得赶紧缩回手臂，一下子坐起身来："会长你……怎么能……"

任浩铭故作镇定："就知道你在装睡，就那么不想听那些赞美我的话吗？"

阮清恬嘟起嘴："会长你也知道我听力过人，常常能听到你们听不到的声音，所以到了晚上我的耳朵特别需要休息，可是你又要我听这样的录音，我真的很难受。"

任浩铭表示理解，但还是不甘心："你说的有道理，这样吧，你夸夸我，我就带走留声机，让你安静地睡觉。"

阮清恬吃惊地瞪大双眼："你是说，要我夸你？"

任浩铭坐在沙发上，跷着二郎腿，一脸"你不夸我就不走"的表情。阮清恬没办法，只好开口："会长你总体来说算是个好人。"

任浩铭差点"拍案而起"："什么叫算是个？"

阮清恬示意他别急："会长你要是这样，那我没法说了。"

任浩铭妥协："你说你说，我听着。"

"会长，你心眼特别小，小到……就跟没有一样。"

"那就是说我缺心眼呗？"任浩铭微微挑眉，倒也不生气。

阮清恬继续说道："会长这可是你自己说的，不是我说的。会长你霸道且专制，不容许别人对你有一丝的质疑和反抗，即使是你错了，也常常梗着脖颈不承认，和你较量，受苦的永远是对方。"

任浩铭坐不住了，冷冷地说："我是叫你夸我！"

阮清恬不慌不忙，继续说："我还没说完。但是呢，会长你看似强大坚韧，其实有时候就像个小孩子，也会有柔弱、伤心、后悔的时候，那个时候的会长，其实很可爱，很真实。每次看到会长霸道坚强的时候，其实我都会心疼，因为我知道，那时的你，其实是最需要照顾、最脆弱的时候。"

阮清恬说完，看向任浩铭，两人深情地对视着。任浩铭忽然起身，走到阮清恬面前，俯下身。阮清恬本能地向后靠，却发现任浩铭眼里有些湿润。

任浩铭小心地亲吻了一下阮清恬的额头，浅笑着什么都没说，伸手拿过床边的留声机，站起身，背对着阮清恬说道："没想到你平时总是一副缺心眼的样子，心思还挺细腻的。我困了，懒得和你争了，走了。"

任浩铭故作潇洒地摆摆手，走出门去。阮清恬看着任浩铭离开的背影，一脸愁容和心疼。

阮斌戴着斯文的眼镜框，粘着小胡子，来到一条小巷子里。他小心地环顾四周，发现还没有人来。心中百转千回，思量着自己的心事。要是恬恬知道他在给青帮做事，肯定会特别伤心的，想来想去，都只有离开上海这一条路了。唉……一步错，步步错啊！恬恬，爹对不起你呀！

这时，一个中年男人走了过来。阮斌立刻满怀期待地迎了上去。男人拿出船票，阮斌立刻接过，仔细看着。

男人低声道："这是船票。今晚十点，黄浦码头，千万别晚了。"

阮斌立刻掏出钱来："您收好，太感谢您了。"

男人收起钱走了。

阮斌看着船票，深情地呢喃："恬恬、娘，阮斌不孝，没法照顾你们了。"

阮斌话音刚落，虎子就拿着雪茄，阴笑着出现在巷子口，堵住了阮斌的退路。阮斌看见虎子，立刻换了个表情，想要藏起船票，瑟缩地不住赔笑："虎爷，您怎么来了？"

虎子上前一把拿过阮斌手里的船票，立刻撕碎了。

阮斌哭丧着脸："别，别，虎爷，我……我实在是找不着啊，我里里外外找了一遍也没找到什么保险柜，这次的任务实在是难度有点大啊！"

虎子走到阮斌身边，一把扯下阮斌的假胡子，阮斌疼得龇牙咧嘴："哎哟，哎哟！"

虎子扔给阮斌一张图纸："拿好了，保险柜在任浩铭的书架后面。"

阮斌惊诧地反问："书架后面？"

虎子补充道："这可是从当年建造任公馆的建筑专家那里得来的图纸，上面标注了书房里密道的位置，这次你要是还搞砸了，哼！我就让你去见阎王。"

阮斌只好苦笑："虎爷放心，不会了。"

虎子戴上墨镜，阴笑着说："再敢跑路，小心你的狗命！"

第五十四章

代码本

阮斌来到公馆门口，谨慎地回头看，犹豫着要不要进去。他发现身后有几个穿着黑西装的人在街角晃荡，只好一咬牙走进了任公馆。阮斌进了客厅，听不到什么动静，看着书房的方向，犹豫不决。

阮斌刚要进去，突然发现阮清恬下了楼，阮斌赶紧坐到沙发上，假装休息。阮清恬来到客厅，看到阮斌正坐在沙发上跷着二郎腿。她走过去问道："爹，您起来了。"

阮斌赶紧笑笑："上了年纪了，睡不着了。你呢，睡好了吗？"

阮清恬心说因为怀疑自己的父亲，怎么能睡好呢？嘴上却回答："我睡好了。"

任青青带着一脸精致的妆容走出房间，关上门。

阮清恬走到沙发坐下，犹豫地说："爹，要不我跟会长说说，让他给你找点活儿干吧？银行的工作您要是不想再干的话，那就找个其他的工作怎么样？"

阮斌眼神飘忽，赔着笑："爹都一把年纪了，脑子已经转不动喽！我现在啊，每天出去遛遛弯逛逛街的，也挺好。"

任青青走到楼梯口，听到楼下有人在说话。

阮清恬直接问："爹，您昨晚回来得很晚吧，去哪了？"

阮斌有些紧张，强装冷静地解释："就是去见了几个老朋友，喝了点酒，大家高兴一直拉着不让我走，所以就多喝了几杯，是不是吵到你了？”

阮斌说话时，心脏剧烈地跳动着。阮清恬听出阮斌心脏跳动频率太快，在撒谎，倍感失望：“那倒没有，就是担心您的身体。”

阮斌笑笑：“还是女儿最疼我。恬恬放心，我心里有数。”

任青青这时走下楼梯：“我当是谁，那么不懂事，一大早就那么大声扰人清梦。”

阮清恬看到任青青，立即恭敬问好：“青青姐。”

任青青却不领情：“别叫那么亲，我又不是你姐。既然住在这里，就把自己好好收拾收拾，出去别丢了我们任公馆的面子。”

阮斌不满：“这丢不丢面子跟脸没关系。更何况我们恬恬天生底子好，用不着把涂那么厚的粉，跟个百乐门的舞女似的。且比有的人强，那风流事传遍了整个上海滩不说，还带到欧洲去了，丢的可是我们上海滩的面子。”

任青青愤怒地说：“你说什么？”

“得得得，你当我什么都没说！我说的是别人家的事，你激动什么呀！难道你……”阮斌一副不耐烦的样子。

阮清恬着急地劝道：“爹，您少说两句！青青姐，你……”

阮清恬说着想上前安抚任青青。任青青挥开阮清恬：“别碰我！你少猫哭耗子假慈悲！浩铭要是知道你们父女俩这么欺负我，一定不会饶了你们！哼！”

任青青说完气愤地离开。

阮清恬皱眉：“爹，您别这么刻薄！您对青青姐就不能好点吗？”

“她欺负我闺女，我凭什么对她好？恬恬，你以后最好离她远点，说不定她什么时候疯狗病一犯，上来就咬你一口！”

阮清恬知道劝不动，只得叹了口气，又问：“……爹，您看到会长了吗？”

阮斌愣了一下，看看表，猜测说：“我估摸着浩铭这个时间应该已经去商会了吧？”

“希望青青姐不会去找会长说刚刚的事。”

“她爱说不说。告到上海市市长那里，我也有理说！别怕，一切有爹在！对了，恬恬，你今天怎么这么早起来？是要出门吗？”

阮清恬这才想起自己的事：“对对对，我要出门。爹，我不跟您说了。”

阮清恬说完就往楼上跑。

“恬恬，你跑错了，大门在那边。”

阮清恬边跑上楼边说：“我有东西忘了拿。”

阮斌看阮清恬上了楼，若有所思地看向书房。他借报纸做掩护，偷偷抬头看看二楼，没有动静，又小心地看向书房的方向，这时谷雨突然走了过来。阮斌赶紧收回目光，假装看报纸。

谷雨恭敬地将一杯茶放到阮斌面前的茶几上：“阮老爷，您请用茶。”

阮斌灵机一动：“谷雨啊，你现在要是不忙的话，能不能麻烦你去打扫一下阮奶奶的房间呢？公馆所有的佣人里，就数你最聪明能干了。”

谷雨笑着点头：“您过奖了，我这就去给老人家打扫一下。”

阮斌赞许地点点头。看见谷雨离开，赶紧起身往书房走。他蹑手蹑脚走到书房门口，左右看看没人，便小心翼翼推门进了书房。

阮斌来到书房，直奔书架，左右查看，却发现无法移动，急得抓耳挠腮。他暗忖：“按图纸上说，就是这个书架的位置啊，可是怎么完全看不出来？难道是有什么机关？”

阮斌胡乱翻着书架上的书，忽然发现一个青花瓷的花瓶完全搬不动。阮斌用力转动，书架竟然也随之转动，保险柜出现。阮斌兴奋不已，赶紧上前。看着保险柜上的密码钮，嘴里念叨着：“和恬恬有关？”

阮斌突然灵机一动，摁下几个数字，保险柜真的开了。阮斌找到了代码本，立刻拿出小照相机“咔咔咔”开始照相。他边拍照边嘀咕：“没想到任浩铭还挺多情，竟然用恬恬的生日做密码。真是对不起了浩铭，我这也是没办法啊！”

阮清恬从楼上下来，梳妆打扮好。会长要是去了商会，应该就不会去银行了吧？刚好趁机去找那个银行的马经理问清楚。

阮清恬正想着，突然听到书房传来奇怪的声音，好像是照相机的声音。她走近书房，打开一点门缝向里面看去，竟看见阮斌趴在书桌上拍着什么。

阮清恬大惊，走进书房，质问道：“爹，您在干什么呢？”

阮斌惊慌，忙掩饰道：“没干什么，爹只是想找本书看看。”

阮清恬皱眉看着阮斌手里的小型照相机：“那您拿着照相机做什么？您想拍什么？这书房里都是会长的机密文件，您是不能随便进来的。”

“恬恬乖，这件事你就别管了，出去吧！”阮斌说着把阮清恬推出了书房门，把书房的门从屋里反锁上了。

阮清恬敲着门喊道："爹！爹！"

阮清恬突然听到任浩铭的脚步声，惊讶地说："会长怎么回来了？"

阮清恬赶紧转身往外走。她神情紧张地走过来，看到任浩铭已经走进客厅，挤出笑容道："会……会长？你不是去商会了吗？怎么回来了？你是给我送药来了，我的脚已经好多了，你把药给我吧，我可以自己上，谢谢你啊，会长。"

阮斌刚刚将书架移回原位，收好相机，突然听到门外阮清恬的话，吓得僵在原地，仔细听着门外的动静。

门外传来任浩铭的声音："你怎么慌慌张张的？发生什么事了吗？"

阮斌吓得大气不敢出。

"没……没有。没什么事。"

任浩铭看出阮清恬神情不对，审视地看着她。阮清恬站在原地，不知所措。阮斌紧张不安地站在书房门前，不知如何是好，小声嘀咕："浩铭怎么会这个时间回来？要是被他看到我，我岂不是死定了！"

任浩铭狐疑地看着阮清恬："你要出门？脚还没好就先别出门了，这瓶药膏你记得抹。"

任浩铭说着从兜里掏出一瓶药膏。阮清恬接过药膏，有点感动："哦！"

任浩铭觉得阮清恬有些异样："你是不是有话想说？"

阮清恬先是点点头，随后又摇摇头。

任浩铭疑惑地望着阮清恬："是有，还是没有？"

阮清恬先是摇摇头，随后又点点头。

任浩铭看着阮清恬的样子，觉得可笑："你是猪吗？"

没想到阮清恬真的点了点头："嗯，算是吧。"

任浩铭憋着笑。阮清恬反应过来，不满地说："会长，你耍我！"

任浩铭装无辜地说："哪有？话是你自己说的！我可什么也没说。"

阮清恬气鼓了腮帮子。

任浩铭捏了捏阮清恬的脸颊："好了，商会还有事，我先走了。"

阮清恬拉住任浩铭："会长……"

任浩铭一脸好奇地看着阮清恬。阮斌竖着耳朵仔细听着门外的动静，听到阮清恬要说话，紧张得手足无措。

阮斌一不小心碰到了书桌上的一个笔筒，笔筒顺着书桌径直朝地上滚去，眼看就要掉到地上。阮斌吓得睁大眼睛，一个飞身扑上去救笔筒，只听“咚”的一声，他怀里抱着笔筒，整个人摔到了地上。阮斌脸上露出庆幸的表情，但是忽然想到自己弄出了很大的声音，立刻转为担心。

阮清恬听到了声音，一脸惊讶。任浩铭此时也好奇地转过身来，看向书房的方向，转而看向阮清恬：“什么声音？谁在书房里？”

任浩铭走向书房，要去打开书房的门。阮清恬看着任浩铭的动作，心已经提到了嗓子眼：“没谁，是我爹。”

任浩铭惊讶地问：“你爹？你爹在我书房里干吗？”

阮清恬说：“我爹说他要找本书看看。”

这时候阮斌走出来，手里拿着一本书：“会长，我在你屋里找本书看。”

任浩铭点点头，这时客厅里传来了电话铃声。任浩铭走过去接起电话：“好的，我这就出门。”

阮清恬看着书房，又紧张又犹豫。

任浩铭看了看书房，朝阮清恬说道：“我得走了，有什么话回来再说。”

阮清恬看着任浩铭离开的背影，松了一口气。她走到书房门口，将手放在门把上，房门突然打开。

阮清恬质问阮斌：“爹，您到底在会长书房干什么？”

“我不是说了吗，想找本书看看。”阮斌举起手里的书，“你看，这就是我找的书。”

“爹，我觉得你在骗我，你的心跳告诉我，你在骗我！”阮清恬审视着阮斌。

阮斌特别不高兴：“恬恬，爹知道你听力好，你多用在工作上，不要老来听爹的心跳，等哪天爹心脏不跳了，你就什么都听不到了，我看你还听什么！”

阮清恬拉住阮斌：“爹，这里不是我们家，您要守规矩，不能随便乱进房间。”

“恬恬，我还是不是你爹？什么时候轮到你来教训我了？”

“爹有不对，我就得说。”阮清恬态度强硬。

“你这孩子还来劲了。唉，我还有事，不跟你说了。”阮斌生气地拉开阮清恬的手走了。

“爹！”

望着阮斌离去的背影，阮清恬气得原地跺脚。

阮清恬来到银行，四处搜寻副经理马权的身影，却始终看不到，只好拦住一个工作人员向他询问："您好，请问您知道马经理在哪儿吗？"

工作人员并不热情，随手一指："马经理啊，在那边的办公室呢。"

阮清恬顺着工作人员指的方向看去。这时任浩铭带着阿春出现在银行门口。行长热情地上前迎接："任会长，您来了。"

任浩铭不说话。

阿春解释："会长来查账。"

行长点头："好的，马经理已经在办公室准备了。"

阮清恬正朝着办公室的方向走去，突然耳朵一动，听到了阿春的声音，立刻紧张地站住。阮清恬仔细听着，确定是任浩铭和阿春来了银行，赶紧四处搜寻可以躲的地方。

任浩铭走进银行，环顾四周，满意地笑了。

阮清恬用一张报纸遮住脸，躲在一根大柱子后面，忐忑不安。

任浩铭和阿春走进办公室，没有发现阮清恬。

阮清恬看着办公室的门关上，松了一口气。

办公室里，马经理皱眉："会长，情况是这样的，因为您上个星期在欧洲买那三栋楼时，调用了很多现金，所以现在银行的储备金略低于红线。虽然这两天也从别的银行调了一些头寸，但如果有大额的提款，储备金可能就周转不过来了。"

任浩铭淡定地问："还能坚持多久？"

行长说道："顶多还能坚持半个月。"

任浩铭点点头："我知道了，我来想办法。"

阮清恬躲在银行附近，看着任浩铭和阿春离开，才敢探出头来。看见马权从银行门口走出来，她立刻跟了上去，追上马权："马经理！马经理！"

马权回头，好奇地问："你是？"

阮清恬自我介绍说："我叫阮清恬，我爹是阮斌，您还记得吗？他之前也在这个银行工作。"

马经理点点头："我还记得。不过，你找我有什么事吗？"

阮清恬低声道："确实是有点事，我们能换个地方说话吗？"

第五十五章

银行准备金临界红线

任浩铭坐在车里对阿春说："阿春，你还是再回一趟银行吧，让他们开个会，大家要保守这个秘密，银行准备金临界红线这件事，切不可外传。"

阿春点头："我知道了，会长。"

任浩铭的轿车疾驰而去，阿春站在路边转头朝银行走去。

阮清恬和马权穿过一个小巷子，来到一个僻静的胡同。

马权疑惑地查看四周："请说吧阮小姐，您到底找我有什么事？"

阮清恬诚恳地说："马经理，我今天找你其实是……"

话到嘴边，阮清恬却有点说不出口。马权一脸好奇地望着阮清恬："看你的样子，难道是有什么难言之隐？"

阮清恬有些难以启齿："其实，我就是想找您问一下，我爹去北平之前，是不是和一位非常漂亮的小姐来往密切？"

马权惊讶地看着阮清恬。

阿春走到胡同口，不经意地往里一瞥，竟然看见了阮清恬和马权。他立刻警觉起来，试图听清两人的对话，但完全听不清，也一直无法看清马权的正脸。

马经理点点头："我记得是几个月前，阮先生突然变得喜气洋洋的，和我们说话也总带着笑。"

阮清恬紧张地皱眉。

马权娓娓道来："我问阮先生是不是发生了什么好事，阮先生说上天给了他一份大礼。我问他大礼是什么，他就不肯说了。不过……"

阮清恬立刻追问："不过什么？"

"不过有一次，我去一个艺术沙龙，碰巧看见阮先生也在，他旁边还有一位年轻小姐，虽然我只看见了背影，但还是能感觉出她肯定不是一般人家的姑娘。"

阮清恬惊得说不出话来，想到那很可能是任晓晓，站立不稳险些摔倒，马权赶紧上前扶住。

阿春远远地看到这一幕"身体接触"，惊得捂住了嘴。

阮清恬紧张地问："你有没有看清那位小姐是谁？"

马权摇头："确实没看清，不过看起来他们应该是常去那个艺术沙龙，那里的服务生好像都认识他们。"

阮清恬若有所思地点点头。阿春看着阮清恬和马权分开，才一脸惊诧地离开。

马权走到胡同口，突然发现自己眼前出现了几双黑色皮鞋。马权抬起头来，发现一名男子正在朝他冷笑，身后还跟着几个看着像打手的人。马权想躲，虎子一把拉住马权，一拳就将他打倒在地上。几个手下上前对马权一顿拳打脚踢，马权疼得"嗷嗷"直叫。

虎子伸手示意"住手"，将马权拉了起来："马经理，初次见面，让你受惊了。"

马权惊恐地望着虎子："你们是谁？找我干什么？"

虎子冷笑："我们是谁你不用知道，至于找你干什么，您是任氏银行的经理，找你自然也是为了银行的事。"

马经理一愣："银行的事？"

虎子点头："刚才任浩铭去银行，你们都说什么了？"

马经理扭过头去，不想说。

虎子冷笑："不说是吧？"

虎子示意一个手下拉过马权的手指，按在墙上。眼看就要刀起指断。马权脸上的汗珠啪嗒啪嗒地落下来，紧张得说不出话。

手下对虎子说道："虎爷，我昨儿刚磨的刀，你说吧，剁几根手指？"

马权看着锋利的刀刃，终于妥协："我说我说。上个星期，会长在欧洲买了三栋大楼，调用了很多现金，所以现在银行的储备金略低于红线。虽然这两天也从别的银行调了一些头寸，但如果有大额的提款，储备金可能就周转不过来了。"

虎子得意地笑："早这么痛快不就好了吗？"

林峰戴着墨镜从后面走近。虎子立刻上前："老大。"

林峰走近马权："刚刚那位小姐问你什么了？"

马权低声回答："她问我，之前在银行工作的阮先生这半年来是不是在和一位小姐交往密切？我说是的。"

林峰逼问："还有呢？"

"我说我在艺术沙龙见过他们，还告诉她可以去问那里的服务生。"

林峰冷笑一声，若有所思。

任浩铭坐在客厅的沙发上听电台广播，阿春心事重重地走了进来。任浩铭看了看表："这都几点了，恬恬怎么还没回来？脚不好还到处跑！"

阿春若有所思，没有回答。

任浩铭发现阿春的异常，又叫了几声："阿春，阿春！"

阿春方才反应过来："啊？是！会长。"

任浩铭好奇地望着阿春："你今天怎么了，魂不守舍的？"

阿春犹豫着："没什么。"

任浩铭没在意："对了，今天让你去银行交代保密的事情，都安排好了吗？"

阿春回答："会长放心，已经都安排好了。"

任浩铭点点头："那就好。"

阿春点头，犹豫着想要开口："会长，我今天……"

任浩铭没在意，径直抱怨道："恬恬这丫头怎么回事，我都饿了。"

阿春回答："我这就让下人做饭。"

任浩铭反倒摆手："不用了，今天我要恬恬亲自来做。"

阿春点点头，还在犹豫。

阮清恬忧心忡忡地走进了客厅。任浩铭看见阮清恬走进来，立即起身：

“站住!”

阮清恬没好气地看着任浩铭,不说话。任浩铭走向厨房,拿起围裙递给阮清恬。阮清恬一愣:“什么意思?”

任浩铭理所当然地说道:“今天你给我做饭。”

阮清恬不解地望着任浩铭:“我?”

“没错,就是你,我今天就要你来做。”

阮清恬无心争辩,叹着气正要接过围裙,任浩铭反倒不给了,直接动手给阮清恬套上。任浩铭贴心地帮阮清恬把头发拿出来,手指碰到了她脖颈的肌肤,触电般缩了一下,阮清恬也敏感地躲开,向前走了两步:“我自己可以。”

阮清恬自己将围裙系上,来到厨房,看到有西红柿和鸡蛋,想到可以做西红柿炒鸡蛋,便忙活起来。

墙上的表转了一刻钟,任浩铭突然闻到了一阵煳味。他起身走到厨房想看看情况,却看见阮清恬正拿着锅铲机械地炒着什么,锅里已经一团漆黑。

阮清恬眼神涣散,表情呆滞,回想着之前马经理说过的话:“有一次,我去一个艺术沙龙,碰巧看见阮先生也在,他旁边还有一位年轻小姐,虽然我只看见了背影,但还是能感觉出她肯定不是一般人家的姑娘。”

任浩铭上前问道:“想谁呢?”

阮清恬吓得险些掉了锅铲:“没,没谁。没想什么人。”

任浩铭霸道地扳过阮清恬的肩膀:“想我就说想我,不用不好意思!但是再想我也用不着这么魂不守舍的!你就不怕把房子点着了啊?”

阮清恬不屑,突然发现锅里的食物焦了,立刻关掉了炉火:“心焦啊,所以东西也焦了!”

任浩铭哭笑不得,用力地弹了一下阮清恬的脑门:“所以你就打算让我吃这个啊?”

阮清恬苦笑。

任浩铭哭笑不得:“还笑呢!真不知道你这小脑袋每天都在想什么!”

任浩铭和阮清恬相对而坐进餐。阮清恬还在走神,只是慢慢地夹起菜塞进嘴里,味如嚼蜡。任浩铭看着走神的阮清恬,皱眉,心里想:难不成又是因为害怕结婚?

阮清恬放下筷子:“我吃好了,我先上楼休息了。”

任浩铭难得体贴："去吧，好好休息。"

阮清恬走后，任浩铭叫来阿春："阿春，你尝尝这菜。"

阿春不好意思："会长，这恐怕……"

任浩铭坚持："哪那么多废话，让你吃你就吃。"

阿春只好恭敬不如从命地吃了一小口菜。菜入口的瞬间，阿春神情有些难以相信，他又再喝了一勺汤，一脸的不明所以。

任浩铭问他："是不是没味道？"

阿春立刻认同："完全没味道，一定是阮小姐忘记放盐了。"

任浩铭忧心忡忡地看着二楼的方向。

"会长，有件事我不知道该说不该说。"

"滚！"任浩铭突然吼了一声。

"会长……"

"当你犹豫要不要跟我说的时候，你就没把我当会长。滚！"任浩铭依然没有好脸色。

"会长，我没有这个意思，我……"阿春试图解释。

"别让我说第三遍！滚！"任浩铭大吼了一声。

阮清恬睡得正香，突然又听到了留声机里传来的催眠声，"任浩铭是个好男人……"阮清恬忍无可忍，拿起留声机正想摔到地上，突然灵机一动，想到了一记妙招："哼，你催眠我，我也要催眠你。"

任浩铭闭着眼睛躺在床上。阮清恬悄悄地关上房门，来到任浩铭的床边。阮清恬边推边叫："会长，会长，你睡了吗？"

阮清恬确定任浩铭睡着了，才放心地开口："亲爱的会长，请现在跟着我的节奏，放松你的身体，吸气、呼气，平稳地呼吸，想象自己身处在茂盛的森林里。现在，我要慢慢地从一数到五，当我数到五的时候，你就会陷入深深的睡眠。一、二、三、四、五。"

阮清恬说着打了一个响指。阮清恬用手在任浩铭眼前挥了挥，检查任浩铭是不是睡着了。阮清恬小声地叫："会长，会长。"

阮清恬确定任浩铭不会醒来。

阿春半夜经过任浩铭房门，突然听到房间里传来阮清恬的声音。他将耳朵贴到门上仔细听着，不解地摇了摇头，自言自语道："会长这又是在整什么呀？"

任浩铭依然躺在床上熟睡。阮清恬站在床边，手里拿着稿子，声情并茂地在任浩铭的耳边念道："下面，记住我说的每一句话。任浩铭是个性感美丽的女子，要做一个安静的美少女，每天都要做好皮肤清洁和护理工作，不能有丝毫懈怠。女人，只有先爱自己，才会遇到爱她的男人……"

阮清恬念完，嘴角露出得意的笑：人在被催眠之后，是不会知道自己都做过什么的。会长，你就等着出洋相吧！哈！

虎子将两个皮箱放在桌子上，里面是满满的钞票，身后跟着几个手下。

虎子严肃地吩咐手下："这里是100万，你们分成几份，在接下来一周的时间里分批存入任氏银行，听明白了吗？"

手下恭敬地回答："明白了！"

虎子点头出去了。

虎子对门口的林峰恭敬地说道："峰哥，都安排好了，到时候任氏银行没有钱提现，就会陷入信任危机。"

林峰阴笑着说："信任危机还是其次，我看上的是比这100万多得多的黄金。"

虎子惊诧地反问："黄金？"

林峰神秘地说道："到时候你就知道了。"

虎子担心地问："对了，峰哥，您拿的是青帮的钱，九爷那边……"

林峰阴冷地说："九爷那边我自会去交代，你不用管了。"

第五十六章

纠葛

阮清恬清早起来，走出房间门发现没有人，便偷偷进了任晓晓的房间。不一会儿，她从任晓晓房间出来，手上多了一张任晓晓的照片："晓晓，抱歉，失礼了。"

阮清恬听到开门声，赶紧将照片放到手包里，刚放好就看见任浩铭从房间里出来了。看见任浩铭的瞬间，阮清恬瞠目结舌。只见任浩铭穿着白色的浴袍，头上戴着粉色的浴帽脸上竟然抹着珍珠粉。

任浩铭回头看见阮清恬，笑得格外甜："早啊。"

阮清恬撇嘴，起了一身的鸡皮疙瘩。见任浩铭走下楼梯，她赶紧好奇地追上去。任浩铭在楼梯上遇见谷雨，也温柔地向谷雨问好："早啊，谷雨你这毛孔好大啊，要多多保养哦。"

谷雨惊呆了，手里的毛巾掉了一地。任浩铭走到客厅，又向初一问好："早啊，初一，用土豆片敷脸可以去黑眼圈哦。"

初一惊得合不上嘴。

阮清恬惊骇不已，趁任浩铭没发现，赶紧从阿春身边经过跑向门口，边跑边在心里嘀咕："没想到这个催眠还真管用，可会长不会变不回来了吧？"

阿春看着阮清恬跑走，看向任浩铭。

任浩铭突然收起笑容，脱掉浴袍，接过阿春递过来的西装迅速穿上，对阿春说道："没想到这丫头还真信我被催眠了。快，我今天一定要看看跟她见面的那个男人到底是谁。"

阿春紧随其后。阮清恬坐着黄包车，想起任浩铭搞笑的样子，简直觉得不可思议，没发现身后不远处一辆汽车正跟着自己。

"会长您演技真好，阮小姐一定以为您真的被催眠了，心里肯定正得意呢。"

任浩铭笑而不语，想起昨晚和阿春的对话。当时，听阿春描述完，他惊讶地反问："你说看见清恬和一个男人见面，那男的还对她动手动脚？那你为什么不上去教训那男人一顿？"

"您不是说不让我们随便打人吗？没您的吩咐，我们不敢。"阿春回道。

任浩铭被堵得没话，陷入沉思，对阿春说道："明天，等恬恬出门，我们就跟上去一探究竟。"

阿春有些迟疑："可是，阮小姐的听力……"

任浩铭思考了一下："人在放松的情况下，是最容易失误的，我们就来个欲擒故纵，放松恬恬的戒心。"

阿春慎重地点头。

任浩铭坐在车里，皱眉。

轿车走到一个路口，突然从前方路口出现了一辆大卡车，大卡车很长，刚好挡在了轿车和黄包车之间。阿春按着喇叭，抱怨："这卡车挡住了视线，看不到黄包车了。"

待大卡车慢慢开走，任浩铭和阿春发现黄包车已经不见了。

任浩铭懊恼得几乎要抓狂。

艺术沙龙内，阮清恬将任晓晓的照片递给服务生丹尼。照片上的任晓晓笑颜如花。服务生丹尼将晓晓的照片还给阮清恬，肯定地说："是的，我对她有印象，她前段时间经常和赵先生一起来，两个人看起来关系不一般。"

阮清恬继续问："赵先生？你确定是赵先生，不是阮先生吗？"

服务生十分肯定："我确定，是赵先生，我不认识什么阮先生。"

阮清恬有些失落，小声嘀咕："难道是我搞错了？"转而又对丹尼说道："这样啊，谢谢你，丹尼。"

此时，在不远处的一个包间里面，林峰正一脸悠闲地喝着咖啡，虎子站在一旁。林峰看着拍有代码的照片，对虎子说道："阮斌这次干得不错。有了任浩铭的代码本，我就掌握了任浩铭手里所有大客户的情况。"

虎子也满意地点头。

林峰吩咐虎子："对了，那个艺术沙龙的服务生，你做得干净一点。"

"是，我这次是从东北找的职业杀手，不会有问题的。"

林峰点头："那就好。"

"对了，峰哥，我刚刚好像看见阮清恬了。"

林峰惊讶地反问："你说什么？你看见阮清恬了？在哪儿？"

阮清恬拿着照片，有些失落，正要转身走，突然又想起什么，对丹尼说道："对了，你还记得那个赵先生长什么样子吗？"

丹尼想了一下："我记得他的模样。"

阮清恬紧张地点头，突然她瞥见一个熟悉的背影，竟是阮斌。阮清恬惊恐地睁大眼睛，声音颤抖着对丹尼说："你，你帮我看一下，那个男人是不是……"

阮清恬的话还没有说完，突然被林峰的声音打断："清恬？"

阮清恬转过头，看见林峰正站在一旁微笑地看着自己。阮斌听到林峰的声音，吓得立刻躲到柱子后面。阮清恬再次看向阮斌的方向时，发现已经没人了。

林峰走上前来，阮清恬赶紧收起任晓晓的照片，林峰将这一动作都看在了眼里。林峰温柔地说道："清恬，好巧啊，竟然在这里遇见你。"

阮清恬礼貌地回道："是啊，好巧啊，林先生。"

林峰温柔地问："有时间吗？我们换个地方好好聊聊？"

阮清恬有些为难地跟林峰离开。柱子后面的阮斌看着两人离开的身影，又惊恐又好奇。阮斌戴着眼镜和帽子来到丹尼身边。

丹尼纳闷地瞅着"全副武装"的阮斌，恍然大悟："哦，您是赵先生对不对？刚刚还有人找……"

阮斌一惊，赶紧左右看看，阻止丹尼咋呼："嘘——丹尼，我问你，刚刚那位姑娘跟你说什么了？"

"赵先生，这我可不能随便告诉你。"

阮斌拿出几块钱："帮我个忙，只要告诉我她问了你什么就行了。"

丹尼笑着收好钱："她拿了张照片，问我是否认识照片上的小姐，就是您常带着的那位……今天那位富家小姐怎么没跟你一起来？"

阮斌惊疑不定："还有什么吗？"

"嗯，说起来，那位小姐好像是冲着您来的，跟那位富家小姐在一起的可不就是您吗？"

阮斌赶紧压了压帽檐，嘱咐丹尼："丹尼，我希望你忘了我跟那位富家小姐的事，以后不管谁来问，你都说不认识我们！"

丹尼犹豫着："这……"

阮斌肉痛地解下自己的手表递给丹尼："拜托了。"

丹尼脸上一喜，接过手表："好吧，不看僧面看佛面，您放心好了。"

"那真是谢谢你了。"阮斌一阵肉痛，十分不舍，末了又暗自嘀咕，"清恬这是已经开始怀疑我了呀，她到底怎么知道的？"

林峰绅士地下车给阮清恬打开车门，笑着为她挡住车门框。阮清恬也笑着回应。

"就来咖啡厅聊吧，上次订婚仪式后咱们还没好好说过话呢，任会长把你保护得太好了。"

阮清恬害羞地回答："是我不好，没有经常联系您。"

两人并肩走进咖啡厅。任青青神采奕奕地走在街道上，突然发现宋诚正拿着一个戒指盒迎面走来。任青青热情地走上前去："哟，这不是宋公子吗？好久不见啊！"

宋诚也认出了任青青："是任大小姐啊！真巧！我听说你之前一直在欧洲生活。"

任青青点点头，看着戒指盒："宋公子不会是买了戒指要求婚吧？我听说宋公子最近正热恋呢，看来传言是真的了。"

"是的。我要和楚安安结婚了。"

任青青惊诧地看着宋诚。

宋诚平静地说："两个人能够相遇、相识、相爱，就是一种缘分，我不想因为外界因素而错过真爱。"

任青青也被感染："安安能够得到宋公子的爱，真是幸运！"

宋诚笑着说："谢谢。我还有事，先走了。"

任青青看着宋诚真挚的模样，心里十分触动。走到咖啡厅门口，忽然看见林峰和阮清恬坐在里面热络地聊天。强压住怒火，任青青缓慢地走进咖啡厅。

阮清恬若有所思没有说话。

林峰点单："两杯红茶。"

林峰看着心事重重的阮清恬，心说："居然也查到艺术沙龙去了！还真是个机灵的丫头，不过，还是暂时先让你迷惘一阵儿吧！阮斌居然是任晓晓的男人！这件事，我得好好想想该怎么用。"

林峰扬起暖男式的微笑："清恬，你最近还好吗？"

阮清恬捧着茶杯，笑着说："林先生，我挺好的。您也挺好的吧？"

"没你想象的好。有的时候幸福只是给外人看的。"

"幸福就是幸福，应该是发自内心的，难道林先生您还有什么为难的地方吗？"

"其实每个人心中都有秘密。只不过我的秘密跟你还有一些关系。你不用问了，我也不会告诉你。来，喝茶！"林峰主动给阮清恬倒茶，阮清恬把茶杯递过去，两人态度亲昵，手不小心碰在一起。任青青虽然听不清，但看到两人的互动，恨得咬牙。

这时，任浩铭和阿春正好也走到咖啡厅门口。

阿春问："会长，我们现在回公馆吗？阮小姐说不定已经回去了呢。"

任浩铭突然不说话，盯着咖啡厅里看。看见林峰正在深情地望着阮清恬，他怒火中烧，握紧了拳头。

任青青气愤地走进来，瞪着林峰和阮清恬。

阮清恬给林峰续茶，没看到任青青。林峰顺势握住了阮清恬的手，深情地说道："有时候我真的很想把我内心的秘密告诉你。"

阮清恬紧张得不知所措，连忙抽回自己的手，结果打翻了桌上的茶杯。茶水洒到了阮清恬的手上，林峰立刻拉过阮清恬的手，为她擦拭。阮清恬害羞地缩回手。

任浩铭冲进咖啡厅，看见林峰正拉着阮清恬的手，立刻冲了上去。

任青青看见了任浩铭，惊慌地喊："浩铭！"

阮清恬也看见了气势汹汹的任浩铭，但来不及反应。任浩铭根本顾不上理会任青青和阮清恬，冲着林峰走去，一拳将林峰打倒在地。

阮清恬跟任青青大惊，两人同时要去扶林峰。任青青发现阮清恬的意图，一把推开阮清恬。

任青青厌烦地吼了一句："滚开！不用你！"

阮清恬尴尬地将手缩了回去。任浩铭看见阮清恬的动作，眼神更冷，一把拉起阮清恬，向外走去，冷冷地说："跟我走！"

林峰看着阮清恬离开，嘴角露出一丝冷笑。任青青看任浩铭离开，有些不悦地一把甩开林峰，不满地说："又背着我和阮清恬那个臭丫头见面，你口口声声说爱的是我，到底哪句真哪句假？！"

林峰调整一下自己的表情，正色说："如果按照你说的我喜欢的是阮清恬，那么我现在就会冲出去和任浩铭打一架，可是你看我冲出去了吗？"

任青青赌气道："就你这身板，还打架？我弟五岁的时候，十岁的孩子都打不过他！"

任青青嘴里抱怨着，还是无奈地扶起林峰。林峰的目光却始终没有看向任青青。

任浩铭怒气冲冲地拉着阮清恬走进任公馆。

阮清恬急躁地想要甩开任浩铭："会长！你弄疼我了！"

任浩铭一言不发，只是阴沉着脸将阮清恬拖进任公馆。

阮清恬恼羞成怒："会长，你放开我！"

任浩铭不退反进，将阮清恬扯到自己眼前，愤怒地注视着她："我问你，你早就跟林峰约好了是不是？昨天你也是和林峰见面是不是？你就是因为这样，才拖着不结婚，什么婚前恐慌那都是借口，是不是？"

阮清恬挣扎不止："任浩铭，你要让我跟你解释多少遍，我跟林先生之间真的没有半点关系，以前没有，现在没有，以后也不会有！"

任浩铭抢白："那你能保证林峰对你没有非分之想吗？他看着你的眼神从来没有一次是善良的，他就没对你打过什么好主意！"

阮清恬趁机甩开任浩铭："别人的思想我控制不了，你也控制不了，你可以对我不满，但你不能随便污蔑我。任浩铭，你口口声声说爱我，但爱是建立在信任的基础上的，你问问自己的心，你真的相信我吗？"

"那你知不知道信任是建立在诚实和光明磊落的基础上的，每次你都答应我不去见林峰，却每次都食言，你还好意思跟我说信任！”

阮清恬伤心道：“会长，今天发生的事，我不需要跟你做任何交代，但是我真的没想到，你竟然不相信我到了这种地步，竟然会跟踪我。”

任浩铭打断她：“我想干什么是我的自由，你不要转移话题，我们现在说的是你和林峰。”

阮清恬冷冷地回道：“如果你已经先入为主，认为我和林峰有什么不正常关系的话，我想我们就没有必要再说了，即使我说再多，你也不会相信的。你放开我！”

“我就算再不相信也不会放开你的手！我任浩铭喜欢的人，活着是我的人，死了也必须是我任浩铭的鬼！”

任浩铭说着将阮清恬按到墙上，顺势霸道地吻上去。阮清恬猝不及防，被吻了个正着，在任浩铭怀里挣扎。任浩铭死死吻着，阮清恬渐渐放弃挣扎，跟任浩铭拥吻在一起。

楚安安从大门里走出来，左右看看，以为宋诚不在，这时一辆轿车驶来，停在楚家门口。宋诚从车上下来，对楚安安说道：“安安你要出门吗？我送你。”

楚安安气愤地回：“我昨晚不是已经解释过了吗？明明是你误会了，为什么还要这么监视我？”

宋诚解释道：“我没有监视你，我这是保护你，你是我生命中最重要的人，我不允许你有丝毫闪失。”

楚安安咬牙切齿道：“如果你认为这是保护，那你就好好保护吧！”

楚安安说完掉头就走，用力摔上门。宋诚微笑地看着楚安安，对手下说：“你在这里看着，楚小姐要是出门就跟上去，我去办点事。”

任青青在前面步子很大地走进客厅，林峰上前一把抓住她：“青青，你听我说。”

任青青不甘地甩开林峰：“我都亲眼看见了，你还有什么好说的？我就是看不惯你和阮清恬在一起时的样子，那么温柔，那么深情，我绝对不相信你对她没有好感。”

林峰扳过任青青的肩膀，和颜悦色道：“青青，这个问题我解释过很多遍了，虽然你吃这种醋能让我觉得你很在意我，但你起码应该相信我。我已经说过很多遍了，我爱的是你！恬恬是个非常自爱、优秀的姑娘，我只是想帮她而已。”

任青青咬着嘴唇：“我看你是同情心泛滥！”

林峰转换角度：“就算你信不过我，难道还对自己的魅力不自信吗？阮清恬那种小丫头怎么能跟你比！”

林峰说完十分深情地看着任青青：“青青你知道吗？其实这两天我想了很多，我觉得我们在一起的时间也不短了，应该找个时间好好想一想我们的婚事了。”

任青青停住脚步，眼神顿时变得柔情，充满期待：“婚事？”

林峰一脸认真：“对，我在认真地跟你说我们的婚事。”

第五十七章

灭口

阮清恬闷闷地趴在床上，有些烦躁地自言自语。

“会长可真够霸道的，不过是和林先生说说话，这都不能容忍，也不知道林先生怎么样了？青青姐估计又会生我的气了。唉，可是晓晓和爹究竟是怎么一回事呢？那个丹尼说的赵先生会不会就是爹呢？”

阮清恬深深地叹了口气，拿出任晓晓的照片，看着看着，她突然想到丹尼的话“我记得老赵的样子”，眼睛一亮：“对了，丹尼说能认出爹来，那我明天拿爹的照片去不就行了。”

阮清恬因为想到解决方法而有些小兴奋，可是转念一想：“可是，如果真的是爹干的怎么办？不，不会的，我绝不相信爹是杀人凶手。但如果真是爹，我也不能瞒着会长，我会让爹站出来面对这一切，我也会帮爹承担这一切。”

阮清恬眼里又重新充满了焦虑和恐惧，只好烦躁地蒙上被子，关了台灯。

任浩铭坐在桌前，皱眉盯着某处发呆，手指有一下没一下地抠着桌子。

阿春给任浩铭换了一杯茶，诧异地看了任浩铭一眼。

任浩铭不由自主地叹了口气。

阿春想了想，犹豫道：“会长！您这是……有什么烦心事儿？”

任浩铭瞥了眼阿春。阿春尴尬地笑笑，端着茶盘打算离开。

任浩铭忽然道："阿春……"

阿春恭敬应道："哎，会长！"

任浩铭想了想："阿春，你说……女孩子是不是都比较喜欢温柔体贴的男人？"

阿春点头："那是当然了，要是跟个不知冷不知热的人过一辈子，那简直是活受罪！"

任浩铭一惊，试探道："什么叫不知冷不知热？"

阿春解释道："就是自己说什么做什么都是对的，什么都按照自己的意愿来，丝毫不在乎别人的感受，只要自己的决定遭到别人反对，就会变本加厉地反击回去……咦？怎么说着说着，感觉和会长这么像啊？"

阿春反应过来自己说的就是任浩铭，再看任浩铭已经脸黑到不行，连忙补救道："会长我……我说的不是您，只是您很符合这个特征而已。"

任浩铭瞪了阿春一眼。

"虽然您这样，但是您有钱有地位啊！长得也很英俊潇洒！……"阿春每蹦出一个词，任浩铭就失望一分。见阿春还要说什么，他赶忙打断："好了不要说了，阿春，难道我看上去不温柔体贴吗？"

阿春满头黑线，嘴角一抽："会长！您……"

阿春犹豫着不知怎么说。见他一副为难至极的样子，任浩铭也不想勉强，无语地叹了口气："我知道了，你下去吧。"

阿春退下后，任浩铭皱眉："难道真的像恬恬说的那样，是我有问题？"

第二天，任浩铭醒得很早。刚走出卧室，就假装不经意地经过阮清恬门口好几遍。终于他下定决心敲门，这时任青青打开门走了出来。

任青青看到任浩铭窘迫的样子，觉得好笑："我说浩铭，你那个乡下来的丫头果然不是善茬啊，你能不能去问一下她，作为一个要嫁给我弟弟的女人，为什么还要不知廉耻地去约有妇之夫？"

任浩铭回击："姐！你说话不要这么刻薄！"

任青青气愤："我刻薄？我说的不是事实啊？我还没找她算账呢，你倒先说起我来了。"

"姐，你的事我肯定要说。你和林峰的事，我一直没同意呢。"

"要你同意吗？你的事我什么时候同意过。你是人，我也是人，我们俩是平等的！而且我比你大，按理说你应该尊重我！”

阮清恬在房间里听着，心里想：“会长和青青姐又因为我吵架了，我得出去劝劝……”

阮清恬开门出来，努力微笑着问好：“会长，青青姐，你们吃早饭了吗？要不我去给你们做早饭吧？”

任青青不屑：“哼，不用你在这儿装好人！”

任浩铭瞪了任青青一眼，温柔地问阮清恬：“睡得好吗？”

阮清恬微微点头。任青青走到阮清恬面前，冷嘲热讽道：“我实在不明白，你这么个小家子气的，究竟有什么魅力，能让两个男人都护着你！”言罢，又转头对任浩铭说道：“浩铭，都说红颜祸水，可别怪我没提醒你。”

任浩铭愤慨道：“住在一个屋檐下，就是一家人，我不许你这样伤害恬恬。不管你接不接受，恬恬都是我的家人。”

任青青尖声喊道：“一家人？我们跟她怎么会是一家人？真是可笑。”

“既然话说到这，我也就直说了，我觉得林峰不简单，一定不是善茬，我早晚会彻查他的身份背景。”

任青青暴跳如雷：“你为什么含血喷人！我告诉你，林峰马上就要成为你的姐夫了，我不允许你这样污蔑他！”

任浩铭和阮清恬都一脸惊诧：“你说什么？”

任青青拿出钻戒，高高举起：“这是他送给我的婚戒，我们马上就要结婚了！”

任浩铭一把拿走钻戒。

任青青不忿地上前：“浩铭，你把戒指还给我！我是你姐，我有和任何人恋爱的自由。”

任浩铭态度坚决：“你和谁谈恋爱都行，我都不管，但唯独林峰不行。”

任青青难以置信：“浩铭！好！既然这个家容不下我，我就搬出去，把戒指还给我！”

任浩铭冷笑一声：“走？走了不是正好方便你去找林峰吗？姐，从今天起，你就给我待在公馆，哪儿都不许去！戒指你也别想要回去了。”

任青青急怒：“浩铭，你！”

任浩铭大声道：“阿春！”

阮清恬站在一旁傻了眼，想要劝阻："会长，你别这样对青青姐。"

话音刚落，任青青立刻打了阮清恬一个耳光，一脸敌意地看着阮清恬："别在这猫哭耗子假慈悲！我不需要你同情！"

任浩铭一把推开任青青，立刻去扶阮清恬，查看她脸上的伤。任青青伤心地说："好啊，你竟然为了一个外人这样对我，你这样对得起我吗？对得起晓晓吗？你忘了晓晓是怎么死的了吗？要不是你一直反对，晓晓也不至于做出私奔这种离谱的事！"

任浩铭恼羞成怒："阿春！"

阿春闻声走进来。

任浩铭高声吩咐："阿春，把大小姐给我关在屋里，没有我的允许，不准踏出任公馆一步！"

任青青大惊："浩铭你！阿春你让开！"

任青青说着就要走，阿春拦住她，两人僵持不下。

阮清恬为难地试着劝说："会长……你……"

"春、夏、秋、冬！"任浩铭大喝一声。

阿夏、阿秋、阿冬三人迅速地集合在任浩铭面前。阿春有些为难地伸手做了一个请的手势："大小姐。"

任青青知道任浩铭发起脾气来是什么后果，知道自己拗不过任浩铭，所以只好冷哼一声，愤愤不平地往自己房间走去。

天空中乌云密布。

任浩铭和阮清恬坐在客厅里，楼上传来任青青摔东西、哭喊的声音。阮清恬担忧地看了看楼上："青青姐她……"

"让她摔去，明天再让阿春去买新的。"任浩铭余怒未消，说话也颇不客气。

阮清恬继续劝慰："那毕竟是你的亲姐姐，你别这样对她，其实都是我的错，如果不是因为我，你们也不会这样吵了。"

"对啊，只要你不见林峰，我们就不会有矛盾了。说到林峰我就来气，这林峰真是个混蛋，他已经向我姐求婚了，看你的眼神却还那么龌龊。"

阮清恬暗自回想了一下林峰看她的眼神。再回过神来的时候，看到任浩铭拿着钻戒，很纠结的样子。任浩铭看得出了神，手不知不觉松开，戒指一下子掉了。任浩铭俯身去捡，捡到戒指一抬头，正好看见姐弟妹三人的合影。

任浩铭看着照片，喃喃道："晓晓，你说我该怎么办……"

阮清恬站在一旁，有些担心，抬头看了看表，心里说："本想赶快去艺术沙龙找丹尼问清楚，可是会长现在的样子，我怎么可以放心离开呢？"

任浩铭想了想，看了眼阮清恬，起身就往外走。阮清恬不放心，跟了出去："喂，你要去哪儿？"

任浩铭出门开车，阮清恬也立刻跑了上去，坐进了车里。任浩铭忧伤地看着阮清恬："你下去！"

阮清恬大睁着眼睛，看着任浩铭，摇摇头。

任浩铭哄道："听话，下去！"

阮清恬继续摇头。任浩铭无奈，猛踩一脚油门。汽车疾驰而去，在街上狂奔，直奔出租屋而去，正是发现晓晓尸体的出租屋。

任浩铭孤寂地打着伞，来到了出租屋门口。阮清恬跟在后面，一脸担心，抬头一看，竟然到了出租屋门口，突然有些紧张。

阮清恬跟在任浩铭后面进去。任浩铭打开出租屋的大门，走了进来。阮清恬也出现在了门口，走近任浩铭。

任浩铭问："你跟来干什么？"

阮清恬温柔地回："我来陪你。"

任浩铭有些感动。

阮清恬环顾四周："会长，这是什么地方？"

任浩铭伤心地说："我妹妹晓晓就是在这里被人推下去的。"

阮清恬一惊。

任浩铭难过地说："就像姐姐说的，如果我平时对晓晓再稍微温柔一点，宽容一点，也许这个悲剧就不会发生，也许晓晓就不会孤独无助地死在那个混蛋手里。"

阮清恬看着任浩铭动情的样子，又想起自己在晓晓遗物里看到钢笔的事情，不禁感觉有些讽刺。

任浩铭来到阳台，看着断裂的栏杆，长叹一口气："直到现在我都没法忘记晓晓的音容笑貌，总觉得下一秒她就会站在我面前。一想到我没能亲手将那个杀人凶手千刀万剐，我就特别怨恨自己！晓晓，你一定不要恨哥哥……"

阮清恬又是一惊，努力调整好情绪，有些心疼地劝慰道："会长，我知道你心里很难过，但是人死不能复生，我想晓晓现在在天堂肯定已经原谅你了。”

阮清恬心疼地抓紧任浩铭的手，想要安慰他，无意中瞥了一眼窗外，突然露出了惊恐的神色。阮清恬看见窗外阮斌正打着伞朝出租屋走来，虽然被雨伞遮住了半张脸，但阮清恬还是一眼就认出那正是阮斌。

阮斌抬头看了一眼房间，突然发现了阮清恬，她身边还有任浩铭的背影，顿时吓得魂飞魄散，赶紧用雨伞遮住脸，转身快步走了。阮清恬脸色惨白地看着这一幕，惊魂未定，浑身战栗不已。

任浩铭转头看向阮清恬，发现她脸色不好，随即关心地问道：“恬恬，你怎么了？怎么在发抖？”

阮清恬反应过来，松开手，喃喃道：“哦，我……我没事。”

任浩铭脱下自己的外套给阮清恬披上。阮清恬惊魂未定，犹豫着说：“会长，我知道晓晓的事对你打击很大，你因此格外担心青青姐，可是青青姐她也是个成年人了。晓晓那件事只是个意外，你不能因此阻拦青青姐追求自己的幸福啊，这对青青姐不公平。答应我，不要再关着青青姐了好吗？”

任浩铭感动地看着阮清恬，感慨道：“姐姐那样对你，你居然还替她着想，你真是太善良了。恬恬，你说你要是不嫁给我，嫁给谁啊？这世上只有像我这样比你更善良的人，才能接纳你，你说对不对。”

阮清恬低头难过，任浩铭一把拥阮清恬入怀。阮清恬看着窗外的方向，凄凉地说道：“会长，谢谢你。”

任浩铭跟阮清恬一起心事重重地回到任公馆。

阿春走近任浩铭，低声汇报：“会长，刚刚银行来了电话，有点事需要您亲自去处理一下。”

任浩铭点头：“好的。”

任浩铭摸了摸阮清恬脸：“乖乖在家等我，要是叫我知道你偷偷跑出去，回来我就家法伺候！”

阮清恬尴尬地笑笑。阮清恬看着任浩铭离开的背影，眼神坚定：“会长，我一定会给你一个交代。”

阮斌魂不守舍地在江边跌跌撞撞地走着，脸上充满了惊恐，大风把雨伞刮跑，阮斌也没有去捡，自言自语：“恬恬怎么知道出租屋呢？她身边的那人肯定是任浩铭，我绝对没看错。但是他们去出租屋干什么呢？难道又是去调查晓晓的事？”

阮斌靠在栏杆上，看着滚滚江水，心里一团乱麻：“不行，看来上海不能再待了，我得走，要是被浩铭发现，我就必死无疑了。可是我一走了之，恬恬怎么办呢？她和浩铭马上就要结婚了，如果因为我毁了她一生的幸福……”

阮斌长长地叹了口气。

阮清恬来到艺术沙龙，匆匆走到吧台，却发现在吧台调酒的不是丹尼，而是另外一个她不认识的服务生。

阮清恬赶紧上前问道：“请问，丹尼在吗？”

服务生冷冷地回答：“你找丹尼啊，他在后面库房呢，我去帮你叫他。”

阮清恬十分着急：“好，那就麻烦你了，你只要说是阮清恬找他他就知道了。”

服务生走到后面的库房。阮清恬拿出兜里阮斌的照片紧张地看着。丹尼正在库房擦红酒杯，服务生走到门口叫她：“丹尼，外面有一位小姐找你，说是叫阮什么。”

丹尼想到是阮清恬，点了点头：“哦，好的，我知道了，等我收拾完这两个杯子就出去。”

丹尼从口袋里拿出一张照片看了看，装好。

阮清恬在吧台等得不耐烦，问服务生：“丹尼怎么还不来呀？我还是自己去看看吧。”

丹尼正要开门出去，突然听到门外响起了急促的脚步声。丹尼开门，看到一个人举着刀站在门口。丹尼吓了一跳，后退几步拔腿就跑。杀手追上来，丹尼情急之下将旁边的杯子扔向杀手，杀手躲过，将丹尼逼到死角。丹尼用尽全力挣扎，但无奈他在杀手面前显得太瘦弱了。杀手一只手抓住丹尼，另一只手将刀捅进丹尼的肚子。

丹尼渐渐失去力气，瘫倒在地上。杀手连忙将丹尼的尸体拖到外面。

阮清恬来到库房，发现门虚掩着，但是里面没有声音。她慢慢推开库房的门，里面并没有人。阮清恬看见地上有几个碎杯子，感到疑惑。突然她发现门上有一点血迹，再看向地面，通往后门的路上竟然布满了血迹。

阮清恬惊诧地睁大了双眼。

而此时，林峰来到吧台，服务生给林峰递上一杯酒。虎子笑着走来：“峰哥。”

林峰阴笑：“事都办妥了吗？”

虎子赔笑点头：“您放心，都妥了。干净利落。”

虎子对服务生说：“以后丹尼不会来酒吧了，吧台你来负责。”

服务生想起什么，说道：“哦对了，刚刚还有一个阮小姐来找丹尼呢。”

林峰惊讶反问：“阮小姐？”

服务生回答：“对啊，阮小姐去后面找丹尼了。”

阮清恬推开后门，发现在小巷子里躺着一个浑身是血的男人。她紧张地四处张望，发现没有其他人才慢慢走向尸体。阮清恬发现躺在地上的是服务生丹尼，顿时惊得张大了嘴。

阮清恬突然看见丹尼的衣服口袋里露出的照片的一角。她慢慢走上前，小心地拿出照片，发现上面竟然是阮斌和任晓晓的合影，顿时吓得跌坐在地上，震惊得不能自已，以至于没有留意到，巷子角落里露出了一把带血的尖刀。

第五十八章

愁更愁

酒吧后门的小巷子，阮清恬拿着手上的照片，痴痴地看着。突然她听到身后传来沉重的呼吸声，越来越近。阮清恬一个转头，避开了袭来的刀子。

阮清恬受惊，立刻站起身来，吓得后退，看见一个男人，手上拿着一把刀，刀还在滴血，正凶神恶煞地看着自己。

阮清恬吓得转身就跑，杀手立刻追了上去。阮清恬在小巷子里跌跌撞撞地跑，不时回头张望，发现杀手离自己越来越近。她着急地胡乱跑着，竟然跑进了一个死胡同，杀手嘴角露出冷笑，举着刀慢慢逼近。眼看着刀子朝自己逼近，阮清恬紧张得手足无措，绝望地闭上了眼睛。就在千钧一发之际，杀手被一记闷棍打倒。阮清恬听到动静睁开眼睛，发现杀手已经倒下，林峰举着一根棍子站在自己面前。林峰还有些气喘吁吁，担心地望着她："恬恬，你没事吧？"

阮清恬惊诧反问："林先生！"

林峰上前一把抓住阮清恬："快走。"

阮清恬有些发蒙，被林峰拉着，跟在后面，走到巷子口。阮清恬想了一下，对林峰说道："林先生，我们得去报警，那个男人还杀害了酒吧的服务生。"

林峰假装好意劝说："你别管了，都交给我吧，总之，恬恬，我不能让你受到伤害。"

阮清恬坚定地说："我们先回酒吧，一定要报警。"

“好，走。”

两个人一起来到酒吧的后门，发现两个警察正在勘查现场，搬运丹尼的尸体。阮清恬呆立在原地紧张地看着。

“既然警察已经来了，你就放心吧，那个凶手肯定很快就会被抓住的。走吧，我送你回家。”林峰说道。

阮清恬愣愣地跟着林峰走，心里却一直在想着，丹尼是因为爹才死的！

阮斌在房间里独自喝着酒。他突然听到门外传来阮清恬和谷雨的声音。

“阮小姐，你回来了。”

“我爹呢？”

“阮老爷在房间里呢。”

“我去看看我爹。”

阮斌听到门外的对话，赶紧往嘴里灌了两口酒。门开了，阮清恬缓缓走了进来。阮斌假装喝醉，眼神迷离。

阮清恬坐到阮斌身边，犹豫着说：“爹，我有点事想问您。”

阮斌假装神志不清：“啊，恬恬啊！你回来了，你看爹这条领带好看吗？”

阮清恬皱眉，继续问：“爹你今天去哪儿了？”

阮斌答非所问：“我不吃鱼翅，鱼翅卡嗓子，我要吃燕窝。”

阮清恬摇着阮斌：“爹你清醒一点，我在问你话呢！今天你到底去哪儿了，你是不是去城郊的出租屋了！”

阮斌依旧装糊涂：“我不吃香蕉，乖女儿，你对爹真的太好了，你一定要和浩铭好好的，快快结婚，爹要抱孙子，抱孙子喽！”

阮清恬无奈地叹着气，不再说话。她犹豫了一下，还是将那张照片又放回口袋。阮清恬坐下来，看着阮斌，心里想：“爹，有些话我特别想问你，但又问不出口，这话又不能跟别人说，我心里实在堵得慌，真的不知道自己到底该怎么办了。我真怀念以前咱父女俩无话不谈的时候……”

阮清恬看见阮斌身边的酒瓶，索性直接拿起猛灌了几口。阮斌看着阮清恬喝酒，又不能阻止，有些难过和纠结。

任浩铭回到家,阿春迎上来。

“阮小姐呢?”任浩铭问道。

“阮小姐应该睡了。”

“大小姐呢? 今天折腾了吗?”任浩铭又问。

“大小姐今天没吃饭。”

任浩铭叹了口气,上楼。任青青正憔悴地坐在床边,突然听到门锁转动的声音。阿春打开门,任浩铭走了进来。

任青青冷冷地说:“想来看看我死没死吗?”

任浩铭将钻戒放在桌子上,任青青疑惑地看着。

“戒指还你。”任浩铭说着将戒指推到任青青面前。

任青青有些诧异。只听任浩铭坚定道:“但你记住,我这并不是同意你跟林峰在一起,只是愿意给你一次追求真爱的机会。如果林峰真的敢骗你,我绝不会放过他。”

任青青有点感动:“浩铭,你说真的? 你怎么会突然转变心意?”

任浩铭不说话,起身往外走,背对着任青青说:“对恬恬好一点吧,你那么对她,她还一直劝我要对你好一些,你要以怨报德吗?”

任浩铭说罢,走出门去。

任青青拿着戒指松了口气,撇撇嘴:“阮清恬? 哼!”

任青青高兴地戴上戒指,自言自语道:“浩铭终于松口了,下一步就是等着和阿峰结婚了。”

阮清恬坐在花园的石凳上,一边给自己灌酒,一边自言自语:“杜康真的能解千愁吗? 不然爹为什么总喝?”

想到爹,阮清恬眼眶湿润了。

“真的是你吗? 真的会是爹吗? 我怎么都想不到,你跟晓晓……”

阮清恬说着从怀里掏那张了晓晓跟大龄男友的照片,泪眼迷离地看着。忽然她气呼呼地把照片拍在石桌上。

“不可能! 我不相信! 这个人怎么会是我爹! 一定不可能!”

阮清恬说完,给自己灌了一口酒,站起身想走,带倒了石桌上的蜡烛,她却并未意识到。阮清恬摇摇晃晃地离开了花园。石桌上的蜡烛,正好倒在照片上，照片渐渐化为灰烬……

任浩铭来到客厅，有些疲惫。

阿春上前汇报："会长，银行行长说这几天来提款的人格外多，银行的准备金已经到红线了，如果再这样下去，就要出问题了。"

任浩铭答非所问："更改电台频率那件事办得怎么样了？"

阿春恭敬回道："我们和南洋联系的新的电台频率已经定下来了，并且以后所有的电讯都用代码。这样即使有听力超群的人监听到，也不会知道电报的内容。"

任浩铭点点头："你这两天多关注下银行那边，有情况随时报告，也联络一下南洋那边，让他们准备好黄金，在我们指定的时间把黄金送到上海。只要黄金一到，准备金就没有问题了。"

阿春点头："是，会长，我明白了。"

这时，阮清恬醉醺醺地朝客厅走来，一边走一边说着醉话："我心里很难过，堵得慌，人都说可以借酒消愁，我怎么越喝越愁啊。"

谷雨跟在后面拼命想要拉住阮清恬，却都被阮清恬挣脱了。

谷雨低声而紧张地说道："阮小姐，阮小姐！会长回来了，我带你回房间。"

阮清恬一听任浩铭的名字，更加来劲："会长怎么了？我不怕他！他除了发飙什么也不会，根本没有人类的正常感情。"

看见任浩铭在沙发上板着脸，阮清恬走过去，伸出手指着任浩铭："咦，你怎么长得这么像会长大人啊！"

任浩铭看不下去，起身拉着阮清恬就朝浴室走去。

谷雨和阿春面面相觑。

阿春责备地说："你怎么能让阮小姐喝那么多酒？"

谷雨委屈地回道："我也不知道啊，我在花园找到阮小姐的时候，她就已经醉了。"

阿春叹气："赶紧去看看吧。"

阿春和谷雨也赶去浴室。任浩铭拉着阮清恬走进浴室，阿春和谷雨赶紧上前。阿春命令谷雨："赶紧去拿湿毛巾来。"

任浩铭霸道地拒绝了："不用那么麻烦了，你们歇着吧，我有办法。"

阿春和谷雨面面相觑。任浩铭将阮清恬的外套扔给谷雨，谷雨接住。

任浩铭对谷雨说道："去给你家小姐找件浴衣，然后帮我从外面把门关上，不叫你不许进来。"

谷雨顺从地出门，将门关上。任浩铭将阮清恬放到浴缸里，阮清恬此时已经醉得神志不清了。任浩铭打开喷头，虽然生气还是用手试了一下温度，觉得可以后将花洒对准阮清恬开到最大，将阮清恬完全淋湿。

阮清恬被水喷到，一下子清醒过来。她本能地想要去夺花洒，但任浩铭胳膊长，阮清恬自然难以够到，只好双手遮住脸，尖声叫着："别喷了！别喷了！"

任浩铭看阮清恬已经清醒得差不多了，这才关上了水龙头。任浩铭声音里还是带着怒气："清醒了吗？为什么要喝这么多酒？不知道别人会担心吗？"

训归训，任浩铭还是心疼地将毛巾扔给阮清恬，阮清恬狼狈地拿过毛巾，擦干脸上的水珠，以及混着的泪水。阮清恬抬头看着任浩铭，低声地说道："会长，对不起。"

任浩铭生气说："为什么总是去做让我担心的事？为什么总是要伤害自己？你告诉我，到底为什么要喝酒？"

阮清恬扭过头去，不说话。任浩铭怒视阮清恬，两人僵持着。阮清恬还是开口了，一张嘴眼泪就流了下来："会长……"

任浩铭也有些心疼。

阮清恬哽咽着："会长，你可以抱抱我吗？"

任浩铭一愣，阮清恬起身一把抱住了任浩铭。阮清恬靠在任浩铭肩上，委屈地说道："会长，你什么都别问好吗？就这样抱我一会儿。"

任浩铭满脸的心疼，又突然变严肃："不管怎么样，以后都不许再喝醉了！要是再敢这样伤害自己，我决不饶你。"

阮清恬眼圈红了，默默地点了点头，眼泪无声地落下。

楚安安烦躁地躺在床上听留声机，听了一会儿又觉得莫名的烦躁，起身关掉留声机，高声喊："秋分！秋分！"

秋分立刻走进来："小姐，你找我？"

楚安安有些不情愿地问道："那个谁，还在外面吗？"

秋分点点头："我刚才从门缝里看到宋公子的车还停在外面。"

楚安安烦躁地说："真是个鼻涕虫，这么黏人，没事儿，你去忙吧，不要管他！我看谁耗得过谁。"

楚安安无意中瞥了一眼窗外，发现窗外突然出现了一支玫瑰，而且还在左右晃动。楚安安惊奇地走向窗口，发现竟然是宋诚手里拿着玫瑰，借助梯子爬了上来。宋诚看见楚安安，深情地微笑。

楚安安有点感动，但还是假装不领情，不给宋诚打开窗子。宋诚站在梯子上，因为恐高，头晕目眩，眼冒金星，不停地敲打着窗户。

楚安安只好打开窗户，宋诚用嘴叼着玫瑰爬进房间。

楚安安双臂抱在胸前，不满地望着宋诚："我人生的绊脚石，你来干什么？"

宋诚不等楚安安说完就一把拥她入怀，深情地表白："亲爱的安安，别不理我。我这两天因为害怕失去你，吃不好，睡不着，这种生不如死的日子我再也不要过了。"

楚安安有些感动，眼里多了些柔情。

宋诚惊喜地说："你终于肯原谅我了？"

楚安安并不否认，歪过头去。

宋诚趁机拿出之前买的钻戒，单膝跪地："楚安安小姐，我真的很爱你，我发誓会用一生来爱你，守护你，嫁给我好吗？"

楚安安望着闪光的钻戒，犹豫着，最终还是坚定地拒绝了："对不起，我现在还不想结婚。"

楚安安起身走到门口，打开房间的门，对仍然跪在地上的宋诚说："请你走吧。"

宋诚一脸失落。

林峰坐在沙发上闭目养神，问虎子："银行那边都安排好了吗？"

"按照您说的，已经找好了人，明天就会去任氏银行要求立刻提取大量现金。媒体那边也打点好了，只要银行拿不出现金，立刻就会出现相关报道，鼓吹任氏银行信誉危机，让任氏银行面临破产。"

林峰赞许道："干得好。"

虎子吞吞吐吐："对了峰哥，前两天发生了一件事，看您忙，我就一直没说。"

林峰睁开眼："什么事？"

虎子畏怯地说："监听任浩铭电台的人汇报说，从昨天开始突然找不到电台了，可能是任浩铭修改了电台频率。"

林峰起身气愤地给了虎子一耳光："你怎么不早说呢?！你知不知道没有电

台会耽误我的大计!”

虎子赶紧补救:“我……我这就去找专家。”

林峰拦下虎子:“专家?你能找到什么专家?这件事我来想办法。”

阮清恬醒来,觉得头疼,看见床头放着一杯蜂蜜水,顿时觉得贴心。

谷雨走进来:“阮小姐你醒了。昨晚你喝醉了,会长在床边一直守着你,直到你睡着他才走的,会长交代等您醒了就把蜂蜜水喝掉。”

阮清恬感动不已,突然想起什么:“谷雨,我昨天穿的那件外套呢?”

谷雨想了一下:“就在床边的衣架上呢。”

阮清恬回头看到衣架上挂着外套,顿时安心。

“我去给阮小姐准备早餐。”

谷雨出去后,阮清恬下床去翻外套口袋,却没有找到任晓晓跟阮斌的那张照片。阮清恬疑惑:“照片哪儿去了?难道我没把照片放进兜里吗?”

这时任青青的声音传来:“阮清恬,你出来一下,我有话跟你说。”

看到阮清恬走出来,任青青地说:“听说这次的事,是你帮我跟浩铭说情,你为什么要这么做?”

阮清恬疑惑不解:“不为什么。”

任青青冷笑:“你会这么好心?不要以为你帮了我,我就会同意你嫁进任家!你想都别想!”

阮清恬淡然地说:“青青姐,我的感情不用谁成全,就像你的感情也不用我成全一样!所以,我不用你感谢我,你大可以当什么都没发生过!”

任青青一愣,正要反击,突然看见任浩铭走下楼来,只好先停下话头,狠狠瞪了阮清恬一眼,自顾自出门了。

任浩铭走到客厅,看着阮清恬。阮清恬则有些不好意思地低下了头。吃早餐的时候,阮清恬问阿春:“阿春,我爹呢?还没起吗?”

任浩铭代答:“你爹出去了,说是去看几个老朋友,这两天就先不回来了。”

阮清恬奇怪地自言自语:“老朋友?爹这是躲起来了吗?”

任浩铭边喝汤边大声问道:“酒醒了?”

阮清恬不好意思:“啊?啊……昨晚,是我不好。”

任浩铭抬头看了她一眼,继续低头吃饭:“知道错了就好。”

阮清恬趁机说："会长，我有一个请求……"

任浩铭没抬头："说！"

阮清恬诚心地说道："以后，无论什么情况下，您都不要伤害我的家人。您能答应我吗？"

任浩铭有点不解："你这话好奇怪啊，我怎么会伤害他们呢？你放心，我非但不会伤害他们，还会拼命地保护他们。"

阮清恬心说："谢谢你，会长。"

任浩铭继续喝汤："还有什么想说的？是不是你爹又让你离开我了？"

阮清恬连忙说道："你乱想什么，会长，没有。"

吃完饭，阮清恬回到自己房间。不一会儿，谷雨拿着一个礼盒进来，递给阮清恬："阮小姐，这是会长让我给您的，说请您试一下。"

阮清恬好奇地接过礼盒放到桌子上，打开，发现里面竟是一件漂亮的洋装。

任青青从门口经过，看到阮清恬拿着洋装，鄙视地冷哼了一声："啧啧啧，还真想飞上枝头变凤凰了呀，现在连最时髦的洋装都要穿上身了！"

谷雨气不过，帮忙说话："是会长送给阮小姐的。"

任青青生气地说："这个浩铭，简直鬼迷心窍，对这丫头这么上心，都快成痴情汉了！"说完拂袖而去。

阮清恬举着盒子，发愁地撇撇嘴，将它放进礼盒里，抱着礼盒走出了房间。任浩铭正在浴室里对着镜子系领带。阮清恬将礼盒放到任浩铭面前："谢谢你的礼物，但是我不能收。"

任浩铭没有接话，而是指着自己的领带对阮清恬说："来，帮我系上。"

阮清恬呆了一下，还是顺从地给任浩铭系好了领带。任浩铭满意地照照镜子，对阮清恬说道："好了，走吧。"

阮清恬不解："去哪儿啊？"

任浩铭霸道地回答："想不想知道今天有什么好事发生？"

阮清恬纳闷："不管什么好事，我都不想去，还……"

任浩铭打断她："我任浩铭的字典里没有'拒绝'这两个字，走吧！"

任浩铭一手抓起礼盒，一手牵起阮清恬，向门口走去。

"你！"

阮清恬半推半就，被任浩铭拽出了门。

第五十九章

挤兑

林峰手下和几个青帮成员将黑色皮箱重重放在桌子上。林峰手下叫嚣着对行长说道:“一百万,现在就要提现!”

行长的汗珠立刻滚落在地:“您说什么? 一……一百万?”

林峰手下冷笑:“没错,就是一百万!”

行长和马经理面面相觑。虎子站在不远处看着任氏银行里的场面,冷笑不已。

林峰跟任青青面对面坐着。

林峰看着戒指问道:“这戒指……”

任青青晃了晃手中的戒指:“这戒指不错吧,别人送我的!”

林峰知道任青青说谎,配合地拉起任青青的手,可怜兮兮:“青青,我对你的心日月可鉴,你不能这么对我!”

任青青十分受用,粲然一笑:“骗你的,阿峰,你上次不是说起要聊一聊我们的未来计划吗? 我们现在来聊聊吧。”

林峰脸上一喜:“青青,你知道的,我喜欢你,我真心希望能牵着你的手步入婚姻的殿堂。”

任青青感动地看着林峰:“你说真的?”

林峰点点头，假装担忧道："我早就想跟你谈谈这个问题了，但是我特别担心你弟弟会不同意我们的事，你也知道，任家在上海的身份地位，而我……"

任青青捂住林峰的嘴："不许你妄自菲薄。你放心，只要你愿意跟我在一起，浩铭根本就不是问题！"

林峰假装感动，握住任青青的手，吻了吻她的手背，轻轻地说："我信你！"

任青青幸福一笑。突然看有个人气冲冲地进来，冲着大厅里说："你们还在这儿坐着呢，快去银行提钱啊，听说任氏银行要破产了。"

大家听了，连忙冲出咖啡厅。任青青诧异地问林峰："他们在说任氏银行？"

林峰不理会："你的咖啡凉了，赶紧喝吧。"

一辆汽车向密林深处驶来，后座上坐着闭目养神的任浩铭和一脸茫然的阮清恬。汽车在一片竹林前面停下，阮清恬和任浩铭并肩走在竹林深处，看着郁郁葱葱的竹林，心情很不错。

任浩铭目光宠溺："这个地方不错吧？"

阮清恬没有看任浩铭，盯着远处，笑得迷离惆怅。

阮清恬喃喃道："会长，你相信缘分吗？"

任浩铭好奇地问道："这是什么话？"

阮清恬轻轻道："我信！"

任浩铭一愣。

阮清恬感激道："会长，谢谢你带我来这里，真是个放松心情的好地方！"

任浩铭打趣地望着她："谢我干什么？你难道不知道我为什么这么做吗？"

阮清恬诧异地望着任浩铭，一副不解的样子。

任浩铭笑着揶揄道："那是因为我想让你健康快乐，赶快把你娶回家！"

任浩铭说着快速在阮清恬脸上亲了一口。阮清恬一愣，有些无力地笑笑："会长，我其实特别想跟你说件事，不过这件事要在我确定之后才能告诉你。"

"行行行，我已经快习惯你这样了。"

突然不远处阿春跑来："会长，会长！果然如你所料，银行出事了！"

银行门口聚集了一小拨人，队伍还在不断壮大。人们议论纷纷，交头接耳。青帮的几个手下相互递了个眼色，开始投入地演戏，声嘶力竭地大吼着。

“给我们提现！今天不给钱老子就不走了！”

“就是就是，听说现在任氏银行资金短缺，已经不给提现了，那今天我们就不走了，要是回家睡一觉，银行破产了，我们找谁去呀！”

银行行长和马权都站在门口安抚民众：“大家放心，银行只是暂时的资金短缺，很快就会正常运营，不会破产！”

马权气愤不过，试图压过人群的声音：“我们不会破产，大家不要三人成虎，偏听偏信。”

“不破产你倒是给提现呀，大家不要相信他们，快去把存的钱都取出来吧，银行就要破产了！这些有钱人不知人间疾苦，银行里存的可都是咱们的血汗钱，大家说是不是啊？”人群中不时传来煽风点火的声音。

人群中有人赞同地点了点头。

“是啊，任会长怎么不在，说不定任会长已经卷铺盖跑路了！”

这时，人群里有人叫嚣：“给我们提现！给我们提现！”

人群安静了片刻，一拥而上：“对！给我们提现！我们要提现！”

人群沸腾起来，一片混乱。任青青挤到银行门口，一脸惊慌地看着混乱的人群。行长看见任青青，赶紧将她迎进银行里。

银行行长将账本拿给任青青看，任青青一手推开：“我不看这个，我也看不懂。银行一向是浩铭在打理的，之前也一直很好，怎么会突然……突然出现这种事情呢？”

马权在一旁解释：“大小姐，这次挤兑事件肯定是有人故意为之。”

任青青气愤地问道：“出了这么大的事，阿春呢？浩铭呢？”

行长怯懦地回答：“刚刚阿春过来让我们尽力安抚，他已经去找会长了。”

任青青转念一想，想起了早上看到的阮清恬的洋装，愤愤地说：“这个小妖精，扫把星！”

任浩铭和阿春边走边交谈。

任浩铭皱眉问道：“银行挤兑？”

阿春点点头：“应该是有人捣鬼，零存整取，造成银行储备金短缺，如今又煽动民众。现在银行门口已经聚集了很多人，说是今天必须提现。”

任浩铭对阮清恬说：“恬恬，没法送你回家了，你自己小心。阿春，我们去银行。”

阿春担心地说：“可是现在银行客户们情绪很激动，您现在过去，我怕……”

阮清恬也担心地看着任浩铭。

任浩铭没有丝毫犹豫：“正因为如此，我才要现在去给大家一个交代，快走吧。”

阮清恬看着任浩铭匆匆离开，也担心地跟了上去。

银行外面，民众们还在高喊着：“提现！提现！”

这时，突然有人喊道：“任会长来了。”

民众们自觉给任浩铭让出一条路。任浩铭站在银行门口的台阶上，表情严肃。任青青和行长站在一旁。

“任会长，我们要提现！”

“任会长，银行是不是真的没钱了？要破产了？”

任浩铭示意大家安静，镇定自若：“请大家先听我说，银行现在只是暂时性的资金短缺，但不会破产，这点我可以保证。大家的心情我也可以理解。请大家给我三天时间，三天后，我保证银行会恢复正常运作。如果信得过我任浩铭，就请大家先回去，我一不会跑路，二不会赖账，只要到时候大家拿来存款凭证，我一定如数将钱提给大家。”

有人被说动了：“我们现在这样闹也没有用，要不就相信任会长一次？”

身边很快有了附和的声音：“是啊，要不就等三天。”刚才煽风点火的人也没有了之前的嚣张气焰。任浩铭表情严肃，若有所思，在阿春的陪同下进了银行。

阮清恬躲在一旁翘首以盼，却看不太清，突然她感觉有人拍自己肩膀，回头一看，竟然是林峰。

林峰带阮清恬来到隐蔽的巷子里。阮清恬有些抗拒：“林先生，我……我现在有点事要去做。”

林峰微笑：“你是担心银行的事吧？你放心，浩铭肯定能摆平。”

阮清恬略微安心，疑惑地问：“林先生找我是有什么事吗？”

林峰点点头：“确实有事，还是急事，而且这件事，只有你能做。”

阮清恬纳闷：“只有我能做？这是什么意思？”

林峰解释道：“是这样的，恬恬，我现在急需你帮我找到一个电台。这个电台在 96.6 兆赫到 106.6 兆赫之间，发报时间在十二点到二十二点之间，我们现在只能找到三十个电台，但都不是我们要找的，需要你来帮我们听一下，找到这个消失的电台。”

阮清恬认真地听着，明白了始末，想了一下才说：“林先生，你是说想让我帮忙找到这个电台？”

林峰点点头：“是的，整个上海滩，只有你能做这件事了。”

见阮清恬犹豫，林峰善解人意地说：“以你的听力，寻找电台应该不会花太多的时间。没关系，你可以回去好好考虑一下，不论是今晚还是明天，只要你考虑好了，可以随时来找我。”

阮清恬点点头：“我知道了林先生。”

林峰嘱咐：“还有，这件事我不想让青青和浩铭知道，我怕他们误会，增加不必要的麻烦。”

阮清恬犹豫着点点头。

任浩铭在书房里打开保险柜，拿出用来联络的代码本。阿春站在一旁，表情严肃。任浩铭将代码本交给阿春，吩咐道：“这是用来联络各地生意的代码本，南洋黄金的代码是‘玫瑰’，你今晚就给南洋那边发报，告诉他们，现在急需黄金来周转，务必三日内到沪。”

阿春接过代码本：“我知道了，可是会长，那个处心积虑针对任氏银行的幕后黑手究竟是……”

任浩铭打断阿春的话：“当务之急是调来黄金，让银行恢复正常存取，至于那个背后使绊的小人，我一定会查出来的，他所做的一桩桩一件件，我都记着呢，等时机到了，会一起清算的。”

阿春应道：“我明白了。”

任浩铭问道：“阮小姐呢？”

阿春回答：“阮小姐在房间里呢。”

任浩铭点点头：“我知道了，你去吧。”

阮清恬坐在床边，自言自语：“到底要不要去呢？”

阮清恬想起今天早些时候在巷子里和林峰的对话。阮清恬回过神来，自言自语道:“之前林先生帮了我很多,现在既然林先生有求于我,那我就应该去帮他。可是,要怎么跟会长说呢?”

任浩铭的声音从后面传来:“你要跟我说什么?”

阮清恬惊讶地回头,发现任浩铭站在门口。任浩铭走近阮清恬,霸气地问道:“说啊,要对我说什么?”

阮清恬急中生智,稳定了一下呼吸,镇定地说道:“银行出现了危机,我看会长这么着急,也想帮忙,却不知道应该怎么做,所以就想去找楚安安商量一下。但是如果我对会长您这么说的话,您肯定不会放我出门,所以我在想要编一个什么理由才能让您放我出门。”

任浩铭看着阮清恬的眼睛不说话。阮清恬硬撑,心里却在打鼓:“难道会长已经看出我在说谎了?”

任浩铭捏了捏阮清恬的脸:“你说对了,我是不会让你出门的,因为我已经有解决办法了,不需要你帮忙。再说,楚小姐能怎么帮啊?管她爸妈要钱吗?”

阮清恬顿感失落。这时任浩铭却话锋一转:“不过,看在你这么关心我的分上,我允许你去找楚安安。你们好姐妹也很久没见了,需要好好联络下感情,看你最近经常闷闷不乐,也许和楚安安聊一聊心情会变好。”

阮清恬兴奋地说:“会长你说真的?”

任浩铭偏过头:“你要当假话听,就别去了。”

阮清恬很高兴,转身去拿外套。任浩铭突然又说:“不过……”

阮清恬立马停下动作,诧异地问:“怎么又不过?”

任浩铭坏笑着伸过侧脸:“不过你必须亲我一口,我才答应放你走。”

阮清恬犹豫着。任浩铭指了指自己的脸,闭上眼睛:“你不是想出门吗?快点!”

阮清恬慢慢走近,看着任浩铭的脸,脑海里突然出现在出租屋看见阮斌,在酒吧看见死去的服务生的画面,她顿时停住了脚步,不再上前。任浩铭依旧闭着眼睛等着。阮清恬终于下定决心,慢慢贴近任浩铭的脸。

楼下突然传来阿春的声音:“会长,阮小姐。”

阮清恬趁机赶紧躲开,任浩铭也睁开眼睛。

阮清恬跑到门外,问道:“阿春,什么事?”任浩铭也好奇地探出头去。

阿春恭敬地回答:“楚小姐来了。”

任浩铭看向阮清恬，高兴地说："还真是心有灵犀的好姐妹啊，你说想安安，安安就来了，你不用去找她了。"

阮清恬咧嘴叫苦的时候，楚安安拎着两个礼盒出现在客厅。看见下楼来迎接的任浩铭，她兴奋地问好："任会长，好久不见。"

任浩铭面无表情："恬恬在后面。"

阮清恬面带微笑地朝楼下走来。楚安安将一个精美的礼盒递给任浩铭："这是最新的茶叶，知道会长爱喝茶，就买来让你尝尝。"

任浩铭打开茶叶盒子，闭着眼睛闻了一下："嗯，确实是好茶，谢谢了。"

楚安安真心地说："会长喜欢就好。"

楚安安看着任浩铭离开的背影，有些落寞。直到阮清恬的声音从身后传来，楚安安才回过神来："清恬，没和你提前说一声就过来了，没耽误你什么事吧？"

阮清恬张望了一下任浩铭离开的背影，勉强地笑着："当然没有，安安，坐下说。你今天怎么想起过来了？不会只是为了送茶叶吧。"

楚安安声音有些低沉地回答道："我想来和你说说话，最近发生了好多事，我很心烦，怕会长不放你出去，索性就自己过来了。"

阮清恬松了一口气："这样啊，其实我也正想去找你呢。"

楚安安欣喜地说："难道是心有灵犀？"

阮清恬笑笑："也许吧。"

阮斌在街上漫无目的地走着，想着之前和晓晓在一起的点点滴滴，一抬头，发现自己竟然走到了酒吧门口。

阮斌戴着帽子眼镜，坐在吧台旁边，嘴里念叨着："这老话说的真是对呀，不做亏心事，不怕鬼敲门。自从那天在出租屋外看见了恬恬和浩铭，在任家多待一分钟都觉得是一种煎熬。"

服务生递给阮斌一杯酒："这是您要的天使之吻。"

阮斌看着手里的酒，神情黯淡，心里说："这天使之吻，是和晓晓一起喝过的酒，如今已经物是人非了。"

阮斌环顾四周，突然发现墙上挂着一张楚安安和任晓晓的照片，不禁死死地盯住。阮斌拉过一个服务生问道："这照片是什么时候挂上去的？"

服务生回答说:“最近沙龙在搞‘最美顾客’的活动,会挑选之前拍的比较好的照片挂到墙上,用作宣传。”

阮斌点点头,压低帽檐。

阮斌看着照片,若有所思:“我怎么把这个楚安安给忘了呢?她不是晓晓的好朋友吗?晓晓跟我说过她和楚安安是好朋友,楚安安不会把我认识晓晓的事告诉了恬恬吧?不行,我得找她问问清楚。”

阮斌突然发现自己旁边坐着一个已经喝到烂醉的男人,正是因为楚安安拒绝了求婚而来这里借酒消愁的宋诚。

有小姐来到宋诚身边搭讪:“先生长得这么英俊,和我跳支舞吧。”

宋诚一手甩开:“滚,都给老子滚!你们是什么人?老子根本看不上!我只要安安,只要楚安安……”

宋诚声音越来越小,最终一头趴在吧台上。这时一个下人走了进来,来到宋诚身边:“少爷,咱们该走了,我听说这个酒吧的服务生被杀了,警察正在调查呢。如果被人看见您借酒浇愁,又该大肆报道了,快走吧。”

下人扶着宋诚离开。

阮斌惊讶地看见有警察从包间里出来,也立刻裹紧大衣快步离开了。

第六十章

找电台

任浩铭坐在书桌前，楚安安站在一旁，恳切地说："任会长，你最好了，就把恬恬借我一晚，我真的有好多话想和恬恬说。"

任浩铭不许："既然你都来了，有什么话就在公馆说吧。"

楚安安为难地说："我们家秋分做了好多好吃的呢，还是让恬恬去我们家吧。"

任浩铭坚持不依："好吃的？任公馆里也有很多啊，就在任公馆吃好了。"

楚安安不让步："哎呀，会长！我就是想让恬恬去我家嘛！"

任浩铭只好同意："好吧好吧，我答应你。"

楚安安举手发誓："谢谢任会长，你就放心吧。我保证，明天，肯定会把恬恬完好无损地给你送回来。"

"我让阿春送你们。"任浩铭又说。

楚安安兴奋地说："太好了，那我们走了。"

阮清恬焦急地在客厅等消息，楚安安兴奋地走过来："走吧，恬恬，会长答应你去我家住一晚。"

阮清恬松了一口气，这下好了，可以去帮林先生找电台了。一激动，就拉着楚安安的手，说道："太好了安安，谢谢你。"

楚安安纳闷："谢我做什么？应该是我谢你吧。"

阮清恬自知失言,忙说:“是啊,你看我,高兴得话都不会说了。”

楚安安并不在意,拉起阮清恬的手:“走吧。”然后她问:“对了,你怎么一脸心事重重的样子啊?是不是有什么心事?”

阮清恬纠结了一下,还是决定说实话:“安安,其实你不知道,你今晚真的是帮了我一个大忙。”

楚安安惊讶:“我?帮了你?这是怎么回事?”

阮清恬这才把林峰想让自己帮他找电台,自己又担心任浩铭误会,不肯让自己帮林峰的事情跟楚安安说了一遍。

楚安安惊讶地说:“帮林先生找电台?这种事为什么不直接和会长说呢?会长他心眼就那么小吗?”

阮清恬苦笑:“你说对了,会长他的心眼确实很小,他对林先生一直有很大的偏见,所以还是瞒着他比较好。”

楚安安感叹:“你真是善良啊。”

阮清恬不好意思地浅笑。

楚安安突然说道:“不知道下次我们像这样谈心,会是什么时候,真希望可以一直这样。”

阮清恬也点点头:“是啊,这样聊天的日子希望一直可以有。”

两个女孩相视一笑。

两人虽然在一起总有聊不完的话题,但也渐渐地沉入了梦乡。

楚安安安然地熟睡着,阮清恬却额头冒汗,面容扭曲,在做噩梦。

梦里,阮清恬来到一个包间门前,发现包间的门是虚掩着的。阮清恬推门进去,发现屋里坐着一个男人和一个女人,男人是阮斌,而女人的脸被长发遮住,根本看不清。

阮清恬站在门口好奇地看着屋内的两人。

阮斌拿出一支钢笔,递给女人:“我的公主,这个送给你。”

女人一脸兴奋地接过来:“怎么会想到送我钢笔?”

阮斌绅士风度十足:“这支钢笔跟了我很多年了,已经有些旧了,你不是爱写日记吗?我想把它送给你,让你可以每天看到钢笔的时候,就想到我,而且,就算有时候我惹你生气了,你想在日记里骂我,只要一看到这支钢笔就骂不出来了。”

女人扑哧一声笑了，刮了一下阮斌的鼻子：“老滑头！”

阮斌亲昵地用自己的鼻子去蹭女人的脸，女人感觉痒，转动着脸要躲开，阮清恬此时才看清，原来那女人正是任晓晓。

阮清恬惊醒过来，吓得一下子坐起，大口喘着粗气，额头上一层冷汗。阮清恬反应过来自己刚刚做了噩梦，看看身边依旧熟睡的楚安安，脸上显出惊恐的神色。

任浩铭在吃早餐，任青青下楼来到客厅，问道：“银行的事到底怎么样了？昨天闹成那样，不会真的像外面传的那样我们银行没钱了吧？”

任浩铭淡定地喝茶：“不会的。”

任青青撇嘴：“都是因为你最近鬼迷心窍，就想着谈恋爱了，银行才会变成这样。阮清恬那个小妖精到底给你施了什么法术，让你这么着迷。”

任浩铭将勺子扔到桌上，任青青被清脆的声响吓了一跳：“好好好，我不说了还不行吗？”

任浩铭起身推开任青青朝门外走去。

任青青一脸的不开心。

阿春坐在发报机面前，给南洋发送明码电文。任浩铭坐在他身后的沙发上，表情严肃。阿春熟练地发报，很快就接到了回复，破译后将纸条交给任浩铭：“会长，南洋那边回复，明日黄金将上路，到达的码头和具体时间将于明日发报告知。”

任浩铭点点头，眼神里满是坚定。

一间空空的房间里面，摆着一把椅子和一张桌子，桌子上放着发报机与电台，除此之外再无其他的东西。林峰站在窗户边，一脸阴笑，把玩着手里的钢笔。

这时候传来敲门声。

林峰赶紧收起钢笔：“请进。”

虎子带着阮清恬走进来。阮清恬看见林峰，不好意思地道歉：“不好意思啊，林先生，我来晚了。”

林峰带着招牌式的微笑：“不晚不晚，你能来我就很高兴了，学校那边不太方便，正好这家住户刚刚搬走，虽然房间很空，但比较安静。”

阮清恬点点头，好奇地环顾四周，坐到发报机前。林峰带着暖暖的微笑看着阮清恬。阮清恬不太好意思地看着林峰，回避他的目光。

林峰这才反应过来，赶忙说：“我在这会打扰你工作吧，我这就走。”

阮清恬笑着说道：“其实没关系的，那我就开始工作了。”

阮清恬说着就戴上了耳机。

林峰看了一会儿，轻手轻脚地退出房间，关上了门。林峰小心地关上门，虎子立刻走上前担心地问道：“峰哥，你觉得阮小姐真的能找到那个电台吗？”

林峰示意他噤声：“你在这守着，一有消息就告诉我，我要去和青青小姐共进晚餐。”

虎子赞叹道：“峰哥，您真是情圣啊！”

林峰不以为然地一笑。

阮清恬找电台还需要一段时间，在此期间，林峰赶到和任青青约会的餐厅，早早地等在餐厅里。林峰坐在桌子旁边，对服务员说道：“待会，我一打响指，你就把鲜花拿过来，明白了吗？”

服务员点点头：“是，林先生。”

林峰也点点头，示意服务员离开。

任青青远远地看着林峰：“嗨！阿峰！”

服务员帮任青青搬动椅子，任青青坐下来，微笑着看着林峰：“吃顿便饭而已，用不着这么大的排场吧？”

林峰脸上带着暧昧的笑容：“不，陪我最爱的青青吃饭，我希望每餐都能给你新的惊喜。”

任青青依旧微笑着：“阿峰你真好。”

林峰深情地表白，像是在念台词：“尽管太阳每天都照常升起，但我希望我每天都能给你不同的温暖！”

林峰打了个响指，服务员抱着一大束白玫瑰走近。林峰把花放在任青青面前：“最素雅的花朵，送给最惊艳的你。青青，I love you!”

任青青捂着嘴，随后小心翼翼地接过花束；“I love you too!”

林峰在任青青的额头落下一吻。任青青抬起头深情地看着林峰。

林峰凝视着任青青:“青青,都说前世一千次的回眸,才换来今世一次擦肩而过;前世一千次的擦肩而过,才换来今世一次相遇;前世一千次的相遇,才换来今世一次相爱。这样说起来,我们真的是太不容易了。”

任青青感动极了:“阿峰,我好感动,我真是太爱你了。”

林峰表面上保持着迷人的微笑,心里却在说:“脖子都要扭断了,还感动什么呀!”

林峰拿出一张请柬递给任青青。

任青青接过请柬,打开一看,里面是空白的:“这是什么意思啊?”

林峰回答:“时间、地点,全部由你来填。”

任青青十分感动:“阿峰,我愿意!”

林峰笑了笑,低头看看表:“青青,实在抱歉,学校里还有点事情需要我去处理,可能没法送你了,你能理解吧?”

任青青点点头:“你去忙吧,工作要紧,不用管我了。”

林峰吻了任青青一下,然后起身离开。任青青看着林峰离开的背影,拿起白玫瑰,陶醉在花香里,眼里充满少女般的柔情。

阮清恬坐在电台前,闭上眼睛,认真地慢慢地扭着旋钮,仔细辨别着电台频率。林峰走到房间前,问虎子:“怎么样了?”

虎子耸耸肩摊开手:“还在找着呢。”

林峰透过门上的玻璃看向房间里,只见阮清恬正专注地寻找,情不自禁地嘴角上扬。虎子在一旁看见,不解地撇撇嘴。

正在这时候,阮清恬发现了电台的踪迹。她仔细辨认电波的声音,屏气凝神转动着电钮,直到机器传出“嘟嘟”的声音,信号灯也亮了起来。电台找到了!阮清恬正要摘下耳机,突然听到里面电报的声音,便随手在旁边的纸上记录下来。

阮清恬兴奋地起身,门突然开了,林峰一脸兴奋地走了进来。阮清恬赶紧宣布:“电台找到了!”

林峰十分兴奋:“恬恬,你可真是帮了大忙!你太棒了!”

阮清恬将记在纸上的电报交给林峰:“林先生,这是刚刚发来的电报,我想你可能需要。”

林峰激动地接过纸条，只见上面写着：“玫瑰已上路。”

林峰不露声色，对阮清恬说：“你接着听，下面可能还有更重要的。”

阮清恬点点头：“好的，放心吧，林先生。还有，我要谢谢你，如果不是你的话，我还看不懂电文呢！”

林峰笑笑：“别这么客气。”

林峰走出房间，对虎子使了个眼色，虎子赶紧跟了上去。阮清恬从门缝里看到虎子，有些奇怪。这时电台的信号灯突然又亮起来，刚刚找到的电台又发来了电报。

阮清恬赶紧戴上耳机，在纸上记下电文：“两条大黄鱼，17 号荒鸡。”

阮清恬感到疑惑：这到底是什么电台呢？播报的内容也太奇怪了吧。虽然疑惑，但她还是拿着记好的电文出门，去找林峰。

虎子开心地说：“太好了，峰哥，果然不出你所料，任浩铭果真调了南洋的黄金来上海，这次咱们可以大赚一笔了。”

林峰也冷笑：“具体的时间和地点应该会再次发电报告知的，待会等阮清恬走后，你立刻派人监听电台。”

阮清恬在走廊里寻找林峰，推开一扇门，发现没有人。突然她听到不远处传来林峰和虎子的对话。

虎子兴奋地说：“峰哥，只要我们劫下任浩铭从南洋调来的这笔黄金，任浩铭这次想不认栽也不行了！到时九爷一定会对您刮目相看！”

阮清恬走到一个半开着门的房间外，听到虎子和林峰在里面说话。

“小点声！我跟你说过多少次了，不要提任浩铭，阮清恬的耳朵很尖的！要是被她听到，一定会从中坏事的！”林峰示意虎子低声。

阮清恬在门外瞪大眼睛听着两人的对话，不自觉地喃喃念道：“黄金？九爷？难道林先生和青帮有关系？他们要对会长的黄金下手？”

林峰听到房间外有动静，警惕地问：“谁？”

林峰和虎子快速冲向房间门口。阮清恬手足无措，愣了两秒，赶紧逃跑。林峰和虎子冲到房间门口，只看到阮清恬慌张逃走的背影。

林峰看虎子还站着，急道：“还不快去追！”

“是!”虎子说完急忙追了上去。

“追不到人,你就别回来了,直接去跳黄浦江。”

阮清恬慌不择路,在走廊里跑着,却没想到前方已经没有路了。眼看虎子气势汹汹地向她逼近,她低头看了看手里的纸条,索性将纸条塞进嘴里,嚼了起来。

虎子惊诧地看着这一幕,上前便掰开阮清恬的嘴:“给我吐出来!吐出来!”

阮清恬被虎子捏着下巴,奋力挣扎,但还是挣扎不过。虎子将纸条抠了出来。

“臭娘们!还想吞了电报!”

阮清恬恶狠狠地瞪着虎子。阮清恬被虎子拽进房间,没好气地说:“峰哥,这娘们儿要把电报给吃了,让我给抠出来了。不过,电报湿了,有些字看不清……”

阮清恬梗着脖颈,恨恨地看着林峰。林峰面无表情地看着阮清恬,房间里气氛十分紧张。

林峰拿起桌子上的耳麦听了一会儿,面无表情地放下,看向阮清恬:“刚刚电报里说了什么?”

阮清恬激动地说:“为什么?你为什么要害会长?你是林先生啊!是我一直敬仰的林先生啊!你怎么可以利用我去害会长?”

阮清恬红着眼睛,情绪激动地看着林峰。

林峰冷笑道:“虎子,把刚刚那张纸条拿出去晒,我就不信我们得不到电报的内容!”

“是!”虎子拿着湿纸条出去了。

林峰走近阮清恬,想要帮她整理一下凌乱的头发。阮清恬后退一步,躲开林峰的手。林峰的手停在半空中。

林峰放下手,声音很轻,但是力度很强:“我再问你一次,刚刚电报里说了什么?”

阮清恬激愤地说:“你要害会长!我是不会告诉你的!”

林峰突然冷笑起来:“清恬,你真的很单纯!你知不知道?你心里那个高大正直的任会长,其实才是个道貌岸然的衣冠禽兽!”

“会长才不是那样的人!”

林峰激动地说:“他当然是！只是你不知道而已!”

阮清恬同样激动地回:“会长不是！你不要诽谤会长!”

林峰咬牙切齿地说:“我说他是,他就是!”

见林峰不可理喻,阮清恬厌恶地别过头去,不再看林峰一眼。

林峰气急:“刚刚电报里的内容,你到底说不说?”

“当然不会告诉你!”阮清恬一副视死如归的表情。

林峰平复一下情绪,从西装口袋里拿出钢笔,对阮清恬说:“我前段时间捡到了一支钢笔,不知道你认不认识?”

阮清恬回过头,看见林峰手里正举着阮斌送给任晓晓的那支钢笔,顿时瞪大眼睛,惊讶地问:“这支钢笔怎么会在你手里?”

第六十一章

有人要劫黄金

任浩铭去敲阮清恬的房间门，没有人回应。

“阮小姐呢？”任浩铭问谷雨。

谷雨回答：“小姐和楚小姐一起走了，您忘了？”

任浩铭这才想起来，点点头。任浩铭下楼给楚安安家打电话，对着电话说道：“告诉阮小姐，我一会儿过去接她。”

秋分支支吾吾：“阮小姐一早就出去了，不知道去了哪里。”

任浩铭有些惊讶：“你说什么？那楚安安呢？”

秋分怯生生地说：“小姐刚出门，去百货商店了。”

任浩铭挂断电话，喊道：“春、夏、秋、冬！”

春、夏、秋、冬立马跑上前来：“会长！”

任浩铭一挥手：“备车，去找阮小姐！”

黑色汽车停在楚家门口。司机老张正在车里悠闲地梳理头发，突然听见有人敲车窗。司机纳闷地摇下窗户，看见窗外站着一个戴口罩的男人。

不多久，楚安安打扮一新开门出来，环顾四周没有发现宋诚的人，嘴里嘀咕着：“难道真的伤心了，不再来了？”

楚安安撇撇嘴，上了停在门口的汽车。阮斌戴着口罩和墨镜，坐在司机的位置上，眼里写满紧张。

楚安安自然地问："去百货公司，咦？你不是老张吧，我怎么没见过你啊？"

阮斌低沉地说着准备好的台词："我是老张的表哥，他今天生病了，我来替他开。"

楚安安不太高兴："昨天还好好的呢，说病就病，真是的。"

汽车缓缓启动，向前开去。阮斌心不在焉地开着车，从后视镜里观察着楚安安，心里嘀咕："要怎么问呢？"

阮斌摸了摸口袋里的匕首，下定决心。

楚安安突然喊道："任会长！"

阮斌一个急刹车，停在了路中央。阮斌看见任浩铭伸手挡在车前，赶紧低下头，好在任浩铭的眼神都在楚安安身上。

楚安安不满地整理着发型："你是怎么开车的！技术这么差！"

任浩铭走到车边，打开车门，拉楚安安下车。

楚安安兴奋地说："任会长！你怎么在这里？"

任浩铭不由分说地问："清恬呢？"

楚安安想起昨晚阮清恬的话，犹豫着："嗯……恬恬她，她有点事，所以……"

任浩铭皱眉："什么事？说清楚！"

阮斌听着两人的对话，也露出担心的神色。

楚安安只好说："我……我真的不知道。"

任浩铭只好愤恨地指着楚安安，边走向自己的车边说道："清恬要是出了事，我再找你算账！"

楚安安也着急地说："我和你一起去找！"

任浩铭厉声说："你回家好好待着就是帮忙了！"

任浩铭说完就开着轿车疾驰而去。楚安安坐进轿车里，念叨着："恬恬会在哪儿呢？昨晚也没告诉我啊。还是回家吧，都没心情逛商场了……"

车子半天没动，楚安安抬起头，这才发现司机的位置上已经没有人了："司机呢？"

阮斌在马路边摘下墨镜和围巾，一脸担心："恬恬到底去哪儿了？不会是被人绑架了吧?”

阮清恬看着林峰手里的钢笔,动弹不得。林峰起身,上前轻触阮清恬的肩膀,阮清恬想要躲开,但被林峰强按住。

林峰温柔地笑着:“如果我没猜错,这支钢笔应该就是阮先生送给任晓晓的定情之物吧?啧啧啧!想必有件事你还不知道,你爹其实就是杀害任晓晓的凶手!”

阮清恬立即否认:“你胡说!我爹不可能是凶手!他连任晓晓是谁都不知道,怎么可能会杀了任晓晓!你别瞎说!”

林峰冷笑:“这可是你爹亲口对我说的!难道你连你爹的话都不相信吗?”

阮清恬立刻反驳:“不可能!我爹为什么要跟你说这个?”

林峰回答:“因为你爹偷了任浩铭的账本。还记得当初任浩铭的手下去你家找你爹吗?就是因为这件事!”

阮清恬有些难以置信,不知要说什么。

林峰把玩着钢笔:“你可以不相信我的话,但任浩铭就……”

阮清恬浑身发抖,但依然坚定地说:“那你也休想知道电报的内容!”

此时,虎子拿着纸条兴高采烈地进来:“峰哥!果然干了就能看出来了!上面写着两条大黄鱼,17号荒鸡!”

阮清恬听后,面如死灰。

林峰看着阮清恬的表情,嘴角露出冷笑:“恬恬,你不要怪我,这件事我也是有苦衷的。其实这么多年,我都活得很痛苦。你一向都很善解人意,你知道如果任浩铭知道了今天的事,你爹就……”

阮清恬没等林峰说完就扇了他一巴掌。阮清恬眼中含泪,恨恨地看着林峰:“你卑鄙!”

“我不卑鄙就活不到今天!”林峰瞪着眼睛,凶狠地说道。

阮清恬落下眼泪,又想扇林峰。林峰抓住阮清恬的手腕:“不要以为同样的事情,我会让你做两次。”

阮清恬想抽回手腕,却抽不回来,情急之下踢了林峰的裆。林峰吃痛,手中的钢笔落地。阮清恬捡起钢笔就快速跑出房间。

虎子站在门外,没想到阮清恬会突然跑出来,被阮清恬猛推了一下,险些摔倒。阮清恬头也不回地往前跑去。

虎子看了眼房间里:“峰哥。”

林峰强忍疼痛,脸色难看地高喊着:“给我抓住她!”

虎子立刻追了上去。

林峰气得一脚踢倒了椅子,却又牵动了痛处,难受得不行。阮清恬紧握着钢笔快速从后门逃了出来,虎子在后面穷追不舍。阮清恬气喘吁吁地跑到一个路口,只顾着看后面,突然撞到了一个人怀里。

阮清恬抬头一看,竟是任浩铭。阮清恬下意识地将钢笔放到衣服口袋里。

任浩铭并没有看到虎子。虎子在后面看见任浩铭,立刻变了脸色,转头匆匆逃走了。

“你跑什么?有人追你?”任浩铭皱眉问道。

阮清恬想了一下,决定撒谎:“不知道,不认识那几个小流氓……”

任浩铭朝远处看去,什么人也看到。任浩铭担心地看着阮清恬,阮清恬尴尬地回避他的目光。任浩铭突然霸道地将阮清恬推得靠在了墙上。

阮清恬猝不及防,面对贴近的任浩铭,只好立刻偏过头去。

任浩铭质问道:“人家为什么要追你?”

阮清恬抿着嘴不回答。任浩铭继续贴身,眼看两人就要嘴对嘴。

阮清恬只好挣扎着说道:“会长,别闹了!我只是从这路过,没想到就遇到了流氓。”

任浩铭狐疑地看着阮清恬:“早跟你说过外面不安全,你不听我的,非要跑出来,现在好了吧,险些让人家占了便宜。”

阮清恬挣扎:“会长,你先放开我好不好?”

“我告诉你!我以后再也不会放开你了,你也休想再从我身边逃走,你以后都不许离开我一步!”

阮清恬无奈地妥协:“我跟你回去就是了。”

阮清恬来到任浩铭身边,看着任浩铭,想起林峰的话——“恬恬,你不要怪我,这件事我也是有苦衷的。其实这么多年,我都活得很痛苦。你一向都很善解人意,你知道如果任浩铭知道了今天的事,你爹就……”

阮清恬犹豫着不敢接近任浩铭,心里思虑着:“林峰说了,如果告诉任浩铭黄金的事，爹就会有危险，可是如果不说……会长的生意会不会受到影响呢？”

阮清恬正苦恼地思索着，任浩铭回头发现阮清恬不对劲，问道：“鬼鬼祟祟地干什么？”

阮清恬只好上前，问道：“银行的事，怎么样了？”

任浩铭平静地说：“再等两天就能彻底解决了。”

阮清恬吞吞吐吐：“会长，银行的事……”

任浩铭打断她：“你能不能别再瞎操心了，你现在在意的应该是如何把自己收拾得更漂亮，时刻准备嫁给我。”

阮清恬说：“会长，我是在想，会不会有人在打银行的主意……”

任浩铭一愣，没太在意：“我都说了不用你管了！你怎么啰唆得像个管家婆！”

阮清恬无奈地站在原地。

任浩铭站起身：“早点休息吧，要是失眠的话，欢迎你随时来找我。”

任浩铭说完就走向自己的房间。阮清恬苦笑，心说：“我到底该怎么办呢？那封电报到底是什么意思呢？”

阮清恬坐在桌边，嘴里念叨着：“两条大黄鱼，17号荒鸡。到底是什么意思呢？”

阮清恬站在窗口，手里拿着钢笔，看着夜色发愁：“林先生竟然是青帮的人，而且竟然知道爹和任晓晓的事情。电报里说的17号荒鸡，应该是货17号就会到的意思吧，如果损失了这批货，任氏银行就会破产，我到底该怎么办呢？”

阮清恬忧愁地看向茫茫夜色，来到客厅，发现阮斌刚刚回来。

“爹，你回来了，这两天您去哪儿了？”阮清恬问道。

阮斌一脸紧张，躲避着阮清恬的目光：“就是去个老朋友家拜访了一下。”

阮清恬质问道：“您的老朋友？我怎么从没听您提起啊？”

“是之前工作时认识的，没跟你说过而已。”阮斌顿了一下，又问，“我不在的这几天，你和浩铭都好吧？”

阮清恬勉强点点头：“都挺好的。”

阮斌担心地问：“我听说任氏银行出现了危机，没事吧？解决了吗？”

阮清恬沉思一下：“我想，很快就会解决的。”

阮斌松了口气:“那就好,那就好。”

“爹,我有事要问您。”阮清恬见阮斌要离开,赶紧拉住他。

“一大早能有什么事,我要去补觉!”阮斌有些不耐烦地说。

阮清恬连忙说:“我有张照片,上面好像是您,您是不是跟晓晓照过相?”

“怎么可能呢? 你把照片拿来给我看看!”阮斌嘴硬,心里却打着鼓。

阮清恬见阮斌否认,而自己又没有证据,一时也是左右为难,说道:“照片找不到了……”

阮斌松了口气:“就是嘛! 我怎么会跟任家二小姐拍照!”

“可您那支钢笔呢? 以前不是总用吗?”阮清恬又问。

阮斌又提起了心,假装不在意:“啊,是啊,你不说我还没发现呢,好像是丢了吧,怎么了?”

阮清恬有些失落:“没事儿,那您去睡觉吧。”

阮清恬说完便上楼了,阮斌看着阮清恬的背影,想到送给任晓晓的钢笔,心里更紧张了。

阮清恬嘀咕:“一直想拿照片给爹看,怎么就找不到了呢? 难道我从来没见过那张照片吗? 丹尼也死了,真不知道我这些日子听到看到的是不是真的……其实,光凭照片也不能说明就是爹杀了晓晓。我爹虽然有这样那样的毛病,但是个善良的人,我相信他是不会杀人的……”

阮清恬想到这儿松了口气,在房间里踱来踱去,目光又停留在墙上的日历上。看着日历显示的17号,不禁又紧张起来。阮清恬心乱如麻,不禁思索着:两条大黄鱼,荒鸡,到底是什么意思呢? 难道真的是指时间和地点?

任浩铭擦拭着手枪,对阿春说道:“今晚一定要小心行事,不能出任何差池。”

阿春严肃地说:“是! 会长,我都已经安排好了。”

阮清恬偷偷站在书房外,听着任浩铭和阿春的对话,紧张万分。

虎子看了看墙上的挂钟,谄媚地说:“两条大黄鱼,就是黄浦2号码头;荒鸡就是指凌晨一点到三点之间。任浩铭的暗号都被您猜出来了,峰哥,你真是太厉害了。”

墙上的挂钟已经敲了十二下，十二点了，林峰冷笑不语。

虎子在一旁说道："峰哥，按照您的安排，都已经部署好了，就等到一点钟行动了。"

林峰脸上露出冷笑："任浩铭，好戏马上就要开演了。"

阮斌在房间里来回走着，心里嘀咕着："恬恬突然问起钢笔，到底是怎么回事啊？难道她已经知道我把钢笔送给晓晓的事了？"

阮斌越想越害怕："不行，我得去找恬恬问问清楚。"

阮斌想着，向门口走去。

阮清恬焦躁地快速翻着字典，突然停住手，顺着字典上的一行字认真看着："丑时又称鸡鸣，荒鸡，是十二时辰的第二个时辰，指的是上午一时正至上午三时正。"

阮清恬看了看墙上的钟，已经十二点了。她想起林峰对她说过的关于报仇的狠话。

阮清恬又想起任浩铭对自己的深情表白，握紧拳头，眼神变得坚定："没有时间了，不行，我必须提醒会长，有人在打黄金的主意，一定要小心。"

阮斌低头思索着，没留意谷雨正朝自己走来："阮先生！"

阮斌这才看见谷雨，赶紧说道："谷雨，恬恬呢？"

谷雨回答："阮小姐在房间里呢。"

"哦。"阮斌朝阮清恬房间走去。

阮清恬走到门口，打开门，发现阮斌竟然就站在门口，带着一脸迟疑和尴尬的笑。

阮斌上前说："恬恬，爹有话跟你说。"

阮清恬回头看了看钟，对阮斌说道："爹，我现在有急事，有什么话以后再说吧。"

阮斌不知情，立马抓紧阮清恬的肩膀："不行不行，一定要现在说，就一会儿。"

阮清恬着急地说："那您赶紧说吧。"

阮斌小心翼翼地说："就你刚才在客厅，问起钢笔……"

阮清恬见阮斌吞吞吐吐，催促道："爹，您有话就赶快说，我这急着跟会长说话呢。”

阮斌终于问出来：“你突然说起钢笔，是不是看见那支钢笔了？”

阮清恬听到这里，皱眉犹豫着，不知怎么回答。阮斌见状，赶紧解释：“是这样的，那支钢笔啊，我之前弄丢过一次，后来就再也没找着。”

阮清恬难以置信：“你说那支钢笔你弄丢了？”

阮斌赶紧点头：“对啊，丢了，很久没见到了。”阮清恬盯着阮斌的脸，并不相信。

阮清恬耳朵一动，突然推开阮斌，冲到二楼栏杆向下看，却只看到任浩铭离开的背影。阮清恬着急地跺脚，对阮斌说：“爹，我知道了，我就是突然想起来才问的，既然已经丢了，就没事了。”

阮斌笑着点头：“是啊是啊，确实丢了。”

阮清恬边下楼边对阮斌说：“爹您早点休息吧。”

阮斌长舒了一口气，自言自语：“希望能骗过恬恬。”

阮清恬跑到客厅，看了看墙上的钟，已经过了十二点半，着急得不知所措。

她冲出客厅，来到任公馆门口，看见轿车已经开远了，伤心不已。突然她听到有人朝自己走来，回身一看，任浩铭就站在自己身后。

阮清恬惊讶地问：“会长？你不是已经走了吗？”

任浩铭解释说：“刚刚经过你房间门口，看见你正站在窗口想着什么，专注得连我站在门口都没发现，所以我就让阿春去码头了，想留下来看看你到底是怎么回事。”

阮清恬既感动又担心，抓住任浩铭的手臂，着急地说：“会长，码头，黄金……”

任浩铭皱眉道：“黄金？你怎么会知道黄金的事情？”

阮清恬不知如何解释，只好说：“我……我也是无意中得知的，而且我还知道有人打算抢在你之前劫走这批黄金，你一定要小心。”

任浩铭难以置信地说：“你说的是真的？”

阮清恬点点头：“会长，你快去码头看看吧。答应我，一定要万分小心。”

任浩铭皱眉看着阮清恬。

阮清恬眼里噙满了泪水。

第六十二章

迅速结婚

帅府，宋诚卧室中，楚安安幸福地坐在床上。宋诚拿着闪亮的钻戒走进来，跪到床边。

楚安安拿起钻戒戴在手上，刚刚好。

宋诚调侃道："怎么？大名鼎鼎的楚小姐，终于肯下嫁给我了？"

楚安安赌气地说："什么叫下嫁呀！再说谁说我要嫁给你了，我只是看到戒指，好奇戴上后是什么样，就随手戴上了，没想到让你误会了，那我现在就拿下来。"

宋诚见状立刻上前抓住楚安安的手，深情地说道："既然戴上了，这辈子就别拿下来了。"

楚安安撒娇："讨厌！"

宋诚深情地吻着楚安安的手："亲爱的，咱们明天就去把结婚的手续给办了吧。"

楚安安惊讶又兴奋："明天?！要这么急吗?"

宋诚："我都等了这么久了，你就成全我吧！"

楚安安开心地一笑。

门外突然传来敲门声，宋诚不耐烦地打开门，发现是王副官，又见王副官一副有话要说的样子，便和王副官走到院子里。宋诚不耐烦地对王副官说："到底什么事啊，这么晚来找我？”

王副官回答：“苏州那边给大帅打电话了，您老丈人六十大寿，让您回苏州一趟。”

宋诚心烦：“我这刚和安安决定明天去办结婚手续呢，热乎劲儿还没过去呢，我不去！”

王副官犹豫地说：“少爷，大帅让我提醒你，周老爷，也就是您的岳父大人，可是比大帅都厉害……”

宋诚生气地说：“行了行了！你说的我都知道！可是你也为我想想，我已经和安安结婚了，万一这事让安安知道了，我怎么办？”

王副官耐心地说：“少爷，您听我说呀。”

宋诚不耐烦地皱眉，无奈道：“你回去告诉我爹，要不是因为他，我早就把周秀芝休了，当初要不是顾及家族利益，我根本不会娶她。”

王副官劝解道：“少爷，大帅这不是也没反对您和楚小姐在一起吗？这次是周老爷的寿宴，您不出现说不过去呀！你就去一次吧，楚小姐不会发现的。”

宋诚叹气道：“好好好，我去还不行吗？不过这件事你一定不要告诉安安。”

王副官点头：“您放心，要是楚小姐问起来，我就说您去给大帅办事了。”

宋诚无奈道：“也只能这样了。”

楚安安等在房间里，见宋诚一脸不快地走进来，好奇地问道：“刚刚王副官跟你说什么了？出什么事了？”

宋诚敷衍道：“没什么，不过是帅府的一些事。”

楚安安半信半疑，盯着宋诚：“你说的是真的？我怎么觉得你好像有什么事瞒着我。”

宋诚不屑：“当然是真的，我的话你都不信了？”

“那你看着我的眼睛再说一遍，真的没什么事？”

宋诚盯着楚安安的眼睛，一字一顿地说：“我再说最后一遍，真的没什么事，你爱信不信。”

楚安安撇撇嘴：“好好好，我信还不行吗？”

宋诚看着楚安安轻叹了一口气。

黄浦2号码头。

一艘船靠岸，从船上下来四个穿着黑西服的人，手里拎着四个黑色的皮箱，并将皮箱和手腕锁在了一起。四人下船，来到码头上。

一辆黑色的轿车突然冲了过来，一把手枪从车窗里伸了出来。虎子探出头来，朝着四人连开几枪。四人猝不及防，全部被打死。

虎子下车来到四人的尸体旁边，手上拿着大钳子，将铁链悉数钳断。他走到装有黄金的箱子旁边，一边兴奋地咽着口水，一边用力打开箱子盖，金灿灿的黄金暴露在他眼前。虎子抓起黄金，冷笑。

阿春驾驶着轿车赶往码头，突然从巷子里冲出两辆车拦住了他的去路。阿春暗道不妙，立刻拿出手枪反击。但是阿春寡不敌众，处于弱势。

这时任浩铭开车带着众手下从远处驶了过来，拿着冲锋枪，将青帮的人全数击毙。任浩铭和阿春赶到黄浦 2 号码头，下车来看，发现只有四具尸体躺在地上，黄金已经不见了。

阿春上前说："会长，都怪我太大意了。"

任浩铭看了看地上的尸体，对阿春说："厚葬！"

任浩铭恨恨地咬牙，脸上的表情变得坚定。

虎子和张三将四箱黄金搬到了郊外一间破旧的仓库。虎子亲自将仓库大门用铁链锁好，交给一个戴毡帽的手下，转身对张三说："你挑几个能干的弟兄看守仓库，一只蚂蚁都不许放进去。"

张三高声道："是，虎爷！虎爷，这是我弟弟，叫张五，刚来上海没几天，也想投奔青帮为峰哥、虎爷效力，您看能不能让他和我一起看守仓库？"

虎子看了眼张五，点点头："行，就让他一起吧。"

张三赶紧拉着张五鞠躬："谢谢虎爷！"

任浩铭气势汹汹地走进客厅。阮清恬立刻紧张地迎上前去："会长，你没事吧？那些黄金也没事吧？"

任浩铭不回答，抓着阮清恬的手臂来到书房，质问已经吓傻了的阮清恬："说吧。"

阮清恬心虚，小声地说："说什么？"

任浩铭上前将阮清恬推到墙边："有人要抢黄金的事，你是怎么知道的？"

阮清恬被弄得生疼，脸色痛苦，还未说话，眼泪已经流了下来。

阮清恬心中难过，但是又有口难言。

任浩铭有些心疼地转过身去。

阮清恬说道："那天一早，我从楚安安家出来，就被人打晕带到了一间空房子里。他们让我收听一个电台，并将电报破译出来，说如果我不照做的话，就会伤害奶奶和我爹，我没有办法，才……"

任浩铭转身盯紧阮清恬的眼睛。阮清恬也只好勇敢地迎上他的目光："会长，请你相信我。"

任浩铭面不改色，拉着阮清恬来到客厅，朝着门外高喊："春夏秋冬！"

春、夏、秋、冬立刻走进客厅："会长！"

"备车！"任浩铭高声道，然后又转向阮清恬，"恬恬，带路，去看看你说的那个空房子！"

阮清恬惊讶地瞪大了眼睛。

黑色轿车停在了空房子前面。任浩铭从车上下来，看着眼前的空房子，问阮清恬："就是这里？"

阮清恬回想起白天的时候在空房子发生的事情，点点头："嗯。"

阮清恬有些紧张，暗想，房子里的发报机不会还在吧？

任浩铭拉起阮清恬朝里面走。阿春在前面一脚踢开大门。任浩铭拉着阮清恬来到房子里。房子里面一片空旷，桌椅和发报机全都不见了。

阮清恬松了一口气。

任浩铭对阿春说："明天一早就去报警，看看能不能查到什么线索。"

"是，会长。"

任浩铭脱下自己的外套，给阮清恬披上。"很晚了，回去早点休息吧。"

阮清恬微微点点头。

任浩铭拉着阮清恬走出了空房子。

林峰坐在客厅里慵懒地喝着咖啡，房间里突然传来任青青的尖叫声："哎呀！糟了！"

林峰被吓了一跳，咖啡烫到了嘴。任青青穿着睡衣跑到客厅。

林峰假装关切地问道："怎么了？Honey，出什么事了？"

任青青将脸凑到林峰眼前："出大事了！你看，我脸上长了一颗痘！这可怎么办呀？"

林峰哭笑不得："不过是一颗痘嘛，是正常的新陈……"

"有了，可以试试新出的祛痘霜。"任青青兴奋地说，说完不等林峰回答立刻跑回了房间。任青青飞速换好衣服，为了遮住青春痘，脸上围上了大围巾。"真是没脸见人了，要赶紧去买祛痘霜。"

任青青说着就快步出了门。

林峰无奈地摇头，放下咖啡起身来到书房，打开书房的门，虎子正在里面等着他。林峰关上门，坐到书桌前，听虎子最新的汇报。

虎子得意地说："这次真的是给任浩铭来了个措手不及，他肯定没想到半路会杀出来个程咬金，咱们兵分两路，既抢了黄金又伤了他的人，现在他肯定已经气得肺都炸了。"

林峰平静地说："这个结果我早就预料到了，现在你的主要任务就是看守好仓库，决不能出任何闪失。明天就是第三天期限了，你安排好人明天一早就去银行门口提钱，我要彻底断了任浩铭的财路。"

虎子得令道："您就等着好消息吧。"

林峰阴笑。

宋诚和楚安安在客厅温存，楚安安捧着结婚证看个没完。宋诚笑着："现在你就是我名正言顺的老婆了。亲爱的，不办婚礼，你真的不介意吗？"

楚安安点点头："婚礼只是一个仪式，只要我们相爱，办不办婚礼都无所谓。"

宋诚笑着抱紧楚安安。

楚安安突然想到什么："对了亲爱的，你知道吗？那个小丽……"

宋诚不解："哪个小丽？"

楚安安有点生气："就是那个，我们话剧社的。你看你从来都不好好听我说话。"

宋诚柔声道："谁说我不听你说话，你说吧，我认真听着呢。"

楚安安表情稍有缓和："我也是最近才知道，小丽她未婚夫竟然脚踩两只船，一边在上海和小丽好着，另一边在老家有一个结发的妻子。”

宋诚眉毛微微一挑，有点慌张，但很快又恢复镇定：“那小丽怎么办？”

“我们都劝她解除婚约，可是她一直在犹豫。自古男人都有三妻四妾，可是我不喜欢。我觉得要是真爱，那么爱的人只能有一个。”楚安安又转头对宋诚说道，“你说是不是？”

宋诚看起来很真诚地说：“你说得对。你放心，我叫宋诚，人如其名，就算我会背叛别人，也绝对不会背叛你，我会对你一辈子忠诚。”

楚安安一开始被逗笑，但是又严肃地说：“真的吗？”

宋诚搂住楚安安，用手轻轻梳理她的头发：“当然是真的。”

楚安安背过身子：“我不信，你爹姨太太娶了那么多房，都说有其父必有其子。你又是这样的出身，肯定会有三妻四妾。”

宋诚紧张得出了一身冷汗，然后又放松表情：“那我就一直陪在你的身边，我要花一辈子的时间让你相信，我不会背叛你。”

楚安安又转过身子：“真的吗？那你对天发誓，这辈子只爱我一个。”

宋诚举起右手：“我发誓，我宋诚这辈子只爱楚安安一个，要不然会下地狱，遭天打五雷轰。”

楚安安满意地笑着：“你说，咱们这都结婚了，还没回你的老家看看，要不要哪天咱们去省亲？”

宋诚大声叫道：“那不行！”

楚安安又心生怀疑：“你刚才嘴上抹蜜，现在又对这点小事反应这么大，肯定心里有鬼。”

宋诚平静下来：“主要是因为咱们现在太忙，等有时间我一定带你回去。”

楚安安质问道：“那你老家在苏州的什么地方啊？”

宋诚随口说道：“我家在苏州吴中。”

“吴中？吴中什么街呀？”楚安安问道。

“南大街。”宋诚抱过楚安安，“现在相信我了吧？”

楚安安没说话，柔顺地依偎在宋诚的怀里。宋诚松了一口气，笑笑：“亲爱的，我想我需要跟你请两天假。”

楚安安诧异：“请假？”

宋诚点头：“爹需要我去苏州帮他处理一下生意上的事，你放心，我很快就会回来的。”

楚安安犹豫着:“我不能和你一起去吗?”

宋诚为难地说:“我想带着你可能会不太方便,你乖乖在家等我吧,好不好?”

楚安安懂事地点点头,抱住宋诚:“好吧,那我就在家等你。对了阿诚,我能提一个小要求吗?”

宋诚回答说:“你提吧,只要我能做到,我都尽量满足你。”

楚安安说:“只要你要去苏州,苏绣那么有名,你就给我买一件旗袍回来吧。”

宋诚柔声道:“就这一个要求啊,没问题,既然你喜欢,十件八件我都给你买。”

楚安安深情地说:“不用那么多,一件就行。谢谢你阿诚,我会想你的。”

宋诚不禁回想起之前王副官对他说过的话。

“苏州那边给大帅打电话了,您老丈人六十大寿,让您回苏州一趟。少爷,别说我没提醒过你,您要是得罪了您的岳父大人……”

宋诚舒了一口气,更加紧地抱住楚安安。

阿夏、阿秋、阿冬各自带着手下在街道上打听消息。阿夏在巷子里将钱交给几个流浪汉模样的人,安排他们去找黄金。几个线人收好钱,拍着胸脯做了保证。

阿秋去银行给行长一箱子钱,让他继续安抚群众:“这是会长从董老爷子的总商会挪过来的钱,先把这两天的危机度过去。”

行长郑重地点点头。

任浩铭坐在沙发上,阿春一脸愁容地站在旁边,客厅沉寂得可怕。客厅的电话突然响了起来。阿春去接电话:“好的,给我继续找黄金!”

屋里的人都在侧耳聆听。阿春失落地挂断电话,对任浩铭摇了摇头。

任浩铭面不改色。

阮清恬听到这些,一脸的担忧和愧疚。

突然电话又响起来。

“丁零零——”

所有人的目光都集中在电话上。

阿春接起电话:“喂?好的,我知道了,我这就过去。”

阿春挂断电话,对任浩铭说道:“会长,有线索了。”

任浩铭对阿春点点头。

阿春领会,转身离开。

阮斌蹑手蹑脚地躲在二楼的栏杆后面,向客厅方向张望,鬼鬼祟祟地偷听。阮斌暗暗在心里嘀咕:“这任公馆又出什么事了?难道是林峰?可千万别再把恬恬搅和进去……”

阿春和戴毡帽的线人分别站在长桌两边。阿春冷静地说:“为会长效力的时候到了。”

线人很犹豫:“如果我说了,我就没法在上海待下去了。”

阿春扔过去一张船票:“这是给你去广州的船票。”

阿春又拿上来一箱钱:“这里面的钱够你下半辈子花的。”

线人犹豫着看着阿春,接过了船票。

苏州宋宅。

宋诚拿着行李箱走进客厅,周秀芝赶紧迎上去,激动地说:“阿诚!你回来了,旅途奔波,肯定很累了吧?”

宋诚坐到桌边,芳云端着一碗粥走过来。周秀芝拿过粥,温柔地说:“我叫下人煮了红豆薏米粥,你喝一碗吧。”

宋诚冷冷说道:“不喝!我不爱喝甜的,你又不是不知道!”

周秀芝说道:“我知道你长途跋涉比较累,才想着让人做点甜的东西,据说吃点甜的,会让人心情变好,也就不觉得那么累了……”

“那是你们女人的理论!你爹还有一个星期才过寿,居然这么早就火急火燎地把我叫回来了,这才是我心情不好的原因!”

周秀芝神色黯然:“我这不是想你了嘛……要不是爹快过寿了,我还不知道你到什么时候才愿意回来看我一眼……”

宋诚稍有些愧疚,但不愿承认,还嘴硬:“老夫老妻了,有什么好看的……”

周秀芝有点难过，将红豆薏米粥端走："你不爱喝甜的，那我给你换酸梅汁来……"

宋诚并不理会，只当没听见。

第六十三章

苏州寻夫

楚安安紧张地走出医院，有些伤心地自语道："医生号脉说我已经怀孕了，偏偏阿诚这时候不在我身边，真是讨厌！"

楚安安有些伤心，抚摸着自己的肚子，又有些高兴，和秋分感叹说："秋分，你说多神奇呀，我的肚子里竟然有一个小生命正在一点点地成长。"

秋分应和道："要是姑爷在就好了。您要不要给姑爷打个电话啊？"

楚安安想了下："我想当面告诉他，想亲眼看看他欣喜的表情。"

这时传来敲门声。秋分打开门，王副官拿着一篮子水果站在门外。

王副官恭敬地说："楚小姐，大帅让我给您送点水果来。"

楚安安起身道："我正想问你呢，宋诚说去苏州给大帅办事，多久能回来呀？"

王副官支支吾吾道："我也不太知道，不过我想应该快了吧。"

楚安安敏感地问："王副官，你们不会是有什么事瞒着我吧？"

王副官赶紧要走："楚小姐，您歇着吧。我……我先走了。"

楚安安看着王副官离开，若有所思。突然她想到什么，兴奋地说："对了，既然你不回来，我可以去苏州找你啊。秋分，帮我收拾行李！"

楚安安眼里充满期待。

“都部署好了吗?”任浩铭沉声问道。

“需要一点时间！一旦部署好了,立即通知您。”阿春回答。

任浩铭点点头:“让大家多上心,我们只能成功,不能失败!”

谷雨端着餐盘来到客厅。任浩铭拒绝道:“我不想吃,端下去。”

阿春在一旁,劝慰道:“可是会长,您从昨天起就没怎么吃东西了,也没合过眼,你这样,身体恐怕……”

阮清恬站在楼梯上,听到了任浩铭和阿春的对话,既心疼又紧张。她下楼向客厅走去,叫住谷雨,拿起托盘里的粥走向任浩铭。“阿春,你去休息吧,我会负责让会长吃饭的。”

阿春点头离开。

任浩铭疑惑地对阮清恬说道:“你这是干什么?我说了我没有胃口,不想吃。”

阮清恬还是不说话,只是端起粥碗,小心地舀了一勺,放在嘴边吹了吹,递到任浩铭嘴边,眼神出奇地坚定。任浩铭反倒觉得有趣:“我如果还是说不喝呢?”

阮清恬依旧不说话,只是继续着喂粥的动作,眼神里看不出一点退缩。任浩铭也来了劲,想看看阮清恬到底想干什么。两个人就这样沉默地坚持着。

良久。阮清恬突然缓缓地收回手臂,将碗重新放回到桌子上,沉默地拿起另一碗粥,认真地喝了起来,完全无视任浩铭的存在。任浩铭睁大眼睛看着阮清恬有条不紊地喝粥,一脸惊奇。

很快,阮清恬就将粥喝完了。她将碗放到桌子上,起身要走。任浩铭立刻抓住阮清恬的胳膊说:“你这就走了?你不管我啦?你也听见阿春说的了,我可是从昨天起就没怎么吃东西。”

阮清恬头也没回:“会长,我已经尽我最大的努力给过你机会了,但是你不要啊,反正身体是你自己的,你自己看着办好了。”

任浩铭反驳:“我的身体,难道和你没有关系吗?”

阮清恬镇定地回答:“人这一生中会发生什么,我们无法选择,但至少,我们可以选择面对。”

任浩铭沉默了。

阮清恬虽然没有回头,但是声音变得柔和了:“会长,我虽然无法插手你生意上的事，但是我真的很担心你，所以务必请你好好照顾自己。”

任浩铭笑道：“你在担心我吗？”

阮清恬认真地说：“对，我在担心你。”

任浩铭收起笑容，深深舒了一口气，收回了一直抓着阮清恬的手。阮清恬终于回头，看着表情单纯似大男孩的任浩铭，心软地坐到沙发上。任浩铭异常绅士地慢慢靠近阮清恬的肩膀，在靠上的一刹那，整个人放松了。

阮清恬望着任浩铭英俊的脸庞，多想能一直这样安静地什么也不想，只是两个人依偎在一起，哪怕什么也不说，都觉得好幸福。想到这里，她也不自觉地闭上了眼睛。

任浩铭睁开眼，深情地看着阮清恬安静的脸庞，眼里充满柔情：“多想就这样给你最平凡最简单的幸福，可是恬恬，对不起，总是让你经历这么多的磨难和曲折。但是你放心，等我把黄金抢回来，解决银行的危机后，我一定要好好补偿你，让你即使做梦都能笑醒。”

任浩铭安心地闭上了眼睛。

任浩铭依旧靠在阮清恬肩上，已经放松地睡着，身上多了一条毛毯。

阮清恬看着熟睡中的任浩铭，眼里充满了爱意。阮清恬感觉手臂发麻，想要抽身而出，但刚要有动作，就被任浩铭拽住。原来任浩铭虽然闭着眼睛，但却已经清醒了。

阮清恬挣扎着：“会长你已经醒了吧，别装了。”

任浩铭耍赖，闭着眼睛，但是却说：“我没醒。”

阮清恬感到无语：“会长，你真是幼稚！”

任浩铭不说话，将阮清恬的胳膊抱得更紧，睁开眼睛，像小孩一样开始耍赖：“我不想让你起，睡得我浑身酸痛，快给我穿衣服，喂我吃饭。”

阮清恬以为自己听错了：“什么？”

“你答应我就放你起来。”任浩铭无赖地说道。

阮清恬无奈地笑笑：“好好，任大会长，我听您的！”

任浩铭得意地笑笑，松开手臂。阮清恬活动了一下酸麻的身子。

仓库外的草丛里，青帮的几名手下看守着仓库。有几个人已经在草丛里睡着了。张三看看四周，悄悄递给张五一个馒头。小个子张五惊诧地说：“哥，这是哪来的？”

张三笑了：“你正长身体，得多吃点。你放心，等过两天分了黄金，哥带你吃大餐去。”

张五想了一下：“哥，那天在船上我见虎爷开枪杀人，觉得实在是太残忍了，那些人有什么错啊？”

张三皱着眉：“这就是上海滩，要把脑袋别在裤腰带上过日子才行啊。你呀，是书读多了，脑子生锈了，如今来了青帮，好歹吃喝不愁，就算枪林弹雨，但只要小心一点，日子还是过得不错的。”

张五皱眉：“我没法接受这种刀尖上舔血的日子。哥，等过两天拿了黄金，咱们就回老家做点小生意吧，娘年纪也大了，身边不能没有人照顾啊。”

张三叹了口气：“本想着带你加入青帮能多赚点钱，回家孝敬老娘，可是既然你过不了这种生活，那哥答应你，等分了钱，咱就回老家。”

张五欣慰地说：“太好了，哥。”

张三催促道：“快吃馒头吧。”

任青青来到房间，烦躁地喝着冰水：“真不知道浩铭他们都中了什么邪，非要留阮清恬那个扫把星在家里，现在好了，银行出了这么大的事，任公馆上下也被搞得鸡飞狗跳。”

林峰平静地试探：“银行的事怎么样了？我听说你弟弟前几天从总商会董老爷子那里调来了应急金，但应该也撑不了几天，浩铭还没有想出对策吗？”

任青青不以为然：“我听说本来是有对策的，可是中途出了岔子，现在正在想办法呢。”

林峰假意道：“浩铭神通广大，总会有办法应对的，是不是？”

任青青思索状：“应该有一些头绪了。唉，真头疼。对了阿峰，我们家最近事情多，咱俩的事可能要推后了。”

林峰大度道：“这倒没什么，我非常理解，你刚刚说浩铭已经有些头绪了是吗？”

任青青已经心不在焉，开始照脸上的青春痘。林峰见状只好放弃，若有所思。

楚安安和秋分坐着黄包车来到任公馆外。秋分先下黄包车，然后扶着楚安安下车："小姐，您慢点。"

秋分付了钱，然后扶着楚安安走向任公馆。

楚安安和阮清恬坐在任公馆客厅里。

阮清恬惊讶地说："你们已经领结婚证了？那真是太好了。"

楚安安神神秘秘地说："其实，还有更好的事呢。"

阮清恬好奇地问："什么事呀？"

楚安安卖起关子来："等我下次再来告诉你。对了，恬恬，我要去苏州了，去找宋诚。"

阮清恬惊讶道："你要去苏州？"

楚安安点头："嗯！有件事我一定要立刻让宋诚知道，我等不到他回来了。"

阮清恬有些担心道："好吧，你自己去，可一定要多加小心啊！"

楚安安笑笑："我知道了恬恬。对了，我听说任氏银行出现了危机，不知道有没有我能帮忙的地方？"

任浩铭走过来："新婚宴尔，正是甜蜜的时候，你们就好好恩爱吧，不用操心我们了。"

阮清恬也点点头："是的，安安，你就好好去和宋诚甜蜜吧，真的太为你高兴了。"

楚安安笑着："那你也快和浩铭哥结婚吧，你们是天作之合，没人比你们更般配了。"

阮清恬不好意思地低下头，不说话。任浩铭接过话茬："等事情都解决后就结婚。"

楚安安开心地笑了："那真是太好了。"

阮斌哼着小曲，从走廊往客厅走，突然听到了楚安安的声音。阮斌有些惊讶，在心里嘀咕："家里来了客人？"

阮斌走近客厅，看见楚安安坐在沙发上，想要躲起来，却不小心碰倒了放在旁边的大型花瓶，幸亏及时抱住才没有打碎，但还是被阮清恬和楚安安看见了。

阮斌慌忙想要离开，却已经来不及了。

阮清恬介绍：“爹，这是安安，您还记得吧？帮我治眼睛的那个女孩。”

楚安安也热情地打招呼：“伯父，您好。”

阮斌心里嘀咕：“看起来她好像不知道我和晓晓的事。”

阮斌也自然地说：“记得记得，你简直是我们家的恩人，一直帮我照顾恬恬，当然记得！”

楚安安客气道：“哪里，是恬恬一直在照顾我。您太客气了。”

阮斌笑笑，赶紧退出：“那，你们先聊，我回房间了。”

楚安安看着阮斌离开的背影，突然觉得有点眼熟，但不敢确定，只是默默嘀咕：“难道是他？不可能啊。”

阮清恬好奇地问：“你说什么？”

楚安安突然不自觉地呕了一下，顿时觉得十分尴尬。阮清恬赶紧关心地问道：“怎么了安安，是哪里不舒服吗？要不要给你倒杯热水？”

楚安安淡定地笑笑：“没事，不用了，可能是昨天没有吃好吧。”

阮清恬疑惑地问：“真的不用吗？”

楚安安点点头：“真的不用啦。”

阮清恬露出疑惑的神情。

林峰正在闭目养神听留声机，突然睁开眼睛，冲着门外喊：“虎子！”

虎子走进来：“峰哥，您有事？”

林峰皱眉道：“任浩铭那边有什么动静吗？我怎么觉得有点不太对啊。”

虎子一脸自信地回道：“您肯定是想多了，不会有什么事的，您这次谋划得这么好，等到明天任氏银行就不复存在了。”

林峰冷笑：“我还有更高的招呢。我已经准备好现金，等明天银行一垮，就收购过来，把它变成我旗下的。”

虎子兴奋道：“您这招太高了，任浩铭到时候肯定会气得脸都绿了！”

林峰阴笑。

苏州。

楚安安走在前面，丫鬟秋分提着行李跟在她身后。秋分的两只眼睛已经用不过来了，四处看着瞧着："小姐，这就是苏州啊！"

楚安安看着眼前人来人往，情不自禁地微笑，抚摸着小腹，自言自语："好孩子，你爸爸就在这儿，妈妈这就带你来找他啦……"

"秋分，上次我让你记下的宋诚家的地址，你都记好了没有？"楚安安对秋分说道。

秋分拍拍口袋："记在纸上了。"

"快拿出来看一看！"

秋分拿出纸条，不小心带出了几块碎黄金。两个歹人正跟在楚安安、秋分身后，见此情景眼前一亮，对视一眼，透露出贪婪的神色……

周府。

周秀芝鼓起勇气走向宋诚："阿诚，张太太约了我一会儿去看戏，你可不可以陪我去？"

宋诚不屑："人家请你，又没请我，我不去。"

周秀芝恳切道："请我和请你有什么区别？我已经跟张太太说了你会去，要是你没去的话……"

宋诚不耐烦地说道："你说我病了不就得了？"

周秀芝不以为然："哪有诅咒自己丈夫的！你明明身体很好！阿诚，就陪我去吧，好不好？"

宋诚不耐烦道："真啰唆！我看我要不去，你能唠叨一天！行行行，我去，好了吧！"

周秀芝见宋诚这么不情愿，神情黯然。

楚安安和秋分站在苏州的街道上，有些不知该往哪走。秋分看见"南大街"的标牌，便挨家挨户地找过去。"宋公子家那么有威望，应该是间挺大的宅院吧？这些看起来都不像……"

"咱们再往前看看！"

楚安安继续往前走，走到一个十字路口，不知道该往哪里走。就在楚安安徘徊不前的时候，坐着黄包车的宋诚与周秀芝刚好从楚安安身后经过。楚安安背对着黄包车，并没有看见，与宋诚擦肩而过。

楚安安又向着错误的方向走去。两个歹人一直跟着楚安安与秋分。其中一个悄声说道:“大哥,这两个姑娘穿的可都不错!”

另一个点点头:“嗯!你看那个丫头手里还有个箱子,估计里面不少首饰!”

“这次咱可要发财了!”

楚安安、秋分浑然不知危险正在逼近。两个人好不容易跟随楚安安与秋分来到一条僻静的巷子,正打算下手,忽然巷子口的另一端来了几个过路的人,两人只得暂且收手。

第六十四章

道别

任浩铭检查自己的手枪，对阿春说道："今晚的行动先不要告诉阮小姐，我不想让她担心。"

阿春点点头："我知道了，弟兄们都已经准备好了，只等您发号施令。"

任浩铭欣慰地点头。

阿春打开书房的门，发现阮清恬正独自坐在客厅里看报纸："阮小姐看报呢。"

阮清恬也装模作样地点头微笑。看着阿春离开，阮清恬脸上露出严肃的神情，仔细听着门外的声音，心想："会长他们估计要行动了。"

阮清恬突然听到门口传来细微的声音。她走到门口，发现地上有一张折起来的纸，大概是被人从门缝里塞进来的。她好奇地展开纸张，上面没有字，而是几幅图画。

纸上画的全是两从相处的场景，任浩铭和阮清恬相看两厌，互不理睬；任浩铭和阮清恬并肩而坐，互诉衷情，感情升温；任浩铭和阮清恬正襟危坐，拍结婚照；任浩铭靠在阮清恬的肩上，闭着眼睛分外安心；任浩铭举着一支玫瑰花单膝跪地，而在阮清恬的位置处没有人，而是一个大大的问号。

阮清恬看出任浩铭在向她求婚，有些感动，但更多的是感伤。阮清恬犹豫了一下，还是打开了门。门外竟然没有人，她向左右两旁张望，任浩铭突然冒了出来，阮清恬吓了一跳。

任浩铭从背后拿出一支玫瑰花，举在面前。阮清恬犹豫着伸出手，仔细看玫瑰花，发现竟然不是真的。阮清恬好奇地拿过假玫瑰花，仔细观察：“这花，是假的吧？”

任浩铭却十分高兴：“收下花就代表同意了。”

阮清恬一愣，无奈道：“什么？！会长你真是的！不过，这玫瑰怎么比普通的还要香？”

任浩铭解释道：“这是用皂角手工制作的，里面加了法国香水，不过就是有一点，遇水即化，相当于肥皂，也就是肥皂花。”

阮清恬哭笑不得：“会长你可真浪漫啊，送女生肥皂花。好吧，看在能洗手的功效上，我就收下了，会长您也早点休息吧。”

阮清恬说完就要转身回房间，却被任浩铭一把拽进怀里。阮清恬一脸惊愕，任浩铭则低声说：“别动，让我抱会儿，我的幸运星。”

阮清恬听到任浩铭脆弱的声音，便也安心地让他抱着。任浩铭抱了一会儿，才慢慢松开。任浩铭温柔地捏着阮清恬的脸蛋：“晚安，小妞。”

阮清恬看着任浩铭离开的身影，莫名有些伤感。任浩铭回身看着阮清恬房间的方向，眼里充满了深情和不舍。任浩铭心里想：“这次去抢黄金，肯定会有危险，必须好好地告别。不过你放心，我一定会平安归来的，等我回来，我一定要好好抱抱你。”

宋诚与周秀芝坐着黄包车在前，芳云跟在他们后面。

周秀芝讨好地说：“这是苏州最近最有名的戏班子，你觉得怎么样？是不是看得很过瘾？”

宋诚懒散地说：“还好吧，上海现在比较兴看电影，还有听舞女唱歌。”

周秀芝黯然说道：“苏州总不比上海洋气，还是看戏听评弹的比较多。你常常在上海待着，我现在在你眼里，都成乡下人了吧。”

“哪有这么回事，你又多想了！”宋诚说道。

楚安安与秋分还茫然不觉地朝前走着。两个歹人依然跟在楚安安与秋分身后。

一辆黄包车路过宋诚、周秀芝，车上的人看到宋诚，连忙叫黄包车师傅掉头:“诶,掉头,掉头,跟上那对夫妻!”

黄包车停在宋诚、周秀芝身边。王少爷下来:“这不是宋公子吗！你什么时候回来的啊?”

宋诚一见,赶紧下车:“王兄,好久不见,真是好久不见!”

“我知道了,你是为你老岳父的六十大寿回来的吧？真是孝子！还是模范丈夫,一回来就陪着老婆到处逛!”

周秀芝笑笑。

宋诚忙道:“王兄见笑了！过几天我岳父的寿辰,王兄还得赏光来啊!”

王少爷说:“那是当然！你们俩现在这是去哪啊?”

“刚一起看完戏,现在正要回家。”

“这么早了回什么家啊！咱们可好久没见了,走,跟我喝一杯去!”

“不了,不了。”宋诚推辞道。

“怎么着？怕嫂夫人不乐意?”王少爷故意看着周秀芝笑。

周秀芝连忙说:“你们兄弟两个这么久没见,是该叙叙旧了。阿诚,你就跟王少爷去吧！我自己回去就行。”

宋诚只好妥协道:“那行,那我就跟你喝几杯去!”

宋诚跟王少爷上了黄包车,正好从楚安安与秋分身边经过,可惜两人都没有看到对方。

两个歹人跟踪楚安安、秋分到僻静处,突然窜出来,抢走了秋分手中的箱子。

秋分花容失色:“抢劫,抢劫啦!”

大高个掏出匕首:“闭嘴！再喊就要了你的命!”

楚安安、秋分赶紧闭嘴。

另外一个人抢下楚安安手上的戒指和耳朵上的耳环:“告诉你们,不准报警!”

两个歹徒说完就跑,楚安安与秋分愣了一会儿,楚安安缓过神来拔腿就追:“站住！把箱子还给我！来人啊,有人抢劫了!”

歹徒此时早就不见踪影,哪里是养尊处优的楚安安、秋分能追得上的。楚安安、秋分追了一段路,累得跑不动了,只得放弃。

秋分惊慌地说:"完了！完了！咱们的盘缠都在里面!"

楚安安忽然想起什么:"秋分,那张写着地址的纸条呢?"

秋分急忙翻兜,发现纸条早就不见了:"小姐！没了！肯定是刚才跑的时候掉了……"

楚安安焦急道:"你怎么这么不小心啊！还记得地址吗?"

秋分想了想:"苏州吴中南大街……记不清楚了,之前小姐就没有说得很详细……小姐,我们沿路回去找吧……"

"你疯啦！这能找得到吗！现在咱身上还有多少钱?"

秋分将浑身上下的口袋都摸遍了,也没掏出一点钱。楚安安无奈地叹了一口气,摸着被衣服挡住的项链:"幸好这条项链还在,这可是宋诚送我的……"

楚安安跟秋分在街头漫无目的地走着。

"小姐,我们今天怎么办?"

突然,楚安安看到一家客栈:"走,去碰碰运气吧!"

楚安安带着秋分走进长乐客栈。

伙计热情地上前招呼:"两位想要住店？一间房还是两间房?"

楚安安迟疑一会儿,终于下定决心说道:"我们想住店,可是钱被抢了,所以想……"

在一边算账的老板听到,立马走过来,指了指一旁挂着的牌子。牌子上写着:"小本买卖,概不赊账。"

秋分不甘心:"店老板,我们不是有意不给钱,我们确实有难处……"

老板不客气地打断她:"谁都不是有意不给钱,没钱的人都有没钱的难处,两位姑娘,实在对不起,本店概不赊账。"

楚安安恳求道:"我是来苏州找我丈夫的,等我找到他,他一定会付给你们钱,而且还会多付很多!"

"姑娘,实在不好意思,您自己想办法吧,我这是小本生意,赊不起帐。"

楚安安与秋分正不知如何是好,这时周秀芝跟芳云路过客栈,听到了楚安安和客栈老板的对话。

"老板,求求你了,求求你别赶我们走……"

老板推开楚安安与秋分:"二位,实在对不起,我这可不是搞慈善的……"

老板派伙计将楚安安和秋分赶出客栈。秋分"扑通"一声跪在老板跟前："求求您了！别赶我们走，我们小姐也是大户人家的女儿，从来没受过这种罪……"

秋分说着说着就哭了起来。楚安安拉着秋分："秋分，不要说了……"

周秀芝见状，动了恻隐之心，走进客栈："两位姑娘这是怎么了？客栈老板为什么赶你们出来？"

楚安安无颜回答，秋分开了口："我跟我家小姐今天刚刚到苏州，就被人抢走了身上的钱，想要住店，可是，可是……"

周秀芝明白了："原来是这样……你们两人都是女孩，穿着又不俗，很容易让坏人盯上。"

楚安安沮丧道："最近我的运气实在是太差了，出门就遇到坏人……"

周秀芝关切道："你们这是打哪来啊？来苏州做什么？"

"从上海来，来找我丈夫，他在苏州也是有头有脸的人，我们刚结婚不久……"楚安安说着有些不好意思。

周秀芝微笑："明白了，这新婚不久丈夫就不在身边的滋味，我可知道。这样吧，今天咱们遇见也算有缘，我借你两块大洋，如果以后咱们能再碰到，你再还我不迟。"

周秀芝说完，示意丫鬟芳云拿钱。芳云不情愿地从口袋里掏出两块大洋，递给秋分。

"这怎么好意思，我不知道什么时候才能再遇见您。"楚安安受宠若惊地说。

周秀芝微笑："没关系，就当我是多做善事，多积德行。你就放心拿着吧，我祝你早点夫妻团聚。"

周秀芝说完，带着芳云走了。

楚安安忽然想起什么，大喊："夫人，您家住在哪儿？"

周秀芝跟芳云早就走远了，没能听见。

芳云噘嘴道："小姐您真是的，多管闲事，好好的两块大洋，没了！连个响都没听见……"

周秀芝微笑："你这个小财迷，我花我的钱，你倒心疼起来了。"

"芳云是心疼小姐啊，大帅老说您，总是同情心泛滥，说不定哪天您就会因此害了自己。农夫与蛇的故事您不是不知道！"

周秀芝微笑："你呀，那也不能因为别人对我不够好，我就对别人坏啊，哪有这样做人的道理。"

阮清恬坐在床上看着任浩铭的亲笔画作，脸上不自觉地浮现幸福的微笑，但微笑很快又变成担心："会长刚刚是在行动前和我告别吗？难道今晚的行动很危险？"

谷雨走进来："阮小姐，会长喊您下楼吃饭。"

阮清恬看着谷雨，灵机一动。阮清恬拉住谷雨的手，让她坐下："谷雨，你坐。"

谷雨依言坐下，阮清恬一脸恳切："好妹妹，你最善解人意了，姐姐有事求你帮忙，你一定要答应啊。"谷雨迷茫地眨着眼睛。

两人相对进食，各怀心事，都不说话。阮清恬默默地给任浩铭夹菜，任浩铭调侃："果然女人是要用花收买的，送个假花都会立刻变体贴。"

阮清恬不以为然地说道："我是怕会长你营养不良生了病，还要我来照顾。"

任浩铭越发高兴："照顾我，你心不甘情不愿喽？"

阮清恬无语，却突然打了个嗝，赶紧不好意思地捂住自己的嘴。

任浩铭哈哈大笑："这就是所谓的关键时刻掉链子吗？"

阮清恬不敢说话，拼命捂住嘴憋气，想以此来止住打嗝。任浩铭挑逗地望着阮清恬："你知道治疗打嗝最管用的方法是什么吗？不是喝水哦，是 kiss。"

阮清恬以为自己没听清："你说什么？呃！"

任浩铭乐不可支。阮清恬捂着嘴不说话。

任浩铭来劲了："怎么样，要不要试一试啊？保证立刻见效。"

任浩铭装模作样地拿起水杯，开始漱口，阮清恬摇着头，瞪大眼睛表示拒绝。任浩铭撅着嘴接近阮清恬，阮清恬吓得闭上了眼睛。

任浩铭装腔作势，真的快要碰到阮清恬嘴唇的时候又突然停住了。阮清恬睁开眼睛。任浩铭看了一眼墙上的钟，对阮清恬勉强笑笑："我今晚有点事要去处理，你先休息吧，不用等我了。"

任浩铭说完揉了一下阮清恬的头发，给阿春递了一个眼色，起身朝书房走去。阮清恬看任浩铭离开，也立刻站起身来。墙上的钟表显示的时间是二十三点整。

阮清恬在穿衣镜前看着自己的样子，一身男式衬衣马甲，头发也塞进了鸭舌帽里，脚上是一双霸气的皮靴，整个人显得精神干练。

谷雨在一旁紧张万分。

阮清恬扶住谷雨的肩膀："好妹妹，别紧张，就按咱们刚刚说的做就好，你放心，会长那里我帮你解释，你这不仅是在帮我，更是在帮会长，帮任家啊。"

谷雨眼神变得坚定："我明白了，阮小姐。"

两人默契地对视，点头。阮清恬突然做了个息声的动作，快步走到门口将灯关上，屋里顿时一片漆黑。阮清恬小声对谷雨说道："是阿春，应该是来确定我是不是睡了。"

阿春在阮清恬房间门口，趴在门上仔细听着房间里的动静。里面寂静无声，阿春冲着楼下的任浩铭点点头。

任浩铭也点头回应。

阮清恬听到阿春离开，把灯打开，对谷雨点头示意："我们也开始行动吧。"

谷雨打头阵，两人小心翼翼地出了门。

周秀芝有些郁郁寡欢，和贴身丫鬟芳云走在回家路上。

"我看小姐今天心情不是很好，看戏的时候一点兴致都没有，平时这可是您最喜欢的！"

周秀芝恹恹道："哪有兴致，心里总惦记着阿诚爱不爱看。你看他果然不爱看，还是喜欢大上海的那些东西……芳云，你说我要不要跟他去上海？"

"啊？那大帅怎么办？他老人家还指望着您照顾呢！小姐，您不要不高兴了，姑爷年轻气盛，说话太冲动，您可不能用别人的错误来惩罚自己啊……"

周秀芝重重叹口气："唉……芳云，你说我要是有个孩子会不会就好一些了呢？阿诚看在孩子的面儿上，也应该会多回来吧。"

"小姐，您又来了，何必总是为难自己呢？要我说句不该说的，当初老爷就不应该让您嫁到宋家去。"

"芳云！又在胡说了。"

"小姐，您想想，从您嫁到宋家，就那么可以数的几天是高兴的。姑爷他，他根木就不是个长情的人……”

周秀芝伤感道：“可是他毕竟还是给过我高兴的日子，证明他还是爱我的，是不是？”

芳云见周秀芝这样想，也只好不再说这个话题：“小姐，您放心吧，您心肠这么好，以后总会越过越好的，早晚有一天姑爷会明白的！”

阮清恬和谷雨从后面绕道来到大门口，门口果然停着两辆轿车。阿春正在门口检查车况，调整后视镜。谷雨深吸一口气，和阮清恬交换了一下眼神，果断地上前，走到阿春身边。阮清恬远远地看着。

谷雨来到阿春身边，娇羞地说道：“我能占用你几分钟时间，和你说几句话吗？”

阿春见任浩铭还没有出来，便和谷雨走开了。阮清恬瞅准时机，跑到汽车后面，打开后备厢，迅速钻了进去。后备厢刚刚关上，阿春就回到了车旁，脸上竟然多了一个红唇印。阿春有些发蒙地使劲抹了抹脸。

任浩铭走了出来，问阿春：“小姐睡了吗？”

阿春肯定道：“您放心，已经关灯睡了。”

任浩铭放心地点点头，发现阿春有点发蒙：“阿春！想什么呢！这可是玩命的事情，心不在焉就是找死。”

阿春赶紧应道：“是，会长。”

任浩铭抬头看了一眼公馆二楼，坐上汽车：“出发吧。”

阿春也立刻上车。汽车疾驰而去。谷雨心脏狂跳，捂着胸口朝门口看去，紧张地低声祈祷：“天上各路神仙，保佑我们家会长和阮小姐平安归来啊。”

阮斌的声音突然传来：“谷雨，你在这干什么呢？”

谷雨吓了一跳，回头见是阮斌：“哎呀，是阮先生啊，您还没睡呢？”

阮斌犹豫着：“不知道会长他们在忙些什么，太让人担心了，也不知道恬恬怎么样了？”

谷雨赶忙劝慰：“阮小姐已经睡了，您明天一早再说吧。”

“已经睡了？”阮斌小声嘀咕，“但愿今天的事不会把恬恬搅和在里面……”

谷雨疑惑：“您说什么？”

阮斌赶忙说：“啊？没什么。”

谷雨有礼貌地说："您也早点休息吧。"

阮斌只好怏怏地走开。

谷雨担忧地看着窗外。

第六十五章

银行危机解除

任浩铭的轿车后面跟着两辆警车，三辆汽车开了一段时间，来到了泥泞的路段，坑坑洼洼，一路颠簸。阿春和任浩铭乘坐的是第一辆，阮清恬就躲在这辆车的后备厢里。阮清恬在后备厢里忍着不适默不作声。车轮突然陷进路上一个大坑，阮清恬被狠狠颠了一下，终于没忍住叫出了声："啊！"

车里的任浩铭听到了声音，命令阿春停车。阿春一个急刹车，后备厢里又传出了声音。

"哎呀！"

任浩铭下车，打开后备厢，看见了蜷缩着的阮清恬，惊得一句话都说不出来。阮清恬窘迫地看着任浩铭，赔笑："呵呵呵，会长。"

任浩铭生气地一把将后备厢盖上，偏过头看着远山，长叹了一口气。

阮清恬和任浩铭一起坐在了后座上。任浩铭生气地数落道："能不能有一次，就一次，不让我操心！你是真的缺心眼还是怎么着！你以为我是出来春游的吗？我是来打仗的！你说你到底怎么想的呀！"

任浩铭用力点了一下阮清恬的额头，阮清恬疼得揉着额头："我错了，但是会长你放心，我会自己保护自己的，绝不拖你的后腿。也许，我还能为你出谋划策，或者，提前听到青帮的动静呢。"

任浩铭无语道："谢谢啊！"

任浩铭和阿春观察着地形，交代阮清恬："给我好好待在原地，哪儿都不许去。"

阮清恬委屈地说："看会长这么着急的样子，我怎么能安心在家什么都不做呢？"

任浩铭深情地说："傻瓜，你呀，只要现在不出现在我身边，平平安安的，就是对我最大的帮助了。"

阮清恬撇撇嘴，苦涩地笑了，在心里说道："也许很快，我就真的不会在会长身边出现了。"

"来吧，我教你怎么打枪。"

阮清恬惊讶地眨眼。任浩铭脱下外套，松开领口。阮清恬扎起清爽的马尾，两人相对而立。

任浩铭严肃道："江湖险恶，出来混，迟早要打的。"

阮清恬偷笑不已。

任浩铭正色道："严肃点！"

任浩铭一脸严肃，拿出手枪，边说边示范："端好枪，上膛，打开保险，瞄准，射击，命中，或者被命中。"

阮清恬的神情也变得严肃。

任浩铭问："以后可以这样保命！记住了吗？"

阮清恬眼神坚定："记住了。"

任浩铭和阿春以及众手下埋伏在离仓库不远处的密林里。仓库门口有几个看守的青帮手下，有一半都还在睡觉。阿春指给任浩铭看："会长，黄金就在这个仓库里。"

阿春和几个警察近前探路。几个警察上前，一刀解决一个流动哨，一个绳套套住一个青帮手下。任浩铭和手下也慢慢接近仓库。

草丛里突然出现一个人影，原来是张五迷迷糊糊地站起来撒尿。他突然看见了警察，一个激灵，高喊："警察！警察来了！"

警察朝张五所在的方向开了一枪，张五侥幸躲开。青帮手下听到枪声，立刻清醒过来，拿起了枪。

阿春喊道："大家上啊！"

任浩铭也冲上前去。

警察开始与青帮正面交锋，任浩铭则带领剩下的手下冲向仓库。战况激烈，子弹乱窜，不时有人受伤，任浩铭一直英勇地冲在最前面。阮清恬和阿冬在停在树林中的汽车里候着，焦急地观察着仓库方向的情景。阮清恬请求说："阿冬，拜托你了，我真的不能这么待着，我们一起去，一起去好不好？"

阿冬为难道："会长说了，您不能过去。"

阮清恬听着此起彼伏的枪声，索性一把拉开车门冲了出去。阿冬见状，立刻追了上去。任浩铭一方略占上风，但对方一直紧咬不放。此时阮清恬突然跑来，捡起一把枪握在手里，冲到了任浩铭身边。

任浩铭气急败坏地咒骂："你来干什么！赶紧给我滚！"

阮清恬不说话，紧张地握着枪。一个警察被打中，倒在任浩铭和阮清恬面前。另一个警察慌忙还击。阮清恬动用听力，仔细倾听周围的动静，听到了靠右侧张五所在地的动静："警察先生，右上方！"

警察朝右上方还击，却没有击中。张五赶紧哆哆嗦嗦地挪了挪。

任浩铭提示道："恬恬，你想想你说的地方，如果用钟表上的指针来代替，应该是几点的方向？"

阮清恬想了一下，立即明白："一点钟方向！"

警察闻言朝一点钟方向开了一枪，正中目标。张五挣扎了一下，倒地身亡。不远处的张三看见张五倒地，目眦欲裂。

张三惊道："小五！"

任浩铭迅速举起手里的枪，拉起阮清恬的手迅捷地躲开流弹，冲进了仓库。仓库一角有人开枪，打碎了顶层的大灯，仓库顿时陷入黑暗。任浩铭不敢轻易开枪，阮清恬在黑暗中闭上眼睛，仔细地听着。阮清恬听出敌人所在的方位，对任浩铭说："九点方向。"

任浩铭开枪，命中，对方应声倒地。阮清恬沉稳地说道："十二点方向。"

任浩铭开枪，命中。这时角落里出现了一团火光。阿春举着火把，对任浩铭说："会长，黄金在这里。"

仓库的角落里，张三恨恨地拿着一把斯登式冲锋枪，偷偷瞄准任浩铭。张三抹了一把眼泪："小五，哥这就为你报仇！"

阮清恬和任浩铭正要走出仓库，阮清恬突然听到仓库角落里的异常，大喊："会长小心！"

张三站起身来开枪，没有打中任浩铭，却打中了仓库隔板上的一大块木板。木板摇摇欲坠，正好悬在阮清恬头顶。任浩铭发现木板掉落，立刻冲向阮清恬，将她扑倒，压在自己身下。阿春反应过来，立刻朝张三的方向胡乱开枪，但是没能打中。张三仓皇逃跑。阿春顾不得去追，立刻跑向任浩铭。

任浩铭昏倒在地，阮清恬受惊，大喊："会长，会长你醒醒啊！"

阿春叫来两个手下："你们快带会长和阮小姐去医院，我先给银行送黄金。"

阮清恬泣不成声。

宋诚在街上闲逛，自言自语道："也不知道安安现在在干些什么？有没有惦记我啊……我答应了安安给她带苏绣，明天一定要记得去买。哎！真烦！要不是周秀芝的爹是大帅，我爹的军队还要仰仗人家，我早就和她离婚了……这女人上了年纪就是爱絮叨……"

宋诚路过长乐客栈门口，秋分正将洗脸水泼到街上，却没注意刚刚走过的宋诚。楚安安此时抱紧双膝，坐在一张破旧的小床上，看着窗外皎洁的明月，发出一声凄凉的叹息："阿诚，你知道我现在的遭遇吗？你知道我为了找你都遭受了什么吗？我好想你啊！"

第二天，楚安安一早起来，便叫来秋分："秋分，你到附近的邮务局去给我爹娘发一封电报，让他们务必寄些钱过来。再四处打听打听宋诚、宋府，说不定有人知道。"

"小姐，放心吧！"秋分领命出门。

楚安安喃喃自语："阿诚，你现在到底在哪儿啊……"

周秀芝正在准备寿宴时要用的各种字体的"寿"字。她一边挑选一边柔声问道："阿诚，你看这几个'寿'字，咱们用哪个字体的最好？"

宋诚心不在焉："你看着办就好了，反正都是'寿'字，哪个都一样。"

周秀芝有些不快："生日年年过，可六十大寿就这一次，做儿女的当然希望尽善尽美了。"

宋诚冷淡地说："我一个大男人，平时粗粗拉拉的，哪懂这些。你看着办吧，怎么样都好。"说完转身就走。

周秀芝无奈，只得不再计较，又拿着起寿宴的菜单。丫鬟芳云端了一碗汤药进来："小姐，姑爷又出门了？怎么也不帮您看看菜单……"

周秀芝叹气："芳云，你说是不是都是因为我没给宋家生个一儿半女？"

芳云不满地说："小姐！您又胡思乱想些什么啊！姑爷现在就是个大男孩，您不要跟他太计较。"

周秀芝不快道："哎，又是王大夫开的促孕药？"

芳云应道："是，刚熬好，小姐趁热喝了吧。"

周秀芝愁道："这么多年来不知道喝了多少促孕药，到头来还是一无所获，身上都是中药味，阿诚更不愿跟我亲近了……"

芳云埋怨道："小姐又在多想了，我看姑爷跟您好得很！"

周秀芝淡淡一笑，摇了摇头。

秋分回到客栈房间内回报楚安安："小姐，我在外面打听了，人家说，倒是知道个宋公子，不过这个宋公子早在苏州娶了老婆安了家。"

"那肯定不是宋诚！"楚安安立刻说道。

"是啊，我也觉得不可能。不过，小姐，刚刚发了电报，又付了房钱，咱们手里剩的钱可不多了……"

"哎，没关系，咱们再坚持一下，顶多半个月，我娘一定会给我汇钱过来的。"

"要是那些首饰还在，咱们还可以当了救救急。"

楚安安摸了摸脖子上的金项链，很珍惜："这条项链说什么都不能当，这是宋诚留给我的……"

楚安安与秋分走在街上，垂头丧气。

秋分先开口："没想到这个时候跟老爷夫人联系不上了，也许他们到别的地方谈生意去了吧。"

楚安安赌气说："这生意做的，偏偏在这个时候联络不上！这不是要我的命吗！"

秋分提议："要不给阮小姐发个电报？"

楚安安态度坚决："那怎么行！现在恬恬住在任会长家，肯定都是任会长提供她花销，我问她要钱，岂不是难为她找任会长借钱？"

秋分疑惑："那我们怎么办……难道我们要回上海？"

楚安安叹气："怎么回？现在连路费都是问题了。"

楚安安摸着脖子上的金项链，万般不舍，但还是狠了狠心："这样吧！咱们把我这条项链当了吧。"

秋分阻止："小姐，这哪成！这可是宋公子送给你的。"

楚安安坚持："那就找到他，让他再给我赎回来！"

楚安安把金项链放在桌子上："店老板，麻烦您帮我把这条金项链换成钱，行不行？"

老板正在算账："当铺就在东街，出门往右就是。"

楚安安吞吞吐吐地说："我……我不太会和当铺的人打交道，怕被他们骗，所以……"

老板看了看楚安安："好吧，这当多当少，您可别埋怨我！"

楚安安急了："您可千万别给当得太贱！"

"这什么东西进了当铺，可就不值钱了，人家给我多少钱，我就给您多少钱，您到时可别怀疑我吞了您的钱！"

楚安安忙说："不会，不会，就是知道您是好人才托付您。"

"行了，行了，我有空就去！"

"谢谢您了！"楚安安看着手里的钱，有些难过，"好好的一条金项链，怎么进了当铺就变成破铜烂铁了呢！"

"我可没贪您的钱，当票上写得清清楚楚，一分不少都给您了！"

秋分不满："这帮人，真不要脸，简直是趁火打劫！"

老板不以为然："当铺都这样，要不人家怎么赚钱呢！"

楚安安安慰自己："总比一分钱没有强，多谢您了！"

楚安安跟秋分往门外走去，秋分叹气道："要是再找不到宋公子，咱俩可真要流落街头了。"

楚安安听了这话，脸上浮现愁容，不禁感叹："没钱的日子真可怕，以前不知道，现在才明白为什么恬恬愿意为了钱冒我的名替我挡那些麻烦了，真是一分钱难倒英雄汉……”

“小姐，宋公子不会不回来找你的，我们回了上海，还有阮小姐可以照应。”

楚安安沉思了一会儿：“这都一个多星期了，一点宋诚的消息也没有……你说的对，回了上海，还可以请任浩铭帮忙打听宋诚的下落。对，就这么定了！咱们下午就买票回上海！”

楚安安与秋分合计好了后路，总算轻松了一些。秋分此时一抬头，忽然看到前面门口张灯结彩：“小姐，你看，这家人好像要办聚会呢，派头可不小！”

旁边的路人听到秋分的话，接过话茬来。

“可不是，周大帅要过六十大寿，到时候有头有脸的人都要去给他祝寿！”

楚安安问：“周大帅？很厉害吗？”

“当然厉害！南征北战，没他打不赢的仗。各路军阀里，就属这周大帅最有名，最厉害！人家不光打仗有本事，还有福气，虽然就只有一个女儿，可比儿子还知道孝顺爹。这寿宴啊，就是他女儿给他操办的。”

“哦，那确实挺好。”楚安安若有所思。

这时，周府门口走出来一个女人，端庄秀丽，正是周秀芝。秋分一眼认出好就是当初给楚安安钱，让她们那晚能避免露宿街头的夫人。

“小姐，你看，你看！是那天借给咱们钱的夫人！”楚安安顺着秋分指的方向去看，也认出了周秀芝：“秋分，快拿两块钱出来。”

“小姐，你要干什么？不会是想要还钱吧？咱们现在……”

“哎呀，叫你拿钱就拿钱嘛！有钱就要还给人家，我讨厌那种找各种理由拖着不还人家钱的人。”

秋分不情愿道：“等咱们回了上海，再把钱寄回来也来得及啊……”

秋分话还没说完，楚安安早就夺下秋分手里的钱，径直朝周秀芝走过去。

银行门口已经聚集了很多人。人群将银行紧紧围住。带头的是青帮的手下，手里拿着棍子刀子，高声叫嚣着：“有种打开门来！把老子的钱还给老子！”

旁边的人应和道：“三天期限已到，任浩铭呢！要是再不开门就把银行砸了！”

“把钱还给我们！不然我们就要砸门了！”“让我们取钱，快把门打开！”各种叫嚣此起彼伏。

行长和马经理用木棒将银行的门抵住。行长紧张地搓着手:“这可怎么是好啊?任会长怎么还不出现啊?”

马经理惊慌道:“行长,要不咱们从后门逃走吧。”

这时一个员工冲了出来:“行长、经理,后门也被围住了。”

马经理绝望地抱头:“这下可怎么办啊,我上有老下有小啊!”

青帮的几个人带领愤怒的民众一拥而上,银行大门岌岌可危。银行行长和马经理用力抵住木棒,却无济于事。银行大门被顶开了,青帮手下一把抓住马经理和行长,拿出刀子抵住了他们的脖子。行长吓得面色煞白,马经理痛哭流涕,不停地求饶。

青帮手下作势要杀了行长:“既然任浩铭不出现,你就来给我们个交代,不还钱?想饿死我们吗?既然这样,就让你们死在我们前头。”

手下说着就举起刀子要杀行长,门外突然传来一句:“住手!钱来了,警察也来了,看看还有谁在这闹事!”

门外,阿春带着几个手下搬着黄金赶到了银行。青帮手下顿时傻眼了。民众都兴奋不已。行长和马经理惊吓过度,瘫在地上。

阮清恬跟着担架来到急诊室门口,看着任浩铭被推了进去。看着急诊室的门关上,阮清恬绝望地坐到长椅上。阮清恬抱着双膝坐在手术室外门口的长椅上,脸上全是泪痕。

任青青大步流星来到手术室门口,一脸的愤恨地阮清恬赶紧起身,正要问好:“青青姐……”

“姐”字还未说出口,任青青就已经不由分说,扬起手,恨恨地给了阮清恬一巴掌。任青青正要再打,却被一只男人的大手强硬地抓住,动弹不得,回头一看,竟是林峰。

任青青见是林峰阻拦自己,尖声抱怨:“松开!都是因为她,这个扫把星,自从她一出现,晓晓死了,浩铭现在也生死未卜,都是因为她!”

林峰手上暗暗使劲:“事情的经过是怎样的都还没有搞清楚,你先不要下定论。”

任青青拧不过,只好恨恨地垂下手。林峰柔声问阮清恬:“浩铭他怎么样了?”

阮清恬轻声道:“已经抢救一个多小时了,具体情况现在还不知道。”

林峰假装暖男:“到底是怎么回事?”

阮清恬还未回答,医生开门出来。任青青兴奋地跑上前去,抓住医生的手:“医生,怎么样?”

医生疲惫地摘下口罩,表情严肃,问道:“谁是恬恬?”

阮清恬听到自己的名字,不明所以,低声道:“我是。”

医生平静地说:“你跟我进来一下。”

任青青焦急地问:“医生,到底怎么样了?抢救过来了吗?为什么叫她进去啊?”

医生表情高深莫测:“先等等,先等等。”

任青青一脸茫然,试图抓住林峰的手臂寻个依靠。林峰虽任由任青青抓着,表情却深不可测。

阮清恬忐忑地走到病床前,看着床上的任浩铭,害怕得忘记了流泪。医生在旁边解释:“病人在抢救过程中一直有微弱的意识,一直都在喊着‘恬恬’,我想,他应该有很多话要对你说吧,我给你们一点时间。”

阮清恬的眼泪夺眶而出,上前轻轻抓住任浩铭的手,不住地抽泣着,小声地问:“会长,会长你能听见吗?我是恬恬啊。”

任浩铭缓缓地睁开眼睛,气若游丝地说:“恬恬,恬恬……”

阮清恬赶紧接话:“是我,我在这呢。会长,对不起,如果不是我太任性,执意要跟你一块去,你也不会……”

阮清恬哽咽得说不下去,任浩铭顺着说:“恬恬,你记住,任性可以,但是要注意尺度,一定要记住。”

阮清恬赶忙点头:“我记住了。”

任浩铭神色黯然:“想想我任浩铭这辈子,风光过也失落过,得到过也失去过,这些却都和爱情不沾边。恬恬,如果我瘫在床上,永远也起不来了,你会选择毫不犹豫地和我结婚吗?”

阮清恬泣不成声,但还是深深地点了点头。

任浩铭开心地笑了。

医生这时走进来说:“小姐,可以将病人转移到病房了。”

阮清恬懵了："病房？你是说，会长他——不会死？"

医生说："是的，病人只是有些轻微的脑震荡，短时间只要不受刺激就没有大碍了。"

阮清恬惊讶地看向任浩铭，任浩铭虽然虚弱，但还是调皮地眨了下眼。

阮清恬气得咬牙："任浩铭！"

第六十六章

任公馆遭人报复

周秀芝忙着看下人贴“寿”字，对芳云说：“大家动作都快一点，明天市长、警长他们都会来祝寿的，菜都备齐了吗？”

“小姐放心，都预备好了。”

楚安安走到近前：“夫人，你还记得我吗？”

周秀芝一看楚安安，回忆起来：“是你？我想起来了，咱们之前在客栈见过，怎么样，找到你丈夫了吗？”

楚安安沮丧地摇了摇头：“还没有呢……不过，我还以为再也见不到夫人您了，幸好您当初借了我两块钱，不然那天晚上我真不知道该怎么办了。你看，我现在有钱了，特意来还给你！”

楚安安将手中的钱递给周秀芝。

周秀芝微笑：“你呀，还没找到你丈夫，这钱还是先留着自己用吧，等你们夫妻团聚了，再把钱还我也来得及啊！”

楚安安黯然道：“我已经不想找了，在这儿我没有亲戚、没有朋友，茫茫人海，往哪才能找得到他？还不如回去，等他来找我。”

“这倒也是个办法。明天我爹过寿，妹妹既然来了，咱们也是有缘分，不如明天过来吃碗寿面再走吧！”

楚安安诚恳道：“不了，不了，妹妹在这儿给姐姐道喜，明天我就回上海了。”

周秀芝惊讶道:“这么快就回去了?就算找不到你丈夫,多玩两天也好。”

楚安安摇摇头道:“哪有心思玩……”

周秀芝想了想:“唉,你也不容易。咱们相逢一场,这钱就送给你吧,你路上用得着。”

楚安安推辞:“这怎么好意思。”

周秀芝真诚地说:“这钱对我来说用处不大,对你可就能救急了,拿着吧,别见外!”

楚安安只得接下:“谢谢你了。”

楚安安抬头,在周秀芝身后,看到宋诚从院子里走了出来,楚安安顿时又惊又喜。而周秀芝并没有看到宋诚从身后走来。

宋诚诧异地望着眼前的人:“安安!”

楚安安欣喜地跑过去:“原来你在这儿!你知不知道我找了你多少天!”

周秀芝听到楚安安的话,脸色一变,看向宋诚。

宋诚察觉到周秀芝的目光,来不及解释,赶紧将楚安安拉走。

秋分也看到了周秀芝的脸色,心下疑惑。

宋诚带着楚安安走到一旁,热情地抱起楚安安:“我正想着你,你就出现了!怎么会来找我?是不是也想死我了!”

楚安安嗔道:“还说呢!就这么扔下我一走了之!你知不知道为了找你,我吃了多少苦……”

宋诚关心道:“怎么了?出了什么事?”

“刚到苏州我们的行李、钱就被抢了,幸好刚刚那位夫人给了我们一些钱,要不小姐就露宿街头了……”

宋诚心疼道:“都怪我,都怪我,让亲爱的受委屈了。”

周秀芝、芳云跟着楚安安与宋诚来到巷子口,眼见着宋诚与楚安安热烈拥抱,周秀芝红了眼圈。芳云不忿,上前要替周秀芝讨个说法,却被周秀芝一把拦住。

“小姐!”

“走!”周秀芝没有上前跟宋诚、楚安安理论什么,而是拽着芳云回去了。

楚安安说:“我们实在待不下去,正想着干脆回上海,幸好你出现了!”

宋诚问:“那你们这阵子都住在哪?”

秋分说:“长乐客栈。”

“那你们先回去等着我,我处理完手边的事就去找你们。”宋诚说。

楚安安问:“你这么忙啊,还有什么事要处理?”

“你也听到周大帅要过六十大寿,到时我得帮忙。你乖乖地在长乐客栈里等我,我今晚肯定过去找你。”

楚安安奇道:“周大帅过生日你帮什么忙?那位姐姐不才是周大帅家里人吗?你怎么会在这里?你跟那姐姐什么关系?”

宋诚急了:“哎哟,你怎么这么多问题,不相信我啊!你要知道我最爱你了,小宝贝,别再瞎想了啊!”

楚安安低着头不说话。

宋诚微笑:“我晚上肯定会去找你,乖乖地等着我啊!”

楚安安欣慰地点点头。周秀芝看着宋诚与楚安安远去的背影,想起那天楚安安说过的话,楚安安是从上海来,来找丈夫,他在苏州也是有头有脸的人。周秀芝脸色异常难看。

芳云气呼呼地说:“我就说,说不定哪天您就会因为同情心反而害了自己,果然这个楚安安不是什么好人!您就是农夫,她就是那条蛇!”

周秀芝道:“好了,芳云,不要再说了,说不定这中间还有什么误会呢。”

“咱们都亲眼看见他们……”芳云说不下去了。

周秀芝默默无言,走进门去。

屋内一片漆黑,林峰看着窗外的浮云和圆月,一脸阴沉。张三和虎子跪在地上,不敢出声。林峰两脚将他们踹倒在地。

张三起身道:“峰哥,我弟弟被任浩铭杀死了,你得给我报仇啊!”

林峰不屑地说:“你还有脸跟我说报仇?你们两个废物,你兄弟死了是他活该!跟我有什么关系!”

张三恨恨地看着林峰,咬牙切齿。

虎子唯唯诺诺地开口:“没想到任浩铭会这么快反扑,兄弟们有点措手不及,死伤的也不少,黄金都被,都被他们抢走了。”

林峰不说话,黑暗中看不清他的表情。他声音低沉道:“胜败乃兵家常事,他们既然选择跟了我，就要承担这个选择的后果。事情既然已经这样了，就让他们原地待命吧，都打起精神，再马虎大意，我一个不留。”

虎子小心地问：“那些死伤的弟兄……”

林峰冷漠地说：“让他们自己解决，难道还要我去收尸吗？”

虎子不敢再多嘴：“是，我知道了！”

虎子离开，林峰眼里冒火，自语：“任浩铭，既然宣战了，我就和你好好玩玩！”

任浩铭和阮清恬并肩站在银行门口，银行门口办业务的顾客进进出出。行长和马经理对任浩铭鞠躬致意：“多亏会长这次英明的决断。”

任浩铭笑笑，转头看看阮清恬，阮清恬也一脸欣慰地看着任浩铭。任浩铭不由自主地握紧了阮清恬的手，阮清恬有些犹豫，想要抽出手，却被任浩铭抓得紧紧的……

阮清恬从黄包车上下来，手里拎着水果，正要进门，却被一个人伸出的胳膊挡住去路。阮清恬抬头一看，竟然是林峰。

阮清恬惊讶道：“你怎么在这儿？你怎么还有脸到这儿来？”

林峰伸手去摸阮清恬的脸，柔声说：“自然是等你啊。”

阮清恬冷冷地说：“你还想要什么花招？老天爷有眼，是不会帮你这种恶人的！等会长知道了你的身份，看你还怎么嚣张！”

林峰毫不在意，一笑：“你就忍心看着我死？不会吧，我不相信你会这么狠心。而且我告诉你，我和你的任会长，还有一场大仗要打呢，不到最后，谁都不知道赢的是谁！”

阮清恬气愤道：“林峰，你不要太过分了！你到底要干什么！”

林峰贴近阮清恬的耳朵：“我要干什么？我要你！”

阮清恬气愤地推开他，扬手给了他一个耳光：“你卑鄙！”

林峰被打却依旧平静地，冷冷地说道：“听说，你这两天就要和任浩铭结婚了？”

阮清恬警惕地问：“你问这个干什么？”

林峰微微一笑：“我只是想提醒你，你爹跟任晓晓的关系，以及任晓晓是怎么死的，你已经心知肚明了吧，还需要我再和你仔细说一遍吗？”

阮清恬听了这话，脸色一下子煞白。

“你如果就这么嫁给任浩铭了，你就不怕哪天他知道了真相，再做出什么出格的事？”

见阮清恬面露犹豫之色，林峰紧紧地盯住阮清恬，好像在揣摩她的心理。

林峰阴笑：“好好想想吧，你要是不想嫁了，说不定我还能帮上你呢！”

阮清恬一愣：“你要干什么？”

林峰微微一笑：“到时候你自然就知道了……”

林峰说完，扬长而去，只剩阮清恬站在原地呆呆发愣。

一个黑影出现在任公馆的拐角，戴着毡帽，围着围巾，眼里冒火，死死盯住不远处的任公馆。任浩铭和阿春从任公馆里走出，来到门口，坐上轿车。

黑影紧了紧围巾，悄悄走到任公馆后门，想要找机会进去。他打算攀爬离任公馆最近的大树，却被任公馆的守卫发觉了。

“什么人！”

黑影迅速甩了一枪给守卫，守卫应声倒地。枪声一响，任公馆的守卫都朝这个方向奔了过来。张三迅速逃离现场。

“怎么回事？”

“别跑！”

众人朝黑影逃跑的方向追了过去。

阮清恬在房里发呆，想着之前和林峰说的话，忽然听到外面传来枪声，猛地回过神来：“这是发生了什么事？”

阮清恬赶紧起身去看个究竟。枪声不仅引来了阮清恬，阿夏、阿秋、阿冬等人也赶到门口，看到门口的保安血溅当场，被刺身亡。

阿夏、阿秋、阿冬当即变色：“谁干的！”

“不知道……老吴他……”

阿夏吩咐：“阿秋，你去通知会长。阿冬守好家，通知老吴的家人吧。我去警察局报案！”

“好！”

任浩铭桌上的电话急促地响了起来。

任浩铭拿起电话："喂！什么?！报警了没有？好，我马上回去！"

阿春恭敬地给任浩铭打开车门。任浩铭坐在后座，阿春也上车。

阿春说："会长，咱们公馆一向太平无事，这次居然逃过阿夏他们的守卫，伤了咱们公馆的人，我觉得可能跟劫黄金的事有关，阿夏说看那个背影很眼熟。"

"嗯。你派几个人去找找九爷手下的行踪，上次枪战过于混乱，一个活的都没抓到，这次争取带个活的回来。"

阿春应道："是，我会部署的。"

楚安安心情愉悦地回到客栈："上天待我还是不薄，本来都想回上海了，没想到宋诚自己出现了。"

秋分心不在焉，脑海里浮现周秀芝刚刚的那个表情。楚安安跟秋分说话，见秋分面有愁容，问道："秋分，你怎么了?"

秋分赶紧掩饰："没什么，没什么。小姐确实好运气，总算找到了宋公子……"

楚安安脸上洋溢着笑容，走进客栈。

林峰和虎子在一块商议，林峰小口喝着咖啡。虎子向林峰汇报："张三都疯了，现在满世界找任浩铭，要给他死去的弟弟报仇，我拦都拦不住。"

林峰悠闲地躺在椅子上："不用拦，张三要跟任浩铭玩命，就让他去，事已至此，就算他招出都是我干的，我也不怕！万一他再得手，那更是帮了我的忙！"

虎子犹豫着："可是……"

林峰怒道："有话就说，有屁快放！这么吞吞吐吐的，哪像个爷们！"

"是阮小姐凭借听力才让警察有机会打死张五的，我怕阮小姐……"

林峰一惊，说道："你怎么不早说！"

虎子见林峰发火，赶紧低着头不说话。

林峰骂道："真是成事不足败事有余！就不会多给张三一些钱吗！要是阮清恬少了一根毫毛，你们谁都脱不了关系！"

"可是阮小姐现在对您已经是这个态度了，您还有必要对她那么好吗……"

林峰斥道："爱情的事，你不懂！"

"万一阮小姐跟任浩铭说了您的事呢?"

“说了就说了，大不了破釜沉舟！你快去给我找张三，别的事先不用管！”

“是，是，我现在就去！”虎子正要离去，又被林峰叫住。

“等一下！必要的时候，就只好……”林峰眼神透着凶恶，不再明说，意味深长地看向虎子。

虎子心领神会，咬着的牙却不像刚刚那般坚定：“我知道了。”

林峰这才放下心来，端起咖啡，闭上眼睛慢慢品尝。虎子有些无奈地看着林峰，爽快地干掉杯中的酒，转身离开。咖啡杯空了，留声机里传出悠扬的旋律，林峰听着音乐，放松下来，闭目养神。

一双高跟鞋悄悄接近沙发上的林峰，林峰敏感地睁开眼睛，原来是任青青。

任青青赌气地坐在旁边，不说话。林峰见状，赶紧递了一杯水给任青青示好。任青青放下水杯，热情似火，直接扑到林峰身上，嗔怪道：“都要订婚了还整天忙工作，真是讨厌！”

林峰敷衍地笑笑，揽着任青青走进房间……

阮清恬来看阮奶奶：“奶奶，刚刚的枪声没吓着您吧？”

“没有，好孩子，奶奶没事。到底是怎么回事啊？”阮奶奶担心地说。

“应该是想要报复任会长的人干的，不过您不用担心，会长一定都会解决。”

“这都到了结婚的当口了，怎么还会出这种事……”

听到阮奶奶提结婚，阮清恬垂下了眼帘：“奶奶，您说，幸福是什么？”

“怎么想起来问这个了？傻孩子，要结婚了，紧张了吧？”

阮清恬不自然地笑了笑。

“这幸福啊，每个人的答案都不一样，我觉得啊，幸福就是不管外面风浪多大，回到家里总有一杯热茶等着你……”

阮清恬想了想：“就这么简单？”

“就这么简单啊！”

阮清恬默默思考着什么。

阮奶奶说道：“恬恬，你可别忘了，结婚的时候得戴上你娘留给你的流苏耳环。当初外明朝皇帝赐给最宠爱的妃子们十对形态各异的耳环，大家都认为这十对耳环能给人们带来幸福、快乐。恬恬，你结婚的时候，可千万别忘了戴上！”

“奶奶，这个故事您都说了上千遍了！我记住啦，放心吧！”

阮清恬从阮奶奶的房间里出来，有些惆怅：“都不知道还能不能跟会长结婚。唉……既然奶奶惦记着，我还是先把耳环赎回来吧。”

任浩铭端坐在客厅：“门卫老吴的后事可都安排好了？”

“都已经安排好了，通知了他的家人，给了一千大洋抚恤金。”阿夏回答。

任浩铭默默点头：“代我好好安慰他的家人，告诉他们，我们会替老吴报仇的。”

阿夏道：“是。”

“警察局怎么说？”任浩铭又问。

“说会全力配合调查，但是，没有任何线索，怀疑是帮派的人干的。”

任浩铭点点头：“是有这个可能。你告诉府上的每一个人，这些日子都要小心，你们每一个人都可能成为被攻击的目标。在没抓到凶手之前，不许单独离开任公馆，若一定要出门，至少要三人结伴而行。”

“记住了，我这就去通知其他人。”

任浩铭又说：“等等！你们四个，从现在开始要一步不离阮清恬，保证她的安全。”

“可是会长您的安全……”

任浩铭强调：“你们保护好阮小姐，不用管我！”

“是！”

阮清恬走出任公馆，拦了一辆黄包车。

阮清恬对车夫说道：“到兴裕当铺！”

任浩铭敲了敲阮清恬的房门：“恬恬！恬恬！”

任浩铭见无人答应，推门而入。一进门，发现阮清恬不在，勃然大怒：“阿春！阿春！”

阿春赶紧跑进来：“会长！”

任浩铭怒道：“赶紧给我找到阮小姐，保护她的安全，千万不能让她出事！”

阿春应道：“是！”

任浩铭无奈地摇摇头，喃喃自语：“这都要结婚了……唉，真是拿她没办法……”

第六十七章

婚礼上的劫持

宋诚回来，周秀芝神色凄楚地看着宋诚，一句话未说，转身便往里走。宋诚脸上显出愧疚，默默无言，跟着周秀芝往里走。

周秀芝走进闺房，缓缓坐在椅子上，等着随后而来的宋诚。宋诚跟进来，将门关好，坐到周秀芝对面："秀芝，我看咱们还是先把爹的生日过好……"

周秀芝打断宋诚的话："那姑娘我认识，说是从上海过来找丈夫的，还说丈夫家是苏州的大户人家。现在看来，她要找的人，就是你了？"

宋诚低头无语，默认了。

周秀芝见宋诚默认了，眼泪不禁流了下来："我怎么都想不到，想不到你会瞒着我在外面又找了一个！阿诚！你还记得吗？刚成亲的时候你对我百依百顺，我真的以为我很幸运，虽然是奉父母之命嫁了你，但也遇到了那个疼我的人，谁知道好景不长……"

"现在木已成舟了！"

"我知道我对不起你，嫁到你家这么多年，都没给你生过一儿半女。不孝有三无后为大，按理说，你就是把我休了，也是应该的……"

"秀芝，你不要说了。你打我，骂我，我都认，就算你要跟我离婚，我也不说什么。"

周秀芝惊讶地望着宋诚："我怎么会想跟你离婚？我心里装的都是你，除非，你不想要我了……”

宋诚果断摇摇头：“秀芝你说的什么话，我从来没想过不要你，是我对不起你，这件事我应该提前告诉你的……我知道你心里难过，可是我心里确实很喜欢楚小姐……这样好了，我让她尽快回上海……”

周秀芝擦擦眼泪：“我问你，在上海，你跟她已经登报宣布结婚了吗？”

“当时一时冲动是登了报。我知道我错了，明天我就让楚安安回去，然后再登一次报纸，宣布跟楚安安离婚！”

宋诚嘴上这么说，心里盘算着：“我爹要打仗，还得仰仗我这位岳父老丈人帮忙，周家人不能得罪，现在只能以退为进了……”

“你这是什么话，既然娶了，就应该负责，哪能半途将人甩了？楚小姐看样子也是个大家闺秀，人家为了来找你，一路上不知道吃了多少苦头，你哪能说不要就不要了呢？”

宋诚为难道：“我这不是没办法吗？你说我留下她，对不起你；让她走，又对不起她……其实都是我的错，却偏偏让你们俩难受……”

周秀芝想了想：“她知道你成家了吗？”

宋诚默默摇了摇头。

“你为什么不告诉人家实话呢？”

“我没想隐瞒，只是，一时间没想到怎么说好……”

“那你现在想怎么样？”

“我现在什么想法都没有，只想先把爹的寿宴办好。”

周秀芝默然不语。

用围巾蒙着脸的张三一直没有离开任公馆附近，一双眼睛紧紧地盯着大门口，终于等到阮清恬出门。张三紧了紧围巾，悄悄跟在阮清恬身后。袖子里，一把手枪若隐若现。

张三悄悄跟随阮清恬来到大街上，举起枪，悄悄瞄准阮清恬。正准备开枪，忽然旁边一个卖香烟的小孩来抓张三的衣襟：“大爷，大爷，买盒香烟吧。”

张三恼怒地一挥手：“滚一边去！”

小孩吓了一跳。张三再抬头，阮清恬等人已经消失不见，张三恨恨地咬咬嘴唇，转身离去。阮清恬拿着足够的赎金来到当铺，拿出收据交给小伙计：“我想赎回我的流苏耳环。”

小伙计看了看收据，表情不太好，对阮清恬说：“小姐请先等一等，我去找老板来。”

阮清恬闻言有些担心。

老板来到阮清恬面前：“阮小姐，您怎么又来了？不是跟您说了过了当期就是死当了吗？”

阮清恬着急道：“可那耳环对我很重要，我必须赎回来！”

老板抱歉道：“实在对不起，耳环已经不在这儿了。”

“那去哪了？是被人买走了吗？”阮清恬又问。

老板：“这些我们都没办法跟您说。”

“我给你钱！”阮清恬把带来的钱都放在柜台上。

“阮小姐，您这是为难我，您还是请回吧！”老板说完就回后台了。

“老板！老板！”

阿春、阿夏、阿秋、阿冬四人此时追到阮清恬跟前：“阮小姐！您怎么出门也不说一声！”

阮清恬说道：“我要赎回我的耳环！”

“会长都急了，还是赶紧跟我们回去吧！”

阮清恬被阿春等人强行带走。

阮清恬急道：“你们别拽我啊……”

张三跟到当铺门口，想要开枪向阮清恬射击，无奈春、夏、秋、冬将阮清恬挡住，没有机会下手。眼见着春、夏、秋、冬几个人要转身回头，张三赶紧闪到一边。春、夏、秋、冬四人跟随阮清恬回家。

阮清恬着急地说：“我还没找回我的耳环，你们就非把我带回来！”

阿春等人不说话，只是伸手做了一个请的手势，让阮清恬进门。阮清恬很无奈，正要走进大门，抬头却发现整个任公馆竟然一片漆黑。阮清恬十分纳闷：“咦？难道停电了？”

阮清恬再一转身，春、夏、秋、冬居然不见了。她试探着喊道：“阿春？阿夏？”无人应答。

阮清恬有点慌了，走进客厅，发现地上竟然画着荧光的箭头，几米远的地方还有相同的箭头在指示方向。阮清恬试着去开灯，但无济于事，显然电闸已经断开。

阮清恬小心翼翼地试探："会长？会长？"

没有人应声。

阮清恬自语道："又是什么奇怪的游戏啊，会长真是的。"

阮清恬只好按照发光的箭头指示的方向走着，一直来到二楼自己的房间。阮清恬打开房间门，看见整个房间点满了蜡烛，床上用玫瑰花瓣摆了一个心形，心形的中间放着一个礼盒，烛光摇曳，浪漫至极。阮清恬打开礼盒，里面竟然放着自己的流苏耳环。

"原来会长早就赎回了流苏耳环，还串通老板骗我！"

阮清恬拿出流苏耳环，眼眶不禁湿润了。身后突然响起了礼花的声音，回头一看，阿秋和阿冬穿着卡通衣服出现，手里拿着礼花。这时任浩铭端着一个托盘从门外走进来，阮清恬收起傻笑，安静地看着任浩铭走近。

任浩铭走到阮清恬面前，深情款款地说："这是我特意给你准备的大餐，让你见识见识，以后也好学着给老公做！"

阮清恬嗔道："哪有你这么不害臊的，现在就自称老公了。"

"本来就是嘛，今天就当咱俩共度单身之夜，明天开始，我们就是任先生和任太太了！"

阮清恬心里难过："会长，我……"

"婚前预习要开始了！"任浩铭帅气地打开托盘上的盖子，"当当当！"

盘子上放着的是一块硕大的牛排。阮清恬惊讶地微微张嘴，十分感动。任浩铭自豪地说："这可是任会长牌全世界独一无二的牛排，保证美味可口，吃了它，明天就将一切顺利，牛气冲天！还请阮小姐笑纳。"

阮清恬正想拿起刀叉，突然外面传来了响亮的枪声，而且好像就在任公馆附近。任浩铭立刻变得严肃，将托盘扔给阿秋，迅速跑了出去。阮清恬紧随其后。阮清恬一脸担忧地看着任浩铭，任浩铭也异常严肃。

林峰小心地关上房门，穿着华丽的睡袍来到客厅，看见虎子正在等待自己。

林峰关切地问："怎么样？找到张三了吗？"

虎子小心地汇报："刚刚得到的消息，张三已经动手了，打伤了……"

林峰不耐烦道："打伤什么？你说呀！"

虎子只好和盘托出："听说他刚刚在任公馆门口打伤了任公馆的一个下人。"

林峰气愤地说："就是说，他已经找到了阮清恬？"

虎子畏惧地低下头轻轻点头。林峰上前抓住虎子的衣领："你听好，从现在开始，我要你聚集人手，二十四小时在任公馆附近保护阮清恬，如果她受到任何一点伤害，你就不用出现在我面前了。"

虎子点头："峰哥放心，我一定用生命保护阮清恬。"

林峰松开手，拿出手绢小心地擦拭着，不耐烦道："滚吧，我要休息了。"

虎子退出去。

林峰自言自语："清恬，别忘了你答应我的，明天如果你不逃婚，就别怪我不顾及情面了。你一定要相信，我是真的爱你，所以才无法眼睁睁地看着你嫁给任浩铭啊！"

客厅里张灯结彩，阿春正指挥着夏秋冬几个布置彩灯、贴喜字，春、夏、秋、冬分别戴着橙色、黄色、绿色和蓝色的领结。阿春边忙碌边道："对对对，这边这边，歪了歪了——哎哟哟，阮奶奶您快坐下，这里乱，留神别碰着磕着了。"

阮奶奶慈祥地笑着："我坐不住啊，今天恬恬结婚，我高兴啊！新郎新娘他们都准备得差不多了吧？"

阿春也喜气洋洋道："是的，一切都在顺利进行着，您就放心吧。"

说着话，任浩铭已经下楼来了，穿戴整齐，英姿飒爽，和阮奶奶热络地寒暄。

任浩铭拉住阮奶奶的手："奶奶，今天忙，您可别累着。"

"你就踏踏实实做你的新郎官吧，不用管我。"阮奶奶笑着说着。

谷雨这时端着一碗甜汤走近。阮奶奶赶忙接过来，对任浩铭说："看你忙活的，先喝了这碗汤吧，特意给你煮的，待会不知道要喝多少酒呢，有它垫底，不伤胃。"

任浩铭很感动："谢谢奶奶，以后我就有长辈疼了……那奶奶，我去恬恬那边看一下。"

阮奶奶："哎，先别去恬恬那儿，新郎新娘婚前不可以见面的！这可是习俗！"

任浩铭不好意思："哦，那好，我去别处看看！"

阮奶奶笑着："我替你去看看我的乖孙女准备得怎么样了。"

阮斌看着任浩铭离开，又看了看任公馆一派喜气洋洋的景象，隐隐地担忧，心说："要是有一天，我跟晓晓的事被别人发现了，这可怎么办，我女儿在任浩铭这儿，还能有好日子过吗……"

林峰正坐在沙发上摆弄留声机，虎子走进来，走到林峰身边，轻声道："峰哥，都按您的吩咐，布置好了。"

林峰点点头，微笑："待会儿要有好戏看了……"

"阿峰！"此时传来任青青的声音。

"峰哥，我先去了。"虎子说道。

林峰点点头。

任青青走进来，将喜帖甩在桌上："你瞧瞧，这死丫头居然还真的要嫁进我们任家了！还敢这么大张旗鼓地通知大家，真是恬不知耻！"

林峰微笑："怎么，生气了？你弟弟结婚到底是喜事。"

"结婚的对象是阮清恬，可就不见得是喜事了！"

"你不高兴也得去参加婚礼啊！"

任青青不快道："总归是小户人家，不入眼，真不知道浩铭怎么就能被她迷惑了呢。"

"我去换件衣服，你等我一下。"

谷雨端着喜糖往前走去，被阿冬拦下："喜糖还够不够，用不用差人再去买点儿？"

谷雨忙道："够，够！真没想到居然会来这么多人，我看好多之前跟会长没来往的人也来了。"

"谁不想趁这个机会跟咱们会长攀点交情……"阿冬笑笑走开。

张三换了一身粗布衣裳，混进了院子里。阿冬看见张三，有些疑惑，拦住了他："欸，你站住，怎么看着眼生，哪来的？"

张三唯唯诺诺："今天任会长办喜事，后厨忙不过来，是叫小的来打下手的。"

阿冬被张三老实的样子哄骗住了，没再留意。

“哦，手脚麻利点，赶紧去吧！”

“是！是！”张三连连点头。

阮清恬穿着婚纱坐在镜子前，眼里空洞无神，心说：“会长，请你原谅我，也许我们命中注定有缘无分，如果我不弄清楚我爹跟晓晓的事，心里好像总有一道坎一样，无法说服自己……”

此时，一双鬼鬼祟祟的眼睛正在窗户边盯着阮清恬。

门外传来了敲门声。

那双鬼鬼祟祟的眼睛瞬间消失。阮清恬整理情绪：“请进。”

谷雨扶着阮奶奶走进房间。

阮奶奶心疼地说道：“看看我的宝贝孙女，美得跟天仙似的，总觉得你还是小姑娘呢，今天竟然就要出嫁了。”

阮奶奶伤心地抹着眼泪，阮清恬心里也不好受，安慰阮奶奶：“奶奶，您别难过了，保重身体。”

阮奶奶笑眯眯地说：“傻孩子，奶奶身体好着呢，我还要看着我的重外孙出生呢。”

阮清恬心里苦涩，只好勉强笑笑。一位化妆师出现在门口，谷雨赶忙迎接：“小姐，化妆师来了。”

任浩铭对着任晓晓的照片感慨：“晓晓，哥今天要成亲了，你高兴吗？你以前说过，最喜欢看接新娘子的了，喜欢放鞭炮，可惜……”

任浩铭想起晓晓再没机会见到这一切，不禁低下了头。阮斌从此处路过，在没关严的门缝中看到任浩铭正在跟任晓晓的照片说话，一时间百感交集。阮斌自言自语：“晓晓，我欠你一个婚礼……”

化妆师给阮清恬化好了妆，谷雨在一旁欣喜地拍手：“好漂亮啊小姐，简直像仙女下凡！”

阮清恬看着镜子里的自己，无心高兴，勉强笑笑。谷雨在一旁摆弄着桌上的化妆品。化妆师突然站到阮清恬身后，用手对着镜子写了一个“林”字。

阮清恬透过镜子看到了，顿时紧张万分，原来那个化妆师竟然是林峰的人。

阮清恬不知道林峰的计划是什么，格外紧张。突然她看见化妆师正在往一块手绢上倒奇怪的液体，阮清恬警觉地意识到他是想要迷晕谷雨，立刻紧张地看向谷雨，谷雨却还天真地摆弄着桌上的瓶瓶罐罐。

化妆师来到谷雨身后，正要伸手捂住谷雨的嘴，突然传来了一阵敲门声。化妆师立刻收起了手绢，假装没事儿似的站着。谷雨丝毫没有发觉，跑去开门，阿春正站在门外。

阿春低声问："没什么情况吧？"

谷雨天真地说："一切正常，正在化妆呢。"

阿春点点头，离开了。

谷雨转过身，对阮清恬笑笑："小姐，你口渴吗？我去给你拿点水来吧。"

阮清恬点点头。谷雨刚一回头，化妆师立刻一个箭步冲上去，迷晕了谷雨。阮清恬紧张地起身。

化妆师走上前去："阮小姐，峰哥怕你下不了决心，特意让我来帮你。快点换上丫鬟的衣服，我先出门了，不然会引起怀疑的，我和虎爷会在后门接应你。"

阮清恬看着倒地的谷雨，紧张地问："你把她怎么了？"

化妆师收拾好东西："不会死的，你放心吧。阮小姐，请抓紧时间。"

阮清恬缓缓点了点头。化妆师开门离开。阮清恬走到梳妆台前，看着镜子里的自己，欲哭无泪，拿起口红在镜子上胡乱画着，在左边写了一个"任"字，右边写了个"林"字。

阮清恬看着这两个字，绝望地闭上眼睛，一滴清泪从脸上流下。她睁开眼睛，小心地抹掉眼泪，犹豫着，最终还是果断地先抹掉了"任"字，随后又抹去了"林"字。镜面因为摩擦发出瘆人的声音，格外刺耳。阮清恬穿着谷雨的衣服，快步穿过客厅，往任公馆后门走去。

任青青的汽车停在后门，任青青从车上下来，林峰跟在身后。

"你在前面稍坐片刻，我去里面看看，毕竟是我弟弟结婚，我再怎么看不上阮清恬，也得帮帮我弟弟的忙！"

林峰在任青青额头上一吻："我家青青就是善良，你去吧，不用管我！"

任青青朝后面走去，正好撞上阮清恬出来："你现在怎么还在这儿？这身衣服怎么回事，也是你的礼服？"

任青青忍不住嘲笑起来："你还真是有创意……"

阮清恬一时间不知说什么好，任青青也不理会，趾高气扬地走了。阮清恬松了一口气，赶紧溜走了。此时，任浩铭在不远处站着，正好看到阮清恬的背影，但一时间没认出来。

任浩铭自语道："怎么看背影像恬恬？"

任浩铭拦住任青青："姐，你刚刚跟谁说话呢？是不是我老婆？"

"行啦，行啦，知道你有老婆了，可别有了老婆就不认姐姐了！"

任浩铭揽住任青青的肩膀："怎么会！哪有人能代替我姐！不过，既然姐姐这么疼弟弟，那也顺便疼一下弟媳呗。"

"哎哟，还跟我撒上娇啦！好吧，今天是你大喜的日子，都依你！"

任青青疼惜地看了一眼任浩铭。

任浩铭说："姐，童老爷他们都来了，我这儿忙不过来，你帮我去前面照顾照顾大家，好不好？"

"好，好，好，你说的能有不好的吗！"任浩铭与任青青朝前厅走去。

虎子看见阮清恬从后门出来，赶紧迎上去："车在对面，快跟我来！"

"你们要带我去哪儿？"阮清恬不肯上车，"既然已经出来了，我就没必要跟你们走了吧。林峰不就是不想让我嫁给任浩铭吗？他已经如愿以偿了！"

虎子来拉阮清恬："阮小姐，请上车。峰哥吩咐我，要带你回去见他。"

阮清恬决绝道："可我当初只答应他逃婚，没答应去见他！"

阮清恬正在挣扎，突然窜出一辆黄包车，一下子把化妆师撞倒，揪着阮清恬上车，拉着阮清恬就跑。虎子瞠目结舌，想追已然来不及了："该死！"

任浩铭站在客厅里，脸上是掩饰不住的笑意："参加别人的婚礼没感觉，赶上自己结婚了，还真有点紧张……阿春，怎么恬恬还没化好妆，去叫谷雨过来问问！"

阿春也有点疑惑："好像好半天没看见谷雨出来过了。"

任浩铭皱了皱眉，还未来得及反应，楼上又传来阿冬的叫声："会长！谷雨晕倒了，阮小姐也不见了！"

"什么！"任浩铭匆匆跑上楼。

第六十八章

不辞而别

“我现在过一分钟就像过一年！”楚安安忐忑不安地来回走着，突然身后传来宋诚的声音：“你是住在天庭的嫦娥吗？天上一天，地上一年。”

楚安安一扭头就看到了宋诚，兴奋地扑过去抱住宋诚：“你可来了！”

秋分见状知趣一笑，走出房间，将门关好。

“这么想我啊！”宋诚笑着说。

“你说呢！我找了你好几天了，你不知道我有多倒霉，一到苏州钱就被人偷了，幸好遇见那位夫人，不然我跟秋分就要露宿街头了！对了，那位夫人的父亲过寿，怎么你也在呀？你跟他们家认识？”

宋诚支吾着：“嗯，对啊，都是军人，大家自然互相认识……”

楚安安放下心来：“原来是这样。那位夫人人特别好，我们回上海之前，可一定要请她吃顿饭，好好谢谢她！”

宋诚含糊道：“嗯。安安，你先坐下。这么闹腾，把隔壁住的人吵醒了可不好。”

楚安安忽然意识到自己还有身孕，不自觉摸了一下肚子，脸上一红，坐了下来。

“安安，嗯……如果我有什么事情之前对你隐瞒了，你会不会记恨我，再也不理我了？”宋诚有些忧虑地说道。

楚安安奇怪地问："什么事啊？"

"没有什么事，就是你先答应我。"

"切，你还能瞒我什么事呀！我倒是有件事还没来得及告诉你……"楚安安不好意思地低下头，摸摸肚子，"你要当父亲了……"

宋诚惊讶地问："什么？！你怀孕了？！"

"嗯？你不高兴吗？"楚安安问。

"不是，不是，只是没想到幸福来得这么突然。"宋诚赶紧去拥抱楚安安，"这是喜事，是喜事！咱们得好好庆祝一下。"

"阿诚，咱们什么时候回上海？"楚安安突然问道。

"啊？"宋诚面露为难之色。

楚安安眨着眼睛："难道不回上海了吗？对了，我还没问，你匆匆回苏州，到底是出了什么事呢？"

"没……没什么事，是我爹那边有些事。唉，你也不懂，懒得跟你细说。"

"所以我们还不能回上海，是吗？"

"啊，对，对！就是因为这个所以还不能回上海。再说，我本来就是苏州人嘛！"

"那……好吧，你在哪儿，我就在哪儿！不回去就不回去吧！我们明天就搬回府里吧！"

"明天？明天还不行，家里太乱，现在回去不合适。你啊，先在客栈住着，房租不用担心，我会给你付清，每天都会来看你。"

楚安安疑惑："你家到底发生了什么事？很严重吗？"

"没事，这些都不归你操心，你现在最重要的任务就是把肚子里的小宋公子，顺顺利利地生下来！"

宋诚说着，一把抱起楚安安，奔床而去。

楚安安娇嗔："哎呀，讨厌！别伤到肚子里的孩子……"

林峰一巴掌狠狠地扇向虎子，一脸愤恨："你说什么！把阮清恬弄丢了！"

虎子哭丧着脸说："峰哥，阮清恬她不想上车，偏偏这个时候张三冒出来，就这么把阮小姐绑走了……"

"废物！让人家在你眼前把阮清恬绑走！废物！"

“我这就去找！”虎子说。

阮清恬醒了过来，发现自己被绑在一个小储藏间里。储藏间里四面昏暗，阮清恬怕黑，忍不住喊了起来：“有人吗？救命啊！”

就在这时，阮清恬突然看见自己眼前出现一道亮光，惊恐之下定睛一看，竟然是一把亮闪闪的刀。张三推开储物间的门，手上拿着刀子，冷笑着蹲下凑近阮清恬，用刀子在阮清恬脸上划过：“你就是把任浩铭迷得五迷三道的小娘子？”

阮清恬惊恐地望着张三：“你想干什么？”

张三红了眼，愤怒地说：“还装无辜！我要凑齐你们这一对狗男女以慰我弟弟在天之灵！”

“你弟弟？难道是那天为了夺黄金……”

“闭嘴！我不想再听那天的事！”张三愤恨地说。

“你弟弟他怎么可以抢会长的黄金，明明是他先……”

张三被阮清恬的话激怒，反手给了阮清恬一耳光：“闭嘴！听不懂吗！”

阮清恬不敢再说话，就在这时，阮清恬突然耳朵一动，神情也紧张起来。门外传来声音：“里面是谁？是不是三子？我是王婶！”

张三赶紧给阮清恬嘴里塞进破布，示意她不许出声。

张三走到门口，开门出去：“是我，小三子，您怎么来了？”

“真是你啊，你们兄弟俩不是出门很久了吗？这房子一直没人住，今天一看有人，我还以为遭了贼呢！”

阮清恬努力听清他们的对话。

“没有，没有，我回家看看……”

“回来得正好，还没吃饭吧？走，去我家吃饭吧！”

“不了不了。”

“走吧走吧。”

阮清恬听着声音越来越弱，直到完全消失。阮清恬环顾四周，看见台子上有一个瓦罐。她试着撞击桌腿，让瓦罐掉下来摔碎。阮清恬拿起一片瓦罐碎片，用力地割着手腕上的麻绳。就要割开的时候，门开了，张三一脸狰狞地回来了。

阮清恬将瓦片紧紧藏在身后，紧张地看着张三向自己走来。张三边走边说:“这个地方不安全了。要是有人查到这儿,非露馅不可!”

阮清恬睁大双眼,加速磨着手腕上的麻绳。张三一把抓起阮清恬:“跟我走。”

可是张三还未说完,阮清恬便割断了手腕上的麻绳。阮清恬看着旁边摔碎的半个瓦罐,迅速拿起来向张三的头上砸去。但令阮清恬没想到的是,张三硬生生挨了这一瓦罐,却什么事都没有,依然虎目圆睁地瞪着阮清恬。这下轮到阮清恬害怕了,阮清恬本能地大叫着朝门口跑去:“救命啊!”

张三拎起地上的木棍,照着阮清恬的后脑勺就来了一下。

阮清恬应声倒地。

“会长! 会长!”

阿春气喘吁吁地跑进客厅。

任浩铭焦急地问:“有消息了吗?”

阿春拿着一封沾血的信递给任浩铭:“上面说,让咱们带着三千大洋,去公园赎人!”

阿夏松了一口气:“肯出价就好,证明他想要钱,不要人命。”

任浩铭见是血,皱起眉头:“但愿恬恬没有受伤。到底是谁呢? 这种风格看起来不像林峰,难道跟抢黄金的事有关?”

任浩铭沉吟一会儿,说道:“大家不能掉以轻心。阿春,你去准备枪。”

“是!”

任浩铭起身,阿夏跟随任浩铭出门。

阮清恬再一睁眼,发现自己居然被埋在土里,手脚都被绑着,只剩一个脑袋露在外面,嘴巴被破布塞住,发不出一点声音。头上的沙越来越多,慢慢往上蔓延,已经到了阮清恬的下巴。阮清恬焦急万分,使劲挣扎,无奈手脚都被埋在土里,根本没办法自救。

周围都是树木,过路的人都无法轻易发现阮清恬。而在阮清恬的头上,一个沙袋正朝她的头部流着沙子,如果阮清恬再不逃出,沙子就会将她活埋……

任浩铭在公园里搜寻,走到密林处的一个小山坡,示意阿春他们停住脚步,仔细辨别着周围的声音，大喊一声："朋友！你让我们带的钱，我们已经带来了，你也该现身了吧！"

阿春和夏秋等保镖迅速围了过来，保护任浩铭。此时，大家忽然听到一声冷笑。

"这么快就来了，比我想的要早半个时辰。"

张三说完，从一棵树后转出来。张三打量着任浩铭："任浩铭，你还认识我吗？"

"原来是你。你要的钱在这里。"任浩铭指指阿春，阿春扬了扬手里的支票，"我还没签字，得先让我看见阮清恬。"

张三冷笑："哼！可笑，你以为这点钱能买回一个人的命吗？"

任浩铭听了这话，一下子紧张起来："支票上的数字我还没填，你想加多少都行！"

张三恶狠狠地说："老子不缺钱，老子就想要一命偿一命！让你尝尝老子受的滋味！"

任浩铭见张三露出了真实目的，立即掏出枪，指着张三："阮清恬到底在哪？"

张三微笑道："我知道你厉害，可是你杀不了我，因为只有我一个人知道阮清恬在哪，杀了我，你就永远找不到她了……"

张三话音未落，突然一声枪响，张三应声倒地。任浩铭循声望去，是不远处的一辆汽车上的蒙面人开的枪，且一枪命中了张三的脑袋。蒙面人摇上了玻璃，完全看不清长相。

任浩铭立刻掏枪，冲汽车疯狂射击，无奈汽车已经开远。看着倒地死掉的张三，任浩铭咬牙切齿，懊悔不已。

阮斌在客厅里焦躁地走来走去，阮奶奶更是担心难过，阿冬恭敬地站在门口守候，三个人都是一脸的担忧和焦虑。阮斌走到门口，对阿冬说："我还是不放心，我出去看看。"

阿冬恭敬却坚决地伸手阻止："会长让我保护好您和阮奶奶，您可不要让我难做啊！"

阮斌气不过："你看你这人，怎么这么死板呢，我……"

阮奶奶打断他："阿冬！你还没有孩子，不知道当家长的心，我可就这么一个孙女啊！要是她出了什么事，我这老太婆也……"

阮奶奶急得哭了出来。

"娘，娘，您哭什么啊！这不是添乱嘛！"阮斌不知所措，只好气鼓鼓地坐到沙发上。

阮奶奶焦急道："你说，这些坏蛋到底想干什么呀？咱们没招他没惹他，平白无故为什么这么害咱们啊？"

阮斌郁闷："娘，这些坏蛋可都有权有势，跟咱们这种平头百姓讲不着理啊！"

阮奶奶直叹气："哎哎哎，希望浩铭可以尽快把恬恬带回来。"

阮斌敷衍着点头，心里却在暗暗祈祷："如果想害恬恬的那人真的是九爷的手下，那他可不能活着。万一他要是认识或者听说过我，知道我也入了青帮，那浩铭还不得当场毙了我呀！天灵灵地灵灵，各路神仙多多保佑啊！"

阮斌不自觉地做了一个双手合十祈祷的手势，阮奶奶看见了说："是啊，求求老天爷保佑我们恬恬和浩铭，一定要平安归来啊！"

阮清恬看着头顶上的沙子毫不停歇地落下来，紧张万分，使劲伸着脖子，希望能多呼吸到空气。

任浩铭带着春、夏、秋紧张地进行地毯式的搜索："恬恬！恬恬！"

公园里一片寂静，无人回答。阿秋悄悄对阿夏说："你说，阮小姐会不会已经被那个人给……"

阿夏还没来得及回答，任浩铭突然回过头来，恶狠狠地说："胡说！清恬是不会有事的！"

阿秋惊出一身冷汗。阿夏看了阿秋一眼："真是找骂。"

任浩铭紧张地喃喃自语："恬恬，快点告诉我你在哪，不要吓唬我……"

沙子已经蔓延到阮清恬的嘴巴了。阮清恬呼吸困难，使劲伸着脖子，努力呼吸，挣扎着。

任浩铭越来越心慌，惊恐地大喊："恬恬！恬恬！你在哪！"

阮清恬听到任浩铭的喊声，却苦于发不出声音，急得直掉眼泪，有些绝望。像是有心灵感应一般，任浩铭突然停住脚步，侧耳细听周围的声音。

沙子落下的声音渐渐清晰起来，任浩铭突然问道："你们都听见了吗？"

"好像是下雨声？"阿春仔细听着。

任浩铭奔着声音走去："恬恬，恬恬，阮清恬！"

他一边喊着阮清恬的名字，一边在树丛中四下寻找，终于看见了阮清恬。任浩铭惊喜交加，赶忙奔过去："清恬！"

此时阮清恬只有头发露了出来，身体其他部分早就被沙子埋住。任浩铭疯了一样奔过去，玩命地扒开沙子，阿春也急忙割断树上沙袋的绳索，将沙袋扔到一边。几个人齐心协力将阮清恬扒了出来。任浩铭使劲拍阮清恬的背部，给阮清恬做人工呼吸。

阮清恬终于咳出一口沙子来，悠悠转醒。任浩铭这才松口气。

"会长……"阮清恬气若游丝。任浩铭心疼地将她抱起来。

"这一大早宋诚就出门了，这是去哪儿了啊……也不叫醒我，跟我说一声再出门……"

楚安安不安地在房间走来走去，心里念叨着宋诚，始终不安宁。突然，宋诚背着双手，兴冲冲地进门，从背后拍了楚安安一下。

楚安安回身，看到是宋诚，面上一喜："你鬼鬼祟祟地干什么呢？手里是什么东西？"

"你猜！"宋诚笑道。

楚安安笑着瞧了宋诚一眼，突然伸手去抢，宋诚灵巧地躲过了。"别逗我了，我现在可是孕妇，赶紧给我嘛！"

"好好好，本来就是你的东西。"宋诚拿出的正是楚安安之前当掉的金项链。

楚安安惊喜道："你怎么知道我把它当了！"

"我这两天看你都没带，而且还还了秀芝那么多钱，就知道你当了项链，再一问秋分，果然如此，就把它赎回来了啊。"

"阿诚，你太好了！这可是你送我的第一件礼物呢！"楚安安感动地望着宋诚。

宋诚轻刮了一下楚安安的鼻子："你还好意思说，这么值得纪念的东西，居然被你当了！"

"那我没有别的办法了……想回上海都回不去了……"

“好啦，好啦，没有怪你的意思。来，让老公重新帮你戴上！”宋诚给楚安安戴上项链。

宋诚假装漫不经心地对楚安安说：“安安，我回家一趟，你先住在这儿，等我找个合适的机会把你接回家。”

楚安安纳闷：“怎么还要找机会回家？你家人不知道你娶了我吗？”

“不是，不是，是军中的事情太过繁忙，现在没时间处理这些事。把你接回家，怎么也得搞个聚会迎接你一下啊，哪能说回家就这么回家了啊！”宋诚连忙找了一个借口搪塞过去。

楚安安笑了：“不用这么麻烦。”

“你耐心等我啊！”宋诚亲了亲楚安安，出门了。

任青青在床上慵懒地伸个懒腰，然后环顾四周，寻找林峰：“阿峰，阿峰？”

林峰此时脸色不好地回到房间。

任青青忙问：“你去哪了？”

“听说昨天晚上任浩铭把阮清恬救回来了。那个绑架犯也被当场击毙了。”林峰沉声道。

任青青不屑道：“阮清恬这个小丫头还真是不一般，浩铭为了她什么危险都不怕！真不知道这丫头到底哪里好。我倒觉得，自打浩铭认识了她，我们家就各种麻烦事不断！”

林峰微微一笑：“爱情常常让人冲昏头脑，我看你弟弟就是如此。”

任青青趴到林峰肩膀上，柔声问道：“那你呢？你一直都是清醒的吗？”

“你说呢？我都主动要求进入爱情的坟墓了……”林峰微笑着反问。

任青青开心地抱住林峰，给了他一个热烈的吻。林峰顺势将任青青扑倒。

阮斌在阮奶奶的卧室中陪着阮奶奶。

“恬恬还没醒？”阮奶奶问道。

“没事，娘。她就是在睡觉，大夫说只是受了点惊吓，不会有什么问题的。”阮斌说道。

阮奶奶叹道：“你看看这事闹的，多危险啊！现在我觉得浩铭说的对，女孩子家就应该大门不出二门不迈。什么上学啊，上班啊，都不应该去。”

“恬恬不是为了孝敬您，贴补家用嘛……”

“我不用她，有我孙女婿了！我看就得让恬恬早点嫁给浩铭，只有浩铭能够降得住这小丫头！”

“咱家恬恬哪有那么野……”

“不是说她野，这么大了也该嫁人了。我像她这个年纪，你都能走路了！”

阮斌无奈地笑了笑。

阮奶奶又道：“儿子，娘还没说你呢，恬恬她妈已经去了那么多年了，现在恬恬也长大成人了，你才四十，还年轻，也是时候安定下来了。”

“娘，您说什么呢！我可没想过这个事。”

“得了吧！前一段时间我看你每次回家都红光满面的，我想你肯定是在外面有了女人，还等着你领回家呢，这段时间又没动静了，怎么回事啊？”

阮斌一惊：“什么啊？娘，您说什么呢？没影的事！您可别胡思乱想了……我去看看恬恬醒了没有……”

阮斌赶紧溜出来，将阮奶奶的房门关上，深呼一口气，喃喃自语道：“晓晓，一直以来我心里只有你。我对不起你晓晓……”

任浩铭厨房里手忙脚乱地煎鸡蛋做早餐。

阿春在一旁看不下去，上前问道：“会长，要不我来吧，您这样煎鸡蛋不行，小心被油烫着。”

任浩铭说道：“不用，我要亲自给恬恬做份早餐，她好不容易病好一些了，我想亲手做给她。”

阿春转身要出去，想了想，又回来：“会长……”

任浩铭皱眉问道：“什么事？”

“那您和阮小姐的婚礼还要举行吧？我需要通知一下宾客们。”

任浩铭想了想，说道：“结婚的事我一会儿跟她说，时间我再定一下吧。”

“是，会长。”

任浩铭继续做早餐。好不容易做完了，他开心地端着早餐从厨房走出来，脚步飞快地上楼，来到阮清恬的卧室门口。

“恬恬，还没起啊？”任浩铭敲了几下门，等了一会儿，发觉没声音，于是伸手推门，没想到门一推就开，“恬恬？”

任浩铭四下一看，发现被褥叠得整齐，根本没人动过。此时，谷雨端着洗脸水进来："会长。唉？阮小姐呢？"

任浩铭冷着脸不说话。谷雨见任浩铭脸色不好，知趣地站到一边。任浩铭阴鸷的双眸冷冷地巡视着房间里的每一样物件，突然发现梳妆台上有封信，连忙拿起来看。

> 会长，当你看到这封信的时候，我已经在路上了。对不起，我这样不辞而别。嫁给你曾经是我的梦想，我一直以为它遥不可及，可当梦想真正照进现实的时候，我却发现自己根本无福消受。我想要冷静一下，到一个远离大家的地方，去认清自己的内心。原谅我的任性，会长……

任浩铭反复将信看了几遍："居然只字未提阮奶奶和父亲。阮清恬啊，阮清恬，你可真够任性的……谷雨。"

"在，会长。"

"让阿春给我查阮小姐去了哪儿了！"任浩铭冷声道。

"是。"

第六十九章

两妻一夫

阮清恬拿着包袱走进车厢，找了个地方坐下，不一会儿，车开动了。坐在车厢内，阮清恬手托着下巴，看着窗外景色的变化。想到之前自己在书房外，好像听到阿春向任浩铭汇报，苏州十全街27号有人退房租，应该是任晓晓的大龄男友所为。

在苏州租房的这个人，到底是不是阮斌，阮清恬不知道，但是她一定要想办法弄明白。只有她亲自调查清楚这件事和阮斌没关系，她才能安心地和任浩铭结婚。

宋诚躺在床上闭目养神。

周秀芝正在梳妆台前梳妆："真的让楚姑娘住在客栈了?"

"嗯，暂时让她先住在那儿了。"宋诚淡淡地说。

"楚姑娘也没有怨言吗?"周秀芝又问。

"这有什么怨言，都给她讲清楚道理了。本来就是她小，让她干什么就得干什么。"宋诚说。

"哪有你这么霸道的丈夫。真是谁嫁给你谁倒霉，唉……"

宋诚赶紧从床上起来，蹲在周秀芝身旁："我这不都是为了弥补之前的过失吗？怕你不顺心……"

周秀芝幽幽道："你以为你这样做我心里就好受了？人家楚姑娘什么都没有做错，就是跟我一样，爱上了不该爱的人……"

宋诚牵起周秀芝的手："都是我的错，我知道，辜负了你们俩……"

"你要对人家好点……"

"更得对我老婆好点！"宋诚笑道。

周秀芝不好意思地一笑："你呀，就剩会说话这一个优点了！"

宋诚嬉皮笑脸："好歹还算是有优点的人。"

阿春走进书房复命："会长，已经查清楚了，阮清恬小姐昨天买了去苏州的火车票，现在应该已经到苏州了。"

"苏州？怎么想起去那里了？"

"也许阮小姐只是想散散心吧。"

任浩铭沉声道："安排到苏州的专列，我现在就出发！另外，赶紧给苏州商会的朱会长打个电话，让他找一下阮小姐，如果找到了，先替我安顿好她。"

"是！"

"峰哥，打听清楚了，九爷去了杭州。"虎子沉声道。

林峰点点头："知道了。"

"峰哥，您为什么要问九爷的去向？"虎子又问。

林峰瞪了虎子一眼："跟你没关系的不要问！"

"是！"虎子转身退下，表情却有些疑惑。

林峰心想，老家伙总算不在上海了，终于有机会去弄大堂财务的门钥匙了！

周秀芝一个人在屋中绣手帕："芳云，刚刚吩咐厨房做的饭菜，做好了吗？"

"应该差不多了，我这就去看看。"芳云正在收拾屋子，闻言放下手中的活正要出门，周秀芝又叫住了她："将这些菜都装在食盒里，待会儿给楚姑娘送过去。"

芳云惊讶地说："小姐，那个女人抢了您丈夫，您还对她这么好！万一她进门有了孩子，以后欺负您，可怎么办啊？"

周秀芝叹道："楚姑娘也不容易，一开始并不知道阿诚有我啊，而且只身一人到苏州来找阿诚，可见她对阿诚也是真心一片。我想她不会是你说的那种人。”

“可您等了姑爷这么久，姑爷好不容易回了家，又要被她抢走了。”芳云说。

“你是我的人，自然处处为我着想，因为她受难的时候你看不到。好啦，这些事情计较也没什么用，还不如大度处之。”

芳云一笑：“这个楚安安的运气可真不错，赶上了您这样的正房太太，不然还不知道她要遭什么罪呢。”

周秀芝莞尔一笑：“好了，少拍马屁了，快去把饭菜准备好。”

“好嘞！”芳云出门到厨房去了。

楚安安正在房间里百无聊赖，此时有人敲门：“谁啊？请进！”

周秀芝带着芳云站在门口，朝楚安安一笑。

“哎呀！是夫人啊！快请进！”楚安安连忙将夫人让进屋。

周秀芝笑道：“知道你一个人住在这儿，怕你委屈，特意来看看你，给你带了吃的。”

“夫人对安安可是太贴心了，安安要是有你这样一位姐姐就好了！”

“好啊，我们以后就以姐妹相称就好了。”

“真的吗？敢问姐姐怎么称呼？”

“怎么，难道阿诚还没告诉你吗？我叫周秀芝，你叫我秀芝姐就好了。”

“秀芝姐。那天我还跟宋诚说，秀芝姐是我来苏州遇到的贵人，之后一定要找时间请秀芝姐吃饭呢！”

“一家人，哪里用这么客气！”

楚安安不解：“一家人？秀芝姐和宋诚是亲戚吗？我看那天宋诚去参加您父亲的生日聚会。”

周秀芝惊讶地问：“阿诚还没有告诉你吗？”

楚安安一脸不解。

芳云按捺不住了，大声道：“小姐便是宋夫人，宋诚的夫人！”

此时，宋诚正好回来，看到这一幕。楚安安跟周秀芝继续说话，没有看到宋诚过来。

周秀芝说：“是啊，我就是宋诚的夫人！我很多年前就是了。当时阿诚的父亲天天到我府上去，找我爹提亲。阿诚也说跟我情投意合，尽管他小我十岁吧，但他从小就跟我玩在一起，我们像姐弟一样！所以长大了之后，他爹提亲，他也愿意，我就成了阿诚的夫人！”

楚安安不敢相信：“你说，你是宋诚的夫人？宋诚已经……有夫人了？”

“安安！”

楚安安听到叫声，转身看到门口的宋诚，一下子站立不住向后倒去，秋分赶紧扶住她，楚安安忽然一阵腹痛：“啊……”

宋诚连忙抱起楚安安，将她放到床上。楚安安疼痛难忍，很快晕了过去。周秀芝和宋诚忙慌乱地叫她。

“楚小姐！”

“安安！”

秋分难以置信地望着宋诚，质问道：“宋公子，你怎么能骗我们小姐？你居然这样对她！我们小姐现在都怀了你的孩子！”

周秀芝惊讶地说：“什么，楚小姐怀孕了？”

宋诚焦急地说：“安安，安安！”

周秀芝也是手足无措。

“芳云，快去请大夫！”宋诚慌张地大喊。

芳云有些不耐烦：“姑爷，这么晚了，去哪儿找啊？”

宋诚大声吼道：“我不管你去哪儿找，就算是把人绑着也要绑过来！要不然你就别回来了！”

芳云为难地看着周秀芝：“小姐……”

周秀芝也焦急地喊：“快去啊！”

“是！”

芳云急忙跑出去，一边跑一边嘀咕：“哼，为了个小的，教训我！哼，我就不跑。”

芳云停下来，慢慢走。

望着陷入昏迷的楚安安，宋诚埋怨周秀芝：“都是你！你不来就什么事都没有！我好不容易有个孩子。你说说你，万一……万一孩子出了什么事可怎么办……”

周秀芝又委屈，又难过，眼泪掉下来：“我……我也是好心啊，来看看她！”

“好心？好心往往办坏事你知不知道？你说说，你明明知道我想要个孩子，很久很久前就想要个孩子……你说说你！”

周秀芝看着焦躁不安的宋诚，心中分外酸楚。

楚安安躺在床上，依旧昏迷着。宋诚来回踱步，走两步看看楚安安：“这芳云怎么还不回来啊，天都快亮了！请个大夫而已，去这么长时间！”

周秀芝站在一旁也显得很焦急：“可能天太晚了大夫不愿出诊吧。阿诚，您别着急，再等一等。”

宋诚朝周秀芝吼道：“等等等，我能等，安安她肚子里的孩子能等得了吗？”

“那要不我出去迎一迎？”周秀芝说道。

“行了，你别去了，谁知道你又要要什么花招！”宋诚烦躁地一挥手。

周秀芝怒了：“阿诚，你这话怎么说的呢！”

“安安晕倒还不是都怪你！要不是因为你，安安也不会动了胎气！”

周秀芝委屈万分：“我……我不知道她怀孕了……”

“不知道？我看你就是成心的！”宋诚愤恨道。

周秀芝可怜巴巴地望着宋诚：“阿诚，你这话说得就太让人心寒了。我知道你现在看不上我了，但我们俩相识这么多年，我周秀芝什么人你还不清楚吗？”

“我不清楚！我离开家这么长时间，我怎么知道你变没变！”

“阿诚……”

“行了行了，你快回家待着去吧，别在这儿碍事！我自己派人去请大夫！”

周秀芝还想解释，宋诚已经转身去照顾楚安安，周秀芝心中酸楚，只得默默离开。

周秀芝从客栈出来，走了没两步，就看见在街边坐着的芳云，连忙走过去：“芳云！你怎么在这坐着啊？大夫呢？”

芳云扭扭捏捏地说：“我根本就没去请大夫！”

周秀芝惊讶地问：“为什么？”

芳云气不过：“小姐！我就是不明白您为什么要这么做。老话说，人善被人欺，马善被人骑！那女的都追到家门口了，还害得你和姑爷吵架，您怎么还这么帮她啊！”

周秀芝严肃道:“芳云,自从你跟了我,我就一直跟你说,从来茶倒七分满,留下三分是人情。茶倒七分满,才不会水溢烫手,为人处事也是如此。我们做人不要做绝,说话不要说尽,要懂得为自己、为别人留有余地。且不说安安她不知道我的存在才和阿诚结的婚,这是人命关天的事,咱可不能在这个事上置气。”

芳云低声说:“我就是气不过姑爷对那个女的那么好……”

“你要是实在不想去,那我自己去请!”周秀芝气得扭头就走,芳云连忙拉住周秀芝:“别别,小姐,我去,我去还不行吗！您在这儿等我一会儿,我马上回来!”

说着芳云一溜烟地跑了。周秀芝看着芳云离去的背影,叹了口气。

第七十章

测字先生

苏州，至福客栈。

阮清恬和任浩铭走进至福客栈，刚一进门便有小伙计迎过来："几位，吃饭还是住店？"

跟随的阿春赶紧上前："快点，安排三间上房！"

"对了阿春，我们到了苏州，你去晓晓那个出租屋查查，看能不能找到什么新线索。我去苏州商会和朱会长见一下。"任浩铭吩咐道。

"是，会长，我这就去。"阿春离开。

任浩铭看了看阮清恬的房间，然后转开。不一会儿，阮清恬穿着一身白裙子从房间里走出来，轻声嘟囔着："会长和阿春都出门了，那我赶紧去十全街吧。"

阮清恬走出门去，左看右看，确定任浩铭没有跟着，才赶紧离开客栈，来到传说中的十全街 27 号院门口，然后敲门。

门里传来声音："谁啊？"

房东开门出来。

阮清恬微笑问道："您好，我想跟您打听个事……"

房东打量了一下阮清恬："你赶紧说吧！我这正要赶火车去呢！"

“是不是有个姓阮的先生租过您的房?”

房东摇摇头:“没有。”

阮清恬高兴地问:“没有吗? 从上海来的。”

房东仔细想了想:“倒是有个上海的先生来租房,不过是姓赵,这房子自打租了之后,一天都没住过。”

“姓赵? 您见过他本人吗?”阮清恬又问。

房东说:“见过,前一阵他还自己来这儿退房租了。”

阮清恬从随身的小包里掏出一张阮斌的照片给房东看:“麻烦您看看,是不是这个人?”

房东接过阮清恬递来的照片,仔细看着,犹豫道:“有点儿像,但我就见过他一两面,记不太清了。”

阮清恬紧张地催促道:“您再仔细看看,这对我真的很重要。”

“小姑娘啊,就是因为很重要,我才不能很肯定。我本来就近视,看不太清,我真的不能肯定就是照片上这个人。”

“那您看这照片上的人和那位租房的先生有几分相像?”

“是挺像的,十有八九就是他。”

阮清恬面如死灰,一时间不知说什么好。

房东看出阮清恬脸色不好,忙关切地问道:“姑娘,你怎么了? 看你脸色苍白……”

阮清恬无力地摆摆手,然后如行尸走肉般离开。走着走着,她狂奔起来,泪水跟汗水混在一处,根本分不清楚:“为什么? 为什么会这样! 为什么? 我不相信! 不相信!”

阮清恬蹲在地上无助地哭起来,哭够了,缓缓地在街角找了个地方坐下,一脸麻木。她又想起任浩铭说的那番话:“直到现在我都没法忘记晓晓的音容笑貌,总觉得下一秒她就会站在我面前。一想到我没能亲手将那个杀人凶手千刀万剐,我就特别怨恨自己!”

阮清恬想着想着又哭了起来:“为什么事情会变成这样子,为什么一点希望都不给我,为什么我不能跟心爱的人在一起! 为什么! 为什么! 为什么!”

楚安安终于苏醒过来。

宋诚松了一口气："安安，你醒啦！"

宋诚连忙给楚安安倒了一杯水，递到她面前。

楚安安坐起来，一看是宋诚，气不打一处来，将水打翻在地："你！"

"安安，我错了！咱有话好好说，你千万别动气，伤着孩子就不好了！"宋诚关切道。

楚安安气得去打宋诚："孩子？你还想着孩子！你这个混蛋！骗子！你根本不配做父亲！你有老婆了为什么还要跟我结婚！"

"安安你听我说，秀芝是我父母给定下，父母之命，媒妁之言。她比我大十岁，我和她就是个政治婚姻，亲情比爱情多。"宋诚动情地说道。

楚安安激动道："政治婚姻也是婚姻！你们俩一天没离婚就还是夫妻！宋诚，你把我楚安安当成什么了！"

宋诚扑通跪在楚安安面前："安安，你打我吧，在这方面我是骗了你，都是我的错。但我对你的感情是没有任何欺骗的！我就是因为太爱你了，满脑子想的都是怎样跟你在一起，才隐瞒我结过婚的事，是我太自私了……"

楚安安边哭边拿枕头打宋诚，泪流满面："骗子！骗子！骗子！我本来就不爱你！你非要追求我！现在倒好，我对你有感情了，你却跟我撒了这么大一个谎！你要我怎么办？"

宋诚跪着默默地承受着这一切："安安，你别动了，我自己动手。"

楚安安打累了，无力地放下枕头。宋诚狠狠地抽自己耳光，而楚安安在一旁无奈地哭泣。

宋诚依旧在打自己，脸都打红了。楚安安见了有些心疼："行了，别做戏了。"

宋诚停住手，愧疚地看着楚安安："安安……你肯原谅我了吗？"

"我问你，你不能离开她吗？"楚安安问道。

宋诚道："安安，你也知道秀芝是个好人，这件事，我对不起你们俩，她跟你一样难过。可是她难过过后还是接受了你，不然今天也不会来看你，对吗？我虽然不爱她了，但也不能跟她离婚，让她无依无靠啊。如果你丈夫做出这种事，你还觉得我是可依靠一辈子的人吗？"

楚安安听了，深深叹了一口气。

这时，有人敲门。

宋诚起身去开门，由于跪了挺长时间，双腿还有些不听使唤。打开门，发现大夫站在门口：“是宋公子吗？宋家丫鬟芳云让我来这儿看病的。”

“大夫吧？你快进来看看。”宋诚连忙将大夫迎进来。

大夫拎着药箱子走进来。诊断完毕后，大夫收拾好医药箱，然后示意宋诚跟他出去。

宋诚跟出门急切地问道：“大夫，什么情况啊？”

“动了胎气了，这怀孕头三个月是最危险的时候，一定要好好静养，多休息，不能再受什么刺激了。我给你开几服安胎药，按时服用，我过几日再来看。”

“好，大夫，不管多少钱，一定要用最好的药！”

“您就放心吧。”

宋诚点点头，送走了大夫，然后才重新走进去。楚安安见宋诚回来，连忙问：“大夫怎么说？怎么还不让我听？”

“没什么好让你听的，就是那些常规的话，让你好好休息，好好静养。”宋诚宽慰道。

楚安安半信半疑：“真的没说什么？”

宋诚笑笑：“真没说什么，你要是想得太多，反而对胎儿不好。听话，好好休息！”

楚安安见宋诚一脸轻松的表情，才渐渐打消了疑虑，但是双手仍是不自觉地抚摸腹部。

大街上，一个挂着“神算子”幌子的卦摊旁，测字先生擦了擦墨镜，看看擦干净了，才戴上墨镜，装成瞎子，观察着路人。

阮清恬流着眼泪失魂落魄地走过来，测字先生一眼看出这位姑娘遇到了事，连忙拦住她：“这位姑娘请留步，我看你印堂发黑，好像最近遇到了一大劫难啊……”

阮清恬缓过神来，看了看测字先生，好像抓住了救命稻草一样，一屁股坐到卦摊前：“先生，您说得不错，麻烦您给我测个字吧！”

阮清恬一边说一边擦眼泪。

测字先生问道：“姑娘想问哪方面的事呢？”

阮清恬有些不好意思地对测字先生说道：“我想问问感情上的事……”

测字先生微微一笑:“姑娘说个字吧,我给你琢磨琢磨!”

阮清恬想了想,说道:“婚,婚姻的婚。”

“知道,知道,一个‘女’字边,一个黄昏的‘昏’。”测字先生点点头,掐指沉吟,“嗯……不太好啊……”

阮清恬焦急,又哭了起来:“那可怎么办啊?怎么不好了?”

“这个‘婚’字是说,女人嫁给男人,可是连自己的姓氏都要换成男人的,再一起过日子啊!可是姑娘说出这个字,还有一层意思。”

“什么意思?”阮清恬忙问。

“姑娘现在昏了头,不知如何是好了。”

阮清恬越听越当真,越听越急得流眼泪:“那可怎么是好?”

“你先别着急,听我慢慢说。”

“您说!”

测字先生沉声说道:“你还不适合成婚……”

阮清恬心里凉了半截:“连您都这么说,可是,我们俩的情谊……”

阮清恬又流下眼泪来。

“你先别伤心,这事也不是没有缓和之机。”

“您是说,您有办法?”阮清恬问。

测字先生一笑:“办法是有,只是……”

测字先生抖抖手,阮清恬立刻会意,掏出几块钱放进测字先生手中。测字先生摸到银圆,忍不住微笑。

“先生,到底是什么办法?”

“你想想,这‘婚’字是怎么来的?古时‘婚’字为‘昏’,女子出嫁要在黄昏时,为的是明月照路,犹如走着光明幸福之路。你要是能在黄昏之后找到一片桃花,说不定你的这段姻缘还有救。”测字先生慢条斯理地说道。

阮清恬疑惑:“桃花?桃花跟我的姻缘有什么关系?”

“哎呀,小姑娘懂不懂啊!桃花运,桃花运,桃花是象征着人的姻缘的!倘若你能在桃花下好好祈祷,说不定上天就会助你一臂之力,让你好好度过此劫呢!”

阮清恬半信半疑:“这个季节,哪里还有桃花?”

测字先生笑笑:“这就要看你的造化了!老夫也爱莫能助。”

阮清恬的表情不比测字前好多少，更加发愁了："这个月份，哪还有桃花啊，我这一劫，分明是过不去了。"

突然阮清恬眼前一黑，被人蒙住了眼睛，吓了一跳："谁，谁啊？"

蒙住眼睛的手松开，阮清恬回身一看，发现居然是任浩铭站在自己身后："你想什么呢，我站在你身后你都没听见。"

"没，没什么。对了，会长，你知道现在这个季节，哪儿有桃花吗？"

任浩铭疑惑："桃花？"

阮清恬跟任浩铭解释："刚才啊，我路过一个测字摊……"

"那测字先生胡说八道，你还真往心里去！"任浩铭忙说。

阮清恬不服气："怎么会是胡说的呢！他分明都说对了！"

"那不过是测字的人用的一些小把戏罢了。人家察言观色，看你的样子就知道个一二。"任浩铭淡淡地说道。

"那先生是个盲人，怎么察言观色！"阮清恬不爱听这话，狠狠地瞪了任浩铭一眼，独自朝前走去。

任浩铭跟在阮清恬身后，阮清恬根本不理。无奈之下，任浩铭只好一边走一边打量："你看看，眼下，苏州城百花都开了，桃花……这桃花，恐怕……"

阮清恬故意道："不如你先回上海吧！"

"这是什么话，来了就是来陪你的！要不咱们一起回去！"任浩铭不乐意了。

阮清恬别过头："不是咱们，是你！"

"开玩笑！你觉得这可能吗？"

阮清恬厌烦地推开他："那你就别给我捣乱，测字先生的话你不信，我信！"

阮清恬想起"在劫难逃"，忍不住滴下泪来。任浩铭见阮清恬哭了，有些心软："你看你看，我说什么了？你这就哗哗哗又下雨了。"

任浩铭双手放在阮清恬的肩膀上，略微地弯着腰对阮清恬说："我不管你相信什么都会帮你，你希望能见到桃花，我就帮你见到桃花！"

"得了吧！这事哪有这么容易，根本是不可能完成的任务！"阮清恬根本不相信任浩铭说的。

"你要相信我，没我任浩铭办不到的事！"

任浩铭和阮清恬漫无目的在街上走着。一边走，阮清恬一边向周围的人打听："老伯，跟您打听一下，您知道这附近哪里有桃花看吗？"

老伯用奇怪的眼神看着阮清恬："姑娘啊，现在都四五月了，桃花早就开过了……"

阮清恬笑着跟老伯道谢："谢谢您！"

"死心眼的丫头，真把测字先生胡说的话当真了！"任浩铭叹气，拉着阮清恬继续向前走，"走吧，还得是爷帮你完成心愿！"

"有人吗？里面有人吗？"

阿春走到27号门口，敲门，但是却一直无人应答。

这时，一个大妈走过来，正要进旁边的院落，阿春赶紧叫住她："大妈，麻烦问您一下，这家人去哪了？"

"刚走，回乡下老家啦，前后脚的事！"

"就差这一步啊……"阿春有些失望，继续问道，"那您知道他们去哪儿了吗？"

"我想想，哪儿来着？走之前还跟我说来着，水特别多的地方……乌……乌镇！对，是乌镇！"

"好，大妈谢谢你！"阿春笑着道谢。

第七十一章

山间桃花

任浩铭将阮清恬带到一家酒楼前面，止住脚步。

阮清恬看了看任浩铭，问道："你饿了？"

"嗯，走了这么久，难道你不饿吗？请你吃好吃的怎么样！"任浩铭抬头看了看头上的牌匾，"而且这家看起来不错，生意也红火，就这里了！"

两人走进去，伙计连忙迎上来："两位客官，吃饭往里请！二位想吃点什么？"

"你们店里的招牌菜，每样各来一道！"

伙计看着任浩铭的气势，市侩地说道："得嘞！两位里面请！"

阮清恬小声地说："随便吃点就好了，要那么多干吗？"

任浩铭看着阮清恬，一副"不要担心"的表情："放心吧！"

任浩铭和阮清恬走进雅间，不一会儿，桌子上就摆了整整一桌子苏州名菜，苏州卤鸭、母油船鸭、松鼠鳜鱼、鲃肺汤、响油鳝糊、碧螺虾仁和黄焖鳗等应有尽有。

阮清恬拿着筷子，偶尔吃两口。任浩铭不管阮清恬，大快朵颐着，不久，面前的饭碗就空了。

阮清恬也放下筷子。

任浩铭问道："你这就吃完了？"

阮清恬恹恹地说道："没什么胃口。"

"我要带你去找桃花，你不吃饱，怎么跟我长途跋涉？"任浩铭笑眯眯地说道。

阮清恬半信半疑："你还真能帮我找到桃花？"

任浩铭笑着看着阮清恬："这世上还有我任浩铭办不到的事？"

阮清恬听了这话又信了几分："那咱们赶紧走！"

任浩铭不动："你先吃，得吃完这碗饭才行。"

"好，我答应你，吃掉这碗饭。"

"你自己先在这儿吃着，我去去就来。"任浩铭说完起身就走。

阮清恬纳闷地望着任浩铭的背影："难道任会长还真能变出桃花？难道我们俩的爱情还有救？"

任浩铭坐着黄包车来到火车站，找到包工头，张罗了一群工人不知说了些什么，又放下一张支票，工人都一副兴奋的样子。

餐馆中，阮清恬发着呆："到底会不会有桃花，我跟会长……"

阮清恬正往外看，任浩铭此时笑着回来，坐到阮清恬身边："敢不敢走夜路？"

阮清恬回过神："嗯？这有什么不敢。"

任浩铭微微一笑："那你可要准备好了！伙计，结账！"

"好嘞！"

宋诚板着脸回到家。

周秀芝正坐在客厅抹眼泪，见宋诚回来了，连忙擦干眼泪，强颜欢笑："阿诚，你回来了。"

宋诚却没有好脸色："哼，你不是掐准了点做戏给我看的吗？"

周秀芝一听，有苦难言，眼泪不由自主地流了出来。

宋诚哼了一声，坐下来。周秀芝给宋诚端来茶，担心地问："楚小姐还好吗？肚子里的孩子怎么样了？"

"都没事。"宋诚有气无力地说道。

周秀芝松了一口气："阿诚，我不是故意的……"

“好啦，好啦，知道，不怨你。”

周秀芝面色缓和：“你干什么要瞒着楚小姐呢？让她这样发现，还不如一开始你亲口告诉她。”

“哎，我这不是担心安安怀着孕，不想刺激她，谁想到反而更刺激……”

周秀芝又问：“那你为什么不告诉我，她怀孕了……”

宋诚皱眉。

“人各有命，看来我就是这个命了……”周秀芝叹道。

“秀芝，我们以后也会有孩子的……”宋诚安慰道。

“你放心，就算以后咱俩没有孩子，楚小姐的孩子我也会视如己出，好好疼他的。因为那也是你的孩子。”

“嗯，我知道你的为人，会对孩子好的。”

周秀芝想了想，咬着牙说：“那把楚小姐接到家里来吧。既然已经有了身孕，再让她一个人住在客栈就更说不过去了，就算不为了她，为了孩子也得回家来住。”

宋诚不信：“你说的是真的？”

“当然。”

宋诚暗想，周秀芝不会是想给安安下毒手，伤了孩子吧！她爹就是个狠角色，当初能当上大帅就是给人下了毒……

周秀芝又道：“阿诚，这么多年我也没给你生过一儿半女，如果你信我，就把安安她们娘俩接过来，要是不信我，那你就随便吧……”

宋诚心软了：“秀芝，你对我真好，我知道这事我委屈你了，以后我保证对你一直很好，永远不变心。可是，岳父大人那里……”

周秀芝说：“我爹那里我去说，你先把安安接来吧……”

“那可太好了，多谢你了秀芝，那我可去了！”

宋诚说完就急着走了，周秀芝连忙拿着一件外套追出来：“阿诚，晚上天凉，你穿件外套，别冻着。”

宋诚早就没影了，周秀芝见状，忍不住伤心地哭了起来。

任浩铭和阮清恬一路攀爬，很快到了半山腰。阮清恬郁闷的心情也因眼前的美景有所好转。

“这山果然神奇，刚刚在山脚下走路的时候，还额头冒汗，走到现在居然能感受到阵阵清凉的风。”

任浩铭点点头：“再往上走，就能看见落叶了。”

阮清恬兴奋地问：“真的吗？”

任浩铭点点头，说话间爬上一个山坡。阮清恬在下面，任浩铭主动伸出手，拉她上来。阮清恬自然而然地将自己的手伸向任浩铭。

拉阮清恬上来之后，任浩铭还是紧紧牵着阮清恬的手。阮清恬想从任浩铭的手中挣脱出来。

任浩铭看着阮清恬抖了抖手，平静地说：“你以为我很想拉着你？这里比较陡！你小命不想要了吗？”

阮清恬听了任浩铭的话，更想挣脱出任浩铭的手。

阮清恬一边挣扎一边说：“我宁愿掉下去！”

任浩铭松开阮清恬的手。恰好那时候，阮清恬正在用力挣脱自己的手，力使岔了向后倒去。她一声惊呼：“啊！”

任浩铭反应快速，发现阮清恬马上要摔倒，以迅雷不及掩耳之势拦腰抱住了她。阮清恬这才站稳了脚跟。她一直盯着近在咫尺的任浩铭的脸，过了半晌，才反应过来，赶紧推开任浩铭。

阮清恬不好意思地说：“谢谢你！”

任浩铭继续向前走，时不时偷瞄后面的阮清恬。没想到堂堂的青年商会会长，也会陪她在这里做这么幼稚的事。可是，她实在是有苦难言。

空气渐渐转凉，任浩铭在一个避风的角落里点燃了一堆木柴。阮清恬抱着自己的膝盖瑟缩成一团，颤抖着声音问道：“会长，我们还有多远到山顶啊？”

任浩铭站起身来，向着远处眺望一下：“马上就要到了。”

阮清恬也看了看刚才任浩铭看的方向：“你不是在骗我吧，这里真的有桃花？”

任浩铭微笑：“你还不信我？”

阮清恬沮丧地道：“可是我们都走了那么久了……”

任浩铭鼓励阮清恬：“既然是独特的美景，自然不能让你轻易看到。”

阮清恬看看任浩铭，将自己的手递给他：“那我们继续出发吧。”

任浩铭信心满满:“走吧,桃花近在咫尺了!”

阮清恬微笑着:“嗯!”

任浩铭把阮清恬拉起来,两人继续赶路。但是阮清恬实在太累了,一步都走不动。于是任浩铭顺势将她背了起来,缓慢前进。阮清恬趴在任浩铭背上,感受着任浩铭深一脚浅一脚地前进。

阮清恬心疼地说:“会长,要不你歇会儿吧,我自己上去。”

任浩铭吃力地道:“那怎么行,哪能让你一个人上去,这是我任浩铭能做出来的事吗!”

阮清恬趴在任浩铭的背上,听着他沉着有力的心跳,眼泪流到了他的后背上。

任浩铭向前张望,兴奋地说:“恬恬,你看,前面那一大片……”

阮清恬从任浩铭的后背上慢慢下来,在任浩铭的搀扶之下一步一步地向前走。她已经被眼前的景色震撼住了……

眼前正是一片桃花林。阮清恬惊喜交加,忍不住流下激动的眼泪,双手在胸前合十,心里默默地祈祷:“苍天在上,多谢你让我在这个季节见到桃花,请保佑我,保佑我能够与身边人修成正果……”

任浩铭见阮清恬哭哭啼啼,安慰着:“好啦,你看,说能见到桃花,没骗你吧?咱们……”

任浩铭话未说完,阮清恬忽然一把抱住任浩铭,激动地道:“会长!谢谢你!谢谢你!”

任浩铭一开始有些莫名其妙,愣了一会儿也顺势抱住阮清恬,神色温柔起来。看完了桃花,任浩铭又在山上找了一间小木屋,在破屋里生了一堆火。阮清恬躺在稻草堆里,身上盖着任浩铭的衣服。

任浩铭歪着头,吹着面前那堆生得正旺的火。

任浩铭正在认真地鼓捣面前的一堆篝火,差点被烫着。阮清恬猛地坐了起来。

任浩铭忙问:“怎么了?听到什么了?有野兽?”

阮清恬摇摇头:“我是看你差点被烫着。”

任浩铭微微一笑:“没想到我还有机会生火,也挺有意思的。跟你在一起,生活真是丰富多彩了起来。”

阮清恬微笑:"会长说的这话不是在抱怨我吧?"

"怎么会,分明是在夸你。"

阮清恬轻笑,任浩铭自己也忍不住乐了。

阮清恬打量了一下周遭的环境,颇有感触地说道:"会长,这破屋,还真有点像之前咱们一起待过的小岛!"

任浩铭也抬起头,上下打量了一番,笑着说道:"你不说我还没注意。"

阮清恬心有余悸地道:"你可能没什么印象了,我可是印象深刻呢!"

任浩铭听到阮清恬的话,笑出声来。阮清恬抬起头,发现任浩铭正盯着自己看。阮清恬被任浩铭看得有些不好意思,摸着自己的脸:"是不是我脸上有什么东西?"

任浩铭摇摇头,依旧盯着阮清恬看。阮清恬为了躲避任浩铭火辣辣的目光,只好撇开头。没想到任浩铭居然将阮清恬的脸扳过来,深深地吻上阮清恬的唇。

知道楚安安很快就要来家里,周秀芝早早就吩咐芳云收拾一间屋子出来:"已经把房间都打扫干净了吗?"

"小姐您看,都收拾好了。"芳云笑着说。

周秀芝亲自摸摸被子的厚度,又看看摆设,指着花架:"这里再摆个花瓶,嗯,这就差不多了!"

芳云有些担心地说:"小姐,这楚安安一进门,就带着孩子,我怕她到时生个男孩,您可怎么办啊……"

"我倒看那个楚安安人还不错。没关系,我让着她就是了。阿诚也不会坐视不管……"周秀芝说。

"芳云这辈子最佩服的人就是小姐了,永远这么大气!"

周秀芝一笑:"谁都有困难的时候,退一步,就能减少很多纷争,何乐而不为呢?"

芳云笑着退下。

此时客栈里面,楚安安精神颓废地半躺在床上,摸着自己的小腹:"我怎么这么倒霉啊,居然跟了这样一个人,现在还怀上了孩子,没有办法……"

宋诚过来抱楚安安:“怎么了,宝贝?”

楚安安没好气地道:“没什么,我歇歇,待会儿再收拾行李,好不好?”

“都依你,都依你!”宋诚吩咐秋分,“秋分,把小姐的行李都收拾好。”

“时间还早,不着急。”楚安安淡淡地道。

“早点回家还不好? 家里的环境怎么都比客栈好。”宋诚留意到楚安安脸色踟蹰,问道,“怎么? 你不想回去?”

楚安安道:“没有,就是不知道该怎么面对……”

“嗨! 这有什么不好面对的,秀芝这个人比你想的可大气多了,就是她让我把你接回家的! 宝贝,这些事都不用放在心上!”

楚安安默默无语,但是也不知道离了宋诚自己会怎么样,所以只好暂时妥协,跟着宋诚回家。刚下车,宋诚就指挥着下人提行李。

楚安安踟蹰着:“宋诚,要不是为了肚子里的这个孩子,我才不会跟你回家呢!”

“知道,知道,你现在是老大,你说什么就是什么!”宋诚讨好地笑着。

“宋诚!”

“又怎么了?”宋诚问道。

“我可不是没有办法才跟你回去的!”

“哎哟,我的大小姐,我知道你要强、厉害! 你放心吧,我不会委屈你的!”

宋诚率先走了进去,楚安安无奈地跟在他身后:“你有了大老婆,还要我过去,这还不够委屈吗……”

楚安安打量着眼前的府邸,心中忐忑着。宋诚却很高兴:“看,这就是咱们在苏州的家了!”

周秀芝在客厅喝茶,听到外面的动静便笑盈盈地将茶杯放好,对芳云说道:“你听,他们这是回来了。”

正说着,宋诚领着楚安安进门了:“来来来,到家了,到家了!”

楚安安面对周秀芝,有些不好意思:“秀芝姐,之前真不好意思……”

周秀芝大度地笑笑:“哈哈,之前是一家人不认识一家人了! 没关系,你都不用放在心上,现在回了家,好好休息,把孩子顺顺利利地生下来!”

楚安安有些尴尬地点点头。

“我昨天就让人收拾好你的房间了,走,姐带你去看看,哪不满意咱们再收拾!”

周秀芝热情地带楚安安去看房间。

宋诚一脸悠闲:“我就在这儿等着跟你们吃饭啦!”

周秀芝领着楚安安笑吟吟地回到客厅,丫鬟芳云已经将饭菜在桌上摆好了:“来来来,先吃饭,别饿坏肚子里的娃娃!”

宋诚笑着问:“怎么样?房间还好吗?”

楚安安笑着:“很好,都是秀芝姐亲自弄的,又漂亮又舒服!”

“那就好,赶紧坐下来吃饭吧!”宋诚一脸喜色。

周秀芝招呼楚安安:“先来吃块鸡,特意叫厨房给你炖的鸡,鸡肉好吃,鸡汤补身体!”

楚安安踟蹰着不动筷子。

宋诚问:“怎么了?怎么不吃饭?”

楚安安踟蹰地道:“我……我想吃牛排……”

宋诚这才反应过来:“嗨!安安是苏门答腊人,爱吃西餐,你们准备的这些菜都不合她的口味!来人啊,快换西餐!”

周秀芝一脸尴尬:“哎呀,妹妹,真不好意思,没问清楚你的口味!”

“秀芝都很少出苏州,哪见过西餐!你可别跟她置气。”宋诚这话听起来是维护秀芝,其实是贬低秀芝是乡下人。周秀芝听得出来,脸色一变,却也没好意思说什么,只能暗自难过。

楚安安忙说:“没有,秀芝姐已经准备得很丰盛了,就是我现在怀着孕,自己也不知道自己的口味了,就是突然想吃牛排……”

“没问题,没问题,让他们给你做!”宋诚笑着说。

周秀芝此刻深感自己多余。

阮清恬在床上甜甜地睡着,任浩铭坐在一边帮阮清恬掖好被角。没过多久,阮清恬就被噩梦惊醒了,一下子坐起身来,一身冷汗。

在梦中,她看到自己的父亲被任浩铭杀死了,满地都是血,都快蔓延到她脚边了。任浩铭此时正拿着一封电报,脸色沉重地坐在床边,看见阮清恬惊醒,连忙去摸她的脸颊:“怎么了?做噩梦了?”

阮清恬点点头："会长……"

任浩铭抱住阮清恬："我在呢，一直都在你身边，别怕。梦见什么了？"

"没，没什么……"阮清恬连忙转移话题，"你怎么这么早就醒了，昨晚是不是没睡好？"

"嗯，家里来了封电报。"

阮清恬顺手拿过任浩铭手里的电报看了一眼。电报上写着：姐婚，速归。阮清恬惊讶地坐起来："青青姐要结婚？！跟谁？难道是林峰？"

任浩铭沉默了几秒才说话："我想不到其他人了，只能是他。"

"怎么可以，怎么能让青青姐嫁给林峰！"

任浩铭看了阮清恬一眼，疑惑地问道："你什么意思？"

阮清恬一愣，掩饰道："林峰他配不上青青姐啊！"

任浩铭默默无语。

阮清恬义愤填膺地道："我看青青姐根本还不了解林峰！会长，我们回上海吧！"

第七十二章

真情假意

林峰将任青青送到家门口。

任青青依依不舍："那我进去了？"

林峰吻了任青青一下："还有一个惊喜要给你！"

林峰说着从车里拿出一个袋子，打开后，里面是一件漂亮的婚纱。任青青身后的初一见到这件婚纱，面露惊讶与贪婪。

任青青眼前一亮，既兴奋又感动："阿峰！你真是太让我感动了！"

"这是我送你的新婚礼物。以后你生日、纪念日，还会有惊喜……"

任青青抱住林峰："阿峰！我真是太幸福了！能遇见你，是我这辈子最幸运的事！"

林峰一笑："好了，你进去吧，我今天还要处理好多事，没时间陪你了。"

任青青笑着说："没关系，反正以后你得陪我一辈子！"

林峰微笑："今天浩铭回来了吧？"

"你不用担心他，不管他同不同意，咱们的仪式都照常举行！"

林峰嘱咐道："好好跟你弟弟说，可别吵架。"

"放心吧！"

任青青高高兴兴地回家。初一则满腹心事的样子。

阮清恬仰头看了一眼林家的窗口，神色凝重地走进公寓楼。青青姐是会长的姐姐，自己总不能眼看着她往火坑里跳，如果能说服林峰放弃跟青青姐结婚的打算就好了。

林峰正在屋里一边玩着手中的钢笔，一边思考着什么。他听到敲门声，起身去开门，没想到门外站着的居然是阮清恬。

林峰一副意料中的表情："进来吧。"

阮清恬走进屋，惊讶地问："你好像早就知道我会来？"

林峰："我可没你说的那么神通广大。"

"我也没夸你神通广大。我是在惊讶你的无耻，你的无耻能令天地变色，日月无光！"

林峰轻蔑一笑："好吧，你对我的赞誉，我就不谦虚地收下了。那让我猜猜，你今天来是要——"

林峰故意一顿："求我取消跟任青青的订婚仪式。"

阮清恬被猜中心思，有些无可奈何："不错。求你放过她，放过一个无辜的女人！你要是不答应我，我就把你做的坏事全部告诉青青姐、任会长。"

林峰放声大笑。

阮清恬纳闷地问："你笑什么！我之所以还没有告诉他们是想给你一个改过自新的机会！"

林峰冷笑："真是败给了你的天真无邪！我们先不说他们会不会相信你，既然你说到这儿了，我就提醒你一句，我所做的一切不是你的筹码，而是我的。"

阮清恬不解。

林峰冷笑："即使任浩铭他们姐弟俩知道了我的身份，我只不过是娶不成任青青了。没关系，无所谓。但与此同时，我也会把阮斌和任晓晓的事情说出来。你呢？你父亲呢？你有信心任浩铭会放过杀害他妹妹的凶手吗？即使他是任浩铭的未来岳父。"

阮清恬愣住了。

阮清恬思来想去没有别的办法，只好咬牙问："那你怎么样才会取消跟青青姐的婚约？"

"你敢押注吗？"林峰故意问。

阮清恬不忍再见任浩铭不堪重负却还在自己面前假装没事的样子，说："我什么条件都答应你。”

“好！我要你——”林峰盯着阮清恬说道。

阮清恬震惊：“你疯了！之前我已经答应你的要求，拖延了跟任浩铭的婚礼，你现在居然想……”

林峰轻描淡写：“少来这套。当初我的意思可不是什么拖延婚礼，而是你永远不能嫁给他！谁想到你逃了几天又回来了，你不守承诺在先，就别怪我无情！”

阮清恬气结：“你……就算我没守承诺，你也可以冲我来啊！为什么要害青青姐，为什么要欺骗她的感情？”

林峰理直气壮：“我可没有预谋要害任青青，是她自己主动贴上来的。‘四不男人’你知不知道？不主动、不拒绝、不声张、不负责。何况任青青又有几分姿色……”

阮清恬难以置信地看着林峰冷笑：“你居然敢这么堂而皇之地承认你不爱她！”

林峰咄咄逼人地盯着阮清恬：“对啊，我爱的是你，可你却非要爱上我的仇人！你以为我娶了任青青，我会得到幸福吗？”

阮清恬难过地说道：“我不知道你跟任浩铭到底有什么解不开的恩怨，任浩铭肯定不是坏人，而我认识的林先生，一开始也不是这个样子的……”

林峰缓缓坐到椅子上：“人之初，性本善，谁也不是天生就想干坏事的……”

阮清恬愣愣地看着林峰。

林峰嘲讽道：“怎么？舍不得任浩铭？好啊，那就牺牲你父亲，让任浩铭把你父亲杀掉！”

阮清恬崩溃大喊：“不！”

“那你就不要怨我不仁不义！”林峰重新变得阴狠起来。

阮清恬泪如雨下：“你……可是任青青是无辜的，她什么都不知道，她只是爱上了不该爱的人！”

林峰表情冷漠：“她爱上我，那是她的事，与我无关！”

阮清恬恨道：“你太过分了！我要把这一切告诉青青姐！”

“去吧，她是不会相信的。”

阮清恬狠狠地推开林峰，转身跑开。

阮清恬深呼一口气，擦了擦眼泪。她该怎么办？没想到林峰竟然如此变态，她到底该怎么办……

任浩铭刚走进任公馆，阿夏就迎了上去："会长，大小姐回来了。"

任浩铭淡淡地道："好，我去找她谈谈。"

任浩铭话音刚落，任青青就从楼上走了下来："你回来了啊，没多在苏州玩两天？"

"听说你要跟林峰订婚？"任浩铭沉声道。

任青青回答道："知道你不会马上同意，所以我们特意决定先订婚，就是为了给你个接受的时间，再结婚。"

任浩铭冷笑："哼，谢谢你为我考虑，还真是我的亲姐姐。"

任青青摆摆手："我不想跟你吵架，大家互相尊重对方的选择比较好……"

"姐，你记不记得你上次的恋爱就搞得满城风雨，大家街头巷尾都在议论你的恋情……"

"我有什么好议论的，我不就是爱上了一个认太监当干爹的男人吗？他自己又不是太监！都是那帮人大惊小怪罢了！林峰可不是太监的干儿子，人家是商学院的老师，又是无线电协会的常务理事。这你又不是不知道……"

"可是林峰那个人看起来并不简单，而你太容易对人掏心掏肺……"任浩铭皱眉说道。对于他这个姐姐，他实在是太了解了。

"你放心吧！你别忘了，毕竟我是你姐姐，比你大，也在国外生活了好几年，现在已经比以前成熟多了。咱们虽然是姐弟，但各自有各自的生活，我不干涉你的恋爱，你也不要干涉我的恋爱。"任青青的态度强硬起来。

"姐，你这是在威胁我？"

"我不敢。"任青青严肃起来，"我说的是真的，本来以为你没有这么快回来，怕见到你会吵架，连信都给你写好了。浩铭，姐姐跟晓晓不一样，晓晓从小什么事都是你给她做主，可我从小到大都是自己给自己做主，尤其是嫁人这么大的事，我更不希望听到家里人说不。"

任浩铭又问："你确定你跟着林峰会幸福？"

任青青自信地笑了："非常确定。"

任浩铭长叹一口气："看来我之前想跟你说的话都没有必要了。好，既然这是你深思熟虑做出的决定，那我就没什么可说的了！”

说完，任浩铭转身上楼。

任青青失落地喃喃自语：“你就这么走了，难道连一句祝福姐姐的话都没有吗？”

阮清恬本来是想找阮斌谈谈，但是却从谷雨那里得知阮斌不在任公馆，于是她又去看奶奶。这段时间，她不在，奶奶一定很着急。

“好孩子，你怎么一声不吭就走了？是不是跟浩铭闹别扭才走的？你们俩现在和好了没有？”

“瞧我这一进来，您就问了这么多问题。放心吧，我和会长好好的。”阮清恬笑着说，忽然想到什么，又问，“奶奶，您说，这一辈子没结婚的人，还会幸福吗？”

阮奶奶慈祥地笑着：“还是跟自己爱的人在一起最幸福。恬恬，奶奶可得跟你说，浩铭是个好孩子，你能嫁给他是你的福气，你可不能天天胡思乱想，一点都不安分！”

阮清恬不依：“奶奶，我哪有，不过是问您几个问题吗……”

阮奶奶笑着去摸阮清恬的头：“我知道我孙女是个踏实过日子的人……”

祖孙俩依偎在一块儿，阮清恬的表情却有些怅然。

阮清恬从阮奶奶的房间出来，正看到阮斌鬼鬼祟祟地上楼。

阮清恬赶紧叫住阮斌：“爹！”

阮斌看到阮清恬吓了一跳，心虚地道：“从苏州回来了啊？玩得挺开心吧……”

阮清恬道：“您去哪了？我刚刚还在找您。”

阮斌低着头：“没去哪儿，就是跟朋友喝酒……”

“大白天的还喝酒？”阮清恬有些不高兴。

“小酌两杯，小酌两杯……”

“爹，我有些事想问您，您去没去过……”阮清恬正要问，阮斌便说道：“哎哟，有什么事明天再说啊，我这一天忙得腰酸背痛，要睡了！”

阮清恬生气地道：“这才什么时候啊！太阳还没下山呢！”

“早上起得太早，撑不住了，明天说啊，明天说……”

阮斌赶紧躲进自己的房间。

“爹……”阮清恬想上前拦住阮斌，但是阮斌早把阮清恬关在门外。

阮清恬一脸无奈地瞪着紧闭的房门，暗想，为了阻止青青姐嫁给林峰，她只有这么说了！

阮清恬下定决心，来任青青的门前，敲了敲门。

“谁啊，进来！”

阮清恬进门的时候，任青青正在自己脸上涂涂抹抹，一见是阮清恬，不太高兴：“你怎么来了？”

阮清恬鼓足勇气说：“青青姐，我有话跟你说。”

“咱俩之间有什么好说的？你跟我根本不是一路人！”任青青不屑地道。

阮清恬打断任青青：“我知道你可能瞧不起我，这我不在乎，我想说的是，你一定不能跟林峰订婚！”

任青青冷笑：“你说什么？”

阮清恬又肯定地重复了一遍：“你不能和林峰订婚！”

“我跟谁订婚是你能管的吗？我凭什么不能跟林峰订婚？”任青青生气地站起来。

“我不是这个意思……”阮清恬鼓起勇气道，“你还记不记得，林峰他之前追过我？这就意味着他不是专一的人，并不值得托付……”

任青青忍不住哈哈大笑：“阮清恬，你也太高看你自己了吧？林峰追过你？简直是自作多情！不过是因为你是他的学生，他才对你好一点，你不会以为这就是在追你了吧？要说你们俩就算有点感情也只能是师生情，一日为师终身为父的那种！懂吗？”

阮清恬想辩解又无从辩解，只能沉默。

“你以为我弟弟喜欢你，这世界上的男的就都会喜欢你了？真不知道是谁给你的自信！”任青青瞥了一眼阮清恬，继续对着镜子护肤。

“不是！青青姐！林峰并不是你想的那种文质彬彬的好人，有的人不能只看表面！”阮清恬竭力想要解释。

任青青一副恍然大悟的样子：“哼，我看你说的是你自己！看起来文静、善良，其实内心邪恶，为达目的不择手段！”

阮清恬只能干着急。

任青青看着阮清恬,觉得阮清恬无可救药:“真没想到你这样心眼不好、长相平庸的人,浩铭怎么会看上你了。少在这儿给林峰泼脏水了,你说什么我都不会信的。我要睡觉了,你出去吧!”

阮清恬无奈又焦急,只得离开。阮清恬低着头,脚步沉重地离开任青青的房间,却没想到会撞到任浩铭。

“你去找我姐了?”任浩铭问。

阮清恬抬头,看看任浩铭:“没什么事,闲聊而已。”

阮清恬说完要回房间,任浩铭一把拽住阮清恬,盯着她的眼睛,仿佛要看透她。阮清恬很紧张,想说话又鼓不起勇气,一把推开任浩铭:“干吗靠我这么近!”

任浩铭作罢:“总觉得你没说实话。”

“没有啊,只是有点儿累了,想回去歇着。”阮清恬掩饰道。

“你是不是有什么心事?”任浩铭又问。

“没有什么事。”

任浩铭见阮清恬不承认有心事,便道:“林峰这个人我也不喜欢,你是知道的。可是我姐的脾气我知道,越是拦着她,她越是跟你对着干,所以,干脆别管。就让她按照自己的意愿去走她的路吧。”

“你怎么知道我在想这些?”阮清恬惊喜地望着任浩铭。

任浩铭往前走了一步:“我说过,你在我面前就是个透明人。”

阮清恬振作精神:“我只希望青青姐能够幸福……”

“如果我姐认为这就是她的幸福,别人也没有办法。”任浩铭淡淡地道。

阮清恬默默无言。

夜凉如水。

房间里,芳云帮周秀芝铺床。

“给安安准备的汤做好了没有?”周秀芝问。

“小姐!您怎么还惦记着她!看她今天刚一进门那样子!您费心费力准备了一桌子好菜,她倒好,一点都不领情,偏要吃牛排!”

“她不是怀孕了吗?怀孕的女人都害口,想吃什么都正常。”周秀芝善意地道。

"我就看不惯她那样子……"芳云撅着嘴道。

"好啦,忍着点吧,你看你现在哪还有个丫头的样子……"

芳云听了这话,不敢再说什么。

"汤好了就叫厨房给我端来,我给她送去。"

"是……"芳云委委屈屈地应着。

楚安安正坐在梳妆台前,秋分帮她卸掉头饰,这时有人敲门。

"请进。"

周秀芝端着一碗汤进来:"特意给你熬的蛋黄莲子汤,养心除烦,安神固胎,正好睡前喝一碗,能睡得更踏实。"

楚安安微笑:"秀芝姐也太客气了,怎么好意思让你亲自送过来。"

周秀芝笑道:"你啊,别老跟我说什么客气不客气的,你来苏州第一天就遇上我,证明咱俩就是有这份姐妹缘。现在更是一家人了,不用总是这么拘谨。"

"秀芝姐说的是。"楚安安闻了闻汤,"这汤可真香!"

周秀芝忙说:"趁热喝了吧。我就不打扰你休息了。"

"秀芝姐慢走!"楚安安将周秀芝送到房间门口。

秋分说道:"这大夫人心肠可真好,一点都不拿小姐当外人。"

"是啊,我还以为秀芝姐记恨我,容不下我呢,没想到,她比我妈照顾我都细心。"楚安安感叹道。

秋分微笑:"这说明咱们小姐人也好,所以人家才肯这样待你!"

楚安安微笑:"我觉得我有了这个孩子后,人的性格也变了好多呢,不再像原来那么任性了……"

"是要当妈妈的人了,长大了。"秋分笑着说。

楚安安也感慨道:"不知道这个过程要经历多少委屈和心酸……但愿是值得的……"

第七十三章

魔高一丈

阮清恬来到客厅准备吃早餐，看到餐桌前只有阮奶奶，便问："奶奶，我爹呢？"

"一大早就走啦！这几天天天早出晚归的，我都见不着他人影。也不说谁有什么事让他帮忙，就算说了，我也记不住名字。浩铭也去商会了，就咱俩在家。"阮奶奶边喝牛奶边说道。

"我说怎么都天天看不到爹呢，他怎么忽然这么忙了……"阮清恬又问。

"是啊。你有事找你爹？"

"嗯，我一直都想找爹问些事……"阮清恬心事重重地坐下来吃饭，心想，"难道他知道我去了苏州，所以……不会，不会，爹一定不是故意躲着我……"

此时电话声响起。

阮清恬走过去接电话："喂？"

电话中，传来林峰嘲讽的声音："起得很早嘛！"

阮清恬惊讶地道："林……"

阮清恬忽然想起这是在任公馆，赶紧闭了嘴。

"没关系，我知道任浩铭这时候已经去了商会……"

阮清恬恶声问道："你打电话来干什么？"

"约你喝杯咖啡啊，别告诉我你不敢来……"

林峰说完就挂了电话。

“喂,喂……”阮清恬原本想拒绝,但是林峰已经挂断了电话。

“谁打来的电话啊,恬恬?”阮奶奶问。

“没什么,奶奶,我出去一下……”阮清恬敷衍了阮奶奶几句,匆匆出门了。

阮清恬走进咖啡厅,看到林峰朝她招手。阮清恬走到林峰近前,坐在他对面,冷声问道:“你找我干什么?”

林峰笑笑:“怎么样,跟任青青说完了吧?”

阮清恬不快道:“你知道青青姐不信我,所以幸灾乐祸,特意叫我过来奚落我的是吗?”

林峰笑笑:“你不要这么激动,我也许不是什么好人,但对你绝对不会这么坏。你在我心里很重要,我不想你误会我。”

阮清恬道:“我误会不误会又有什么用,反正你都不会善罢甘休。”

“别人不知我的苦衷没关系,我还是希望你能明白……”

阮清恬气愤地道:“我明白的就是,你娶任青青,摆明了是报仇的一部分!我更不能让青青姐嫁给你了!”

阮清恬愤而离席,再不听林峰的解释,只是想着到底要怎么样才能让青青姐相信自己。望着阮清恬离去的背影,林峰阴险地一笑:“就知道你阮清恬不会放弃劝说任青青,让我来帮你一把好了!”

“阿峰!我可找到你了!”一个女人突然跑过来拥抱林峰。

林峰故意放大声音:“亲爱的,你怎么来了!”

阮清恬雷达般的耳朵捕捉到了林峰的声音,朝声音的来源看去。只见林峰和一个女人在咖啡厅里搂搂抱抱,十分亲密。

阮清恬张大嘴巴,很惊讶林峰还有情人,同时又很兴奋:“竟然让我逮到把柄了!”

阮清恬连忙赶回家。时间一分一秒地过去。阮清恬不停地在客厅踱步,走两步就看门口一眼,很焦急。青青姐怎么还不回来!偏偏在这个时候出门!

终于等到任青青回来,阮清恬连忙迎上去:“青青姐,你终于回来了!”

任青青厌烦地道:“你又找我干吗?”

阮清恬迫不及待地说道:“你上回不是说我没有真凭实据吗?我找到证

据了!”

任青青冷声问道:“什么证据!”

“你不能和林峰结婚的证据啊!我看见林峰和一个女人举止非常亲密,两个人肯定在一起很长时间了,林峰他瞒着你还和别人好呢!”阮清恬飞快地说道。

任青青听完一脸平静。

阮清恬很疑惑地问:“青青姐,你听见我说什么了吗?”

任青青淡定地道:“我听见了啊。”

阮清恬小心地问道:“那你不在意吗?”

“那个女的是不是穿了红色大衣?两个人是不是在咖啡厅?”任青青平静地问道。

阮清恬又来了精神:“对啊!你要是不相信的话,我们明天去问咖啡厅的老板,一问就知道了!”

这时,阮清恬反应过来不对劲:“不对……你怎么知道那个女的穿的是红色大衣啊?”

“我看见了啊。”任青青淡定地说。

阮清恬惊讶不已。

原来,当时阮清恬没走多久,任青青就来到了林峰所在的咖啡馆,远远地看见林峰正和一个漂亮的姑娘纠缠在一起,姑娘死死拽着林峰。

任青青站住脚,静观其变。

“峰哥,你别离开我,我不能没有你。”

林峰坚定地道:“李小姐,我是你的老师,你这样成何体统!”

“我不要你做我的老师,我要做你女朋友!”姑娘急于表明心意,“峰哥,我不求什么名分,我只求能和你在一起,哪怕给你当小妾也可以。”

林峰深情地说道:“我要和青青结婚了!我是真心爱着青青的,我心里只有她一个,容不下别人,你以后不要再来找我了。”

姑娘声泪俱下,蹲下抱着林峰的腿开始哭。

林峰不为所动。

这时候任青青走了过来。林峰装作没看见,继续和姑娘说:“李小姐,你快起来，青青她快来了，你这样要是让她看见，她误会我怎么办？”

任青青这时已经走了过来。

林峰看到了她，很惊讶：“青青。”

任青青故作不知地问道：“峰哥，这是谁啊？”

林峰着急地道：“青青你听我说，这是我以前的一个学生，我俩没什么。”

“这位小姐，希望你以后不要再来打扰我们的生活，当然，我也祝你早日找到你的如意郎君。”任青青微笑地说道。

那位姑娘抹了抹眼泪站了起来，看看两人，委屈地跑开了。

林峰急于解释道：“青青对不起，让你看到了这种事儿。你没有想歪吧？”

任青青笑着摇摇头：“刚才你们说的，我都听见了。”

林峰松了一口气：“真的？那太好了，我和那个姑娘根本没什么，只是……”

任青青表示理解：“峰哥，我知道你心软，那个姑娘也挺可怜的，你的心我已经清楚了。”

“唉，可惜你弟弟不明白……”林峰叹了口气。

任青青思索了一下，对林峰说：“没事峰哥，我自有办法。只要咱俩一条心，我相信没有什么能阻碍我们在一起。”

林峰很感动，握住了任青青的手。

“所以，你看到的不过是一个单恋阿峰的女孩，根本不是阿峰在寻花问柳！”任青青得意地解释道。

阮清恬听完，不敢相信：“怎么会这样……”

任青青冷笑：“事情本来就是这样的。我看你就是见不得我们俩好！阮清恬，我知道你什么心思，你和浩铭好不容易才能在一块儿，你也见不得我这么快得到幸福，不过我不是同意你们俩结婚了吗？再说了，你和林峰怎么也相识一场，他以前帮过你不少忙吧，你就不能看在师生情分上成全我们俩？”

“不是这样的，青青姐你误会我了……”

阮清恬还想再说什么，任青青冷冷地打断她：“那是怎么样？事实都摆在我眼前了，难道你让我相信你说的，不相信我看见的？而且你那眼睛不是一直不好吗？谁知道你是不是看错人了。”

阮清恬急于解释：“我没有看错！我听到了他的声音，看到了他的人，一定没错!”

任青青怀疑地望着阮清恬:“你看他看得那么仔细干什么?你该不会是对我的未婚夫有什么非分之想吧?”

阮清恬拼命摇头。

任青青逼近阮清恬:“那是为什么?”

阮清恬真诚地道:“我只是担心你上当受骗!”

“我怎么那么不相信你会为了我的幸福去调查林峰呢?”

阮清恬被逼急了,只好说出实情:“因为林峰他根本不爱你!他跟你结婚只是要利用你!”

任青青听了,吓了一跳,举起手要扇阮清恬。阮清恬以为躲不过去,闭眼准备受着。阮清恬等了一会儿,巴掌还没落下来。阮清恬张开眼,看见任浩铭站在她和任青青中间,抓住了任青青举起的手。

任青青气愤地甩开任浩铭的手:“你来得正好!你来听听你的未婚妻都说了些什么!”

任浩铭面无表情:“我都听见了。”

阮清恬见任浩铭这个样子,十分心虚。

“听见了你还拦着我!”

任浩铭盯着任青青,语气冷酷:“我的人,只能我动。”

任青青见任浩铭的样子,有点儿被吓到:“好,管好她那张嘴!她再胡说八道,我就不客气了!”

任青青愤然离开。

任浩铭默然地瞪着阮清恬。

阮清恬主动上前示好:“会长,我……”

任浩铭的语调依旧十分冰冷:“我累了,有什么事以后再说吧。”

任浩铭说完就回房间了。

阮清恬留在原地,显得很无助。她默默地靠在了门上。

周秀芝正在缝制着什么东西,宋诚此时进来,问道:“秀芝,哪家的苏绣比较好?我想给安安做两身旗袍,她之前就跟我说喜欢苏绣。”

周秀芝疑惑:“现在做吗?安安的肚子会越来越大,做了恐怕也穿不上吧?”

“没关系，就按她没怀孕时候的尺寸做，等生完孩子再穿。这事你们女人比我懂，就交给你了！”

宋诚说完，大剌剌地坐在一边。

周秀芝见宋诚如此爱护楚安安，心中酸楚。宋诚看见周秀芝手中的活计，问道：“你这是在干什么呢？”

周秀芝强颜欢笑，抖开手里的衣服，宋诚才发现是件孩子的上衣：“怎么样？好看吗？男孩女孩都能穿！”

宋诚感动：“秀芝，你手也太巧了，好看，孩子准喜欢！这是他娘给他做的第一件衣服！”

周秀芝轻轻叹了口气：“我哪有福气做人家娘啊，安安才是亲娘，也不知道安安会不会喜欢，希望她别觉得我是在抢她的孩子。”

楚安安此时正端着生煎包走到周秀芝房间门口，暗想：“秀芝姐对我这么细心，我也给她送点上海的小吃。”

楚安安刚好听到周秀芝的话，很感动。

“但愿安安也喜欢。”

“当然会了！我的孩子就是你的孩子，安安只会感激你对孩子、对她，都这样好！”

周秀芝轻轻一笑，下定决心：“阿诚，你能不能答应我一件事？”

“嗯？你说。”

“你休了我，然后好好跟安安还有孩子生活，千万不要再三心二意了。”周秀芝说着说着，带了哭腔。

“你说什么？”宋诚诧异地反问。

楚安安在门口听到这话，一脸惊讶。

“周秀芝，你开什么玩笑！”

周秀芝望着宋诚，一脸坚定：“不是开玩笑。这些小衣服，是我送给孩子的第一份礼物，也是最后一份。阿诚，我看得出，你跟安安现在很幸福，你跟她在一起的时候，那种笑容，甚至比咱们刚成婚时候的笑容还美好。我知道你是找到了你的真爱，我不想耽误你们，不想你们因为我而不完美。”

“周秀芝，你胡言乱语什么！这，怎么可能？我不同意！”宋诚坚决反对。

周秀芝此时居然扑通一声给宋诚跪下了：“阿诚！你就休了我吧！成全我

这一片心吧！我说的都是真心话！一开始我怕你对安安只是一时冲动，可现在我明白了，你是真的爱她，那我就放心了。你也不用担心我爹，我会跟他都说清楚，不会让他给你爹施加压力。阿诚，你就答应我吧！”

周秀芝说着说着已经声泪俱下。

宋诚既感动又难过：“你一个女人家，被夫家休了，能去哪里？怎么生活啊？这不是要你的命吗！”

“我都想好了，我会找一个庵，日日夜夜长念经文，祈祷你和安安白头偕老，孩子健康平安。”周秀芝啜泣地说着。

宋诚上前扶她：“秀芝，你起来说话。”

“你不答应我，我就不起来！”周秀芝坚决地道。

“你这不是逼我吗！我怎么能让你去尼姑庵呢！你也是我明媒正娶过来的老婆啊！我宋诚再混蛋也没有这么没良心！赶快给我起来！”

宋诚一把拽起周秀芝：“以后再也不可以说这种话，听到没有！”

周秀芝哭着点点头。

楚安安听到这些，心里很不是滋味，心事重重地离开了。

阮清恬气呼呼地走在路上：“我要去咖啡厅打听打听那个女人，说不定她知道什么！”

忽然阮清恬看见林峰在那个咖啡厅的窗边朝她微笑着挥挥手：“林峰？他怎么还在这里？”

阮清恬犹豫了一下，走进咖啡厅，不情不愿地走近林峰。

林峰示意她坐下。阮清恬无奈地坐下。

“喝点儿什么？”林峰微笑地问道。

“不用了，你还有什么话要说？”阮清恬冷着脸道。

林峰喝了口咖啡，看着阮清恬笑笑：“见过任青青了？你现在一定一头雾水吧？”

阮清恬瞪着林峰：“都在你的意料之中是不是？”

林峰笑笑：“你就不想知道真相吗？”

阮清恬无奈地看着林峰。林峰悠然一笑：“一场五块大洋的戏而已。”

“那女的是你雇来的？”阮清恬惊问。

“我选的演员还不错吧。”

阮清恬恼怒道：“林峰，你也太下作了！”

林峰无所谓地笑笑：“不这么做，你怎么会去找青青‘揭发’我呢？青青她又怎么会全心全意地相信我？”

“青青姐看到也是你计划好的？”阮清恬又问。

“清恬，你不用费心思了，你不会找到任何证据的。”林峰得意地望着阮清恬。

阮清恬不甘心地看着林峰。

“你以后不要再做什么小动作了，如果把我惹急了，我真不敢保证我会做出什么事。”林峰的脸色暗下来。

“你又要干什么？”阮清恬皱眉问道。

“我还不知道，要看你怎么做了。”林峰一笑。

阮清恬咬牙切齿地骂道：“林峰，你就是个变态！”

林峰耸耸肩，表示无所谓。阮清恬气愤离去。

晚上。

阮清恬在床上辗转反侧，根本无法入睡。她索性坐起身来：“不行！不能看着青青姐羊入虎口，不管怎样，爹如果做错了事，就必须承担后果，哪怕是我替他承担都可以。我不能太自私，不能为了爹就眼看着别人受伤害。明天！明天我一定要告诉会长！”

任青青穿着礼服，婀娜多姿，十分漂亮。初一跟谷雨认真地为任青青打理礼服配饰。

任浩铭轻轻推门进来。

初一跟谷雨见是任浩铭，一愣：“会长！”

任浩铭拍拍手：“你们下去吧！”

任青青转身，有些诧异地望着他：“浩铭？”

初一跟谷雨告退。任浩铭上前，定定地看着穿上礼服的任青青，目光复杂。

任青青感受到了气氛的沉重，故作轻松道：“你这是什么表情？”

任浩铭将任青青的头饰弄好，声音喑哑：“我……当然是高兴！”

任青青鼻子一酸，故作轻松地转身：“你当然应该高兴，以后你再也听不到你姐姐聒噪地教训你了，不是正合了你的心思，想干什么就干什么！”

任浩铭嗯了一声，不知道说什么好。而任青青望着自己的弟弟，忽然有些伤感：“晓晓一直盼望我这不成器的姐姐能有穿上礼服的一天。她要是知道了，应该……会为我感到欣慰吧。”

任浩铭心有所感：“姐……”

任青青强作轻松地笑笑：“我一直在想，晓晓要是穿上礼服，一定也很漂亮！”

任浩铭沉默，将任青青搂在怀里，拍了拍任青青的肩膀，无声安慰。两人一起看着窗外的风景，静静依偎。任浩铭忽然道：“姐，无论你做什么选择，我这个弟弟都会尽最大努力保护你！”

任青青笑了：“浩铭，我不是男人，不需要轰轰烈烈的事业，只想拥有自己的爱情。”

任浩铭揽住任青青的肩。任青青笑逐颜开，像个幸福的小女人。

第七十四章

执迷

任青青穿着礼服坐在沙发上，手中捧着一束玫瑰。她紧了紧手中的花束，看上去有些紧张。低头闻了闻手中的花束，任青青脸上漾起一个甜蜜幸福的笑容。

休息室的门吱呀一声打开。

任青青开心地抬起头："要走了吗？"

任青青见来人是阮清恬，笑容僵在脸上，十分不悦地道："你怎么来了？"

阮清恬瞥了眼门口，紧张地道："青青姐！你不能嫁给林峰！现在还来得及，否则你一定会后悔的！"

任青青冷笑："阮清恬，今天是我订婚的日子，我不想听这些不相干的事，请你出去！"

阮清恬急道："青青姐，我说的是真的！请你一定要相信我！"

任青青面色难看："你让我相信你什么？你再危言耸听，我可要对你不客气了！"

阮清恬又急又委屈，焦躁地走了几步，下定决心，调整好情绪，缓缓道："青青姐，我一直受林峰威胁，没敢跟你们说，其实林峰是青帮中人，他不是什么好人，干了很多杀人越货的事！学校老师的身份，只是他不想让人知道他是青帮中人而找的掩护！"

任青青听完，气得给了阮清恬一巴掌："阮清恬！你是多见不得我幸福？连这种不靠谱的谎话都编得出来，你当我是三岁小孩呢！"

阮清恬焦急道："我说的是真的！请你相信我！"

任青青盯着阮清恬，一字一顿地说道："不好意思，我不相信！"

阮清恬无可奈何地望着任青青，无计可施。任浩铭站在门口，看着两人，纳闷地问："你们俩在干什么？"

任青青一见任浩铭，委屈得不行，故意哭着将任浩铭一把拉进屋里："浩铭！我实在受不了了！阮清恬非要搅和我的订婚，进来跟我一通胡言乱语，你快管管她吧！"

"不是，不是这样的，我跟青青姐说的每一句话都是真的。"阮清恬连忙解释道。

"好了，好了，你别说了。"任浩铭有些烦躁地打断阮清恬的话，转而对任青青说道，"姐，你可别哭了，今天是你大喜的日子，怎么能哭呢？"

任青青怒道："还不是都怨她！"

"别生气，别生气，马上就开始了，我把清恬带走，你好好补补妆！"

任浩铭将阮清恬拉出来。阮清恬着急地想解释："会长，我只是……"

任浩铭冷着脸："什么都别说了，之前已经跟你说过不要再管。今天日子特殊，我可不想再出差错。恬恬，有什么话，以后再说吧！"

任浩铭拍了拍阮清恬的肩膀以示安慰，便去客厅忙活了。

阮清恬心里着急：这可怎么办啊！现在，恐怕我说什么都不会有人相信了。

初一从楼梯栅栏前往下看，看到任浩铭、任青青都在一楼客厅里忙碌着，放了心，蹑手蹑脚地回到任青青的房间里："大小姐的首饰、漂亮衣服也太多了，同为女人，凭什么我就只能在二八年华穿些没滋没味的粗布衣服。"

初一一边说一边摆弄着任青青梳妆台上的首饰。她选了一个玉镯子，悄悄塞在自己衬衣里。初一藏好镯子正想离开，却忽然看到林峰站在面前。初一吓了一跳："林先生！你怎么进来的？"

林峰微微一笑："当然是从门口进来的。只不过你太紧张，我又故意放轻了脚步，所以你没听到我进来的声音。"

初一吓得赶紧跪在地上："林先生饶命！初一再也不敢了！林先生饶了我

吧，千万别把我赶走。”

“把东西拿出来。”林峰冷声说道。

初一战战兢兢地掏出镯子。

“放回去。”

初一赶紧把镯子放回原处。

“仪式快开始了，大小姐身边需要人，赶紧下去吧。”

初一愣了一会儿才知道没事了，千恩万谢地给林峰磕头：“多谢林先生，多谢林先生！”

楚安安在房间内闷闷不乐。

秋分问道：“小姐，你这是怎么了？身体不舒服吗？”

楚安安默默摇头。

“那你是心情不好？跟姑爷吵架了吗？”

楚安安继续默默摇头。

秋分不解：“难道是大夫人对你不好了？怎么看你这两天好像不太高兴？”

楚安安眼泪一下子流下来了：“秀芝姐不是对我不好，是对我太好了！秀芝姐居然在给孩子做小衣服，而且，我后来去问芳云，不仅是婴儿的衣服，孩子一岁、两岁的衣服她都吩咐芳云早早把布料准备好了，而且还让芳云有空看看哪家私塾先生教得好，现在就留意着。”

秋分不解：“那大夫人真是把小姐的孩子当成自己孩子来养了，这不是挺好的吗？小姐还有什么可掉眼泪的呢？”

楚安安对秋分说道：“因为我抢了秀芝姐的丈夫。芳云告诉我，秀芝姐早就给宋诚发过电报，想让他回苏州来，可是宋诚都视而不见。这次是秀芝姐的父亲过寿，宋诚不敢不来，这才回来的。”

秋分说：“这也怨不得小姐您，您之前并不知道大夫人的存在啊。”

“可是我现在知道了。我还知道，秀芝姐是因为爱宋诚才这样的。她对我好，是因为宋诚对我好；她对孩子好，是因为孩子也是宋诚的。归根到底，她和我一样，都想能够只有自己陪伴在丈夫身边。”

“小姐，您不要哭了，这样哭会伤身体，对肚子里的孩子不好。”秋分连忙劝道。

楚安安想了想，幽幽说道："秋分，我还是想回上海，回到自己的家。"

"小姐，孩子再过几个月就要出生了，不能没有爹啊。"

楚安安摇摇头："我不能为了让我的孩子有爹，就让秀芝姐没了丈夫。"

"可您现在这个样子，怎么可以长途奔波呢？"秋分担心地道。

楚安安不以为意："当初也是怀着孕来的苏州，应该没关系。"

"那要怎么跟大夫人还有姑爷说啊？"

楚安安心一横："不说。"

周秀芝还沉浸在自己刚刚的情绪中，不时地抽抽鼻子。芳云端来一杯茶："小姐，喝杯茶吧。"

周秀芝摇摇头。

芳云又劝："小姐，您还是听姑爷的吧，可别再胡思乱想了。"

周秀芝叹道："你没成亲，你不知道，我这心里真难受啊。可是安安没有错，阿诚也没有错，爱情这种东西本来就说不清楚，也不知道它什么时候会来，是我的命不好。"

芳云不满："可总得有个先来后到吧？"

周秀又叹："说不清，说不清。"

"小姐，不要再想了，明天我陪您去烧灶香，好好跟菩萨说说吧。"芳云劝道。

"我累了，想躺会儿。"周秀芝幽幽说道。

芳云赶紧过去扶周秀芝到床前："您好好歇歇。"

林峰敲响了阮清恬卧室的门。

阮清恬看到林峰，惊讶地问道："你来我房间干什么？"

"别害怕，开着门，还不行吗？"

林峰并不关门："我只是想跟你说，你现在阻拦好像已经来不及了，因为订婚仪式刚刚结束。"

阮清恬气愤地道："你别以为你这样就得逞了！青青姐早晚有一天会看清你的真面目！"

林峰冷笑："只怕她那时候早已替我生了小孩。"

阮清恬冷冷地盯着林峰："林峰！你别想得逞！"

任青青问初一："阿峰去哪儿了？怎么仪式结束就不见人影了？"

初一回道："我刚刚好像看到林先生去了阮小姐的房间。"

"什么？"

任青青一听，立刻赶去了阮清恬的卧室。没想到，正好看到阮清恬拦着林峰不让他走。任青青气不打一处来，冲上来就甩了阮清恬一巴掌。

林峰在一旁冷笑。

任青青骄傲地道："我刚刚忙着订婚仪式，没时间教训你，你说，你在我举行完订婚仪式之后还要勾搭我丈夫，你还要不要脸了！"

阮清恬捂着脸："不是！我……"

这时，任浩铭走了过来，看到这个情况大惊，紧张地道："恬恬……姐！你！"

任青青指着任浩铭："别叫我姐！你倒是问问你的未婚妻，她之前就鬼鬼祟祟劝我不要结婚，现在又明目张胆来破坏我的订婚仪式，她到底是何居心？要不是你这么护着她，我都怀疑她上次在订婚仪式上昏倒，是故意的！"

林峰听任青青这么说，看了一眼任浩铭。任浩铭脸色阴沉，明显不悦。

林峰假装生气，阻止任青青："住口！"

任青青见林峰吼她，眼圈一红，转身跑开。

林峰见状赶忙追上去："青青！"

阮清恬看着任青青跟林峰跑远的背影，欲言又止。任浩铭冷冷盯着阮清恬道："阮清恬，你倒是给我解释一下。"

阮清恬无话可说。

任浩铭冷冷地道："阮清恬，林峰为什么会跟你在一起？"

阮清恬难以置信地道："任浩铭！你怎么可以这样说我！我……"

任浩铭冷酷地问："你什么？你说啊！"

阮清恬一时语塞："反正事情不是你想的那样，我有我的苦衷，希望你相信我！"

任浩铭冷笑："阮清恬，事情赤裸裸摆在这儿，你让我怎么相信你？你有什么事情需要对我遮遮掩掩躲躲藏藏的？就像我姐说的，我现在都怀疑你那天根本就是苦肉计，故意逃婚的！"

阮清恬一惊："你……你说什么？"

任浩铭眼神一紧，脸色更加难看："你心虚什么？难道真的被我说中了？"

阮清恬慌张地解释："不！不是的！我不是。"

任浩铭咄咄逼人："好，既然这样，我们现在就去结婚！"

阮清恬一把甩开任浩铭："我不要，任浩铭，你疯了！"

任浩铭眼神一寒："你说不要？难道你，真的是想要逃婚？"

阮清恬一慌："不。"

任浩铭定定地看着阮清恬，等着阮清恬答复。阮清恬却止住了话头，怎么也说不下去。两人默默对峙着，视线纠缠，却都十分痛苦。

任浩铭难过地望着阮清恬："阮清恬，你为什么要逃婚？是因为林峰吗？所以你才处心积虑，费尽心思要破坏他们的订婚？"

阮清恬张张嘴想说什么，却发不出任何声音。任浩铭自嘲："阮清恬啊阮清恬，你……可以！"

任浩铭说完，愤然转身。

阮清恬独自留在房间里，同样一脸悲伤。

"亲爱的，明天你就是我的妻子了。"

任青青羞涩地一笑："不过是订婚，还不算的。"

"怎么不算！订婚不过是怕浩铭一时不能接受，现在看来浩铭也没什么意见，咱俩的事，已经水到渠成了。"林峰一边说着，一边去吻任青青。

任青青半推半就："你干什么啊。"

林峰一笑："怎么？不喜欢吗？"

任青青轻笑，任由林峰将她抱上床。

情事过后，两人满足地躺在床上。任青青躺在林峰怀里，一脸甜蜜。

林峰搂着任青青，神色难辨。

任青青甜蜜地看了一眼林峰："阿峰，我是在做梦吗？我们真的在一起了？"

林峰点了点任青青的鼻子，哄道："小傻瓜，有这么真实的梦吗？"

任青青在林峰怀里拱了拱："只要一想到，从现在开始，每天睁开眼睛就可以看见你的脸，我就觉得好幸福，幸福得让我心慌！"

林峰心不在焉："心慌什么？娶到你是我林峰一辈子修来的好福气，我会好好珍惜你的！"

任青青甜蜜地笑了，忽然想起什么："阿峰，你说阮清恬今天为什么要在我们的订婚仪式上捣乱？她真的不是冲着你来的吗？"

林峰无语："青青，我不得不赞叹你丰富的想象力，你觉得我跟你的宝贝弟弟浩铭相比，有什么优势可言？再说了，阮清恬可是你宝贝弟弟的心头肉，怎么可能放她随便乱跑？"

任青青稍稍放心："那倒是！就算你真的看上了那个丫头，也绝对抢不过我家浩铭！"

林峰脸色一变，立即掩饰，笑道："你这么多话，是不是欠收拾。"

任青青脸一红："讨厌！"

林峰说着又吻上了任青青。

楚安安匆忙地收拾东西，胃里一阵翻腾，呕吐起来。正手忙脚乱的时候，突然传来了敲门声。

楚安安问道："谁呀？"

周秀芝说道："安安，是我。"

"秀芝姐有什么事吗？"楚安安问道。

周秀芝说道："安安，我想去庙里烧炷香，你要不要一起去？"

楚安安答道："我昨天夜里吐得厉害，想白天睡一会儿，就不去了。"

周秀芝立刻紧张起来："吐得厉害？有没有请医生？"

楚安安微笑："已经看过了，放心吧。都是正常的孕吐。"

周秀芝这才安心："那你好好在家休息，我们去去就回。"

周秀芝一走，楚安安马上收拾好箱子，走到门口听动静。发现门外没了声音，她稍微心安，坐下来，拿出纸，想在临走之前给宋诚写封信。

宋诚，我走了，爱上你我不后悔，有了这个孩子我也不后悔，但是我不想与别人分享你的爱，我知道秀芝姐是真心对我好，可是现在我真的还没法接受，所以我决定带着孩子从你的生活中彻底消失，希望你跟秀芝姐能幸福。你放心，孩子生下来后，我一定会好好把他养大的，我也会告诉他，他的父亲是一个很优秀的人。勿念。安安。

“小姐，行李都收拾好了。”秋分走进来，回道。

楚安安将信放在梳妆台上：“咱们走吧。”

双人床上，任青青睡得十分香甜，林峰却已不知去向。任青青舒适地翻了个身，却扑了空。任青青蹙眉，睁开眼睛。

果然，林峰的位置已经空空如也。

任青青裹着睡衣从屋里出来，边走边喊：“初一！初一！”

初一应声跑过来：“大小姐！”

任青青心烦地问道：“老爷呢？”

初一战战兢兢：“回大小姐！老爷一早出去了，特意吩咐让您多睡会儿，说晚上回来！”

任青青脸色稍缓：“老爷真是这么说的？”

初一猛点头：“初一不敢有半句虚言！”

任青青漾起甜蜜的微笑：“好了，我知道了，你下去吧。”

任浩铭正在埋头处理公文，阿夏匆匆进来。

任浩铭诧异地问：“出了什么事情？”

阿夏急道：“会长，阮小姐的情绪好像很不对，一个人出去了，我们怎么都拦不住，她也不让我们跟着，说想要自己静静，我们是不是要出去找找？”

任浩铭皱眉：“我知道了！”

任浩铭说完匆匆走出办公室。阿夏见任浩铭没拿外套就出门了，赶忙把外套取下，追着任浩铭出门。

任浩铭黑着脸坐在车上，车上气压很低。

任浩铭忽然冷冷道：“停车！”

阿夏立刻将车停下来。任浩铭将阿夏拉下来，自己坐上驾驶位，冷冷道：“你先回去吧！”

阿夏一愣，还没反应过来，任浩铭就开着车扬长而去。

阮清恬呆呆走在街上，有些心不在焉。走着走着，忽然脚下一歪，鞋跟断了。阮清恬叹口气，干脆将鞋脱了下来，赤脚向前走去。

不远处，一辆车缓缓跟在阮清恬身后，不近不远。任浩铭看着阮清恬的举动，眉头紧紧蹙起。阮清恬拎着鞋子，赤脚不紧不慢走在路上。

夜晚有些凉，阮清恬不自觉摩挲了下双臂。任浩铭不紧不慢地开车跟在阮清恬身后。阮清恬心有所感，停下脚步。

任浩铭的车也停下。阮清恬没有回头，继续向前走去。任浩铭忽然下车，几步追上阮清恬。

任浩铭一把扯过阮清恬，冷冷地问："这么晚了，你要上哪儿去？"

阮清恬淡淡地道："不用你管！"

任浩铭扯住阮清恬，强硬地道："跟我回家！"

阮清恬忽然眼圈一红，挣扎着："你放开！不用你管！"

任浩铭不耐烦了，一把抱起阮清恬，不顾阮清恬的反对，将她扔到车上。

阮斌走进院子，抬头看了看公馆。

阮斌心中惆怅："晓晓已经走了一百天了，时间过得真快啊！晓晓你知道吗？我这几天一直在躲恬恬，我心里有好多话想说，可是我连自己的女儿都不能说，我不敢跟任何人说，因为没有人会相信我，也因为如果我说了的话，恬恬一生的幸福就毁了。晓晓，只有你最了解我，我真的没想到事情会到这种地步。"

阮斌垂头丧气地走进任公馆，进了房间。阿夏和谷雨两人拿着洗好的衣服，说着话，向阮斌房间走去。

阿夏连连打着呵欠。

谷雨调侃他："你看你，整天一副睡不醒的样子，要是让阿春看见，肯定又该骂你了。"

阿夏不好意思地笑笑："这不是因为跟你在一起，太放松了吗？"

谷雨奚落道："油嘴滑舌，对了，怎么这两天都没见到阿春啊？"

阿夏回答："你还不知道啊，阿春被会长留在苏州了。"

谷雨惊讶地问："苏州？去苏州干什么呀？"

阿夏小声地道："听说二小姐在苏州租过房子，前不久有个人去退过房租，阿春去苏州，可能会找到杀二小姐凶手的线索。"

谷雨瞪大眼睛："真的？那，那怎么样了？查到了吗？"

阿夏低声说:“听说已经查得差不多了,这两天就会回来了。”

谷雨欣慰地道:“如果能查清真相,尽快抓到凶手,二小姐的在天之灵也会得到安慰的。”

“是啊。”

谷雨和阿夏并肩走远。阮斌的房间门打开,阮斌探出头来看着走远的两人,一脸惊恐。

阮斌惊慌地想:“如果任会长知道了真相,那跟恬恬的感情一定会受影响。不行,我不能让任会长知道,我得出去躲躲!”

第七十五章

真相露出端倪

阮奶奶拉着阮清恬的手坐着，拿出一个手帕交给阮清恬："恬恬，这个手帕你拿去用，是我这两天刚给你绣的。"

阮清恬接过手帕，欢喜地看着手帕的角落绣的一个"恬"字，小心地收起手帕："谢谢奶奶，您绣得真好，我特别喜欢。"

阮奶奶温柔地拉过阮清恬的手："恬恬啊，你爹回来了吗？也不知道他的事办得怎么样了？"

阮清恬摇头："还没回来呢。"

阮奶奶有些担心地道："我这几天右眼皮一直跳，希望你爹赶紧平安回来才好啊。"

阮清恬也点点头。

阮斌换了身衣服，塞好了钱，若无其事地来到客厅，发现四下无人，正要快步离开，突然身后传来阮清恬的声音。

阮清恬从客厅一角出现，惊喜地道："爹？你回来了？"

阮斌暗忖不好，还是勉强笑着回头。阮清恬走上前来："爹，你回来了，你这又要去哪儿啊？"

阮斌推脱道："恬恬，爹……爹有点事。"

阮清恬皱眉拉住阮斌："你别走，我有话要问你。"

阮斌赶忙道："爹有急事，一会儿回来再说。"

阮清恬打量了一下阮斌："什么事这么着急啊？爹不是才刚回来吗？"

阮斌犹豫着："呃，就是，有人在等我给他送东西呢，我不能耽误了，得赶紧出门。"

阮清恬抓住阮斌的胳膊："不行，爹，你先回答了我的问题再走。"

阮斌努力挣脱："你这孩子，怎么这么犟呢！爹都说了一会儿就回来了。"

阮斌话音刚落，阿春就带着苏州房东走进了客厅。阮斌惊讶地盯着房东。阮斌认出房东，大惊，赶紧背过身去，用手遮脸。

阿春对阮清恬问好："阮小姐，早。"

阮清恬惊讶地看着房东，嘀咕着："这不是苏州出租屋的房东吗？会长怎么会找到他的？"

阮斌趁阮清恬分神，挣脱出来，低声地道："恬恬，爹先走了，有事回头再说。"

阮斌说完就用手遮脸，快步走了出去。

阮清恬在后面不甘地寻找着阮斌的身影："咦？爹！"

房东转头看了看阮斌的背影，觉得有些眼熟。阮清恬也看清了房东，立刻紧张地转过身去，结果迎面撞上了走来的任浩铭。

任浩铭从楼梯上走下来，看了一眼面前的阮清恬，没有理会，对阿春说道："到书房来。"

阿春带着房东走进了书房，阮清恬这才敢回头看，心里忐忑不安。

阿春恭敬地道："会长，这就是苏州那边出租屋的房东。"

任浩铭看着房东，脸色非常难看。阮清恬好奇地看着书房紧闭的房门，心里嘀咕："看爹刚刚的表情，他好像认识那个房东，不行，我得去搞搞清楚。"

阮清恬轻轻地贴近房门，闭上眼睛，仔细地听着里面的声音。

任浩铭礼貌地对房东说道："你还记得租你房的那个中年男人长什么样吗？"

房东点点头。

任浩铭若有所思。

阿春补充道："苏州那边的出租房，除了晓晓小姐和那个人之外，按理说，不会有第三个人知道，前阵子竟然有人去退租。按照房东的描述，极有可能就是那个人。"

任浩铭皱眉，点点头。

阮清恬听到这里，想起刚才阮斌看到房东后的异常反应，脸上的表情变得阴郁，小声嘀咕：“难道真的是爹？”

任浩铭问房东：“如果你见到他，能认出他来吗？”

房东点点头：“见到本人应该没问题。”

“好！阿春，你现在马上带房东先生去找画师，把那个人的相貌画出来，这次一定要把他找出来，晓晓绝对不能含冤而死！”

“是，会长。”

房东有些诧异：“真是奇怪，前两天有一个女孩也来找我问关于退租人的问题。”

任浩铭立刻变了脸色：“那个女孩长什么样你还记得吗？”

房东回想着：“那个女孩长得眉清目秀，很是可爱，还穿了一条白裙子。”

任浩铭睁大眼睛，喃喃地自语：“白裙子？那是什么时候的事？”

房东回想着：“大概一周前吧。”

任浩铭若有所思：“好，我知道了，阿春你先带房东先生去找画师吧。”

阮清恬听到这里，手足无措，倍感惊慌：“不行，我得赶紧找到爹问清楚。”

阮清恬立刻跑出门去。

任浩铭走到客厅，问身边的谷雨：“阮小姐呢？”

谷雨疑惑：“阮小姐好像刚刚出门了。”

任浩铭看见谷雨手里拿着一个相框，问道：“这是什么？”

谷雨回答：“这是阮小姐的相片，您之前让我洗出来一张放在相框里，您看放在哪里合适？”

任浩铭回答：“你就先放到书房的桌子上吧。”

谷雨拿着照片走开。

阿春和房东拿着画像走过来，对任浩铭说：“会长，画像已经画好了。”

画像放到桌子上，任浩铭仔细看着，脸色越来越难看。阿春慢慢认出来：“会长，这，这不是——这看起来像是阮先生啊！”

任浩铭板着脸不说话，慢慢攥紧了拳头。房东突然看见书桌上阮清恬的照片，惊讶地道：“就是这个女孩！那天去问我的就是这个女孩！”

任浩铭顺着房东的视线看向照片，拿起来，不敢相信地问道：“你确定？

是她？”

阿春也疑惑起来：“你不会是记错了吧？”

房东确定地道：“我记性向来不好，但因为她前两天刚去找过我，而且穿的就是这条裙子，所以肯定没记错。”

任浩铭拿起照片，紧紧盯住照片上的阮清恬，慢慢回想起之前的相关细节。她又在撒谎！任浩铭慢慢攥紧拳头，眼里充满愤怒。

房东离开了。任浩铭站在窗口，皱眉，问阿春：“你怎么想？”

阿春思索了一下：“就算是这样，也只能证明阮斌和二小姐认识，但并不能证明他就是一直跟二小姐来往的男朋友，也不能证明阮斌就是杀人凶手。”

任浩铭恨恨地道：“但愿不是他，我现在只期盼着，但愿不是他！”

任浩铭冷静地吩咐阿春：“楚安安从苏州回来没有？你去把楚安安找来，她以前和晓晓是好朋友，应该知道内情。你把楚安安带来最后再确认一下。”

阿春点头：“明白，我这就给楚家打电话。”

阿春给楚安安的新家打电话：“喂，是楚家吗？楚小姐在吗？——好的，我知道了。”

任浩铭走进客厅。阿春挂了电话，对任浩铭说道：“会长，楚安安坐的是今早回上海的火车，一个小时以后就能到站。”

任浩铭点点头：“必须尽快找到楚安安核实一下，你派人去火车站守着，等她回来了，立刻带她来公馆。”

“明白！”

任浩铭目光如炬，恨恨地吩咐：“你叫上弟兄们，今天一定要把姓阮的给我找回来。”

宋诚和周秀芝烧香回来，走进客厅，感叹道：“今天去上香的人真多啊，幸好咱们带了足够的香油钱。”

宋诚笑笑：“对了，刚刚在寺庙里你许的什么愿啊？”

周秀芝回答：“我祈求神明保佑安安能够顺顺利利地生下孩子，也祈求咱们三个人能幸福地生活在一起。”

宋诚感动地说：“秀芝，你真是太善良了，不仅容下了安安，竟然还这样为她着想，我真的没想到。”

周秀芝惦记着楚安安，对宋诚说道："好了，一家人不说两家话，对了，走的时候安安说她不太舒服，也不知道怎么样了。你快去看看她。"

宋诚欣慰地笑着，拉过周秀芝的手："安安能有你这样的姐姐，真不知道是几辈子修来的福气，你放心，我一定会让安安好好地尊敬你，照顾你。"

周秀芝摇头："我不用，只要你能开心就行了。"

宋诚贴心地为周秀芝整理了一下头发："秀芝，你真是太善良了，以前是我太疏忽了，常常忽视你，现在想想，我真是太混蛋了。"

周秀芝莞尔一笑："我不怪你，我让芳云去做饭了，你快去请安安吧。"

宋诚感动地笑笑，转身朝楚安安的房间走去。他敲敲门，柔声问道："安安？安安？你怎么样了？好点了吗？"

没有回应。

宋诚试着推门，发现门竟然没锁。他惊讶地走进房间，发现楚安安和秋分都不在房间里。宋诚发现梳妆台上放了一封信。

宋诚看完信，浑身无力地坐到床上，无助地看着手里的信封，想起第一次和楚安安见面的情景，不禁感慨万千："安安，你怎么能这么狠心，就这样离开我，我是那么爱你，那么想让你和孩子幸福，周秀芝也愿意容下你，你为什么就这么固执呢？"

宋诚仰头叹气："不行，我不能就这么让你走了，我必须把你追回来。"

周秀芝拿着楚安安留下的信，不住地叹气，一脸的担心和愧疚。

宋诚走进客厅，手里拎着行李箱。

周秀芝歉意地望着宋诚："阿诚，都是我太大意了，没有照顾到安安的感受。"

宋诚也叹气："已经这样了，说这些还有什么用呢？"

周秀芝难过地抹泪："安安也是个可怜的女人，一个人怀着孩子，长途奔波可千万别出什么事啊，阿诚，你可一定要找到她。"

宋诚安慰周秀芝："秀芝，你就别太担心了，有什么事我会给你打电话的。"

周秀芝诚恳地道："要是需要我去上海亲自和安安解释的话，我随时都可以去，你一定要尽快找到她。"

宋诚点点头，回头愧疚地看了周秀芝一眼，叹了口气，拎着行李出门了。

第七十六章

暗中挑拨

初一正在收拾任青青的衣服，林峰走了进来。初一一见林峰就想起上次被他撞见偷东西的情形，有些心虚。

初一怯生生地喊道："老爷。"

林峰微笑："怎么像只小兔子一样哆哆嗦嗦的，我又不是大灰狼。"

初一勉强挤了个笑容："老爷说笑了。"

林峰从怀中掏出一个玉镯子，递到初一眼前。

初一低着头，忽然看见眼前出现了一个玉镯子，跟她那天偷的一模一样，吓得一哆嗦："老爷！初一再也没拿过了！"

林峰微笑："瞧把你吓得这个样子，这是我送给你的。"

初一一愣："不，不，不，初一不敢。"

林峰将镯子塞到初一怀里，顺势抓住初一的手，意味深长地摸了摸，柔声道："给你你就拿着，但要注意别在任青青面前戴，免得生事。"

初一似懂非懂地看着林峰。

林峰悄悄趴在初一耳边说："下午任青青要去做头发，你说你肚子痛，不要跟着去，懂吗？"

初一明白了林峰的意思，有些脸红心跳，又有些欣喜，点了点头。初一羞怯地跑开了。虎子走过来，瞄了一眼跑开的初一，然后才走到林峰身边。刚打算开口，林峰就对他做了一个“嘘”的手势，示意虎子跟进书房。

虎子关了房门，然后才上前对林峰说道：“峰哥，听说阿春已经找到出租屋的房东了，好像已经带回上海了。”

林峰点点头：“好戏马上就要开场了，真是让人期待啊！”

虎子小声说：“一切都是按峰哥您的计划进行的。您实在是高啊！整个青帮现在就数您最受九爷器重了。”

林峰阴笑。

门外突然传来杯子掉落的声音，林峰走到门口，初一正蹲在地上，面前是一个打碎的玻璃杯。

林峰冷冷地看着初一，初一一脸慌张。

林峰拉着初一来到房间，冷冷地问道：“你都听到了？”

初一惊恐地看着林峰，不敢说话。

林峰柔声问道：“说吧，听到了什么？”

初一怯生生地道：“老爷，你是青帮的？”

林峰点头，摸着初一的脸：“既然被你听到了，也就没有隐瞒的必要了，是的，我是青帮的人。”

初一惊恐地看着林峰，不敢说话。

林峰柔声哄道：“看把你吓的，难道我还能吃了你不成？”

林峰说着就上前吻了一下初一的脸。

初一受宠若惊。

“好了，别害怕了，你只要好好地听话，不到处乱说，我一定会让你过得很幸福的，我知道你是不甘心一辈子只做个丫头的，对不对？”初一被说中心思，面红心跳，并不答话。

林峰又说：“我想了很久才想到一个办法，可以成全你这个美丽姑娘的心愿。不知道你愿不愿意配合我？”

初一点头：“初一一直就喜欢老爷，只要老爷看得起初一，初一什么都愿意为老爷做！”

“我就喜欢你这种乖巧的样子。”林峰一边说，一边将初一推到在床上……

情事过后，林峰慵懒地躺在床上，初一在一旁扣好衣服扣子。

“初一，我还需要你帮我做一件事。”

初一眨着眼睛："初一已经是老爷的人了，老爷尽管吩咐。"

林峰满意地道："以后帮我盯好任青青，任何和任家有关的消息都要及时跟我汇报，知道吗？"

初一有些疑惑："你让我监视大小姐？可是，为什么呢？"

林峰的表情阴冷下来："不该问的就不要问。"

初一立刻识趣地说道："初一知道了。"

林峰恢复笑容："任青青快回来了，你去吧。你放心，等时候到了，我自然会把你娶进门。"

初一心满意足地走了。

阮清恬不停地在街上四处张望，搜寻着阮斌的身影。无意中看见马路对面的阮斌正失魂落魄地走着，不禁喊了一声："爹！"

阮斌发现阮清恬，立刻跑了。阮清恬正想去追，一辆汽车拦住了她的去路。待车走了之后，阮清恬继续跟上去，不知不觉走到了赌场门口。阮清恬抬头一看是赌场，想了一下还是走了进去。

赌场里烟雾缭绕，人声嘈杂，光线昏暗。阮清恬走进赌场，仔细地听着周遭的声音，寻找着阮斌。

阮斌正躲在角落里，数着身上所有的钱，一脸愁容。他远远地看见阮清恬走过来，转身想跑，却不小心碰掉了一个茶杯。茶杯摔碎的声音吸引了阮清恬，她立刻发现了阮斌。

阮斌穿过人群，往门口走去。

阮清恬拨开人群，费力地追上去，高喊："爹！"

阮斌惊慌失措，一不小心摔倒在地上。

阮清恬趁机追上去，一把抓住阮斌。

阮斌讪笑着，故作惊讶地道："恬恬！你怎么来了？"

阮清恬看着阮斌过于明显的做作，皱起眉，冷着脸拉着阮斌走到了幽僻的小巷里。

"恬恬，走慢点，爹跟着呢！"

阮清恬松开阮斌，转身郑重面对阮斌，表情严肃，欲言又止："爹。"

阮斌看阮清恬脸色不好，也心虚地低下了头。

阮清恬看到阮斌因为刚刚摔倒磕伤了手腕，从兜里拿出手绢，拉过阮斌的手，细心地给阮斌包上。

阮斌看着这一幕，有些感动："恬恬，有什么话你就说吧。"

阮清恬慢慢放开阮斌的手，心痛地说道："爹！事关重大，你可一定要跟我说实话！"

阮斌点点头。

"那我问你。你是不是认识任晓晓？"

阮斌已经料到阮清恬会这么问，但还是暗中擦了擦手心的汗，定在原地。

阮清恬继续逼问："爹，是不是你害死了任晓晓？是不是？是不是？"

阮斌哑口无言，面色慌张。阮清恬听到了阮斌剧烈的心跳声，知道他在害怕，不禁大惊失色。突然她感觉四周一下子安静起来，再也听不到周围其他的声音了。

阮斌痛心疾首地道："恬恬，恬恬！爹真的不是故意的，是爹害了晓晓，害了你呀！爹不是人，爹真该死！"

阮斌说着给了自己一巴掌。

"晓晓。"阮清恬痛苦喃喃，然后抬起头来，对阮斌说道，"爹，我们去自首吧。"

阮斌难以置信："你说什么？"

阮清恬一字一顿："我说，您去自首吧！"

阮清恬想了想下定决心："按照刚刚您说的，晓晓的死是个意外，不是爹故意杀人啊，我想只要我们和警察说清楚，应该就没事了。"

阮斌惊恐万状："不行不行，当时在场的只有我一个人，要是警察说我撒谎怎么办！就算警察相信我说的话，浩铭也不会放过我的！他那么爱晓晓。"

阮清恬也不忍，但还是坚决地道："那您就准备这样逃一辈子吗？爹，你已经做错了事，不能一错再错啦！我们主动自首，我们去赎罪，人心都是肉长的，会长他也总会有原谅您的一天啊！"

阮斌一想到任浩铭的样子就怕得不得了："不行！不行！他肯定会一枪毙了我，到时候你就没爹了！"

阮清恬着急："爹！您怎么可以昧着良心——"

阮斌情急之下一下子给阮清恬跪下了："女儿啊，我可是你的亲爹啊，就算爹一时糊涂做了伤天害理的事，你也不能推着你爹往火坑里跳啊！不管我是不是自首，任浩铭他都不可能放过我的！他以前不就总是嚷嚷着要把凶手毙了吗，要是他找到我，你爹我就肯定活不成了！你就放我走吧。"

阮清恬抹了一把眼泪，坚决地道："爹，你先起来！"

"爹求求你了，看在咱二十几年父女的情分上，你就让爹走吧！"阮斌苦苦哀求着。

阮清恬犹豫不决："我……"

"就算你不为了我，你也得为了奶奶着想吧！奶奶她那么大年纪了，肯定接受不了这样的打击！难道你想看着奶奶她白发人送黑发人！"

阮清恬听到这儿，终于忍不住痛哭起来。

阮斌一边打自己一边重复："爹对不起你，对不起你呀——"

阮清恬心痛地道："爹，您别这样！我想好了，您不要管任浩铭了。您先去自首，会长那边要杀要剐我都替您扛着！"

阮斌怔怔地望着阮清恬："你是真的要把爹送官？"

阮清恬犹豫着，但最终还是坚决地点了点头。阮斌看着阮清恬坚定的眼神，站起身来："那好，爹去自首。"

阮清恬扶起阮斌，哽咽着："爹——"

阮斌抱住阮清恬，两人痛哭。阮斌一脸苦相，看着坚定不移的阮清恬，又瞄了一眼阮清恬身上背着的挎包，转着眼珠四下看着，寻找逃走的机会。

阮斌看见不远处有一个水果摊，计上心来，一脸可怜相地对阮清恬说："恬恬，爹渴了，想吃个苹果。"

阮清恬并没多想，走到水果摊前："老板，给我装几个苹果。"

阮清恬只顾着买苹果，没留意阮斌假装无意一脚踢翻了旁边地上的一筐苹果，几十个苹果骨碌碌滚了一地。

小贩大惊："哎呀！我的苹果！"

阮清恬看了一眼阮斌，阮斌假装一脸无辜。

阮清恬好心地俯身："我来帮你捡。"

阮斌瞅准机会，一把抢过阮清恬身上的挎包，拔腿就跑。阮清恬拿着两个苹果，还未反应过来，就看到阮斌一溜烟似的跑出去了。

"爹，爹！"

阮清恬正想追上去，被小贩一把抓住："往哪跑！我这一筐苹果都坏了，你赶紧赔钱！"

阮清恬无奈地看着阮斌消失在自己的视野里，险些晕倒。

阮斌抱着阮清恬的挎包，跑到一个隐秘的小巷子里，回头张望发现阮清恬没有跟过来，靠在墙边大喘气。

他气喘吁吁地看了一眼手中的挎包，老泪纵横："恬恬，爹对不起你呀！爹欠你的下辈子一定会还给你。爹是真的还不想死！你一定要原谅爹啊！"

阮清恬失魂落魄地在街上走着，有些恍惚。

她叹气："爹啊爹，你可真的是老糊涂了呀！连自己的女儿都能骗！你到底哪句是真，哪句是假啊，唉！"

阮清恬抬头一看，竟走到了任公馆门口。阮清恬听到了熟悉的脚步声，回头一看，竟然是阿春走出门来，身后还跟着几个手下。

阿春见是阮清恬，也有些慌张："阮，阮小姐。"

阮清恬问："你们要去哪儿？"

阿春回答："我们去找楚小姐。"

阮清恬纳闷："安安？她不是在苏州吗？你们找安安干什么呀？"

阿春不方便回答，只好说："阮小姐请早点回去吧，会长在等您呢。"

阮清恬突然醒悟过来："安安已经回来了？难道她还有什么没和我说的？不管怎样，我得赶紧去找安安问清楚。"

初一换了一件很鲜艳的衣服，帮任青青梳头，脸上一直洋溢着幸福的微笑。

任青青问道："怎么样？我这头发烫得还好吗？"

初一只顾着笑，没有听到。任青青从镜子中察觉到了初一的异常，不满地问道："怎么这么开心，出门捡到钱了？连我问你话都没听到。"

初一赶紧收敛："啊？没有，没有。我——"

任青青打量着初一的衣着："衣服不错嘛，倒是很少见你穿颜色这么鲜艳的衣服，难不成是春天到了，开始思春了？"

"初一可不敢，初一要一辈子侍候大小姐呢！只不过是因为大小姐新婚，初一看大小姐心情好，也想穿些鲜艳的颜色应景。"

任青青这才作罢："这还差不多！我告诉你，我可最讨厌下人在我面前争奇斗艳!”

“初一明白。”

初一告退,转身走到任青青看不到的地方,忍不住做了个不屑的表情。

初一还没有走出门,又被任青青叫住。

“小姐,您有什么事吗?”

任青青低声说:“你去给李医生打个电话,让她来家里一趟。”

初一纳闷:“小姐你哪里不舒服吗?”

任青青回答:“别问那么多了,让你去你就去。”

初一不快:“哦,好吧。”

初一说完撇撇嘴,有些不满,但还是很快将李医生叫过来了。

李医生在给任青青把脉。

任青青紧张地望着李医生,初一站在一旁,心情复杂。

李医生眉头舒展,兴奋地对任青青说:“夫人,恭喜您啊,您有喜了。”

任青青惊喜地问:“你说什么? 你再说一遍。”

李医生微笑地点点头:“是真的,夫人,确实是喜脉。”

任青青激动得险些哭出来,拉过初一的手,发现初一有些魂不守舍。

任青青纳闷:“初一? 你想什么呢? 不为我高兴吗?”

初一赶紧说:“不是,大小姐,我,我是太高兴了,高兴得快说不出话来了。恭喜您。”

任青青十分高兴地看着李医生,抑制不住兴奋:“阿峰家一脉单传,要是能生个儿子,阿峰肯定会特别高兴,我要快点把这个好消息告诉阿峰。”

初一看着任青青的笑脸,有些失落,只能苦笑地点点头。

初一绞着手指站在客厅一角,默默地发呆。

任青青走进客厅:“初一,帮我倒杯水来。”

初一没反应。

任青青走近:“初一! 你怎么回事? 想什么呢? 那么专注。”

初一这才回过神来:“哦,没想什么。”

任青青问:“我让你给林先生打电话,让他快点回来,你打了吗?”

初一点点头:“学校的人说,林先生已经不在学校了。”

任青青满怀期待："好，我知道了，对了，这是刚刚我让李医生列出的，不能吃的和不能用的。你看一下，一定要背过，尤其是麝香，会导致流产，家里绝对不能有。"

初一漫不经心地拿过单子："我知道了。"

任浩铭坐在车里看着阮清恬的照片，眉头皱成"川"字，不自觉地握紧了拳头。

车窗外，阮清恬神色匆匆地走过，两人擦肩而过。

阮清恬匆匆跑到公用电话亭，准备给楚安安的新家打电话，可是就在还有两三步的时候，一只手拦在电话亭前面。

阮清恬抬起头，发现林峰站在了自己面前。

阮清恬惊诧地问："是你？"

林峰温柔地笑了笑："真巧啊，恬恬，你要打电话吗？你先打吧。"

阮清恬坚定地道："不用了，我不打了。"

林峰依旧笑着："是吗？是因为我来了吗？"

"我先走了。"

阮清恬冷冷地说完就要转身，林峰突然一把抓住了阮清恬的手臂。阮清恬回身，有些紧张地看着林峰。林峰笑着对阮清恬说："恬恬，你的心情只有我能理解，也只有我能帮你，你知道吗？"

阮清恬默默地甩开林峰的手，走开了。

林峰看着阮清恬离开的背影，嘴角露出一丝阴笑。

虎子见阮清恬走了，才走上前来。

林峰问道："阮斌找得怎么样了？"

虎子回答："已经把兄弟们都派出去了。"

林峰点头："一定要抢在任浩铭前面找到阮斌。"

虎子得令："是，峰哥。"

林峰心里恨恨地道："等着吧恬恬，等我找到了阮斌，你就得乖乖和我结婚了。"

阮清恬戴着帽子和口罩，匆忙地在街上走着，不时紧张地看看身后。好不容易到了楚家，她着急地敲着门："小雅？小雅！小雅在吗？"

小雅打开门："是阮小姐啊，您有什么事吗？"

阮清恬急切地道："安安从苏州回来了吗？我找她有急事。"

小雅回答："我家小姐说是下午到上海，估计这会儿应该快到火车站了吧。"

阮清恬焦急地道："好，我知道了。"

阮清恬说完立刻跑开了。小雅愣愣地看着阮清恬的背影。

阿春在火车站旁边部署手下。他拿出照片，吩咐道："大家都记住了，只要见到这个女人，立刻拦住，会长要见她。"

"是！"

手下散开，到处找人。

楚安安抚摸着小腹，失魂落魄地走在街道上，秋分在一旁扶着楚安安。阿春仔细看着周遭的人群，寻找楚安安。就在阿春即将看到楚安安的时候，阮清恬一把将楚安安拉到了隐蔽处。

阮清恬没注意到自己的手帕掉在了地上。

楚安安惊讶地问："恬恬？你怎么会在这儿？"

阮清恬戒备地看着四周："安安，我有重要的事要跟你说，任浩铭知道了任晓晓男友的身份，任浩铭的人已经把站台把住了，现在正在到处找你呢！"

楚安安惊讶："啊！找我？可是我，我真的什么都不知道，晓晓死的时候我根本没跟她在一起。"

阮清恬确认："你真的，什么都不知道吗？"

楚安安点头："晓晓认识这个大龄男友，确实是因为我。有一次我带她去了一个艺术沙龙，那天我有事先走了，后来我听晓晓说，她在那结识了一个很绅士的男人。但是那人是谁，长什么样，我真的不知道，晓晓死的那天，我也只看见了一个背影呀。话说回来，恬恬，那个大龄男友到底是谁呀？抓住了没有？"

阮清恬吞吞吐吐，最终还是下定决心："是我爹。"

楚安安万分惊讶："天啊！怎么可能！他们俩之间八竿子都打不着啊！竟然，竟然会是——你爹杀了晓晓？"

阮清恬恳切地示意她小声："不是的，我爹说是晓晓失足掉下去的，你那晚看到了什么？你真的想不起什么来了吗？"

“现在回想起来，那个男人确实像你爹。我只看到一个男人在晓晓尸体旁边哭，看见我们过去就跑了。”

阮清恬有些失落：“好吧。”

楚安安看着阮清恬，想了想：“恬恬，你能帮我一个忙吗？”

阮清恬眨着眼睛：“什么忙？”

第七十七章

心生罅隙

阮斌戴着口罩，竖起衣领，来到火车站附近，小心地四处查看。心中暗想：“恬恬，你让我去自首，我之前也不是没想过，但是会长肯定不会相信我的，他肯定会杀了我，那爹可就太冤枉了，爹现在只能走，等过段时间，会长气消了，我再回来好好跟他解释。恬恬，爹对不起你，你可千万不要怪爹啊！”

阮斌突然发现了角落里的楚安安和阮清恬，心里一惊：“她俩怎么会在这里？”

阮斌赶紧转身埋头离开。不远处的阿春看到了阮斌的背影，有些疑惑，正要上前追上去看清楚，突然一个手下来到身边，将一块手帕交给阿春：“这是刚刚在附近的地上找到的。”

阿春拿过手帕，展开来，看到手帕的右下角绣着一个字“恬”。

阿春攥紧了手帕。

任浩铭接到电话，兴奋地说道：“太好了姐，这真是个大喜事啊！你一定要好好照顾身体！你放心吧，公馆一切都好。”

任浩铭挂断了电话，轻叹一口气。阿春来到书房跟任浩铭禀报。

“怎么样？”任浩铭问。

阿春摇摇头：“我们已经确定楚小姐是坐的这趟火车，但找遍了火车站都没有找到她，她好像也没有回家。”

任浩铭又问：“阮斌呢？”

阿春低头：“在火车站看见一个相似的身影，但让他跑了，只发现了这个。”

阿春将绣着“恬”字的手绢递给任浩铭。

任浩铭攥紧手绢，深思：“看来是有意躲起来了，你派人盯住楚家，发现楚安安立刻带回来，至于阮斌，你放出消息，谁要能找到阮斌，赏金两千大洋。”

“是，会长。”阿春犹豫着，“可是会长，阮小姐那边——”

任浩铭看了阿春一眼，表情很复杂，没说话。

阿春看着他的表情，低头走开了。

阮清恬带着楚安安和秋分来到阮家，吩咐秋分：“秋分，你好好收拾一下，有什么需要的就跟我说，我来想办法。”

阮清恬转向楚安安：“安安，那你就先安心住在这儿吧，不过，你和宋诚到底怎么回事啊？他怎么没和你一起回来？你又为什么一定要躲着他？”

楚安安看着阮清恬，正要说话，突然感觉要吐，立刻捂住了嘴。

阮清恬吓了一跳：“安安你怎么了？”

阮清恬想要掏手帕，却发现怎么也找不到了，不由皱眉思索：“手帕怎么找不到了？”

到底手帕不见了，只是小事，阮清恬赶紧关心楚安安：“安安，你是不是不舒服啊？怎么脸色这么难看？要不要给你叫医生啊？”

楚安安摇摇头：“我没事，只是坐火车有点累了。恬恬，我和宋诚的事，一两句话说不清楚，等以后有时间我再慢慢告诉你。”

阮清恬叹气：“好吧，你不想说，肯定有你的道理，不过啊，我劝你等宋诚回上海后，还是赶紧跟他和好吧，虽然我不知道你们是为了什么闹别扭，可是常言说得好，床头打架床尾和，你们都结婚了，会有什么不可调和的矛盾呢？”

楚安安凄凉地笑笑，点点头：“可是恬恬，你回去要怎么面对任会长呢？”

阮清恬一下子阴沉下来，眼里充满挣扎。

回到家，见客厅空无一人，安静得很。阮清恬集中精神，想要听清家里的情况，却发现自己完全听不到，正在纳闷，心中有些着急：“这是怎么回事？怎么好像听力没之前敏锐了?”

任浩铭突然打开书房门,出现在阮清恬面前。

阮清恬一脸惊恐地看着任浩铭。

任浩铭死死地盯着阮清恬,神情严肃地审视着她,眼神有些吓人。

阮清恬被看得有些发毛,想要解释:“会长我……”

任浩铭厉声道:“我之前问过你认不认识晓晓的男朋友,你当时怎么说?”

阮清恬沉默,任浩铭步步逼问,高声道:“你说你不认识!”

任浩铭将桌上的画像扔到阮清恬面前,气愤地敲着桌上的画像:“那个房东说你去过苏州那套出租房,问过他房屋退租的事情,你还想抵赖吗?你是不是早就知道你父亲和晓晓的关系?”

阮清恬还是咬着嘴唇,不解释。

任浩铭冷笑:“你这就算是默认了?”

阮清恬还是不开口。

任浩铭抓住阮清恬的手腕,言辞犀利地逼问道:“你早就知道你爹就是杀害晓晓的凶手,对不对?”

阮清恬痛苦地摇头,步步后退:“不是的会长。我爹他……”

任浩铭将手帕扔到阮清恬面前,咄咄逼人:“你还不承认吗?如果你不是早就知道这件事,内心有鬼,为什么会去火车站给你爹通风报信?阿春亲眼看见你爹逃到火车站,你还有什么可说的?你知道了为什么不告诉我?”

阮清恬抑制不住颤抖:“不,我不知道,我和会长你一样什么都不知道。你放开我!”

任浩铭逼近:“我放开你?你爹当初为什么就不能放过晓晓?阮清恬,你为什么不敢看我!你敢说你爹是无辜的吗?你敢说吗?”

世界一下子安静下来,阮清恬努力控制住自己不发抖。

阮清恬忽然坚定地看向任浩铭,稳定住情绪:“会长,我爹说晓晓的死是意外失足,是晓晓误会了我爹,而栏杆又碰巧坏了,晓晓才会摔下去的,我相信我爹说的是实话。”

任浩铭冷笑:“我告诉你,我不信,而且,就算事实真的如你所说,你爹就可以撇清责任了吗?如果他当初不和晓晓在一起,也就不会发生不可挽回的悲剧!你觉得我现在还能相信你吗?晓晓就是因为跟你爹在一起才死的。”

阮清恬低声说："会长，晓晓的事我也很难过，我知道我现在说什么你都不相信，做什么也都无法平息你内心的愤怒，可是这段时间以来，我也真的很挣扎很痛苦，我多么想这件事只是一个误会，和我爹无关啊。"

任浩铭不说话。

阮清恬平静地道："会长，不管你是怎么想的，这一切都请让我来承担，求你放过我爹，你要杀就杀了我吧。"

任浩铭痛心地看着阮清恬："你给我闭嘴！"

阮清恬脸色一白。敲门声响，阮奶奶的声音传来："恬恬，怎么那么吵？你和浩铭在吵架吗？"

阮清恬跟任浩铭面面相觑，阮清恬看着任浩铭，露出哀求的眼神。任浩铭将火气压下去，伸手捂住了阮清恬的嘴。

任浩铭对着门外说："奶奶，没事，您早些休息吧。"

阮奶奶看着书房的方向，担心道："那就好，你们可千万别吵架，有话好好说。"

任浩铭松开阮清恬的手，冲阮清恬使了个眼色。阮清恬心领神会，无奈地对着门外说："奶奶，我们只是在闹着玩呢，您放心吧。"

门外没了声音。阮清恬松了一口气。

"我告诉你，你爹和晓晓的事，你也脱不开关系，我不想听你再辩解什么了，你连辩解的资格都没有！"

阮清恬怕奶奶听到，不敢再说话，只是瞪着委屈的双眼看着任浩铭。

任浩铭并不心软，一把推开阮清恬："回到你的房间去，不准随便出门！"

阮清恬不再说话，含着泪默默走向门口，边走边转身看任浩铭，任浩铭却一次都没有转过身来。阮清恬站在门口，见任浩铭不转身，死了心，只得难过地离去。

阮清恬离去后，任浩铭才慢慢转过身来，一脸哀愁。

任青青兴高采烈地来到书房，初一站在门口。

任青青兴奋地问初一："老爷在里面吗？"

初一面无表情地点点头。

任青青挥手："你去忙吧。"

初一不情不愿地走开，看着任青青走进书房，心里却在滴血。任青青轻手轻脚地走进书房，看见林峰正坐在书桌边闭目养神。任青青憋着笑，轻轻地走到林峰身后，蒙住了林峰的眼睛。

任青青娇柔地说道："猜猜我是谁。"

林峰平静地道："早就知道是你了。"

任青青放下手，假装失落："真无趣，好歹装一装啊。"

林峰撇嘴："有事吗？"

任青青隐藏不住笑意："阿峰，我有一个好消息，一个坏消息，你想听哪一个？"

林峰疑惑地道："你今晚这是怎么了？出了什么事吗？"

任青青摇头："快说，好消息还是坏消息？"

林峰无奈，只好说道："坏消息吧。"

任青青故作神秘："坏消息就是以后我恐怕没法全心全意地爱你了。"

林峰好奇："哦？这是为何？"

任青青兴致高昂："我不负责解答，你快问好消息是什么。"

林峰无奈，只好问："好消息是什么？"

任青青兴奋地道："好消息就是——我！怀！孕！了！所以，我以后会把爱分给孩子一半，因此也就没法全心全意地爱你了。"

林峰惊奇地道："真的？！"

林峰的表情阴晴不定，搂着任青青躺在床上。任青青靠在林峰的肩上，十分安心和幸福。

任青青欣慰地说道："都说酸儿辣女，我这几天特别爱吃酸的，光梅子就吃了好几筐呢。"

"嗯，挺好，想吃什么就让人去买。"林峰淡淡地道。

任青青心情大好："没错，我可不减肥了，赶紧趁这个机会想吃什么就吃什么！"

林峰淡淡一笑。任青青闭上眼睛，安心地靠着林峰："阿峰，你说，咱们的孩子出世了，叫什么名字好呢？"

"这还好几个月呢，着什么急啊。"

“一眨眼孩子就出世了，早点打算也没什么不好。”

“哎，我现在烦着呢，没心情考虑这些。”林峰有些烦躁地说道。

任青青认真地看着林峰：“怎么了阿峰？有什么可烦的？”

“我刚跟朋友谈好了一起做无线电生意，你也知道，我只是个教书先生，手里的钱实在是……”

“不就是缺钱吗！我有！”

任青青说着就从梳妆盒的底层拿出一张两万的支票，递给林峰：“这些够不够？”

林峰假意推脱：“不行，不行，我怎么能用你的私房钱。”

任青青娇嗔：“你就拿着吧！咱们俩还分什么彼此！我的钱不就是你的钱？”

“你怎么攒了这么多钱？”

“浩铭的生意我有入股，每年都会有分红的。”

“唉，真不知道我什么时候才能把生意做到像浩铭那样。”

“那你跟浩铭可不能比，浩铭是做生意的天才！当初爹还想帮浩铭，谁知道根本不用！”

林峰把支票揣入怀中，冷着脸道：“那就多谢老婆支持我了。”

阮清恬搀着阮奶奶走过来，看上去有些心不在焉。

阮奶奶左右看看，忽然神神秘秘地说：“恬恬，你跟奶奶说实话，你刚刚是不是和浩铭吵架了？”

阮清恬一愣，用笑容掩饰：“没有，奶奶，您想哪儿去了，浩铭他平日那么忙，哪有时间跟我个小女子较劲！”

阮奶奶狐疑地望着阮清恬：“真的没有？”

阮清恬点点头，忽然想起什么，犹豫紧张起来：“奶奶。您要是在这住得不开心，就搬回老宅好不好？”

阮奶奶先是疑惑，紧接着看出阮清恬好像要掩饰什么，拍拍阮清恬的手，安抚地笑笑。

“要是我们恬恬住得不开心的话咱们就搬回去，这宅子太大，我这老太太还真住不惯！”

阮清恬依偎在阮奶奶怀里，流下了伤心的眼泪。

阮奶奶轻拍着阮清恬的背："好孩子，别哭了，只要你高兴，奶奶为你做什么都可以。"

阮清恬点点头。

阮斌趁着夜色往火车站赶。

两个赌徒认出了阮斌。

"哎，你看，那不是老跟咱一块玩的那个？"

"没错！是他，听说他现在可发达了，都成商会会长的老丈人了！"

"咱不能白遇见他，走，敲他一笔钱去！"

阮斌突然被两个赌徒拦住了去路："哟！这不是大名鼎鼎的阮先生吗？咱们之前在赌场见过。"

阮斌一看来人，认出是之前在赌场一起赌博的两个赌徒。

"可不是吗，阮先生这是准备去哪儿啊？"

阮斌赔笑："呵呵，我去趟外地，办点事儿。"

"哟，听说你女儿就要嫁给堂堂上海青年商会的任会长了，怎么，任会长还让老丈人亲自出门办事啊？"

阮斌看出两人来者不善，准备离开："这话我说过吗？八字还没一撇的事呢，别瞎说，您两位忙着，我先走了。"

赌徒露出真面目："急什么呀！你不会是忘了还欠着我们钱了吧，你说我们怎么会轻易放你走呢？"

阮斌变了脸色："我什么时候欠你们钱？"

"你忘了啊？一百块大洋呢！"

阮斌明白被敲诈了，想跑。

"怎么？想跑啊？"

说着赌徒就给了阮斌一拳："看你往哪跑！"

阮斌被打得摔在地上。两个赌徒一起揍了打阮斌一顿，翻遍了阮斌浑身上下的口袋，抢光了阮斌的钱。

突然传来一个声音："谁在那儿呢？都不许动！"

赌徒惊慌起来："不好，是警察！"

“那怎么办？”

两人看了看地上的阮斌：“还问！赶紧跑啊！”

赌徒扔下阮斌快步逃走了。警察跑来，看见阮斌倒在地上，立刻去追赌徒：“站住！别跑！再跑开枪了！”

警察说着，跑远了。阮斌呻吟着从地上爬起来，勉强支撑着朝相反的方向走开了。

阮清恬素装跪在任晓晓的照片前，双手合十，一脸虔诚，闭上眼睛默默祈祷：“晓晓，我知道就算我说一千一万句对不起，也无法弥补我爹的过错，无法还你鲜活的生命，更无法还给会长一个乖巧懂事的妹妹。请你原谅我的自私，让你含冤了这么久，如果真的有报应，就全报应到我一个人身上吧，我一定会日夜为你祈福，做牛做马来偿还我爹欠你们任家的债！请你原谅我，晓晓。”

阮清恬眼里充满愧疚。

任浩铭站在门口看着、听着，越发难以抑制内心的激动，气冲冲地冲进房间里。

阮清恬转身看见任浩铭冲了进来，突然想：“会长就在门口，刚刚我怎么什么都没听见呢？”

任浩铭一把拉起阮清恬：“我不是和你说过吗！你没资格来晓晓的房间，你跟我出去！”

阮清恬委屈地望着任浩铭：“会长，我只是……”

任浩铭强硬地拉着阮清恬，阮清恬被拉得踉踉跄跄地出了门。任浩铭将阮清恬拉到房间，一把将她扔到床上：“以后不许你去晓晓的房间！”

阮清恬争辩：“会长，我……”

任浩铭上前掰过阮清恬的肩膀：“你爹到底去哪儿了？”

阮清恬摇摇头：“我不知道。”

任浩铭质问：“是不知道，还是不想说？我再问你，你爹去哪了？”

阮清恬平静地说道：“真不知道。”

任浩铭恨恨地看着阮清恬，松开了手。阮清恬看着任浩铭的眼神，眼泪突然流了下来。任浩铭看着泪眼婆娑的阮清恬，岿然不动，只是默默地走开。阮清恬看着任浩铭离开的背影，一把拉过被子，埋起头来，隐约可以看见她抽动的肩膀。

第七十八章

两难处境

林峰小心地关上房间的门，来到走廊上，看见初一正在不远处看着自己。林峰笑了一下，往走廊拐角走去，初一也默契地跟过去。到了走廊尽头，初一上前一把抱住了林峰。

林峰没有推开初一，只是安慰般地抚摸着初一的背。

初一泣不成声："老爷，我对你是真心实意的，哪怕是做小，我这辈子也跟定老爷你了！"

林峰笑笑："你对我好我知道，你放心，等过段时间，我自会给你一个交代。"

初一不信："可是大小姐都怀孕了，到时候怎么可能会接受我？"

林峰自信地道："你放心就是了，我自有办法，你还不相信我的能力吗？"

初一看着林峰，倍感安慰，一头扑进林峰怀里。林峰趁机抱住了初一。

阮清恬急匆匆下楼来到客厅，只看见谷雨在打扫，着急地问："会长呢？阿春呢？"

谷雨说："会长和阿春一早就出去了。"

阮清恬责备地道："你怎么不早叫我呢？"

谷雨低声道："阮小姐昨天很晚才睡，我不忍心，想让阮小姐多睡一会儿。"

阮清恬无奈。

阮斌蓬头垢面地在任公馆门口晃荡，浑身上下一分钱都没有，身上盖了一个麻布片，守在任公馆外，不时小心地向里面张望。突然，他看见阮清恬从门口走出来，立刻跟了上去。

阮斌刚走，任浩铭与阿春就从任公馆走出来，跟了上去。阮清恬缓缓走到花园，长长地舒了一口气，心里十分挣扎："确实是爹做错了事，可是身为女儿，我真的没办法看着会长杀死爹啊，这一切是一场误会就好了。爹，你现在怎么样了？"

阮清恬一边想着一边踱步，忽然看到有人向自己走来，抬头定睛一看，竟是阮斌。"爹！"她喊道。

阮清恬扶着阮斌来到花园一角。阮斌看着阮清恬，老泪纵横。阮清恬看着阮斌狼狈的样子，哽咽了。

阮清恬焦急地看着阮斌脸上的伤痕以及被撕烂的衣服："爹！你怎么在这啊？！你怎么成这个样子了？！"

阮斌苦着脸："恬恬，唉！"

阮清恬也难过："爹，您就听我的，去自首吧！别再跑了，会长已经派人守住了火车站和各个港口，你跑不掉的，还是死心吧！"

阮斌都快哭了："那可怎么办啊！恬恬，爹真的不想死啊！你要救救爹啊！爹现在身无分文了，你给爹点钱让爹走吧。"

阮清恬还未回答，就听到有人过来，还夹杂着说话声。

"快，去花园！"

是阿春的声音！

阮清恬下意识地伸出双臂，将阮斌挡在身后："爹，会长来了，快走，我跟您去自首。"

阮清恬说着就要扶起阮斌离开。

阮斌看着阮清恬，惊慌地道："恬恬，爹对不起你！"

阮清恬一愣，阮斌一把推开阮清恬："爹不想死啊！恬恬，你就当没有我这个爹吧！"

阮斌说着就踉踉跄跄地跑了。阮清恬被推倒在地，看着阮斌离开的背影，却已无力去追。

任浩铭和阿春赶到，看见倒在地上的阮清恬，任浩铭命令阿春："快去追！"

阮清恬勉强站起身来，发现手臂蹭破了皮，正在流血。任浩铭看了一眼阮清恬身上的伤，没说话，转身走了。

阮清恬脸上满是伤感。

阮斌踉踉跄跄地在小巷里跑着，阿春开着汽车紧紧跟在后面，就要追上阮斌时，阮斌忽然拐进了一个小巷子。巷子太窄，轿车开不进去。阿春只好绕路。

阮斌看见轿车离开，稍微松了口气，转过身来，突然发现一双黑色的皮鞋出现在自己的视野里。

阮斌慌张地抬头向上看去，发现虎子正冷笑地看着自己。虎子用一块布捂住阮斌的嘴，阮斌当即晕了过去。几个青帮的手下立刻冲上来，把阮斌架走了。

阮清恬正在房间换衣服，任浩铭一脚踹开了阮清恬的房门，后面跟着阻止不及的谷雨："小姐，会长他……"慌张中阮清恬拿起一件大衣裹在自己身上。

任浩铭冷冷地道："谷雨你出去。"

任浩铭上前看着阮清恬，霸道地道："你不用换衣服了。"

阮清恬诧异："为什么？"

任浩铭不说话，径直拉起阮清恬。

阮清恬惊讶地睁大眼睛："会长你干什么？你要带我去哪儿？"

任浩铭不回答，拉着阮清恬就走。她一被拉到任浩铭房间里。阮清恬委屈地道："会长你要干什么？"

任浩铭不说话，径直把门锁上。

阮清恬惊讶地问："会长你锁门干什么？"

任浩铭上前霸道地说："我告诉你，在找到你爹之前，你不许离开我半步！而且从现在开始，你只能回答问题，不许问问题。"

阮清恬委屈地说："我——"

任浩铭蛮横地打断阮清恬的话："你什么？"

"我不同意！"

"我命令你不许不同意！"

阮清恬无话可辩。任浩铭上前给阮清恬盖上被子："不早了，睡吧。"

任浩铭转身关了灯。阮清恬在黑暗中不敢闭眼，怯生生地道："会长——"

“不许说话！我命令你睡觉！”任浩铭躺在旁边，抓住阮清恬的手，“别想趁我睡着的时候跑掉，你再给我耍心眼，我绝不轻饶你！”

阮清恬无奈，只好任由任浩铭抓着手，闭上了眼睛。

任浩铭没有说话，只是坐在那看着尴尬中的阮清恬。阮清恬强装镇定，背过身去，把裹在身上的衣服慢慢穿好。任浩铭走到桌子旁边，把桌子上的茶壶茶碗全部扫到了地上。

阮清恬静静看着这一幕，露出惊恐的表情。

任浩铭转过身来：“之前我以为，你聪明善良，有正义感，但我发现我看错你了，你非但没有正义感，而且还很自私！”

阮清恬眼里含着泪，不愿意再解释。

任浩铭继续说道：“你昨天问我会不会杀你爹？”

阮清恬睁大眼睛紧张地看着任浩铭。

任浩铭掷地有声地道：“我只能说，我想不到不杀的理由。”

阮斌躺在废弃仓库的一角，蓬头垢面，衣服也被扯破了。阮斌慢慢醒过来，发现了自己的处境，立刻惊慌起来。阮斌突然想起什么，脱下鞋子，拿出鞋垫，却发现之前藏在鞋垫下面的钱也都没有了。

阮斌欲哭无泪：“简直是一群混蛋！”

仓库的门打开，林峰和虎子走了进来。

阮斌惊恐地向后退：“你们想干什么！你们放了我吧！”

虎子在一旁冷笑。

林峰上前道：“阮先生，现在任浩铭已经确定你就是杀晓晓的凶手了，你预备怎么办呢？”

阮斌低声地道：“我没有杀晓晓，我真的没有，那不过是个意外。”

林峰冷笑：“既然没杀，心里没鬼，你为什么要跑？”

阮斌低头，喃喃道：“但是晓晓的死确实跟我脱不了关系。”

林峰咄咄逼人：“可是你要知道，你现在要是跑了，你女儿这辈子就彻底完了。”

阮斌听到这里，抬起头来：“你胡说，这跟恬恬有什么关系？”

“你要是跑了，不就更加坐实了你杀人的事情吗？你觉得任浩铭会跟杀他妹妹的凶手结亲？以任浩铭的脾气，杀不了你，也许就会杀了你女儿呢。”林峰阴冷地说道。

阮斌紧张不已，大脑快速地运转着。

“我告诉你，现在整个上海滩只有我能给你一条活路，所以我才救了你，把你带到这里。”

阮斌惊恐地问道：“你到底要找我干什么？”

林峰笑里藏刀：“我之所以帮你，是因为我爱你的女儿，我爱她！只有我才能给她真正的幸福。”

阮斌一脸惊讶，不说话。

“我相信你是个聪明人，你肯定不会希望你女儿这辈子不幸福吧，你好好想想吧。”林峰笑道。

阮斌回避道：“我不懂你在说什么。”

“你很快就会知道的。好好在这歇着吧，外面的事不用你操心。”林峰转而对虎子说道，“好好照顾阮先生。”

林峰说完就带着虎子离开了仓库。

阮斌缩在仓库一角，回想着林峰刚才对自己说的话，暗忖：“林峰有一句话说对了，我确实不能跑，不然恬恬这辈子的幸福就全被我毁了。可是，有一件事他说错了，我并不是只有这一条路，我最不能做的就是和林峰合作。林峰不是个好人，恬恬要是跟了林峰，那这辈子也毁了。不行，我不能这么自私，为了恬恬，我豁出去了，管他什么死不死，只要女儿能幸福，我死又怎么样呢？我已经对不起晓晓了，不能再对不起恬恬。”

阮斌的眼神变得格外坚定。

阮斌来到仓库门口，从门缝里看到仓库门外有一个守卫。阮斌急中生智，在房间里找到一块石头，拿在手里藏在身后，然后朝着仓库外大声喊道：“哎哟！哎哟！疼死我了！我的心脏病复发了，要死了！快来人呀！我要死了！”

仓库外的守卫朝仓库里问道：“怎么了？到底怎么了？”

阮斌假装疼得在地上打滚：“我不行了，要死了！快救救我呀！”

守卫紧张地道：“你坚持一下，你别给我装蒜啊！”

阮斌一听，立刻着急地道：“哎哟！来不及了，我要死了！一分钟也坚持不了了!”

守卫只好打开仓库的大门,走近躺在地上的阮斌。

守卫紧张地问:“你怎么了?”

阮斌举起藏在背后的石头,朝守卫的头上砸去,守卫当即就被砸晕了。阮斌惊慌失措地看着晕倒的守卫:“对不起了,我得赶去救我的女儿啊!”

阮斌仓皇地跑掉了。

半夜时分,房间里只能听到钟表的嘀嗒声。阮清恬睁开眼睛,歪头看了看身边的任浩铭,慢慢抽出手来,缓缓下床,走到窗口,看着窗外混沌的夜空,满脸忧伤。

“爹,你到底在哪儿啊?你快点醒悟吧,快点回头吧!”

阮清恬看了一眼床上的任浩铭,心里抑郁,情不自禁地朝门口走去。任浩铭听到阮清恬走开,也睁开眼睛,坐起身来,起身跟了出去。

阮清恬走到花园,心里的抑郁难以发泄。任浩铭追了上去。

任浩铭拉着阮清恬往任公馆门口走。

阮清恬挣扎着:“你放开我!我不要你管!”

任浩铭霸气地道:“我的心痛你要怎么负责!你以为你这样我就会原谅你了吗?给我回去!你以为你这样就能抵消你对我的欺骗和伤害吗?”

阮清恬使劲摇着头,紧咬着嘴唇不说话。

任浩铭看出阮清恬理亏,咄咄逼人:“真是个好女儿啊,为了隐瞒事实的真相,为了你爹,你不惜欺骗一心爱着你的我,将我的感受踩在脚底下,难道你心里就不惭愧吗?你以为你这样我就会心软吗?就会原谅你爹吗?”

阮清恬咬着嘴唇:“当初我是去十全街调查了,但那时候我也不敢肯定爹和晓晓的关系,我真的没有想过瞒着你。”

任浩铭问:“那你问问你自己,你调查清楚后有想过要告诉我吗?”

阮清恬抬起头,眼里显出坚定,对任浩铭说道:“我承认,作为女儿,我真的没法眼睁睁看着我爹死。当我面对你的时候,我心里真的很难受,我知道我对不起会长你,更对不起晓晓。”

任浩铭咬牙:“你没有资格提晓晓,她美好的人生都被你爹给毁了。你爹是个骗子,他毁了晓晓的一生。”

阮清恬歇斯底里地喊："那你要我怎么办？要怎么样才能放过我爹！你说对了，我爹是骗子，我是骗子的女儿，我没有资格和你在一起，那我去死好了！"

不远处有一辆轿车开过来。阮清恬看了一眼轿车，咬咬牙，向着马路中间走去，高喊着："如果我死了，会长能放过我爹，能让晓晓瞑目，那我愿意替我爹去死！"

阮清恬说着走到马路中央站定，一脸决然，闭上双眼。轿车驶过来，没有丝毫要减速的样子。

任浩铭高喊："阮清恬，你给我回来！"

阮清恬索性闭上了眼睛。

任浩铭气得大骂："你是傻子吗！"

任浩铭一个箭步冲过去，在轿车即将撞上阮清恬的一刹那，抱住了她，两人一起摔在地上。轿车也急刹车停了下来。

司机慌忙下车，看看车前的人有没有事情。

司机恼火地骂道："你们疯啦，突然跑过来！撞死了算你的还是算我的！"

任浩铭起身一把将司机揪过来，举手就要打他。阮清恬奋力起身拦住任浩铭："会长！你要发火就冲着我来吧！不要伤害无辜的人！"

任浩铭正在气头上，使劲一挥手，将阮清恬推倒在地："不关你的事！"

阮清恬被推倒在地，顿觉十分委屈，坐在地上大哭。任浩铭将司机推开，转身离开。

阮清恬依旧在哭。任浩铭走了几步，停住脚，转身又走回来，将阮清恬拉起来，拉着她就走。

任浩铭一言不发地拖着阮清恬往前走。阮清恬看着任浩铭的背影，心里想："我曾经多少次幻想我和会长手拉着手在街上散步，现在梦想实现了，但为什么我的心好冰冷，好绝望。多希望现在能下雪啊，天冷了，就感觉不到心冷了。"

任浩铭拉着阮清恬来到公馆门口，任浩铭正要推门，被阮清恬抓住手臂。

阮清恬低声地说："会长，请放开我，我不会再逃跑了。"

任浩铭眼里含着愤恨和心疼，语气还是强硬的："阮清恬你听好，只有我让你死的时候，你才能死。你的命是我的，我不许你死。"

阮清恬听得又感动又揪心。

任浩铭放阮清恬，霸道地说道："直到找到你爹，这是你最后一次站在公馆的门外，你给我记住！记住了吗？"

阮清恬呆呆地看着任浩铭，点点头。

任浩铭和阮清恬一前一后走进客厅："回屋好好待着，别想要什么花招。"

阮清恬委屈地道："我能要什么花招，你肯定会让府里的人看着我，我处处受监视，什么都干不了。"

"那当然，你那么会逃跑，还能帮着你爹逃跑，我再不找人看着你，你都能随便进出了。"

阮清恬嘟着嘴上楼。

任浩铭见阮清恬走进房间，自己也上楼了。

阮清恬走进自己房间，想着刚才发生的一切，十分委屈："为什么我说什么会长都不肯听，只认定爹就是杀害晓晓的凶手。要是这样下去，会长和爹的误会肯定会越来越深，爹的安危难以保证，我和会长也不能在一起。我到底应该怎么办啊。"

阮清恬抽泣。

任浩铭回到房间，坐在椅子上，一时不知道干什么好，看见桌子上放着报纸，便拿起报纸来看，胡乱翻了翻，发现什么都看不进去。他烦躁地将报纸扔在一边，站起来，躺到床上去，翻来覆去，好像有虫子在咬似的，浑身不舒服，于是他又腾地站起来，走出房间。

任浩铭走下楼，来到客厅，倒了一杯水，正要喝，突然感觉有人站在自己身后。任浩铭转身，看见阮斌正站在自己面前。

阮斌努力保持镇定，笑容有些僵硬。

任浩铭二话不说，掏出手枪，举起枪，指向阮斌的太阳穴。

阮清恬停止哭泣，走到窗边，看着窗外，喃喃道："不知道爹在外面怎么样了，有没有受苦。会长现在肯定也很痛苦。我要替爹向会长道歉，替爹赎罪。"

阮清恬看了看时钟，已经到晚饭点了："不如我去给会长做晚饭。"

阮清恬说着走出房间。

阮斌吓得险些瘫倒，双腿都在打哆嗦："会，会长，你……你这是干什么！你听我说。"

"还说什么说！我就问你一句，勾搭我妹妹的男人是不是你？"任浩铭质问道。

阮斌哭丧着脸道："我回来就是特意想跟你说这件事，我没有骗她啊！也没杀她！她的死完全是个意外！那天我刚要回家，就遇到……"

任浩铭将子弹上膛，声音清脆。阮斌吓得几近窒息。阮清恬走出来，正好看见任浩铭拿枪指着阮斌。阮斌一直解释，但任浩铭完全不听阮斌的解释，一直在质问他。

"你就算死一百次，这个罪你也赎不了！"

阮清恬疾步来到客厅，将阿春腰间的枪夺过来，立马上膛，举枪指着任浩铭。阮清恬这个举动将众人吓了一跳。任浩铭冷眼看着阮清恬："阮清恬，你确定要这么做？"

任浩铭看着阮清恬，表情十分复杂。

阮清恬情绪也很复杂。

阮清恬深呼吸，强装镇定："爹，你快走！"

阮清恬举着枪慢慢走到任浩铭和阮斌之间，挡住任浩铭的枪口。

"快走啊！"

阮斌着急道："我来跟任会长解释！"

"他现在不会听你说的，快走！"阮清恬喊道。

"我走了，你和奶奶怎么办?!"

"你别管我们，快走！走啊！"

阿春上前，看向任浩铭，用眼神询问现在该怎么办。任浩铭没有任何动作，依旧看着阮清恬。阮清恬急得眼泪都地流了出来："走！"

阮斌连滚带爬地跑客厅，跑出任公馆大门。

阮清恬依旧举枪对着任浩铭。

"来，杀了我吧。"任浩铭一把将枪拍在桌子上，指着心脏，"瞄准这儿，一枪致命。"

阮清恬知道阮斌跑远了，慢慢放下枪，瘫倒在地："我，我从来没想杀你。我不能眼睁睁看着我爹死。"

任浩铭愤恨地道:“你爹害死了晓晓,杀人偿命,你爹一天不死,晓晓就一天不能瞑目!”

“会长,我爹回来就是要跟你解释晓晓的死因,你为什么连个解释的机会都不愿意给他? 我爹虽然爱赌,也做过一些见不得人的事,但我相信他不会杀人,他肯定不是故意杀害晓晓的!”

“他是你爹你当然会这么说! 如果我把你家人杀害了,你会在意我到底是不是故意的吗?!”

“会长,我知道你心里难受,虽然我和晓晓只有一面之缘,但她的死我也很难过,可是人死不能复生,活着的人还要继续往下走,如果你一直生活在仇恨里,那就会失去生活原本的意义! 我不奢望你原谅我爹,但你能不能听他解释完再决定怎么办? 我只有这一个要求!”

“你爹谎话连篇。愚蠢至极的人才会相信他说的话! 你不必替他求情了,我做的决定不会改变,我一定要让他偿命! 阿春,带阮小姐回房间,没有我的命令,不许她走出房间一步!”

任浩铭侧过身,不再看阮清恬。阮清恬听到任浩铭要让阮斌偿命的话,一时间急火攻心,晕了过去。

阿春在一旁赶紧扶住阮清恬:“阮小姐!”

任浩铭听到阿春的喊声赶紧回头,见到阮清恬倒下,下意识想要上前去看,又想起阮斌的事,狠了狠心,说道:“把她扶进房!”

阿春扶着阮清恬回屋,任浩铭倚在门边,冷冷地注视着阮清恬。

谷雨在一旁有些担心地问:“大夫,阮小姐还好吧?”

“急火攻心,思虑过多。开些去火的药就好了。不过,这思虑过多还得靠自己。”大夫缓缓地说道。

谷雨着急地道:“您是大夫,怎么还得靠自己呢。”

“姑娘,可不是我不尽心尽力,是这心病难医啊!”

谷雨无可奈何,偷偷看了一眼任浩铭。

任浩铭面容冷淡,看起来对阮清恬毫不关心。

大夫把药方递给谷雨:“按这个方子给她抓药就好了。去火好办,这心病啊,除了靠她自己,你们这些身边的人也得多开解她,带她去外面转转。”

任浩铭冷冷地道："这我们可办不到！"

大夫一愣。

谷雨赶紧打圆场："谢谢大夫，请您跟我到下面去领诊费。"

"好，好。"

任浩铭冷冷地看了阮清恬一眼，也走开了。

第七十九章

林峰的身份

任青青对着镜子试一件漂亮的衣服，一边照镜子，一边抚摸着自己的小腹。

林峰此时进来，任青青兴致勃勃地道："阿峰！你看我这件衣服怎么样？"

"不错。"林峰敷衍道，径自从衣柜里拿衣服。

"什么嘛，你都没好好看！"任青青不满地道。

"好看，真的好看。你要出门？"林峰转过身来，问任青青。

任青青神秘地一笑："我刚听下人说，你待会儿要去参加一个舞会，我知道你是去跟那些达官贵人谈正事，我不拦着你，但你总需要一个女伴吧？"

林峰不屑道："你都怀孕了，还去那种地方干什么？"

任青青道："医生说了，孕妇多活动有助于健康，到时候也好生。再说了，我穿得漂亮点，不也是给你撑门面！"

林峰不耐烦了："哎呀，你就放心吧，我不会跟那些小姑娘勾勾搭搭的，你不用亲自去盯着我。"

任青青辩解："我不是这个意思，人家特意做了新旗袍想要跟你一起去。"

虎子在门口给林峰使了个眼色。

林峰立刻会意："我也不跳舞，不需要女伴，就是跟他们去谈事的。你在家好好养胎，不要胡思乱想。"

林峰一边说着，换好了西服外套，出门了。

虎子走到仓库门前，发现门大开着，仓库里躺着看门的手下，阮斌已经不见了。

虎子大惊失色，问道："人呢？"

林峰一拳将虎子打倒在地，恨恨地看着虎子。

虎子跌坐在地上，一脸的抱歉："峰哥！是我大意了！我应该亲自看守的，我，我……"

虎子开始自己扇自己耳光，林峰打了虎子几下："我告诉你，我现在脑子里每分每秒想的都是复仇，谁要是敢挡我的路，我神挡杀神，佛挡杀佛！更别说是你了！你要是再耽误我的事，小心我翻脸不认人！赶快把阮斌找回来！"

虎子点点头："是，峰哥。"

虎子心里有些不是滋味，但没有表现出来。林峰起身要坐车走。虎子赶紧起身，给林峰打开车门："您小心。"

林峰坐进车里，虎子也想跟上车。

林峰看虎子身上有土，一脸鄙夷："滚开！别弄脏了我的车！"

林峰说完猛踩油门，疾驰而去。虎子独自站在原地，一脸无奈。

林峰回到卧室换衣服，任青青心里高兴，迎了上去，细语道："阿峰，你回来了，舞会怎么样？"

林峰表情冷冷："就那样呗。"

任青青兴奋地道："阿峰，你知道吗？宝宝今天好像踢我了。"

林峰板着脸，冷漠道："这才多长时间啊，怎么可能那么快！"

任青青有些失落："可我就是觉得他踢我了。"

林峰敷衍道："好好好，踢了踢了！"

林峰看起来很冷静，脸上波澜不惊。任青青看着林峰的表情，猜不出来林峰是不是真的高兴。任青青试探地问："怎么了，有什么心事吗？看你怎么这么不开心啊？"

林峰敷衍道："当然开心啊。你别瞎想了行不行，早点休息吧。"

任青青听了林峰的话，本来明亮的眼神，瞬间黯淡许多。

林峰说要去谈事情，但是很晚了都没有回来。任青青穿着居家服在房内焦急地走来走去，不时看看墙上的钟。

已经晚上十二点半了。

任青青喃喃自语："阿峰怎么还不回来，不会出了什么事吧？不行，我得去看看！"

"初一，初一！"任青青大声喊着初一。

初一睡眼惺忪地出来，往林峰房间走去，不满地嘟囔："大半夜的，不睡觉干什么？"

任青青见初一进来，赶紧说："初一，老爷这个时间还不回来，我担心他出了事，咱们上街去找找他吧！"

"老爷不是说了要跟朋友谈事情，会晚点回来吗？"初一不以为意道。

"那也不能这么晚啊？我担心他一高兴就喝多了。不管怎样，我得出去看看！"任青青随意套上衣服就出门了，初一无奈地跟在后面。

任青青和初一在街上走着。四处张望："街上都没什么人了，到底在哪儿喝酒呢？不会出了什么事吧。"

初一也担心地张望着。两人走到一个岔路口，任青青对初一说道："初一，你左我右，咱们待会在家门口会合吧，一定要仔细找啊，说不定睡在哪个街角了呢。"

初一点点头："我知道，放心吧小姐。"

任青青朝前走去，突然看见街边停着林峰的轿车。任青青上前仔细查看车牌号，是林峰的车没错。

任青青抬头张望，眼前是一个气派的宅院，正是青帮。

任青青不禁纳闷："这是什么地方啊？看起来不像是酒馆啊。"

这时一个手下走了出来，任青青赶紧迎上去问："请问，这是什么地方啊？"

手下从上到下打量了一下任青青："你谁呀？"

任青青撇嘴："你不用管我是谁，你就告诉我这是哪里，里面有没有一个人叫林峰。"

手下一惊，脱口而出："你找峰哥？找他干什么呀？"

任青青惊喜："你认识他啊？！太好了，快带我去见他。"

手下赶紧摆手："不行不行。"

“你等一等。”任青青赶紧拉住他，从兜里拿出几块大洋，“你要是告诉我，这些钱就是你的。”

手下看着钱，有些犹豫。任青青见状，又拿出更多的钱：“都给你，可以说了吗？”

手下见钱眼开，立刻收好，对任青青说道：“我告诉你的事你可不许跟任何人说啊。”

任青青纳闷，但还是点头：“我谁都不说。”

“这里是青帮，峰哥是我们九爷的义子。”

任青青听完，惊得张大了嘴：“青帮？九爷的义子？你说的是真的？”

手下点点头：“你爱信不信，不过你可千万别跟峰哥说啊！”

任青青机械地点点头。手下拿着钱开心地走了。

任青青呆呆地站在原地，抬头又看看青帮，魂不守舍。

初一站在门口焦急地向远处张望，等着任青青。

任青青出现在拐角，初一看见赶忙迎上去：“小姐，找到了吗？”

任青青呆呆地不回答。

初一焦急地问：“到底怎么样了小姐？你怎么不说话啊？”

任青青只说了一句：“回家吧。”

任青青说完就径直朝前走去。初一跟在后面，一脸纳闷。

阳光照进房间，阮清恬睁开眼睛，清醒过来，试着叫谷雨：“谷雨？”

阮清恬慢慢坐起身来，环顾四周。门开了，任浩铭走了进来。

“我爹呢？！你把他怎么样了？”阮清恬看见任浩铭，脸色一变，说着就要下床往外走。

任浩铭拦住阮清恬，冷冷地说：“我还想问你呢！是你把你爹放走的，难道你不知道他会去哪里吗？”

阮清恬暗暗松口气：“看来我爹已经跑掉了。”

任浩铭看出阮清恬在想什么：“别以为你爹跑了就安全了，我就算掘地三尺也会把他找出来的！”

“任浩铭！你能不能讲讲道理！我爹明明有话说，明明想跟你解释，可你为什么不听？为什么不给他机会？”

“给你爹机会？谁能给晓晓机会？如果听了你爹的解释，晓晓能够活过来，我可以三天三夜什么都不干就听他解释！”

“你，你现在已经不可理喻了，我没办法跟你讲道理！”阮清恬说着就冲出门去。

阮清恬刚刚冲出门口就被任浩铭一把抓住：“你想干什么？想去偷偷找你爹，让他跑得更远吗？”

阮清恬冷笑：“我爹再有能耐，也逃不出你任会长的手掌心啊，我又何必去劳神费力！”

“你一口一个你爹怎么样，你爹怎么样，你就想着你爹了，不知道我现在的心情吗？”

“不知道！我爹逃命在外，饥一顿饱一顿，我自然要担心我爹了！”

“那都是他自找的！如果他不去勾引晓晓，害得晓晓丢了性命，我又怎么会这样！”

“你……我爹是有错，可不是每一个犯错的人都愿意犯错。我只是想告诉你，我爹有他的苦衷，有他的无奈，有他的痛苦，也许他是这个世上最不想让晓晓死的人！”

“闭嘴！一想到我妹妹跟你爹那样的人在一起，我就觉得恶心！”

阮清恬被任浩铭的这句话深深地伤到了，像不认识任浩铭一样看着他，说不出话来。

任浩铭拂袖而去。

阮清恬傻傻地站着，喃喃自语：“我爹，恶心？”

阮斌偷偷摸摸藏到任公馆附近：“也不知道恬恬现在怎么样了，我娘现在又怎么样了。”

阮斌趴在墙后面，犹豫着想看看女儿和老娘，可一看阿春从任公馆出来，又吓得立马把头缩了回来：“还是等任会长消了气再说，总不能往枪口上撞。”

阮斌蹑手蹑脚地跑掉了。

任青青穿着昨晚出门找林峰的那件衣服，趴在桌子上睡着了。

林峰此时走进来，任青青惊醒了，看着林峰走近，盯着林峰不说话。

“你怎么在这儿睡着了?”林峰问道。

任青青抬起头，问道：“你昨天跟朋友去哪喝酒了?”

林峰皱皱眉：“不是告诉你我会晚回家吗? 你怀着孕，自己小心，不要这么晚睡，我可不能时时刻刻在你身边。”

林峰说完便不再理任青青，径自回房间了。任青青怔怔地看着林峰的背影，想起昨晚听到的话。

任青青不知所措：“阿峰竟然是青帮的人，可是他为什么一直不告诉我呢? 青帮干的都是违法又害人的事，阿峰绝对不能蹚这浑水，我得尽快把他拉出来。”

林峰在书房里看着窗外发呆，天空中浮现阮清恬可爱美丽的脸庞。他喃喃道：“恬恬，再给我点时间，等我完成了父母遗愿，就带你远走高飞，我们这辈子都不分离。”

这时，初一端着点心走进来，温柔地道：“老爷，我做了点心，您吃点吧。”

林峰皱皱眉，烦躁地说道：“不是让你进屋先敲门的吗?”

初一面露窘色，看着林峰：“我，我下次注意。”

初一没有看出林峰的异常，走到林峰身后：“老爷，看您最近这么累，初一给您揉揉肩。您昨天到底去哪儿了呀? 我和大小姐找了您很久都没找到。”

林峰一愣：“你们去找我了?”

初一回答：“对呀，担心你嘛。”

“你们都去哪儿找了?”林峰问道。

初一回想：“我去了西大街，大小姐去的是东大街。”

林峰一惊，转身抓住初一的手：“那任青青回来后有没有跟你说什么?”

“大小姐回来后脸色有点不好，我问她话也不理我。”

林峰皱眉道：“任青青现在在哪儿呢?”

初一委屈地嘟起嘴，眼里噙满了泪：“初一在这陪您呢，您心里想的却还是大小姐。”

林峰发现初一的异常，只好又笑着将初一揽到怀里：“别任性了啊，我跟你说了，等我办完要办的事，自然会给你一个交代。现在我要把你娶进来，任浩铭肯定不答应!”

初一总算心情好了一些。

林峰想了想:“宝贝,你帮我做件事,好不好?”

初一点点头。

林峰道:“你去任公馆一趟,去把任浩铭从苏州给任青青带的刺绣拿回来,顺便看看任浩铭都有什么动静,回来告诉我。”

初一道:“明白,我这就去看看。”

楚安安躺在床上,刚睡醒,就听到了敲门声:“秋分,去看看是谁来了。”

秋分打开门,竟是小雅站在门口。小雅手里还提着一袋子乌鸡蛋。

秋分欣喜地道:“小雅? 你怎么来了!”

小雅笑道:“上次你给我打电话,说小姐怀孕了,回上海了,我总得来看看小姐啊!”

“快进来,小姐看到你一定很高兴!”

楚安安已经起来梳妆了,见到秋分带着小雅进来,很高兴:“小雅! 你怎么来了!”

“小姐身体还好吗? 小雅应该早点来看你才好。”小雅说道。

“现在也不晚啊! 你怎么还带着东西来,这么见外!”

小雅说:“小姐怀孕了,总得吃些有营养的东西。可惜,小雅身上的钱只够买这十几个鸡蛋的了。”

“我知道,我爹娘已经两个月没寄钱来了,我自然也没办法给你们发钱。”

小雅说:“我们倒无所谓,可是小姐现在怀孕了,又不敢回自己家住,只能寄住在这里,这里不如咱们自己家舒服,小姐手上也没有钱,我只怕小姐肚子里的小少爷不答应呢。”

“小姐,小雅说的对,咱们得想想办法了。”秋分急起来了。

楚安安安抚道:“你们都别急,咱们慢慢商议办法。”

阮清恬在阮奶奶房间门口徘徊:“我相信爹说的是实话,晓晓只是失足,但是怎么才能让会长也相信呢? 会长那么爱晓晓,他心里的愤怒和恨意到底要怎么才能平息呢? 还有,奶奶,如果爹出了事,我该怎么跟奶奶交代啊?”

阮清恬正想着，任浩铭突然出现在阮清恬面前："现在知道难办了？我倒要看看，你要怎么欺骗一个老太太！"

阮清恬怒道："任浩铭，你太过分了！还想让我奶奶知道真相，看着奶奶伤心晕倒吗？"

"当然不！这跟阮奶奶又没关系！我想让她看看你撒谎的样子，记住你撒谎的样子，免得以后上了你的当！"

"你！"

阮清恬话还没说完，便听到屋里喊道："恬恬，是你在门口吗？"

任浩铭冷笑看着阮清恬，阮清恬只得应道："是我，奶奶！"

阮清恬走进房间，叫了一声："奶奶。"

阮清恬险些哭出来，强忍着眼泪。阮奶奶上前拉住阮清恬的手，祖孙俩坐下。

阮奶奶担心地问："这两天是不是出了什么事啊？我怎么看这公馆里的人都神神秘秘的？你爹去哪儿了？我怎么好几天都没看见他了？"

阮清恬摇摇头，握紧阮奶奶的手："没有啊，什么事也没有，您别瞎想，我爹他最近在帮会长忙商会的事，有一点棘手，不过很快就能顺利解决了，您就放心吧，您只要管好您自己就行。"

阮奶奶笑着说："你放心吧，奶奶还硬朗着呢。"

阮清恬强忍眼泪，点头。

阮清恬忍着难过，从阮奶奶房间出来，没想到任浩铭居然没走，还站在门口等着她："你还在这儿干什么？"

任浩铭朝阮清恬招招手，示意她跟上。阮清恬跟着任浩铭来到离阮奶奶房间较远的客厅。

阮清恬不满地说道："亲耳听到我骗奶奶，开心了吧？"

"恰恰相反，你小心翼翼在老人家面前呵护着她儿子的形象，我担心老人家要是哪天无意中得知了真相，只会更难过。"

阮清恬急了："只要你不说，你们任公馆的人不说，奶奶是不会知道的！"

任浩铭说："你放心，阮奶奶真心疼我，我是知道的，她老人家长命百岁我才开心。我等着你，只是要告诉你，我让出去找你爹的人一个时辰来汇报一次，想必，你很快又能见到你爹了。"

初一此时正抱着任浩铭带给任青青的苏绣走在客厅里，听到任浩铭跟阮清恬的对话，赶紧藏在角落里。

阮清恬气愤地道："任浩铭，你真是把人往死路上逼啊！都说了我爹不是故意的，不是故意的。"

任浩铭指着阮清恬道："明明是你在逼我！我真不知道你要护着他护到什么时候！你爹要是心里没鬼又何必逃走！"

"我爹要是不跑就会被你当场击毙，那他就永远都没机会说出晓晓出事那天的真相了！"

初一听到阮清恬这句话，微微一愣："会长要杀阮先生？老爷听到应该很惊讶吧！"

初一想到这里，赶紧抱着苏绣离开了。

"真相早就已经大白于天下了！是你爹想要推卸责任罢了！"

"生死攸关的大事，总要问清楚，你这样叫不分青红皂白！"

任浩铭恨恨地看着滔滔不绝的阮清恬，再也听不下去，索性直接吻上了阮清恬的唇。

阮清恬被强吻，睁大了眼睛。任浩铭吻完，霸道地说："我说了你给我闭嘴，为什么还一直说！"

阮清恬不服气："你本来就是——"

任浩铭又吻了上去。

阮清恬又气又羞："任浩铭，你——"

任浩铭二话不说，又俯身吻上了阮清恬的唇。

阮清恬再也不敢说话了。

任浩铭霸道地道："你说呀！你继续说呀！"

阮清恬也赌气，反倒把嘴往任浩铭面前送："你亲呀！你亲呀！"

任浩铭反倒不再争了，转身离开。阮清恬看着任浩铭离开的背影，倍感落寞。

第八十章

互不妥协

宋诚拎着行李回到帅府，刚进客厅就喊道："安安？"

没有人回应。

宋诚有些慌神："安安怀着孩子，怎么还到处乱跑？"

宋诚慌神地边喊边打开每个房间查看："安安？秋分？"

宋诚一一打开房间，房间里都没有楚安安和秋分的影子。宋诚着急地自语："难道安安自从回上海后就一直没回家？她这是铁了心躲我呀，可是她能去哪儿呢？"

宋诚一脸的担心和茫然。

任青青坐在床边忧伤地凝望着窗外。

林峰走进房间："想什么呢？"

任青青没有回头。

林峰上前一把抓住任青青的胳膊："听说你昨晚去东大街找我了？"

任青青难过地望着林峰："原来阮清恬那天跟我说的都是真的，你真的是青帮的人。"

林峰冷笑："你果然已经知道了。"

任青青恳切地劝道："阿峰，苦海无边回头是岸，你现在退出还不晚，不要再跟着青帮做坏事了!”

林峰道:“可是你知道吗? 你这种话,都是拿来骗人的,什么是岸? 怎么回头? 你以为你迈出了那一步后想回头还能回头吗?”

任青青恳切地道:“你还有我啊,我会陪在你身边,跟你一起走这条回头路的!”

林峰冷笑:“回头路? 自己选的路,跪着也要走完! 我林峰这里就没有回头路这一说!”

任青青坚持:“我不能看着你这样自甘堕落,要是有什么苦衷你告诉我啊! 阿峰,我是不会放弃你的!”

没有人可以理解我的苦衷,因为你们无法体会我的痛! 林峰看着任青青热切而坚持的目光,又想到,可我不能再在任青青面前坚持了,不然任浩铭他们就会有所察觉:“好,我答应你,我改! 我会退出青帮的!”

任青青放下心来,欣喜道:“这才是我认识的阿峰!”

任青青高兴地抱住了林峰。林峰看起来却没有那么高兴。

任青青心事重重地坐在沙发上吃水果,却味如嚼蜡。她索性扔下苹果,烦躁地闭上眼睛。初一默默地从沙发后面走近,看着任青青扔掉的半个苹果,顿时气不打一处来。

初一心想:“凭什么你就能和老爷在一起啊? 除了家里有钱留过洋之外,你什么地方比我好啊? 老爷不过是想利用你罢了。哼! 孩子我也能生! 等我待会把任公馆的事告诉老爷,老爷肯定会更喜欢我的。”

任青青突然回头看到了初一,惊诧地问道:“你一个人站这干吗呢? 有什么事吗?”

初一一惊,急中生智:“我,我正要去给您熬药。”

任青青点点头:“那你还不快去。”

初一恭敬地道:“我这就去。”

初一转身走开,又回头看了看任青青,突然她想到了什么,表情变得阴沉。

阮清恬从任公馆后门悄悄溜了出来:“我要先于任浩铭找到我爹,让我爹做好心理准备,等任浩铭不再冲动了,再慢慢跟他解释。”

此时，任浩铭正在家里发脾气："怎么好一会儿没看到阮小姐了？"

"刚刚看到阮小姐回房了，现在应该还在屋里歇着吧。"

"把她给我叫出来！"

"是。"谷雨只能跑上楼去找阮清恬。谷雨打开门看了一眼，发现阮清恬并不在房间里。谷雨对着客厅的任浩铭喊道："会长，阮小姐不在屋里。"

"什么？给我找！把阮小姐给我找出来！"任浩铭猛地站起身。

任公馆的下人闻声而动。

阮清恬的一双眼睛四下搜寻着，想要发现父亲的身影，一双耳朵也努力地想要听到父亲的脚步声，可惜一直一无所获："我怎么听不到远处的声音了，偏偏要这个时候失掉这个特殊技能。"

任浩铭正带着一帮人追寻阮清恬的身影。

"会长，我把底下人分四拨朝四个方向去找阮小姐！"

任浩铭点头："好。阮清恬比她爹要好找得多，她现在肯定和咱们一样走在大街上，而不是躲躲藏藏。"

"是！"

阿春带着人离开。任浩铭则独自向前走去。

对街上衣着寒碜、行为畏畏缩缩的人，阮清恬都要多看上两眼。正当她看到一个人的背影有些像阮斌，想要上前的时候，忽然一只手拍在了她的肩膀上。阮清恬回头，发现竟然是任浩铭。

任浩铭一把抓起阮清恬的手，朝那个背影看起来像阮斌的人走去。阮清恬的心突突直跳，故意大声大叫："任浩铭，你要干什么！"

任浩铭紧紧地盯着像阮斌的那个人，可那个人并没有逃跑。

"任……"

阮清恬还想要大声给疑似阮斌的那个人报信，却被任浩铭用手帕塞住了嘴巴。此时，任浩铭已经带着阮清恬走到那个疑似阮斌的人面前。

那人回过头来，朝任浩铭可怜兮兮地乞讨。

"先生，行行好。"

阮清恬一见并不是父亲，松了口气，自己取下手帕。任浩铭随手给了那个乞丐一块大洋，乞丐千恩万谢地走了。

“任浩铭，你抓不到我爹，就要把我抓回去吗?”阮清恬瞪着任浩铭，不满地说道。

“怎么，看到他不是你爹，很开心吗? 你应该难过才对，不然你就有机会跟你爹一起跑了，是不是!”

“我有什么好跑的? 我爹现在也只是想等你冷静下来。”

“哼，还真够为我着想的! 如果你爹都不惦记你，连你都不要了，那他还是个人吗?”

阮清恬怒道:“请你说话放尊重些!”

“哼，这才是第一步，忍着点吧! 跟我走!”

任浩铭拉着阮清恬回家。任浩铭用一条铁链子绑住了阮清恬的脚，另一端绑在了床腿上。

阮清恬气恼地甩了甩铁链子:“任浩铭你是疯了吧，居然想出这种招来!”

任浩铭此时推门进来:“要疯也是被你逼疯的! 我看你还有没有办法走出这个房间一步!”

“我就一点自由都没有了吗?”

“别跟我在这儿谈自由，这些都是你自己选择的结果，少来问我!”任浩铭吼道。

阮清恬也不甘示弱地朝他吼:“那是我爹啊! 你说我要怎么选!”

“我不管你怎么选，我就知道我妹妹的一条命丧在你爹手上了，我没得选!”任浩铭愤怒地瞪着阮清恬。

阮清恬红了眼眶:“所以你就要折磨我，是吗?”

“我只是不想让你给你爹通风报信。”

“我根本不知道他在哪!”

“我会帮你找到他的!”

任浩铭说着熄了灯:“我累了，不要再跟我说话!”

任浩铭说完在阮清恬旁边倒头便睡。

阮清恬坐在一边暗自垂泪:“为什么会这样? 为什么一夜之间全都变了样?”

阮斌远远望着任公馆守卫森严的大门，一脸纠结犹豫，痛苦地闭了闭眼："恬恬，爹对不住你！爹这就去找浩铭跟他当面忏悔！"

阮斌这样想着，狠狠心大步离开。

不远处的街角，虎子带着手下走过来。

虎子忽然看到阮斌的身影，疑惑道："阮斌？"

阮斌正好拐过一个弯，消失不见。虎子从拐角跑过来，四处张望，哪里还有阮斌的影子。

手下疑惑道："虎哥？"

虎子不由皱眉："难道我眼花了？"

初一站在林峰身边，林峰露出欣喜的表情："任浩铭和阮清恬真的这么说？"

初一点点头："会长很生气，阮小姐也不甘示弱，两人为了阮先生，一直争论着，还说到了二小姐死的事。"

看来任浩铭已经知道阮斌杀了任晓晓，这下有热闹看了！林峰掩饰不住欣喜："初一，干得不错！今天我得好好奖励奖励你。"

林峰揽住初一的腰，初一顺势坐到林峰腿上……

虎子推门进来。林峰上前问道："怎么样？查清了吗？"

虎子犹豫："任浩铭现在还没有抓到阮斌。不过，刚刚我确实看到一个很像阮斌的人在任公馆附近徘徊，遗憾的是，让他给跑了！"

林峰沉吟道："是吗？任浩铭死死抓着阮清恬不放，就是想引阮斌出来，看样子阮斌还没有离开上海。"

虎子一脸凝重："峰哥，那我们接下来要怎么办？"

林峰若有所思："必须要把阮斌攥在咱们手里。"

虎子不解："大哥，我实在是不明白，阮斌对咱们来说还有什么用啊？"

林峰点了一下虎子的额头："跟了我这么久，怎么还是这么笨！任浩铭能想到用阮清恬引出阮斌，难道我们就不能用阮斌做饵引阮清恬上钩吗？"

虎子恍然大悟："还是峰哥高明！"

林峰点点头："虎子，赶紧派人去查阮斌的下落。对了，让青帮的人也去找，务必赶在任浩铭前面找到阮斌！"

虎子恭敬地道："是，峰哥！"

林峰志在必得："阮清恬，愿者上钩，就是不知道这父女情深的戏码究竟值几两人心！"

楚安安失落地在秋分的搀扶下走过来："没想到账户里真的一分钱也没有，我父母从来不这样。你说他们会不会出事了？"

秋分劝慰："小姐，老爷跟太太肯定是有什么急事给耽搁了，不一定就是出事了，您不能往坏处想，咱们再等等看。现在最重要的是您要好好休息，小心肚子里的孩子。"

楚安安忽然看见门口的小雅，诧异道："小雅？"

秋分止住话头，顺着楚安安的视线看去。只见小雅一脸愧疚地站在门口看着楚安安，手里抱着一个花瓶。

楚安安疑惑地问："小雅，你这是？"

小雅愧疚地说道："小姐，这是最后一件东西了，这个花瓶您以前最喜欢了。"

楚安安不由自主地摸摸肚子："当了吧！"

小雅难过地道："小姐，是小雅没用！"

楚安安上前拉起小雅的手："小雅，快别这么说，是我这个小姐不好，还让你们跟我过苦日子。"

楚安安说着看向秋分，秋分上前道："小姐。"

楚安安一手拉着一个，欣慰地笑道："不过老天待我不薄，在我楚安安落难的时候，还能有你们两个好姐妹陪着，我也知足了。"

小雅跟秋分对视一眼，不知该说什么好。

楚安安想起什么："对了，小雅，既然这是最后一件值钱的东西了，你把它当了就别回去了，搬过来跟我们住。宋诚知道那两处房产，你留在那儿终究不安全。"

小雅一听，喜上眉梢："真的？小姐，我也是这么想的，住过来可以方便照顾您和小少爷！"

楚安安失笑："你就知道是小少爷了？！"

小雅开心地道："我家小姐那么厉害，肯定是个少爷！"

主仆三人笑逐颜开。

过了几天，楚安安收到一份电报，里面有一张汇票，上面写着："安安，来电已阅，已电汇一百大洋到沪，家事虽有波折，勿念。"

楚安安看着电报，稍稍松了口气。

秋分安慰道："小姐，您看，我就说，咱们再等等，兴许就没事了。"

楚安安有些无助地摸了摸肚子里的孩子，眼睛里闪着坚定的光："宝宝啊，妈妈对不起你呀，让你和妈妈一起过这样的苦日子，不过，有你在，妈妈就什么都不怕了。你放心，妈妈一定会好好照顾你，让你顺顺利利平平安安地来到这个世界上。"

任浩铭与阮清恬背靠着背，谁都不理谁。阮清恬睁着眼睛，睡不着，轻轻一翻身链子就会响。

任浩铭也睁着眼睛，听到链子响，心里开始犹豫了。最后他起身将阮清恬脚上的链子卸下，转念又气自己心软，狠狠地把链子甩在角落里。

阮清恬一个人抱膝坐在地毯上，一脸难过。良久，阮清恬反应过来自己在流泪，忙擦掉眼泪，固执地对自己说："阮清恬，你哭什么，你有什么资格哭！会长他才是最难过的人。"

阮清恬这样想着，眼圈又红了起来。她擦掉眼泪，默默做出某种决定。

任浩铭跟阿夏正在谈事。

任浩铭点点头："我知道了，你加派人手去查，我就不信阮清恬她爹还能长了三头六臂！"

阿夏领命离开。

这时，阮清恬端着一碗鸡汤进来。阮清恬径自将托盘放下，若无其事地端出鸡汤："会长，我看您最近胃口不好，这是我特地炖的鸡汤，用小火煨足了三个小时，肯定特别好喝，您尝尝！"

阮清恬说着用汤勺搅了搅，散散热气，然后小心翼翼放到任浩铭面前。

任浩铭冷冷瞟了眼鸡汤："阮清恬，你又在耍什么花样？想替你爹求情所以改了怀柔政策？我告诉你，没用的！"

阮清恬动作一滞，佯装不在意道："会长，趁热喝，我先下去了。"

阮清恬说罢，转身就走。

任浩铭看着眼前的鸡汤和若无其事的阮清恬，陡然升起一股无名火，一把将汤碗打落在地。阮清恬吓了一跳，看看滚落在地的汤碗，又看看任浩铭，一脸难以置信。

任浩铭冷酷地说道："你想毒死我？没那么容易！"

阮清恬眼圈一红，倔强地说道："是，我是想毒死你，可惜你任大会长火眼金睛命又太硬，不过你放心，只要有机会，我一定会毒死你！"

阮清恬说罢去捡地上的碎瓷片。

任浩铭一把扯起阮清恬，怒道："好，好得很，那我就给你个机会！以后我的三餐，不，任家上下的三餐都交给你，我期待你的表现！"

阮清恬难以置信地望着任浩铭。

任浩铭拍拍阮清恬的脸："还不快去做！"

阮清恬咬唇，但是还是很快做好了饭菜。任浩铭虎着脸坐在主位上。阮清恬将饭菜一一放到餐桌上，最后上桌的是一只整鸡。

阮清恬坐下，打算吃饭。

任浩铭看到阮清恬的举动，很不满意："谁让你吃的？我叫你过来是帮我剔骨头，我可不想被卡到。"

阮清恬愣愣看着看着桌子上的几样菜，最后目光定格到整鸡上，疑惑地问："这怎么剔骨头？"

任浩铭边吃着饭，边凉凉道："它是只熟鸡，你是个活人，你说怎么剔？"

阮清恬踌躇片刻，为难地正要动手。任浩铭又命令道："不许把肉剔碎了，剔碎一点的话……"

"怎样？"阮清恬立即紧张起来。

任浩铭冷哼："就把整只鸡吃掉！"

阮清恬一动不动地看着任浩铭。

任浩铭不耐烦地催促："快点！我这是为你好，贤惠点才会有男人喜欢你，不是你会装楚楚可怜就有男人会喜欢的！"

阮清恬听任浩铭这么说，眼圈红了，几欲落泪。

任浩铭不耐："知不知道动不动就哗哗下雨的女人有多惹人厌？"

阮清恬脸色一白，强忍着泪水，开始剔骨头。

阮清恬筋疲力尽坐到床上，打了个饱嗝。任浩铭粗鲁地将阮清恬拽起来甩到一边。

阮清恬皱眉:“别碰我!”

任浩铭冷笑着将阮清恬的睡衣丢到地上:“长得那么丑，你以为我那么想碰你，想多了吧!”

任浩铭冷着脸将阮清恬拷在地上。阮清恬抬抬脚:“你这是干什么?”

“从今天开始，你睡地板!”任浩铭面无表情地道。

阮清恬难以置信:“你说什么?”

任浩铭不屑:“你以为你是什么身份? 杀人凶手的女儿，难道我还要好好伺候你吗?”

阮清恬耐着性子左右看看:“任浩铭，我知道你恨我，不想看见我，你可以让我回我房间睡，但不能不讲道理，这地板又冷又硬，你让我怎么睡?”

任浩铭抱臂嘲讽:“我没有听错吧，你在跟我讲道理? 不过对你来说，我说的话就是圣旨!”

阮清恬难以置信，片刻后赌气道:“好，我睡地板!”

任浩铭舒适地躺下:“好，那就睡吧。”

灯熄了。

阮清恬裹着毯子靠在墙上，一脸凄楚，不由自主看向任浩铭。

任浩铭背对着阮清恬躺着，原本闭着的眼睛睁开了，然后又闭上。

夜还长，但是两人心中的沉默更长。

第八十一章

夜凉如水

江上风平浪静，江水静静流逝。

阮斌看着平静的江水，一脸凄惶。想起抱着晓晓殉情跳江的一幕，他心中悲凉：“晓晓，我总想着要是那天我跟你一起去了就好了，你怨我吧，口口声声说爱你的我，却连去找你的勇气都没有，甚至不敢面对你的家人。”

阮斌这样想着无声哽咽，却不见泪。

不远处，一人跟虎子指着江边的阮斌：“看，是阮斌！”

阮斌反应过来，看见是虎子等人，大惊，慌张逃跑。

虎子立刻追上去：“站住！”

阮斌慌张从街角跑过来，正好遇见两个工人搬着一个牌子经过，灵机一动。

虎子跟手下匆匆追来，左右看看，竟然已看不见阮斌的身影。虎子背后，两个工人搬着牌子移动，牌子下面一双人脚跟着移动。

虎子吐了口吐沫：“该死，又让他给跑了！”

“虎哥，他肯定跑不远，要不咱们去那边看看。”

虎子跟手下追过去。

两个搬牌子的人纳闷地瞅着跟着他们同步移动的阮斌。阮斌注意到工人的视线，只好尴尬地点点头，停下脚。两个工人搬着牌子走开，露出阮斌惊魂未定的脸。

阮斌左右看看，向另一个方向跑去。忽然一个小女孩跑过来，不小心撞了阮斌一下。

“小心点！你看你，这么调皮。”

阮斌回过神，见一对年轻的夫妇相携着走过来。

母亲拉住小女孩：“不好意思，这位先生，小女太顽皮了。”

阮斌摇头：“没事。”

小女孩冲阮斌扮鬼脸。

母亲无奈地拧拧小女孩的脸，夫妇两人带着小女孩离开。

小女孩的声音远远传来：“爸爸妈妈，我们赶快回家吧！”

阮斌本来迈开的步子忽然顿住，好似再也不能迈开。他忽然做了某种决定，改变方向大步往任公馆走去。

任晓晓房门开着一条缝隙，隐约露出阮清恬忙碌的身影。阮清恬正在打扫着房间，动作细致。

桌子上放着一张照片，是任晓晓兄妹三人的合照，照片中晓晓的笑容十分耀眼。阮清恬拿起照片，小心擦着，擦到任浩铭的脸上时，动作一顿，一脸难过地摸着任浩铭的脸。

任浩铭不知何时进来，一把夺过照片。

阮清恬吓了一跳。

任浩铭愤怒地抓着阮清恬：“阮清恬，你真虚伪，都到了这种时候，你装出一副悲天悯人的虚伪样子给谁看？你把晓晓房间打扫得再干净有什么用？晓晓已经死了，被你爹杀死了，她再也活不过来了，而你却用冠冕堂皇的理由放走了杀人凶手，你跟你爹有什么两样！”

阮清恬原本愧疚的心情在任浩铭忽然将矛头指向阮斌时渐渐冷却下来。

阮清恬倔强道：“是，我爹是杀了你妹，我是卑鄙无耻地放了我爹，那你呢？你把我扣下来，难道不是想用卑鄙无耻的方法引出我爹吗？你难道就比我高尚很多吗？如果晓晓不是摊上你这么个冷酷无情的哥哥，她也许现在还活着，难道晓晓的死你就没有丝毫责任？！”

阮清恬气得顺手将桌上的杯子摔到地上。

任浩铭一愣。

阮清恬眼圈一红："任浩铭，如果你是想让我恨你，那你成功了！"

阮清恬说完，转身就走。任浩铭张张嘴想解释什么，最终也没发出声来，痛苦地闭上眼。

阮斌挺直身子站在客厅中央。

任浩铭在阿夏的引导下从楼上下来。

任浩铭恨恨地道："阮斌，你竟然敢回来！"

阮斌忽然跪下："我有罪，我对不起晓晓。"

任浩铭像疯狗一样向阮斌扑去，扯起阮斌："你给我起来，你以为你给我跪下所有的事就可以一笔勾销吗？你以为你这样就能弥补你对晓晓的伤害吗？我告诉你，晚了，晓晓不会原谅你，我也不会！"

阮斌哽咽地道："任会长，你想怎么处置我都可以，只要你能放了我的女儿。"

"你说什么？"任浩铭像听到什么笑话似的，大笑起来，"晓晓，你听到了没有，你说哥哥要怎么办？怎么处置这个懦夫！阮先生，你可真是给我出了个难题啊！一面是晓晓，一面是恬恬，你说我怎么处置你合适！"

不远处，谷雨走了过来，看到任浩铭与阮斌，吓了一跳。

谷雨焦急地道："阮先生回来了？坏了！我得赶紧告诉阮小姐去！"

阮斌痛苦地攥着任浩铭的手："我，我自己处置我自己！我把自己关起来，等你想好了，要杀要剐都行！"

阮斌走到小黑屋里，把自己关了起来。

任浩铭站在门口冷笑："你还真会选地方。"

阮斌咳嗽几声，墙上的一块幕布顿时亮了起来。阮斌惊讶地看着，幕布上竟然出现了晓晓生前的影像。在幕布旁边，摆满了晓晓生前的照片。

眼泪瞬间流下，阮斌痴痴地看着晓晓动人的影像，越看越难过，不禁跪了下来，声音也哽咽了。阮斌动情地对着影像和照片表白："晓晓，是我啊，我是老赵啊，你在那边还好吗？我每天都会梦见你，梦里你还是那么漂亮可爱。你总是在朗诵莎士比亚的经典台词，你的声音那么好听。"

任浩铭退到门口，听着阮斌深情的告白，嘲讽一笑，却也不知不觉红了眼眶。

阮斌抹了一把眼泪："晓晓，我来忏悔了，我来赎罪了，我对不起你，是我不好，我不该骗你，我其实从来没有想过要骗你，更没想过要害你。"

阮斌痛哭流涕。

任浩铭站在门口："晓晓，我不管他是不是真的爱你，但你是因为他死的，我实在不知道该怎么原谅他。可是，恬恬……"

任浩铭走出门。

阮斌仍旧呆呆地看着画面，悔恨交加："晓晓，我错了，我不该让你误会让你生气，一切都是我的错，浩铭说的没错，就是我害死你的，我有罪啊！我该死！"

任浩铭忽然像失去力气似的背靠着门坐下，听着影像里晓晓的声音，心痛地闭上了眼睛。

谷雨焦急在门口徘徊，时不时向外张望："阮小姐怎么这么晚还不回来？"

阮清恬慢慢向任公馆走去，闷闷不乐。

谷雨看见阮清恬，连忙跑过去："阮小姐！"

阮清恬诧异地看着谷雨。

谷雨冲上前，左右看看，然后贴着阮清恬耳边耳语一番。

阮清恬大惊："你说什么？"

阮清恬匆匆走进任公馆，正好看到任浩铭拖着疲惫的步伐走过来。阮清恬无视任浩铭，就要冲过去。

任浩铭一把拉住阮清恬。

阮清恬质问："你干什么？任浩铭，你抓了我爹是不是？你对他做了什么？我爹年纪大了，经不起折腾，你要是报仇，冲我来就好，你把我爹怎么样了？"

任浩铭明明没做什么，被这么误会，忽然来了脾气，冷笑："我就是把你爹怎么样了，难道不应该吗？"

"爹！爹！"阮清恬大惊，一边冲着小黑屋方向大喊，一边想挣开任浩铭，"你放开我，你个混蛋！你居然把他关起来了！"

"不放。"任浩铭冷声回答。

阮清恬又急又气："会长，你这是精神摧残！是滥用私刑！我爹会受不了的！我承认我爹要对晓晓的死负责，但我爹他真不是故意害死晓晓的，他们是真心相爱的，你可以把他送去警察局，但你没有权利这么做！"

任浩铭不理会，手上用力，径直拉着阮清恬离开，毫不怜惜地把阮清恬摔在地上。

阮清恬站起身，用愤怒的眼神看着任浩铭："你为什么这样对我？"

任浩铭冷冷地说："待在这里，没有我的允许，哪儿都不许去！"

阮清恬又气又急："我凭什么要听你的！"

"因为你是我的犯人！"

阮清恬愤怒地看着任浩铭，忽然眼圈一红，哽咽道："你想用我来引出我爹，已经成功了，你还想怎么样？"

任浩铭挑起阮清恬的下巴，冷冷地说道："我想怎样就怎样！"

阮清恬冷冷地道："你比我想象的更无耻！"

任浩铭威胁道："信不信我还能更无耻。"

任浩铭说着粗鲁地吻向阮清恬。

阮清恬不堪侮辱，挣扎起来。任浩铭捂着嘴角推开，嘴边被咬出了血。

阮清恬愤怒地擦擦嘴："任浩铭，如果能再重来一次，我恨不得不认识你！"

任浩铭脸色一变，冷笑道："我知道你很恨我，恨不得杀了我，那不如这样——"

任浩铭说着把一把枪放到阮清恬手上。任浩铭不理会阮清恬的惊讶，淡淡地说道："我给你这个机会，要么杀了我，要么我继续吻你！"

阮清恬颤抖地拿着手枪。

任浩铭冷静地说道："你杀了我吧，免得我也痛苦。"

阮清恬拿枪对准任浩铭，两人无声对峙。

忽然，阮清恬手一滑，枪掉在地上。

任浩铭吻了一下阮清恬，冷笑道："你看，你对我的仇恨并不如我对你的多！"

阮清恬脸色一白。

任浩铭扬长而去。

初一在给任青青熬药。她将药汤倒在碗里，从怀里掏出一小包东西，紧张地回想着之前任青青的话。

"尤其是麝香，会导致流产的，府里绝对不能有。"

初一恨恨地道:“你只能怪自己,谁让你偏偏告诉我麝香可以导致流产呢,我问过医生了,只要喝了这药,不出半个时辰,就会造成流产。”

初一颤抖着打开纸包,犹豫着不敢洒进碗里。

门外突然传来了任青青的声音:“初一!”

初一一紧张,药粉全都洒到了地上。任青青走进厨房,初一赶紧用脚踩住药粉。

任青青抱怨道:“熬个药怎么那么久,磨叽什么呢!”

初一赶紧摇头:“大小姐,药已经熬好了,正打算给您端过去呢。”

任青青低头看了一眼药汤,皱着眉:“熬好了就快端过来吧。”

初一看着地上的药粉,无奈地叹了一口气:“下次一定不能再这么犹豫不决了!”

林峰坐在沙发上悠闲地喝着红酒。

虎子走上前来:“峰哥。”

林峰抬眼看虎子。

虎子兴奋地道:“已经找到阮斌了,就在任公馆后面一个废弃的小黑屋里。”

林峰眯着眼:“确定吗?”

虎子阴沉地道:“确定。”

林峰冷笑着,若有所思。

阮斌瘫在地上,精神有些恍惚。看着影像里的晓晓,他索性跪在地上,情不自禁地忏悔道:“晓晓,晓晓,我知道错了,我对不起你呀晓晓!”

阮斌起身试图去寻找能关闭影像的东西,却一直找不到。只好瘫坐在地上,紧紧捂住耳朵,闭上眼睛,猛烈地摇着头,几近疯癫。

“怪不得会长说不用锁呢,这都魔怔了,不锁也跑不了了。”阿夏说道。

阿春看着仓库,有些感伤:“唉,真是自作孽不可活! 就是可怜阮小姐了。”

任浩铭推开小黑屋的门,幕布上还在放着任晓晓的影像。阮斌已经瘫坐在地上,两眼空洞无神地望着某处,脸上还有泪痕。

阿春实在看不下去了,找到任浩铭,劝道:“会长,阮先生一直不肯吃饭,再这样下去,怕是——”

任浩铭淡淡地说:“把那个影像关了吧。”

阿春回答:“是,会长,要将阮先生送到警察局吗?”

任浩铭沉默着,没有说话。

阮清恬下楼来,看着任浩铭,不知说什么好。阮清恬问一旁的阿春:“很久没有青青姐的消息了,她还好吗?”

阿春回答:“大小姐一切都好,阮小姐就放心吧。”

任浩铭放下报纸交代阿春:“阿春,你抽空去趟林家,把上次从苏州带回来的上好的绸缎和糕点都给大小姐送去,告诉她公馆里一切都好。”

阿春点头:“我知道了,会长,我这就去。”

任浩铭叮嘱:“公馆的事不要和大小姐说。”

“我明白。”

阮清恬犹豫着开口:“我爹和晓晓的事,你没告诉青青姐吧?”

任浩铭看了阮清恬一眼:“这不是你该操心的!”

阮清恬追问:“你到底打算怎么处置我爹呢?”

任浩铭恼火地问道:“我处置他了吗?”

阮清恬难过地问:“难道你就要一直这么关着他吗?”

任浩铭瞪着阮清恬:“我再说一遍,这不是你该操心的!”

阮清恬不甘心地说道:“那是我爹,我怎么能不问?”

任浩铭不再理阮清恬,拿起报纸来看。阮清恬皱着眉,盯了任浩铭一会儿,气呼呼地转身上楼。

夜色渐浓,直至一片漆黑,点点星辰挂在天边,黎明渐渐到来,一轮朝阳挂在天边。阮清恬躺在床上,皱着眉,发出害怕的惊呼声。阮清恬做噩梦了。

阮清恬满头大汗地从床上坐起身来:“爹!”

阮清恬眼角挂着泪水,一边大口大口地呼吸一边捂着胸口。她慢慢平静下来,起身下床,一边走一边安慰自己:“只是个梦而已!”

阮清恬来到餐厅,走到桌边,拿起茶壶,准备倒杯水,但是茶壶里没有水。阮清恬轻声地喊:“谷雨。”

没有听到谷雨的回应,阮清恬拿着茶壶走向厨房。

阮清恬走到厨房门口，刚准备开口说话，听见厨房里有人小声说话。

阮清恬站在门口，看到谷雨和阿夏在说话。

阿夏小心翼翼地说："您小声点吧，我的姑奶奶！现在阮先生的名字可不能随便提，小心让会长听见堵心。"

谷雨低声地说道："你不说我都忘了，哎，说起来阮先生也真是的，都已经两天没吃饭了，整个人都瘦了一圈，再这样下去，真不知道——"

阮清恬听到这里，整个人都僵住了，手里的茶壶"啪"一声摔在地上。谷雨和阿夏转身，看见阮清恬站在门口。阮清恬愣了一会儿，转身跑上楼。谷雨和阿夏追到门口，阿夏大声地道："阮小姐，阮小姐！"

阿夏看着阮清恬迅速跑开的身影，和谷雨对视了一眼。

"你啊！可闯大祸了！"

阮清恬冲到任浩铭房门口，使劲地拍门。

任浩铭睡眼惺忪地拉开门，冷冰冰地问："你来干什么？"

阮清恬站在门口，真诚地看着任浩铭："会长，我愿意替我爹赎罪！"

任浩铭没说话，抬手准备关门。阮清恬愣是硬生生地挤了进去，苦苦哀求道："我求求你放过我爹吧，求你把我爹放出来吧，你有什么怒什么怨，都冲我来吧！我爹年纪大了，经不起折腾，我来替我爹赎罪！"

任浩铭咬牙切齿地看着阮清恬："你怎么赎罪？你凭什么赎罪？"

阮清恬避开任浩铭的眼神："只要能减轻你的怨恨，你让我做什么，我都可以去做！"

任浩铭不屑地笑了一声。

"你不是喜欢我吗？"阮清恬勇敢地和任浩铭对视，一边说着一边缓缓地解开扣子，脱去衣服，"那我就用我的身体偿还你好了！"

任浩铭瞪大眼睛："阮清恬，你疯了！"

任浩铭弯腰捡起阮清恬的衣服，扔到她的身上。

阮清恬却固执地将任浩铭丢过来的衣服再次丢到地上，冲到任浩铭面前，搂着任浩铭的脖子："如果这样能减轻你的怨恨，或者能让你的心里好受一点，那你就来吧！"

阮清恬眼里含着委屈的泪水，回避着任浩铭的目光，手却不放松。任浩铭挣脱阮清恬的手臂，阮清恬又搂住任浩铭的腰。任浩铭双臂高举，大声呵斥阮清恬："我真失望，你竟然做出这种事情，你这种举动，和妓女有什么分别！"

任浩铭一把将阮清恬推在床上，然后离开房间，狠狠地甩上了房门。

阮清恬围着被子，坐在床上无声地哭了。

任浩铭站在书桌旁，看着书桌上阮清恬的照片。照片上阮清恬笑靥如花，穿着那条白裙子。想起第一次在沙逊大厦门口遇见阮清恬那时的她青春活力，眼神清澈，没有一丝一毫的杂质，就是那样的眼神打动了自己，可是现在呢？

任浩铭叹气，盯着照片，心中无限怅然："那时的你，和我据理力争，甚至不要我的钱，是你倔强、义无反顾的样子打动了我，让我觉得你是个真诚正直的女孩，没想到你今天竟然会做出这样的举动，真是太让我寒心了。"

任浩铭紧紧盯住阮清恬的照片，眉头紧蹙，然后一把扔下照片，走了出去。

第八十二章

阮斌不见了

阮斌在小黑屋里，坐在一堆杂物旁边，眼神涣散，胡子拉碴，怀里紧紧抱着任晓晓的照片。

门外突然传来阮清恬的声音："爹！爹！"

阮斌一惊，听出是阮清恬的声音，连忙跑到门边，从门缝里张望。只见阮清恬急匆匆地跑过来。

"恬恬……"阮斌想了一下，赶紧从里面把门锁上，又躲到角落里，瞪大眼睛，紧盯着房门。

阮清恬跑到门口，使劲地拍着门，大声地喊："爹，你在里头吗？"

阮清恬没听到回应，哽咽着大喊："爹，在里面吗？爹，你说句话好不好？"

阮斌靠着墙坐在地上，听着阮清恬撕心裂肺的呼喊："会长怎么这么狠心，把你关在这种又湿又暗的地方，他也太残忍了！"

阮斌听到这里，赶忙站起身来，想要打开门。他伸出的手停在半空中，最终还是放弃了。阮斌颓败地靠在门上，心痛地说道："恬恬，你回去吧，爹在这里挺好的……"

阮清恬听到阮斌的声音，停止了哭泣，侧耳倾听："爹，真的是你?！你还好吗?"

阮斌哽咽道："爹挺好的，恬恬，会长没有为难你吧？"

"没，没有，爹，您怎么不吃饭啊，您的胃本来就不好，不吃饭身体哪能受不了啊！您答应我，好好吃饭好不好?"阮清恬越想越伤心，忍不住又哭了起来。

阮斌抹着眼泪："好，好，爹答应你……"

阮清恬抹了抹脸上的泪水："爹，你等着，我这就去找任浩铭要钥匙，放您出来!"

阮清恬说着，转身要走。阮斌赶紧叫住她："恬恬，你等等……"

阮清恬刚跑了两步，听到阮斌的呼喊，停下脚步，转身回来，趴在门上："爹！您还有什么事?"

阮斌继续说："恬恬，会长他没有关我，是我自己想在这儿好好向晓晓忏悔的。虽然我没有杀晓晓，可这件事毕竟跟我脱不开干系，我在这忏悔也是应该的，你不要怪会长。"

阮清恬恍然大悟："原来是这样，那是我误会会长了。"

阮斌接着说道："对了恬恬，千万别告诉奶奶，她会受不了的。爹对不起她老人家，没能好好尽孝，还闯了这么大的祸；爹也对不起你，葬送了你的幸福。"

阮清恬含着泪摇头："爹，您别这么说，您不会有事的，您和会长到底都是怎么了？你们是我生命中最重要的两个人，为什么一定要这样呢?！您打开门，让我见您一面好不好?"

阮斌犹豫着开口道："恬恬，爹，爹现在没脸见你。"

阮清恬面露忧伤："爹——"

阿夏走了过来，俯身对阮清恬说道："阮小姐，您快回去吧，您也知道了，阮先生是自己待在这里的，并不是会长把他关起来的。"

阮清恬起身拉住阿夏的手："阿夏，我拜托你一件事，你一定要答应我。"

"您说。"

阮清恬恳切地说道："拜托你看着我爹，一定要让他吃饭，他胃不好，不吃饭身体会受不了的。"

阿夏点头："阮小姐您放心吧，我会的。"

阮清恬不舍地看看小黑屋："爹，那我就先回去了。我找会长说情去，我给他跪下，我给他做牛做马。"

阮斌听到这话，不由老泪纵横："恬恬啊，是爹害了你呀!"

小雅搀扶着楚安安从医院出来。

楚安安开心地跟小雅谈论着："你听到没有，刚刚医生说我身体很好，宝宝也很健康，只要注意休息，补充营养就没问题了！"

楚安安安心地摸着肚子。

小雅也开心地笑着，伸手拦了一辆黄包车。

小雅扶着楚安安坐上黄包车。楚安安和小雅坐着黄包车经过医院旁边的咖啡厅，刚好宋诚坐在咖啡厅里，两人擦肩而过。

宋诚出神地望着对面的位置，想起之前和楚安安在这里聊天的情景，仿佛又看到了楚安安迷人的微笑，不由勾起嘴角。等他伸手想要抓住楚安安的时候，她又忽然消失了。

宋诚清醒过来，发现现在对面的座位是空的，不禁怅然若失。

这时，王副官走进来，对宋诚说道："少爷，上海滩楚小姐所有可能去的地方，咱们差不多都找遍了，都说没看见楚小姐，你说楚小姐不会是离开上海了吧？"

宋诚摇摇头："安安很喜欢上海，应该不会为了躲我而离开上海吧！不过你倒是提醒了我，你现在马上派人去火车站码头找，有消息立即通知我。"

"是！少爷，我这就去。"

宋诚失魂落魄地走出咖啡厅，突然看见前面有一个穿着和楚安安一样衣服的女孩，立刻追了上去，拍了拍女生的肩膀："安安？"

陌生女子回头，吓了一跳。

宋诚见认错了人，一脸失落："不好意思，我认错人了。"

虎子笔直地站在林峰面前："峰哥，没什么事的话，我去叫任青青下来吃饭了。"

"等等！"林峰略一沉吟，叫住虎子，阴险地笑着，"来，帮我做场戏！"

虎子不理解林峰的意思，看着林峰："峰哥？"

林峰在虎子耳边窃窃私语。虎子一边听一边认真地点头。

任青青忧伤地喝光了所有的参汤，拿着手绢擦了擦嘴。初一走过来，看着任青青，想起刚刚林峰交代自己的话。

“待会任青青吃完饭，你就对任青青说，让她到书房来给我送一碗参汤。——照做就是了，我自有安排。”

初一假装谄媚地说道：“小姐，刚刚虎子说，老爷有些咳嗽，您要不要给他端一碗参汤？老爷一准儿更疼您！”

任青青疑惑：“咳嗽？我怎么没发现啊？”

初一催促道：“我都给您准备好了，您就快去吧！”

任青青一听林峰病了，不敢怠慢，连忙端着参汤出去了。

初一见任青青走远，露出阴险的笑容，故意高声喊道：“小姐，您慢点走。”

林峰听到初一的“信号”，立刻给虎子使了个眼色，虎子心领神会地点点头。

任青青端着汤走近书房，从书房里传来虎子和林峰的说话声。

书房的门虚掩着，任青青好奇地侧耳听着。

林峰难以置信地道：“虎子，这件事你一定要保密，只许和我一个人说，千万不能让你嫂子知道！”

虎子不满地想要反驳：“可是……可是……”

林峰厉声道：“可是什么，我说不能就不能，现在你嫂子有孕在身，绝对不能受刺激！”

虎子再次抗议道：“但是这关系到……”

任青青听到这里，整个人好奇地向前探了探身子：“还要瞒着我，究竟是什么事情……”

林峰打断虎子：“你别再说了，总之一定要严守秘密！”

虎子高声地抗议：“峰哥！”

林峰高声对虎子说：“对了，你有什么证据吗？要是没有证据，你就别瞎说！”

“那人已经亲口承认就是他杀了晓晓。”

任青青听到这里，瞪大了眼睛，端着汤的手开始剧烈地抖动。她抚着自己的胸口，努力让自己平静下来，继续侧耳倾听。

林峰皱眉道：“这件事我会去调查的，你就不要管了。”

虎子带着哭腔说：“峰哥，您还犹豫什么？嫂子那么想给妹妹报仇！既然现在阮斌已经亲口承认了，我们为什么不——”

林峰厉声问道：“阮斌现在在哪儿？”

虎子说道：“听说碍于阮斌是阮清恬的爹，任会长一直心慈手软，只是把他关了起来!”

任青青惊呆了。

汤碗“啪”一声摔在地上。

林峰和虎子听到汤碗摔碎的声音,两人交换了一下眼色。

林峰故意问道:“谁在那里?”

林峰开门走出去,看见任青青,假装焦急地问道:“青青,你怎么在这儿?刚刚我们说的话……”

任青青脸色极为难看。

两个蒙面人鬼鬼祟祟地来到仓库门前,悄悄地将门打开。阮斌惊慌地看着两个蒙面的黑衣人朝自己走来。其中一个蒙面人在阮斌面前摘下了蒙面巾。

阮斌惊诧地说道:“原来是你!”

阮斌刚说完就被一棒打晕在地。

任浩铭回到客厅,阮清恬立刻迎了上去。

阮清恬激动地说道:“会长,对不起。”

任浩铭爱理不理地瞄了阮清恬一眼:“有什么对不起的?”

阮清恬内疚地坦言道:“会长,我知道了,不是你把我爹关起来的……是我错怪你了……对不起……”

任浩铭起身要上楼,阮清恬拽着任浩铭的胳膊。

阮清恬小声地道:“会长,你原谅我吧……”

任浩铭甩开阮清恬的胳膊。刚走了两步,又被阮清恬拽住:“会长……我爹他真的是在真心忏悔,您能不能——”

阮清恬有些说不下去了,任浩铭再也听不下去,转头冲过去一把抓住阮清恬,把阮清恬推到墙角。

阮清恬一动不动地盯着任浩铭。

任浩铭恼火地吼:“能不能什么?你想让我原谅你爹?我问你,如果晓晓是你的姐姐或者妹妹,她死了,你肯原谅那个凶手吗?”

阮清恬焦急地道:“会长,我爹他真的不是凶手,我爹……”

任浩铭不耐烦地道:“我不想听!闭嘴!”

任浩铭坐下,不再看阮清恬。阮清恬见状,只好一脸无奈地站在一边。此时,任青青冲进客厅,看见阮清恬和任浩铭,气冲冲地朝阮清恬走过去。

阮清恬看见任青青,有些诧异:“青青姐?”

任青青不回答,上前扬手打了阮清恬一个耳光:“你竟然还有脸待在任家,这世间竟然还有你这种人,你的脸皮究竟有多厚啊!”

任浩铭赶紧上去制止:“姐,你说什么呢!”

任青青转身质问任浩铭:“浩铭,我都已经知道了,你别在那装傻充愣。阮清恬,我们任家到底欠你们什么了,你和你爹要这么害我们!”

阮清恬始终不反抗,也不说话。

任浩铭上前保护阮清恬:“姐! 你别说了!”

林峰这时也冲了进来,站到任青青旁边。

任青青歇斯底里地喊着:“浩铭,我早就说过让你离开她,她是个扫把星,早晚也会把咱们都害死的!”

任浩铭无语地对林峰道:“我姐姐怀着孕呢,为什么还要告诉她这些事情?”

任青青抢过话来:“你不要怪阿峰,是我自己听到的,任家出了这么大的事,上海滩还有人不知道吗?”

林峰面上带着愧意,但是眼睛里却露出得意的神色。

任浩铭劝解道:“姐,你不了解情况。”

任青青高声道:“浩铭,当初你不同意我和阿峰在一起,结果怎么样? 我们生活得很幸福,马上就要有孩子了,而你一心一意要爱的阮清恬,根本就是个骗子,她和她爹都是骗子! 骗财骗色!”

任浩铭厉声打断她:“不要说了! 林峰,带我姐走。”

“我不走! 阮斌呢? 你今天要是不当着我的面杀了阮斌我就不走!”任青青大声道,转身又对阮清恬叫嚣,“阮清恬! 你说,你到底把你爹藏哪儿了?”

阮清恬低着头不说话,眼泪默默地流下来。

任浩铭站出来:“我有我的安排,你就不要管了,我会查清楚的!”

林峰看着阮清恬伤心的样子,有些心疼。

任青青大惑不解:“浩铭啊! 你昏了头了! 死的是我们的妹妹,难道不该让他一命偿一命吗?”

任青青气得站不稳,林峰扶着她坐到沙发上:“浩铭,既然青青坚持,就让我们看一眼阮斌,出口恶气再走吧。青青现在怀着孩子呢,你这么气她真是太不对了!"

任浩铭不动声色地道:"你先带我姐到楼上的房间休息,这件事,我会处理的!"

任浩铭看着林峰,林峰打算搀着任青青上楼,任青青却又不依不饶地喊起来:"我不上楼,我必须见到阮斌!"

任浩铭还是淡淡的:"你不需要见阮斌,这件事我来处理就可以了。"

任青青不满道:"你处理什么了?你把阮斌枪毙了?还是送警察局了?你为了这个不要脸的女人,连晓晓的仇都不报了吗!"

任浩铭高声道:"我说了我来处理就可以了!既然在任公馆就是我说了算!林峰,带我姐走!"

林峰假意埋怨道:"浩铭你看你,你姐该多伤心啊。"

阮清恬低着头,紧咬着嘴唇不说话。

任浩铭高声喊道:"阿春!阿春,送客!"

阿春面露为难之色,没有回答。

任浩铭纳闷道:"阿春!"

林峰嘴角露出不易察觉的阴笑。

谷雨突然跑进客厅:"会长,不好了,后院的小黑屋出事了。"

任浩铭震惊地问:"你说什么?"

任浩铭护着阮清恬,林峰护着任青青,众人来到了仓库外。果然见仓库大门大开,阿春跑上前来说:"会长,阮小姐的父亲不见了。"

阮清恬大惊。任青青恨得咬牙,对任浩铭说道:"你就是这样看着我们的仇人的?!"

林峰冷笑一下,马上假装关切地扶着任青青:"青青,千万不要生气,为了你,更为了咱们的宝宝……"

任浩铭冷声道:"还不带我姐离开这里!"

林峰要拉着任青青离开,任青青甩开林峰,不依不饶:"浩铭……你……"

任浩铭瞪着阮清恬:"我以为你爹是真心悔改,没想到……"

阮清恬委屈得说不出话来。任浩铭不理阮清恬,扶着任青青走了。

任浩铭扶着任青青走进客厅,阮清恬跟在后面,林峰想要去扶她,阮清恬用力甩开他。

任浩铭黑着脸，转身对阮清恬吼道："你爹逃走了！这下你开心了吧！"

阮清恬不解道："会长，你怎么会这么想?！我爹他是主动回来的，又是自己把自己关在小黑屋的，何苦又逃跑呢！"

任浩铭冷酷地道："我怎么知道他在想什么？也许他回来只是想博取我的同情，后来见我不可能原谅他，就逃跑了！"

阮清恬不相信："不，不会的……"

任青青帮腔："明明就是，事实摆在眼前，你还在这儿装疯卖傻，当我们都是傻子呢，被你们父女俩耍得团团转！你说！你把你爹藏哪儿去了！"

阮清恬无奈地摇摇头："我，我没有……我不知道我爹去哪儿了啊。"

任青青厉声道："不知道？他是你亲爹你能不知道？我看就是你把他放走的！"

林峰上前道："青青，事情还没有搞清楚，你先不要冲动，看阮小姐的样子，可能是真的不知道。"

任青青不解地望着林峰："阿峰，你怎么到现在还替她说话？她爹杀了晓晓，就是我们全家的仇人，你知不知道?!"

林峰劝解道："青青，你也是受过高等教育的人，怎么思想还停留在古代，阮先生杀了人是阮先生的错，难道现在还有'一人犯罪，株连九族'一说吗?"

任青青力争："阮清恬帮了她爹就是共犯！当然应该受到惩罚！"

任浩铭烦躁道："好了，姐，你别说了，林峰，带我姐回家吧。"

任青青还想说什么，林峰拉住她："走吧，你别再一着急动了胎气。"

任青青恨恨地瞪了阮清恬一眼，不甘心地和林峰离开了。

两人刚从任公馆出来，林峰就冷下脸来说道："你先回家吧，我还有点事情要处理。"

林峰说完便转身头也不回地走了。

"唉——"任青青气得跺脚。

第八十三章

任青青流产

楚安安在客厅里坐着，忽然肚子咕噜一阵响。

小雅忙问："小姐，您肚子不舒服？"

楚安安摇摇头："我有点儿饿了。"

小雅有些惊讶："可咱这刚吃完饭没一会儿，您怎么就又饿了？"

楚安安有些委屈："刚才那熬的粥太稀了，米就碗底一点点，哪够吃啊。我饿一顿没事，总不能饿着孩子吧。"

小雅想了想："那小姐您想吃什么？"

楚安安想了一下："呃……荣顺馆的椒盐排骨！"

小雅为难："啊？排骨？还得是荣顺馆的？"

楚安安不解："对啊，怎么了？"

小雅无奈道："小姐，我实话跟您说吧，咱现在买米买菜的钱都快没了，更别说下馆子了。"

楚安安惊讶地望着小雅："一点儿都没了？"

小雅肯定地点点头："给您安马桶就花了不少钱。"

楚安安噘着嘴，小孩子气地道："可我就想吃排骨，不吃就难受！"

小雅摊开手："我也没辙啊，现在家里的钱连买生排骨都不够！"

楚安安想了想："那你把我让人从欧洲买的那几件裙子拿出去当了吧，反正我过几天也穿不上了。”

小雅震惊地道:“啊? 那可都是限量版啊,您生完孩子还能穿的。”

楚安安叹气:“以后再说以后的事,先顾好眼前吧。”

“好吧。那我可真去了啊,您可别后悔。”小雅再次跟楚安安确认道。

楚安安嘟着嘴:“快去吧,裙子哪能当饭吃,我就想吃排骨。”

“我这就去给您买。”

小雅走了好一会儿,楚安安等得有些不耐烦了,焦躁地在客厅来回踱步:“小雅怎么还不回来啊! 馋死我了! 秋分,你快出去看看,小雅回来了没有。”

秋分正要出去,小雅就回来了。

小雅气喘吁吁:“小姐,我回来了。”

楚安安兴奋地问:“排骨呢?”

小雅将排骨递给楚安安:“我排了好长时间的队才买到的呢! 您快趁热吃吧!”

楚安安二话不说,立马打开吃起来,吃得满手都是油,丝毫不顾及形象:“真好吃。”

小雅和秋分头一回见楚安安这个样子,两人偷笑。

阮斌被绑在一张椅子上,还是昏厥的状态。虎子拿来一盆水将阮斌泼醒。阮斌一个激灵醒了过来,环顾四周,发现自己在一间密室里,虎子正冷冷地看着自己,而林峰正站在窗口,若有所思。

虎子嘲讽地说:“醒了啊,够能睡的呀。”

阮斌冷静地回答:“这是哪儿啊? 你们想干什么?”

虎子阴险地笑着:“这可是个好地儿,是一个不论你想来还是想走都由不得你的好地儿。”

阮斌冷笑:“哼,你们又要让我做对任会长不利的事吗?”

“呵,几日不见,怎么变聪明了啊!”

阮斌坚定地说道:“我告诉你,我不会再替你们办事了!”

虎子被阮斌的反应吓了一跳:“你说什么? 你竟然敢这么跟我说话!”

阮斌说:“任会长已经知道我和晓晓的关系了,你们现在不能拿这个威胁我了! 而且我也想通了,我不会再躲躲藏藏的了,我要回去找任会长道歉赎罪,就算是坐牢我也认了。”

虎子哑口无言：“你——”

这时，林峰阴冷地说道：“你说得很对，可是我还是把你给救回来了，想知道原因吗？”

阮斌不说话，眼里充满戒备。

“听好了，虽然你对青帮已经没有什么用了，但是你本身最大的利用价值是谁都无法替代的，而且是致命的——那就是你的女儿阮清恬。只要你在我手里，还怕阮清恬不主动上门吗？”

阮斌警惕地问：“你要对恬恬做什么？恬恬她什么都不知道。”

林峰笑笑：“不做什么啊，你不用这么紧张，我对阮清恬好还来不及呢。”

“你会有这么好心吗？你到底在打什么主意？”阮斌警惕地望着林峰。

林峰冷笑：“不怕告诉你，我就是打你女儿的主意！”

阮斌疑惑地问：“恬恬？”

林峰坦然地回答道：“我喜欢恬恬，一直想让她做我的夫人，只可恨她只钟情于任浩铭那个混蛋！”

阮斌惊讶地道：“没想到你这么无耻！哼，你这么阴险狡诈，我相信恬恬就算瞎了眼也不会喜欢你的！”

林峰被戳到痛处，生气地揪住阮斌：“你现在倒是不怕我了啊，信不信我立刻杀了你！”

阮斌昂头，视死如归地说道：“你杀了我吧！杀了我，恬恬和浩铭之间的隔阂就会消失了，我也就不必这么痛苦了……”

林峰冷静下来：“怎么？你想死啊？想得美！我不会杀你的。”

“为什么？”阮斌不解。

林峰冷冷道：“如果我杀了你，你女儿肯定会恨我的，要杀也应该让任浩铭来杀你！只有这样，任浩铭和阮清恬才会反目成仇！”

阮斌大喊：“林峰！你太阴险了！我一定要将你的计谋告诉恬恬和浩铭！”

林峰给虎子使了个眼色，虎子立刻拿起地上的破布条堵住了阮斌的嘴。阮斌挣扎着哼哼。

林峰冷笑：“没那么容易！虎子，看好他！”

虎子高声应道：“放心吧，峰哥！”

任青青抚摸着肚子，来到客厅，发现林峰正在听广播，于是走上前，一脸担心地问："阿峰，你说，昨晚到底是怎么一回事啊？"

林峰轻哼了一声："怎么回事？瞒天过海，调虎离山呗。"

任青青不解："你说的这些我听不懂，你快仔细和我说说。"

林峰漫不经心地说道："你找去公馆，要找阮斌算账，对不对？可是浩铭爱阮清恬，不想杀阮斌，所以为了让你死心，就演了一出戏给你看，故意说阮斌自己跑了，好让你暂时不去想杀阮斌这件事，等时间长了，仇恨淡了，你也就慢慢释怀了，他们呢，就可以再把阮斌带回去，名正言顺地结婚了。"

任青青恍然大悟："你是说，这一切，都是他们做戏给我看？为的就是让我先不要追究阮斌的事？"

林峰点点头："Bingo！"

任青青疑惑："可是浩铭他会这么骗我吗？他都已经知道是阮清恬的爹杀了晓晓，还会想和阮清恬结婚？"

"你可别忘了当初任会长为了阮清恬和你闹翻的事儿，男人一旦着了迷，就什么理智都没有了。"林峰提醒道。

任青青气得捶胸顿足："我的天啊！真是演了一出好戏啊！我说昨天阮清恬怎么那么乖巧委屈啊，原来是早就给我备好了一出戏啊！真是气死我了，气死我了！不行，我这就找浩铭说理去！"

林峰无语地翻了个白眼："你去了也没用，浩铭肯定不会承认的。"

任青青嗔怪："那你为什么昨天在家的时候不跟我说？我好当场拆穿他们的计谋！他们不承认也得承认！"

"我这不是想着什么事儿都先和你商量吗，就怕你听了立刻去找他们理论，他们肯定也不会承认啊，还不如我们先不要打草惊蛇，想想怎么应对，先找到阮斌，为晓晓报仇。"

任青青已经听不进下去："不行，我还是要去，不能就这么放过阮清恬！初一，初一，把我新买的裙子拿来。"

任青青说完，便径直上楼了。

初一站在镜子前，身上正穿着漂亮的连衣裙，沾沾自喜地在镜子前欣赏着自己。

初一摸了摸裙子的面料，不禁感叹："原来绸缎穿在身上是这种感觉啊，真是太舒服了，等青青姐肚子大了，我就让老爷把这裙子送给我。"

任青青推门进来，嘴里骂着："这个死初一，怎么叫都不答应，到底在——"

任青青开门看见初一正穿着自己的新裙子在穿衣镜前搔首弄姿，初一看见任青青也吓了一跳，手足无措。

任青青大骂："好啊，你个小狐狸精，竟然敢偷穿我的衣服，你是不是还预备做二房啊！"

初一满脸委屈，赶忙解释："大小姐，我没有，我，就是看这衣服漂亮，大小姐，我错了，我这就给你脱下来。"

任青青赶紧制止："不许脱！走，跟我见老爷去，我今天必须让老爷把你赶走！我不想要你了，我这辈子最讨厌狐狸精！"

任青青上前就要拉着初一走，初一自然不从，使劲挣扎，无奈任青青力气大，还是把初一拽出了。任青青拉着初一来到走廊上，气愤地道："你有胆子穿，没胆子承认是不是，你今天必须给我走人！从哪来回哪去！"

初一挣扎着："大小姐，您开开恩，饶了我这次吧。"

两人来到楼梯口。任青青使劲拉，初一使劲往回拽。

任青青站在楼梯口处，停下来休息，冲着楼下喊："阿峰，阿峰，你快出来看看啊，看看初一都干了些什么！"

初一想着林峰会站在自己这边，一点儿都不紧张："大小姐，我也没干什么呀，看您在这儿嚷嚷，好像我要吃了您似的。"

任青青惊讶于初一的举动，一不小心失去了平衡，朝楼梯下面倒了下去。任青青伸手想要初一拉住自己，初一却钉在原地，一动不动，直到看着任青青滚下了楼梯。

初一冷笑："哼，真是恶人有恶报！"

初一眼睁睁看着任青青滚到楼梯连接处的平台，才假装慌张："老爷！老爷！不好了！"

林峰听到外面的争吵声，烦躁地放下咖啡杯，走出书房，看到任青青昏倒在楼梯间，表情痛苦，两腿间血流如注。

初一蹲在一旁，泣不成声，惊慌失措："老爷，老爷，这可怎么办啊？我看楼梯那么陡，就让大小姐小心一些，她还说不要紧，迈那么大步子。早知道我就应该护着她，就出不了这档子事了，都怪我！老爷，您责罚我吧！”

林峰看着眼前这一幕，只是皱眉。不管怎么样，毕竟是自己的亲生骨肉，林峰还是很快请来了大夫。

大夫给任青青看完病，任青青依旧在昏迷中。

林峰小声地问：“大夫，孩子怎么样？”

大夫摇摇头：“不行，孩子保不住了，我开几服药，好好让夫人养养身体吧。”

林峰表情没什么变化，依旧很平静。送走大夫，正好遇到过来送茶的初一。林峰对初一怒目而视，狠狠地抽了初一两耳光：“你知不知道那也是我的孩子！我的孩子！”

初一满脸泪痕，吓得魂飞魄散，扑通一下子跪倒在林峰跟前，泣不成声：“老爷我错了，都是我一时爱慕虚荣，惹大小姐生气了，我错了，我该死……”

林峰咬牙：“你害死了我的孩子，还想活着出林家的门吗！”

初一听了这话，脸色惨白，抬起头来像不认识林峰一样看着他。

初一委屈地道：“老爷……不要啊，老爷，看在初一伺候您的分上……初一也能给您生孩子的呀……”

林峰一脚将初一踹开：“滚！给我滚开！谁要你这个下贱胚子生孩子！我告诉你，我对你好是为了让你做我的眼线监视任青青，你以为我真的喜欢你吗？”

初一失魂落魄，瘫倒在地。

林峰转身对虎子说道：“这件事，对谁都不要说。”

虎子点头：“明白。”

林峰看了一眼地上的初一，一脸嫌弃，对虎子说：“丧门星！把她给我关到柴房里去。”

任浩铭一言不发地坐在客厅里。阮清恬在不远处站着，满眼心疼，不知如何是好。正好谷雨经过，要给任浩铭送茶。阮清恬拦住谷雨，小声说道：“我来吧。”

谷雨有些犹豫，但还是将茶盘递给了阮清恬。

阮清恬接过茶盘，走进客厅，给任浩铭倒茶：“会长，爹不是我放走的……我也相信爹不会逃跑的。也许就像青青姐说的，我就是个扫把星吧，也许离开才是我最应该做的。”

任浩铭平静地说道：“你的去留都只能听我的，我要是想让你走，你一个时辰都待不了；我要是想让你留，你一辈子也别想离开！”

阮清恬绝望地道：“那你要这样折磨我一辈子吗？”

任浩铭得意地道：“没错！你爹欠下的债就由你这个女儿来还！怎么，不愿意吗？你不是很孝顺吗？”

阮清恬顺从了：“如果你肯原谅我爹的话，我愿意给你做一辈子仆人。”

“阮清恬，你给我听清楚了，我永远不会原谅你爹，因为他杀害了晓晓还不知悔改。出尔反尔不值得被原谅！”任浩铭冷冷地说道。

阮清恬争辩：“可是我爹真的不是杀害晓晓的凶手……”

“是不是我心里自然有数，不用你一遍遍告诉我！”

“那为什么我怎么说你都听不进去！是不是要我跪下来求你你才肯相信！”

“好啊，那你跪啊，看我愿不愿意相信。”

阮清恬没想到任浩铭会这么说，想了想，含着泪跪下来：“你满意了吗？”

任浩铭愤恨地道：“满意，非常满意。”

阿春进来，看见此景，不知该走还是该留。

任浩铭怒道：“什么事！说！”

阿春走到任浩铭身边禀报：“会长，已经派人去找了，废弃的仓库、工厂，所有能藏人的地方，都有咱们的人在找。”

任浩铭点点头。

阿春看了一眼阮清恬，低声地说：“您怀疑是青帮人干的，我也派阿秋阿冬去青帮所有的据点查问了，相信很快就会有消息。”

任浩铭点点头。

阮清恬听到“青帮”两个字，顿时一惊，想起之前林峰阴冷的表情，不禁感到一阵寒意，心想：难道是林峰做的？是他绑了爹？

“还有，青年商会的一些文件需要您过目，已经放在您书房了。”

任浩铭看了一眼阮清恬，转身离去。

“会长，阮……”

阿春还想说什么，但是任浩铭完全没听见的样子，径直上楼去了。阿春连忙跟了上去，对在一旁的谷雨使个眼神。谷雨会意，连忙上前扶起阮清恬。

阮清恬见任浩铭绝情的样子，委屈地哭了。心事重重地在客厅里来回走，阮清恬心想，刚才阿春好像说是青帮的人把爹带走了……不行，得去问问林峰！

柴房里，虎子看着初一笑。

初一尖叫："你要干什么！你再过来我喊人了！"

虎子得意地道："你喊啊，你喊啊，峰哥说了，从今往后你就是我的了，等我去求峰哥放你出来，你就跟着我好好过吧，峰哥不稀罕你，可我稀罕你啊！"

初一震惊地望着虎子："你说的是真的？"

虎子点头："当然是真的，峰哥本来说要把你卖到妓院当妓女，是我求他他才没送你去，你要怎么好好报答我啊？"

初一彻底心凉："林峰，没想到你竟这么卑鄙无耻。"

虎子不顾初一说什么，直接笑着扑了上去。

林峰小心地向医生询问任青青的情况："怎么样？"

医生摇摇头："不是特别乐观，夫人因为受了严重的刺激，应该是得了精神分裂症，也就是咱们平时说的精神病。"

林峰表情十分平静："那还有没有治好的可能呢？"

医生叹气："以现在国内的条件，确实很难治好，即使是在欧洲，治愈的概率也很小。"

"那现在到底要怎么办？就让她这么疯疯癫癫的？"

"只能通过药物先让夫人的情绪稳定下来。"

林峰心里冷笑："哼，我真想亲眼看见任浩铭听到这个消息时的表情，那肯定十分有趣。"

虎子冲进来，大叫着："不好了峰哥，我刚才去柴房，发现初一她——她——"

林峰不耐烦地问："她怎么了？说呀！"

虎子高声道："她跑了！"

林峰皱了皱眉。

"谢谢您了医生，以后也都拜托您了。"林峰将医生送出来。

此时，阮清恬刚好也来到林家门口，正好看到医生离开。林峰看到阮清恬，迎上前去，冷笑："稀客啊，你怎么来了？"

阮清恬劈头便问："林峰，是不是你抓走了我爹？"

林峰答非所问："你知道吗？刚刚我送走的是一位著名的医生。"

阮清恬纳闷："医生？难道青青姐病了？"

林峰冷笑："是啊，青青她病了。"

阮清恬诧异地问："青青姐怎么了？她生了什么病？"

林峰冷冷地道："她流产了。"

阮清恬瞪大双眼，难以置信地望着林峰："昨天还好好的，今天怎么就流产了？是不是你对青青姐做了什么？"

"那是我自己的孩子，我再怎么恨任浩铭也不会狠心到杀掉自己的孩子。"

阮清恬半信半疑地看着林峰："那青青姐好端端地怎么会流产呢？初一呢？我要自己问初一。"

林峰意味深长地说："对，这件事你应该好好问问初一，但我现在也不知道她去哪儿了。"

阮清恬又问："那青青姐在家吗？我要见她。"

林峰侧身让开门："好啊，你进来。"

阮清恬见林峰如此大方，担心有诈，心里想道：还是先回任公馆告诉会长青青姐流产的消息，再做打算吧。

"我明天再来看望她。"说完阮清恬转身走了。

林峰看着阮清恬离开的背影，有些失落。

第八十四章

剑拔弩张

阮清恬急匆匆地从黄包车上下来，直奔公馆而去。阮清恬火急火燎地冲进客厅，看见任浩铭刚刚挂断电话，没有注意到任浩铭脸色很不好。

阮清恬着急地："会长，你听我说，青青姐她——"

任浩铭突然恶狠狠地看着阮清恬，喘着粗气。

阮清恬小心地问："会长，你怎么了？"

任浩铭用力扳过阮清恬的肩膀。阮清恬瞪大了双眼。

任浩铭恨恨地看着阮清恬，终究一句话都没说，生气地走开了。阮清恬呆站在原地，阿春走上前来，解释道："小姐，林家刚刚来电话，说大小姐的孩子没了。"

阮清恬重复着："林家刚刚来的电话？"

阿春点头："是的，说大小姐因为昨天受了很大的刺激，一直难以平复，导致胎儿不稳，最终造成了流产。"

阮清恬含着泪，自语着："昨天受的刺激？难道是因为我……"

阿春长叹一口气，走开了。

阮清恬呆立在原地，表情非常无奈。看来，这下他们之间的误会是再也不可能有解开的那一天了。

任浩铭手里拿着姐弟妹三人的合影，出神地看着。

阮清恬坐在床边，收拾自己的行李。发生这样的事情，她是再也没有脸留在任公馆了。恐怕以后，哪怕只是看着她，任浩铭也会感觉很痛苦吧。她不能再伤害他的家人了，更不能再伤害他。

“会长。”

阿春走进书房。

任浩铭问道：“怎么了？什么事？”

“初一回来了，说是有重要的事情要和您说。”

任浩铭皱眉：“带她进来。”

初一看见任浩铭，立刻跪倒在地：“会长！救命啊！”

任浩铭冷静地说道：“你起来，我姐流产了，你不好好在家照顾她，来这里做什么？”

初一听到“流产”有些心虚：“大小姐流产……其实，其实是林峰害大小姐流产的！”

任浩铭吃惊地问道：“林峰？不是说大小姐是因为昨天受了刺激才流产的吗？”

初一摇摇头：“那是林峰怕您去找他理论，随便找了个理由骗您的！”

“那孩子怎么没的？”任浩铭瞪大眼睛问道。

“是林峰和大小姐吵架，把大小姐推下楼梯才流的产！大小姐她受不了这个刺激，疯了！”

任浩铭惊得站起身来：“你说什么！”

初一点点头：“林峰害大小姐流产，我想回来告诉您，让您去给大小姐主持公道，但被林峰发现了。他把我关在柴房，不让我回来。大小姐疯了的事，也是我从下人那儿听到的。”

任浩铭气愤地道：“你说的都是真的？”

“初一不敢有半句谎言，我是拼了命才逃出来的，要不然会长还被林峰蒙在鼓里呢！而且林峰根本就不是什么正人君子，他是青帮九爷的人！”

任浩铭气得狠狠地捶了一下桌子，大喊：“春、夏、秋、冬！”

阿夏、阿秋、阿冬立马走进来。

四人齐声：“是，会长！”

任浩铭十分愤怒："阿春，派人把初一送回老家，然后叫上所有的弟兄，去接大小姐回家！"

春、夏、秋、冬应道："是！"

阮清恬站在楼梯上，将刚才的对话全部听得清清楚楚，惊得定在原地，手足无措。

几辆黑色的轿车疾驰而来，停在了林家门口。任浩铭从车上飞奔下来，春、夏、秋、冬紧随其后，冲进林家。

而此时，任青青怀里抱着一个小被子，像抱婴儿一样，坐在床边。边轻晃边小声唱着："宝贝乖乖，妈咪拍拍，快快睡觉，美美……"

任浩铭黑着脸看着疯疯癫癫的任青青，心情非常复杂。任浩铭听不下去了，大步上前，一把将任青青怀里的小被子扯掉。

任青青顿时激动地起身，又打又骂："你干什么？你还我孩子，还我孩子……"

任浩铭将小被子扔到一旁。任青青看着任浩铭将小被子扔到一旁，震惊地哭喊着："我的孩子，你为什么要扔掉我的孩子？为什么？"

任浩铭红着眼睛，望着激动地抓着自己撕扯着的任青青，沉声吩咐道："把大小姐带回去。"

任青青想要去拿小被子："我的孩子……"

阿春上前拉住任青青，但因为任青青此时的力气比往常大，阿夏也上来帮忙。任青青挣扎着大喊："放开我！你们放开我！我要我的孩子！我的孩子！"

任浩铭难受地看着任青青的样子，转身离开。任青青被阿春和阿夏硬拉着离开了。

虎子拿着一包草药走进客厅，看到任浩铭等人，立即上前质问："任浩铭，你是怎么进来的？"

任浩铭冷冷地问："林峰呢？让他出来。"

虎子拦着："峰哥正忙着呢！你跟我说也一样。"

任浩铭气愤道："我跟你说不着，去叫林峰出来！"

虎子不屑地撇嘴："那你等一会儿吧！"

虎子走进书房，林峰正在看书。

"峰哥，任浩铭来了，说要见你。"

林峰冷笑道："是吗？那我可要会会他去，你去看好阮斌，千万不能再出什么差错。"

"我明白。"

林峰走进客厅，阴险地笑着："不知任会长光临寒舍有什么事？"

任浩铭冷冷地道："我今天只想跟你说一件事，你必须马上去和我姐办离婚手续，我不能再让我姐跟你有任何关系。"

林峰冷笑："离婚？我不想离婚！"

任浩铭怒目而视："你说什么？"

"我说我不想离婚！我为什么要离婚？任青青进了我林家的门，生是我林家的人，死是我林家的鬼，我不可能休了她。对了，我还没问你呢，你打算什么时候把她送回来？这才是她真正的家！"

"我告诉你，这件事由不得你。"任浩铭举起枪来对着林峰，"今天你要是不离婚，就别怪我的子弹不长眼睛。"

林峰并不害怕，反倒轻松地坐到沙发上："你杀了我吧，明天报纸就会登出来，任会长手刃姐夫，任大小姐守寡疯癫。"

任浩铭气得发抖，只好收起枪。

林峰挑衅地看着任浩铭："怎么？又不杀了？"

任浩铭冷冷地看着林峰，掷地有声："林峰，我告诉你，人在做，天在看，今天我不杀你，总有一天你会得到应有的报应。"

任浩铭说完转身离去。

林峰气得一脚踢飞了茶几。

阮清恬刚刚走下楼，看到任浩铭黑着脸走进客厅，赶紧疾步上前："会长……"

阮清恬的话还没有说完，外面就传来任青青大喊大叫的声音："放开我，你们放开我……我要我的孩子……"

阿春和阿夏拉着挣扎不休的任青青走进客厅。

阮清恬惊讶地望着任青青："青青姐？"

她要上前，却被任浩铭给拉住："没你的事，回你的房间去。"

"青青姐怎么会……怎么会变成现在这样？"阮清恬看着任青青的样子，难受地红了眼眶。

任浩铭好像看不见一样，再次冷声道："回你的房间去。不要让我再说第三遍。"

阿春此时大叫一声："啊……"

原来是任青青踩在阿春的脚上，狠狠地用高跟鞋的鞋跟碾着阿春的脚面。

阿春疼得松开手，去抱脚。任青青又冲着阿夏的肩膀狠狠地咬去。

"啊……大小姐……"

阿夏也疼得松开了手。

任青青摆脱了钳制，转身就跑。

任浩铭将任青青拉住，任青青想要反抗，想踩任浩铭，任浩铭躲开，想咬任浩铭，任浩铭同样躲开了，一直紧紧地抓着任青青不放手。

阮清恬在旁边看着干着急，双手捂着脸，眼泪在眼眶打转："青青姐……"

阮斌被林峰按到一张桌子边坐下。林峰将一张白纸和一支笔放到阮斌的面前。

"你这是什么意思？"阮斌不解地问道。

林峰轻笑："很简单。我要你现在就给阮清恬写一封信，让她保证不与任浩铭成亲，一心一意地做我林峰的女人。"

阮斌冷笑一下："你以为我会为了自己就置女儿的幸福于不顾吗？林峰，你太小看父亲这个身份了。如果换成你，你会把自己的女儿送进火炕吗？"

林峰绷着脸："你现在不写没关系。我给你时间，等你想清楚了，你就会发现，阮清恬跟着我，比跟着任浩铭要幸福得多。"

林峰说完离开了。阮斌气愤地将桌上的白纸拿起揉成团，扔向关上的门。

任浩铭不顾任青青的挣扎，扛着任青青上楼。

"你放开我！放我下去！再不放，我可咬你了。"任青青说着真的狠狠地咬了下去。

任浩铭吃痛，停下了脚步，但没出一声，继续往楼上走。

阮清恬跟在后面："会长，你别这样对青青姐，她现在一定很难受，你把她放下来好不好？"

任浩铭不说话也不停脚。

任浩铭将任青青放到床上，转身就走。任青青立即起来抓着任浩铭："你把孩子还给我，还给我……我求求你，把孩子还给我，还给我……"

任青青越说越激动，最后竟然号啕大哭起来。

阮清恬站在门口，眼睛一直湿着。

任浩铭看着任青青，红了眼眶。仰头将眼泪逼回，抓着任青青的双臂说："姐，你的孩子已经死了，别再沉浸在自己的世界里了。接受现实吧！"

任青青疯狂地推开任浩铭："不！我的孩子没有死！没有死！是你，是你抢走了我的孩子，一定是你！还我孩子，你还我孩子……"

任浩铭站在原地，任由任青青疯狂地捶打。阮清恬看到任浩铭的肩膀在微微地颤动。阮清恬知道，任浩铭哭了。

阮清恬眼泪落下，心痛不已："会长……"

林峰来到任公馆外，却被阿秋拦住。

林峰冷声道："不管怎么说，我现在还是你们大小姐的丈夫，这个家我还不能进了吗？"

阿秋一脸不情愿地让林峰进门。

任浩铭红着眼睛走到房间门口。阮清恬关心地上前询问："会长……"

"我现在心情很糟，不想听到你乌鸦般的声音。"

任浩铭说完离开。

阮清恬难过地看向已经躺到床上，闭眼抱着被子，满脸泪痕的任青青。

任浩铭心情不好，一脸疲惫地走下楼，看到林峰在客厅，脸色更难看了："你居然还敢来？"

"我为什么不敢？青青呢？我来接她回家。"

"回家？我怕你来了就回不了家了。"任浩铭冷声说道。

"是吗？我不这么认为。"林峰冷笑。

任浩铭突然从身上拿出一把枪，快速上了膛，顶上林峰的太阳穴。

"任浩铭，你以为这样我就会怕你吗？别忘了，我现在还是你的姐夫，任青青的丈夫。如果你开枪杀了我，你姐可就变成寡妇了。"林峰话说得很随意，但句句都对任浩铭有强大的杀伤力。林峰嘲讽一笑:“啧啧啧,没想到你是个宁可让姐姐变成寡妇,也要图自己痛快的人。任浩铭,任大会长,你的心,真够狠的!”

“你为什么要害我姐?”任浩铭愤恨地问道。

林峰嘲讽地道:“因为你。因为我想看你痛苦的样子。你越痛苦,我就越开心。”

“既然你想对付的是我,为什么你要折磨我姐?”

“哈!这还需要理由吗?因为我想,所以我就做咯!”

任浩铭拿枪的手,已经气得有点发抖。

“看你的样子,应该已经知道我青帮中人的身份了。本想再和你多玩几天的,没想到被初一那个小婊子给搅了局。任浩铭,你现在只有两条路,要么开枪杀了我,看着你姐做寡妇;要么就把枪收起来,有点当妻弟的样子。”

此时,任青青已经疲累地睡去。阮清恬用毛巾擦干任青青脸上的泪痕,给任青青盖好被子,退出房间。

阮清恬关上门,听到客厅里有动静,好奇地走过去。客厅里气氛紧张,一触即发。

任浩铭眼睛危险地眯起,狠狠地将枪顶在林峰头上:“我与青帮并无恩怨,为什么一开始你就处心积虑地对付我?”

林峰阴险地道:“原因我已经说过了。因为我想看你痛苦的样子。你越痛苦,我就越开心。”

林峰说着话,趁任浩铭不注意,打掉任浩铭手里的枪,快速掏枪对准任浩铭。任浩铭也立刻将林峰的枪打掉,两人都没了武器。任浩铭跟林峰对打起来。春、夏、秋、冬四人听到声响全都跑了过来。任浩铭边与林峰对打边说:“谁都不许插手。”

春夏秋冬在旁边看着,个个一脸担忧。任浩铭与林峰同时打开对方,迅速捡起自己之前被打掉的枪,同时指向对方。

阮清恬看见这一幕,立刻冲过去,张开双臂,坚定地拦在任浩铭前面:“我不许你伤害会长!”

林峰没理阮清恬,目光深沉地看着任浩铭:“不知任会长枪法如何,敢不敢和我赌一把?”

“这世上，只有我任浩铭不想做的事，没有我任浩铭不敢做的事！”任浩铭大声道。

林峰阴笑：“很好！不过，话我说在前头，子弹不长眼睛，要是输了，可就见不到明天的太阳了。”

任浩铭冷冷地看着林峰，面不改色地道：“你们都听到了，如果这场赌注我赌输了，与任何人无关，你们谁都不许为我报仇！”

春、夏、秋、冬四人不甘愿地同声道：“是。”

阮清恬惊慌地道：“会长……”

任浩铭大声命令：“回你的房间去。”

“我不要。”阮清恬想都不想就拒绝了。

林峰将弹槽中的六颗子弹卸掉五颗，只留一颗：“六分之一的概率，现在后悔还来得及！”

林峰说着还刻意将已经上了膛的手枪对准任浩铭，做出瞄准动作。

阮清恬急道：“林峰，你不要太过分！”

任浩铭看着林峰高举的手枪和他脸上嘲讽的表情，不说话。林峰和任浩铭两人分站桌子两边，春、夏、秋、冬和阮清恬站在一旁。

任浩铭突然道：“既然是打赌，不如我们就玩点大的，增加点难度。每一枪都朝对方开，以防有人作弊，你看如何？”

林峰脸色一变，心口不一道：“好啊！不玩大点，怎么会有乐趣呢！”

“每颗子弹都是一次审判。开始吧！”任浩铭冷冷道。

林峰豁出去了，先拿起枪：“来者是客，我先来。”

林峰举起手枪，指向任浩铭，任浩铭面不改色。阮清恬一脸担心。林峰扣动了扳机，空槽，没有子弹。任浩铭平安过关。

林峰将枪放回桌子上，做了一个“请”的手势。任浩铭平稳地拿起枪指向林峰，没有过多犹豫就开了枪，依然没响。林峰轻蔑地冷笑。

概率变成了四分之一。

阮清恬看不下去了，冲上前：“你们不要比了！林峰，这件事本来就是你不对，我不允许你伤害会长，如果会长出了什么事，我是不会原谅你的。”

林峰正色道：“清恬，我平常对你那么好，你现在怎么可以不帮我，却站在任浩铭那边呢？”

“我没有帮任何人，我帮的是一个‘理’字。林先生，你曾经说过，做人要讲理。你明明有错在先，为什么要将错误转嫁给他人呢？”阮清恬心急地说道。

“到底有错在先的是谁？我们就让老天来定吧！”林峰丝毫没有退缩之意，再次果断地拿起手枪，对准了任浩铭。

“阿春，把恬恬带下去。”任浩铭命令道。

阮清恬被阿春拉到一旁，红着眼眶，不敢眨眼。林峰扣动了扳机，枪没响。再次轮到任浩铭开枪了，林峰的表情有了微妙的变化，

任浩铭端起枪，看着林峰。林峰紧绷着脸，瞳孔因为紧张有些放大，手也开始发抖，脸颊上有大颗的汗珠流下来。

任浩铭稳稳地举着枪，对准林峰，表情严肃。林峰突然举起右手：“别开枪，我输了。”

任浩铭看着林峰，慢慢放下枪：“我以为你会一拼到底呢！”

林峰不屑道：“你这个做弟弟的不为姐姐着想，我这个做丈夫的，总不能也不为她着想吧？我要是真死了，青青怎么办？”

“你说得再好听，也藏不住你那颗怕死的心。阿春，送客！”任浩铭说完拉着阮清恬走进客厅。

林峰红着眼，恨恨地看着任浩铭的背影。

阿春走来，满脸藏不住的得意：“请。”

林峰生气地甩手离开。

第八十五章

早知如此绊人心

宋诚皱着眉走进客厅。

王副官上前道:“少爷,还没有找到少夫人吗?”

宋诚摇摇头,走到沙发坐下。

“咱们这都登报寻人两天了,都不见有人来报信,少夫人会不会是不在上海啊?”

宋诚疑惑道:“不在上海,安安她还能去哪儿呢?”

王副官也不知道该说什么。

“无论如何,我一定要找到安安才行。她现在还怀着身孕呢!万一出了什么事……”宋诚一脸担忧。

楚安安慢悠悠地来到任公馆外,看着任公馆的大门,心里纠结。在上海我唯一还能依靠的人就只有恬恬了,谁能想到,恬恬当初落魄生病,还是我帮的忙,如今那个流落街头需要帮助的人换成我了。

楚安安犹豫着伸手去按门铃,却始终下不了决心,手指停在半空中。想她楚安安这二十多年来从来没有求过人,这么狼狈还是第一次,心中多少有些不甘。真是造化弄人啊!

楚安安想了想,还是垂下手:“算了,再坚持一段时间吧,一定会想到别的办法的。”

楚安安失落地离开了。

书房中。

阮清恬不敢看任浩铭，紧张地低着头。

任浩铭面无表情，冷冷地质问：“你既然早就知道林峰是青帮的人，为什么不告诉我？你明明知道林峰不爱我姐，只是在利用她，为什么还眼睁睁地看着我姐跳入火坑？阮清恬，你到底安的什么心？”

阮清恬委屈地望着任浩铭：“我阻止过青青姐，可是她根本就不相信我说的……”

任浩铭忽然暴怒：“你不说出实情，谁知道你心里在算计什么？”

阮清恬吓了一跳，张张嘴，不知道怎么解释，犹豫着：“我……对不起……”

任浩铭打断她：“现在说对不起有用吗？我用真心对你，可你呢？你一再地欺骗我，伤害我！你除了会跟我说对不起，还会说什么？”

阮清恬语塞，眼圈红了。

任浩铭失望地道：“你知道什么是爱吗？爱一个人，首先就是要信任他，你做到了吗？你对我有多少信任？你又有多少值得我信任？”

阮清恬十分难过：“会长……”

任浩铭冷冷道：“你出去吧，我想一个人待会儿。”

阮清恬默默地走出书房，边走边回头看看任浩铭，任浩铭一直决绝地没有回头。阮清恬轻轻地关上书房的门，靠在门上，眼泪无声地滑落，眼里充满自责和后悔：“会长，对不起，都是我的错，我不该隐瞒你林峰是青帮的人这件事，是我太懦弱、太自私了，如果当初我能反对得再坚决一点，也许青青姐就不会变成现在这样了！我不敢奢求你的原谅，只希望青青姐能快点好起来。只要青青姐能好起来，让我做什么我都愿意。”

任浩铭望着窗外，满目阴霾，心里满是愤怒：“纵使爱情很美好，可是现实太残酷。现在我必须振作起来，姐姐已经这样了，我必须努力让现实变得美好。恬恬，我知道你的苦衷，可是我现在不能有一丝一毫的心软，我必须用最坚韧的一面替你、替姐姐挡住外面的风暴，等一切尘埃落定后，我一定会紧紧抱住你。”

任浩铭走到桌边，看着放有阮清恬相片的相框，将它倒扣在桌子上。

任青青呆呆坐在床上，手中抱着个枕头当孩子，低声哄着，跟发痴似的。

任浩铭眼神复杂地看着任青青，满眼心疼："我姐她……怎么样了？"

医生叹息着摇摇头："大小姐因为失去孩子这件事，受到了很大的刺激，所以她选择将自己缩进壳里，拒绝接收外面的一切信息。除非她自己愿意走出来，否则……唉……"

任浩铭神情冷凝。

房门半开着，阮清恬站在门口听着医生跟任浩铭说的话，看着床上的任青青，一脸的难过。这时任浩铭跟医生走出任青青的房间。

任浩铭看见阮清恬，眼神一冷，看着房间里的任青青说："医生说我姐把自己关进了壳子里，不想出来，除非她愿意，否则这辈子也好不了。"

阮清恬刚想开口说些安慰的话，任浩铭又冷冷地看向她："你知道这都是谁造成的吗？是你。是你自私的隐瞒，害得我姐变成现在这个样子。你现在是不是又想说对不起啊？"

阮清恬难受地望着任浩铭："会长……"

任浩铭看也不看阮清恬，转身离开。

任青青呆呆地坐在床上，手中抱着枕头，像个真正的母亲似的，轻声细语哄着"孩子"。阮清恬心情复杂地走到床边。

任青青看见阮清恬，双手紧抱枕头，做出保护的姿态："你是谁？你要干吗？我不许你伤害我的孩子！"

阮清恬在任青青身边坐下："青青姐，我不抢你的孩子，我只是想跟你聊聊天。"

任青青忽然激动起来，大喊："你干什么？你要抢我的孩子！我不会让你抢走我的孩子！我不会！"

任青青说着放下枕头，朝阮清恬扑去。

阮清恬吓了一跳："青青姐？"

任青青双手掐着阮清恬的脖子，叫嚣着："我要杀了你！我不会让你抢走我的孩子！我要杀了你！"

阮清恬困难地呼吸着："青青姐，你冷静一下！青青姐！"

任青青不放手，越掐越用力。阮清恬努力挣扎，猝不及防，带着任青青一起摔到地上。

这时，门被人一脚踹开。任浩铭黑着脸站在门口。

“姐，你没事吧？”任浩铭上前扶起任青青，瞪着阮清恬，“一会儿你最好能给我一个合理的解释！”

任浩铭安顿好任青青，拉着阮清恬走出来，冷声质问道：“阮清恬，我姐现在已经变成这样了，你为什么还要伤害她？”

阮清恬眼圈一红：“我，我没有。我没想到青青姐会弄伤她自己……”

“这个时候你还在为自己推卸责任？”

“会长，我真的没有！我只是想做点什么，想帮青青姐，想弥补我心里的难过。”

任浩铭咬牙切齿地望着阮清恬：“弥补？你要怎么弥补？人心就像玻璃，碎了就是碎了，你就算把它补好了，裂缝一样存在，擦不掉，遮不住！”

“你说得没错！但我相信，只要用心修复，即使补得再难看，也掩盖不了当初的美！”

“好，你想补是吧？我让你补。”

阮清恬坐在一个板凳上，四周都是装着衣物的盆。阮清恬使劲地提着水桶来回提水，然后倒进洗衣盆，最后才蹲下，开始用手搓洗。

谷雨抱着一大盆衣物过来，有些为阮清恬抱不平：“会长也真是的，有必要把全公馆的衣物都拿给你洗吗？”

阮清恬笑笑：“没事的，谷雨，你放在那儿就好了，一会儿我自己拿。”

“不过阮小姐，谷雨虽然是个下人，可是有些事谷雨还是能看明白的。你别看会长表面上凶你，其实他心里可惦记你了。会长他是刀子嘴豆腐心，你和会长是命中注定的好姻缘。不是都说好事多磨嘛！你们肯定会有情人终成眷属的！”

阮清恬勉强挤出个笑容来，心不在焉地搓着衣服，一声不吭。谷雨摇摇头离开。

阮清恬晾着衣服，想起谷雨的一番话，心里很不是滋味。她抬头看着茫茫夜空，牛郎织女星在银河两边深情对望。

“牛郎织女在银河两畔遥遥相望，一年只得一次鹊桥团圆，这在以前明明是个悲伤的故事，可现在我却那么羡慕，因为至少他们一年可以期盼一次圆满，可是我和他却被禁锢在银河两端的牢笼里，即使相遇相爱，却一生不能圆满。”

阮清恬看不见的方向，一扇窗户悄悄打开。任浩铭静静注视着陷入沉思的阮清恬，目光复杂。阮清恬将视线投向任浩铭房间的方向，那里已经没有任浩铭的身影：“会长，千万不要心软，不要爱我，因为我不配！”

阮清恬正在熟睡，任浩铭走进来，俯身目不转睛地看着阮清恬。任浩铭看着阮清恬，不禁又爱又恨：“有很多次，我都恨不得掐死你，可就是下不去手，你这个让人又爱又恨的小妖精！你肯定是我上辈子的劫难！”

阮清恬睁开展，发现任浩铭目不转睛地盯着自己，吓了一跳：“会长你要干什么？”

任浩铭不回答。

阮清恬猜测：“你这么看着我，肯定没什么好事。”

任浩铭冷笑：“太阳都这么高了，还在睡懒觉，你不是说要补我的心吗，就这样补啊！”

阮清恬顿时语塞。

任浩铭拿起睡衣扔到阮清恬怀里：“别傻愣着了，赶紧去把衣服洗了，这可是真丝的，洗的时候动作轻一点，要是洗坏了，今天就别吃饭了！”

阮清恬看着睡衣，撇撇嘴。

任浩铭不依不饶：“我告诉你，态度端正一点，你不想洗，外面有一卡车的人排着队想给我洗呢！”

阮清恬不服气：“我才不信呢，像我这样善解人意又能忍受会长坏脾气的人，全上海滩也找不出第二个了。”

任浩铭挑眉：“你真这么想？”

阮清恬赌气：“本来就是，会长就这么不了解自己吗？”

任浩铭冷笑：“没想到你竟然这么想，好！既然你这么说，我就偏要找来给你看看！”

任浩铭朝门外叫道：“阿春！备车！”

任浩铭转身得意地对阮清恬说：“在家乖乖等着，我这就去把愿意听我话的姑娘带来！到时候，你可别哗哗哗下雨啊！”

阮清恬迷茫地眨眨眼，看着任浩铭离开。

一辆黑色轿车停在了邮务局门口。阿春从车上下来，绕到后面给任浩铭开门。

任浩铭下车，戴着墨镜，看了一眼邮务局的牌子，走进邮务局。小萍正在专心工作。刚刚办完一项业务，任浩铭就走了过来。

小萍头也没抬：“您好，请问您需要——”

小萍一抬头，发现任浩铭正站在自己面前，不禁惊诧不已。任浩铭摘下墨镜，意味深长地望着小萍。

小萍问道：“任会长？您怎么来了？”

任浩铭笑着说：“我已经和你们经理说过了，这几天你就到任公馆来为我工作吧。”

小萍惊讶地张大了嘴。

阮清恬正仔细地给任浩铭洗着真丝睡衣，边洗边嘟囔：“真是有钱任性，买这么好的睡衣，洗起来都麻烦，唉，爹的事情还没解决，青青姐又疯了，真是祸不单行，希望可别再出什么事了。”

“阮小姐呢？”

忽然，阮清恬听到外面客厅传来任浩铭的声音，赶紧起身，走到客厅，看见任浩铭带着小萍走进客厅。

阮清恬立刻傻眼，看着小萍惊讶地问道：“小萍？你怎么来了？”

小萍怯生生地唤道：“恬恬——”

任浩铭立刻回击：“跟你没关系，你不需要知道，衣服洗好了吗？”

阮清恬低声道：“还在洗呢。”

任浩铭厉声道：“没洗完还废什么话啊，赶紧去洗！”

阮清恬不甘心道：“可是会长，你带小萍来是——”

任浩铭打断：“都说了跟你没关系。”

任浩铭说完就吩咐谷雨：“谷雨，给小萍小姐拿几身从苏州买的旗袍，让她换上，以后你们都要好好对小萍小姐，她可是咱们家的贵客。”

谷雨奇道："那几件旗袍，您之前不是说给阮小姐——"

任浩铭冷了声音："阮小姐穿着旗袍能干活吗?！让你拿你拿出来！"

谷雨低声道："我知道了。"

阮清恬上前道："会长，我想和小萍说几句话。"

任浩铭伸手阻止："我告诉你，以后只有我能和小萍说话，你只要负责洗好衣服就行了，其他的什么都别管。"

任浩铭说完就揽着小萍的肩膀，向发报室走去。

阮清恬呆呆地站着，盯着两人的背影，不知所措。

任浩铭带小萍来到发报间："我这次叫你来，是需要你帮我给美国的一个商人发电报，并破译他回复的电码。你放心，在公馆的这几天，我会给你相应的报酬的。"

小萍点点头，又诧异地问道："收听电台这种工作，恬恬比我更擅长，您为什么不找恬恬来做呢?"

任浩铭意味深长地笑笑："这件事，只有你能帮我。"

小萍诧异地眨眨眼。

"好了，你准备一下开始工作吧。"

阮清恬洗好衣服，擦干手上的水渍，上楼想去找任浩铭和小萍。"会长为什么要带小萍来公馆啊? 实在太奇怪了。"阮清恬喃喃道。

阮清恬好奇地上楼，突然听到任浩铭房间里传来任浩铭和小萍的说话声。阮清恬走到门口，发现门没关，便好奇地向里面张望。

小萍穿着旗袍站在任浩铭面前。任浩铭从桌上的小镜子里发现阮清恬正站在门口，故意转向小萍，脸色变得格外温柔："小萍，你觉得我对你怎么样?"

小萍懵懂地回答："会长对我很好啊，还给我这么好看的衣服穿。"

任浩铭笑笑："我就喜欢你这种善良可爱又知道感恩的姑娘，现在有很多人，你真心实意地对她好，她却反过头来欺骗你，玩弄你的感情。"

小萍单纯地道："这种人真是太可恶了，他们不值得您对她们好。"

阮清恬听到任浩铭和小萍的对话，心里不是滋味，靠着门框，一脸失落。她强忍住眼泪，不想再听下去了，转身走掉。

不是没想过任浩铭带小萍回来只是为了气自己，可是想归想，亲眼看着他们在她面前亲昵的样子，她心里还是不舒服。阮清恬左思右想，还是忍不住走到发报间门口，贴在门上听里面的动静。门突然打开，阮清恬失去平衡，撞到了任浩铭身上。

阮清恬赶忙站好："会长？"

任浩铭将门关好，对阮清恬说道："你来干什么？"

阮清恬回答："我衣服洗完了。"

任浩铭冷冷地说："你跟我来。"

任浩铭说着就向前走去，阮清恬只好跟在后面，边走边追问："会长，您叫小萍来到底是要干什么呀？"

任浩铭不回头："说了不用你管。"

阮清恬不甘心："您要是不说，我就自己去问小萍。"

阮清恬说着就要转身去发报间。任浩铭立刻上前抓住阮清恬："你给我过来。"

任浩铭抓着阮清恬来到自己房间，将床上的床单扯下来，全部扔到了阮清恬身上。床单从阮清恬身上滑落，掉在了阮清恬脚边。

阮清恬惊讶地看着脚边堆积的床单，一脸惊诧。

任浩铭霸道地命令道："今天必须把这些床单都洗了。"

阮清恬惊讶地看着任浩铭。

任浩铭冷着脸："怎么？耳朵聋了？那我再说一遍，今天必须把这些床单都洗了，不然不许睡觉！"

阮清恬看着任浩铭坚毅的脸庞，一脸委屈。

任浩铭径直走了出去，来到任青青房间。任青青正抱着枕头，坐在床上发呆，嘴里还念念有词："宝宝不怕，妈妈在这儿呢，宝宝真乖，妈妈最喜欢宝宝了！"

任浩铭坐在床边，想要拉过任青青的手，任青青一把甩开。

任浩铭只好作罢，柔声道："姐，姐你放心，我让阿春他们去找最好的医生了，不管是中医还是西医还是洋人，我都让他们去找了，你相信我，你的病很快就能治好了。"

任青青还是自顾自地说着："宝宝乖，宝宝快快长大——"

任浩铭叹了口气："姐，你以后也别太为难阮清恬了，她不是杀人凶手，她从没想过害你，你就不要——"

任青青突然做了一个"嘘"的手势，指着手里的枕头，对任浩铭低声地说道："小点声，宝宝睡着了。"

任浩铭无奈地站起身，长叹一口气，又回头看了看任青青，向门口走去。

阮清恬正望着床单发呆。小萍突然跑了进来："恬恬！"

"小萍！"阮清恬惊讶地站起来。

小萍急匆匆地道："我看房间外没人，就跑过来了。"

阮清恬连忙问道："你和会长到底是怎么回事啊，会长让你来到底是为了什么呀！"

小萍一脸苦相："会长让我来帮他监听一个电台，给一个国外的商人发报。"

阮清恬惊讶道："监听电台？"

小萍点点头："嗯，可是，你和会长到底是怎么一回事啊？你为什么要在这里洗衣服？"

阮清恬叹气，正要回答，抬头看见任浩铭出现在门口。任浩铭拉过小萍："小萍，车已经在等你了，我刚刚交代你的事可别忘了啊。"

小萍赶紧说道："会长，我记得。那恬恬，我先走了。"

说完小萍不好意思地挣开任浩铭的手，慌忙朝门口走去。任浩铭瞥了阮清恬一眼，也欲转身离开。阮清恬上前一把拉住任浩铭："会长，你要找人监听电台，为什么不找我啊？"

任浩铭面无表情："你想给我监听电台？"

阮清恬点点头。

任浩铭冷冷地道："你觉得你现在还有这个资格吗？"

任浩铭说完就挣脱阮清恬的手径直走开了。阮清恬愣在原地。

第八十六章

你别离开我

阮斌缩在墙角，胡子拉碴，眼神涣散。

林峰来到关押阮斌的房间。

阮斌看见林峰，立刻警惕地起身。

林峰用手点着桌子上的纸笔："想清楚了吗？"

阮斌摇头道："你说什么我都不会写的，我再也不能做伤害恬恬的事了。"

林峰冷笑："你以为你这样阮清恬就能幸福了吗？你真是太天真了！"

林峰上前一把掀翻了桌子："既然不想写，就别怪我没给你机会了！"

阮斌惊慌地望着林峰："你想干什么？"

林峰阴险地道："我想干什么？你慢慢就会知道的。"

说完林峰就冷笑着走了。阮斌看着林峰离开的背影，眉头紧锁。

阮清恬来到阮奶奶的卧室："奶奶。"

阮奶奶上前拉住阮清恬的手，阮清恬疼得叫出了声："啊！"

阮奶奶赶忙看阮清恬的手："怎么了，恬恬？"

阮清恬这才发现自己手上有一道伤口。

阮奶奶担心地道："恬恬，你怎么弄的啊？"

"没什么事。"阮清恬笑笑，不以为意道。

阮奶奶心疼地说道："怎么这么不小心啊？你看你这两天都瘦了，怎么就不知道好好照顾自己呢？"

阮清恬忍住眼泪："奶奶，我没事儿，您就别担心了，我就是想您了，想来跟您说说话。"

"你说吧，奶奶听着呢。"

阮清恬和阮奶奶坐到床边，阮清恬靠在阮奶奶肩上："奶奶，我就是觉得会长最近好像不像之前那么喜欢我了，您说我该怎么做呢？"

阮奶奶安慰道："傻孩子，人的精力都是有限的，浩铭他一边要顾着商会的事，要顾这个家，一边又要担心大小姐，自然分给你的时间就少了。你也不要怪他，多理解他，等过段时间就好了。"

阮清恬半信半疑："真的过段时间就会好吗？"

阮奶奶摸着阮清恬的头："奶奶的话你还不信吗？奶奶看得出来，浩铭是最在意你的。"

阮清恬失落地道："真的像奶奶您说的这样就好了。"

阮奶奶慈爱地笑。从奶奶房间出来之后，阮清恬便回到了自己房间，却没想到任浩铭正坐在她房间的沙发上看报纸。任浩铭看见阮清恬，便问："床单都洗完了？"

"洗完了。"

任浩铭面无表情："几条床单竟然洗了这么久，工厂里的工人要是都像你这种效率，肯定早就被老板炒鱿鱼了，也就是我心地善良，你要学会感恩知道吗？"

阮清恬不回答，径直走到床边，累得想要躺下。任浩铭随手丢过去一个枕头，正好打到阮清恬手上的伤口，阮清恬皱了一下眉。

任浩铭以为是阮清恬不满，说道："我想喝冰水，去给我拿一杯。"

阮清恬忍着疼说："会长你胃不好，还是不要喝冰水了。"

任浩铭霸道地说道："我让你拿你就去拿，怎么那么多废话，你就不能学学小萍，又听话又乖巧。"

阮清恬生气地说道："你要是觉得小萍好，你让小萍给你拿冰水呀！反正我不去拿！"

阮清恬说完就掀开被子躺到床上，顺手关掉了台灯。

任浩铭气愤地说道："谁让你关灯的！我还在看报纸呢！"

阮清恬不回答。任浩铭自己探身去打开了灯，发现阮清恬已经因为劳累过度睡着了。他不由心疼地看着阮清恬的脸，眼里有了温柔。

阮清恬突然侧身，任浩铭吓了一跳。阮清恬并没有醒，又沉睡过去。但是她睡得并不安稳，喃喃地说着梦话："会长，对不起，对不起——我想和你在一起，你别离开我——"

阮清恬说着梦话，还流下了眼泪。任浩铭心疼不已，伸手温柔地帮阮清恬擦掉了眼泪。阮清恬安睡过去。

任浩铭看着阮清恬瘦削的脸，心里十分纠结。他情不自禁地抓起阮清恬的手，觉得不对劲，对着灯看，看到了阮清恬手上的伤口，顿时傻眼。

任浩铭看着阮清恬红肿的手，表情失落。

第二天一大早，阮清恬下楼来到客厅，低头看看，手上的伤口隐隐作痛。

小萍拿着生煎包走了进来。

阮清恬笑着上前打招呼："小萍。"

小萍也走上前来："恬恬，早啊。"

阮清恬好奇地问："这生煎包是你的早点吗？来公馆吃不就好了，怎么还自己带啊。"

小萍解释："这是会长让我给他带的，他昨天说想吃生煎包。"

阮清恬一下子愣住，笑容消失。

宽敞的晾衣处晒着床单和各式衣物，满满当当，阮清恬正在跟谷雨一起将床单收到筐子里。阮清恬一脸忧伤。

任浩铭走过来，谷雨看见了，正要告诉阮清恬，但是任浩铭冲谷雨比了个噤声的动作，示意谷雨下去。

谷雨恭敬离去。

阮清恬对此毫无所觉，只是慢慢将夹子取下。风吹来，五颜六色的床单随风起舞，阮清恬苍白着脸却不自觉勾起嘴角。透过飞舞的床单，任浩铭清晰地看见了阮清恬脸上浅浅的笑容。

任浩铭看得专注且悲伤。阮清恬毫无所觉，笑得天真温婉。风掀起床单，任浩铭深情的脸突然出现在阮清恬的视线里，任浩铭甚至来不及躲开。阮清恬错愕了一瞬，笑容渐渐敛起，安静地回应着此刻的任浩铭，眼里是相同的深情和悲伤。

两人久久凝视，时间好像静止了。

任浩铭打破沉默："生煎包真好吃，主要还是看谁买的。"

阮清恬不说话。

任浩铭走上前："还学会掉脸了？让我看看你这脸是有多金贵。"

任浩铭伸出手来，想摸摸阮清恬的脸。阮清恬十分震惊地看着任浩铭，忽然眼前一黑，晕倒在地。

任浩铭大惊："恬恬！"

任浩铭伸手摸了一下阮清恬的额头，觉得烫手，皱起了眉头，一把抱起阮清恬就往外走："阿春！备车！"

阮清恬安静地躺在病床上，脸色苍白，表情安详。任浩铭心情复杂地站在床边。

"任先生，阮小姐手上的伤口发炎了，又吹了夜风感染了风寒……已经打了两针盘尼西林，应该没大碍了，就是这手短期内千万不能再碰水了，要好好养着。"

医生的话就在耳边，任浩铭不由自责起来，觉得自己是不是对她太苛刻了。任浩铭心情复杂地在床边坐下，看着睡着的阮清恬，眉头紧锁。

"来跟我拿药吧。"医生平静地说道。

任浩铭起身跟医生出去了。

一辆黑色轿车停在医院门口。林峰从汽车上冲下来，手里拿着一束花，直奔医院而去。

林峰小心地走进病房，见阮清恬正安静地躺在病床上。

林峰走上前，放下鲜花，情不自禁地抓起阮清恬包着纱布的手，满眼的心疼。阮清恬醒过来，见是林峰，想要挣脱，但是没成功，只好反感地问："你来干什么？"

林峰紧紧抓着阮清恬的手："恬恬，任浩铭怎么会这么狠心？把你折磨成这样？"

阮清恬偏过头不想看林峰："你到底来干什么？"

林峰沉声道:“我知道你爹在哪里,跟我走好不好?”

阮清恬吃惊地望着林峰,但还是不动声色地抽出了手,看着林峰目露坚定:“果然是你抓了我爹,没错,我是想见我爹,可是我不会跟你走的。会长很快就能救回我爹,到时候就可以定你的罪了。”

林峰一愣,移开目光:“恬恬,你要明白,我是诚心诚意爱你的!也只有我能给你幸福。”

阮清恬看着远处的风景:“林峰,我从来都没爱过你,以前你是我尊敬的先生,因为你帮了我很多,现在你是我最不想接触的人,请你不要再自作多情了,我们之间永远没有这个可能。”

林峰一愣。

阮清恬摇摇头:“我说的都是真的,请你不要再执迷不悟了,不仅是在爱情上,也请你不要在报仇这件事上越走越远了,你早晚会为你的所作所为付出代价的。”

林峰摇摇头,忽然上前抓着阮清恬的双肩,语气急切地道:“恬恬,我真的……”

阮清恬用力推开林峰:“你走吧,我不想看见你!”

林峰不甘地道:“为什么是他?为什么是任浩铭?我到底哪点不如他?”

阮清恬偏过头不回答。

林峰恨恨地道:“阮清恬,总有一天,我会让你哭着来求我的!”

任浩铭和阿春拿着药来到门口,看见林峰正从病房里出来,顿时气不打一处来,上前扯着林峰的衣襟将他拖走:“你跟我来!”

任浩铭将林峰拉至无人的走廊,一拳砸过去。

林峰被打得一个趔趄,吐出一口血水,冷冷地望着任浩铭:“任浩铭,我上次说的话可不是开玩笑,要是你不在乎恬恬,就放她走!我可以照顾她!无耻到只能去折磨一个女人,算什么男人?”

任浩铭嘲讽道:“我没听错吧,林峰,你是在教育我吗?这句话谁都能说,唯独你林峰没资格说!你难道不知道我姐现在变成什么样子了吗?”

说着,任浩铭又暴戾道:“索性一次打个痛快!”

任浩铭说着将外套脱了,狠狠扔到地上。两人很快打了起来。

林峰骑在任浩铭身上,对他拳打脚踢:“你任浩铭有什么好?不过就是运气好了点，你说你除了钱你还有什么？凭什么得到恬恬的爱？”

任浩铭一脚将林峰踢翻，顺势骑在他身上：“恬恬也是你叫的！我姐怎么得罪你了，你把她害成那样，有什么你冲着我任浩铭来！别在背地里玩手段！你还勾搭阮清恬，简直禽兽不如！”

林峰一拳打在任浩铭肚子上，任浩铭吃痛松手，两人分开。

林峰滚了一圈：“我告诉你任浩铭，这才刚刚开始，我就是要把你在乎的东西一点一点都夺过来，你姐姐就是最真实的例子！”

任浩铭愤恨不已：“我看你真是可怜，一辈子活在仇恨里，可悲！”

林峰冷笑：“你这个伪君子，我就是要让全世界的人都看清楚你们一家人的真面目！”

两人又打在一处。

周围跑来几个医生护士，赶紧将两人拉开。

林峰不甘心地道：“任浩铭！你个混蛋！就知道折磨女人，算什么男人！”

任浩铭摆脱架住他的人，冷冷地道：“林峰，是男人咱们就光明正大地较量，不管是爱情，还是生意，都光明正大地来吧！”

林峰冷笑：“好啊，那咱们就走着瞧！”

两人四目相对，眼神犀利。

护士小姐正在收拾东西。阮清恬坐在床上发呆，任浩铭黑着一张脸走进来。

护士小姐打招呼：“任会长……我先走了！”

护士小姐说完就溜，跑得比兔子还快。阮清恬见状，调侃道：“会长，你能不能不要一直板着脸，你知不知道你这样一路散发脸上的黑气会危害别人的身体健康！”

任浩铭霸道地说：“谁让你允许林峰进病房了？”

阮清恬一愣，不回答，起身去床头将自己的衣物拿出来：“我现在就要出院。”

任浩铭一听，立马抢过阮清恬手里的衣物，将阮清恬按在病床上，气愤地说道：“我问你话呢，为什么不回答！”

阮清恬被按在床上，十分难受：“你要我说什么啊！腿长在他身上，他要进来，我怎么能阻止得了呢！”

任浩铭恨恨地看着阮清恬。

“会长，你有气没有地方发泄，冲我吼冲我喊我都没有意见，可是如果你想要一个标准答案，那你就找错人了，这世界上的事，很多时候是没有答案的。”

任浩铭一愣。阮清恬趁机推开任浩铭：“会长，你让开，我要出院！”

阮清恬说完也不等任浩铭同意，拿着衣服，径自走出了病房。

宋诚坐在沙发上皱眉深思。

王副官也一脸苦恼地坐在一边。

宋诚叹气：“王副官，你说，楚安安她一个怀着孕的弱女子，既然没有离开上海，她能躲到哪儿去呢？”

王副官也迷茫了：“按您的吩咐，码头、火车站都有咱们的人在把守，上海滩所有的酒店也都找遍了，都没有发现楚小姐的身影，就差挨门挨户地搜查了。”

“挨门挨户？”宋诚沉思着，突然想到了什么，“对了，王副官，有一个地方咱们是不是还没有找过？”

王副官迷惑地看着宋诚。

一队士兵整齐划一地跑到了阮家附近的小巷，将阮家团团围住。宋诚和王副官走上前来。

宋诚大声吩咐：“给我把阮家围住了！一个虫子都不许放出来！”

众士兵应道：“是！”

宋诚上前敲门，秋分怯生生地打开门，看到宋诚，惊慌道：“宋公子？”

宋诚厉声道：“果然是住在这里，说，楚安安呢？”

秋分怯怯地道：“我，我不知道。”

宋诚举起枪，不由分说顶在秋分的额头上：“你最好说实话！子弹可不长眼！”

秋分一下子吓哭了：“我，我真的不知道！”

宋诚再次确认：“你没骗我？”

秋分使劲摇头：“秋分不敢骗宋公子，家里真的只有我和小雅两个人。”

宋诚收起枪：“那我就进屋等，今天必须等到她！”

宋诚说着一把推开秋分，走进门里。

楚安安脚步沉重地走到阮家门口的巷子里，突然看见阮家已经被士兵团团围住，王副官也守在门口。楚安安赶紧躲到巷子拐角处，心慌不已：“阿诚，你到底要让我怎么办啊！”

楚安安看着远方，摸了摸肚子：“我想通了，现在已经不是计较面子的时候了，为了孩子，我什么都可以做。”

楚安安深呼吸几次，绝望却坚定地转身离开。

任浩铭在客厅把玩着手里的照相机。

阮清恬走近：“会长，你在照相吗？”

任浩铭并不抬头，也不回答。阮清恬撇撇嘴，尴尬地站在一旁。任浩铭依旧不理阮清恬。

阿春走进客厅，向任浩铭汇报：“楚小姐来了。”

任浩铭一愣。

阮清恬也有些惊讶：“安安？”

楚安安一脸哀怨地走进客厅，只背着一个小包。

任浩铭漫不经心地把玩着手里的相机。楚安安站在阮清恬和任浩铭的对面，尴尬地攥着自己的蓝色衣裙。

楚安安开门见山：“实在不好意思，这么晚还来打扰你们。”

阮清恬上前，抓住楚安安的手，担心地问道：“出了什么事吗，安安？你怎么突然过来了？”

楚安安还是有些不好意思开口：“我——”

阮清恬见状，拉着楚安安就要回房间：“到我房间里来说。”

阮清恬拉着楚安安就要上楼。任浩铭放下相机腾地起身，上前一把拉住阮清恬，霸道地说：“你跟我来！”

任浩铭拽着阮清恬来到书房。

阮清恬不满道：“会长你干吗啊？安安还在外面等着我呢！你到底想说什么呀？”

任浩铭厉声道：“晓晓当初就是通过楚安安才认识的你爹，这会儿楚安安过来，你怎么知道就和你爹没关系呢？”

阮清恬解释说：“安安说过，她对晓晓的事完全不知道，会长你为什么从来都不愿相信别人呢？”

任浩铭冷冷地道：“晓晓就是轻信了你爹才会被骗的，你觉得现在我还会完全相信你的话吗？我告诉你，不可能！”

阮清恬无奈道：“会长你这是偏激，你这样不累吗？”

任浩铭冷冷道：“晓晓死了之后，我就已经不知道什么是累了。”

阮清恬质问：“那你还知道什么是幸福吗？”

任浩铭盯住阮清恬，心说：“刚认识你的时候，我觉得我是这个世界上最幸福的男人，虽然现在我依旧爱着你，可是却已经不知道该如何面对你了。”

任浩铭下命令：“总之一句话，你要和楚安安说话，就在客厅说，不许背着我单独说，我再也不许你和我之间还存在秘密。”

阮清恬恳切地道：“会长，我不是为了我自己恳求你，我是为了安安。你也许不知道，这次她是自己回的上海，她和宋诚吵架了，一直闷闷不乐，这几天因为我爹和青青姐的事，我也没有时间去找安安。她一向骄傲，现在却这么晚来找我，肯定是出什么状况了。”

任浩铭安静地听着。

阮清恬哀求道：“会长，你们男人可能不了解，我们女孩子有时候真的是特别需要私密空间聊聊心事的。”

任浩铭被说动了，但依旧板着脸，也不看阮清恬，只是伸出五个手指：“就五分钟！”

阮清恬欣慰地笑了，一把抓住任浩铭的胳膊：“谢谢会长。”

任浩铭一愣，阮清恬反应过来，有些不好意思地松开了手。阮清恬高兴地跑了出去。任浩铭待在原地，看着刚刚被阮清恬碰过的手臂，有些怅然若失。

第八十七章

暂居任公馆

秋分坐在客厅的桌边，低头绞着手指，眼睛紧张地来回转。宋诚围着桌子转圈，突然停在秋分身边，伸出手指敲着桌子："秋分，你可能还不了解我，我宋诚一向爱憎分明，对我好的人，我会加倍还回去；但是对我不好的人，我也会让他付出沉重的代价。"

秋分听得浑身发抖。

宋诚大喊一声："说！你们小姐到底去哪儿了？"

秋分吓得再也坐不住，扑通一声跪在地上："宋公子！您别逼我了，我真的是不知道啊，小姐出门办事怎么会对我们这些下人说呢。"

宋诚开门进来，小雅正局促不安地站在桌边。小雅看见宋诚，低声道："姑爷。"

宋诚讽刺道："还知道我是你姑爷啊！"

小雅低头不说话。

宋诚厉声道："我告诉你，小雅，刚刚秋分已经都告诉我了，你还是不说吗？外面这么多兵你也看见了，该怎么做，你自己掂量掂量吧。"

小雅咬着嘴唇，犹豫着。

宋诚冷冷地道："还不说？你真的觉得这样是对安安好吗？她怀着我的孩子呢，要是出了什么意外，你说怎么办？"

小雅下定决心："小姐只说她去做检查了，之后就没再回来过。"

宋诚疑惑："做检查？哪个医院？"

小雅低声说："这我就真的不知道了，小姐没说。"

"我知道了。"宋诚皱眉，想了一下，"你们住到这来，是阮清恬安排的吗？"

小雅点头："我听秋分说好像是这样的。"

宋诚一脚踹开门："王副官！去任公馆！"

任浩铭回到沙发边拿起相机。

阮清恬拉着楚安安的手往楼上走，楚安安一边走一边担心地看向任浩铭。

阮清恬安慰道："会长已经答应让我们聊天了，他呀，就是刀子嘴豆腐心。"

任浩铭听到这句话，回头狠狠白了阮清恬一眼。

回到卧室后，阮清恬担心地拉着楚安安的手，两人坐在床边："这段时间公馆里发生了好多事，我一直没时间回去看你，今晚你过来，不会是出了什么事了吧？你和宋诚到底怎么样了？"

楚安安看着阮清恬，几乎要哭出来："恬恬，我现在也只能依靠你了。"

阮清恬立即紧张起来："你别哭啊，到底出了什么事？难道宋诚做了什么对不起你的事？"

楚安安泪眼蒙眬地看着阮清恬，不反驳。

阮清恬吓了一跳："难道他真的做了什么？"

楚安安点头："宋诚他，他在苏州有老婆。"

阮清恬惊讶不已："你说什么？"

楚安安无奈地点点头："我也是去苏州之后才发现的，他说去帮大帅办事，其实是去给他苏州的老丈人祝寿去了。"

阮清恬张大了嘴："天啊！太让人吃惊了！他怎么可以这样！"

楚安安叹气："我一开始也是完全接受不了，但是其实他的老婆也是个挺好的人，对宋诚也好，家里也有势力。你知道吗，那个女人为了成全我和宋诚要出家当尼姑！"

阮清恬张大嘴巴："还有这种事！"

楚安安无奈："宋诚虽然说他和那个女人已经没什么感情了，他爱的一直都是我，但是我还是没办法说服自己接受这件事，只要一想到他之前结过婚，而且他骗了我，我就没法面对他。”

阮清恬气愤道：“没想到宋公子竟然会是这种人，简直太可气了！安安——”

楚安安苦笑：“没事，我真的都已经想开了，只是——”

阮清恬问道：“只是什么？”

楚安安犹豫着：“只是，宋诚现在到处在找我，阮家我也回不去了，恬恬，我现在还没法面对宋诚，所以，我想，我能不能在任公馆住一段时间，等他死心了，我就回去。”

阮清恬立刻说道：“当然可以了安安，你想在这住多久就可以住多久。”

楚安安表示担心：“可是任会长那边——”

阮清恬拍胸脯：“你放心，会长那边我去说，你就安心地住下来吧。”

楚安安感动地说：“谢谢你，恬恬。”

阮清恬和楚安安相视一笑。

阿春走进客厅，对任浩铭说道：“会长，宋公子来了，说是要找阮小姐。”

任浩铭问道：“除了宋诚，还有谁啊？”

阿春回答：“还有王副官。”

阮清恬和楚安安走进客厅，听到这话，一脸惊慌。

任浩铭平静地说道：“那就让他们进来吧。”

楚安安紧张拉住阮清恬的手：“啊？他怎么找到这里了！恬恬，我——”

“没关系，安安，我去跟宋诚说，我就说我什么都不知道。”阮清恬安慰道。

楚安安心怀感激地看着阮清恬。

阮清恬走上前道：“会长，有一些话我需要替安安和宋公子单独说，您就让我出去说吧。”

任浩铭皱眉。

楚安安也恳切地说道：“会长，拜托了，我现在真的还不能见宋诚。”

任浩铭无奈地冲阮清恬挥挥手。阮清恬立刻往外走。楚安安一脸紧张地看着阮清恬的背影。任浩铭漫不经心地拿起相机研究。

宋诚正焦急地在门口来回走着。王副官紧张地站在一旁。

见阮清恬出来，宋诚赶紧迎上去：“阮小姐，你终于在家了，我白天来的时候，下人说你出去了。”

阮清恬故作镇静地笑笑："宋公子这么晚来找我，有什么事吗？"

宋诚忧伤地道："是这样的，我和安安闹了点小矛盾，她一生气，就离家出走了，我找不到她，实在是有点担心啊。"

阮清恬心里暗骂："什么小矛盾，自己结过婚有老婆这种事竟然都不告诉安安，真是坏透了！"

阮清恬故作担心："有这种事？可是上海这么大，该怎么找呢？你确定安安还在上海吗？"

宋诚冷笑。

阮清恬纳闷地问："你笑什么？"

宋诚冷冷地道："戏演得不错嘛！"

阮清恬一愣。

任浩铭皱眉，翻来覆去地看着手里的相机，无从下手。楚安安紧张地关注着门外的情况，无意间看见了任浩铭手里的相机。楚安安看着相机，不自觉地说道："美国柯达135相机？"

任浩铭一惊，转头问楚安安："你懂相机？"

楚安安有些不好意思："啊？我爸也喜欢相机，以前我在苏门答腊的时候，见过一些国外的相机。"

任浩铭有些兴奋："这相机原本是打算送给晓晓的，她喜欢这些洋玩意。"

楚安安听到晓晓的名字，低头不说话，有些愧疚。任浩铭立刻转移话题："我最近拍东西，总是特别模糊。你知道怎么调吗？"

楚安安礼貌地说："介意让我看一下吗？"

任浩铭伸手递过相机。楚安安小心地看着相机，表情认真。

阮清恬的谎话被宋诚戳穿，有些不知所措。

宋诚冷笑着对阮清恬说："我刚刚从阮家过来，安安回上海的事你是知道的吧？除了你之外不会再有第二个人让安安住进阮家，我劝你别装糊涂了，快把安安交出来。"

阮清恬稍显慌张，但很快冷静下来："依我看，糊涂的是你吧，我没有藏安安，当初也是她说想躲你，我才让她住在阮家的，因为我觉得如果让安安住在外面，我会更担心。现在安安不见了，也都是被你逼的，你就不能给安安一点喘息的空间吗？一定要逼得她走投无路才罢休吗？”

宋诚不依不饶：“你别转移话题，我们俩的事你不知道！你快把安安交出来，不然我就进去搜了！”

阮清恬坚持说：“我都说了我不知道，安安不在公馆，你就是问一千遍我的回答也是安安不在这儿，我不知道安安去哪儿了！”

宋诚歇斯底里地喊了起来：“那你说安安能去哪儿！你说！她一个大活人怎么就消失了呢！你说啊！”

阮清恬好心安慰道：“我想安安已经是成年人了，一定会好好照顾自己的，你也不要太担心了。”

宋诚无奈地点点头：“希望如此吧。”

阮清恬勉强笑笑：“你好自为之吧。”

说完，阮清恬不等宋诚反应，就转身离开了。阮清恬心想，原本以为安安和宋诚是男才女貌，天生一对，没想到竟然会变成这样！真是让人想不到！

阮清恬走近客厅，远远地看到客厅里的场景，站住脚，脸色一变。任浩铭和楚安安坐在沙发上一起研究相机，两个人坐得很近，看起来很和谐。楚安安拿着相机，正在给任浩铭演示：“会长，你看，只要把这里的手动对焦调成自动对焦，就能拍得清楚了。”

任浩铭抬头瞥见站在不远处的阮清恬，故意夸张地说道：“来，安安，我给你照张相吧！”

楚安安有些不好意思：“呃——我——”

任浩铭举起相机：“有什么不好意思的，人长得美，照出相来也不会难看的！”

楚安安只好勉强对着镜头笑笑。

任浩铭故意高兴地说道：“真的！真的比原来清楚多了，安安，你好厉害啊！连最新式的相机都能玩得转！”

楚安安不好意思地笑笑：“以前我们家也有一个类似的相机，我常常拿在手里玩，就不自觉地学会了一些操作方法。”

阮清恬站在玄关，听着两人的对话，脸上现出失落的表情，默默走进客厅。任浩铭故意痴迷地玩着相机，不抬头看阮清恬。楚安安抬头，看见阮清恬，立刻起身，紧张地问道："恬恬？怎么样？宋诚走了吗？"

任浩铭瞥了一眼，又低下了头。阮清恬点点头："他走了，看起来他真的是很担心你呢。"

楚安安也忧伤地点点头。

阮清恬对任浩铭说道："对了会长，安安想在公馆住一段时间，躲过宋诚。"

任浩铭立刻响应："谷雨，去给楚小姐收拾房间。"

任浩铭故意不看阮清恬的反应。阮清恬眼神里有些莫名的失落。楚安安突然感觉不太舒服，想要吐，立刻捂住了嘴。好在阮清恬的目光在任浩铭身上，没有发现。

楚安安好不容易控制住了，立刻说道："恬恬，不早了，你们也早点休息吧，我就先回房间了。"

楚安安说完就要上楼。

任浩铭突然叫住她："对了，楚小姐，最近德国新出了一款相机，据说特别棒，叫什么来着？"

楚安安想了一下："德国'苏米塔'，是一款很高端的相机。"

任浩铭兴奋地说道："对对对，就是它！我过几天就打算弄一个回来！"

阮清恬看着任浩铭高兴的样子，有些莫名的伤感。阮清恬看着楚安安的背影，敏感地想到：为什么总觉得安安好像在躲着她呢，是她多心了呢？

阮清恬经过任晓晓的房间，发现房间门是虚掩的。她听到房间里传来任浩铭的声音，推开一条门缝，看见任浩铭正对着任晓晓的照片说着什么，手里还拿着照相机。

任浩铭对着任晓晓的照片说道："晓晓，哥哥今天把相机修好了，才发现里面还有你的照片，你还是笑得那么甜。是哥哥不好，你本来是一个多么开朗多么善解人意的女孩啊，都是因为我对你太严苛了，你才会想要私奔，你能原谅哥哥吗？"

阮清恬站在门外，听到这里，也不禁伤感起来："晓晓，你当时要和我爹私奔时遇到了我，我帮你当东西筹钱，当时还以为自己干了件助人为乐的好事，没想到竟然害你走上了一条不归路，现在想来，我也好后悔啊。要是我当初能多问你两句，或者能早点发现我爹的异常，也许今天的这些事就都不会有了。可惜这世上没有后悔药！"

阮清恬失落地叹气。

林峰坐在沙发上，面前放着一瓶洋酒。

虎子走进客厅："峰哥，你找我？"

林峰问道："阮斌怎么样了？"

虎子挠头："这老东西还挺硬，现在连话都不说了，更别说给他女儿写信了。"

林峰指指桌上的洋酒："这酒你拿上，再去好好和他聊聊，要是他还硬撑着，就让他尝尝咱们的厉害。"

"您的意思是——"

林峰附在虎子耳边，低声说着什么，虎子脸上露出邪恶的冷笑。

虎子带着伏特加来到密室。阮斌的一只手被手铐铐在密室一角的铁管上，嘴里还堵着布条。看见虎子进来，他眼里充满了戒备。

虎子一把揪出阮斌嘴里的布条："怎么样啊？阮先生，有没有兴致陪我喝一杯？"

阮斌警惕地看着虎子，不说话。

虎子笑嘻嘻地说："峰哥说了，心急吃不了热豆腐，不着急不着急，来来来，你也一起来喝一杯。"

阮斌还是硬撑着不说话。虎子嬉皮笑脸地把酒瓶放到阮斌鼻子底下让他闻。浓浓的酒香味勾起了阮斌肚子里的馋虫，阮斌咽了下口水，但还是坚持。

虎子摇着酒瓶，诱惑道："只要你答应写了那封信，这瓶酒就是你的！"

阮斌立刻跳起来："少来这套！打死我我也不会去害恬恬的！你们趁早断了这个念头吧！"

阮斌生气地挣扎着上前，一把碰掉了虎子手里的酒瓶，酒瓶掉到地上，摔碎了，酒洒了满地。虎子恶狠狠地抓住阮斌的衣领："给过你机会，你不要！那就不要怪我了！"

阮斌瞪着惊恐的眼睛："你，你要干什么？"

虎子冷笑："你以为你不想写信，我们就拿你没办法了？你真是天真啊！"

虎子两手交叉，把指骨掰得叭叭直响。

阮斌慌张地瞪大双眼:“你要干什么!”

虎子露出凶相:“干什么？你刚刚不是让我打死你吗？你说对了,我就是要让你出点血,长点记性,让你知道知道我们青帮不是好惹的!”

虎子突然一拳朝阮斌打去,阮斌的嘴角顿时流出了血。

阮斌低头呻吟,虎子紧接着又是一拳,阮斌嘴里喷出了鲜血。虎子连打几拳。阮斌动弹不得,狼狈极了。

虎子也有点累了,从背包里拿出一个相机,将伤痕累累的阮斌拍了下来。他指了指地上的酒:“辛苦了,要是疼的话,记得舔舔地上的酒!”

虎子说着就拿着相机走了。

阮斌看着虎子的背影,疼得龇牙咧嘴。

楚安安站在窗口看着窗外的明月,突然又想吐,赶紧跑到角落的痰盂,痛苦地干呕。

楚安安吐完,拿出手绢来仔细地擦擦嘴,抚摸着微微隆起的肚子,叹了口气:“哎,死皮赖脸地住进了任公馆,至于下一步怎么走,还一点头绪都没有。但是为了孩子,我丢脸又算得了什么呢,只要孩子能平安,让我做什么我都愿意。至于阿诚,也许,我们是有缘无分吧。”

楚安安一脸忧伤,却眼神坚定。虽然现在落魄了,但是楚安安骨子里还是一个骄傲的千金大小姐,不肯住在任公馆里白吃白喝,所以第二天一大早,楚安安便系着围裙在厨房里忙活。楚安安切着菜,突然又想吐,赶紧跑到水池边干呕起来。

阮清恬从楼上走下来,任浩铭正坐在沙发上喝着咖啡看报纸。

任浩铭看向阮清恬,阮清恬被看得发毛:“会长你怎么了？我脸上有什么东西吗?”

任浩铭调侃道:“我只是好奇,到底谁才是大小姐啊,你总说自己是朴实的乡下姑娘,可是乡下姑娘睡懒觉,城里的大小姐却早起做早饭,真是世界之大,无奇不有啊。”

“你说什么?”

楚安安走过来:“恬恬,你也起了,正好,早饭做好了,快来吃吧。”

阮清恬有些纳闷:“安安,你做的早饭?”

楚安安不好意思地笑笑:“是啊,你们好心收留我,我总不能就真的白吃白喝啊,好了,快来吃饭吧。”

阮清恬惊讶不已,一时不知道应该要说什么好了。

任浩铭在桌前津津有味地吃着早餐。

阮清恬刚坐下,就听到任浩铭的赞叹。他冲着楚安安竖起大拇指,表情夸张地道:“楚小姐做饭实在太好吃了,和西餐厅的法国厨师做的味道一样。”

楚安安开心地说道:“会长觉得好吃就好,我也是自己之前吃得多了一些,慢慢地学着做,时间长了,也就琢磨出了一些门道。”

任浩铭赞叹:“果然有见识就是不一样,不像某人,竟然要吃八分熟的牛排。”

阮清恬气愤地道:“我什么时候要吃八分熟的牛排了!会长,你说话怎么这么不负责任呢!”

任浩铭反问:“那你之前做那么难吃的饭给我吃就是对我负责任了?”

阮清恬哑口无言:“你——”

任浩铭冷笑,叉起一块烤香肠塞进嘴里,不再说话。

这时,阿春走进来,将一封信交给阮清恬:“小姐,这里有您的一封信。”

阮清恬接过信封,纳闷:“我的信?”

“是的。”

阿春说完便走了。

第八十八章

爱在心头口难开

阮清恬顺手打开，里面竟然是几张阮斌的照片。照片上的阮斌被打得鼻青脸肿，狼狈不堪。阮清恬看到照片，震惊不已，赶紧把照片装回信封，跑回了自己房间。

阮清恬气愤不已："这实在是太过分了，简直就是土匪行径！爹，爹你一定要撑住啊，女儿一定想办法救你出来。"

阮清恬泣不成声，门外突然传来任浩铭的声音："你干什么呢？"

阮清恬听出是任浩铭的声音，手里拿着照片，整个人仿佛钉在原地，动弹不得。

任浩铭又问了一句："我问你话呢！刚刚看你从客厅急匆匆跑上来，到底是在干什么？"

阮清恬不敢回头，一边僵硬地试图把照片藏到口袋里，一边说道："没什么，就是……就是朋友寄的明信片罢了。"

任浩铭走上前来："拿来给我看看。"

阮清恬听着任浩铭的脚步声，心跳加快，紧张不已。这时阿春突然跑到了门口："会长！不好了！大小姐出事了！"

任浩铭立刻冲了出去。阮清恬赶紧藏好照片，也跟着跑了出去。

客厅里，任青青正拿着刀子对着众人，状态癫狂。任浩铭试图上前，任青青高喊着:“别过来!都别过来!把我的孩子还给我!”

双方僵持着。

任浩铭低声问阿春:“怎么回事?”

阿春回答:“刚刚大小姐在睡觉,谷雨她们就出去了,谁知回来一看,大小姐已经拿上刀子了!”

任浩铭皱眉。

任青青喊叫着:“我的孩子呢?你们还我的孩子!”

任浩铭试图上前:“姐!我是浩铭啊!你醒一醒!”

任青青拿刀子对准任浩铭,往边上躲,反应没有那么激烈了。

阮清恬来到门口,看着眼前的一幕,惊呆了。

任青青语气软了一点:“浩铭,我的孩子呢?你把我的孩子藏到哪里了?快把我的孩子还给我。”

任浩铭面露痛苦的神色:“姐,你先把刀放下,我这就把孩子给你抱过来。”

任青青尖叫着,拿刀在自己脖子上比画着:“快点!快点去啊!”

任浩铭没有动,任青青见状,更加崩溃,一下子哭了起来:“是不是我的孩子没了,孩子没了,我也不想活了。”

任青青说着就要用刀去割自己的脖子,阮清恬惊得不知所措。突然人群中传来清脆的声音:“孩子来了!”

任青青一听,顿时停下了动作,拿刀的手悬在空中。楚安安从人群中快步走上前,手里拿着一杯咖啡,对任青青说道:“孩子在这呢!”

楚安安说完便立刻将咖啡泼向任青青拿刀的手。任青青因为咖啡烫手,下意识地扔掉了刀子。

任青青痛苦地叫着:“啊!烫!烫!”

阿春和谷雨赶紧上前扶起任青青,把她扶到床上躺下,擦掉她手上的咖啡。

任青青顺手拿起床上的枕头抱在怀里:“我的孩子,我的孩子回来了。”

任浩铭见任青青已无大碍,松了一口气,对谷雨说道:“好好照顾大小姐,大小姐身边不许离开人。”

谷雨回答:“是,会长。”

任浩铭看了阮清恬一眼,对楚安安说道:“楚小姐,多亏你急中生智,不然,真的不知会出什么大事呢,谢谢你了。”

楚安安浅笑："没什么，我也是刚好看到桌上有一杯热咖啡罢了。我已经跟下人们说过了，以后那些刀子剪子之类的，都让他们收起来了，不然真的太危险了。"

任浩铭赞许地点点头："你真是细心。"

阮清恬呆呆地看着任浩铭，脸色不好。

楚安安不好意思地道："青青姐现在脑子里想的全是孩子，其实只要多和她聊一些孩子的话题，她就会很开心的。以后我有时间，也会去多和她聊聊天的。"

"你说的很对，楚小姐，你真是智勇双全啊。"

任浩铭温柔地对楚安安笑笑。楚安安不好意思地低下头。阮清恬看着两人的互动，心里发酸。任浩铭说完话，故意不看阮清恬，径直走开了。

楚安安拉着阮清恬："恬恬，想什么呢？"

阮清恬勉强笑笑："没什么，我……我去看看青青姐。"

阮清恬坐在床边看着熟睡的任青青，一脸惆怅。转身突然发现任浩铭就站在自己身后。

任浩铭将阮清恬拉到客厅，阮清恬揉着手腕。

任浩铭质问道："你在姐姐房间干什么？"

阮清恬回答："我想陪陪姐姐，我怕她再出什么意外。"

任浩铭冷冷地说道："不需要你陪。"

"为什么？我也想照顾青青姐啊，会长你是怕我会伤害青青姐吗？"

任浩铭没有否认："我告诉你，在你爹回来之前，公馆里的事都不需要你来插手，什么时候你爹回来了，我才会重新考虑要不要相信你。"

阮清恬惊呆，说不出话。

任浩铭质问道："刚刚在你房间，你手里拿的是什么？"

阮清恬低头小声地说："没什么，不过是朋友寄的明信片。"

任浩铭目光犀利地盯住阮清恬："你有事瞒着我？"

阮清恬吓了一跳："我没有！会长你想多了。"

任浩铭不以为然地看着阮清恬，阮清恬被看得心里发毛，忙转移话题："我去厨房问问晚上做什么，我怕安安吃不惯。"

任浩铭不再说话，只是意味深长地盯着阮清恬。

阮清恬快步走去厨房，听到谷雨在和阿夏一起边择菜边聊天。

谷雨好奇地问："阿夏，你说大小姐的病还能不能治好啊？"

阿夏撇嘴："你没听阿春说，他刚才进去的时候，大小姐正拿着刀子在肚皮上比画呢，你说照这样下去，大小姐岂不是很危险？"

谷雨叹气："唉，会长真可怜！幸亏今天有楚小姐在，不然，我真的不敢想。"

阿夏附和："是啊，楚小姐真是智勇双全，又特别时尚，能做西餐，能修相机，真是新时代的完美女性代表啊。"

阮清恬默默听着两个人的对话，心里不是滋味。

谷雨抬头，发现阮清恬就站在门口，十分惊讶："阮小姐？"

阮清恬勉强笑笑，快步走开了。

谷雨和阿夏面面相觑。

宋诚在客厅里转圈："阮清恬肯定在说谎，安安在上海只有阮清恬一个好朋友，怎么可能不去找她呢！王副官！"

王副官朗声道："在！"

宋诚命令："你快去把军营里的士兵都召集起来，老子今天就要把任公馆给围了！一定要把安安带回来！"

王副官犹豫："调兵的事，是不是跟大帅说一声比较好？"

宋诚生气地说："让你去你就去！废什么话呀！"

"不许去！"

突然，宋大帅的声音传来。宋诚回头，看见大帅正朝客厅走来，王副官立刻恭敬地道："大帅。"

宋大帅对王副官命令道："不许去！以后调兵的事必须先通知我！"

宋诚着急地说道："爹，安安肯定就在任公馆，她怀着我的孩子呢，我必须把她带回来！"

宋大帅望着宋诚，恨铁不成钢："你个傻孩子！眼光怎么这么短浅呢！你要是真爱楚安安，想跟她过一辈子，还着急这一时吗？"

宋诚不解地眨眼："爹的意思是——"

宋大帅耐心地解释道："楚安安现在生你的气，转不过弯来，你强行把她抢回来只会让她更生你的气，再说她要是真住在任浩铭家，也肯定不会受委屈，你还着什么急呢！不如先等一等，等安安想通了，自然就会回来找你的。”

宋诚平静许多，若有所思。

大帅拍着宋诚的脑袋：“带老婆如带兵，好好想想吧，傻小子！”

林峰坐在沙发上闭目养神。

虎子拿着一个小木盒走了进来。

虎子兴奋地说道：“峰哥，都弄好了，简直和真的一模一样。”

虎子打开木盒给林峰看，林峰只看了一眼，便赶紧推开：“拿走吧。”

虎子得意地道：“看您这表情就知道很像了，阮清恬看了这个，肯定会立刻冲过来的。”

林峰不屑地冷笑。

任浩铭、楚安安、阮清恬坐在餐桌前吃饭，饭桌上气氛尴尬。阮清恬兀自吃着饭，面无表情。楚安安体贴地给阮清恬夹了一筷子菜，柔声道：“还在想青青姐的事吗？别担心了，我们这么多人照顾她，相信她很快就会好起来的。”

阮清恬点点头，看了一眼任浩铭，脸色变差。

任浩铭故意说道：“你做对什么了？还在这里摆脸色了。”

阮清恬埋头吃饭的动作一僵。

楚安安赶紧制止：“会长，别这么说。”

任浩铭不说话了。

阮清恬伸筷子去夹离自己最近的一盘菜。任浩铭忽然将菜端走，阮清恬扑了个空，筷子停在半空中。任浩铭将盘子放到楚安安面前：“安安，这个菜营养价值高，多吃点。”

楚安安不好意思地微微一笑。

阮清恬都看在眼里，更加吃不下饭。她放下筷子站起身：“不好意思，我吃饱了，先回房间了。”

任浩铭看着阮清恬，有些心疼，但嘴上还是对楚安安说：“安安，吃你的，别管她，估计她是昨晚没睡好。”

楚安安尴尬地笑笑。

任浩铭严肃地问道："我听说苏门答腊最近有动乱，你父母在那边没受到什么影响吧？"

楚安安赶紧回答："没受影响。"

任浩铭敏感地察觉出楚安安的异样，但还是说："那就好。"

阮清恬躺在床上看着天花板，想起之前和楚安安在一起的美好时光，有些伤感。

阮清恬责怪自己："我怎么现在变得这么脆弱和小心眼了呢？安安救了青青姐，我应该满心感谢啊，而会长，我不是一直都知道的吗，他就是那么一个霸道专制的人，又为什么要生他的气呢？阮清恬，你今天吃饭的时候表现得尤其不好，你这样任性，会让安安觉得尴尬和为难的。再也不能这样了，我得去找安安，向她道歉才是。"

阮清恬想到这里，坐起身来。

饭后，楚安安坐在自己的床上黯然神伤，没想到只是不经意的自言自语，却被任浩铭给听到了。得知楚安安的父母已经破产，任浩铭拿出支票和现金，递给楚安安："支票你汇到苏门答腊，现金就留着自己花吧，不够再来找我。"

楚安安愣愣地看着手里的钱，低头道："我不想给你和恬恬添麻烦。"

任浩铭撇嘴："还是顾及大小姐的面子吧，行了，我懂，要是钱不够你随时跟我说。"

阮清恬走到书房门口，看见灯光亮着，门虚掩着。听到书房里两人的对话，惊讶不已："会长在给安安钱？"

楚安安有些感动，深情地说道："谢谢你，任会长，晓晓的事，我一直欠你一个道歉。之前也是因为我她才去了艺术沙龙，才认识了阮先生，没想到会发生那样的悲剧，我真的很愧疚，可是你现在竟然这样帮助我，安安真的是无以为报。"

任浩铭摆摆手："你是恬恬的好朋友，今天又救了我姐的命，这是你应得的，也是我应该做的。"

楚安安激动得说不出话。

"别难过了，我听说苏门答腊的动乱快结束了，你父母应该很快就可以回国了。”

楚安安点点头：“真的太感谢你了，会长。”

阮清恬听到这里，咬着嘴唇，有些不快。阮清恬不再听下去，默默地走开了。

任浩铭正在书房里听广播，见阮清恬从门口走过，便叫住阮清恬：“阮清恬，给我端一杯咖啡来。”

阮清恬站在门口，面无表情：“我不会磨，你的咖啡豆，我没资格碰，而且我磨的咖啡，你敢喝吗？”

任浩铭讽刺道：“你不会，我让安安教你，我信不过你，但是我信得过安安。”

阮清恬不屑地说：“是啊，她什么都会，我什么都不会。会长，我想你也看出来了，我就是个粗鄙的乡野丫头，没法好好照顾你，只有全能的大家闺秀才适合和你共度一生。”

任浩铭察觉阮清恬不对劲，起身走近，摸她的额头：“没发烧啊？吃坏东西了？”

阮清恬拨开任浩铭的手：“你真的在意我的感受吗？”

任浩铭纳闷道：“你说什么？”

阮清恬质问道：“好歹我还住在公馆里，安安又是我的好朋友，你给安安钱的事，就不需要和我说一声吗？”

任浩铭不解：“你说什么？”

阮清恬回答：“我看见你给安安钱了。”

楚安安来到客厅，听到书房里面两人的争吵。

任浩铭恍然大悟：“原来是吃醋了呀，你真是好笑你知道吗？这是任家，我做什么难道需要和你报备吗？”

阮清恬委屈地说道：“可安安是我的朋友啊！”

任浩铭高声道：“那你爹杀我妹妹的时候和我报备了吗？”

阮清恬也激动起来：“我爹没有杀晓晓，那是意外！”

任浩铭冷笑：“意外?！意外那你爹跑什么？你爹去哪儿了？你把你爹找回来我就相信你。”

阮清恬咬着嘴唇不说话。任浩铭继续说：“所以我告诉你，别来跟我讲你的那些歪理，我没兴趣听，也别没事瞎吃什么飞醋，就算你吃楚安安的醋，我也没办法,因为我就是愿意对楚安安好,我乐意!”

阮清恬忍着不让眼泪掉下来。

任浩铭有些心疼,但还是强硬地说道:“不会磨咖啡是吧,去跟安安好好学学去吧!”

任浩铭说完就走到书桌旁坐下,平静地拿起报纸,不再看阮清恬。阮清恬转过身去,眼泪啪嗒啪嗒地落下。阮清恬抹了一把眼泪,走出门去。

任浩铭看着阮清恬离开,放下报纸,有些后悔:“我不会是说得太过分了吧,谁让这丫头总是往枪口上撞呢!”

一个神秘的黑衣人,戴着口罩,怀里揣着小木盒,向任公馆里面张望。

晚饭的时候,楚安安没有下来吃饭,任浩铭便差遣阿春去叫,可是没过多久,楼上走廊突然传来阿春的声音:“会长,不好了!楚小姐不见了!”

阿春举着一张信纸向客厅跑来。任浩铭和阮清恬都惊讶不已。

“会长,阮小姐,楚小姐房间里没人,只有桌上放着这张纸条。”

任浩铭拿过纸条,只见上面写着:“任会长,我没有想到我的出现会打扰你们的生活。我想恬恬可能是误会我了,我想我还是离开比较好,不能因为我影响了你们的感情。你给我的钱,我以后一定会还给你的。告诉恬恬,这所有的一切,我都非常感谢她。勿念。楚安安。”

阮清恬大惊,抢过纸条:“安安走了?会长,得赶紧把安安找回来,她一个女人能去哪儿呢?”

任浩铭沉稳地说道:“如果她真的想要躲我们,我们是找不到的,我之前给她的钱也足够她去租个房子或者住酒店了。”

阮清恬态度坚决:“会长你要是不想去,那我就自己去,安安应该还没有走远,我怕她会遇到危险,我必须找到她!”

任浩铭坚决地道:“不行,你不能去。”

阮清恬坚持:“安安是我最好的朋友,我不能让她因为我受委屈。”

任浩铭皱眉,犹豫。

阿春在一旁劝道:“会长,您就在家里准备明天开会用的资料吧,我让阿秋阿冬跟着阮小姐,保护她的安全。”

任浩铭点点头:“一定要保护阮小姐的安全!”

“您放心吧。”

阮清恬着急地道:“我这就去换衣服!”

阮清恬站在穿衣镜前扎头发,换上了清爽的服装。突然她瞥见桌子上放着一个奇怪的小木盒。阮清恬叫来谷雨:“谷雨,这个盒子是什么?”

谷雨回答:“刚刚有人来送给小姐的,我看您和会长在书房谈话,就先放这里了。”

第八十九章

逼婚

阮清恬有一种不祥的预感。支走谷雨后，她赶紧关上房间的门，慢慢打开小木盒，发现里面竟然是一根断了的还带着血的手指。阮清恬吓得尖叫一声，立刻扔了木盒。

谷雨的声音从门外传来："小姐，怎么了？"

阮清恬赶紧回答："没事儿，我刚刚看见了一只蟑螂。"

盒子里有一张纸条掉了出来。阮清恬拿起来，只见纸条上写着："你可以猜一猜，下次会收到什么礼物。"

阮清恬看着地上的断指，捏紧纸条，伤心不已，喃喃地说："爹……"

阿秋、阿冬跟在阮清恬身后出了任公馆。

阮清恬想起刚刚那根断指和纸条，一脸的焦急，嘀咕道："不行！我不能再让林峰伤害爹了，我必须先去一趟林家。"

阿秋问道："阮小姐，咱们去哪儿找？"

阮清恬想了一下，说道："阿秋、阿冬，我想咱们还是兵分三路去找吧，这样会快一点。"

"可是阿春让我们保护您。"

阮清恬争辩："现在最紧急的是找到安安，你们就不要考虑我了！我会保护自己的。”

阿秋阿冬面面相觑：“可是——”

阮清恬伸手招来一辆黄包车，坐了上去：“别可是了，快去找吧！”

车夫问：“小姐，您要去哪儿啊？”

“去城隍庙33号。”

阿秋和阿冬还没来得及反应，车夫就拉着阮清恬走了。两人唉声叹气：“这如何是好啊！”

阮清恬从黄包车上跳下，给了车夫钱，立刻冲进林家。林峰坐在客厅里一脸阴笑。

阮清恬开门见山：“我爹呢？我要见我爹！你到底把他怎么了？”

林峰冷笑：“恬恬，你终于来了，我等得花儿都谢了。”

阮清恬生气地道：“林峰！我再说一遍，我现在就要见我爹。”

林峰笑着说：“放心，你爹很好。”

阮清恬焦急地道：“可是我收到的那根断指——”

林峰冷笑：“吓着你了吗？谁让你一直不肯来呢！我只好出狠招了。你放心吧，那不过是道具罢了，你爹的手指还是完整的。只是，我有东西要给你看。”

阮清恬疑惑：“什么东西？”

林峰拿出一张红色的卡片。阮清恬仔细一看，那竟然是一张喜帖，而且上面写的人名竟然是林峰和阮清恬。

阮清恬惊讶不已：“这是什么意思？”

林峰漫不经心地说：“不过是你爹的护身符罢了。”

“你！你卑鄙！你无耻！我是不会和你结婚的。”阮清恬气愤地指着林峰大骂。

林峰哈哈大笑：“这可由不得你，喜帖我已经寄到任公馆了。”

“你说什么？”

“你只需要记住，如果你想见你爹，那就必须嫁给我。”

阮清恬气愤地看着林峰，满眼愤怒。

林峰不甘心地说：“恬恬，你别这么看着我，我告诉你，我对你的喜欢绝不比任浩铭少一分！只有我会给你幸福！”

阮清恬恨恨地望着林峰：“林峰，我也告诉你，如果我可以选择的话，我希望这辈子从来都没见过你！”

林峰脸上闪过一丝失落：“原来你是这样想的……可你知不知道，是我先认识你的，是我先爱上你的！”

阮清恬气愤地道：“你还好意思说爱？你的爱都是有条件的，是让我用我父亲的命来交换的！”

林峰辩解：“我也不想这样！谁让任浩铭半路杀进来呢！我也从未想过要利用你！”

阮清恬不以为然：“那又怎么样呢，我并不爱你！”

林峰受了这句话的刺激，面目扭曲起来，朝阮清恬逼近：“你说什么？你再说一遍。”

阮清恬惊得站起：“林峰！你要干什么？你别过来！”

林峰步步逼近阮清恬：“我告诉你，不爱也得爱！反正你就要是我老婆了，我想怎样就怎样！”

林峰捏住阮清恬的下巴，想要强吻她。阮清恬拼命挣扎，甩了林峰一个耳光：“我告诉你林峰！为了我爹，我可以跟你结婚，但我绝不会爱上你，咱俩只可能有夫妻之名，你要是想强迫我，我就立马死在你眼前！我还有点事要马上去做。”

阮清恬不再管气得脸色发青的林峰，跑出房间。

林峰望着阮清恬的背影冷笑：“别忘了结婚的日期！”

虎子从门口经过，看看走出去的阮清恬，又看看屋里肿着脸的林峰，立刻冲进房间：“峰哥，你的脸——”

林峰冷着脸，淡淡地回答：“没事。”

虎子犹豫着开口：“峰哥，说真的，我一直不太明白您对阮小姐的痴心到底从何而来……”

林峰知道虎子话没完，等虎子下文。

虎子嘿嘿一笑：“您说这阮小姐要胸没胸，要屁股没屁股，到底哪点比青青小姐好？兄弟们都说您是魔怔了才会取糟粕，弃精华……”

林峰一巴掌呼在虎子脑袋上，佯怒：“说什么呢你，别以为我不知道你们私下里拿这事下注。到底赢了多少钱？赶紧交上来！”

林峰说着伸出手来。

虎子见状立马苦着脸道："呵呵……峰哥，这么说您是真爱阮小姐喽？"

林峰见虎子装傻，也不戳破："那是当然，有吸引力的女人并不全靠她们的美丽，而是靠她们的气质，靠她们的纯真。阮清恬就是这种女人，你说这种女人上哪儿去找？"

虎子装模作样地点点头。

楚安安将一沓钱交给满脸横肉的房东。房东用肥硕的手指仔细地点了两遍，这才放心地把钱装进兜里。

房东色眯眯地看着楚安安和她身后的小雅："那咱们可说好了，下个月，一定要交齐剩下的房租，再也不能拖了。"

楚安安点头："我知道了。"

房东淫笑："或者，你们两个，不管谁，只要答应和我约会，房租可以再晚交几天。"

楚安安赶紧说道："您放心吧，我们下个月一定会准时交齐的。"

房东撇嘴："那好吧。"

房东无趣地走了。

楚安安对小雅说道："秋分都走了，你也走吧，我现在不是大小姐了，也没法给你发工资了。"

小雅带着哭腔说："小雅伺候小姐快十年了，已经把小姐当作这个世上最亲的人了，小雅不会离开小姐的。"

楚安安感动，抓住小雅的手："好妹妹，那咱们姐妹俩就好好过吧。"

阮清恬在街上走着，四处寻找楚安安。但是她没有发现自己身后跟着虎子等人。

"安安到底跑哪里去了？"阮清恬焦急地四处张望着，突然看见楚安安站在当铺门口，"安安在当铺门口干什么？"

楚安安抚着自己的小腹，又不舍地摸着胸口的项链，踌躇着什么。阮清恬走近当铺，刚要叫楚安安，只见楚安安好像决定了什么，坚定地走进当铺。阮清恬连忙跟过去。

楚安安将金项链摘下来，递给当铺老板："老板，这个能当多少钱？"

老板接过金项链,大致看了看,打量了一下楚安安,百无聊赖地说:“十块钱!”

楚安安吃惊地道:“才十块?你没看错吧?这可是足金的项链!”

“我这店里全是宝贝,足金的多了去了!就十块,爱当不当!”

老板说着就把金项链放回桌上。楚安安有些生气,但只好忍住。刚想说什么,金项链被人拿了起来,楚安安一看,是阮清恬。楚安安有些心虚地笑笑:“恬恬!”

“安安,你干什么呢!我找了你半天了,你来当铺做什么!”阮清恬看见项链,心下吃惊,“这不是宋诚送给你的吗?难道上次会长给你的钱都花完了?”

楚安安有苦说不出:“你别管了恬恬。”

阮清恬见楚安安这样,将金项链塞回楚安安手里:“我不许你当,我们出去说。”

楚安安只好任由阮清恬拉着走出了当铺。楚安安见瞒不过去了,才一五一十地把最近发生的事情一一跟阮清恬说了。

阮清恬恍然大悟,嗔怪道:“原来是这样啊,明明都要山穷水尽了,还这么要强,为什么不告诉我呢?还非要从任公馆搬出来,你也真是的,什么时候了还这么要面子。”

楚安安真诚地道:“我不能让你跟任会长因为我闹别扭……”

阮清恬叹气:“我们俩的事,跟你没关系。我跟他是有缘无分,我配不上他……”

阮清恬掏出钱来给楚安安:“好了,别再聊我们了,安安……我今天出门没多带钱,这些都给你。”

“你这是干什么!”楚安安忙要推辞。

阮清恬恳切地道:“我总不能看着你当了金项链啊!你以前帮了我不少,这点钱算不了什么。”

楚安安叹气:“唉,真是不当家不知柴米贵,我以前哪想过这样的日子……”

阮清恬宽慰:“都会过去的,等以后好起来,兴许你会感谢现在的一切。”

楚安安笑着点点头,突然感到一阵恶心,忍不住干呕起来。

“怎么了?”阮清恬忽然想到了什么,“安安,你不会……是宋诚的?”

楚安安止住呕吐,默默点了点头。

阮清恬一脸惊讶:“那宋诚人呢? 他知不知道你怀孕了?”

楚安安一脸黯然地坐在桌前,不回答。

阮清恬气急:“他知道你怀有身孕还让你自己离开?”

楚安安悲切地说:“这事不怪他,是我自己要离开的,我不想成为第三者,破坏别人的幸福。”

阮清恬气愤踱步:“这个宋诚,当初是怎么说的来着,说会一生一世对你好,现在好了,不仅脚踏两只船,还成了负心汉! ……安安,那你打算怎么办呢?”

楚安安低着头,并不答话。

阮清恬见状,想了想说:“宋诚毕竟是孩子的父亲,你总不能在这个时候离婚……”

楚安安痛苦又坚定地说道:“孩子是无辜的,我已经决定把孩子生下来,可是……”

阮清恬一愣。

楚安安痛苦道:“我不想再见宋诚,我也不想再跟他有任何瓜葛,至于孩子……他是我的孩子,只是我的!”

阮清恬心有触动。

楚安安轻轻道:“恬恬,可不可以答应我一件事? 如果宋诚来找你,你可千万不要告诉他我在哪儿。”

阮清恬有些心疼地看着楚安安:“安安,你这是何苦?”

楚安安转身:“我已经决定了!”

阮清恬点点头:“好! 我答应你!”

“别光说我了,你呢,最近怎么样?”

阮清恬有些难以开口:“我……我要结婚了!”

楚安安很惊喜地道:“真的啊! 那可要恭喜你了! 终于和任会长修成正果了!”

阮清恬有些尴尬地道:“我……我不是和任浩铭结婚……”

“啊? 那是和谁?”楚安安惊问。

“林峰!”阮清恬吞吞吐吐地说。

“什么? 为什么啊?”楚安安瞪大眼睛,“你怎么会和他结婚呢?”

“一言难尽……总之,我和任浩铭是有缘无分……”阮清恬叹了一声,心中更觉悲凉。

“真的没有别的办法了吗？你们俩经历了这么多，难道就这么放弃了？”

阮清恬无助地摇摇头：“安安，你可不能跟任浩铭提，我们俩的事，比你跟宋诚还复杂，一句两句说不清……”

“可是……”

“答应我！”阮清恬坚定地望着楚安安。

楚安安无奈地点点头。

“你现在住在哪儿？改天我再送点钱给你吧。”阮清恬又问。

楚安安推脱道：“不用，不用，这阵子够花，我会自己想办法的。”

阮清恬无奈：“好吧。”

阮清恬刚从阮家出来走到巷子口，宋诚突然出现，挡住了阮清恬的去路：“清恬！我正要去找你……”

阮清恬一愣，不悦地看着宋诚：“宋公子！您在这儿做什么？”

宋诚察觉到阮清恬的态度，皱皱眉，却礼貌地说道：“清恬！我找遍了上海也没找到安安，这几天也没见你给我递消息，所以我过来看看，不知你有没有安安的消息？”

阮清恬想起安安就被自己藏在家中，有些不安：“不知道啊，安安又不是我妻子，我哪里知道？你不要总是缠着我……”

阮清恬说罢，转身离开。

宋诚疑惑地皱眉，看着阮清恬的背影，若有所思。宋诚径直来到阮家门口敲门。

“谁啊？恬恬，你是不是落了什么东西？”里面传来楚安安的声音。

宋诚心中一喜。大门打开，开门的果然是楚安安！

楚安安大惊，反应过来，想要关门，被宋诚拦住：“安安！安安！你为什么要离开我，我做错了什么让你想要离开我？”

楚安安神情痛苦：“你走！你走！我没什么好跟你说的，你记得好好跟秀芝姐过日子就对了！”

宋诚憔悴又焦急：“安安！我是真的不爱秀芝，虽然不能跟她离婚，可是我对你的感情是真的！你要相信我！”

楚安安默默流泪：“我说不清什么感情是真的，你一开始对秀芝姐是真的，现在对我又是真的,我已经搞不懂什么是爱情了……你的爱太重,它让三个人苦不堪言,你这样,怎么对得起对你那么好的秀芝姐,阿诚,我累了,不想要了……你放过我,好不好?"

宋诚一愣,焦急道:"可是咱们已经有了孩子,你总不能不考虑孩子!"

"孩子是我一个人的,跟你没关系!"

宋诚急了,上前要去抓楚安安的肩膀,楚安安避开:"别动我!孩子出了问题,谁也负不起责任!"

宋诚痛苦地望着楚安安:"你就这么不想接受我吗?"

楚安安摇摇头,无声哽咽:"你走吧,我们不会再见了,我也不想去追究什么爱不爱,责任有时候比爱更重要。我只想过我简简单单的日子,你就放过我吧,求你了!"

宋诚失魂落魄地松开手,面容痛苦。

楚安安潸然泪下,扭头跑开。

阮斌愤怒地看着林峰,手里攥着一张喜帖,全身剧烈地发抖。

林峰却和颜悦色道:"岳父大人,您别这么看着我。恬恬跟了我以后,青帮大大小小的赌坊都随你赌,这难道不是好事吗?"

阮斌气得大骂:"臭不要脸,想占我女儿便宜,我就是拼了这把老骨头也坚决不让你得逞!"

林峰冷笑:"阮斌,叫你声岳父,你别不识抬举,别忘了,不管是你还是你女儿的命,可是都攥在我手里,哪个会让你女儿轻松些,我想不用我教你吧!"

阮斌愤怒地看着林峰,说不出话来,良久,竟然呜呜地哭了出来。

林峰冷哼一声,转身离去,留下句话:"好好想一想吧,你放心,我一定会对恬恬好的!"

阮斌哽咽着,百感交集。

谷雨拿着喜帖进来:"阿春,这是刚刚林家送来的,看上去像是喜帖……"

阿春忽然有不好好预感,夺过喜帖打开。上面写着新郎林峰和新娘阮清恬。

谷雨见状一惊:"这……阮小姐怎么会跟林先生……阿春,要赶紧告诉会长。”

阿春看着喜帖上的日期，一副心事重重的样子：“明天？明天可是会长投标的大日子！”

这时任浩铭走了过来：“你们在干吗？”

阿春连忙将喜帖藏到身后：“会长，没什么。”

谷雨想说什么，被阿春用眼神瞪了回去。任浩铭看见众人的反应，但懒得追究：“阿春，明天的投标会议都安排好了吗？”

“都安排好了会长，放心吧。”

任浩铭点点头：“咱们已经请了法国著名的建筑师，这次务必拿下江南那块地，一定不能有任何差错。”

阿春点头：“是。”

任浩铭看看众人，走了。

谷雨生气地道：“阿春，你为什么不让我说！”

“你要说什么？你说的话只会对会长不利！”

“可是阮小姐就要嫁给林峰那个坏蛋了！”谷雨心有不甘。

“你知不知道明天的会议对会长有多重要！这次投标要是不成功，咱们任家就完了！”

“可是！”

“不要再说了！明天会议一结束我就向会长请罪，所有责任由我来担！”

第九十章

结婚典礼

阮清恬轻手轻脚地走进任浩铭的房间，任浩铭正躺在床上睡觉。阮清恬走到床边，看着任浩铭熟睡的样子，一脸伤感。她想伸手去摸任浩铭的脸，任浩铭突然睁开眼睛，抓住阮清恬的手："你干什么！鬼鬼祟祟的！"

阮清恬语塞："我——"

任浩铭起身推着阮清恬出去："赶紧出去！谁让你随便进我房间了！"

阮清恬听着任浩铭在屋里把门锁上，伤感地靠在门上："会长，我为你祈祷，你一定要找一个更好的女孩，找一个比我更爱你，能够给你最简单的爱的女孩。对不起，会长，我真的没法放弃我爹，真的对不起，我欠你的恐怕这辈子都还不清了，请你尽快忘了我吧。祝你幸福！"

一行清泪滑过阮清恬的脸庞。

上海的清晨，人们已经开始忙忙碌碌的一天。

一个戴着帽子的小男孩，拿着报纸扯着嗓子喊："青年商会会长任浩铭的未婚妻将嫁做他人妻。天大的新闻，轰动整个上海滩的大新闻，快来看啊！"

街道上充斥着漫天飞舞的报纸，看上去十分壮观。

这时，阿春带着几个手下冲过来。阿春一马当先指挥："你，去那边，你去那边，把这些报纸都给我收回来！"

几个手下领命，冲着卖报纸的和买报纸的人奔去。

回到任公馆后，阿春仍然不忘嘱咐阿夏："今天我陪会长去投标，家里一切就交给你了。"

"你放心吧！"

"街上那些卖报纸的，都闭嘴了吗？"阿春又问。

"都已经办妥了。"

阿春满意地点点头。

街上干干净净，刚刚卖报纸的人已经不见踪影。一个小男孩手里拿着用半张报纸包裹的烧饼，一边走一边吃。小男孩嘟囔："这烧饼真好吃，怎么吃了一个一点都不觉得饱呢！真是奇怪！"

小男孩随手把手中的报纸扔掉，只拿着烧饼吃。

任浩铭刚好看到了这一幕，便走上前去。

"小朋友，不可以这样乱丢垃圾的！"任浩铭一边说一边捡起那半张报纸，"去，把它丢到该丢的地方去！"

小男孩不好意思地接过报纸，任浩铭却一眼看到了"青年商会会长"几个字："等一下！"

任浩铭拿回报纸，清楚地看到一行大字："青年商会会长任浩铭的未婚妻将嫁做他人妻。"

任浩铭脸色大变，盯着报纸上的内容说不出话来，眼中酿着风暴。任浩铭盛怒之下将报纸揉成一团。

阿春此时却在一旁不识时务地催促道："会长，投标马上就要开始了！咱们这次的对手是李老板，不能掉以轻心啊！"

任浩铭强装镇静地将报纸叠起："去商会！"

阿春脸上一喜："哎！"

任浩铭手抓着车门，犹豫起来。

阿春有不好的预感，试探道："会长？"

任浩铭缓了缓："阿春，你去通知童老爷替我代理投标的事，我会尽快赶过去！"

"会长，大局为重啊！"阿春紧张地劝道。

任浩铭坐上驾驶座，一溜烟开车走了。

阿春阻拦不及："会长！会长！"

谷雨照看任青青，忽然听到外面传来急促的脚步声。谷雨开门出去，看见阿秋、阿冬正在往外跑。

谷雨好奇地拦住阿秋："什么事这么着急？"

"别提了，会长知道阮小姐要嫁给林峰的事了！"阿秋懊恼地说道。

任青青听到林峰的名字，脸色一变。

"什么？会长怎么知道的？"

阿秋嘟囔："这林峰也真坏，不跟大小姐离婚就要跟阮小姐结婚，这不是摆明了让阮小姐做小吗！"

谷雨赶紧让阿秋噤声："你小声点，别让大小姐听见。"

房间里，任青青抱着枕头的手一紧。

"我们得赶紧过去，先走了。"阿秋说完，就匆匆忙忙地离开了。

房间里任青青呆呆看着前面，似乎想起了什么。林峰？她忽然想起一些和林峰在一起的片段。

任青青将枕头扔到地上，一边尖叫着，一边抱头往床角缩去，十分痛苦。谷雨听到动静赶忙跑进来，焦急地问："大小姐，您怎么了？"

任青青抱着头痛苦挣扎。

谷雨急得团团转，看到地上的枕头赶忙捡起，哄道："大小姐，您看，这是小少爷……"

任青青似有所觉，慢慢抬头，恍惚地看着谷雨："孩子？"

谷雨点头哄道："是啊，大小姐，这是您的孩子。"

任青青赶忙抢过枕头，抱在怀里轻声哄了起来："孩子乖乖，妈妈在这儿。"

谷雨松了口气，看着任青青的目光有些难过和怜悯。

林峰正在换结婚穿的新衣服，见阮清恬哭丧着脸走进来，不禁调侃道："大喜的日子干吗板着脸啊？和我结婚你不高兴吗？"

阮清恬面无表情："林峰，我只想问你一句，你到底会不会遵守之前的约定？我和你结婚后，你能不能保证我爹的安全？"

林峰冷笑:“结婚之后,你爹就是我的老丈人,我当然会好吃好喝地伺候他,他想赌我给他钱,他寂寞了我给他找姑娘,你说我这算不算是遵守约定啊?”

阮清恬不回答,继续说道:“我还有第二个要求,希望你也能答应。”

林峰问:“什么要求?”

阮清恬正色道:“我们结婚后,你能不能不再找任会长的麻烦了?”

林峰阴笑:“都要跟我结婚了,还在想别的男人,你这样我会伤心的。”

阮清恬突然扑通一声跪在地上:“算我求你了。”

“我可以答应你,不过我不敢保证别人不会害他,毕竟像任浩铭这样的衣冠禽兽,即使千夫所指也不过分。”

阮清恬怔怔地看着林峰,气得说不出话。

林峰转身欲走:“赶紧去换衣服吧。”

阮清恬穿着喜服坐在梳妆台前,丫鬟给阮清恬梳着新娘头:“小姐头发真好,又软又顺,人们说头发软顺的人心地善良,我看这话说得真没错!”

阮清恬难过地看着镜子里的自己。镜子里的阮清恬,好像一个麻木的人偶,任人摆布:“娘,您以前说过,我这辈子只能对两个男人好,一个是我爹,一个就是我将来的丈夫……可是今天,清恬不能听您的话了,因为我爱的人这辈子注定不能成为我的丈夫,而我要嫁的人却是我爱人的仇人!上天好能捉弄人,让我们兜兜转转缠到了一起,却怎么也无法理出个头绪,女儿真的不知道该怎么办了。难道这就是命吗?我真的要认命吗?”

阮清恬痛苦地闭上眼睛,一滴眼泪顺着脸颊滑下。

丫鬟担忧地问道:“小姐,您怎么哭了?是不是因为没有家人送亲?您放心,林家的人都很好相处,您以后就把这当成自己家!”

阮清恬看着丫鬟,抹干眼泪。

阮斌走到新房门口,满面愁容地抬手想敲门,手却顿住,想起林峰的话:“叫你声岳父,你别不识抬举,别忘了,不管是你还是你女儿的命,可是都攥在我手里,哪个会让你女儿轻松些,我想不用我教你吧!”

阮斌想到这里,最终坚定地敲了下去。听到敲门声,丫鬟去开门。

阮斌站在门口,神情复杂地看着阮清恬:“恬恬。”

阮清恬示意丫鬟先出去。

阮清恬眼圈一红："爹。"

"恬恬，爹对不起你呀。"阮斌紧紧地握着阮清恬的手，眼眶也不由红了。

阮清恬这才想起什么，焦急地起身检查阮斌全身："爹，您有没有怎么样？林峰他有没有把您怎么样？"

见阮斌的手完好无损，阮清恬这才松了口气。

阮斌难过不已："恬恬，爹知道你喜欢那个任会长，可是爹和会长的妹妹毕竟有一段孽缘，你们走不到一起的，爹对不起你……"

阮清恬心里难受，但强装没事："爹，我早就不奢望和浩铭在一起了，这样……挺好的，我是自己愿意嫁给林先生的，他对我挺好的……"

阮斌无言地看着强颜欢笑的阮清恬，内心酸楚更甚，直直盯着阮清恬不说话。阮清恬话说不下去了，哽咽地再次扑进阮斌怀里："爹，我说的都是真的，只要您没事，只要咱们一家人好好的，就比什么都强！"

阮斌摸着阮清恬的头发，叹息："是爹对不起你啊！"

阮清恬安慰他："爹，今天可是我大喜的日子，什么苦不苦的，您别这么说……来，您过来看看女儿的嫁衣，您看漂不漂亮？"

阮斌涩涩点头："我的女儿穿啥都漂亮！"

阮清恬破涕为笑。

林家门口十分热闹，林峰跟虎子站在门口迎客。林峰穿着新郎装，一脸喜气。前来贺喜的人络绎不绝。

李老板此时也拎着贺礼来庆贺。林峰看见李老板，一脸不解："你怎么来了？今天不是要竞标？"

李老板一笑："那任浩铭知道您要结婚的消息，肯定去不了竞标现场了，一会儿仪式我就不参加了，竞标的事您就放心吧，峰哥终于抱得美人归，我怎么着也得来送份贺礼。"

李老板说着示意身后的助理将贺礼奉上。助理会意，恭敬地将贺礼交给收礼的人。收礼人点了下贺礼，扯着嗓子报："白玉观音像一座！"

林峰微笑："那就多谢李老板啦！"

李老板道："我就不进去了，这就去会场。峰哥可把转账的事情都打点好了？"

林峰道："还差枚印章，不过不是问题，你先竞到这只标，等签完合同，钱自然会到位。"

"那就祝峰哥早生贵子，我先走一步了！"

林峰一脸喜气："慢走！"

李老板带着助理离开了。林峰一边跟来贺喜的人打招呼，一边在张望着什么。他神情凝重，收回视线，看了眼虎子示意跟过来。

林峰与虎子来到僻静处："还没看到任浩铭？"

虎子说："应该只是晚到了些吧？"

林峰点点头，阴险一笑："我实在有点迫不及待想看到他的表情了……"

任浩铭脸色阴沉地开着车，拼命踩油门，引起路人惊呼。阿春的车在后面紧紧跟着。阿春见任浩铭车开得凶猛，知道他情绪激动，决定加速，将任浩铭的车别在路边。

任浩铭一个急刹车将车停在路边，匆忙下车。

任浩铭大喝："阿春！你活腻味了！我要是没及时停车，你就被撞死了，你知道吗！"

"会长！要是阿春一死能让您清醒过来，那我宁愿一死！"阿春也大声说道。

任浩铭听了这话冷静下来："我现在很清醒，我知道投标的重要性，也知道阮清恬绝对不可以嫁给林峰。"

阿春焦急地道："会长！林峰结婚偏偏选在投标的时间上，这明显就是有阴谋啊！说不定现在正有人等着去跟大卫签合同呢！"

"丢了这笔生意，我顶多是破产，大不了从头再来。可不救阮清恬，她这辈子就都毁了，你知道吗？"任浩铭脸色铁青地道。

"可是会长，您想怎么救？林峰一定等着你去救呢！"

任浩铭冷冷道："我不相信阮清恬心甘情愿嫁给林峰，再说，阮清恬是我的女人，我的女人我一辈子都不可能放手，她对我有什么样的感情，我心知肚明……阿春，你不要再劝我了。"

阿春焦急地道："会长！明明知道眼前是个圈套，您为什么还要往里跳呢！阿春不能看着会长上当啊！"

阿春情急之下跪在任浩铭跟前："会长如果真的要去，就把车从阿春身上开过去吧！”

任浩铭气急，拔出枪来顶在阿春头上：“你以为我真的不敢杀你吗？”

此时阿夏、阿秋、阿冬等人也赶到了，见状吓了一跳。

“会长！使不得！”

阿夏、阿冬等人一齐给任浩铭跪下了。

任浩铭看着众人，下不去手。

林家外张灯结彩，宾客络绎不绝。任浩铭凝视着前方，快速地开着车在街道上前进。

任浩铭开车远远地看到盛况，调转车头，向着林家后院驶去。

而此时林峰喜气洋洋地站在家门口迎客。

虎子笑嘻嘻地走过来：“峰哥，恭喜恭喜啊！”

林峰问道：“阮斌和阮清恬都没什么异常吧？”

“我都派人盯着呢，您就放心吧。”

林家后院，两个守卫哼着歌儿蹲在门外，手里拿着些零碎干果，正准备吃呢，任浩铭快步走到两个守卫面前，阴森森地道：“走开，这里没你们的事了！”

手下嚣张地道：“任浩铭！峰哥说了，没有邀请你参加婚礼，你不能进去！”

“识相的话赶紧滚开！”

任浩铭阴狠地道：“这句话应该是我说的吧，你们俩识相的话赶紧滚开！”

两名手下对视一眼，挥着拳头朝着任浩铭扑过去。

阮清恬此时坐在房中，痴痴地望着窗外：“会长，希望你不要犯傻，我已经间接害你失去妹妹，我能做的也只有这些了！如果……如果……我……”

这时，门外传来打斗声，接着传来两声闷哼。

任浩铭弹了弹衣袖上的尘土，望着躺在地上哀号不止的两个人：“你们最好老实点……”

阮清恬正哀伤地照着镜子。任浩铭快速闪了进来，关上门。

“会长……”阮清恬诧异地站起身，

任浩铭黑着脸上前一把拉起阮清恬：“这会儿我真想杀了你！回去再跟你算账！”

阮清恬被扯得踉跄一步，却没有再动。

任浩铭诧异地回头。

阮清恬伸手缓缓拂掉任浩铭的手，表情坚定：“我不走，我马上就是林峰的夫人了，这里就是我的家，我哪里也不去！”

“你真的想好了？”任浩铭咬牙问道。

阮清恬深情地道：“会长，你肯定也会遇到更好的女孩……”

任浩铭难以置信地望着阮清恬，恶狠狠地质问道：“阮清恬，你真就那么喜欢林峰吗？”

阮清恬打断他：“不要问了，赶紧走吧，一会儿有人来你就走不了了！”

“我不能把你一个人留在这里。”任浩铭坚定地道。

阮清恬大喊：“你走，你到底走不走？”

任浩铭着一把扣住阮清恬，狠狠吻了上去。阮清恬挣扎不开，安静下来，不再挣扎。任浩铭放肆地吻着。忽然他动作一僵，松开阮清恬。

阮清恬用剪刀比着自己的脖子，冷冷道：“你再动我，我就杀了我自己！”

任浩铭先是震惊，继而愤怒：“你……你宁死也不愿意跟我走吗？”

剪刀刺到肉里，划出一道血痕。阮清恬说：“我阮清恬这辈子做谁的女人都行，就是不能做你任浩铭的女人！”

任浩铭恨恨地看着阮清恬，忽然一把扫掉桌了子上的茶盘。茶壶、杯子碎了一地。任浩愤恨地望了阮清恬一眼，然后拉开门，头也不回地走了出去，狠狠地关上门。

阮清恬坐在床边上，伤口已经结痂，洁净的脸上还挂着一串晶莹的泪珠。阮清恬伸手擦掉脸上的泪水，抽噎着：“会长，我所做的一切，不希望得到你的原谅，请你慢慢忘记我，开始新的生活吧……”

屋外传来巨大的鞭炮声响。

客厅中央贴了个大大的喜字，喜字下的桌案上点了三炷香。大堂里站了一群观礼的人。司仪高喊：“结婚典礼正式开始！”

林峰跟阮清恬穿着喜服，一人拎着喜花的一端走进大堂，喜气十足。

林峰小心翼翼扶着新娘子走进来。一阵风吹起盖头一角，稍稍露出阮清恬的脸，阮清恬抿着嘴不知道在想什么。

林峰看得一呆。

观礼的人纷纷赞叹。

“真是郎才女貌啊！”

“可不是！峰哥有福啦。”

林峰跟阮清恬缓缓来到司仪面前。司仪清了清嗓子示意大家安静下来：“吉时已到，林峰先生与阮清恬小姐的结婚典礼，现在开始！”

人群中响起热烈的掌声。

司仪声音洪亮：“一拜天地！”

林峰跟阮清恬一起面朝门外的方向跪拜。

司仪声音洪亮：“二拜高堂！”

林峰跟阮清恬正要对着桌案上的香火跪拜，这时，任浩铭大踏步地走进客厅。众人见他提着枪，忍不住议论纷纷。

“这怎么回事？”

“是啊，哪有拿着枪来参加婚礼的？”

“这任浩铭看上去像是来砸场子的，不会是来抢亲的吧？”

林峰听到声音，扭头看去，见是任浩铭，不禁冷笑起来：“任浩铭，你到底还是出现了！”

阮清恬一听，立即扯下了盖头。

众人见状，一片哗然。

第九十一章

不爱江山爱美人

“阮清恬，我还有一句话要对你说，你过来。”任浩铭冷着声音，对阮清恬说道。

林峰皱着眉头看着阮清恬：“恬恬，你可是我的夫人！”

“我还没跟你拜完堂呢！”阮清恬不满地抗议。

林峰脸上保持着微笑，却悄悄贴近阮清恬，阴险地说：“阮清恬，你朝那边看……”

林峰朝阮清恬使眼色，阮清恬顺着林峰的目光看去，发现虎子正用枪顶在阮斌腰上。阮斌汗如雨下，求救地看向阮清恬。阮清恬有些心灰意冷地看着林峰，低声说：“林峰，你果然好手段！”

林峰冷冷地看了阮清恬一眼，压低声音：“阮清恬，这么多人看着，不要逼我！”

阮清恬脸色一白，缓缓接过盖头，盖到了头上。

任浩铭焦急地望着阮清恬：“恬恬，你在等什么，还不赶紧过来！”

林峰冲司仪点点头。

司仪会意，清了清嗓子：“二拜高堂！”

任浩铭高声道：“林峰！你连这一时半刻都等不了吗？”

林峰不理，率先跪下，阮清恬却站着没动。

人群又小声议论起来。

“这是新娘子不想嫁了?”

“嘘! 别瞎说!”

阮清恬再次掀开盖头,看着任浩铭。

林峰狠狠地瞪了阮清恬一眼。

阮清恬不顾林峰脸色难看,朝任浩铭走去:“有什么话,你说吧。”

任浩铭正色道:“不管你做什么决定,我对你的心都不会变,永远不会变。”

阮清恬听了这话,流下泪来,朝阮斌的方向看了一眼。任浩铭顺着阮清恬的目光看去,发现阮斌受到胁迫,明白了一切,立即大喊一声:“阿春!”

阿春带着阿夏、阿秋、阿冬立即上前。

“保护阮斌!”

阿春几个人立即动手,拿枪指着虎子,虎子也不甘示弱,将枪顶在阮斌头上。

林峰大声道:“任浩铭! 你真想害阮清恬后悔一辈子吗?”

“她嫁给你才会后悔一辈子! 放了阮先生!”任浩铭冷声道。

“哼,那是我老丈人,住在我家是天经地义的,我凭什么把我老丈人给你!”

“阮清恬还没跟你拜堂呢! 谁是你老丈人! 来人啊!”

就在两人争执不下的时候,王副官带着一队士兵冲了进来,士兵都端着枪。林峰身后的青帮手下也都立刻举起了枪,两帮人针锋相对。

此时一个声音突然从门外传来:“慢着!”

九爷走进客厅,对王副官说:“我和你们的大帅也是老朋友了,我想他会给我这个面子,先把枪放下!”

王副官示意手下放下枪。九爷也示意青帮的手下放下枪。众人都松了一口气,总算避免了一场血雨腥风。

林峰却一脸不快:“义父,您怎么来了?”

九爷面色一冷:“你还问呢! 你叫我一声义父,却连结婚这么大的事都不请我!”

林峰赔笑:“不过是纳妾,何必劳动义父。”

“两位都是上海有头有脸的人物,有话好好说! 任会长,可不可以听我说两句?”

虎子还把枪顶在阮斌头上。九爷淡淡地看了一眼虎子，虎子只得收起枪。

林峰见状愤怒地说道："义父，任浩铭欺上门来侮辱我夫人，难道我还要忍气吞声不成?"

九爷淡淡道："阿峰，咱们虽然是江湖中人，但盗亦有道，本事再大也大不过一个'理'字，阮清恬是任会长的未婚妻，这大家都知道，你这样把人家父亲绑起来，胁迫阮小姐嫁给你，有违道上的规矩……"

周围的宾客听了九爷的话，频频点头，表示赞同。

林峰见状，不快地道："义父，不是我不讲理，他任家当初逼得我家破人亡，难道我替父报仇不是理吗？我真不知道任浩铭给了您什么好处，您跟他是什么关系，居然替他说话，不怕弟兄们不服吗？何必要长他人志气灭自己威风……"

九爷听了这话，很不高兴："我不管什么威风不威风，我就知道青帮不能干仗势欺人的事！冤冤相报何时了，我看你现在过于执着，帮会里的大事你先不要参与了，好好思考一下你到底想要干什么，什么是值得你做的。"

林峰一愣："义父!"

九爷别过脸，不再理会林峰，对虎子说道："把阮老爷放了。"

虎子看看林峰，稍稍迟疑一下，九爷身后的人立刻上前，抽了虎子一记耳光。虎子立刻认怂，赶紧把阮斌放了。

阮清恬立即奔上前去："爹!"

阮斌拉着女儿的手："好孩子，爹没事……"

九爷淡淡地道："诸位，对不起了，我老九教子无方，让大家看笑话了！今天的事只当没有发生过，大家都散了吧!"

众人纷纷散去。林峰脸上显出恨恨的样子。

阮清恬上前扶着阮斌："爹，我们走。"

任浩铭上前拉住阮清恬的手。

阮清恬甩开："会长，我不会再跟你回去了。"

任浩铭脸上闪过一丝无奈。阮清恬扶着阮斌离开，任浩铭也只好跟在后面走出去。

宾客顷刻间散得干干净净，只剩九爷、林峰和一干手下。

"阿峰，也许你觉得委屈，也许你觉得我对你不公平，但江湖有江湖的规矩，义父这样做，也有义父的无奈。个人恩怨总不能影响整个帮派的利益，希望你能理解义父的苦心。”

林峰盯着九爷后背，眼中显出狠辣。九爷回过头来看他，林峰又赶紧收敛表情，装作顺从的样子：“义父放心，阿峰心里都明白。”

九爷欣慰地拍拍林峰的肩膀：“好孩子，义父等着你放下心中执念的那一天！”

上海一处角落。

一个卖报纸的人挥舞着报纸，扯着嗓子喊：“号外号外！不要江山要美人，青年商会会长放弃两亿建筑生意只为夺回美人！”

路人有的匆匆走过，有的停下来买份报纸。

“本年度最大的新闻，刚刚加印出来，墨还没干呢。”

路人很快就都凑了过来。

路人看着报纸感叹：“现在这世道还有这样的人吗？他傻呀！”

任浩铭坐在车里，失落地看着街上的情景。

阮清恬带着阮斌回到阮家，和楚安安主仆过起了小日子。

这天，阮斌在客厅里拿着扫把打扫。楚安安在削苹果，阮清恬蜷缩在被子里。

楚安安安慰道：“恬恬，别难过了，来吃个苹果，你看看你，饭也不吃，伯伯该多担心你啊！”

阮清恬不说话。

楚安安又说：“你知不知道你跟林峰结婚的时候，任会长的生意出了大事？”

阮清恬一愣，坐了起来：“什么事？”

“报纸都满天飞了，不爱江山爱美人，为了你，人家损失了两个亿的生意！任会长会破产的，你知不知道？”

阮清恬不信：“破产？你别吓唬我了，哪有这么严重！”

楚安安叹气：“你是真不懂还是假不懂啊！这单生意可是任家筹划了两年的，有了这单生意，就可以跟大卫先生建立合作关系，以后江南的很多楼都会给任家盖了！”

阮清恬一脸焦急：“那现在怎么办？”

楚安安叹息着:“能怎么办? 机会不等人啊,任会长没赶过去,大卫先生对任会长没去参与会议很不满,这笔生意就落到了别人手中了。依我看,任会长这次恐怕很难翻盘了……”

阿春一脸忧虑:“会长,关于投标的事,童老爷已经尽力了,大卫先生对您没能参加竞标会议很不高兴,最终把盖百货大楼的权利给了李老板。”

任浩铭纳闷道:“李老板? 哪个李老板?”

“就是东街贵衣坊卖成衣的李老板。”

任浩铭不解:“一个做服装生意的怎么会有这么多资金盖百货大楼?”

阿春摇摇头:“不知道,大卫先生已经跟李老板签了意向书,但李老板还没付抵押金。”

任浩铭纳闷:“李老板没拿出钱来,大卫先生怎么敢跟他签合同?”

“李老板拿出了钱庄存钱的票据给大卫先生看,不过听说这张票据还无法马上兑现。”

任浩铭奇道:“无法马上兑现? 为什么?”

阿春摇摇头:“现在还不知道,会长,要不要我去查一下?”

任浩铭若有所思:“必须查! 说不定我们还有机会!”

阿春奉任浩铭的命,开始偷偷跟踪李老板。

这天,见到李老板在茶室门口跟林峰寒暄、握手,阿春恍然大悟,赶紧回去复命:“没想到李老板的幕后势力是林峰! 不过这次可够林峰喝一壶的了!”

任浩铭沉思着:“我一直以为是九爷怕我在上海滩一人独大,才指使林峰做了这么多恶心事牵制我。现在看来,这些并非九爷的意思……”

“可是林峰又有什么理由针对会长您呢?”

“我也纳闷,实在想不出什么时候得罪过这个人。”任浩铭百思不得其解。

“会长,要不要我去查查?”阿春提议。

任浩铭点点头:“可以试试,但估计会有困难,毕竟林峰隐藏了这么久……”

林峰拿着钥匙悄悄潜入青帮的账房。

账房里有一位值夜班的青帮成员,此时已经躺在沙发上睡熟了。林峰小心翼翼地开门进去,在办公室里四处翻找,一边翻一边留意值夜班的成员是否苏醒。林峰四处翻找也没找到自己想要的东西，忍不住低声嘟囔了一句："九爷那个老家伙把印章弄哪去了呢？"

林峰一边说一边拉开一个抽屉，发现抽屉被锁。

此时，值夜班的青帮成员听到声响醒了过来："谁！"

说话间，那人拿出手电筒朝林峰照去，并朝林峰的方向举起枪。这一照才发现是林峰："峰哥？您怎么在这儿？"

林峰问："我问你，九爷平日里用来给汇票盖章的印章放在哪了？"

"那，那是得九爷允许才能用的印章……"

"我知道！我问你印章在哪？"林峰不耐烦地问道。

"我不知道，这些都是机密……"

林峰皱了皱眉，一把夺过那人手中的枪，用枪顶着他的脑袋。那人慌张地说道："峰哥，我什么都不知道！什么都没看……"

青帮成员话音未落，林峰已经开枪将他打死。

林峰在死人身上摸了摸，摸出一串钥匙。林峰拿着钥匙试了又试，终于有一把钥匙打开了抽屉。林峰满怀希望，却发现抽屉里不过是把德国造的精巧手枪。林峰一脸失望。

正在此时，门被轻轻推开，竟然有人进来了。林峰大惊道："谁！"

门外进来的正是九爷："阿峰，没想到你会做出这样的事！"

"义父？"林峰一脸诧异地望着九爷。

九爷板起脸来说道："你太让我失望了！你知不知道钱庄里的那笔钱是给青帮的兄弟们抚孤恤贫用的！你居然动了那笔钱的心思，还打死了自家兄弟！"

"我拿下了大卫的那个项目，到时会赚到两倍甚至三倍的钱给兄弟们用，那不是更好吗？"林峰大声道。

"盖房子的事你懂吗？那个李老板懂吗？这根本不该是你做的事！只要是生意就有赔有赚，万一赔了，你林峰拿什么来弥补？"

"我不懂可以找懂行的人来做，但我不能让任浩铭拿到这个项目！我说了我要报仇，为我惨死的父母报仇，让任浩铭一点一点失去他所拥有的东西就是我活着的目的！"

九爷望着林峰，痛心地说道："我以为不让你料理帮会中的事务，你会慢慢反省，放下执念，万万没想到这种复仇的怨念越来越深，居然到了抢别人妻子，杀自家兄弟的地步了！是我这个做义父的无能，没有教好你！”

“义父，我到底喊您一声义父，您知道我最大的心愿是什么吗？我现在离这心愿只差一枚印章了，您就把它给我吧！”林峰乞求道。

“既然你肯认我做义父，我又怎么可能看着你一错再错？阿峰，任浩铭的父母不管做了什么，都跟任浩铭无关啊！何必冤冤相报！”九爷苦口婆心地劝道。

林峰强忍着不耐烦：“义父说得对，是孩儿之前糊涂了。可是……孩儿已经铸下了大错，现在可怎么是好？”

九爷长叹一声：“要是这位兄弟的命能换来你的清醒，义父觉得也值了……你放心，这件事义父会替你保密……”

九爷一边说一边走向死去的那人，想移走他的尸体。就在此时，林峰突然捅了九爷一刀。

九爷无法置信地看着林峰。

林峰露出阴险的笑容：“老不死的家伙，就你废话多！还夺了我在帮会中的权力！本想了结了跟大卫的生意再来找你算账，你可倒好，还嫌自己活得长！”

林峰一边说着一边将九爷身上摸了个遍：“什么？居然没有带在身上？难道放在家里了？”

九爷躺在地上大睁着眼睛，死不瞑目……

林峰开着车将九爷的尸体随便扔在了郊外。就在林峰以为大功告成，开车逃离的时候，突然出现一个人，将九爷救走……

任浩铭等在青年商会的大堂里。任浩铭看了眼手表，再看着门的方向，神情有些焦急。

这时洋人助理拿着文件从里面出来，瞟了眼任浩铭，嘲讽一笑，假装没看见，径直向门口走去。

任浩铭迎上去：“查理先生，请问大卫先生在吗？我要见他。”

查理冷淡地道：“对不起，大卫先生出去了。”

“那他什么时候回来？”任浩铭又问。

“无可奉告！”查理冷淡地说完，便飞快离去了。

商会众人严肃地坐在会议室，中央主位上坐着一脸凝重的任浩铭。

张董慷慨陈词："您作为青年商会会长，公私不分，因私废公，害得整个商会失去了一次重要的机会。这事已经严重影响了商会的形象和运作，我们希望会长您能与人方便，辞去商会会长之职！"

任浩铭根本没把说话的人放在眼里，说道："一出问题就让我辞职，谁没出过问题！"

众董事吓了一跳，面面相觑。会议室安静极了，沉默在室内蔓延。

张董看了看众人，硬着头皮站起来："你知道你捅了多大的娄子吗？"

任浩铭脸色变得很难看，冷冷看着张董。紧接着，董事们一个接一个地站起来，有的低着头，压根就不敢面对任浩铭。

任浩铭威严地扫视了众董事一圈："上次银行善款出现问题，你们就吵着让我辞职。我觉得现在咱们商会风气非常不好，需要整整风了！出了问题，我们首先想的应该是如何解决问题，渡过难关，而不是只想着让谁辞职！"

众人面面相觑。

任浩铭气势汹汹地从商会出来，看上去心情很不好。阿春跟在后面。任浩铭忽然脚步一顿，一副山雨欲来的架势。

林峰从对面幸灾乐祸地走过来，后面跟着虎子。

林峰阴阳怪气地说："哟！这不是任大会长吗？"

任浩铭走到林峰身边，冷冷道："我知道这一切都是你在背后捣鬼！林峰！我警告你！不要将我们的私人恩怨牵扯到清恬和商会！你一意孤行，一定会遭到报应的！"

林峰冷笑："我夫人……不错吧！"

任浩铭忽然一把抓起林峰的衣襟，发狠地说道："林峰，别以为有九爷罩着，我就不敢动你！"

林峰漫不经心地拍掉任浩铭的手："任浩铭，我……要让你生不如死，身败名裂！"

任浩铭表情郑重："林峰，你想当会长，别做梦了，我不会让你如愿的，你就死了这条心吧！"

任浩铭说完扬长而去。

林峰看着任浩铭走远的背影，嘲讽一笑。

第九十二章

柳暗花明

阮清恬呆呆地躺在床上，遥望窗外的风景发呆，眼神没有焦距，喃喃道："也不知道他现在怎么样了……"

阮清恬一边想着，一边下床坐到梳妆台前，想梳头，却一眼看到放在梳妆台上面的照片，是阮清恬跟任晓晓的合影。

阮清恬眼眶湿润了："假如时光可以倒流，假如我那时候就知道你跟我爹的事情，假如我没有帮你当那些东西，假如我拦着你，假如我早就认识了你……是不是你就可以开开心心地活着，那么，这一切的事，也就不会发生了……现在会长遇到这么多麻烦，你在天有灵，一定要保佑他，让他安然渡过所有难关。"

阮清恬坚定了信心，决定自己去找大卫。

她等在大卫的客厅里，端详着墙上的一张画。这是一幅富贵牡丹争艳图，牡丹花开正好，娇艳欲滴。

大卫先生从楼上下来，后面跟着助理查理。

阮清恬听到动静，迎了过来，礼貌地问候道："大卫先生！"

大卫问："你就是给我送刺绣手帕的那个姑娘？"

阮清恬礼貌点点头："大卫先生您好。"

大卫做了个"请"的手势："请！阮小姐，我们坐下谈！"

两人坐到沙发上。

大卫笑道："我很喜欢这手帕，图案很漂亮，很有东方的味道。拿着你的手帕去追女孩子，应该会奏效。"

大卫说着笑了起来。

阮清恬微笑："我听说大卫先生喜欢一些有中国特色的东西，手帕是我奶奶绣的。她以前是绣娘。她的手艺不错吧？"

"非常棒！可是你为什么要送给我手帕呢？按你们中国人的说法，无事不登三宝殿，阮小姐有什么事找我？"

"我不会拐弯抹角，就直说了，我希望您能再给任会长一次机会，听听他的竞标方案……"

大卫惊讶地问："你居然是为任浩铭而来？难道你就是'不爱江山爱美人'中的美人？"

阮清恬尴尬地道："大卫先生过奖了，我可算不上什么美人。"

大卫说："你这种帮情郎的做法我很欣赏，可是，对不起，我已经跟别人签了合同，没有办法改变主意了……"

阮清恬急了："可你都没看过任浩铭的竞标书，怎么就认定别人的方案就是最好的方案呢？"

大卫耸耸肩："在我看来，一个没有时间观念，把感情看得比工作重要的男人，是没有责任心的人。"

"一个把感情看得更重要的男人，才是有情有义值得合作的人啊！"

大卫撇撇嘴："对不起，我并不这么认为。阮小姐，我帮不上你的忙，手帕还给你。"

大卫将手帕递给阮清恬。

阮清恬摇摇头："已经送了的东西我是不会再收回来的，您留着用吧。"

"那好吧，我还有事，先走了！"

阮清恬不甘心地想再说点什么："大卫先生！"

大卫并不理会，走了出去。

阮清恬不放弃，眼见大卫的车开了，依然跟在后面跑，一边跑一边喊："大卫先生，请您停车，听我说！"

大卫扭头看看，并不在意。

查理一边开车，一边问道："我们真的不要停车吗？"

"她的要求我实在做不到，不要管她，继续开吧。"

阮清恬依旧穷追不舍。

大卫虽然这么说着，但是仍然不由自主地回过头去。看到阮清恬追着汽车，一边跑，一边喊着自己的名字，不由有些动容。

众商会董事各就各位坐在会议室，任浩铭坐在首座。大家表情严肃，任浩铭身旁站着阿春。

一本名册被放到桌子上。

张董战战兢兢地道："任会长，根据您的指示，我们走访了商会70%的成员，其中同意您卸任会长的占所有成员的66%，这是所有人的名册，希望您按照规章制度离开商会！"

阿春走过来将名册恭敬地递给任浩铭。任浩铭威严地扫视了众董事一眼，然后气定神闲地翻阅起名册。

众董事有些提心吊胆，连头都不敢抬。

任浩铭随手将名册扔到一边，冷笑："这么急着让我卸任，看来你们早就找好了会长候选人。不过是没拿下大卫先生的项目，你们居然就要另投其主了，看来我任浩铭交错了一些朋友……"

众董事面面相觑，噤若寒蝉。

任浩铭接着道："自从我接管商会以来，虽谈不上呕心沥血，却也是尽职尽责。会长这个职位，不是我任浩铭霸着这个虚名不想让，而是现在不能让。林峰是青帮的人，你们当中应该有人认识他，甚至跟他很熟。如果我现在把这个位置让出来，真不知道大家以后的日子会怎么过！"

张董战战兢兢地说："可是，那两亿的生意没了，任家也就倒了，这会长的位置，到时候您想不让也不行了……"

任浩铭自信十足："你怎么知道那两亿的生意跟我没关系了？"

众董事哗然，一时间各种窃窃私语充斥着会议室。

"不是都跟李老板签约了吗？"

"就是说啊，难道这个时候任浩铭还能扭转乾坤？"

正在会议室陷入一片嘈杂之时，会议室的门被大力打开。众人向门口看去。林峰带领青帮众人气势十足地闯进了会议室。林峰面带微笑,看上去十分和善。

会议室异常安静,任浩铭和林峰静静对峙。

"林先生。"任浩铭面色阴沉,语气却出奇的礼貌。

林峰意味深长地说:"任先生。"

任浩铭冷笑:"怎么,会长这个位子还没空出来呢,再着急,也没地方坐吧?"

"不是我着急,是大家不想让你继续坐这个位子了,想必任先生也不会赖着不走吧。"

"当然不会,只是不知道林先生有没有本事如愿坐上这个位子了。"

林峰盯着任浩铭。

任浩铭微笑:"烦请各位董事出去一下,我想和林先生单独谈一谈。"

张董等人看向林峰,征求意见。林峰依旧看着任浩铭,点点头。张董等人默默离开,会议室只剩任浩铭和林峰两人。"怎么,什么话不能当着众人的面说?"

任浩铭平静地望着林峰:"我只想知道,你为什么这么恨我?不单单是因为阮清恬吧。"

林峰冷笑:"我知道你在查我跟你到底有什么恩怨,你也不用查了,我今天全都告诉你!我的父母就是被你家害死的,被你那个利欲熏心的爹害死的!"

任浩铭很震惊,一下子傻眼了。

"当年橡胶期货风靡全上海,你爹就是利用橡胶期货,怂恿我父亲买进,买进,再买进……结果,我爹辛辛苦苦攒下的家业全都赔进去了!可你们家却一夜暴富!"林峰愤恨地道。

任浩铭冷静地说道:"我父亲让买进,你家就买进,你父亲自己不会判断吗?怎么能把账都算在我家头上?"

"我父亲留给我一封信,里面写得清清楚楚,把我父母逼入绝境的人,就是你任浩铭的爹!可惜你爹已经不在了,父债,只好子还!"

任浩铭听到这里,皱皱眉头,思考着什么。

而此时,一辆派头十足的车停在商会门口,阮清恬和洋人大卫走下车。

两人焦急地往商会里走。

“今天就是你还债的日子!”林峰大喝一声,然后将门打开,对在门外等着的董事们说,“各位请进,我和任先生已经谈完了。”

董事们陆陆续续进来。青帮众人包围了整个会议室,林峰慷慨陈词。

“任浩铭当会长以来,舞弊徇私,目中无人,胆大妄为,近年来大家有目共睹。更有甚者,他不顾礼义廉耻,夺他人妻,更不顾大局跟大卫先生结下梁子。错了就是错了,没道理对会长就要特别对待。商会会长一向是大家选举的结果,你们要搞清楚,你们手中有罢免会长的权利!”

林峰说完扫视众董事一圈。

“林先生说得对!”

“会长这次确实犯了大错!我们不能姑息!”

“是啊是啊!”

任浩铭紧皱眉头,没有说话,还在思索林峰刚刚说的父母之仇。刚才林峰说的都是真的吗?

阿春焦急上前:“会长!”

林峰朝张董使眼色。

张董战战兢兢地站起来:“任会长,不,任先生,刚刚大家都已经决议了,还是请您让出会长的位置,离开董事会……”

林峰幸灾乐祸:“任会长,请吧!”

商会众董事和青帮的人都看着任浩铭,等着任浩铭离开。会议室陷入令人尴尬的沉默。正在这时,会议室的大门被打开。

众人向门口望去。阮清恬跟着洋人大卫走进来。

林峰惊讶地问:“阮清恬?你怎么会和大卫先生在一块儿?”

任浩铭表情诧异,静静地注视着阮清恬。大卫扫视了众人一圈,最后目光落在任浩铭身上。他径自走到任浩铭面前:“任会长,我们今天必须做个了断!”

任浩铭了然地点点头:“当然,大卫先生!”

林峰皱眉。

大卫对众人说道:“由于原先竞标者李老板的资金迟迟没有到位,我们就联系了第二竞标者,任会长已经出示了四亿存款的资金证明!所以此次百货大楼的建筑工程还是交由任会长承办!”

众人哗然。

“天哪！四个亿！比承办所用资金还足足多出一倍！”

“我早跟你说让你别反水吧，你还非得拉着我，说什么林峰肯定能当上会长，这下倒好，看任会长怎么处置我们吧！”

望着眼前的变故，任浩铭像是早有预感般，只是淡淡一笑，并没有说什么。

事情已成定局，人们纷纷从会议室走出来。

“还是任会长棋高一着啊！”

“就是，任会长不光有实力，人还清白，听说那个林峰是有黑帮背景的，我们还是支持任会长吧……”

众董事纷纷点头，表示赞同。

林峰拦住大卫：“大卫先生请留步！”

大卫停下脚步，任浩铭与阮清恬也在一旁看着林峰。

林峰尴尬地道：“大卫先生，可不可以借一步说话？”

大卫点点头，跟着林峰走了。只剩下阮清恬与任浩铭。

任浩铭瞄了阮清恬一眼，问道：“你怎么在这儿？”

“你以为只有你能来，我就不能来？”阮清恬高傲地一仰头。

任浩铭质问：“你怎么会认识大卫？难道你们之间有什么交易？”

阮清恬气愤地道：“任浩铭，你别老想歪好不好？”

“我只是说交易，又没说什么别的话，我天天都跟人做交易啊，不交易怎么赚钱，是你自己想歪了吧？”

阮清恬被话噎住，有些生气：“真是不知好歹！我以后再也不会帮你了！”

说完阮清恬就要走，被任浩铭拦住：“站住，我让你走了吗？”

“你还要说什么！”

任浩铭一瞪眼：“我问你，我什么时候允许你单独见别的男人了？还有，谁允许你替我出头了？以后做什么要先向我报备，经过我同意再去做，听到没有！”

“你——！”阮清恬见周围有很多董事，不好发作，只好低声控诉，“太过分了！”

任浩铭一副“我流氓我怕谁”的表情。

在一处僻静的角落里，林峰拉着大卫说道："大卫先生，您已经和李老板签了合同吧。"

"是啊。"大卫问道，"你是李老板的什么人吗？"

林峰掩饰道："我只是想提醒您，您已经跟李老板签了合同，毁约是要付出代价的！"

"如果资金不到位，那么就称不上毁约，这个合同里已经写得很清楚了。从严格意义上来说，我还要向李老板索要违约金，他资金一直不到位，我的项目就要延期，对，我要去找李老板要违约金！"

林峰一听，连忙拦住他："大卫先生，您听我说……"

大卫奇怪地看着林峰："我不知道你为什么跟我说这些，这好像跟你没什么关系。"

大卫说完便走了，气得林峰脸色发青，一脸愤恨地望着大卫远去的背影。

大卫远远地就微笑着走过来，然后和任浩铭拥抱，两人显得十分熟悉。阮清恬站在一边，见状有些惊讶。

大卫高兴地道："Give me five！"

任浩铭和大卫击掌庆祝："大卫先生，谢谢你肯和我合作，真是感激不尽！"

阮清恬疑惑地看着两人。

大卫笑道："咱俩这么多年的生意伙伴了，我对你还不信任吗？这点小忙举手之劳！"

任浩铭微微一笑："如果不是你，林峰就不会走到台前来直接和我竞争，你真是帮了我很大的忙。"

阮清恬惊讶地望着两人："什么？这是你们早就计划好的？怎么不早跟我说啊！我白替你着急了！"

大卫笑着看了一眼阮清恬："对，你也应该谢谢阮小姐，她对你的事可是很上心呢。"

"必须！她是我的女人！"任浩铭扬头冲阮清说，"但是不代表我！"

洋人大卫微笑："任会长，我后面还有事情，咱们改天再细谈！阮小姐！记得你答应我的事！"

阮清恬点点头。

大卫上车离去。

任浩铭见大卫走远，这才焦急地抓着阮清恬双臂，正想跟阮清恬说什么，张董等人谄媚地走过来。任浩铭见说话不方便，拉着阮清恬就往商会里面走。

“喂，你要拉我去哪儿啊？”阮清恬不满地问。

任浩铭拉着阮清恬走进商会，完全无视张董等人，直接走进办公室，锁上门。

“你带我到这儿来干吗？我要走了。”

任浩铭紧张地问：“你不是说没有交易吗？那大卫刚才的话是什么意思？你有没有怎么样？你跟大卫到底怎么回事？他有没有欺负你？”

任浩铭说着四处检查阮清恬。

阮清恬挣开任浩铭的钳制：“任浩铭，你够了！我只是想还你的情而已，你不要以为我这样做是在求和！”

任浩铭一愣：“我不知道你在说什么，我不需要你还我的情……”

“我知道我对不起你，可事已至此，我只能尽我所能帮你了……”阮清恬说着转身离开。

任浩铭反应过来去追：“阮清恬！你要是想帮我，就回到任公馆！”

阮清恬停下脚步，看了任浩铭一眼，万般不舍地走出办公室：“我想回也回不去了……”

阮清恬刚刚走进巷子里，便被人拦住去路，抬头一看，竟然是林峰。

“清恬？”

阮清恬不动声色地向后退了一步，看林峰的神情十分陌生。

林峰苦笑：“真没想到，我林峰机关算尽，到头来却被你破坏了。也罢，谁让我真的爱你呢。清恬，如果我说，我对你曾付出过真心，你愿不愿意原谅我？”

阮清恬淡漠地说道：“你的心藏得太深，我始终看不清，也不想去看清了，真情也好，无情也罢，事到如今，我只希望你能放过我，从此桥归桥，路归路，就当我们从没认识过！”

林峰一愣：“清恬，我……”

阮清恬轻轻摇了摇头，神情淡漠。

林峰知道说什么也没有用了，不甘道：“清恬，就算你这么为任浩铭，任浩铭也不会把你放在心上的。对他更重要的，是他的生意、他的家人，你以为他会原谅你爹吗?”

阮清恬嘲讽地笑笑:“我想你一定没有爱过人!”

林峰反驳道:“谁说的? 我以前爱你,现在也爱你!”

“那不过是你以为的爱罢了! 如果你真的像你说的那样爱我,请不要拦着我的路!”阮清恬不给林峰说话的机会,扬长而去。

林峰又气又恼。

第九十三章

把你欺负到极致

阮清恬原本是再也不打算回任公馆的,可是回到家里,才发现母亲留给自己的流苏耳环落在任公馆里了。万般无奈之下,她只能再次回到这个伤心之地。

阮清恬叹了口气,走进去。任浩铭站在窗边,看见阮清恬走进院子,冷笑了一下。

阮清恬在梳妆台找流苏耳环。任浩铭推门走了进来,倚在门口。阮清恬看了任浩铭一眼,没有说话,继续寻找流苏耳环。

任浩铭从口袋中掏出流苏耳环:“你是在找这个吗?”

阮清恬见流苏耳环在任浩铭手中,就要过来夺。任浩铭抬手将耳环高高举起,由于身高差距大,阮清恬跳了几下也够不到。

阮清恬又羞又恼:“给我!”

任浩铭冷冷地道:“没有我的允许,你哪儿都不许去!你忘了你答应过我什么了吗?你说你要留在我身边给你爹赎罪,难道现在想反悔?”

阮清恬坚定地道:“对!你就当我是个言而无信的小人好了!”

“不是‘我当你是’,而是你本来就是!”

“任浩铭,我知道你有很多方法让我走不了,可我要走,你若阻拦,我会恨你一辈子!”

任浩铭怒极反笑:“恨我?你恨我?真是好笑,阮清恬,你有什么权利恨我?你别忘了,害死晓晓的可是你……”

阮清恬打断任浩铭:“对!”

任浩铭一愣。

阮清恬斩钉截铁地说道:“你说的一点都没错,所以会长……你还要跟杀人凶手的女儿继续藕断丝连下去吗?”

任浩铭气得没办法,一把抓住阮清恬,将阮清恬拉出房间:“你擅自毁约,必须付出应有的代价,别想一走了之!”

“任浩铭,你除了会欺负我,还会干什么?”阮清恬一边挣扎一边大声说。

“把你欺负到极致就是我的人生目标,别的什么都不会也没事!”任浩铭大声答道。

阮清恬气得直瞪任浩铭。

任浩铭把阮清恬拽到浴室,带着阮清恬站到镜子前。

阮清恬看到镜子里那个满脸泪痕的自己,还有胡子拉碴、憔悴不已的任浩铭。

任浩铭对着镜子摸了摸自己的胡子,从桌子上拿起刮胡刀递给阮清恬:“给我刮胡子。”

“凭什么我来刮?你残废了吗?”

“你没资格跟我讨价还价,可不是我把契约书给撕了的。让你刮胡子而已,简直是便宜了你!”任浩铭硬把刮胡刀塞到阮清恬手中。

阮清恬狠狠地瞪了任浩铭一眼,从桌上拿起肥皂在水中浸泡了一会儿,这才轻轻涂抹到任浩铭胡子上。

任浩铭嘲讽地道:“挺娴熟的!不要告诉我,你之前没有替别人刮过,因为我很难相信。”

阮清恬冷冷道:“你想什么是你的事,反正没人可以控制你的想法。”

阮清恬说着打开刮胡刀,隐隐透着一股杀气。任浩铭淡定地躺在躺椅上,脖子在阮清恬面前展露无遗。阮清恬将刀片放在任浩铭脖子上。

“锋利的剃刀在你手上,你的机会来了。”任浩铭看着阮清恬,“你现在就可以割破我的喉咙,这样你就不会为你父亲的事烦心了,咱们之间的恩恩怨怨也彻底了结了……”

阮清恬冷冷道："你以为你那么值得我去犯罪吗？罪恶不能换取任何美好的事物……"

任浩铭自嘲地移开视线："人固有一死，从相遇，到等待分离，有什么意思？"

"确实像你说的那样，无论如何，离别早晚都会到来，但如果能留下些美好的回忆，我会选择记住那些美好的时光。"

任浩铭眼神中有些难过，看着阮清恬。阮清恬并不回应任浩铭的眼光，笃定地说道："时候到了，我不会后悔。"

任浩铭怔怔地看着阮清恬。

"已经刮好了……"阮清恬移开视线，"如果没有其他事，我先走了。"

任浩铭就那样躺着，不知在想什么。阮清恬想说什么，但是最终还是什么都没说，一路跑出了任公馆。

任浩铭从浴室走出来，想着刚才说的话，有些难过。

阮清恬一脸伤心，泪水模糊了视线。跑累了，就慢慢走着、想着："如果爱情真的有那么大的魔力，为什么没有奇迹发生呢……"

阮清恬默默劝着自己，眼泪却更加汹涌。

任浩铭从房间里走出来，走进任青青的房间，却发现空无一人。

"姐，姐？"任浩铭紧张地叫着。

门背后传来模糊的声音。

任浩铭回身看去，才看见任青青坐在门背后抱着枕头傻傻地哄着"孩子"，一副不知世事的样子。

任浩铭招呼任青青："姐！来，乖，睡了！"

任浩铭一边哄着任青青一边扶着她躺下，又细心地给任青青盖好被子。

任青青乖顺地躺在床上，忽然摸上任浩铭的脸。

任浩铭一愣。

任青青摸了摸任浩铭的脸，呢喃道："阿峰，阿峰，你到哪去了？"

任浩铭心里难过，抓着任青青的手："睡觉吧，姐，该睡觉了……"

任青青困倦地闭上眼睛，喃喃道："不行……我要等阿峰回来……"

任浩铭看着任青青，目光复杂。

夜晚的敲门声格外清晰。搬到阮家的楚安安睡眼惺忪，披着衣服出来："谁啊？恬恬是你吗？"

无人应答，又是两记敲门声。

楚安安诧异，打开门，发现阮清恬站在外面，看上去十分憔悴，眼圈红红的。

楚安安大惊："你这是怎么了？"

阮清恬无力一笑。

楚安安跟阮清恬两人并排坐在床上，托着腮。

楚安安唏嘘："想不到你要彻彻底底从任公馆搬出来了，难得你舍得！"

阮清恬叹息："你就别取笑我了，舍不得又能怎样呢？"

楚安安想到什么，叹气说："说得也对！舍不得又能怎样……"

阮清恬见惹楚安安想起了不愉快的事，赶紧转移话题："安安，你看我现在这么惨，能不能多打扰两天……"

楚安安耸耸肩，将一件睡衣丢到阮清恬脸上："随便你住！丑话说在前头，伙食可要自理！"

阮清恬笑笑："好！天大地大，孕妇最大！"

楚安安松了口气："有精神打趣我，那应该是没事了！"

阮清恬一愣，笑笑。

林峰喝着茶，照例拿起报纸看，忽然注意到了什么，情不自禁地念出来："北方受灾，大量难民涌入上海，青年商会会长任浩铭将难民安置在郊区难民营……"

林峰兴奋起来："虎子，虎子！"

虎子应声进来："峰哥，你叫我？"

林峰吩咐道："给我去找任浩铭那个难民营的具体位置！"

虎子一脸茫然地看着兴奋的林峰，还是唯唯诺诺地说："是！"

阮斌小心翼翼地来到任公馆外，观察着门口有没有人。看到春、夏、秋、冬四个人都不在，他犹豫了一下，悄悄溜进任公馆。

阮斌小心翼翼地来到房间外，在心里嘀咕："今天是怎么了？任公馆里怎么一个人都没有？居然连春、夏、秋、冬都没看到。还有谷雨那丫头……”

房间里突然传来动静，阮斌赶紧进门，看到阮奶奶正费劲地要捡掉到地上的杯子，忙说：“娘，我来捡。”

阮斌说着来到阮奶奶身边，捡起地上的杯子。

阮奶奶有些不好意思地说道：“人老了，不中用了，想喝口水，都能把杯子给打翻。”

阮斌给阮奶奶倒水喝：“娘不老，娘还要看着恬恬嫁人，给您生个外孙呢！”

阮奶奶接过水杯，笑着说：“你啊！就会逗娘开心！”

阮奶奶喝着水，阮斌给阮奶奶揉肩捶背。

“怎么突然想起来给娘捶背了？”

阮斌不舍地看着阮奶奶苍老消瘦的肩膀，在心里说，说不定这是儿子最后一次给您捶腿呢……

阮奶奶没听到阮斌的回答，扭头看阮斌：“怎么不说话？”

阮斌整理一下情绪：“娘，我以后可能要长期待在北平了。前段时间，我就跟那边的朋友说好了，大伙儿联合开一家客栈，我主要负责管账，可能以后我回来的日子就少了……”

“那咱们一块去北平啊！”

阮斌说道：“恬恬跟任会长的情况您又不是不知道，怎么能让她去北平呢？您岁数也大了，那边不比上海，天气太干，不舒服，还是待在这边好，有恬恬照顾您。跟着我啊，我还不定天天忙些什么，怕是顾不到您……”

阮奶奶点点头：“是啊，我这老婆子，到那儿只能给你添麻烦……”

“娘，您别这么说！我可没觉得麻烦，只是觉得您在上海生活惯了，换了环境怕您不习惯，而且那边也没个认识的人，您想找人说个话都不行……”

“我懂，我懂……好啊，你也终于肯好好弄份差事干了，也好，娘支持你，去吧……”

“娘，回头我给您写信、寄钱，一有空，我就回来看您……”

阮奶奶点点头：“去吧，去吧，娘不拦着你……别捶了，回屋歇着吧……”

阮斌离开，走到门口又忍不住回头看看，阮奶奶已经躺下。

房间门关上，阮奶奶躺上床上若有所思。

任浩铭缓缓走进阮清恬的房间，看着房间里熟悉的一切，痛苦地闭上眼睛，回想起阮清恬说的决绝的话："好。如果在你心里，我就是那种自私自利，只在乎自己利益与得失的人，那我就是。我的心里，能装的、想的、在乎的，永远都只有我自己和我的家人。你满意了吗？"

任浩铭拿起阮清恬的照片，缓缓坐到阮清恬床上，默默无语。

阿春进来，看到任浩铭的样子，很担心："会长……阮先生来了，现在在阮奶奶的房间……"

任浩铭抬手制止阿春说下去："我现在不想听这些。"

阿春犹豫着："……会长，我知道您是为了阮小姐伤心。要不这样，我们现在就把阮先生送去警察局好了！这样阮小姐一定会……"

任浩铭厉声打断他："阿春，你现在怎么跟林峰一样？净想这些卑鄙无耻的办法。"

阿春惭愧地说："我这不是……"

"我知道你的好意，可我们不能这么做。"任浩铭沉声道。

"是！会长！可是，您也不能这么消沉。您这一辈子，从来没追过哪个女人。但现在为了一个女人，您已经连命都不要了……"

任浩铭点点头："我知道你想说什么，这件事你不用担心。出去吧！我想自己待会儿！放心，我不会出什么事的。"

阿春只好答应："是，会长……"

楚安安脸色凝重地看着面前的两件小衣服。

阮清恬此时走进房间，脸色也不太好看："还是没跟宋诚和好？"

楚安安拿开小衣服，摇摇头，示意阮清恬坐到身边："你呢？你跟任会长怎么样？"

"你不想提宋诚，我同样也不想提任浩铭。"

"那咱们就不提他们。"楚安安拿过一件小衣服，转移话题道，"恬恬，你看，我做的这件小衣服是不是比上一件好多了？"

阮清恬看看楚安安的手："是好多了，起码你手上的针眼儿少多了。"

楚安安不满地瞪着阮清恬："你是在取笑我吗？"

阮清恬笑道："安安，不管你做成什么样，你肚子里的宝宝都一定会喜欢的，因为这都是他娘满怀着爱意做的。”

楚安安手抚自己的肚子，笑得很假。两人虽然转移了话题，但笑都很假，可见两人的心情都很不好。

房间里很安静。阮清恬忍不住开口：“安安，宋诚还在门口站着呢……”

楚安安脸色一变，有些担心，又硬起心肠道：“让他站着吧！为了大家都好，我不能心软……”

阮清恬不知道该说什么，她自己也是一团乱。

阮斌走到警察局门口，看着外面警察局的牌匾，深吸一口气，坚定地往里走。

阮斌刚要走进警察局，就看到虎子带着人过来，吓得转身就跑。虎子冲着阮斌开了一枪，冲手下喊：“给我追，追上就杀。”

“是。”

手下们纷纷拿枪追上去。阮斌知道虎子要枪杀自己，玩了命地往前跑。虎子等人也玩了命地追，时不时地朝着阮斌开枪，但都没打中。阮斌跑进巷子里，没想到是死胡同。

虎子等人快要追到来了。阮斌在巷子里急得不行，满头大汗。

虎子等人跑进巷子：“人呢？”

巷子里空无一人。

这时，虎子等人身后的一家住户里走出两个人，一个是戴墨镜的盲人，一个是扶着盲人的妇人。

虎子疑惑地看过去。妇人脚下不小心踩到东西，险些滑倒，被盲人扶住。

妇人扶着盲人叮嘱：“慢点慢点，别摔着。”

盲人拿根竹子点着地，但脚步并不慢。

虎子等人没太在意。

“虎爷，这巷子是死的，阮斌不可能逃走。”

虎子气得给了手下一下：“我眼睛没瞎！真他娘的活见鬼了！”

妇人扶着盲人走到街上。

盲人摘下墨镜给交给妇人，原来盲人是阮斌扮的：“大嫂，刚刚谢谢你了，已经到大街了，你小心点。”

阮斌说着将手里的竹子也交给妇人。

原来妇人才是盲人。

一个手下突然道：“为什么我总觉得刚刚那两个人很奇怪？明明男的才是盲人，为什么女的会不知道躲开路面上的东西？”

虎子顿时领悟，给了手下一下：“你怎么不早说？给我追，那个男的是阮斌。”

虎子等人又开始追。

警察局里，众警察有的在看报纸喝茶，有的在打盹。

阮斌此时急匆匆地跑进警察局。

打盹的警察突然看到阮斌，吓了一跳：“你谁啊？没事吓唬什么人啊？”

阮斌气喘吁吁：“我……我来自首……”

警察诧异：“自首？自什么首？”

阮斌上气不接下气地道：“任……任晓晓……我知道任晓晓是怎么死的……因为她死的时候，我就在现场……”

众警察听了震惊不已：“你是说任家二小姐任晓晓？”

阮斌喘息着点点头。

阮清恬和楚安安走出房间：“安安，你想吃什么？我回来的时候买给你。”

楚安安说：“不用了。我现在是一会儿想吃一样，已经把小雅给折腾够了。你就踏踏实实去看阮奶奶吧！”

此时有人敲门，阮清恬走过去开门。

周秀芝站在门口：“请问，楚安安在吗？”

楚安安来到门口，看到周秀芝，愣住了。阮清恬将周秀芝请进门。楚安安手足无措地站在一边，周秀芝正在打量阮家的情况。

阮清恬问：“安安，这位是？”

周秀芝笑笑：“你是安安的朋友吧？那你跟安安一样，叫我秀芝姐好了。”

阮清恬惊诧地看向楚安安，楚安安点点头。

“那个，宋夫人你们慢慢聊，我去看我奶奶。”

周秀芝礼貌地道:"阮小姐请便。"

阮清恬离开后,楚安安愈发不自在了:"秀芝姐,你怎么过来了?"

"我就知道宋诚搞不定,所以就过来看看。我听宋诚说,你是觉得对不起我,想成全我跟宋诚,是不是?"

楚安安点点头,又摇摇头:"秀芝姐,我明白你的心思,可我现在真的有些乱,没办法马上答应宋诚什么。我一个人在这边,心情会放松一些,对孩子也会好一点,所以……秀芝姐……"

"我明白。我今天也不是来劝你马上跟我们走的,只是来看看你生活的环境。看到小雅,还有那位阮小姐,都在你身边照顾着你,我就放心了。"

周秀芝说着掏出一张支票。楚安安想拒绝,被周秀芝打断:"这钱不是给你的,是给你肚子里的孩子的。你可以受点委屈,孩子可不能受委屈。"

"我真的不能收,秀芝姐,你别为难我……"

"好好好,不为难你。我这段时间都会在上海,还没好好在这边玩过呢。过段时间再来看你!"

周秀芝起身离开,却悄悄将支票垫在茶杯底下。

楚安安看着小雅,示意小雅相送:"秀芝姐,其实不用这么麻烦……有小雅在我身边不离不弃地照顾呢!"

"好啦,你带着身孕,不用送了。"周秀芝笑着说。

小雅将周秀芝送出门。

楚安安幽幽地叹了口气,回身收拾茶具,发现茶杯底下的支票,感动道:"世上,果真是好人多啊!"

楚安安在发愣,小雅送客回来,想了想还是说道:"小姐,你就不能原谅宋公子吗?"

楚安安摇摇头:"我又何尝不想回到宋诚身边,孩子也好有个爹!可是想想这次若我没去苏州,宋诚一头骗我,一头骗秀芝姐,我不知道他可不可以依靠了。我希望这次我狠心点,能换得宋诚痛改前非,以后能守着我们两个女人好好过日子……秀芝姐怕他以后再领一个回来,我也怕啊……"

小雅一脸同情。

"小雅,你替我好好收着这张支票,秀芝姐说得对,这支票是给宋家孩子用的,咱们现在可不能用。"

小雅不解:“小姐你现在怀的不就是宋家的孩子吗? 怎么不能用呢?”

“唉,秀芝姐就是怕我不愿意收下这钱,才说是给孩子的。可我不能装听不懂啊,这钱,不到万不得已的时候,谁都不能动!”

“小雅明白了!”

第九十四章

自首之后

虎子将一封信塞进阮家大门门缝，然后敲了敲门。

里面传来阮清恬的声音："谁啊？"

虎子赶紧溜走。

阮清恬正在择菜，听到敲门声立即出来看。发现地上有个信封，有些纳闷。她捡起信封，向四周看了看，并未发现周围有人。

"是谁给我的信呢？"

阮清恬赶紧打开信封。信里写着："任浩铭已将你爹送到警察局。"

阮清恬浑身一震，信掉在地上。

"什么？！任浩铭居然……"

阮清恬面露焦急，扔下菜篮子，转身就往警察局跑。

林峰在不远处看到阮清恬跑进警察局，显出一副大功告成的表情。他们俩一直僵持着，现在这样正好帮他们做个了断。任浩铭肯定没法姑息杀他妹妹的凶手，阮清恬也没办法看着她爹死，所以，结果一定是两人彻底决裂！

警察局中，有的警察在讨论着什么，有的警察在看文件。

阮清恬跑进来，着急地问道："请问你们谁负责任晓晓的案子？"

"你是谁？有什么事吗？"警察问道。

“之前被送进来的那个阮斌是冤枉的，他不是杀害任晓晓的凶手！是任晓晓自己失足坠楼的！”阮清恬激动地说。

“小姐你别激动，有话好好说，先告诉我们你是谁。”

阮清恬忙说：“我是阮斌的女儿，我爹跟我说过当时的情况，你们不能听任浩铭胡说八道！”

几个警察互相交换一下眼神，好像在说“难怪这么激动，原来是嫌疑犯的女儿”。

“姑娘，这件事我们并没有听谁说什么，我们讲的是证据。你说你爹没杀人，是任晓晓自己掉下去的，你能提供证据吗？”

“这……你又有什么证据能证明是我爹杀的人呢？我爹跟我说的是真的，这件事上他不会骗我！”

“姑娘，你别着急，回去等消息吧，我们会再进行调查的。”

“我要见我爹！”阮清恬又说。

“现在还不可以，事情毕竟还在调查中，嫌犯不能随便见无关人员。”警察不再理睬阮清恬。

“无关人员？我是他女儿！怎么跟他没关系！”阮清恬见警察不理她，愤愤地一跺脚，离开了警察局。

阮清恬刚从警察局出来，便看林峰站在门口，一副扬扬得意的样子：“你在这儿干什么？”

林峰阴笑：“我有办法让你爹出来，你想不想听一听？”

阮清恬迟疑地问：“你能有什么好办法？”

“你听了就知道了！”

林峰自信阮清恬一定会跟他走，于是说完这句话就自顾自地走开了。阮清恬迟疑了一下，果然还是跟了上去。

阮清恬一路跟着林峰到了一家咖啡厅。

林峰悠闲地坐在座位上，阮清恬却焦急地站在一边：“不要再浪费我的时间了，有什么办法赶快说。”

“你先坐下来，着急也不在这一时半刻。”

阮清恬只好坐到林峰对面。

侍者给阮清恬送来了一杯黑咖啡：“这是我最爱喝的黑咖啡，你尝一尝。苦中带甜，就像我复仇的心一样，虽然要长久地等待机会，但只要坚定信念，就一定能苦尽甘来……”

“我没时间听你说这些废话！你要是再不说点有用的，我就走了！”阮清恬起身要走，林峰赶紧拦住她。

“你怎么这么没耐心。听我说完嘛！”

阮清恬扭头瞪着林峰。

“我可以出钱将你爹捞出来，警察局里的那帮人很好打发，只不过……”

“只不过什么？”阮清恬问。

林峰一笑：“你知道我对你的感情。我对复仇与爱情一样执着，我相信你也像我眼前的这杯苦咖啡一样，虽然一开始是苦的，但总会有个甜蜜的结局……”

“林峰！你少跟我兜圈子，你愿意救我爹，又是有条件的对不对？还是想让我嫁给你对不对？做梦！”阮清恬说完，拂袖而去。

林峰讪笑：“没想到这小丫头几天不见脾气又见长了……”

林峰喝了口咖啡：“还真是越来越像这黑咖啡一样有味道了……”

“都是任浩铭害我爹进监狱的，看来不把我爹置于死地，任浩铭就是不甘心……”

阮清恬一脸愤恨，朝任公馆走去，大力拍门：“我要见任浩铭！让任浩铭出来！”

“谁这么大声！”看门人走出来，见到是阮清恬，忙说，“是阮小姐啊？您怎么这么着急，稍等一下，我去通报一声！”

看门人要进去通报，阮清恬却不等他通报愣是挤进了门，看门人想拦，却被阮清恬推开。阮清恬说道：“我要去见任浩铭，谁也别拦我！”

任浩铭正在客厅看报纸。

阮清恬突然冲进来：“任浩铭，你到底想要怎么样！我爹已经知道错了，他无心伤害任晓晓，是晓晓自己失足坠楼的，难道真的要让我爹死了你才甘心吗？”

任浩铭纳闷地看着阮清恬：“我不懂你在说什么。”

“你少装蒜了！还在这里装好人！任浩铭，我问你，难道你妹妹的命是命，我爹的命就不是命了吗？”阮清恬质问道。

“我可从来没这么说过，只是你爹在晓晓死的这件事上确实有推卸不掉的责任，这我没冤枉他吧?”

“可他也罪不至死啊！你就一定要把他逼上死路吗?”阮清恬气愤地道。

任浩铭一脸淡定：“我听不懂你在说什么，我从来没说过要让他死。恬恬，你今天到底是怎么了，为什么一进门就跟我大吵大嚷?”

“我就讨厌你这种死不承认的样子！做就做了，有什么不敢承认的!”

“你今天到底是怎么了？要是你身体不舒服我可以帮你请医生……”

“不用！任浩铭，我告诉你，我没办法眼睁睁看着我父亲去死，如果你想杀了他，就请先杀了我!”

任浩铭觉得很受伤：“你就这么想死？你就这么想离开我?”

任浩铭目不转睛地盯着阮清恬，双手紧紧地抓着阮清恬的双臂。阮清恬被任浩铭看得发毛，下意识想跑。阮清恬挣脱任浩铭的手臂，落荒而逃。

阮清恬刚走出房间，就被任浩铭一把抓住按到墙上：“任浩铭！你要干什么?”

任浩铭失控地道：“你要解脱？这世上哪有那么便宜的事？我要让你待在我身边，一辈子欠我的!”

阮清恬难过地道：“你不是认为我曾经背叛了你吗……”

任浩铭冷冷道：“所以才要留着你，惩罚你……”

任浩铭说着吻上阮清恬。阮清恬一愣，然后轻轻闭上眼睛，一滴泪从眼角滑落。

阮清恬给了看守一块大洋：“大哥，让我进去看一眼吧，我一会儿就出来!”

看守收下钱，不耐烦地挥挥手，示意阮清恬进去。阮清恬欣喜若狂，赶紧跑进门。阮清恬坐在桌子前等了很久，终于看到阮斌被一个狱警押着出来了。

“爹!”

“恬恬！你怎么到这种地方来了，快回家去!”阮斌见到阮清恬，既惊喜又生气。

“我不！爹！您为什么……”

阮清恬哽咽，哭了出来。

“唉，爹对不起你啊……爹不是一个好父亲，尽给我姑娘惹祸啦!”

“爹,您说什么呢!我知道任晓晓不是您杀的,您是冤枉的……”

阮斌摇头:“恬恬,纵然不是我亲手杀了晓晓,可晓晓却是因我而死,这个事实不会改变。爹当了这么久的缩头乌龟,现在该是爹负起责任的时候了。与其逃避,不如面对,你说是不是?”

阮清恬咬唇不语。

阮斌爱惜地摸摸阮清恬的头:“就是不能照顾你跟你奶奶了,答应爹,一定要好好照顾你奶奶,照顾好你自己……”

阮清恬破涕笑:“爹,您不用担心我,我会过得比谁都好!我知道您诚心悔过,但晓晓确实不是您杀的。我会给您请个好律师,想办法救您出来,希望您也不要放弃!”

“好孩子,爹都听你的。”

这时,传来看守不耐烦的声音:“到时间了,赶紧出来!”

阮清恬恋恋不舍地看着阮斌。

“好孩子,去吧,去吧!”

“我过几天再来看您!包里有衣服还有吃的!”阮清恬将随身带的布包留给阮斌,一步三回头地离去……

阮清恬走在路上,一筹莫展。说是要把爹救出来,可谈何容易……阮清恬这样想着,不由叹气,忽然肚子发出一阵响声。

阮清恬摸着肚子四处张望。不远处的一家包子铺里,热腾腾的包子刚出笼。阮清恬买了几个包子,一边走着,一边心不在焉咬了口包子。

忽然一只小手扯了扯阮清恬衣角。阮清恬回头,发现一个衣衫褴褛的老伯带着个小孩,可怜兮兮地看着自己。小乞丐看着包子吞口水。老乞丐十分尴尬。

阮清恬了然,蹲下身将包子塞到小孩手中:“小朋友,姐姐吃饱了,剩下这些不如你替姐姐吃掉?”

小孩眼中明明充满渴望,却看向老乞丐。

老乞丐不由道:“谢谢这位好心的姑娘,真的谢谢。”

“不用客气。”阮清恬善意地笑笑,抬起头来,忽然看到这路上不知何时多了许多衣衫褴褛的人,不禁十分疑惑。

“老伯，你们去哪儿?”阮清恬看着难民走来的方向，“发生什么事了?”

老伯叹息了一下道：“北方有旱灾，姑娘你还不知道吗？我们都是逃难的，听说上海青年商会的会长给我们建了难民营，大家都奔那去讨口吃的呢!”

“原来是这样……”阮清恬恍然大悟。

“说实话，你们这儿的商会会长人还真不错！要不是他把所有的难民组织起来，安置在难民营里，说不定还有更多的人要吃不饱饭呢。”难民老伯拉着孙子给阮清恬道谢。

阮清恬想到任浩铭，有些怅然：“都说他是好人，可怎么总是没好报呢……”

“只是最近，难民营里不知道为什么断水了，所以才有好多难民走到街上来了。”老伯又说道。

“断水?”阮清恬喃喃自语，不知道为什么总觉得心里不踏实。

林峰在屋内喝茶，虎子站在一边：“峰哥，只是断断水，好像对难民的影响不大，他们并没有围攻任浩铭。被安抚了几句就算了……”

“断水不过是我想转移任浩铭的注意力而已……放心吧，我还有后续计划。”林峰解释道。

虎子点点头，似乎想起了什么：“峰哥，您知道九爷去哪了吗？他老人家太长时间没露面了，底下的兄弟心里可都不踏实啊……”

“不是跟你们说过了，九爷现在不在上海，去北平办事去了，我还没着急呢，你们急什么!”林峰不耐烦道。

虎子小声嘟囔着：“可是平时跟在九爷身边的人，这次却没跟着去……”

“这次的事情机密，自然带的人越少越好。你们放心吧，我跟九爷一直有联络，不会出事的!”林峰冷声道。

见林峰发了脾气，虎子也不好再说什么。

任浩铭独自坐在偌大的书房中，对着一对精致的流苏耳环发呆，神情凄楚：“恬恬，你真的打算再也不见我了吗……”

任浩铭叹了口气。

这时，敲门声响起。任浩铭反应过来，将耳环小心翼翼放进抽屉里，这才道：“进来!”

阿春走了进来，任浩铭沉声问道："阮斌在牢里怎么样？"

"非常安静，我跟他说他非要跟人家说他是杀人凶手会被枪毙，即使不枪毙也会一辈子都在大牢里，他都没什么反应。"

任浩铭沉吟半晌："知道了，你下去吧。"

阿春想了想，又说道："会长，我看阮斌有点悔恨的意思了……"

任浩铭一瞪眼，骂道："你这人怎么这么没立场！当初恶狠狠地让我把阮斌送牢里去，我没听你的，现在他自首了，你又跑这儿给我说阮斌的好话。你到底想干吗啊，还不够添乱的！"

阿春有些尴尬："那我先走了，会长……"

任浩铭没有想过自己还会再见到阮清恬，最起码没有这么快。而且，在听到阮清恬的来意之后，任浩铭强压下去的闷火再次蹿了起来："你想把你奶奶接走？"

阮清恬冷静地道："奶奶自然是要跟着我生活，总不能一直住在任公馆吧。"

任浩铭皱眉："可你现在这种状态，不怕哪天奶奶知道你爹的事吗？"

阮清恬似被说动了，沉默了片刻，说道："这不用你担心，我自然有办法瞒着奶奶，不会让她伤心。"

"那你也休想带阮奶奶走！"任浩铭恶声说道。既然软的不行，那他就来硬的。

"任浩铭，你就是故意想扣着奶奶对不对？"阮清恬质问道。

任浩铭突然将阮清恬按在墙上："没错！你知道为什么！都是为了你，为了能跟你……"

任浩铭说不下去了，目光复杂地看着阮清恬。

阮清恬忍着伤心，倔强地说道："我没办法嫁给你，任会长，请你快点忘了我吧！"

阮清恬忍着眼泪，转身离开，从任公馆出来，走到看不见任公馆的角落，才忍不住放声哭泣。

任浩铭待在房间，倚窗而望，从怀中掏出流苏耳环，凝视许久，长叹一声。

一大早就听见谷雨在客厅里大呼小叫："会长，会长！"

任浩铭刚刚起床，一边下楼一边问："怎么了？"

谷雨慌张地道："会长，大小姐不见了！"

任浩铭瞪大眼睛："什么？"

谷雨重复一遍："大小姐不见了！"

任浩铭急急忙忙地返回楼上任青青的房间，任青青果然不在房间里。

谷雨跟在任浩铭身后，着急地道："早上我起床之后，第一件事就是看看大小姐，想看看她醒了没有，结果推门一看，大小姐不在房间里。"

"把每个房间都找一遍！"任浩铭大声吩咐道。

下人们都迅速去找任青青。

任青青抱着肩膀在桥洞底下醒来，懵懵懂懂地往街上走去。任青青穿着睡衣在街上晃荡着，东看看西看看，眼神呆滞。路过的车差点撞到任青青，任青青也浑然不觉。

司机急刹车："不要命了！想死啊！"

任青青根本没听懂司机的话，反而问他："想吃饭，你有饭吗？"

司机无语："神经病！"

司机开车走远了。

任青青揉了揉自己的肚子，继续朝前走去。任青青走到一个早点摊子前，看着蒸笼上的包子，笑嘻嘻地说："包子，大包子！我要吃包子！"

摊主热情地问："这位大姐，要来几个包子吗？"

任青青看着摊主，天真地道："肚子饿，要！"

任青青伸手就要到蒸笼上拿包子。摊主连忙制止任青青："你有钱吗你！"

任青青傻傻地笑着："钱，钱钱！"说着，任青青从地上捡起一片树叶："钱钱！要包子！"

摊主把任青青赶到一边："去去去！哪里来的神经病，别妨碍我做生意！"

任青青委屈地看着摊主："肚子饿！肚子饿！"

摊主嫌弃地道："赶紧走开！"

任青青只好饿着肚子继续往前走，这时候一群小孩子围着任青青："疯婆子，傻婆子，捡个树叶当票子！"

任青青捂着耳朵想要逃避这群小孩。这群小孩看见任青青捂着耳朵，反而说得更大声了。任青青不满地喊:“你们走啦!”

任青青一边向前跑一边说着:“你们这群坏小孩!”

这群小孩不依不饶地追着任青青。

任青青终于勃然大怒:“你们这群野孩子!”

那群小孩有的被吓到了,待在原地不动,有的调皮捣蛋,反而跃跃欲试继续上前。任青青推倒了那个冲过来的小孩。这小孩哇哇大哭起来,在屋子里择菜的孩子娘听到孩子的哭声冲了出来。她看见自己的孩子倒在地上,凶恶地问一旁的小孩:“怎么回事?”

小孩们纷纷指向任青青。

第九十五章

阴谋

孩子娘手里还拿着的一大把芹菜，顺势抽打在任青青身上。

任青青疼得哇哇直叫："坏人，坏人！"

孩子娘大喊道："到底谁是坏人，你这么大个人，欺负小孩子！"

任青青捂着头向前跑。

孩子娘在后面大喊："别让我再看到你！"

任青青一边跑一边哭："你们都是坏人！"

阮清恬在街上买早餐，却看到任青青捂着脸，哭哭啼啼地从一旁跑过，赶紧追上前去："青青姐！"

任青青被阮清恬一把拉住，却没理会阮清恬，而是一眼看到阮清恬手中的包子："包子，包子……"

阮清恬会意，赶紧把包子递给任青青，任青青狼吞虎咽地吃了起来。

"慢点，慢点，别噎着！你这是怎么了？自己从家里跑出来了？"

任青青只顾着吃包子，不说话。

阮清恬叹了口气："唉，待会儿我送你回家吧……"

阮清恬带着任青青从茶室门口经过，正好看见林峰跟虎子鬼鬼祟祟地在说着什么。

林峰问虎子在:"已经去准备了吗?"

虎子回答:"峰哥,我想今晚动手,你觉得可以吗?"

"搞清楚风向,别玩火自焚就好。"林峰嘱咐。

虎子点点头。

阮清恬动了动耳朵,想尽力听到虎子跟林峰的对话,有些着急:"他们在谋划什么?肯定又要对会长不利,怎么什么都听不到啊……"

"刚刚把硫黄运到,今天风向也合适,就等着晚上动手了。"

阮清恬使劲去听,却一无所获。怎么办?怎么办?现在根本没办法听到这么远距离的对话了!

"还有没有包子?我要去找包子!"任青青挣脱阮清恬的手臂,想跑。

"你等下!"阮清恬赶紧抓住任青青,捂住她的嘴,"你别出声,待会儿我带你去吃包子,现在包子还没熟呢,你得等等!"

"真的?"任青青赶紧闭上嘴。

"难民营的粮食都是今年的新粮,就这么烧了,我还真舍不得!"林峰阴笑道。

虎子笑:"峰哥就是心软,但想想任浩铭那个混蛋,咱可不能手软!"

"当然,现在任浩铭就是我活着最大的动力!想想他得知消息后的样子,我就开心!"林峰说完,忍不住哈哈大笑起来。

阮清恬一脸阴郁:"虽然听不到,但林峰这副样子一定是在算计会长……我得赶紧通知会长……"

任青青忽然小声地问阮清恬:"包子现在熟了吗?"

阮清恬四处张望,看到个小男孩,将他叫过来:"小朋友,我给你几块钱买糖吃,你可不可以帮我一个忙?"

小男孩点点头。

阮清恬将钱塞到小男孩手中:"你去任公馆,告诉一个叫任浩铭的人,说他姐姐现在在茶室这里,让他赶紧来。记住了吗?"

小男孩点点头:"去任公馆,找任浩铭,说他姐姐在茶室。"

阮清恬夸道:"真聪明!快去吧!"

小男孩跑了。

阮清恬眼见林峰跟虎子进了茶室,心里着急:"可是我还不清楚林峰的阴谋到底是什么，凑近一些也许就能听得到了！”

阮清恬拉着任青青走进茶室，要了一壶茶。

林峰跟虎子在包厢里喝茶聊天。

“等难民营一乱，肯定有人找任浩铭算账，交给他的事情不仅没办好反而还更乱，到时候上面的人肯定不会再信任他，他再想赚钱，可就没那么容易了……”

“哼，烧了粮食就算我心慈手软了，本来是想烧人的。不过那些没吃没喝的难民够可怜的了，留他们一条命吧……”

阮清恬凝神想听清林峰跟虎子的对话，没留意任青青，没想到任青青此时已经走到了伙计跟前：“我要包子，你们有没有包子？”

伙计纳闷：“这是茶楼，不卖包子……”

“你刚刚答应我说包子一会儿就熟的！”任青青眨眨眼睛。

伙计奇道：“我哪答应过你……”

任青青急了，大喊起来：“你说包子这就熟的！你说话不算话！”

林峰听到外面的动静，露出狐疑的表情。虎子立刻会意：“我出去看看！”

阮清恬看见任青青去伙计那里胡闹，吓了一跳，赶紧过来拦：“不好意思，不好意思……”

阮清恬赶紧把任青青拉出茶室，两人来到大街上：“好险，好险，就差一步……”

任青青不高兴地道：“那人说话不算话，说好了给我包子吃的！”

阮清恬哄道：“你要有耐心，一会儿不仅给你包子吃，想吃满汉全席都有！”

任青青高兴起来：“真的？”

“当然，但你要安静。”

任青青连连点头。

阮清恬在街上东张西望，看着茫茫人海，心里着急：“任浩铭怎么还不来？这么多杂乱的声音，我该怎么听到会长的声音呢？”

阮清恬站在街上，闭着眼睛，动着耳朵，各种叫卖声、争吵声、哭喊声传到阮清恬的耳朵里。她睁开眼睛，一脸失望，什么有用的都听不到……

虎子出来一看，却发现根本没有人在，于是又回到包厢：“外面没有人。”

林峰疑惑：“我怎么感觉那是任青青的声音？”

虎子摇摇头："不知道，没见到她人……"

林峰点点头。

任浩铭坐在椅子上，阿春大步流星地走了进来："会长，刚刚有个小男孩来报信，说大小姐在茶室。"

任浩铭猛地从椅子上站起来："快带我去！"

阿春和任浩铭一起匆匆忙忙地走出书房。

任浩铭深色凝重："那个报信的小男孩是怎么回事？"

阿春继续说："他说是一个姑娘给了他钱，让他过来报信的。"

任浩铭皱眉思考。

阮清恬拉着任青青，正焦急地等着任浩铭的时候，林峰与虎子从茶室走出来。阮清恬大惊失色，想躲也来不及了。

林峰嘲讽道："还真是任青青，没想到你也在！"

阮清恬冷哼："哼，亏你还听得出青青姐的声音……"

任青青在一边搭话："青青姐是谁？她的声音很好听吗？"

林峰听了任青青的话，哀伤的神情在脸上一闪而过："她都已经病成这样了，你干吗还带她出门？"

"你还好意思问，她的病不都是你害的？你害完了这个害那个，到底有完没完？"

林峰冷笑："看来你都听见了。虎子，不用等天黑了，马上动手！"

"是！"

虎子离开。

阮清恬焦急道："你！林峰！那些难民跟你无冤无仇，你干什么害人性命?！你什么时候能像个真正的男人一样，有点心胸，别再整天嫉妒别人，总想着报仇！"

"你说谁不像男人！"林峰逼近阮清恬，用手掐住阮清恬的下巴，想要强吻她，"让我来告诉告诉你，什么是男人……"

阮清恬挣扎着："林峰你混蛋！你老婆还在这儿你知道吗?!"

任青青好奇地看着阮清恬和林峰："什么是男人？你是男人，她是女人啊，连这个你都不知道啊？哈哈……”

阮清恬喊：“青青姐，快过来帮我！”

任青青疑惑道：“你在跟我说话吗？”

“对……”

任青青上前狠狠踩了林峰一脚。

林峰尖叫一声，疼得捂着脚跳起来。

任青青大笑起来：“你很疼吗？我不是故意的，要不你踩我一下吧！”

林峰无可奈何地看着任青青。

就在这时，任浩铭赶到了：“林峰！”

任浩铭走上前拉开林峰，将任青青揽入自己怀中。

任青青看着任浩铭：“你是谁？我认识你吗？”

任浩铭安抚着任青青：“姐，别怕，我这就带你回家！”

任浩铭恶狠狠地看着林峰：“林峰，你怎么对付我，我都无所谓，你为什么这样对我姐？她都被你害成什么样子了！”

任青青看看林峰又看看任浩铭：“他没有害我啊！他刚刚还被我踩了一脚呢！”

任青青想起林峰刚刚吃疼的样子，忍不住又笑了起来。林峰冷笑一声：“我在旁边的茶室等着你，你可别不敢过来！”

任浩铭瞪着林峰，满脸不屑。他转过头看着任青青，一阵心酸，对阮清恬说道：“刚刚送信的小男孩说是个姑娘给他钱，让他送信，看起来就是你吧？”

阮清恬说道：“你姐姐身体不好，你应该看好她，不要再让她一个人跑出来……”

“我回头再找你算账！”任浩铭恶狠狠地指着阮清恬，然后转身带着任青青往茶室走去。

阮清恬忽然想起什么，追了过来：“任会长！你要小心，我看林峰好像跟他的手下密谋着什么，应该是针对你……”

任浩铭冷冷地说：“保护好你自己比什么都强！”

任浩铭说完便走了。

阮清恬看着任浩铭离开的背影，有些落寞。

林峰在茶室悠闲地喝着茶。

任浩铭走进茶室，质问道："怎么，已经把陷害我的阴谋布置下去了吗?"

林峰冷笑："岂止！任浩铭，我就不信这次不能让你身败名裂!"

任浩铭嘲讽："你也太自信了吧……"

"虎子这会儿恐怕已经得手了，难民营的那帮家伙能不能在火海中逃生，就要看他们的造化了。"

任浩铭满脸怒气。

"哦，对了，听说难民营不通电话，你现在想告诉他们也没用。"

任浩铭愤怒地站起来："连受灾的难民你都不放过，林峰，你简直十恶不赦!"

"比起你爹，我只能算是小巫见大巫!"林峰咬牙切齿地说道。

任浩铭愤怒地望着林峰："林峰，你不要血口喷人！这些都是你的一面之词，没人能证明当时的情况，仅凭一封信，你让我怎么相信!"

"可那是我父亲的绝笔信！人之将死又何必作假!"

"好，这件事先放到一边，就像你相信你父亲一样，我也相信我父亲不是那样的人！早晚我会弄个水落石出的!"

任浩铭跟林峰说着话，谁也没注意到任青青独自走出了茶室。任青青朝着西瓜摊走去，西瓜摊的老板不在，任青青抄起了刀："没有包子，吃西瓜!"

任青青拿着刀就朝西瓜劈去，却把自己的手也放在了西瓜上，手起刀落的时候，被人拦下了，这人正是阮清恬。

"小心手!"

阮清恬将自己的手挡在任青青放在西瓜上的那只手上，却来不及阻止任青青挥刀，她的手背被划伤，鲜血直流。

西瓜摊摊主回来，一惊："怎么回事，我上个厕所的工夫，怎么就……"

任浩铭林峰闻声同时赶来，任浩铭看着阮清恬鲜血直流的手背，慌了神。

"阮清恬!"

任浩铭见阮清恬因为救任青青而受伤，又感动又心疼。

林峰也一脸担忧地看着阮清恬："恬恬，你的手……"

任青青指着阮清恬的手，害怕地叫了起来："流血了，流血了……"

阿春赶来，扶住疯癫的任青青。

阮清恬看着自己满是鲜血的手，晕了过去。林峰一个箭步冲上前，扶住了阮清恬。任浩铭大怒，上前一拳打倒林峰，将阮清恬搂在自己怀中："不准你碰她！离阮清恬远点！阿春！把大小姐送回家。叫车跟着我去医院！"

"是！"

林峰一脸气愤地看着任浩铭他们走远。

任浩铭横抱着昏迷的阮清恬慌慌张张地冲进医院。阮清恬手背上草草包扎了一下，还在渗血。任浩铭焦急大喝一声："医生，医生！救命！医生！"

一堆医生和护士匆匆赶来。

阮清恬躺在病床上昏迷着。任浩铭站在病床前，看着昏迷的阮清恬，目光复杂。阮清恬脸色苍白，手上绑着绷带。

阿春进来，在任浩铭耳边悄悄说了句什么。

任浩铭打断阿春："我们出去说，不要打扰恬恬休息。"

两人走到病房外的走廊上，阿春才继续说道："我们的人发现了虎子他们想要烧毁难民营的粮食，及时拦了下来。"

"嗯，幸好咱们早有准备，就知道林峰后面还有动作。"

"他们以为咱们只盯着水，哪能想到咱们照顾得这么全面……"

"林峰已经丧心病狂了，现在是事事都要防着他……之前交代你的那件事，办得怎么样了？"

"身体恢复得很好，已经能下地了。"

"唉，伤口恢复得再好，心也碎了……"任浩铭一阵感慨，对阿春说道，"你去吧，叫他们好好照顾我姐姐，等恬恬好些了，我就回去看看。"

"是！"

阿春离开。

任浩铭推门进屋，却发现病床上空无一人。原来阮清恬早就听到了任浩铭的脚步声，事先藏到门后，等任浩铭进门后，阮清恬迅速从门后转出，向外跑去。

阮清恬从楼梯上迅速跑下来。

任浩铭在后面追："阮清恬！"

“你不要再逼我了，不要再追着我了！”

任浩铭不理，紧追不舍：“恬恬！你站住！”

阮清恬身形一僵，脚步顿住。

任浩铭痛心疾首：“阮清恬，你就这么想要摆脱我、离开我，甚至能狠下心来，一辈子不见我吗？”

阮清恬没有回头，迈着虚弱的步子向前走去。

任浩铭又心疼又生气，向前追了几步：“阮清恬！你再多走一步，我不知道明天会对你爹做出什么事！”

阮清恬脚步一顿，回过头，难以置信地看着任浩铭。

任浩铭心里一慌，狠下心说道：“我说的都是真的，如果你离开，我不知道明天会对你爹做出什么事！”

阮清恬执拗地看着任浩铭，掩饰着内心的脆弱，冷冷道：“随你高兴！”

阮清恬说完又要继续往前走。

任浩铭一把抓住阮清恬，强硬地命令道：“说你爱我！”

阮清恬不说话。

任浩铭扬声道：“说你爱我！”

阮清恬还是不说话，想要挣脱任浩铭。

任浩铭愤怒地强吻阮清恬。阮清恬用力反抗，给了任浩铭一巴掌，愤怒地问道：“你这是干什么？”

任浩铭还要吻阮清恬。阮清恬使劲反抗，红着眼眶又给了任浩铭一巴掌：“任浩铭！”

“你不是说‘随我高兴’吗？我就高兴这样折磨……”

阮清恬伤心地看着任浩铭，忽然身体一软，晕了过去。任浩铭大惊失色，赶紧抱住阮清恬：“恬恬……”

任浩铭抱着阮清恬回到任公馆，阮清恬手上依旧绑着绷带，昏迷着。任浩铭后面跟着一位医生。

阿春迎上来：“会长。”

“赶紧给阮小姐收拾收拾房间，再去请楚小姐来府里住，就说阮小姐以后在这里住，互相有个照应。”

“是，会长，我这就去办。”

林峰愤怒地将桌子上的茶水扫到地上。茶碗摔到地上，碎了一地。林峰面目狰狞：“不是让你们提前动手了吗？怎么还会失败？”

虎子在一旁诚惶诚恐地说：“任浩铭他们好像早有准备……我没想到……”

林峰恨恨地道：“这次又让任浩铭逃过一劫！他不可能每次都有这么好的运气！”

“这任浩铭气数正旺，峰哥，我看咱们先歇歇，避过这阵的风头吧！”

林峰冷哼一声：“胡说！我才不信什么气数！气数都在我林峰这里！就算失败几次又怎么样，我林峰早晚会毁了他任浩铭的气数！”

第九十六章

宽恕

阮清恬迷迷糊糊醒来，手上依旧缠着绷带。任浩铭领着谷雨走进房间，谷雨端着早餐："阮小姐，您醒啦！"

阮清恬虚弱地笑笑。

任浩铭看了一眼谷雨，谷雨识趣地走出房间。

任浩铭没有说话，坐在床边，给阮清恬拆开绷带，检查伤口，再给她换上新的绷带。阮清恬默默地看着任浩铭做这一切，仿佛做梦一般，不敢醒过来。

"等你的手好了，我们就筹备婚礼。"

阮清恬被任浩铭的话吓了一跳："结婚？"

任浩铭抬头看阮清恬。

"我爹还在监狱，我怎么可能结婚！"

任浩铭看了眼阮清恬，似有千言万语，但又不知道说什么，便起身离开了房间。阮清恬看着任浩铭换的绷带，不知道在想什么。

狱警押着阮斌往外走，阮斌问："谁来看我，是我女儿吗？"

"赶紧走！到了不就知道！"

阮斌拖着手铐和脚镣往前走，见到来人，惊讶地瞪大双眼："任浩铭……"

任浩铭冷淡地说道："看来说你在这里生活不错的消息，都是真的。"

阮斌一脸惭愧:“这些日子我想了很多,如果我早早就来自首,恬恬和你也就不会搞成现在这个样子了……我知道,我不是个好父亲……爱上了不该爱的女孩,更把女儿的幸福给毁了……”

“不要再让我听到你提晓晓!”

“任会长,我知道你不赞成我跟晓晓在一起,可我对晓晓的爱是真的! 只是我从来没想过,晓晓会因我而死……”

阮斌低下头,想到晓晓已死,流下泪来。任浩铭见阮斌如此,严肃冷酷的表情缓和下来。

阮斌流着眼泪:“我没有杀晓晓……当时晓晓以为我骗了她,生了我的气,跑到阳台上,没想到阳台的栅栏不结实,她一脚踩空翻了出去,就这么……”

阮斌说不下去了,呜咽着。

任浩铭皱着眉:“可你扔了她的尸体!”

“不!”阮斌痛苦地道,“我当时是想和晓晓一起去了,我抱着她的尸体走进河里,想跟晓晓一起死了算了。谁知道我竟然没死,醒来发现自己被冲到了河边……”

任浩铭默默地听着。

阮斌哭着说:“不管我跟晓晓到底怎样,我还是希望恬恬好,希望我女儿能幸福,能跟她真正想要共度一生的人在一起……”

“你这些话应该跟恬恬说,她因为你心里一直很有压力,才不愿意和我结婚……等恬恬下次来的时候,我希望你能劝劝她。”

“好好,我会劝她的,浩铭,你放心。”

任浩铭低头默默无语,半晌,转身离开。

任浩铭坐在办公桌后面上写着什么,片刻后,他放下了笔。

此时阿春在外面敲门。

任浩铭皱了皱眉头:“进来。”

阿春进来了,随手关上门,鞠躬:“会长。”

任浩铭威严地问:“有什么事吗?”

阿春回答:“这几天林峰像冬眠了一样,什么动静都没有。”

任浩铭点了点头:“你什么时候见过困兽会冬眠的? 林峰是不会罢休的,也许现在他就在策划着什么，看住他。”

“明白！”

“阮小姐呢？今天有没有好一些？”

“医生今天又给阮小姐复查了一遍，说阮小姐受了惊吓，休息一下就好了。医生顺便又给大小姐把了脉，还是原来的样子，时常自言自语……”

任浩铭点点头，不再说什么，挥手让阿春离开。

阮清恬看着窗外，一群鸟从窗外飞过，阮清恬的眼神无比痴迷和向往。阮清恬闭上眼睛，喃喃自语：“任浩铭，我为什么会喜欢你呢？”

此时，任浩铭推门进来。

“你怎么又来了？”阮清恬问。

“我怎么不能来了？”任浩铭冷着脸道，“谷雨给你饭吃了？”

“干什么？是我求谷雨的，谷雨没办法才端饭菜给我的！”

任浩铭无所谓地一笑：“既然吃饱了，就干点活吧！”

任浩铭又将阮清恬拽到浴室。阮清恬挣扎着：“你干什么？”

浴室的门“砰”一声关上了。任浩铭把阮清恬死死压在门上。任浩铭威胁道：“你说孤男寡女独处一室能干什么？”

阮清恬咬唇：“你……无耻！”

任浩铭斜睨了阮清恬一眼，动手开始脱衣服。

阮清恬吓得捂住脸：“任浩铭，你真是……无耻！”

任浩铭嘲笑：“阮小姐，你以为我想干什么，非礼你吗？对不起我没兴趣，还不过来给我搓背！”

阮清恬捂着脸反驳：“你……谁要给你搓澡，你自己洗吧！”

阮清恬说完拉开门就要出去。任浩铭的声音从后面传来，威胁道：“你出去试试？信不信我让你跟我一起洗？”

阮清恬动作一僵。

“你知道我说到做到，两个选择，给我搓澡，或者跟我一起洗。”

阮清恬不情愿地转身看着任浩铭。任浩铭已经脱去了自己的上衣，趴在躺椅上，对阮清恬道：“来，给我擦背！”

阮清恬企图狡辩：“我的手受伤了！”

“不是还有一只手吗?”

阮清恬气结:“怎么会有你这种人!”

任浩铭招招手催促道:“别慢吞吞的,快点!”

阮清恬无可奈何地来到任浩铭身边,极不情愿地用没受伤的手帮任浩铭搓着后背。任浩铭疑惑地对阮清恬说道:“你确定你是在搓吗? 这跟挠痒痒有什么区别?”

阮清恬看着任浩铭,没好气地道:“对不起,会长,我已经尽力了。”

任浩铭挑剔:“这就叫尽力? 我看你太敷衍了!”

阮清恬赶紧反驳道:“你知道还让我做干吗?”

任浩铭被阮清恬问得有些恼火:“住嘴,集中精神,用力!”

阮清恬耐着性子给任浩铭搓背,动作认真了不少。任浩铭闭着眼睛享受,似乎满意了些。两人一时陷入莫名沉默,只能听到水声。

任浩铭忽然道:“你爱不爱我?”

阮清恬动作一僵,冷然道:“不爱!”

任浩铭睁开眼睛,眼中是化不开的伤痛。他看也不看阮清恬,生硬地说道:“那正好,我也不爱你!”

阮清恬倔强地说:“你既然不爱我,为什么还要折磨我? 为什么不干脆放了我? 从此我们老死不相往来,不是很好吗?”

任浩铭冷笑:“我该说你是天真呢? 还是傻呢? 你难道不知道,这个世界上相互折磨的除了爱人还有仇人? 你是我杀妹仇人的女儿,你放心,我一定会好好折磨你!”

阮清恬语塞。

任浩铭故意说道:“还有,我这可是在训练你,等你以后嫁了人就知道该怎么服侍他了,他才会爱你宠你,知道吗?”

阮清恬在任浩铭身后冲着任浩铭的头举起粉拳。任浩铭警觉地望向身后,阮清恬赶紧收回拳头。

任浩铭警觉地道:“你要干什么?”

阮清恬赶紧掩饰:“我……要给你敲背!”

尽管阮清恬的言语是顺从的,但是眼里带着不甘心。任浩铭对于阮清恬的好意丝毫不领情:“我让你搓背,你却要给我敲背,你是不是想要花招? 别想愚弄我！”

阮清恬气急：“像你这样的人，难怪林峰会跟你玩命……”

任浩铭毫不示弱地说：“能成为我的对手，是他的荣幸。”

阮清恬停下动作。任浩铭马上转过身，对阮清恬下令：“谁让你停下来的？继续擦！”

阮清恬只得继续帮任浩铭擦背。任浩铭心满意足地享受着阮清恬的服侍：“好了，可以了。”

任浩铭说着，将自己脱下来的裤子丢到阮清恬头上：“帮我洗了！”

任浩铭向房间走去。阮清恬把任浩铭扔在自己头上的东西拿下来，才发现是任浩铭的裤子，惊得大叫：“啊！”

阮清恬捂着自己的眼睛，不敢看任浩铭的方向。任浩铭其实是穿着另一条裤子离开的。阮清恬气愤地出了浴室，下楼去。

林峰招呼青帮的众堂口主事开会。虎子忠心耿耿地守在林峰身边。众堂口主事面面相觑，不知道林峰叫大家来是发生了什么事。

“各位堂口管事，想必大家都知道我跟任浩铭之间的恩恩怨怨。现在九爷在北平办事，上海青帮的兄弟们都要听我命令。我希望大家能全力配合我，把任浩铭彻底搞垮！”

各位管事议论纷纷。

“九爷不是说不让峰哥理会青帮的事务吗？”

“九爷从来没这么久没出现在咱们兄弟面前，你说九爷会不会有什么事啊？”

“不知道啊，你说干吗光跟任浩铭过不去，咱们跟他又没仇……”

林峰扫视众人一圈：“各位，现在我是青帮的帮主，大家照理说应该听我的命令，不过我这个人很讲道理，给你们机会好好考虑一下，这件事，只许成功，不许失败！”

众堂口主事噤若寒蝉，立在大堂。

林峰背着手在大堂里踱步，视线朝一众主事扫去：“不过如果你们有人有异议，可以马上离开，我绝不追究……”

“这不是赤裸裸的威胁吗……”台下有人不满地嘟囔道。

林峰闻声冷眼看去。那人吓得缩了缩脖子。

林峰见无人说话，于是说："既然没人离开，那我就命令你们全力以赴去做这件事！我要揭发任浩铭这个伪君子的真面目，可任浩铭盘踞上海多年，势力庞大，这就要依靠各位兄弟的力量。兄弟们放心，这次我一定把任浩铭的势力连根拔除，让他永远不能翻身！"

任浩铭在办公室里看报纸，明显心不在焉。他拿起任晓晓的照片，自言自语："晓晓啊晓晓，你告诉哥哥，哥哥现在到底该怎么办啊！活了三十几岁，商场上的尔虞我诈，什么没见识过，每次我都能从容应对，想出办法来。可是，为什么在感情上，我就像个白痴一样，怎么会这么失败……晓晓，哥哥到底该如何是好……"

阿春来找任浩铭。

"怎么，这么晚了还有事?"任浩铭不满地问道。

阿春回答："有件事我觉得还是赶紧跟您说一声比较好。阮斌绝食三天了……会长，要不要把他保释出来?"

"他真的不想活了？不想着他的老娘和女儿吗?"任浩铭冷声道。

"他跟狱警说了，就是为了女儿才想绝食而死的，至于母亲，有女儿会照顾，伤心一阵过去了就好了……"

任浩铭冷哼："阮斌倒是想得开，可他是阮清恬的爹，我能让他死吗？你去，叫人按着给我灌，灌也得灌进去，想死可没那么容易。"

阿春道："是!"

任浩铭呆呆地站在任晓晓的照片前，一脸愧疚和怀念："晓晓，哥哥对不起你，总是来跟你说这些烦心事，唉……"

任浩铭说着，有些痛苦地闭上双眼。他在任晓晓的照片前站了一夜，不知思考了什么。

任浩铭睁开眼睛，仿佛做了什么重要决定，目光无比坚定。

阳光暖暖地洒在花房里，阮清恬专注地修剪着花草，手背上缠着纱布，脸上有种无所畏惧的安然淡漠。任浩铭来找阮清恬，站在旁边赔着笑脸："怎么不多休息几天？家里有专门侍弄花草的人……"

阮清恬看也不看任浩铭，继续修剪着花草。

任浩铭有些尴尬，继续赔笑："这活儿太费力气，我帮你弄！"

任浩铭说着去抢阮清恬手上的剪刀。

阮清恬躲避不及，被任浩铭抓住了手腕："放开！"任浩铭赔笑："你终于肯正眼看我了？"

阮清恬想抽回手。

任浩铭紧紧抓住，喝道："别乱动。"

任浩铭说着小心翼翼地抬起阮清恬受伤的手，心疼地说道："你说你怎么这倔，这也忒狠心了！以后不许你这么作践自己，你不疼我疼！"

阮清恬没好气地挣开任浩铭："我的事不用你管！"

任浩铭见阮清恬逞强反而心里一软，叹了口气："清恬，不要再做任何伤害自己的事情，算我……求你了！我会放过你父亲的，只要他不出现在我面前，我就不找他麻烦，只要你一直在我的身边，不要离开。"

阮清恬有些触动地看着任浩铭。

任浩铭眼中含着心痛、担忧、深情和恐惧，太多感情掺杂在一起。阮清恬不知为何心中一痛，轻轻点了点头。

第九十七章

我永远都是你的新娘

林峰再次把众兄弟召集到大堂开会:“之前我一直姑息任浩铭,没想到他竟然是死不悔改的主儿！既然如此,我也不必客气,我要把他家的人一个一个杀掉,把他家的生意一桩一桩毁掉!”

青帮众人哗然。

林峰指着众兄弟:“怎么,你们有意见?”

下面的人面面相觑,终于有人大着胆子说道:“九爷之前离开上海办事,从来没这么神神秘秘过,九爷到底去干什么了？还请峰哥告诉大家!”

林峰冷声道:“你这是什么意思？不知道的听了还以为是我林峰不仁不义,趁义父不在要篡权!”

“对！我们就是觉得你在篡权！之前九爷说过要收回你管理青帮事务的权力,可九爷突然不见,换了你在这里指手画脚,令人生疑!”

“对啊！九爷到底去北平干什么了？为什么不带人!”

林峰无法阻止,立即拔出抢来顶在其中一个提出异议的人头上:“既然你有这么多问题,那就好好去问问阎王吧!”

林峰正要开枪,一个声音从外面响起:“想篡位也太心急了吧？连个谎都编不圆……”

林峰闻声吓了一跳,惊讶地看着从门口进来的九爷。

九爷身后跟着阿秋与阿冬。

“没想到我还活着吧?”九爷嘲讽地望着林峰。

林峰望着九爷,仿佛见了鬼:“你,你怎么在这儿……”

九爷冷哼:“当然是因为你那一刀没有捅死我!”

青帮的兄弟们听了九爷的话一惊,议论纷纷起来。

“林峰,我错认了你这个白眼狼当义子,没想到你不仅朝青帮的兄弟们下黑手,挪用大家的血汗钱,还朝我下黑手!”

林峰冷笑:“谁挡我的路,谁就要死!我不管你们是兄弟还是义父,反正我要让任浩铭一无所有、痛苦不堪!”

阿秋与阿冬听了这话,暗暗皱眉。

林峰看着阿秋与阿冬:“原来是任浩铭那个家伙救了你!原来你们早就串通在一起了!”

“好!既然你这样想,我也没什么好解释的了!你一门心思要报仇,我也拦不住你。”九爷转身对阿秋、阿冬说:“两位,林峰现在还算我帮会中人,清理门户是我的职责,还请两位转告任会长,我会将林峰绑了送给任会长处置……”

九爷话音未落,林峰便与虎子一起动了手。

林峰朝九爷开枪,阿秋眼疾手快扑倒了九爷。林峰与虎子一阵乱枪,伤了几个青帮中人,趁乱逃了出去。

众人关切地问:“九爷,您没事吧?”

阿秋扶起九爷:“九爷,您没受伤吧?”

“兄弟们,别让他们跑了,给我追……”

几名青帮兄弟追了出去。

九爷叹了口气:“唉,老了……阿秋、阿冬,你们回去转告你们会长,林峰这次没了依靠,不知道会做出什么来。如果任会长需要帮忙,请随时派人来找我。”

阿秋郑重道:“多谢九爷!那我们先走了!”

电话铃响起。

阮清恬接起电话,只听那边说:“我找阮清恬阮小姐!”

“我就是。”

“这里是仁爱医院，任会长正在抢救，麻烦你赶紧来一下！”

阮清恬焦急地问：“什么？”

阮清恬匆忙向外跑。

一个男人挂了电话，看向站在身边的林峰，点点头。林峰阴险地笑了。

阮清恬拦了一辆黄包车：“去仁爱医院！”

阮清恬刚一下车，面前突然出现两个彪形大汉。阮清恬知道自己上当了，拔腿就跑。

两个大汉在她身后追：“站住！站住！”

阮清恬拼命地跑着，不小心撞倒了一个老太太。阮清恬慌忙回身，拉起地上的老太太：“老人家，您没事吧？”

两个彪形大汉追了上来，死死地钳制住阮清恬。

阮清恬不停地大喊：“放开我，任会长呢？任会长在哪儿？”

彪形大汉拿出一块抹布塞到阮清恬嘴里，将阮清恬丢上车。

在一个破旧的仓库里，林峰拿着一个破旧的电话，冷笑着：“爱？当然爱，可惜你不死，我就没资格爱任何人。任浩铭，我懒得跟你废话，告诉你，我要任氏名下所有的财产，你先把能带来的财产都带来给我，然后我再告诉你阮清恬在哪儿。不要想着耍花招，只许你一个人来！懂吗？”

电话那端传来任浩铭冷静的声音：“我凭什么信你？”

林峰将电话凑到阮清恬嘴边，拿出塞在阮清恬嘴里的破布：“你的任会长要找你说话！”

阮清恬倔强地将头一扭，不理林峰。

“你不说话是不是？你以为这样就能帮得了任浩铭了？”林峰说着狠狠地掐了一把阮清恬。阮清恬吃痛，忍不住叫了一声。

任浩铭大惊失色：“恬恬！林峰，你要干什么？我告诉你，不要太过分！”

林峰扬扬得意：“你要是再不来，阮清恬今天晚上可就是我的人了……”

任浩铭咬牙道：“你在哪儿？快说！”

“杨树浦，到时我自会出现……”

“恬恬她……喂？喂？”

任浩铭还想再说什么，林峰已经挂了电话。

任浩铭沉吟片刻："阿春，你听到了？"

阿春应道："听到了会长，您放心，我一定会找到阮小姐的位置！"

任浩铭摇摇头："你是找不到的……按林峰说的办！"

阿春惊讶道："会长！您真的要一个人去吗？"

任浩铭伸手示意阿春不必再说。

"照办！"

楚安安心神不宁地坐在房间里，任浩铭此时敲门。

"请进！"

任浩铭看了看楚安安的肚子："身体还好？"

楚安安点点头："恬恬到底怎么样了？"

"恬恬的事你就不要操心了。楚小姐，我知道宋诚一直都在等你，说实话，一个女人一辈子带着一个孩子生活并不如意，尤其像你这种养尊处优的女人。宋诚既然已经回心转意，我觉得就够了。"

楚安安低着头不说话。

"你也知道任家的变故，我现在已经无力照顾你生下孩子了。待会儿我会派人把你送到宋诚那儿。"

任浩铭说完便走，根本不关心楚安安是否同意。楚安安张了张嘴想说些反对的话，终于还是默认了任浩铭的安排。任浩铭路过任青青房间，看到任青青正神经质地拿着小孩的衣服嬉笑着。

任浩铭暗暗叹了口气，推门进去。任浩铭进屋，摸了摸任青青的头，一脸的不舍。任青青毫无反应，接着认真地叠着小孩的衣服。

"姐，我这就要去会会林峰，这一去，不知道还有没有可能回来……我也不知道这辈子是否还有机会照顾你，你可要快点好起来啊……"

谷雨端着饭菜站在门口，听着任浩铭跟任青青说的话，忍不住红了眼圈。

"谷雨，我姐可就交给你了，不管我在不在，你一定替我照顾好她！"

谷雨使劲地点头："会长你就放心吧！您一定要带着阮小姐平安回来！"

任浩铭微微点头。

任浩铭一个人驱车来到杨树浦附近。任浩铭走下车，检查了一下随身的枪支，往里走去："林峰，林峰！"

林峰从暗处转出来，嘲讽地说道："来得够快，恐怕已经迫不及待了吧？"

"阮清恬在哪里？"任浩铭问道。

林峰冷笑："等到了时候，我自然会安排你们相见，不过只怕那就是你们今生最后一次见面了……"

"林峰，我们之间的恩怨是私人恩怨，你总是把我们之间的仇恨牵涉到别人身上，也太没劲了吧！"

"少废话，你这套说辞留着跟别人说吧，我这么多年以来，做这么多事，就是为了把你和你家亲手埋葬。"

"我再告诉你一遍，阮清恬跟我们的恩怨一点关系都没有！你不能害了她！"

"她是你爱的女人，就跟你有关系，就该受到惩罚！任浩铭，你终于死到临头了！"

"我不会让你轻松得逞的，如果你非要跟我拼这条命，好，我陪你玩到底。"

林峰恶狠狠道："给我上！"

林峰看了看手下，又继续大喊："给我上啊！虎子，上！"

虎子无奈道："峰哥，对不住了。"

任浩铭一副气定神闲的样子。

林峰看了看任浩铭，再看向虎子："虎子，你吃错药了？"

虎子向林峰逼近。

林峰瞪大眼睛："你想干什么？"

虎子淡淡地道："峰哥，当初我这条命是九爷救的，九爷说了，让我照顾好您，可是您却对九爷……"

"你什么意思？你想造反吗？"林峰恶声道。

"不听从九爷的意思才是造反，九爷一直让我跟在你身边，知道你不会善罢甘休，只有让你先抓到阮小姐，才有可能死心……"

"虎子！我可给了你不少钱！"

"虽然我是个见钱眼开的人，但我不是个见利忘义的人！"

林峰欲哭无泪："我真是天天打鹰，被鹰啄瞎了眼，居然没看出来你是九爷的人!”

虎子回头，拿起枪指着林峰:“峰哥，对不住了，咱俩是私人恩情，你干的事已经违背了青帮的大义。峰哥，今天兄弟送你一程，不枉咱俩缘分一场。”

“虎子，忘恩负义在青帮是要受三刀六洞的，你以为你跟了九爷，青帮的人就看得起你这个忘恩负义的家伙了吗?”

虎子不忍看林峰死，闭眼开枪。

林峰迅速躲开，藏在暗处:“任浩铭！是不是你从中搞的鬼！让我的兄弟来要我的命!”

“是你自己多行不义，现在连你们帮会的兄弟都唾弃你，怨不得别人。”

“你少说风凉话，别忘了阮清恬还在我手里呢!”

任浩铭微微心惊:“男子汉大丈夫，老拿女人当挡箭牌，林峰，你不觉得丢脸吗?”

“你以为你就堂堂正正、光明正大了？还不是一样利欲熏心!”林峰一边说着，一边匆匆上了一辆车逃跑。

虎子等人开了一阵乱枪，还是被林峰开着车慌慌张张地逃脱了。

任浩铭见状赶忙上车:“你们不要跟着了，这是我跟林峰的恩怨。”

虎子听了这话一愣，本来想去追林峰，也停住了脚步。

林峰开车在前面逃，任浩铭开车在后面追。阿夏、阿秋、阿冬等人开着车匆匆赶到，只看到任浩铭的车开走。

阿夏下令:“阿冬，你找个电话通知阿春跟警察他们!”

阿冬道:“明白!”

阿冬下车，往一边跑去。阿夏他们赶紧跟了上去。

阮清恬此时已经被吊在半空中，绑着双手双脚，嘴上缠着绷带。阮清恬正下方是一块铁板，上面有无数刀刃刺针。

林峰将一支没有点燃的蜡烛放到绳子下边。阮清恬见状拼命挣扎着。

林峰疯狂地道:“你不要怪我！这一切都是任浩铭逼我的!”

阮清恬挣扎得更加厉害了。

任浩铭停车下来，匆匆来到废弃工厂门口。工厂的大门缓缓打开。任浩铭看见被绑在空中的阮清恬,大惊:“恬恬!”

阮清恬看着任浩铭,剧烈挣扎。

林峰点燃一根火柴,不慌不忙地说道:“任浩铭,你都看到了,只要我点燃这支蜡烛,你爱的女人可就要……”

任浩铭大惊:“林峰,你别冲动!你想要什么我都可以给你!”

“哦?要什么都给我?那好啊,我就是想看到你的表情,抓狂的表情,万念俱灰的表情。不过,这些好像不用你给我,只要我点燃这支蜡烛……”

林峰瞥了阮清恬一眼,然后燃起一根火柴,在任浩铭惊惧的目光中点燃了蜡烛。

任浩铭大惊:“林峰,你!”

任浩铭抢上前去弄灭蜡烛。林峰扔掉火柴,拔枪向任浩铭射击。任浩铭赶紧闪到一边。

任浩铭再次想去救阮清恬,却又被林峰阻止了。任浩铭与林峰打了起来。阿夏、阿秋等人进来,见任浩铭与林峰正在激战,立即拔枪相助。

“任浩铭!你说话不算话,居然叫了帮手!”

任浩铭连忙制止阿夏等人:“你们都退下!”

“会长!”

“退下!”任浩铭冷声命令道。

任浩铭紧紧地盯着燃烧的绳子和挣扎着的阮清恬,额上沁出汗珠。阿春深一脚浅一脚地带着一群警察向废弃工厂冲来:“这边!”

任浩铭数次冲到蜡烛跟前,都被林峰挡住了。

任浩铭急道:“林峰,你要杀要剐冲我来,何必为难阮清恬!”

林峰冷笑:“要怪就怪她是你任浩铭放在心尖上的女人!”

林峰跟任浩铭举枪对峙,互不退让。任浩铭与林峰同时扣动扳机。

此时阮清恬却突然发现听力在这关键的时刻奇迹般恢复了,周围的声音,每个人的呼吸声,林峰碰到的墙壁,任浩铭手指摸到枪筒的声音,她全部清清楚楚地听到了。她再侧耳倾听,听出来林峰扣动扳机的时间比任浩铭晚了0.5秒,并且射击位置偏左。

阮清恬大叫:“会长往右闪!”

任浩铭听到喊声,向右闪去,果然子弹贴着他的左侧脸颊飞了过去。阮清恬听到了子弹射向绳子。果然林峰将枪对准绳子射去。

阮清恬尖叫："会长！"

任浩铭大惊。

子弹射断了绳子。阮清恬向钉板掉去，千钧一发之间，任浩铭拉住了绳子的一端，将它绑在自己腰上。此时林峰已冲到任浩铭面前。

一通激烈的肉搏后，林峰被打倒在地，动弹不得。

任浩铭赶紧将阮清恬抱住，解开她身上的绳索。两人紧紧相拥。正在此时，阮清恬清楚地听到林峰再次扣动扳机的声音。她侧耳倾听，听到林峰的枪口竟然转动了方向，对准了自己。

果然林峰朝阮清恬开枪了。林峰狠狠地说道："我得不到的女人，你也别想得到！"

阮清恬赶紧要闪躲，哪知道任浩铭这时已经看到林峰将枪口指向阮清恬。他抱着阮清恬转身，用自己的身体去挡子弹。

阮清恬大叫："会长！"

可是为时已晚，任浩铭中枪了。

就在这一刻，阮清恬听不到所有其他的声音了。她清晰地听到弹壳落地的声音，还有任浩铭的喘息声。

"会长！"

这时警察冲进来，将林峰按倒，戴上手铐。

阮清恬努力抱住任浩铭："会长！"

任浩铭微微一笑，虚弱地说道："这次是我赢了，我的眼睛，比你的耳朵快，所以……"

"会长！你……你不要说话了……"阮清恬捂住任浩铭的伤口想要止血，却怎么也捂不住。

"我在问你，是不是我比你快……"任浩铭执着地问。

阮清恬眼泪落下来，哽咽地说道："会长……"

林峰冷笑着站起身来，露出大仇已报的表情，冷笑着被警察押走了。

阮清恬抱着任浩铭哭："会长……会长！"

任浩铭虚弱地道："恬恬，不许哗哗哗下雨好吗？听话！"

"嗯，嗯！我不下雨！"阮清恬哭着说。

“你告诉我……告诉我，你爱我。你只爱过我一个人……”

阮清恬哭着表白：“会长，我爱过你，我只爱过你一个人。一直以来，我最大的梦想，就是戴着妈妈留给我的流苏耳环，风风光光地嫁给你……”

任浩铭缓缓从怀中掏出流苏耳环，颤抖着递到阮清恬面前：“其实这对耳环，我每天都随身带着，好像你就在我身边……现在，让我给你戴上它们，好吗?”

阮清恬让任浩铭给自己戴耳环：“会长，等你好了，我就做你的新娘，好吗?好吗?”

“恬恬……恬恬……这耳环，真好看……我爱你!”说着，任浩铭晕了过去。

阮清恬看着任浩铭，动情地说道：“会长，我也爱你，无论是以前，还是现在，还是将来，我一直都只爱你一个人……我永远……都是你的新娘!”